HEINZ G. KONSALIK

Öl-Connection

Buch

Im Hafen von Monrovia übernimmt Kapitän Lothar Heßbach die »Maringo«, einen liberianischen Tanker, mit dem er 200 000 Tonnen Rohöl nach Rotterdam bringen soll. Doch schon der erste Blick auf das marode Riesenschiff und die abenteuerlich zusammengewürfelte Mannschaft läßt Heßbach mißtrauisch werden. Er versucht, bei der Reederei Protest einzulegen, jedoch zwingen ihn sein Heuervertrag und der Terminplan unverzüglich auszulaufen.
In den engen Schiffahrtsstraßen der Kanarischen Inseln kommt es während eines Unwetters zur Katastrophe: Zu spät erkennt Heßbach auf den defekten Radarschirmen die Gefahr, und kurz darauf bedroht ein gigantischer Ölteppich die Küste von Teneriffa.
Die Schreckensnachricht geht um die Welt, Natur- und Umweltschutzorganisationen schlagen Alarm. Heßbach ist entschlossen, die wahren Hintergründe dieser Katastrophe ans Licht zu bringen. Aber er hat die Rechnung ohne die »Öl-Connection« gemacht, ein geheimes Kartell von zweiundzwanzig Reedern unterschiedlicher Nationalität, die das Geschäft auf den Weltmeeren beherrschen und bei unbequemen Leuten wie Heßbach kein Pardon kennen …

Autor

Heinz G. Konsalik, Jahrgang 1921, stammt aus Köln. Nach dem Abitur studierte er in Köln, München und Wien Theaterwissenschaften, Literaturgeschichte und Germanistik. Nach 1945 arbeitete Konsalik zunächst als Dramaturg und Redakteur; seit 1951 war er als freier Schriftsteller tätig. Bis zu seinem plötzlichen Tod im Herbst 1999 schrieb Heinz G. Konsalik 154 Romane, die in 26 Weltsprachen übersetzt und mehr als 85 Millionen Mal verkauft wurden. Damit ist Konsalik der national und international meistgelesene deutschsprachige Schriftsteller der Nachkriegszeit.

KONSALIK

ÖL-CONNECTION

Roman

PORTOBELLO

Umwelthinweis:
Alle bedruckten Materialien dieses Taschenbuches sind chlorfrei und umweltschonend.

Portobello Taschenbücher erscheinen im Goldmann Verlag, einem Unternehmen der Verlagsgruppe Random House GmbH

Einmalige Sonderausgabe September 2005

Umschlaggestaltung: Design Team München
Umschlagfoto: Corbis/Yang Liu
Druck: GGP Media GmbH, Pößneck
An · Herstellung: WE
Made in Germany
ISBN 3-442-55438-1
www.portobello-verlag.de

10 9 8 7 6 5 4 3 2 1

Uns allen gewidmet,
die wir überleben wollen

Maringo

Der Koloß, zweihundertvierzig Meter lang, zog seine Spur durch den westlichen Atlantik. Nur am Heck ragte die Brücke über die dreißig Meter hohe Bordwand hinaus. Das ganze Schiff war von Rostflecken übersät. Auch bei mittlerer Fahrt schlugen die Wellen gegen die hohe, rostige Bordwand. Es war, als töne aus dem stählernen Leib der Klang eines Hammers, der auf poröses Eisen trifft.

Windstärke zwei ... ungewöhnlich für diese Gegend des Atlantik, und auch für Kapitän Teo Fransakiris war's ein Wetter, das er gerade heute zum Teufel wünschte. Jeder andere hätte den unendlichen Sternenhimmel und die helle Nacht bewundert, doch Kapitän Fransakiris hatte keinen Blick für die überwältigende Schönheit, wie man sie sonst nur im Südchinesischen Meer oder in der Südsee erlebt. Fransakiris stand auf der Brücke, kaute an dem Mundstück seiner Pfeife, hatte die Kapitänsmütze in den Nacken geschoben und trommelte mit den Fingern der linken Hand nervös auf das Glas eines Anzeigeinstrumentes. Neben ihm lehnte an der Rückwand der Brücke Lorenz Aperl, von der Besatzung nur »Perlarsch« genannt. Er war der Erste Offizier dieses schwimmenden Riesen, der auf den Namen *Maringo* getauft war. Ein Supertanker, der bis zu 250 000 Tonnen Öl fassen konnte und dessen Schiffswand dann nur noch zehn Meter aus dem Wasser ragte.

»Verdammt!« sagte Kapitän Fransakiris und zog kräftig an seiner alten Pfeife, von der er sich nie trennte. »Sieh dir das an. Glatt wie in einem Suppenteller. Und gleich ist es ein Uhr nachts und die Küste fünfzig Meilen entfernt. Ich kann nicht mehr warten!«

»Wovor haben Sie Angst, Herr Kapitän?«

»Angst? Ein Fransakiris hat noch nie Angst gehabt. Aber wenn morgen oder übermorgen der Wind auf Westen dreht, schwappt die ganze Scheiße an Land.«

»Übermorgen liegen wir längst im Hafen von Monrovia. Wer kann denn nachweisen, daß die Rückstände von uns stammen?

Fünfundzwanzig Meilen weiter ist die Hauptschiffsfahrtsstraße, da lassen hunderte von Schiffen ihre Abfälle ab.« Lorenz Aperl machte drei Schritte nach vorn und stellte sich neben Fransakiris. »Hier hört und sieht uns keiner, wir stehen abseits, wir fahren ohne Lichter, sind in internationalen Gewässern, weit entfernt von einer Seeüberwachung wie in den USA oder an den Nordseeküsten ...«

»Lorenz! Wie lange fährst du jetzt zur See?«

»Sechzehn Jahre, Herr Kapitän. Aber zum ersten Mal auf einem Tanker. Und das ist sicher: Auch zum letzten Mal.«

»Und du hast noch nie Ölschlamm oder Bilgewasser heimlich abgelassen?«

»Auf den Fracht- und Containerschiffen ...« Aperl zögerte eine Sekunde ... »ja, da schon. Aber das waren kleine Mengen im Vergleich zu dem, was die *Maringo* mit sich schleppt. Wir werden einen Ölteppich hinterlassen ...«

»Was hast du gegen Teppiche?« Fransakiris nuckelte an seiner Pfeife und blickte dabei ungeduldig auf die Uhr. »Ein Teppich ist die Zier eines jeden Zimmers. Ein guter Teppich kostet eine Menge Geld. Wir verschönen die Meere mit unseren Teppichen, und das sogar umsonst. Hast du mal gesehen, wie das aussieht, wenn die Sonne auf solch einen Teppich scheint? Da leuchten die schönsten Farben, von Schwarz über Blau bis zu einem satten Grün, und es glitzert sogar ...«

»Mehr Zynismus ist kaum möglich.« Aperl schob die dicke Glastür zur Seite und trat hinaus auf die Brückennock. Fransakiris folgte ihm ... eine sanfte, warme Nacht. Es war nicht anzunehmen, daß in ein oder zwei Tagen ein stärkerer Wind aufkam.

»Es bleibt mir keine Wahl. Die Ballasttanks sind gefüllt. Die Öltanks müssen sauber sein, wenn wir in Monrovia einlaufen. Die Ölschlammtanks müssen entleert werden, aber dort gibt es keine Auffanganlagen. Das weißt du doch alles, Lorenz.«

»Mir wird übel bei dem Gedanken, was wir lenzen wollen.«

»Außerdem ist es ein Befehl der Reederei.«

»Wie bitte?« Aperl fuhr herum. »Die Reederei befiehlt uns, bewußt einen Ölteppich ins Meer zu leiten? Das ist nicht wahr!«

Fransakiris lehnte sich gegen die Schanz der Brückennock. Sie war, wie vieles auf der *Maringo*, total verrostet. »Reg dich nicht auf, Junge«, sagte er und klopfte seine Pfeife an der Reling aus. Er pustete durch das zerkaute Mundstück und steckte das geliebte Stück in seinen dunkelblauen Rock. Fransakiris war einer jener Kapitäne, die auch auf einem Tanker nie auf ihre Uniform verzichteten. Auch legte er Wert darauf, im Dienst, also auf Fahrt, korrekt mit Herr Kapitän angesprochen zu werden. Dies galt sogar für seinen Freund Lorenz Aperl. An Land und privat konnte man ihn vertraulich duzen. Und so war es schon ein paarmal vorgekommen, daß auf Landgang sein Weg sich in einem Puff mit einem seiner Besatzungsmitglieder gekreuzt hatte. Immer stand der Betreffende dann stramm, grüßte, grinste breit und rief: »Der nächste bitte, Herr Kapitän!« Fransakiris nahm es ihnen nicht übel... Hier waren sie nur Männer, weiter nichts.

»Alles ist genau kalkuliert, Junge, und der Computer ist unbestechlich«, sagte er jetzt. »Eine Tonne Altöl kostet, wenn man sie vorschriftsmäßig entsorgt, hundertzehn Dollar. Nun rechne mal aus, was unser Ölschlamm kosten würde, wenn wir eine Entsorgungsstation anlaufen. Na?«

»Das ist doch lächerlich!«

»Sagst du. Die hohen Herren in den Reedereien denken da anders.«

»Um wieviel mehr würde am Schluß das Autobenzin kosten?«

»Ein achtzehntel Pfennig...«

»Du meine Güte! Und wegen einem achtzehntel Pfennig verseucht man die Meere?«

Fransakiris winkte mit einer Geste der Resignation ab. »Du denkst und rechnest wie der kleine Emil. Es geht um ganz andere Größenordnungen. 4000 Tanker mit 1,5 Milliarden Tonnen Öl sind heute unterwegs. Das sind 40 % aller auf See transportierten Güter. Und alle müssen irgendwo Altöl loswerden. Wenn die Reeder diese Tausende von Tonnen legal abgäben, wäre ihr Verdienst noch schlapper...« Fransakiris schlug mit beiden Fäusten gegen die Brückennock. »Verdammt. Lorenz, wir müssen! Jag die Kerle aus den Matten in die Bunker.«

»Sie stehen seit einer Stunde einsatzbereit, Herr Kapitän.«

»Hätte ich dich nicht!« Fransakiris legte den Arm um Aperl. »Du hast 'ne fabelhafte Schule hinter dir, was?«

»Sie etwa nicht, Herr Kapitän?«

Es war das erste Mal auf der Fahrt nach Nagoya und zurück nach

Liberia, daß sie so vertraut miteinander sprachen. Fransakiris lachte kurz und winkte wieder ab.

»Ich habe mein Patent für Küstenschiffahrt. Immer das Land in Sicht.«

»Das ist nicht wahr...« sagte Aperl entsetzt. »Und jetzt fahren Sie so ein Riesending über die Weltmeere?«

»Hattest du was auszusetzen, Junge? Ist nicht alles glatt gewesen wie der Hintern einer Asiatin? Ob'n Küstenschlepper oder eine *Maringo*... Schiff ist Schiff. Wer'n Führerschein hat, kann ja auch einen Fiat oder einen Rolls Royce fahren. So, und jetzt werden die Tanks gereinigt! Junge, um deine Bemerkung von vorhin aufzugreifen: Was wir hier machen, ist ein Verbrechen, ich gebe es zu... aber sieh dich mal um, sieh hinter die Kulissen... Diese Welt ist groß geworden durch kleine und große Verbrechen, über die man gar nicht spricht. Begrab deinen Glauben an den anständigen Menschen.«

Er ließ einmal kurz die schrille Sirene aufheulen und blickte Aperl wie bedauernd an.

»Sehen wir uns das mal an«, sagte er sarkastisch. »Wir weben dem Meer einen schönen, glänzenden Teppich...«

Auf der *Maringo* begannen die Pumpen zu stampfen. Tonnen von Ölschlamm und Bilgewasser sickerten in den Atlantik. Nur eine Forderung der internationalen Schiffahrt hielt der Riesentanker ein: Sie waren fünfzig Meilen von der Küste entfernt.

Sofort nach seiner Ankunft in Monrovia, nachdem er sein Gepäck im Hotelzimmer abgelegt hatte, bestieg Lothar Heßbach ein Taxi gewaltigen Ausmaßes und ließ sich zum Büro der *International Shipping Corporation* fahren. Es lag in der Neustadt von Monrovia in einem Hochhaus aus Beton und Glas, mit goldgetönten Fenstern und einer imposanten Marmorhalle. Eine amerikanische Bank hatte diesen Klotz gebaut. Inzwischen hatte sich die Vorstellung breitgemacht, daß in Liberia jeder Herzschlag von den Computern, die in diesem Glaspalast untergebracht waren, kontrolliert werde. Sie beherrschten den Rhythmus des liberischen Lebens.

Heßbach war eine völlig unauffällige Erscheinung. Er hatte weder einen sportlich durchtrainierten Körper noch einen Bauch, kein markantes Gesicht oder eine Glatze und er trug einen normalen hellbeigen Anzug, gekauft bei Bloomingdale in New York, weiße Leinenschuhe und eine am offenen Hemdkragen heruntergezogene, bunte Krawatte. Sein Gang war das einzige, was ihn vielleicht von anderen Menschen unterschied: Bei jedem Schritt konnte man ein leichtes Wiegen in den Hüften beobachten, so als sei er gewohnt, über schwankenden Boden zu gehen.

Nach zwei Wochen Urlaub war Heßbach von New York nach Monrovia geflogen. Der ständige Seewind, der Salzgeschmack im Gaumen, der eigenartige Geruch des Meeres, die Schaumkronen vor dem Bug, das Wiegen in den Wellen, all dies hatte ihm gefehlt: der immerwährende Kampf des Menschen gegen das Meer. Heßbach war, wie viele Seeleute, fern vom Meer geboren und aufgewachsen, besaß nun aber eine kleine Wohnung in Hamburg und war seit vier Jahren mit Luise Bertram verlobt.

Wenn er darüber nachdachte, war er selbst verwundert. Er hatte Luise auf einem Sommerball der Schiffergesellschaft kennengelernt. Sie war die Tochter eines Kapitäns auf Großer Fahrt, kannte, wie ihre Mutter, die Einsamkeit einer Seemannsfrau, das lange Warten auf die Rückkehr des Mannes, den kurzen Urlaub und das Wiederauslaufen nach Hongkong oder San Francisco oder Durban. Heßbach hatte sie nur einmal geküßt, war am nächsten Tag nach Liverpool aufgebrochen und hatte nach seiner Rückkehr mit ihr geschlafen. Seitdem betrachteten sie sich als Brautpaar, sahen und liebten sich dreimal, höchstens fünfmal im Jahr, aber Luise kannte es ja nicht anders von ihren Eltern, und so wurde für sie jede Rückkehr Heßbachs nach Hamburg eine Festzeit.

Von Heirat sprachen sie nur zweimal, und jedesmal endete ein solches Gespräch im stummen, störrischen Zusammenhocken.

»Wenn wir heiraten...« hatte Luise jedesmal gesagt... »möchte ich, daß du an Land bleibst. Ich will nicht das Leben meiner Mutter führen. Ich will dich bei mir haben, immer, jeden Tag, nicht immer nur auf ein paar Wochen. Es gibt für dich als Kapitän so viele Möglichkeiten, an Land zu arbeiten. Bei einer Behörde, bei einer Schiffsversicherung, bei einer Reederei, bei einer Handelsfirma...«

»Kannst du dir vorstellen...« hatte er geantwortet... »daß ich meine Hosen auf einem Bürostuhl durchwetze? Ich als Beamter in einer Behörde! Das ist, als ob man mir ein Halsband umbindet und mich wie einen Hund herumführt. Schon der Gedanke daran macht mich krank...«

»Und was soll aus uns werden? Lothar, ich liebe dich...«

»Ich dich auch.«

»Aber ich will nicht so einsam leben wie meine Mutter. Vater war in diesem Jahr dreimal zu Hause... Ist das ein Leben? Frau Kapitän – was habe ich davon? Ich will dich, deine Liebe, deine Zärtlichkeit, deine Gegenwart. Ist dir das Meer so wichtig?«

»Ja.«

»Wichtiger als ich?«

»Das ist eine dumme Frage, Luise.« Heßbach hatte, wie immer, das Gefühl, beengt und bedrängt zu werden. Mein Gott, ja, ich liebe sie, wie oft denke ich an Bord an sie, in den langen Nächten auf dem unendlichen Stillen Ozean oder bei einem goldenen Sonnenuntergang im Südchinesischen Meer, und wie oft denke ich: Wenn Luise diese Schönheit sehen könnte. Aber immer ist das Meer dabei, es gehört zu meinem Leben. »Die Liebe zur See ist anders als zu dir.«

»Aber stärker!«

Das war dann jedesmal der Augenblick, wo man stumm und verschlossen sich gegenüber saß und später im Bett jeder dem anderen den Rücken zudrehte. Und dann kam jener Tag, der Heßbachs Leben grundlegend veränderte.

Es war vor Haïti, ein stürmischer früher Morgen, die *Libertas* kämpfte sich durch die Wellenberge, ein Containerschiff von 8700 Bruttoregistertonnen. Heßbach stand breitbeinig auf der Brücke, der Zweite Offizier starrte auf das Echolot, das eine Meerestiefe von vierzig Meter anzeigte, der Erste Offizier kontrollierte das Radar, denn sie passierten ein Gebiet, das von Korallenbänken durchsetzt war. Bei ruhiger See war dies eine gefahrlose Strecke, bei Sturm aber ein Himmelfahrtsunternehmen, ein Slalom mit 8700 Bruttoregistertonnen, beladen mit Containern voller Maschinenersatzteile, die von Boston nach Caracas transportiert werden sollten. Mitten in der Karibik erhielt Heßbach von der Reederei den Funkspruch, abzudrehen und Santo Domingo anzufahren, um zusätzliche Fracht aufzunehmen.

»Nehmen Sie den kürzesten Weg«, hatte man gefunkt. »Den Zeitverlust durch den Umweg müssen Sie unbedingt aufholen. Die

Fracht ist wichtig! Wir erlauben Ihnen, die üblichen Straßen zu verlassen.«

Und plötzlich kam Sturm auf. Bei Haïti begann die Hauptmaschine zu stottern, setzte aus, kam wieder in Fahrt und versagte dann ganz. Heßbach brüllte herum, was völlig sinnlos war, kletterte hinunter zum Maschinenraum und entdeckte den Chefingenieur in einer Ecke, zwischen zwei dicken Rohren auf einem Stuhl sitzend.

»Was ist los?!« schrie Heßbach. »Sie sitzen hier gemütlich herum, während wir auf die Klippen zutreiben! Was ist mit der Maschine los?«

»Wasser im Brennstofftank.« Der Chefingenieur, ein Pole, zuckte resignierend die Schultern. »Mit einem Wasser-Öl-Gemisch fährt kein Diesel.«

»Und warum lassen Sie die Scheidepumpen nicht laufen?« brüllte Heßbach.

»Weil es sinnlos ist.« Der Pole wischte sich über das feuchte Gesicht. »Wir fahren Bunker C, den miserabelsten Treibstoff, den es gibt. Da kann man nicht mehr abscheiden. Die Hauptmaschine ist tot!«

»Mensch! Sie Idiot! Wir haben doch eine Zusatzmaschine!«

»Springt nicht an. Die Pumpen sind eingerostet.« Der Chefingenieur lehnte sich gegen die Stahlwand zurück. »Außerdem...« sagte er stockend, »... bin ich solche Maschinen, wie hier auf dem Schiff, noch nicht gefahren.«

»Was sagen Sie da?« Heßbach schwindelte es. »Sie können mit den Maschinen nicht umgehen? Als Chefingenieur?«

»Ich bin an normalen Dieselmotoren ausgebildet worden.«

»Weiß das die Reederei?«

»Sie hat mich aufgrund meiner Papiere engagiert.«

Heßbach hatte ein paarmal tief durchgeatmet. »Und was nun?« fragte er. Seine Stimme war heiser vor Erregung.

»Nichts, Kapitän.«

»Das heißt also...«

»Ja. Wir haben einen Blackout. Nichts läuft mehr.«

Heßbach verzichtete auf eine Antwort und hetzte wieder an Deck. Auf der Brücke starrten ihm der Erste und Zweite Offizier entgegen. Sie waren beide Engländer und erfahrene Seeleute.

»Herr Kapitän«, sagte der Erste Offizier, »wir treiben außer Kurs. Was ist mit der Maschine los?«

»Blackout, meine Herren!«

»Das heißt, wir sind manövrierunfähig?«

»Total!«

»Wir kommen bei dieser Abdrift genau auf die Korallenriffe zu. Wie lange wird es dauern, bis der Chief die Maschine wieder einsetzen kann?«

»Der Chief, meine Herren...« antwortete Heßbach mit einem Unterton von Hilflosigkeit... »ist Fachmann für Dieselmotoren für Fischfangboote auf der Ostsee. Bei unseren Maschinen muß er nach Gebrauchsanleitung arbeiten.«

»Das ist doch nicht möglich, Sir!« rief der Zweite Offizier. »Wir treiben also hilflos herum? Und die Hilfsmaschine?«

»Kann er überhaupt nicht bedienen.«

»Ich bringe den Kerl um!« knirschte der Erste Offizier und ballte beide Fäuste. »Herr Kapitän, ich bitte um Verzeihung... aber ich bringe ihn um!«

»Das macht unseren Pott nicht wieder flott. Wir können nur warten und um Hilfe rufen.«

Sein Leben lang würde es Heßbach nicht vergessen können... diesen gräßlichen, kreischenden Ton, als die *Libertas*, von der hohen See hin- und hergeschleudert, auf das erste Korallenriff krachte. Dann saß sie fest, wurde auf dem Riff im Wellengang vor- und rückwärts gedrückt, so daß der Schiffsrumpf bei jeder Bewegung weiter aufgeschlitzt wurde.

»Boote klar!« rief Heßbach in das Mikrofon. »Alle Mann an Bord und in die Boote!« Er nahm seine Mütze, drückte sie auf den Kopf und sah seine beiden Offiziere an. »Meine Herren«, sagte er. »Sie sind Zeugen, daß die *Libertas* nicht mehr zu retten war. Wir hatten einen nur mangelhaft ausgebildeten Chefingenieur und dazu die Weisung, den kürzesten Weg nach Santo Domingo zu nehmen! Trotz meines Einspruchs wurde die Order nicht zurückgenommen.« Er grüßte, und die Offiziere hoben ihre Hände an ihr Mützenschild. »Meine Herren, gehen wir in die Boote.«

Wie es der Ehrenkodex eines Kapitäns vorschreibt, verließ Heßbach als letzter sein Schiff. Die schweren Brecher schlugen auf die Container ein, die *Libertas* geriet in eine Schräglage und kippte nach Steuerbord ab, und es war nur eine Frage der Zeit, wann das Meer die Ladung losriß. Sinken konnte das Schiff nicht, denn die Korallenfelsen würden es nicht mehr freigeben. Ein Wrack mehr auf dem Grund der Ozeane.

Zwei Monate später war Lothar Heßbach arbeitslos. Der deutsche Reeder Dr. Roland Wolffers, Chef der *Wolffers Shipping AG* in Bremerhaven, ließ sich auf keine Diskussionen ein. Zeugenaussagen blieben ungehört. Kapitän Heßbach hatte versagt. Auch ein halbgebildeter Chefingenieur war keine Entschuldigung, zumal dieser nach der Rettung durch einen haïtischen Küstenfrachter sofort verschwunden war. Keiner wußte, wohin ... und ein nicht auffindbarer Zeuge ist kein Zeuge, höchstens eine Ausrede. So blieb die Schuld an Heßbach hängen. Für den Reeder Dr. Wolffers war er als Kapitän untragbar geworden. Außerdem war es gar nicht im Sinne der Reederei und auch des Eigners, den Untergang der *Libertas* in einem öffentlichen Gerichtsverfahren der ganzen Welt zur Kenntnis zu bringen. Eine Tagesmeldung in den Zeitungen – weiter nichts. Die Fracht war hoch versichert, der Verlust des Schiffes – es war neunzehn Jahre alt – kein eigentlicher Verlust. Die Reederei nahm sogar einen stillen Gewinn von sieben Millionen ein ... nur bedauerlich war es, daß dreißig Container nicht Santo Domingo erreichten, denn sie enthielten statt der deklarierten Maschinenteile Waffen aus US-Army-Beständen.

Der Name eines wegen Fahrlässigkeit – milde ausgedrückt! – entlassenen Kapitäns spricht sich bei den Reedereien schnell herum. Ein Kapitän, der sein Schiff bei Sturm mitten in die Korallenriffe steuert, ist für seriöse Reeder indiskutabel. Außerdem gibt es Kapitäne genug, die auf eine freiwerdende Stelle warten. Warum also einen Risikomann anheuern? Aber da gibt es auch noch die Reeder, die ihre Schiffe in den sogenannten Billigflaggen-Ländern registrieren lassen, Länder, in denen man weniger Steuern zahlt, in denen die Sicherheitsbestimmungen nicht so streng sind wie etwa beim Germanischen Lloyd, in denen die Kontrollen großzügiger gehandhabt werden, wo es vor allem kein Tarifrecht für Seemannschaften gibt und man eine Schiffsbesatzung zum halben Preis anheuern kann. Und so kommt es, daß Tankerriesen oder Containerschiffe unter den Flaggen von Zypern, Honduras, den Bahamas, St. Vincent, Antigua, vor allem aber unter der Flagge von Liberia, der rotweiß gestreiften Fahne mit dem weißen Stern auf blauem Viereck in der oberen linken Ecke. Die Billigflaggen-Schiffe beherrschen alle Meere, ihr Anteil an Unglücken auf See ist 114 mal größer als von Schiffen unter »seriöser« Flagge.

In Santo Domingo, wo Heßbach nach der Havarie geblieben war und ein schäbiges Zimmer in einem Vorstadthotel bewohnte, das weniger Durchreisende beherbergte, als vor allem die – man kann es nicht verschweigen – hübschen, kaffeebraunen, vollbusigen Mädchen, die ein Zimmer für eine oder zwei Stunden mieteten und damit mehr in die Kasse brachten als ein Tagesgast. Sie bekamen denn auch die besten Zimmer mit eigener Dusche. Heßbach war die Ausstattung seines Zimmers ziemlich egal ... Er brauchte ein Bett, weiter nichts. Tagsüber saß er vor den Straßencafés und beobachtete die Menschen, abends hockte er in einer Bar und sah mißmutig den Nackttänzerinnen zu, wehrte die »Mückchen« ab, indem er auf spanisch sagte: »Hier gibt's nichts zu stechen. Ich bin pleite, oder machst du's umsonst?«, worauf er unbelästigt blieb. Und erst später in der Nacht warf er sich auf sein Hotelbett, nackt und schwitzend, denn sein Zimmer hatte keine Klimaanlage.

Vierzehn Tage nach seiner Entlassung von der *Wolffers Shipping AG* winkte ihm der dicke, ständig asthmatisch atmende Nachtportier zu sich an die Theke. Er schob Heßbach einen Zettel zu und sagte dabei:

»Señor, da war ein Anruf für Sie. Sie sollen morgen zurückrufen.«

»Ein Gespräch aus Deutschland?« fragte Heßbach. Er dachte an Luise, und seine Lippen wurden schmal. Sie wissen es also auch schon in Hamburg, dachte er verbittert. Er wußteim voraus, wie alles verlaufen würde: Luise weinte, der alte Bertram tobte und sah es als Schande der Familie an, einen Schwiegersohn zu bekommen, der als Kapitän versagt hatte, die Mutter schwieg, wie immer, und fraß das neue Leid in sich hinein, und es war fast sicher, daß der Alte kein Wort von dem glauben würde, was Heßbach ihm erzählte. Ein Kapitän, der versagt ... etwas Schlimmeres war für den alten Bertram nicht denkbar. »Eine Frau?«

»Nein, ein Mann ... aus New York.« Der Nachtportier tippte auf den Zettel. »Da steht's, Señor.«

Heßbach nahm die Notiz und setzte sich in einen alten, wackeligen Korbsessel. Zwei auffallend attraktive Dirnen hatten das Hotel betreten, fest im Griff von zwei US-Matrosen in fleckenlosen weißen Uniformen. Der Nachtportier hielt ihnen zwei Zimmerschlüssel entgegen.

»Wie lang, Zynthia?«

»Eine Stunde, wie immer.«

»Bis zum Wecken!« rief einer der Matrosen. »Bis ich sage: Feuer einstellen.«

»Das schaffst du nicht, Darling.« Zynthia zog ihren Matrosen zu dem engen Lift. »Nach einer Stunde bist du ein nasser Sack.«

»Ich bin geladen wie ein Maschinengewehr!« schrie der Matrose. »Ratattata ... morgen früh biste zersägt! Das Zimmer ist bis morgen früh gebucht, Quellbauch.«

»Macht einhundert Dollar, Señor«, antwortete der Nachtportier unbeeindruckt. Man konnte ihn nicht beleidigen, Beschimpfungen gehörten zum Beruf. Quellbauch war noch sehr freundlich – da gab es andere Worte, bei denen man sich wirklich zur Beherrschung zwingen mußte.

Als die vier verschwunden waren, erhob Heßbach sich aus dem Korbsessel.

»Ich kenne den Anrufer nicht«, sagte er zu dem Portier.

»Er aber Sie. Er sagte sogar, Sie wären Kapitän. Ein richtiger Kapitän, Señor. Das hat keiner von uns gewußt.«

»Es ist auch nicht so wichtig, José.«

»Für uns ist es eine Ehre, daß Sie bei uns wohnen. Ab morgen bekommen Sie ein anderes Zimmer, sagt der Chef.«

»Nicht nötig. Ich brauche doch nur ein Bett, weiter nichts.« Heßbach steckte den Notizzettel in die Rocktasche, fuhr hinauf in den dritten Stock, zog sich in seinem stickigen Zimmer nackt aus und warf sich auf das hellblau lackierte Eisenbett. Ein Anruf aus New York. Ein Mister Jack Dussek. Heßbach drehte sich auf die Seite. Morgen würde er wissen, wer dahinter steckte.

Am nächsten Tag, elf Uhr vormittags New Yorker Zeit, rief er die angegebene Telefonnummer an. Eine helle Mädchenstimme meldete sich, nannte undeutlich einen Firmennamen und sagte: »Ich verbinde sofort«, als Heßbach den Namen Jack Dussek aussprach.

Jetzt wissen wir gleich, was los ist, dachte Heßbach. Jetzt ...

»Dussek«, sagte eine angenehme, wohlklingende Stimme.

»Heßbach.«

»Es freut mich, daß Sie sofort zurückrufen. Wie geht es Ihnen?«

»Gut. Aber, Mister Dussek, was soll die Frage. Wir kennen uns nicht ...«

»Das wird sich ändern. Ganz unbekannt sind Sie mir aber nicht. Ich weiß eine Menge über Sie. Sie haben das Kapitäns-Patent für Große Fahrt, sind Deutscher, Ihr Ruf bei den Reedereien ist tadellos, Sie gelten als ein Kapitän der alten, harten Schule, und Sie hatten das Pech, vor Haïti in einen Korallensee zu steuern und Ihr Schiff aufgeben zu müssen. So etwas wird im internationalen Reederkreis registriert. Man hat Ihnen gekündigt, Sie sitzen auf dem Trockenen, und es wird schwer sein für Sie, eine neue gute Heuer zu bekommen.«

»Bevor Sie weiterreden ...« unterbrach Heßbach die wohlklingende Stimme von Mr. Dussek ... »Sie sind also Reeder?«

»Nein. Ich bin der Leiter der New Yorker Außenstelle der *International Shipping Corporation*.«

»Liberia.«

»Sie kennen uns, Mr. Heßbach?«

»Wer kennt die ISC nicht? Sie haben – so behaupten Insider – 39 Tanker unter liberianischer Flagge laufen. Außerdem betreuen Sie ...«

»Ich kenne unsere Kapazitäten!« Jetzt unterbrach Dussek das Gespräch. »Wir laden Sie zu einem Informationsgespräch nach New York ein. Wann können Sie kommen?«

»Jederzeit. Aber vorher möchte ich wissen ...«

»In New York, Mr. Heßbach. Am Telefon ist das alles zu unpersönlich.«

»Die ISC hat Interesse an mir?«

»Man könnte darüber reden.«

»Da gibt es eine kleine Schwierigkeit: Ich habe kein Interesse an der ISC.«

»Sehen Sie, das müssen wir persönlich aushandeln.« Dusseks Stimme wurde noch einen Grad verbindlicher. »Kommen Sie nach New York. Hören Sie sich an, was ich Ihnen zu sagen habe. Wir nehmen es Ihnen nicht übel, wenn Sie dann noch Bedenken haben. Können Sie morgen eine Maschine nehmen, Mr. Heßbach?«

»Natürlich.«

»Dann fahren Sie morgen früh zum Airport. Dort ist auf Ihren Namen ein Ticket hinterlegt. In New York holt unser Wagen Sie ab. Der Chauffeur kennt Sie – er hat ein gutes Foto von Ihnen.«

»Was haben Sie sonst noch von mir?« fragte Heßbach sarkastisch. »Meinen Umfang von Brust, Bauch und Hüfte?«

Dussek lachte laut. »Guten Flug!« rief er ins Telefon. »Bis morgen, Herr Kapitän ...«

Heßbach legte auf, stützte sein Kinn auf die gefalteten Hände und starrte auf die Rezeptionstheke. Liberia. Die ISC. Luises Vater wird nach Luft ringen. Ein Schwiegersohn unter Billigflagge ... das kommt einem Mordanschlag gleich. Aber das bedeutet auch, daß ich Luise noch seltener sehen werde. Bei diesen Reedern ist fliegender Wechsel an der Tagesordnung. Schiff im Zielhafen, zwei Tage Landluft, rauf auf das nächste wartende Schiff und ab über den Ozean.

Heßbach schüttelte den Kopf. Nein, das ist nichts für mich.

»Sie schütteln den Kopf, Señor?« fragte Francesco Andorra, der Chef des Hotels. »Was bedrückt Sie? Können wir Ihnen irgendwie helfen?«

»Nein. Danke.« Heßbach erhob sich von seinem Korbsessel. »Ich soll nach New York kommen. Aber ich will nicht. Nein, ich fliege nicht!«

Am nächsten Morgen um 9 Uhr 32 holte Heßbach sein Ticket am Airport ab.

Er flog aus purer Neugier und mit dem Vorsatz, zu allem nein zu sagen.

Ich bin ein ehrbarer Kapitän und kein Vagabund, sagte er sich. Denk an deine Mutter, die dich bei deiner Abreise zur Kadettenschule in Wilhelmshaven weinend an sich zog und sagte:

»Jetzt wirst du die ganze Welt kennenlernen, mein Tolpatsch. Aber die Welt ist schlecht. Auch wenn du einmal viel Geld verdienen solltest – vergiß nicht dein Gewissen. Ohne Gewissen bist du kein Mensch mehr.«

Wie recht sie doch hatte ...

Das Gespräch mit Mr. Dussek war geradlinig und offen. In einem der typischen Hochhäuser New Yorks hatte sich die ISC eingekauft, füllte drei Etagen und war mit Panzerglastüren und eigenen uniformierten Wächtern gesichert wie ein Staatsgefängnis. Mr. Jack Dussek hinterließ auf den ersten Blick mehr das Bild eines in der Großstadt fremden Revolverhelden als das eines mit allen Wassern gewaschenen Managers. Er kam Heßbach mit ausgestreckten Armen entgegen, als sei er ein Freund aus Collegezeiten, und führte ihn in sein riesiges Büro, von dem aus man einen herrlichen Blick auf Manhattan hatte. Auf einem runden Tisch mit schwarzgetönter Glasplatte standen zwei Whiskey on the Rocks. Dussek forderte mit einer einladenden Geste auf, in einem der Ledersessel Platz zu nehmen.

»Ich kenne keinen Seemann, der keinen Whiskey trinkt. Nehmen Sie Platz, Mr. Kapitän. Wir freuen uns alle, daß Sie nach New York gekommen sind.«

Zögernd ließ sich Heßbach nieder und zögernd trank er einen kleinen Schluck des wirklich hervorragenden Whiskeys. Die bemühte Freundlichkeit Dusseks machte ihn skeptisch. Der Amerikaner nahm gegenüber Platz und legte eine große blaue Mappe auf den Tisch.

»Sie sind ein hervorragender Kapitän...« setzte Dussek zu einer längeren Rede an. »Das weiß jeder Reeder, und man hat die Reederei Wolffers um Sie beneidet. Nun haben Sie einmal in Ihrem Leben einen dummen Unfall gehabt... Die Überreaktion von Dr. Wolffers ist uns unverständlich.«

»Das haben Sie alles schon am Telefon gesagt«, unterbrach ihn Heßbach.

»Wie stellen Sie sich Ihre Zukunft vor?« Dussek beugte sich über den Tisch vor.

»Ich werde schon noch ein Kommando übernehmen... irgendwann.«

»Ein abgehalfteter Kapitän ist so gut wie tot. Das wissen Sie genauso wie ich. Es warten genug Erste Offiziere auf eine Möglichkeit, Kapitän zu werden. Und jeder Reeder greift gerne auf sie zurück, wenn er einen neuen Kapitän braucht. Ihre Chancen, wieder ein Schiff zu fahren, sind gering.«

»Ich sehe das nicht so eng, Mr. Dussek«, antwortete Heßbach ärgerlich.

Ich bin ein guter Kapitän, dachte er. Man kennt mich in den Reedereien. Bei keiner Fahrt hat es je Schwierigkeiten gegeben, und tauchte wirklich ein Problem auf, so wurde es stets zu aller Zufriedenheit gelöst. Unter Heßbach zu fahren, so hieß es in den Heuerbüros, ist wie ein militärischer Einsatz. Da gibt es keinen lauen Dienst, keinen Schlendrian, kein heimliches Saufen an Bord, und erst im Hafen und nach Löschen der Ladung heißt es: »Freigang! Macht's gut, Jungs. Und denkt daran: Ein Tripper ist kein Schnupfen!« Warten wir ab – ich sehe meine Zukunft nicht so dunkel wie dieser schleimige Großstadtcowboy Dussek.

»Was wollen Sie von mir?« fragte Heßbach mit Nachdruck, als sei es seine letzte Frage.

»Haben Sie schon mal einen Tanker gefahren?«

»Nein. Die Reederei Wolffers hat nur Stückgutfrachter.«

»Würde es Sie reizen, einen Tanker zu fahren?«

»Nein.«

»Warum nicht?«

»Ich habe keine Erfahrung mit Tankern.«

»Er ist ein Schiff wie jedes andere.« Dussek lächelte Heßbach breit an. »Ist es ein Unterschied, ob Sie einen Cadillac oder einen Mercedes lenken? Rechts ist das Gas, in der Mitte die Bremse, links die Kupplung.«

»Ein naiver Vergleich.« Unwillig nahm Heßbach noch einen Schluck Whiskey. »Ein Tanker. Ohne Erfahrung! Nein. Ich bin bekannt für meine Genauigkeit und meine Korrektheit.«

»Darum sitzen wir uns ja gegenüber.«

»Ich müßte erst an einem kleinen Tanker üben.«

»Im Gegenteil.« Dussek schlug die blaue Mappe vor sich auf. »Sie sollen einen Riesen fahren! Zweihundertvierzig Meter lang mit einer Ladekapazität von 250 000 Tonnen Öl.«

»Ich lehne ab, Mr. Dussek.«

»Kennen Sie die *Maringo*?«

»Ich habe von ihr gehört. Ein Gigant.«

»Er gehört Ihnen! Sie sind der Kapitän. Ich brauche nur ein Ja von Ihnen.«

Dussek schob Heßbach die offene Mappe mit Fotos über den Tisch. Sie zeigten ein Riesenschiff aus verschiedenen Blickwinkeln, ein Hauptdeck, auf dem man Fahrrad fahren konnte, weiß glänzende Aufbauten, die an eine Pyramide erinnerten, mit einer breiten, gläsernen Kommandobrücke, auf Deck ein Gewirr von dünnen und dicken Rohren, Ventilrädern und Krängestangen, ein hochragender, gewaltiger Schornstein, in den Reederfarben der ISC aus Liberia, eine riesige Radaranlage ... Es waren Fotos, die jeden Betrachter beeindruckten und bei einem Laien die Frage aufwarfen: Wie kann so etwas schwimmen?!

Heßbach schob die blaue Mappe zurück und lehnte sich in den Sessel zurück. Der Anblick dieses Giganten zeigte Wirkung. »Sie trauen mir zu, die *Maringo* zu steuern?« fragte er stockend.

»Nur Ihnen, Mr. Heßbach.« Dussek atmete innerlich auf. Die Fotos hatten offensichtlich ihren Zweck erfüllt.

»Und wer fährt die *Maringo* heute?«

»Kapitän Teo Fransakiris. Ein Grieche.«

»Und warum soll er das Schiff abgeben?«

»Auf eigenen Wunsch. Er will zurück nach Griechenland und übernimmt ein Kreuzfahrtschiff. Piräus – Rhodos und zurück. Sanderos-Reederei. Fährt unter Charter von neun amerikanischen Reisebüros. Das ist ein Job, den Fransakiris sich immer gewünscht hat. Sie sehen, Mr. Heßbach, wir brauchen Sie.«

Nach zwei Stunden hatte Jack Dussek unter Einsatz aller Überredungskünste Heßbach überzeugt. Sie beendeten ihr Gespräch im Börsenrestaurant bei einem guten Lunch mit vorzüglichem kalifornischen Weißwein, und dann unterschrieb Heßbach den Vertrag als Kapitän der *International Shipping Corporation*.

»Die *Maringo* läuft in drei Tagen in Monrovia ein«, sagte Dussek und nahm den Vertrag an sich. »Sie bunkert dann sofort 200 000 Tonnen leichtes Rohöl und läuft zwei Tage später nach Rotterdam aus.«

»In Monrovia Öl? Das ist neu.«

»Es ist ein Sondertransport.« Dussek hatte die Gabe, auch bei einer Lüge süßlich zu lächeln. »Der Eigner ist eine afrikanische Ölgesellschaft, die mit einem Dumpingpreis in Rotterdam Fuß fassen will. Nach dieser Fahrt werden Sie kolumbianisches Öl nach Europa bringen, vor allem nach Spanien und Frankreich.«

Am nächsten Tag flog Heßbach nach Santo Domingo zurück, packte seinen Koffer, flog wieder nach New York und weiter nach Monrovia.

Nun stand er vor dem protzigen Hochhaus, das so gar nicht zu seinem Bild von Afrika paßte, sah an der spiegelnden Glasfassade hinauf und auf das Leuchtschild *International Shipping Corporation*. Da bist du also gelandet, dachte er. Bei einer Billigflagge. Du wirst zwar einen Riesentanker fahren, eine große, verantwortungsvolle Aufgabe, aber du wirst hundert Augen haben müssen. Der Ruf der Billigflaggen-Schiffe ist verheerend, aber ein Koloß wie die *Maringo* wird eine Ausnahme sein.

Der Reeder Jesus Malinga Bouto empfing Heßbach unverzüglich. Er war gebürtiger Liberianer, freundlich und stolz, und trug trotz der Hitze einen hellen Anzug, weißes Hemd und eine rotgemusterte, korrekt gebundene Krawatte. Er bot Heßbach keinen Alkohol an, sondern eisgekühlten Orangensaft und erwähnte im Gespräch beiläufig, daß er der Religionsgemeinschaft der Baptisten angehöre.

»Mein Großvater war 1909 kaiserlicher Brückenwärter«, sagte er stolz. »Und meinen Vater ließ er aus Verehrung für Kaiser Wilhelm auch Wilhelm taufen. Wir waren immer Freunde der Deutschen, sie waren gute Kolonialherren. Wir haben viel von ihnen gelernt. Auch jetzt, als freier Staat, sind uns die Deutschen die liebsten Partner. Da freut es mich umso mehr, daß wir einem Deutschen unsere wunderbare *Maringo* anvertrauen.«

»Liegt sie schon im Hafen?« fragte Heßbach.

»Sie ankert morgen früh auf Reede. Sehen Sie sich bis dahin unsere Stadt an. Es ist zwar nicht Miami, aber sie bietet doch einige Überraschungen.« Jesus Malinga Bouto erhob sich und gab Heßbach die Hand. »Auf eine gute Zusammenarbeit, Käpt'n. Melden Sie sich morgen gegen neun Uhr in der Fahrtenleitung. Der ganze Papierkram ... Na, Sie kennen das ja.«

Danach stand Heßbach wieder in der glühenden Hitze auf der Straße, und eine Mischung aus Ärger oder Enttäuschung kam in ihm auf. Ein freundlicher, aber distanzierter Empfang war das gewesen.

Heßbach kehrte in sein Hotel zurück, immerhin das beste, das es in Monrovia gab – die ISC bezahlte es –, er zog sich um, weiße Hose, Hemd mit tropischen Blumenmotiven, weiße Turnschuhe und einen Stoffhut mit breiter Krempe.

Monrovia war eine Großstadt mit breiten modernen Boulevards, Straßencafés, einer Unzahl Bars, erstaunlich guten Geschäften und sauberen Neubauhäusern, aber gleich hinter diesem modernen

Stadtkern begann das andere Afrika mit Elendsquartieren, überquellenden Slums, eine Anhäufung von Armut und Dreck.

Heßbach setzte sich in ein Café, bestellte ein Bier und ein Sandwich mit Käse und hatte plötzlich die Idee, Luise anzurufen. Es war ein spontaner Entschluß. Zeig es dem alten Bertram, dachte er. Ich stehe nicht mehr auf dem Abstellgleis. Ich bin immer noch Kapitän!

Luise war zu Hause. Als sie den Hörer abnahm und Heßbachs Stimme hörte, war es, als greife ihr jemand an den Hals und drücke ihn zu.

»Lothar ... mein Gott, Lothar, wo bist du?« fragte sie und lehnte sich an die Wand. Sie spürte eine plötzliche Schwäche und gleichzeitig ein Herzklopfen, als wolle das Herz zerspringen. »Lothar ...«

»Ich war in Santo Domingo und New York. Jetzt rufe ich aus Liberia an.«

»Liberia ... Himmel, was tust du in Liberia?«

»Ich übernehme hier ein Schiff. Einen Tanker. Ein Riesending ... die *Maringo*.«

»Du fährst einen Tanker?« stotterte sie. »Unter einer Billigflagge?«

Die Tochter ihres Vaters. Die erste Reaktion: ein Vorwurf.

»Freust du dich nicht?« fragte Heßbach. »Ich habe wieder ein Kommando. Ich bin kein Kapitän mehr, der auf einer Taurolle sitzt und auf Heuer wartet. Man vertraut mir einen riesigen Tanker an.«

»Du hast noch nie solch ein Schiff gefahren, Lothar.«

»Ich muß dir da mit einem Spruch meines Reeders antworten: Ob du einen Fiat oder einen Rolls Royce fährst, Auto ist Auto ... und ein Schiff ist ein Schiff. Ich freue mich jedenfalls auf diese Fahrt. Monrovia – Rotterdam. Ich habe dann Urlaub und komme von Rotterdam zu dir.«

»Wie lange haben wir uns nicht mehr gesehen?«

»Ich glaube sechs Monate ...«

»Es werden Ende dieses Monats genau sieben Monate sein.« Ihre Stimme bekam einen traurigen Klang. »Was soll aus uns werden, Lothar? Soll das immer so weitergehen? Immer diese Einsamkeit, dieses schreckliche Alleinsein, dieses Warten?! Ich will nicht so werden wie meine Mutter, die nur wirklich lebt, wenn Vater von großer Fahrt nach Hause gekommen ist. Ich will mehr vom Leben haben.«

»Laß uns Geduld haben, Luise. Wenn der Geruch des Unglückskapitäns verflogen ist, wird sich eine Reederei finden, die mir ein Schiff gibt. Hamburg-Helgoland, Hamburg-Cherbourg, Hamburg-Marseille... Du wirst mich öfter zu Hause haben, als dir lieb ist. An Land bin ich ein Ekel.«

»Ich liebe dich...« Ihre Stimme zitterte. »Ich werde beten, daß alles so wird, wie wir es uns wünschen.«

»Das wäre zu schön. Ich rufe dich aus Rotterdam an, mein Liebling«, sagte er.

»Weißt du nicht, wann du ankommst in Rotterdam?«

»Noch nicht.«

»Ich will dabei sein, wenn dieses Riesenschiff in den Hafen einläuft.«

»Ich werde dich über Funk verständigen, Schatz.« Er spitzte die Lippen und schmatzte einen Kuß in den Hörer. »Grüß alle, auch deinen Vater.«

»Vater wird sich aufregen wegen der Billigflagge.«

»Dein Vater kann mich mal...« Zorn stieg plötzlich in ihm auf, und er konnte ihn nicht unterdrücken. »Ich liebe dich und nicht deinen Vater. Tschüß, mein Liebling!«

Er legte auf und starrte wütend auf ein Ölbild, das an der Zimmerwand hing. Es zeigte eine Szene aus dem Hinterland Liberias. Bauern mit schweißglänzenden, schwarzen Körpern bei der harten Feldarbeit.

Man kann da denken und reden, was man will, dachte er: Ich habe eine große Chance bekommen und werde sie nützen.

Am nächsten Tag, dem Ankunftstag der *Maringo*, mietete sich Heßbach ein Boot mit ratterndem Außenbordmotor und fuhr hinüber zu dem auf Reede ankernden Tankergiganten. Während oben an Deck Kapitän Fransakiris die Mannschaft zum Abschied einen Haufen Gauner nannte und der Erste Offizier Aperl von einem Sprecher der Crew einen mit Glasperlen bestickten Lappen, der die Form eines Hinterns hatte, anspielend auf seinen Spitznamen »Perlarsch« geschenkt bekam, umkreiste Heßbach mehrmals den Riesenrumpf der *Maringo*.

Was ihm als erstes auffiel, waren die großen Rostflecken im Anstrich. Dann sah er, daß auch die Aufbauten neue Farbe dringend nötig hatten… Die Bilder, die ihm Dussek in New York vorgelegt hatte, um ihn nach Liberia zu locken, waren sicherlich bei der Indienststellung des Schiffes aufgenommen worden. Jetzt sah man dem Giganten an, daß er ein ruheloses Lasttier war, das zwar sein Treibstoffressen bekommen hatte, sonst aber in seinem Dreck schlafen mußte.

Fransakiris blickte ärgerlich über die Reeling, als Heßbach wieder längs der Bordwand fuhr. Das Knattern des Außenbordmotors machte Fransakiris nervös.

»Welcher Idiot fährt da dauernd um uns rum?!« brüllte er. »Was ist denn an uns so interessant?« Er verfolgte mit dem Fernglas das kleine, durch das kaum bewegte Wasser hüpfende Boot und winkte Aperl heran. »Ein Weißer! Wenn's einer dieser Kaffern wäre, der noch nie so einen Riesenkahn gesehen hat, aber ein Weißer? Hier draußen?!«

Aperl zuckte mit den Schultern, griff nach einem Megaphon und dröhnte die Bordwand hinunter. Er sprach Englisch, in der Hoffnung, daß ein Weißer diese Sprache verstand.

»He!« rief er. »Was tun Sie da?! Gehen Sie weg! Wir drehen uns im Anker! Es ist gefährlich!«

Heßbach fuhr einen Halbkreis und kehrte zum Hafen zurück.

Wie kann man nur solchen Blödsinn sagen, dachte er. Drehe mich im Anker! Das also ist die *Maringo*! Ein Fossil mit einem Maserngesicht: Flecken über Flecken. Man darf gespannt sein, wie es im Inneren aussieht. Mein lieber Jesus Malinga Bouto, ich übernehme das Schiff nur mit einem einwandfreien Zertifikat der Klassifikationsgesellschaft. Erst, wenn sie das Schiff gründlich überprüft hat, gehe ich an Bord.

Drei Stunden später fuhr mit einem kleinen Tender die Mannschaft der *Maringo* in den Hafen von Monrovia und ging an Land. Heßbach saß unter einem großen gelben Sonnenschirm vor einem der Hafencafés und trank einen Pastis. Selbst in dem Gewimmel von Menschen aller Rassen erkannte er sofort den kleinen Trupp, der lachend, lärmend und gestikulierend von den Piers kam. Die Männer trugen ihre Seesäcke oder Koffer auf den Schultern und freuten sich auf die nächste Kneipe. Ein Bier vom Faß, das durch die Kehle zischte, ein Schnaps, der den ewigen Ölgeschmack im Gaumen wegätzte, wieder einmal so richtig besoffen sein… Amigos, heute gehört uns die Welt. Und die Weiber gehören uns... Sie warten ja auf uns, auf unsere Dollars, auf ein anständiges Essen, auf Wein und höllische Mixgetränke, denn so ein Seemann an Land hat die Taschen offen und zahlt schon einen Dollar, wenn man nur den Rock hochhebt.

Singend zog der Trupp an Heßbach vorbei. Philippiner, Ceylonesen, Koreaner, zwei Farbige von den Antillen, ein weißer Hüne mit rotem Haar – eine verwegene Truppe, vierundzwanzig hungrige Wölfe, bereit zur Hatz auf Alkohol und Fleisch.

Der Rothaarige blieb plötzlich vor Heßbach stehen und starrte ihn an.

»Dich kenne ich doch!« sagte er mit einer dröhnenden Stimme.

»Wohl kaum«, antwortete Heßbach. Er lächelte und wies auf einen weißen Sessel neben sich. »Nimm Platz.«

»Ich bleibe bei der Mannschaft. Wollen irgendwo ein bißchen Kleinholz machen.« Der Riese legte den Kopf schief, um Heßbach genauer zu mustern. »Ich laß mich fressen... aber dein Gesicht habe ich schon mal gesehen. Nur wo?«

»Das muß ein Irrtum sein.«

»Bist du Seemann?«

»So ähnlich.«

»Was heißt so ähnlich?« Der Rothaarige fixierte Heßbach noch einmal. Sein Urteil schien jetzt festzustehen. »Bist ziemlich rausgeputzt. Container, tippe ich. Nicht so ein Stinklappen wie wir vom Öl. Maschinenmaat, was? Oder vielleicht sogar ein Ingenieur? Na, was bist du?«

»Such's dir aus.«

»So nicht, feiner Pinkel, so nicht.« Der Hüne beugte sich zu Heßbach herunter. »Ich bin James McCracker, der Hammer. Wenn du frech wirst, brauchst du 'ne Gesichtsoperation. Also...« Er stemmte die dicken Fäuste auf den Tisch. »Woher kenne ich dich?«

»Ihr kommt von der *Maringo*?« fragte Heßbach. Es war besser, auf das Gehabe von McCracker nicht einzugehen.

»Du kennst den Pott?«

»Nein. Ich habe nur gehört, daß der Tanker angekommen ist. Und du hast von Öldreck gesprochen, also mußtest du von der Besatzung sein. Was ist das für ein Schiff, die *Maringo*?«

»Ein Kahn, bei dem du das Gefühl hast: Gleich rutschst du auf dem Arsch über den Ozean.«

»So schlimm?« Heßbach zeigte wieder auf den Sessel. »Sag den anderen, du kommst nach. Setz dich. Erzähl mir von der *Maringo*! Du kannst trinken und essen, was du willst, geht auf meine Rechnung.«

McCracker zögerte, brüllte dann über die Straße: »Ich komme nach!«, ließ seinen Seesack aufs Pflaster fallen und setzte sich vorsichtig in den Sessel. Er hatte schon erlebt, daß Stühle unter ihm zusammenkrachten. Er bestellte zwei große Bier und zwei Steaks und stützte sich dann mit den Ellenbogen auf dem Tisch ab.

»Was ist an der *Maringo* für dich so interessant?« fragte er. »Ein Öltanker, der bis zu 250000 Tonnen Öl laden kann, ein Monstrum. Du bist in dem Riesenkasten ein Floh, der hin und her hüpft.«

»Habt ihr Probleme mit dem Schiff gehabt?«

»Probleme gibt's auf jedem Kahn. Mal Radar, mal was an den Pumpen, mal verstopfte Leitungen – das Übliche.« Der Kellner brachte das Bier, McCracker setzte ein Glas an, holte tief Atem und kippte in einem Zug den halben Liter in sich hinein. Als er das Glas absetzte, rülpste er laut, lächelte breit und lehnte sich zurück. »Der erste Schluck – ist das ein Genuß! Da kommt keine nackte Frau mit! Zuerst das Bier und dann die Löckchen. Mann, ist das Leben schön, wenn du wieder an Land bist!«

Heßback nickte. Er begann Gefallen an diesem Klotz zu finden; er war der Typ, der, einmal Freund geworden, für den anderen durch dick und dünn ging. Das erste Steak kam, ein ordentliches Stück Fleisch. Aber McCracker hielt sofort den Kellner am Rockschoß fest. »Was ist das?« brüllte er und wurde rot.

»Ihr Steak, Monsieur!« Der Kellner befreite sich mit einem Ruck aus Crackers Griff.

»Das soll ein Steak sein? Jeder Rattenschiß an Bord ist größer als dieses arme Fleischklümpchen! *So* hat ein Steak zu sein, *so* groß!« Er legte seine Hände auf den Tisch. Noch nie hatte Heßbach solche Pranken gesehen.

Der Kellner nickte und entfernte sich schnell. Gegen solche Hände kam man nicht mit Worten an, sie haben die besseren Argumente.

Heßbach wartete, bis McCracker im wahrsten Sinne des Wortes das Stückchen Fleisch verschlungen hatte, einem Krokodil gleich, dem ein Fisch zwischen die Zähne geraten war. Das zweite Glas kam hinterher, was wieder einen kräftigen Rülpser wert war.

»Und sonst?« fragte Heßbach.

»Was sonst?«

»Der Allgemeinzustand des Schiffes.«

»Darüber hält man am besten das Maul.« McCracker starrte Heßbach neugierig an. »He, was geht dich das alles an?! Biste ein Spion der Klassifikationsgesellschaft? Sag's gleich, ehe du neben deiner Hose stehst!«

»Ich bin genau das Gegenteil, James.«

»Was heißt das? Einer von der Konkurrenz?«

»Es heißt, ihr fahrt übermorgen wieder raus?«

»Ja. Aber ohne mich. Ich fahre keinen solchen Tanker mehr. Ich bin zweiundvierzig und will noch vierzig Jahre leben! Ich habe genug Öldampf gesoffen.«

»Und wenn ich dich bitte, die nächste Fahrt doch mitzumachen?«

»Du... mich bitten?« McCracker legte wieder seine Riesenhände auf den Tisch. In seinem Gesicht lag Ratlosigkeit. »Was hast du denn davon?«

»Viel, James.« Heßbach blickte in McCrackers hellblaue Augen. »Ich bin der Kapitän der *Maringo*.«

»Du... Verzeihung, Sir... Sie sind der neue Käpt'n? O Scheiße!« McCracker schlug sich klatschend auf die Schenkel. »Ich hab's sofort gefühlt, Sie sind was Feineres. Verdammt, man soll auf Fragen nicht antworten, sondern gleich in die Schnauze hauen! Natürlich, Käpt'n, ist es ein schönes Schiff, ein gutes Schiff, ein sicheres Schiff, so wie ein Tanker sein soll, sauber und gepflegt...«

»James, halt die Luft an! Ich weiß genug. Kommst du noch mal an Bord? Es geht nach Rotterdam. Von dort ist's nur noch ein Katzensprung nach Irland.«

»Ich war neun Jahre nicht mehr in der Heimat, Käpt'n.« McCracker erinnerte sich an seinen letzten Besuch in Gorey, seiner Geburtsstadt am St. Georgs-Kanal und an den Krach, den es in *Pinn's Pub* gegeben hatte. Natürlich ging es um ein Mädchen, und McCracker hatte zunächst den Begleiter der Schönen über den

Tresen geschlagen, dann die Spiegelwand zersplittert, Pinn, ein schmächtiges Männchen, wie einen Dreschflegel gegen die anderen Angreifer mißbraucht, aber bis die Polizei eintraf, war es ihm gelungen, das völlig verwüstete Lokal zu verlassen. Am nächsten Morgen hatte er nach Caernavon übergesetzt, hatte den Zug nach Liverpool genommen und wieder nach Panama angeheuert. Vor neun Jahren…

»Gorey«, sagte McCracker nachdenklich, »ich möchte es wirklich mal wiedersehen, Käpt'n. Ich überleg es mir.«

»Und wo finde ich dich hier in Monrovia?«

»Bei Sambula.«

»Wer oder was ist Sambula?«

»Meine Stammhure in Liberia. Wohnt oberhalb von *Fatty's Corner*. Wollen Sie mich besuchen, Sir?«

»Vielleicht, James. So einen Kerl wie dich brauche ich. Was hast du an Bord der *Maringo* getan? Maschine?«

»Alles, Käpt'n. Kapitän Fransakiris hat mich überall gebraucht.« Das zweite Steak kam, etwas größer als das erste, aber verkohlt. McCrackers Hals schwoll an wie bei einem Pfau. »Was ist denn das nun? Ein nasser Furz vom Koch? Wo ist der Koch?« Er sprang auf und packte den Kellner am Gürtel, als sei er eine Puppe. »Los! Zum Koch! Ich mach aus seinem Gehirn eine Suppe…«

Heßbach legte einen Geldschein auf den Tisch und entfernte sich schnell. Er wollte nicht Zeuge sein, wenn es im Inneren des Cafés zu krachen begann.

Außerhalb der Hafenanlagen blieb er stehen, sah auf seine Uhr und ließ sich mit einem Taxi in die Innenstadt zur ISC fahren. Die Sekretärin von Mr. Bouto, die Heßbach bereits kannte, war erstaunt, ihn schon wieder in der Reederei auftauchen zu sehen. Es dauerte eine Zeitlang, um festzustellen, daß Mr. Bouto nicht im Hause, aber ein Mr. Jassa Abdaman bereit sei, mit Kapitän Heßbach zu sprechen.

»Mr. Abdaman ist der richtige Mann für Sie«, flötete die schwarze Schönheit. »Er stellt die Mannschaft zusammen und verhandelt mit der Klassifikationsgesellschaft. Darum geht es doch, nicht wahr?«

»Sie blicken tief in meine Seele.« Heßbach bemühte sich, ihre aufreizenden Blicke zu ignorieren. Bloß das nicht, dachte er. Bis wir auslaufen, habe ich noch zwei Nächte und so süß und verführerisch die Kleine auch ist, ich mag keine Komplikationen nach dem Sprung aus dem Bett.

»Wo finde ich Mr. Abdaman?«

»Ich bringe Sie hin, Sir.«

Sie erhob sich hinter ihrem Schreibtisch, ein zierliches Persönchen, das hochhackige Pumps trug, die ihren Beinen etwas Gazellenhaftes verliehen. Heßbach stellte sie sich nackt vor, die dunkelbraune, glatte Haut, diese Formen, das lange Haar lose über dem Körper – er verdrängte den Gedanken sofort und wäre fast mit ihr zusammengeprallt, als sie plötzlich vor einer Tür stehenblieb.

»Ich bin bis 18 Uhr hier«, sagte sie leise. »Dann Telefon 568939. Können Sie das behalten?«

»568939 ... die Telefonnummer einer schönen Frau brennt sich mir ins Gehirn ein.«

Sie drückte die Klinke der Tür herunter und ließ ihn eintreten. Als sie die Tür wieder schloß, spürte er ein Streicheln über seinen Rücken bis hinunter zur Hüfte.

Mr. Jassa Abdaman war ein mittelgroßer, stämmiger Mann in einem eleganten Maßanzug – hellblau mit weißen Streifen – und mit einer fast pechschwarzen Hautfarbe. Er trug eine goldumrandete Brille, sprang sofort bei Heßbachs Eintreten auf und kam um seinen Mahagonischreibtisch herum.

»Ich freue mich, Sie zu sehen, Käpt'n!« rief er fröhlich. Alle schienen sich hier zu freuen, eine Herzlichkeit, die Heßbach vorsichtig werden ließ. »Alle Papiere liegen bereit, Ihre Crew ist vollständig ... Alle weiteren Einzelheiten könnten wir jetzt durchsprechen. Wie gefällt Ihnen Monrovia?«

»Ich habe wenig davon gesehen. Die aus dem Boden geschossenen modernen Städte gleichen sich alle irgendwie. Die *Maringo* interessiert mich viel mehr.«

»Verständlich, verständlich.« Abdaman zeigte auf eine Sitzgruppe. »Nehmen wir doch Platz, Käpt'n. Eine Erfrischung?«

»Danke. Ich komme eben aus einem Café.«

Heßbach setzte sich, während Abdaman eine Mappe holte und vor sich auf den Tisch legte. Jede Schiffsübernahme ist mit viel Papierkram und Unterschriften verbunden.

»Beginnen wir mit der Route?« fragte Abdaman.

»Nein. Mit dem Schiff.«

»Es wird 200 000 Tonnen Leichtöl aufnehmen, das wir heute Nacht einpumpen. Zielhafen Rotterdam. Das Bunkern wird von der *Transall-Oil* vorgenommen und überwacht.«

»Heute Nacht? Da möchte ich dabei sein. Steht die Crew auch bereit?«

»Morgen früh, Sir.« Abdaman schaute Heßbach mit schrägem Kopf etwas verblüfft an. »Aber Sie brauchen nicht an Bord zu sein ... das sind Spezialisten.«

»Trotzdem. Es ist ab jetzt mein Schiff. Ich will ab sofort alles mitbekommen, was auf der *Maringo* passiert.«

Das klang eindeutig. Abdaman nickte.

»Deutsche Gründlichkeit. Wir sind sehr froh, daß Sie anders sind als viele andere Kapitäne.« Er hob die Schultern und lächelte breit. »Es ist Ihr Schlaf, um den Sie sich bringen.«

»Ich bin um das Schiff herumgefahren.« Heßbach zog die Übernahmemappe zu sich heran. »Mein erster Eindruck war nicht überwältigend.«

Abdaman kräuselte ein wenig die Stirn. »Es ist ungewöhnlich, auf diese Weise mit einem neuen Schiff Bekanntschaft zu machen, Käpt'n. Was mißfiel Ihnen?«

»Allein schon der Anstrich. Da ist mehr Rost als Farbe.«

»Sie wissen doch, wie aggressiv Salzwasser ist. Außerdem wird ein Schiff nicht von Farbe zusammengehalten. Wir haben eine Überholung längst ins Auge gefaßt. Doch diese Fracht ist eilig, es bleibt uns keine Zeit zum Verschnaufen. Nur noch diese eine Fahrt nach Rotterdam. Wenn Sie die *Maringo* gelöscht haben, geht sie sofort in die Werft zur Überholung. Es ist alles organisiert.« Abdaman machte eine große Geste. Was willst du, Käpt'n? Gegen den Zustand der *Maringo* stänkern? Den Überkorrekten spielen? Nicht mit mir, Mr. Heßbach. Sie sitzen hier, haben unterschrieben, wir geben Ihnen unser größtes Schiff, Sie werden es nach Rotterdam bringen mit 200 000 Tonnen Öl ... Aber die Befehle geben wir!

»Ich habe da noch eine Frage, Mr. Abdaman«, sagte Heßbach und blätterte in den Papieren. »In den Morgenzeitungen steht ein Bericht. Flugzeuge haben einundfünfzig Seemeilen von Monrovia entfernt, außerhalb der Routen, einen großen Ölfleck von circa dreißig Kilometern Breite gesichtet. Zum Glück steht der Wind so günstig, daß der Ölteppich abtreibt.«

»So etwas sieht man immer wieder. Und kein Verursacher ist auszumachen.«

»Könnte es sein, daß die *Maringo* das Öl verloren hat? Sie ist im Augenblick das einzige Tankschiff vor Liberia. Wo sonst soll das Öl herkommen?«

Jassa Abdaman sah Heßbach einen Augenblick stumm an, als wolle er damit ausdrücken: Welch eine Frechheit erlauben Sie sich da! Sie wagen, eine solche ungeheure Frage zu stellen? Wissen Sie nicht, wo Sie sich befinden?

»Wo das Öl herkommt?« wiederholte er Heßbachs Frage. »Nicht von der *Maringo*! Wissen Sie, wieviel Schiffe Tag und Nacht auf dieser Route nach Europa unterwegs sind? Da kommt es manchmal vor, daß ein Transporter vom Weg abdreht, seinen Ölschlamm und das Bilgewasser abläßt und als Unschuldslamm sich wieder in die Route eingliedert. Wer kann das kontrollieren? Aber daß Sie, als jetziger Kapitän der *Maringo*, den Verdacht äußern, unser Tanker könnte ...« Abdaman schob die Unterlippe vor und schüttelte den Kopf. »Das erste Gebot einer Zusammenarbeit ist Vertrauen.«

»Wo hat denn die *Maringo* ihre Öltanks gesäubert? Wo hat sie den Ölschlamm abgegeben?«

»Beim letzten Stop auf Madagaskar. Dort hat sie auch die Ballasttanks mit Wasser gefüllt. Es ist alles im Bordbuch verzeichnet. Kapitän Fransakiris ist ein gewissenhafter Mann.« Abdaman schien die Geuld zu verlieren. »Noch Fragen?« meinte er unwirsch.

»Ja.«

»Bitte ...«

»Sie sagten, daß heute nacht gebunkert wird. Liegt denn bereits das Kontrollzeugnis der Klassifikationsgesellschaft vor?«

»Es liegt vor«, antwortete Abdaman kühl. Der Blick seiner schwarzen Augen war drohend. Wen hast du da angeheuert, Jack Dussek, dachte er. Darüber sprechen wir noch. Wo ist deine berühmte Menschenkenntnis geblieben? Heßbach mag ein guter Kapitän sein, aber einen Moralisten auf der Brücke können wir uns nicht leisten. Unser Geschäft ist lukrativ, aber dreckig... Saubermänner gehören nicht in das offene Register, schon gar nicht zur

ISC. Wir fahren unter der Flagge Liberias und haben unsere eigene Moral.

Heßbach starrte Abdaman an, als habe er ihn nicht verstanden. »Es liegt vor?« sagte er dann, fast ungläubig. »Wieso denn? Die *Maringo* liegt doch auf Reede, ist gerade angekommen, niemand war bisher an Bord – wie kann sie ein Zertifikat haben?«

»Sie hat es. Genügt das nicht?«

»Nein.«

»Ihnen nicht, aber uns.« Abdaman lehnte sich in dem Sessel zurück und seufzte. »Wir haben da besondere Absprachen mit der Klassifikationsgesellschaft...«

»Das heißt: Es wird nicht kontrolliert?!«

»Die *Maringo* kommt in Rotterdam in die Werft!« sagte Abdaman laut. »Es handelt sich nur noch um diese eine Fahrt! Mein Gott, diese sturen Deutschen!«

»Wenn ich das Schiff übernehme, bin ich dafür verantwortlich.«

»Das sagten Sie schon einmal, Käpt'n. Hauptverantwortlich ist aber immer noch der Reeder.« Abdaman zwang sich, wieder sehr freundlich zu sein. »Was haben Sie heute Abend vor? Darf ich Sie zu einem Bummel durch Monrovia einladen?«

»Ich gehe an Bord.» Heßbach erhob sich abrupt. Das Gefühl, in irgendwelche unsauberen Machenschaften hineingeraten zu sein, verstärkte sich immer mehr. Aber plötzlich reizte ihn der Gedanke, für Jesus Malinga Bouto der ahnungslose Idiot auf der Brücke zu sein und einen bestimmt nicht ehrbaren Plan auszuführen.

Was kann man mit 200000 Tonnen Rohöl anstellen? Wozu kann man einen Supertanker der ULCC-Klasse mißbrauchen? Laufen wir wirklich Rotterdam an oder wird auf See plötzlich ein anderer Hafen angegeben und der Kurs geändert? Wir werden es sehen.

»Die Mannschaft ist also auch schon angeheuert?« fragte Heßbach. »Durch wen?«

»Wir haben ein eigenes Heuerbüro. Dadurch können wir die Preise bestimmen. Arbeitslose Seeleute gibt es genug.«

»Aus exotischen, vor allem asiatischen Ländern...«

»Haben Sie Vorurteile gegen Asiaten?« Abdamans Stimme klang scharf. »Sind die Mannschaften deutscher Schiffe immer reinrassig?«

»O Himmel! Mr. Abdaman, muß das sein?« Heßbach schüttelte den Kopf. Komm mir nicht mit solch dummen Ressentiments, mein Junge, dachte er. »Ich denke, wir leben in einer anderen Zeit.«

»Wir Farbigen sind empfindlich bei diesen Fragen.« Abdaman ging hinter seinen Mahagonischreibtisch zurück und stellte damit eine Schranke zwischen sich und Heßbach her. »Ihre Mannschaft ist von uns sorgfältig ausgewählt, Sie können sich auf unsere Erfahrungen verlassen. Und um Ihre Asienangst zu beruhigen: Ihr Erster Offizier und der Chief sind Europäer. Franzose und Holländer. Zufrieden?«

Heßbach schluckte tapfer diesen Hochmut hinunter.

»Wieviel Mann?«

»Vierundzwanzig...«

»Für so ein Mammutschiff?! Das ist doch weit unterbesetzt.«

»Es ist normal, Mr. Heßbach. Bei den heutigen Frachtraten ist eine Reduzierung der Mannschaft und der Betriebskosten notwendig, sonst fahren wir in die roten Zahlen. Es hat sich in den letzten Jahren gezeigt, daß bei den modernen Maschinen und Einrichtungen die frühere Mannschaftsstärke überflüssig ist. Siebzig Prozent aller Reeder denken so, um konkurrenzfähig zu sein.«

»Dann möchte ich bitten, einen zusätzlichen Mann anzuheuern, einen Iren, einen gewissen James McCracker.«

»Wozu?«

»Ich brauche ihn. Er ist überall einsetzbar.«

»Ich sehe ihn mir an.« Abdaman tat, als verschenke er eine goldene Uhr. »Schicken Sie ihn zu mir, Käpt'n.«

»Danke, Mr. Abdaman.«

Heßbach verließ das große Zimmer und klemmte die Schiffspapiere unter den Arm. Das ist auch neu, dachte er: Ein Kapitän engagiert sich einen Gorilla zum eigenen Schutz, als Hilfe, wenn etwas Unvorhergesehenes geschehen sollte. Ein Muskelberg für alle Fälle.

Er verließ das gläserne Hochhaus, winkte ein Taxi heran und warf sich auf den Hintersitz.

»Kennen Sie *Fatty's Corner*?« fragte er.

Der Taxifahrer wandte den Kopf herum und starrte Heßbach an.

»Zu Fatty?« fragte er.

»Ja.«

»Sir, ein Rat von mir: Das ist nichts für einen so feinen Mann wie Sie.«

»Ich weiß – es ist ein Puff.«

»Nicht nur das, Sir. Es kann sein, daß Sie angezogen hineingehen und nackt wieder auf die Straße geworfen werden. Und niemand kümmert sich darum. Am wenigsten die Polizei – die hat die meiste Angst.«

»Da unterscheidet sich Liberia nicht von anderen Staaten. Fahren Sie mich trotzdem hin – ein Freund erwartet mich dort.«

»Wie Sie wollen, Sir. Kostet den doppelten Fahrpreis.«

»Warum?«

»Dreimal haben sie mir die Kotflügel eingetreten und einmal in die Reifen geschossen. Und eine Garantie für Sie übernehme ich auch nicht. Ich habe Sie gewarnt!« Er startete den Motor und blickte Heßbach an, als läge er bereits auf der Straße. »Sie wollen aussteigen, in *Fatty's Corner* gehen und nach Ihrem Freund fragen?«

»Genau so ist es.«

»Dann bin ich gespannt, wie weit Sie kommen. Noch einen Rat: Schießen Sie nicht, Sir ... die sind dort alle bewaffnet.«

Fatty's Corner sah von außen gar nicht so übel aus, wie es nach der Schilderung des Fahrers hätte aussehen müssen. Sogar ein paar weiß lackierte Eisentische und Stühle standen auf der Straße ... Ein Hauch von französischem Straßencafé, nur waren viele Stuhlbeine etwas verbogen – offenbar hatten sie schon als Waffe im Nahkampf gedient.

Das Taxi hielt, Heßbach bezahlte einen schwindelerregenden Preis und stieg aus. »Gott segne Sie, Sir«, sagte der Fahrer aus tiefstem Herzen, gab Gas und entfernte sich schnell. Zeuge zu sein ist lebensgefährlich.

Die Straße, eng und staubig, war leer, vor dem Lokal saß niemand, aus dem Inneren drang keine Musik. Heßbach betrat das Lokal. Eine dumpfe Halbdämmerung umfing ihn, er blinzelte und erkannte an der hinteren Wand eine lange Bar aus Bambusholz, Batterien von Flaschen und Rattanmöbel. Von der Decke hingen afrikanische Schnitzereien, darunter, in der Mitte des Raumes, ein Riesenpenis. Um die Hoden war eine rote Schleife gebunden.

Heßbach sah sich um. Er war allein in dem Lokal, so schien es.

Aber als er noch zwei Schritte zur Theke machte, hielt ihn eine dunkle Stimme fest.

»Bleib stehen! Wo willst du hin?«

»Ich will zu Sambula, mein Freund ist bei ihr, Mr. McCracker.« Heßbach drehte sich im Kreis, aber er sah niemanden.

»Es gibt keinen McCracker. Hau ab!«

»Er hat mir gesagt, daß er mich hier erwartet. Bei Sambula.«

Der unsichtbare Sprecher zögerte. Heßbach wurde es heiß, er begann zu schwitzen. Angst? Verdammt, habe ich wirklich Angst? Hier können sie dich verschwinden lassen, als hättest du dich in Luft aufgelöst.

»Ich werde nachsehen«, sagte die dunkle Stimme. »Und wenn du gelogen hast, hilft kein Wegrennen mehr. Wie heißt du?«

»Lothar Heßbach.«

»Sieh an, ein Deutscher. Mein Großvater war Gefreiter bei den kaiserlichen Askaris. Aber das rettet dich auch nicht.«

Irgendwo klappte eine Tür. Heßbach setzte sich in einen der Rattansessel, knöpfte sein Hemd auf, wischte sich mit einem Taschentuch den kalten Angstschweiß von der Brust und wartete. Er wußte: Wenn McCracker ihm die falsche Adresse gegeben hatte, würde er die *Maringo* nicht nach Rotterdam fahren können, sondern im Krankenhaus von Monrovia landen.

Er zuckte zusammen, als hinter seinem Rücken die dunkle Stimme scharf die quälende Stille durchbrach. Mit einem Ruck fuhr er herum und sah einen kleinen, stämmigen Mann hinter sich stehen mit einem schmalen Kopf und einer auffallend hellbraunen Hautfarbe.

»Mitkommen!« sagte er. »Starr mich nicht so an. Ja, mein Vater war ein Deutscher. Er hat sich die Tochter meines Großvaters ins Bett geholt. Ein nach dem Krieg zurückgebliebener deutscher Feldwebel. Meine Mutter hat er nie geheiratet und wurde bei einer Stammesfehde erschlagen.«

»So hat jeder von uns sein Schicksal«, antwortete Heßbach heiser. Er sah die kalten Augen des Mannes und konnte sich vorstellen, daß hier ein Menschenleben nicht den geringsten Wert hatte.

»Ich hasse die Deutschen!« sagte der Mann, der sich Fatty nannte. Es war bestimmt nicht sein richtiger Name. »Zum Glück kommen nicht viele nach Liberia. Aber wer zu mir kommt und mit meinen Mädchen vögelt, verläßt *Fatty's Corner* als kranker Mann. Meine Mädchen sind alle verseucht.«

»Aids«, sagte Heßbach dumpf. Er spürte im Nacken so etwas wie eine Lähmung.

»Ich freue mich, daß es so etwas gibt.« Fattys Gesicht verzog sich zu einem angedeuteten Grinsen. »Ich nehme Rache an jedem Weißen, weil einer von ihnen meine Mutter mißbraucht und mich gezeugt hat.«

»McCracker ist auch ein Weißer!«

»Aber kein Deutscher!«

»Und Sambula hat auch Aids?!«

»Nein, sie ist sauber. Die einzige in meinem Stall. James ist mein Freund.« Er zeigte auf eine Tür neben der Theke. »Komm mit.«

Fatty ging voraus, und Heßbach folgte ihm mit einem beklemmenden Gefühl im Magen. Was habe ich alles schon gesehen, dachte er. Die dunklen Gassen am Dschunkenhafen von Kowloon, die elenden, endlosen Slums von Callao, die Papp- und Wellblechsiedlungen an den Hängen Rio de Janeiros, die Elendsviertel in Dschibuti, die riesige Kloake von Kalkutta, aber nirgendwo hatte ich ein solches Gefühl von Todesnähe wie in dieser verfluchten Bar in Monrovia.

Sie gingen einen kurzen dunklen Gang entlang, bogen um eine Ecke, stiegen eine ausgetretene Treppe hinauf und kamen in einen Flur, von dem links und rechts massive Türen zu zehn Zimmern führten. Fattys Puff. Auch hier herrschte völlige Stille; entweder schliefen die Mädchen und bereiteten sich auf die Nacht vor oder sie waren in der Stadt und bummelten. Ganz hinten, als Abschluß des Flures, war eine Tür, auf der ein Messingschild glänzte. PRIVAT, stand darauf. Fatty blieb stehen.

»Geh rein!« sagte er. »Was willst du trinken? Whisky, Wodka, Gin . . .«

»Danke. Nichts.«

Heßbach klopfte an die Tür, und als niemand antwortete, drückte er die Klinke herunter und trat ein.

Ein großer, heller Raum mit einem Blick auf einen Innengarten, ein Bett, ein geschnitzter Schrank, eine Bambusgarnitur mit geblümtem Bezug, ein Bambustisch, Blumen in bunt bemalten Keramiktöpfen an beiden Fenstern, in einer Ecke sogar eine Duschkabine, auf dem Dielenboden ein großer Flickenteppich, wie ihn die Eingeborenen im Hinterland zusammennähen.

McCracker saß, nur mit einem Slip bekleidet, auf der Bettkante, ein Muskelberg, dessen Brusthaare genau so rötlich schimmerten wie sein Kopf. Im Bett lag, mit einem Laken bis zum Hals zugedeckt, eine Mulattin mit zu dünnen Zöpfen geflochtenen, langen schwarzen Haaren. Sie war wirklich hübsch, ihre großen, schwarzen Augen sahen Heßbach neugierig an, und unter dem dünnen Laken erkannte er einen schlanken, wohlgeformten Körper.

»Was wollen Sie, Käpt'n?« fragte McCracker. Er blieb auf dem Bett sitzen und strich sich die schweißnassen Haare aus der breiten Stirn. »Haben Sie kein Verständnis dafür, daß ich nach fünf Wochen ohne Frauen wenigstens vierundzwanzig Stunden mit meinem Mädchen zusammen sein will? Jedem anderen, der mich dabei stört, hätte ich den Hals umgedreht.«

»Nur eine Frage, McCracker... kommen Sie mit auf die *Maringo?*«

»Zum Teufel – ja! War das alles?«

»Nein.«

»Was denn noch?«

»Heute abend gehen wir an Bord. Nur wir zwei.«

»Die Crew kommt erst morgen Mittag...«

»Du gehörst nicht zur Crew.«

»Was bin ich denn dann?«

»Mann ›Zur besonderen Verwendung‹! Ich weiß, das hast du noch nie gehört, aber du wirst noch Gelegenheit bekommen, das zu begreifen. Ich erwarte dich um 20 Uhr im Hafen. An Pier drei. Alles klar, James?«

»Nein, Sir.«

»Was fehlt noch?«

»Die Heuer.«

»Ist bereits geregelt. Du bekommst die Heuer eines Vierten Offiziers.«

»Den gibt's doch gar nicht.«

»Eben. Du bist der erste.«

»Gibt's einen Vorschuß?«

»Natürlich. Wieviel?«

»Sind hundert Dollar drin?«

»Mal sehen.« Heßbach zog sein Portemonnaie heraus. »Es geht gerade noch.« Er holte fünf Zwanzigdollarscheine heraus und reichte sie James. »Aber nicht versaufen! Ich will dich um 20 Uhr nüchtern sehen!«

»Die Hundert werden nicht versoffen, Sir.« McCracker beugte sich zu Sambula, zog das Laken zurück und küßte schmatzend ihre spitzen Brüste. »Aufstehen, Äffchen«, sagte er mit einer Zärtlichkeit, die niemand diesem Muskelpaket zugetraut hätte. »Jetzt kaufe ich die Kette, die du immer haben wolltest.«

Sambula stieß einen kurzen spitzen Schrei aus und warf die Arme um James Nacken.

»Verschwinden Sie, Sir!« knurrte McCracker. »20 Uhr am Hafen. Okay! Los ... gehen Sie schon!« Er zog seinen Slip herunter, und Heßbach verließ schnell das Zimmer.

In der Bar war noch kein Betrieb, auch der Weißenhasser war nicht zu sehen. Heßbach atmete hastig durch und ging, nein, er rannte auf die Straße.

Pünktlich um 20 Uhr stampfte McCracker über Pier drei. Er hatte seinen dicken Seesack geschultert und pfiff vor sich hin. Heßbach saß auf einer Bank an der Anlegestelle für Hafenrundfahrten, am Bootssteg schaukelte ein Kahn mit Außenbordmotor, den er für die Fahrt auf Reede gemietet hatte. Seine Koffer standen neben ihm, eine dicke Aktentasche, in der er Schecks und Bargeld für die Fahrt nach Rotterdam verschlossen hatte, ließ er allerdings nicht aus der Hand. Der Kassenchef der ISC hatte ihm das Päckchen überreicht und dabei gesagt: »Für alle Fälle! Aber die treten nie ein. Sie fahren ja durch bis Rotterdam.«

»Gratuliere, James.« Heßbach erhob sich. »Pünktlich.«

»Ein unpünktlicher Seemann hat keinen Charakter, Sir.« McCracker wischte sich über das breite Gesicht. »Ich soll Sie von Sambula grüßen. Ich habe ihr die Halskette gekauft. Sie ist ganz verrückt geworden und tanzte eine Stunde vor dem Spiegel rum. Nichts am Körper, nur die Kette. Ich kann Ihnen sagen, das war ein Abschied! Als wenn 'ne Granate im Bett explodiert. Einen himmlischen Hintern hat sie.«

Sie gingen zu dem wartenden Boot. Der Bootsverleiher ließ den Außenbordmotor an. In das Knattern hinein schrie er:

»Ich wiederhole, Sir: Auf Ihre Verantwortung! Wenn die Tanker beladen werden, hat kein Fremder dort was zu suchen! Anordnung der Ölgesellschaft.«

»Fahr los, du Pisser!« McCracker erhob sich von seinem Sitz. »Oder soll ich rüberkommen?«

Der Bootsverleiher zuckte mit den Schultern, löste die Leinen von einem eisernen Poller und ließ den Kahn durch das brackige Hafenwasser schießen. Wenig später tauchte die *Maringo* vor ihnen auf, umgeben von drei schwimmenden Stahlinseln, von denen die Pumpen das Öl in die riesigen Tanks des Schiffs drückten. Im Meer schwimmende dicke Kunststoffleitungen verbanden die Pumpinseln mit den großen, runden, im fahlen Nachtlicht silbern schimmernden Lagertanks an Land. Eine Barkasse schaukelte unter der ausgelegten Fallreep.

Heßbach zeigte auf die Barkasse, die die Treppe blockierte. Der Bootsführer sah ihn ungläubig an. »Sie wollen auf den Tanker?«

»Ja. Legen Sie an der Barkasse an.«

»Ich warne Sie, Sir. Die Jungs da oben werfen Sie ohne viel Reden ins Wasser. Die dulden keine Besuche, schon gar nicht unangemeldete.«

»Ich bin kein Besuch.« Heßbach nickte McCracker zu. »Warum ist das Bunkern von Öl hier so eine geheimnisvolle Sache?«

»Die Frage habe ich mir auch gestellt, Käpt'n. Anordnung der Ölgesellschaft. Ich fahre seit sieben Jahren auf Tankern, aber bei keiner Reederei lief's wie bei Jesus Malinga Bouto. Bei dem ist alles anders. Das fängt schon beim Anheuern an. Da kommt manchmal eine Mannschaft an Bord, die könnte man glatt in einem Zoo ausstellen. Kein Kapitän weiß, was man ihm an Bord schickt. Das bestimmt allein der Boß vom Heuerbüro. Ein Kerl, den man an der Wand zerquetschen sollte wie eine Wanze. Ludwig Sasa Müller II heißt er.«

»Müller?«

»Sein Urgroßvater war ein Deutscher. Ihr habt damals in euren Kolonien allerhand karierte Kinder hinterlassen.« Das Boot fuhr einen Bogen und hielt dann längsseits der Barkasse. Dort erschienen zwei stämmige Männer und fuchtelten mit den Armen durch die Luft: »Macht, daß ihr wegkommt! Seht ihr Idioten nicht, daß hier gearbeitet wird?«

Der Bootsverleiher blickte Heßbach fast flehend an. Man sah, daß er Angst hatte. Er umklammerte den Griff des Außenbordmotors, jederzeit bereit, wieder zu starten.

»Wir legen an«, sagte Heßbach.

»Sie werden uns verprügeln...«

»Darauf freue ich mich.« McCracker rieb seine tellergroßen Hände. »Seit Singapur habe ich keine richtige Schlägerei mehr gehabt. War das eine schöne Nacht. Da flogen sie durchs Fenster auf die Straße. Und als die Polizei kam, ging's erst richtig los. Die Uniformen haben wir ihnen ausgezogen und sind als Polizisten zurück an Bord. Eine Stunde später war der ganze Hafen abgesperrt, und wir lachten uns krumm, als die Kerle jedes Schiff untersuchten. Wir lagen draußen auf Reede, und zu uns kamen sie nicht.« McCracker ballte die riesigen Fäuste. »Käpt'n, wollen Sie mal fliegende Menschen sehen?«

»Nein, James. Ich will keinen Ärger haben.«

»Den Ärger machen immer die anderen. Da, sehen Sie sich das an!« McCracker zeigte auf die Barkasse. »Die haben Knüppel in der Hand! Das kann man sich doch nicht gefallen lassen.«

Das Boot trieb längsseits der Barkasse und stieß dann gegen deren Bordwand. Der Mann, der zu ihnen hinüber geschrieen hatte, trat gegen das Boot und wollte es mit seiner Holzstange wegdrükken. Mit einer Geschwindigkeit, die ihm niemand zugetraut hätte, schnellte McCracker nach vorn und riß mit einem Ruck die Stange an sich. Ein kleiner Schwenker, und schon krachte das Holz dem Mann auf die Schulter. Mit all seiner Kraft drosch McCracker dann auf den zweiten Mann ein, der seinen Knüppel nur noch zur Abwehr benutzen konnte. Als er zurückwich, sprang der Ire auf die Barkasse, zerhieb mit einem gewaltigen Schlag die Holzlatte seines Gegners, stieß dann mit der Stange zu, traf ihn derart mitten auf die Brust, daß der andere das Gleichgewicht verlor und ins Meer fiel.

McCracker drehte sich mit einem Schwung herum und griff nach dem Mann, der immer noch eine Hand auf seine Schulter preßte. Haß stand ihm in den Augen, aber er wagte nicht, sich zu wehren oder sich aus McCrackers Griff zu befreien. Er hätte es auch nicht gekonnt, denn ihm blieb keine Zeit mehr, an eine Gegenwehr zu denken. Im weiten Bogen flog er von der Barkasse ins Meer.

McCracker schien sich bei dem Schlagabtausch zu amüsieren. Er lachte laut, griff dann nach dem am Fahrstand hängenden Rettungsring und warf ihn den beiden Paddelnden zu. Sie griffen sofort danach und ließen sich die Bordwand der *Maringo* entlangtreiben. Der Ire nahm nun eine stramme Haltung an, als sei er ein Soldat, legte grüßend die Hand an den Kopf und sagte, wobei er seiner Stimme einen schnarrenden Tonfall gab: »Käpt'n, der Weg ist frei. Sie können an Bord gehen.«

Heßbach kletterte die Gangway hinauf und kam in eine Art Lobby, die sich von anderen Eingangsdielen durch herumliegende Taurollen, schmutzige, hingeworfene Ölanzüge, halb verrostete Schaufeln und eine total vergammelte Sitzbank unterschied, deren Kunstlederbezug an vielen Stellen aufgeschlitzt war, so daß Schaumgummi hervorquoll.

McCracker, der Heßbach gefolgt war, grinste verständnisvoll, als er den überraschten Blick des Kapitäns sah.

»So ist es überall...«, sagte er. »Käpt'n, gewöhnen Sie sich auf diesem Kahn das Wundern ab.«

»So eine Sauerei hat Kapitän Fransakiris geduldet? Das ist kein Schiff, das ist ein Schweinestall.«

»Nein.« McCracker schüttelte den Kopf. »Ein Schweinestall ist dagegen eine Villa.«

»Ich werde mit Fransakiris sprechen!«

»Warum? Es ist nutzlos, Käpt'n. Fransakiris hat mal zu unserer Mannschaft gesagt, direkt am Anfang der Fahrt: ›Wenn ihr mir meine Ruhe laßt, laß ich euch auch in Ruhe.‹ Damit waren wir alle zufrieden. Es hat an Bord nie Krach gegeben, und wenn mal einer durchdrehte – das kommt auf so 'ner langen Fahrt immer wieder vor –, dann haben wir den ruck-zuck im Kabelraum eingesperrt und gesagt: ›Denk an die Ruhe vom Käpt'n.‹ Er hat sich dann schnell beruhigt.« McCracker blickte Heßbach nachdenklich an. »Ich befürchte, da sind Sie anders, Sir.«

»Grundlegend, James.«

»Das gibt bei der Mannschaft Widerstand.«

»Sie wird sich schnell daran gewöhnen.« Heßbach sprang über eine Taurolle und stieg die Treppe hinauf. Überall, auf den Gängen, an den Türen, in den Mannschaftsräumen, in die Heßbach hineinblickte, in den Magazinen, überall stieß er auf Schmutz, blätterte die Farbe ab, war der Rost in alle Ritzen gekrochen. Nur vier

Räume waren sauber und gepflegt: die Kabinen des Ersten Offiziers, des Chiefs, des Kapitäns und die Brücke. Hier herrschte peinliche Ordnung, alle Instrumente waren geputzt, es blitzte vor Sauberkeit.

»Wenigstens etwas!« sagte Heßbach sarkastisch. »Sein Werkzeug hat Fransakiris in Ordnung.«

»Und die Funkstation, Sir.«

»Es gibt bessere, neuere Apparate. Die Funkeinrichtung ist von vorgestern.«

»Das ist Sache der Reederei. Da müssen Sie mit Jesus sprechen.«

»Jesus?«

»Jesus Malinga Bouto. Für den ist die Maringo ein Goldesel, der wenig zum Fressen braucht, aber einen Haufen Goldmünzen scheißt. Außerdem«, McCracker grinste wieder breit, »die Hauptsache ist, daß der Funker mit den alten Apparaten SOS herausbringt. Irgendwann wird das mal notwendig sein.«

Heßbach überblickte noch einmal die vielen Schalter und Kontrollämpchen auf dem Kommandopult. Im Stillen hoffte er, daß alle Funktionen in Ordnung waren. Sauberkeit bewies nicht, daß die Instrumente auch zuverlässig arbeiteten. Er schaltete das Radar an. Auf dem Monitor erschien, grün schimmernd, die Küste und die Hafeneinfahrt.

»Und jetzt zu den Bunkern«, sagte Heßbach und atmete tief durch. Er war bisher auf einer Reihe von Schiffen gefahren, alte und jungfräuliche Neubauten, er kannte die Tücken der Schiffe, die zum Teil über zwanzig Jahre die Weltmeere durchzogen und nach jeder Fahrt notdürftig überholt wurden, weil der nächste Frachttermin drängte, aber was er hier auf der *Maringo* schon bei seinem ersten, flüchtigen Durchgang sah, übertraf alle bisherigen Erfahrungen.

Dieser Tanker war ein verrotteter Saurier der Meere, ein schwimmender Rosthaufen, in den man jetzt 200 000 Tonnen Öl pumpte. Ich steige aus, schoß es Heßbach plötzlich durch den Kopf. Diese Fahrt nach Rotterdam mache ich nicht mit. Ich bin als Kapitän verantwortlich für das Schiff, aber wie kann ich hier Verantwortung übernehmen, wenn ich weiß, wie verrottet dieses Schiff ist! Ich mache mich strafbar, wenn ich morgen die Maschinen anwerfen lasse und 200 000 Tonnen Öl über den Atlantik transportiere. Geschieht ein Unglück, bin zuerst immer ich, der Kapitän, schuldig.

Der letzte Unfall hat genügt, mich bei den gut beflaggten Reedereien ins Abseits zu stellen. Wenn ich – ob schuldig oder unschuldig – nun auch bei einer Billigflagge scheitere, sind die Meere für mich verschlossen. Und Schuld habe ich dann wirklich: Ich bin mit dem Wissen um alle Mängel diesen Riesentanker gefahren! Davon kann mich später keiner freisprechen.

»Wir gehen später zu den Bunkern«, sagte Heßbach zu McCrakker. »Ich muß noch telefonieren.«

»Ay-ay, Sir!« McCracker setzte sich auf einen verrosteten Eisenstuhl im Gang vor der Brücke. »Ich warte hier.«

Heßbach kehrte zur Brücke zurück, griff zum Telefon, prüfte, ob es angeschlossen war und rief bei der Reederei an. Natürlich war um diese Zeit niemand mehr in den Büros, nur der Nachtwächter meldete sich und war sehr unhöflich.

»Hast du keine Uhr?« brüllte er ins Telefon. »Es ist Nacht – wer soll da im Büro sein?«

»Ich möchte Mr. Bouto sprechen«, sagte Heßbach knapp und in einem Ton, der den Nachtwächter noch mehr aufregte.

»Mr. Bouto! Soso, ach nein, um diese Zeit... Seit wann kann man im Irrenhaus nachts telefonieren? Du unheilbarer Idiot, geh zurück ins Bett.«

»Ich muß ihn sofort sprechen. Stellen Sie durch auf seinen Privatapparat.«

»Privatapparat? Einfach so...«

»Jetzt hör mal zu«, sagte Heßbach mit erstaunlicher Geduld. »Du stellst das Gespräch zu Mr. Bouto durch oder es wird dir noch leid tun! Hier spricht Kapitän Heßbach von der *Maringo*.«

»Das wußte ich nicht, Sir.« Die Stimme des Nachtwächters klang höflicher, aber noch nicht überzeugt. »Um diese Zeit...«

»Es ist dringend, sagte ich!«

»Ich versuche es, Sir.«

Es knackte in der Leitung, ein paarmal, dann folgte ein leises Rauschen, aber es dauerte bestimmt noch drei Minuten, bis sich Boutos Stimme meldete.

»Man hat mir gesagt, daß Sie es sind, Mr. Heßbach. Mitten in der Nacht? Ist die *Maringo* gesunken?«

Es sollte ein Witz sein, und Bouto lachte auch, aber er wurde sofort ernst, als Heßbach antwortete:

»Noch nicht, Mr. Bouto. Aber das kann noch werden.«

»Was soll das heißen?«

»Der Tanker ist zusammengeflickter schwimmender Schrott! Mit 200 000 Tonnen Rohöl im Rumpf!«

»Sie übertreiben, Kapitän.«

»Ich habe gerade einen kleinen, keinesfalls umfassenden Rundgang durch das Schiff gemacht. Was ich bisher gesehen habe, ist katastrophal! Ich habe richtig Angst, wenn ich erst die Tanks sehe. Sie werden jetzt gefüllt. Tankwände, die zerfressen sind und auf keinen Fall die vorgeschriebene Wandstärke haben.«

»Mr. Heßbach, ich sagte Ihnen schon zweimal, daß die *Maringo* in Rotterdam ins Dock geht und überholt wird. Was wollen Sie noch mehr?« Boutos Stimme wurde ungeduldig und schärfer. »Sagen Sie jetzt bloß nicht, *wenn* wir Rotterdam erreichen. Dann springe ich aus dem Bett!«

»Bitte tun Sie das, Mr. Bouto.« Heßbachs Stimme wurde ebenso scharf. »Ich gebe hiermit mein Kommando zurück. Ich fahre nicht.«

»Das können Sie nicht! Sie haben einen Vertrag unterschrieben. Für die Zeit, in der wir einen neuen Kapitän suchen, sind Sie regreßpflichtig. Das heißt: Sie müßten uns für jeden Tag auf Reede 35 000 Dollar zahlen. Und das ist noch ein Sonderpreis! Das Anlaufen eines Hafens in Nordwesteuropa mit einem Supertanker wie die *Maringo* kostet bis zu 250 000 US-Dollar! Daran denken Sie wohl nicht?! Und wenn Sie morgen nicht auslaufen und der Tanker nicht pünktlich in Rotterdam ankommt, stellt uns der Abnehmer irrsinnige Verzugsstrafen in Rechnung. Wir leben von der Schnelligkeit unserer Schiffe, nicht von einer dummen Moral!« Bouto räusperte sich. »Noch Fragen um Mitternacht, Kapitän?«

»Nein!« Heßbachs Stimme klang voll Verbitterung. »Ich stelle nur fest: Sie haben mich hereingelegt! Ich hatte Ihnen vertraut, aber Sie haben mich über den Tisch gezogen.«

»Sie hatten dieses Kommando dringend nötig, Mr. Heßbach, das wußten wir. Sie pfiffen auf den Fingern, aber keiner drehte sich um. Ihr Ruf als Kapitän hatte einen Knacks, ein Leck, durch das Wasser strömte und Sie bald untergehen ließ. Wir haben Ihnen eine Chance gegeben, wieder ein Kommando zu übernehmen. Und ich verbitte mir nun ...« Boutos Stimme hob sich ... »daß Sie mich beleidigen!

Sie sollten dankbar sein!« Und dann, etwas ruhiger, aber vor Erregung schnaufend: »Sie fahren also?«

»Ich habe keine andere Wahl.« Heßbach wischte sich über die Augen. »Aber eines sollten Sie noch wissen: Wenn wirklich mit der *Maringo* ein Unglück passiert, werde ich die ganze Welt alarmieren und auspacken!«

Er legte auf, bevor Bouto antworten konnte. Wie kann ein solcher Mensch bloß Jesus heißen, dachte er voll Grimm, Luzifer paßt besser zu ihm.

Heßbach verließ die Brücke. Im Gang erhob sich McCracker von seinem rostigen Stuhl. Er war müde. »Zu den Tanks?« fragte er und gähnte laut.

»Ja.«

»Was wollen Sie da, Käpt'n? Sie können doch nichts mehr ändern. Die Tanks laufen voll, das ist alles, was Sie sehen. Wir sollten schlafen und auf morgen warten. Wir brauchen dem Ärger nicht nachzulaufen ... der kommt von allein und verfolgt uns.«

Heßbach nickte und wartete, bis McCracker die Treppe zu den Mannschaftsräumen hinunter gegangen war. Er wollte wieder seine alte Kammer beziehen, warf dort seinen dicken Seesack in eine Ecke, ließ sich auf das Bett fallen und schlief, kaum daß er lag, auch schon ein.

Heßbach, der in der Kapitänslogis unruhig hin und her lief und den auch ein an der Wand hängendes, gerahmtes Foto nicht auf bessere Gedanken brachte, obgleich das Bild eine sinnlich hingestreckte nackte Frau mit langen blonden Haaren zeigte und die Widmung »Meinem wilden Panther ein Küßchen von seinem Kätzchen«, ein Bild, das Fransakiris zurückgelassen hatte, um seinem Nachfolger etwas Schöneres in der Freizeit zu zeigen als den tristen Rumpf des Tankers – auch das Foto konnte seine innere Unruhe nicht verdrängen.

Er wollte gerade die Kapitänslogis verlassen, als die Alarmsirene des Schiffes aufheulte. Kurz darauf hörte er das Klappern von Stiefeln auf den Treppen, einen Schmerzensschrei und drei dumpfe Kracher, als würde ein Mensch gegen eine Wand geworfen. Dann wurde die Tür aufgerissen und zwei Männer in nach Öl stinkenden gelben Plastikanzügen, mit gelben Sicherheitshelmen auf den Köpfen, stürzten in die Kapitänskabine. Als sie Heßbach erblickten, stutzten sie und bauten sich breitbeinig vor ihm auf. Sie schienen sehr wütend zu sein.

»Wer sind Sie?« schrie der eine.

»Was machen Sie hier?« geiferte der andere. »Haben Sie Bill und Jeff ins Wasser geworfen?«

»Das sind drei Fragen auf einmal«, antwortete Heßbach ruhig. »Ehe ich sie beantworte: Wer seid ihr?«

»Das geht dich einen Scheißdreck an!« brüllte der erste.

»Wenn das so ist... dann gilt das auch für euch.«

Die beiden wechselten einen kurzen Blick. Sie setzten an, sich auf Heßbach zu stürzen, aber dann, als sie eine Pistole in seiner Hand sahen, die genau auf ihre Mägen zeigte, zuckten sie zurück.

»Damit erreichst du gar nichts«, zischte der zweite, aber er wich doch einen Schritt zurück. »Du hast sechs Schuß in dem Ding, aber wir sind zehn. Wenn du wirklich sechsmal triffst... die anderen vier werden dich am Radarmast aufhängen! Du hast keine Chance. Wir sind Ölingenieure und bunkern gerade 200 000 Tonnen Rohöl. Aber das hast du ja gesehen. Und wer bist du?«

»Ich bin auf das Schiff gekommen, um mir gerade dieses Bunkern anzusehen. Ich heiße Lothar Heßbach und bin ab heute der Kapitän der *Maringo*.« Er ließ die Pistole sinken. Die beiden Ingenieure starrten ihn betroffen an.

»Sie sind...« stotterte der eine.

»Ja, der Kapitän.«

»Können Sie sich ausweisen?«

»Natürlich.« Heßbach zog die Aktentasche heran und holte einen Stapel Papiere heraus. Er legte sie auf den Tisch neben sich. »Die Schiffspapiere. Kontrollieren Sie.«

»Nicht nötig, Sir.« Der andere Ingenieur, ein langer, dürrer Kerl mit einem Mausgesicht, straffte sich etwas. »Sie sind der erste Kapitän, der beim Pumpen dabei ist. Verzeihen Sie, das konnten wir nicht wissen. Und wer ist der Riesenaffe auf Deck zwei?«

»Sie meinen McCracker. Das ist mein Mann für alles. Meine rechte Hand.«

»Er hat drei meiner Leute gegen die Wand geworfen. Ich habe die Knochen knacken hören. Jetzt stehen fünf meiner Leute vor seiner Tür, wollen sie eintreten und den Kerl lynchen.«

»Rufen Sie Ihre Mannschaft zurück.« Heßbach erhob sich.

»Wenn auch ungebeten, so kommen Sie doch richtig. Zeigen Sie mir die Tanks.«

»Sie laufen voll.«

»Trotzdem.«

»Dafür hat sich noch kein Kapitän interessiert.«

»Mag sein ... aber das ist der Unterschied zwischen gestern und heute. Gehen wir ...!«

»Wie Sie wünschen, Sir.«

Sie gingen hinunter auf das in der Nacht unendlich wirkende Deck und kamen dabei auch an McCrackers Kammer vorbei. Vier nach Öl stinkende Männer mit Eisenrohren standen vor James' Tür, drei Ölarbeiter hockten nebeneinander an der Wand. Sie sahen trotz der verschmierten Gesichter blaß aus, und wenn sie tief einatmeten, verzogen sich ihre Mienen schmerzhaft. Einer von ihnen röchelte beim Atmen.

»Geht zurück an eure Arbeit!« sagte der eine Ingenieur im Befehlston. »Na los, den Riesenaffen übernehmen wir.«

Die Männer starrten den Ingenieur haßerfüllt an, halfen den Verletzten aufzustehen und stützten sie beim Gehen. Einer der Verwundeten weinte vor Schmerzen, ein anderer hustete und spuckte Blut.

»Sie müssen sofort in ein Hospital!« sagte Heßbach. »Sie könnten innere Blutungen haben.«

»Wir haben eine eigene Sanitätsstation, das reicht.« Der dürre Ingenieur schnaufte erregt. Wütend trat er gegen James' Tür, und sofort ertönte von drinnen die tiefe Baßstimme von McCracker.

»Kommt rein!« dröhnte er. »Einer nach dem anderen, nur nicht drängeln. Und – Garantie darauf – jeder kriegt seinen Teil ab!«

»So ein Vieh haben Sie als rechte Hand, Sir?« fragte der Ingenieur und ließ von der Tür ab, als sei sie plötzlich aus glühendem Metall. »Haben Sie keine Angst, daß er einmal auch Sie trifft?«

»James ist ein treuer Mensch. Ihm vertraue ich voll und ganz. Er wird mich beschützen, nicht mal eine Wanze wird an mir saugen. Es gibt wenig Männer wie ihn.«

»Das glauben wir Ihnen sofort. Es laufen nicht viele Urmenschen herum.«

Sie gingen über das lange Deck. Ganz leise hörte man das Stampfen von Pumpen.

»Das ist alles, Sir!« Der andere, etwas dickliche Ingenieur, ein Mulatte mit breiten dicken Lippen, aber einer europäischen schmalen Nase, zeigte auf die Einfüllstutzen. »Sie können sich überzeugen, daß kein Tropfen daneben geht und den Hafen verseuchen könnte.«

»Haben Sie die Tanks kontrolliert, bevor Sie mit dem Bunkern anfingen?«

»Natürlich. Außerdem liegt uns das Gutachten der Klassifikationsgesellschaft vor.«

»Und daran glauben Sie?«

»Es bescheinigt die Seetauglichkeit.«

»Dazu gehört eine gründliche Kontrolle aller Einrichtungen eines Schiffes und seines Zustandes, vom Bilgewassertank bis zum Radar, von der Schiffswand bis zur Elektronik. Ich weiß aber, daß die von der ICS beauftragte Klassifikationsgesellschaft die *Maringo* nie betreten hat.«

»Aber das Tauglichkeitszeugnis liegt vor!« rief der dürre Ingenieur.

»Macht Sie das nicht nachdenklich?«

»Nein! Nachdenken muß die Reederei. Für uns ist das Gutachten maßgebend, nicht wie es entstanden ist.«

»Aber ich trage die Verantwortung während der Fahrt.«

»So ist das nun mal, Sir.« Der kleine Dicke schob seinen gelben Plastikhelm aus der Stirn. »Dafür bekommen Sie auch eine Menge Geld. Wir sind nur dafür verantwortlich, daß die 200 000 Tonnen ins Schiff fließen, dann sagen wir ›Gute Fahrt‹ und sind weg. Was wollen Sie von uns, Kapitän?«

»Ich möchte eine Unterschrift unter einen Bericht, in dem Sie aussagen, daß die *Maringo* nie von einer Klassifikationsgesellschaft besichtigt worden ist.«

»Das können wir nicht«, warf der dürre Ingenieur sofort ein.

»Und warum nicht?«

»Weil wir darüber nichts sagen können. Wir haben das Zertifikat bekommen, und das allein ist für uns maßgebend. Darauf können wir uns immer berufen ... Alles andere interessiert uns nicht. Wenn Sie mehr wissen, Sir, dann protestieren Sie. Aber es wird nichts nützen. Hier arbeiten alle Hand in Hand, und in jeder Hand knistern begehrte Scheinchen. Man wird Sie auslachen. Sie wollen ein

Kontrollorgan kontrollieren? Man wird Sie für verrückt halten.« Der Ingenieur kratzte sich die Nase und blickte hinüber zu den Einfüllstutzen. »Ich muß zu meinen Leuten, Sir. Haben Sie noch Fragen?«

»Nein!« antwortete Heßbach gepreßt. »Nein... das genügt mir.«

»Dann gute Fahrt, Kapitän.« Die beiden Ingenieure legten die Hand an ihre gelben Helme. »Und wälzen Sie nicht so viele Gedanken. Die *Maringo* ist eine alte, erfahrene Dame und wird Sie sicher nach Rotterdam bringen. Es schwimmen ganz andere Tanker auf dem Meer. Dagegen ist die *Maringo* eine unschuldige Jungfrau. Was wir manchmal zu sehen bekommen... aber was soll's? Wir tun unsere Arbeit, wie bestellt. Alles andere kümmert uns nicht.«

Sie wechselten noch einen Blick, dann gingen die Ingenieure zurück zu den Füllschläuchen. Heßbach blickte ihnen nachdenklich nach. Eine Menge von Fragen gingen ihm durch den Kopf, aber er wußte, daß niemand darauf antworten würde. Dies hier war ein Geschäft besonderer Art, eine Verschwörung von Reedern, Ölfirmen und Kapitänen, eine Connection, noch geheimnisvoller und gewissenloser als die Mafia oder Cosa nostra. Hier saßen die Herren in weißen Hemden und gestreiften blauen Anzügen als ehrbare und angesehene Kaufleute in den höchsten Gremien und verfügten über eine Lobby wie kaum ein anderer Industriezweig. Die Macht dieser Herren war unübersehbar, denn Hunderttausende von Arbeitsplätzen hingen daran, von den Banken bis zum Hersteller von Schrauben oder Nieten. Wer wagte da, näher hinzusehen oder gar darüber zu sprechen?

Heßbach schlief schlecht in dieser Nacht. Er lag in dem breiten Bett und schrak immer wieder hoch, um tief aufatmend festzustellen, daß alles nur ein Traum gewesen war, was er gesehen hatte. So hatte er geträumt, daß er mit einem Schiff – nicht die *Maringo* – auf ein Riff auflief und das Schiff in der Mitte auseinanderbrach, und das Meer begann zu brodeln, als koche es; es teilte sich, und auf dem Meeresgrund sah er eine ganze Stadt liegen, unversehrt, mit Häusern und Türmen und Straßen, und eine Menge Menschen in grünen Kleidern starrten zu ihm hinauf und begannen zu winken: Komm zu uns! Komm zu uns! Und das Meer blieb offen wie ein schreiender Mund.

Schweißgebadet fuhr Heßbach hoch. Er erhob sich, ging zum Fenster und blickte hinaus über das Meer. Am Horizont war ein fahler Strich zu sehen, der Tag brach an. In wenigen Stunden laufen wir aus, dachte Heßbach, und dann fahre ich ein Schiff, in dessen Rumpf 200 000 Tonnen Öl schwappen und dessen Tankwände vielleicht so dünn geworden sind, daß eine sogenannte Jahrhundertwelle es aufreißen kann wie ein Kuvert.

Nicht daran denken, Lothar, sagte er zu sich. Du hast den Job übernommen, nun kneife nicht, sondern führe ihn zu Ende. Aber das eine schwöre ich schon jetzt: Das ist die erste und letzte Heuer als Kapitän eines Tankers. Auch wenn man in Reederkreisen einem Kapitän eine Havarie nicht so schnell verzeiht, irgendeinen Kahn wird es für mich noch geben. Die Auswahl beim offenen Register ist groß ... Ich werde alles fahren, nur keinen Tanker mehr!

Er ging zu dem im Wohnraum stehenden Kühlschrank, holte eine Flasche Wodka heraus, mischte ihn mit Orangensaft und trank das hohe Glas in einem Zug leer. Dann legte er sich wieder hin und schlief noch zwei Stunden, diesmal traumlos, aber als er wieder erwachte und aufstand, fühlte er sich wie nach drei durchsoffenen Nächten, elend, matt, mit einem schalen Geschmack im Mund und Stechen in den Schläfen.

Als er aus dem Fenster auf das Deck blickte, sah er McCracker bereits in vollem Einsatz: Die neue Mannschaft kam nach und nach an Bord. Wer schon auf dem Schiff war, stand in einer Reihe hinter McCracker, wer an Bord kam, wurde sofort mit Gebrüll empfangen:

»Ihr Arschlöcher ... könnt ihr euch nicht im Hafen sammeln und zusammen an Bord kommen! Hinten anstellen! Du lieber Himmel, was haben wir da wieder an Bord genommen? Und damit das von vornherein klar ist: Wer hier was zu sagen hat, bin ich! Ich heiße James McCracker, aber für euch bin ich der ›Hammer‹. Ist das klar? Und wer hier glaubt, er mache eine lustige Seefahrt im Liegestuhl, dem geht der Arsch in Flammen auf, so werde ich ihm hineintreten! Und wenn gleich der Käpt'n kommt, steht ihr stramm, verstanden! Der Käpt'n ist Deutscher, kein windiger Balkanese oder Grieche oder sonstwer.« McCracker faßte einen Mann ins Auge und trat auf ihn zu. »Warum glotzt du so dämlich?«

»Ich bin schon unter vier deutschen Kapitänen gefahren, Hammer, aber so wie der Neue war noch keiner.« Der Mann, klein, drahtig, mit einem schmalen Vogelkopf, leicht geschlitzten Augen und hellbrauner Haut, die einen Ton ins Olive hatte, schüttelte den Kopf. »Und wenn er auch ein scharfer Hund ist, ohne uns kann er nichts machen.«

Die anderen in der Reihe murmelten zustimmend. McCracker starrte den Sprecher mit einem Lächeln an, das nicht freundlich, sondern grausam war.

»Woher kommst du?« fragte er.

»Von den Philippinen.«

»Name?«

»Donc Samsu.«

»Aha. Ein Mischling.«

»Meine Mutter war aus Thailand.«

»Ich will dir etwas sagen, Bastard: Noch so einen Satz, und ich hänge dich als Windsack an den Funkmast! Merk dir das, Donc.«

»Auch du bist sterblich, Hammer«, erwiderte der Philippine. »Vergiß das auch nicht.«

Es war eine versteckte Drohung, die McCracker sehr ernst nahm. Im Laufe seiner langen Seefahrerzeit hatte er viele Völkerschaften und deren Mentalität kennengelernt, vom amerikanischen Neger aus den Slums bis zu den kleinen, flinken, messergeübten Vietnamesen. Besonders stolz waren die Farbigen aus der Karibik, hinterhältig die Thais, fleißig und unermüdlich und immer zufrieden die Chinesen, nur wenn es um ihr »Gesicht« ging, um ihre Ehre, waren sie unübertreffbar in ihrer Grausamkeit. Dann kamen 7000 Jahre Erfahrung im Umgang mit ihrem Feind zutage, eine ungeheure Rache, gegen die es kein Wehren mehr gab. Die Philippinos waren dagegen sanftmütig, fleißig, gehorsam und dankbar für alles, was man ihnen zukommen ließ, ähnlich den Schwarzen aus Ghana, Kamerun, Togo, dem Kongo und von der Elfenbeinküste, die vor zweihundert Jahren noch von Sklavenhändlern angeboten wurden. Die Not im Lande ließ sie demütig werden, ebenso wie die Männer aus Vietnam, Laos und Malaysia, die nicht schreiben und lesen konnten, aber jede Arbeit annahmen und deshalb die Heuerbüros in den Häfen belagerten. Für einen Lohn, für den ein westlicher Seemann nicht mal ein Tauende aufgehoben hätte, wurden sie auf die Schiffe der Billigflaggen verteilt, ein buntes Völkergemisch voller sozialer und moralischer Gegensätze. Das verrottete Schiff wurde so zu einer schwimmenden Bombe. Für jeden Kapitän war es eine schwere Belastung und fast unlösbare Aufgabe, diesen bunten Haufen zu einer guten und starken Mannschaft zusammenzuschweißen.

Heßbach trat vom Fenster zurück, duschte sich und zog eine Kapitänsuniform an, die er in seinem großen Koffer immer obenauf mitschleppte. Hier in Liberia wählte er die weiße Uniform, ein weißes, kurzärmeliges Hemd, eine weiße Krawatte und die weiße Mütze mit dem goldenen Eichenlaub auf dem schwarzen Schirm. Als er sich im Spiegel musterte, war er zufrieden mit sich, aber er sagte zu seinem Spiegelbild:

»Du hast gar keinen Grund, dich wie eine Diva im Spiegel zu drehen. Du fährst keinen Luxusliner mit vierhundert reichen Passagieren, sondern einen alten, verrosteten und runtergekommenen Tanker. Herr Kapitän Lothar Heßbach, Sie sind ein Idiot, aber auch Idioten wollen leben!«

Er stieg hinunter, riß die Tür zum Deck auf und trat hinaus. McCracker hatte auf diesen Augenblick gewartet. Er riß den Mund weit auf wie ein britischer Corporal und brüllte:

»Achtung! Der Kapitän!«

Die bunte Mannschaft, zwanzig verwegen aussehende Männer, nahmen eine mehr oder minder stramme Haltung an, nur Donc Samsu blieb in seiner lässigen Haltung und bohrte sogar in der Nase. McCracker sah es aus den Augenwinkeln und beschloß, nach dem Ablegen, auf hoher See, Donc so über das Schiff zu scheuchen, daß ihm Hören und Sehen verging.

An der Bordwand, gegenüber der Mannschaft, standen zwei europäisch gekleidete Herren, neben sich elegante Lederkoffer und einen schwarz bezogenen Kasten, der aussah, als schütze er ein Instrument. Sie hoben wie auf Kommando die Augenbrauen, sahen sich kurz an und ihre Mienen drückten Erstaunen und Spott zugleich aus.

Auf einem Tanker ein Kapitän in weißer Tropenuniform! Das muß ein Kerl mit ganz besonderem Humor sein. Oder er träumt davon, so einmal auf der Brücke der *Queen Elizabeth II* oder der *Europa* zu stehen. Das kann ja noch toll werden! Am Ende kontrolliert er noch vor jedem Essen unsere Fingernägel. Aber auch sie strafften sich etwas, als Heßbach direkt auf sie zukam.

Er grüßte durch Handanlegen an die Mütze und sagte: »Mein Name ist Lothar Heßbach. Ich habe das Schiff übernommen.«

Der Mann neben einem Luxuskoffer machte eine knappe Verbeugung und nahm die hingehaltene Hand Heßbachs an. »Jules Dumarche. Ich bin der Erste Offizier, Herr Kapitän.«

»Dumarche. Ich weiß, ich kenne Sie aus den Schiffspapieren. Willkommen an Bord... und auf eine gute Zusammenarbeit.«

»Ich freue mich, auf der *Maringo* zu fahren.«

Heßbach ließ Dumarches Hand los und wandte sich an den anderen. Es war der Mann, der neben seinem Koffer noch einen Kasten stehen hatte.

»Pieter van Geldern«, stellte er sich vor. »Ich bin der Chief.«

»Herr van Geldern, willkommen an Bord. Ich hätte Sie sehr gern schon gestern gesehen, um die Maschinen zu inspizieren.«

Das war schon ein kleiner Tadel. Fängt gut an, dachte van Geldern. Nur weiter so. Ich weiß, was meine Pflicht ist, dazu brauche ich keinen erhobenen Zeigefinger.

»Ich hatte Order, mich heute morgen an Bord zu melden. Außerdem kenne ich die Maschinen, Herr Kapitän.« Van Geldern sagte es ruhig und gelassen. »Es ist nicht meine erste Heuer, ich bin schon auf vielen Schiffen gefahren.«

»Auch Tanker?«

»Vier, Herr Kapitän.«

»Von dieser Tonnage?«

»Nein. Die *Maringo* ist mein bisher größtes Schiff. Ich freue mich darauf.«

Heßbach nickte kurz. »Wir alle freuen uns darauf. Ich schlage vor, Chief, daß Sie nach dem Auspacken sofort die Maschinen besichtigen. Was haben Sie übrigens da mitgebracht?« Er zeigte auf den schwarzen Kasten. »Ist das so ein Instrument, bei dem man verschiedene Rhythmen einstellen kann und in die Melodie Geigenklänge, Posaunen, Trompeten, Flöten, Klarinetten und Schlagzeug mischen kann?«

»Auch Trommeln, Pauken und sogar Gitarren.«

»Dann haben wir ja manches Konzert zu erwarten, Chief?«

»Wenn Sie wollen, Herr Kapitän.« Über van Gelderns Gesicht zog ein glücklicher Schimmer. »Sie sind einer der wenigen Kapitäne, die mein Instrument nicht zerhacken wollen.«

»Es kommt darauf an, wie Sie es spielen, van Geldern.«

»Ich bin damit schon im *Tivoli* von Kopenhagen aufgetreten. Die Leute waren begeistert. Ich hätte dort bleiben können, aber meine Sehnsucht nach der See war zu groß. Ich bin nun mal Chief und mit meinen Schiffsmotoren verheiratet.«

Heßbach nickte wieder. »Meine Herren«, sagte er knapp, »wir sehen uns nachher in der Messe zum Lunch.«

Er drehte sich um und ging hinüber zur Mannschaft. Donc Samsu hatte das Popeln beendet, dafür kratzte er sich jetzt zwischen den Beinen. McCracker nahm wütend Haltung an. Er grüßte stramm und schnarrte:

»Käpt'n, die Mannschaft! Neunzehn Mann und einer mit Filzläusen. Er jagt sie gerade...«

Donc hörte sofort mit Kratzen auf, fühlte aber eine Haßwelle in sich hochkommen, als er die anderen breit grinsen sah. Heßbach blieb vier Schritte vor seiner Mannschaft stehen und musterte sie.

Das sind nun meine Leute, dachte er. Man muß sie aus der Gosse aufgesammelt haben, anders ist eine solche Auswahl und Zusammenstellung nicht möglich. Da stehen sie, unrasiert, nach Schnaps stinkend, alte Seesäcke neben sich, die drei Chinesen sogar mit verschnürten Pappkartons, in verschmutzten Anzügen und dreckigen Hemden, an den Füßen meistens Joggingschuhe, die einmal weiß, jetzt aber undefinierbar grau, ja farblos waren. Männer jeden Alters, vom gerade erwachsenen Jungen bis zu einem runzeligen Vietnamesen, der – beim Lachen sah man es – höchstens noch fünf Zähne hatte. Alle starrten den Kapitän in seiner schicken weißen Uniform an. So etwas hatten sie noch nicht gesehen. Wo waren sie hier hingeraten? Wirklich auf einen Tanker? Wie paßt so etwas zusammen: dreckiges Öl und ein weißgekleideter Kapitän?

Heßbach drehte sich zu McCracker herum. »Das sind sie also, James?« fragte er betroffen.

»Ja, das sind sie, Käpt'n«, antwortete McCracker, als melde er etwas Fröhliches.

»Wer ist dafür verantwortlich?«

»Ich sagte es schon: Ludwig Sasa Müller II, der Chef des Heuerbüros. Er allein trifft die Auswahl.«

Heßbach wandte sich wieder der Mannschaft zu. »Wer ist der Funker?« fragte er.

Ein Koreaner trat einen Schritt vor. Er lächelte freundlich und unterschied sich dadurch von den anderen, daß sein Anzug verhältnismäßig sauber war und sein Gesicht frisch rasiert.

»Wie lange bist du Funker?«

»Zwölf Jahre, Käpt'n«, antwortete der Koreaner.

Ein Fachmann unter lauter Schiffsgespenstern? Warten wir es ab. Er wird auf der Fahrt genug zu tun haben.

»Geh auf Station und ruf in Monrovia das Heuerbüro an. Kennst du die Telefonnummer?«

»Besser als meinen linken Fuß. Was soll ich sagen?«

»Mr. Müller II soll sofort an Bord der *Maringo* kommen. Es fehlen vier Mann, und ich habe auch sonst noch mit ihm zu reden.«

Der Koreaner lief davon. Heßbach musterte wieder seine Mannschaft und gab sich alle Mühe, eine kurze Rede zu halten.

»Männer«, sagte er. »Ihr seid jetzt die Mannschaft der *Maringo*, einem der größten Tanker der Welt. Betrachtet das als eine Ehre, die nicht jeder bekommt. Ich erwarte von euch Fleiß und vollen Einsatz bis zum letzten, es wird Schweiß und harte Arbeit geben, aber am Ziel, in Rotterdam, werdet ihr für euren Einsatz belohnt werden. Wir müssen hier auf engstem Raum zusammenleben, es gibt kein Weglaufen, nur ein Durchhalten, und wenn jeder seine Arbeit tut, werden wir alle miteinander gut auskommen. Und wenn irgendeiner von euch eine Frage hat, persönliche Sorgen oder Probleme – er kann jederzeit zu mir kommen, und ich werde ihm helfen, wenn ich es kann. Ist alles klar, Leute?«

Die Männer nickten. Nur Donc hob die Hand. »Eine Frage, Käpt'n!« rief er.

»Bitte –«

»Sind wir hier auf einem Tanker oder auf einem Kriegsschiff?«

»Natürlich auf einem Tanker. Ich verstehe die Frage nicht.«

»Ich frage, weil wir wie bei der Marine stramm stehen sollen. Müssen wir das?«

Heßbach warf einen schnellen Blick zur Seite, wo McCracker stand. Er hatte das Kinn vorgeschoben und kaute mit den Zähnen. Heßbach hob etwas die Schultern. Tut mir leid, James, ich muß dir in den Rücken fallen. Du übertreibst, man kann auch mit anderen Mitteln Ordnung in diese Bande bekommen. Laß dir was einfallen, du hast doch genug Erfahrung.

»Natürlich braucht keiner vor mir stramm zu stehen«, sagte er zu Donc Samsu. »Aber ich dulde auch nicht, daß man sich benimmt wie ein Stinktier.«

»Dazu fehlt uns die Stinkdrüse, Käpt'n!« antwortete Donc schlagfertig.

Ich zermalme ihn, dachte in diesem Augenblick McCracker. Jawohl, ich zermalme ihn. Ich mache Fleischklößchen aus ihm.

»Wie heißt du?« fragte Heßbach. Ihm gefiel der Mut und die Schlagfertigkeit des Mannes.

»Donc Samsu, Käpt'n.«

»Als was hast du angeheuert?«

»Als Maschinist.«

»Voll ausgebildet?«

»Wenn man jahrelange Erfahrung Ausbildung nennt — ja.«

»Das wird der Chief feststellen.«

Vom Aufbau kam der Funker zurück. Das Gesicht des Koreaners war wie eine Maske, als er wieder vor Heßbach stand. Er vermied es, ihm in die Augen zu sehen.

»Na, was hat Müller II gesagt?« fragte Heßbach. »Kommt er?«

»Nein, Käpt'n.«

»Nicht? Warum nicht? Was hat er gesagt? Wiederhole.«

»Ich ... ich kann das nicht wiederholen, Kapitän.« Der Koreaner senkte den Kopf. »Es geht nicht ...«

»Sei nicht kindisch! Was hat Müller II gesagt?«

»Soll ich wirklich ...« Der Koreaner atmete tief auf.

»Ja!«

»Er sagte ...« Er zögerte wieder und überwand sich endlich, es zu sagen. »Er schrie ins Telefon: ›*Fuck your mother!*‹ Da habe ich das Gespräch beendet, Sir.«

Heßbach war keineswegs getroffen. Was Ludwig Sasa Müller II da gesagt hatte, gehörte zum Stammvokabular aller Seeleute jeder Hautfarbe. Es drückte die tiefste Mißachtung aus, die überhaupt möglich war.

»Ich werde selbst mit Müller II sprechen«, sagte Heßbach und wandte sich wieder der Mannschaft zu. »Ihr könnt eure Kammern beziehen. In einer Stunde kommt jeder zu mir in die Mannschaftsmesse, einzeln und mit seinen Seefahrtspapieren.«

Er grüßte und ging hinüber zu den Deckshäusern. Er hörte nur, wie McCracker brüllte: »Wegtreten!« und gleich darauf: »Du auch, Donc, du Eselschwanz!« Was Donc antwortete, hörte er nicht mehr... Er stieg hinauf in seine Logis und ließ über die Funkstation eine Verbindung zum Heuerbüro von Monrovia herstellen. Als hätte Müller II schon darauf gewartet, war er sofort am Telefon.

»Ich höre!« rief er aggressiv. »Was haben Sie mir zu sagen, Käpt'n?«

»Zunächst: Ihrer Aufforderung *fuck your mother* kann ich nicht nachkommen, meine Mutter ist vor fünf Jahren gestorben. Aber Sie Saukerl leben noch, und hoffentlich leben Sie noch, wenn ich wieder nach Liberia zurückkomme.«

»Ist das eine Drohung, Sir?«

»Eine Ankündigung! Sie haben mir vier Mann zu wenig geschickt!«

»Anordnung der Reederei. Konzentration aufs Wesentliche. Rationalisierung der Arbeit.«

»Und aus welchen Müllhalden haben Sie meine Mannschaft ausgegraben?«

»Es waren die besten von denen, die sich gemeldet haben, Kapitän. Alles Spezialisten.«

»Im Saufen und Huren, das mag sein. Ich lehne es ab, mit dieser minderwertigen und verwahrlosten Mannschaft zu fahren.«

»Wir haben nicht mehr und nicht andere. Was verlangen Sie eigentlich, Käpt'n?«

»200 000 Tonnen Öl nach Rotterdam zu bringen ist eine ernste Sache und kein Abenteuer.«

»Jede Fahrt auf See ist ein Abenteuer, Sir. Jeder will heil am Zielhafen ankommen, ob allein oder mit 200 000 Tonnen Öl. Es gibt da keinen Unterschied. Warum reden wir überhaupt? Ich kann Ihnen nicht helfen. Gute Fahrt, Käpt'n.«

»Eins haben Sie, außer Ihrer geraden Nase, von Ihrem Großvater aus Preußen geerbt: Die Sturheit deutscher Beamter! Dazu die liberianische Mentalität... Das ist eine unübertreffliche Mischung!«

»Das Gespräch ist zu Ende!« Müller II schnaufte in die Hörmuschel, dann knackte es, er hatte aufgelegt. Auch Heßbach ließ den Hörer auf die Gabel fallen und trat an das große Fenster. Zweihundert Millionen Liter Rohöl. Damit konnte man bei einer Havarie in Küstennähe ein ganzes Land vernichten. Für alle Zeiten eine tote Küste.

Heßbach zog die Schultern hoch. Ein Schaudern überzog seinen Rücken und dann das Gefühl absoluter Einsamkeit. Er schrak auf, als es an der Tür klopfte. Der Erste Offizier Jules Dumarche trat ein. Er trug keine Tropenuniform, aber immerhin eine weiße Hose und ein weißes Hemd mit kurzen Ärmeln.

»Kommen Sie rein, Jules«, rief Heßbach und deutete auf einen Sessel. »Nehmen Sie Platz. Was trinken Sie? Whisky, Gin, Wodka, Kognak, Ouzo, Pernod... es ist alles da. Mein Vorgänger, Teo Fransakiris, hat gut vorgesorgt.«

»Wenn ich wählen darf – einen Pernod bitte.«

»Natürlich, als Franzose. Wie konnte ich fragen?« Heßbach ging zu dem Kühlschrank, holte den Pernod, eisgekühltes Wasser und für sich den Wodka heraus und füllte die Gläser. »Sind Sie zufrieden mit Ihrem Quartier? Die Offiziersräume sind die einzigen sauberen auf dem Schiff.«

»Die Kabine ist in Ordnung. Mein Vorgänger als Erster war ein Deutscher. Er hat mir einen Brief hinterlassen: ›Lieber Kamerad, ich wünsche Ihnen viel Glück auf Ihrer Fahrt. Und: Ärgern Sie sich nicht, wenn es einmal knüppeldicke kommt... es geht vorbei, es lohnt sich nicht, seine Nerven zu verlieren. Das Leben geht weiter, ob beschissen oder nicht. Machen Sie das Beste daraus. Ihr Lorenz Aperl.‹« Dumarche ließ das kleine Blatt Papier sinken und stopfte es wieder in seine Hosentasche. »Aperl hatte recht... es fängt schon vor dem Ablegen an. Das Radar wackelt. Und Chu Yungan hat Mühe mit dem Satellitenfunk.«

»Wer ist Chu Yungan?«

»Unser koreanischer Funker.« Dumarche hob sein Glas Pernod und trank einen großen Schluck. »Er sagt, er höre nur schnarrende Geräusche. Ätherfurzen nannte er es. Jetzt sucht er in der Anlage den Fehler.«

»Kann er das denn?«

»Das werden wir sehen. Jedenfalls hat er viel Selbstvertrauen – und das ist einiges wert.«

Das Telefon klingelte. Heßbach hob ab... Es meldete sich Pieter van Geldern aus dem Maschinenraum.

»Was gibt es?« fragte Heßbach. Der Wodka enthemmte ihn etwas. »Furzt bei Ihnen auch die Maschine?«

»Wie soll ich das verstehen, Käpt'n?«

»Dumarche ist bei mir. Bei ihm wackelt das Radar, im Satellitenfunk furzt es... Was haben Sie mir zu berichten?«

»Die Maschinen scheinen in Ordnung zu sein, auch die Pumpen. Die Wellen machen einen guten Eindruck, aber wie sie wirklich sind, sehe ich erst bei Fahrt. Die Kontrollampen der Elektronik melden: Alles in Ordnung.«

»Wenigstens ein Sonnenstrahl im Nebel. Aber seien wir nicht zu zufrieden – die *Maringo* ist für jede Überraschung gut. Darauf habe ich mich schon eingestellt.«

Heßbach legte den Hörer auf und blickte auf seine Armbanduhr. Die Stunde war um, die Mannschaft stand vor der Messe und wartete auf ihn. Er erhob sich, und sofort schnellte auch Dumarche hoch.

»Ich will die Mannschaft kennenlernen, jeden einzelnen«, sagte Heßbach. »Kommen Sie mit, Dumarche? Als Erster haben Sie mehr mit ihr zu tun als ich.«

Auf dem Gang vor dem kleinen Saal standen die Seeleute hintereinander, so, wie McCracker sie aufgestellt hatte. Als letzter lehnte Donc gegen die weiß gestrichene Eisenwand; es machte ihm nichts aus zu warten, bis er drankam, er schmatzte auf einem Kaugummi herum, blies ihn zu einem kleinen Ballon auf und balancierte ihn auf seinen Lippen.

Heßbach und Dumarche setzten sich in der Messe hinter einen Tisch mit Kunststoffplatte. Auch dieser Raum war erstaunlich sauber, wenn auch Tische und Stühle zerkratzt und teilweise beschädigt waren. In einer Ecke standen zwei Stühle mit nur drei Beinen und zerbrochener Rückenlehne.

»Haben Sie die Kerle gesehen?« fragte Heßbach.

»Das ist überall so. Ich bin mal mit einem Frachter gefahren, dessen Mannschaft nur aus Malayen bestand. Kein Wort Englisch konnten die. Und dennoch sind wir am Zielhafen angekommen. Ich bin da einiges gewöhnt, Herr Kapitän.«

»Trotzdem, Dumarche, mir ist unwohl, wenn ich die Kerle ansehe. Fangen wir an.«

»Der erste!« schrie Dumarche zur Tür. Sie klappte sofort auf,

McCracker erschien und schob ein dürres Männchen in den Raum. Es war ein Chinese. Er verbeugte sich tief und setzte ein breites Lächeln auf. Heßbach nickte ihm kurz zu.

»Name?«

»Chang Juming.« Er hatte eine helle, fast weibliche Stimme, wie viele Chinesen.

»Als was angeheuert?«

»Als Koch, Käpt'n. Ich bester Koch von ganzer Marine!« Chang Juming reckte sich und strahlte Stolz aus. »Überall nur Lob.«

»Dann zeig mal, was du kannst. Du kannst die Kombüse übernehmen.«

»Habe ich schon besichtigt. Kochen schon Nudeln und Gemüse. Magazin gut voll mit guten Sachen.« Changs Gesicht strahlte. »Guter Einkäufer an Land.«

Heßbach war bereit, Jassa Abdaman, dem Verantwortlichen der ICS für die *Maringo*, ein wenig zu vergeben. Seine Leute hatten anscheinend vorzüglich gearbeitet und über Nacht die Magazine des Schiffes mit allem gefüllt, was für eine lange Fahrt nötig war. Einen Zahlmeister gab es nicht an Bord, er gehörte zu den vier Stellen, die Bouto gestrichen hatte. Bei nur zwanzig Mann Besatzung braucht man kein Offiziers-Corps, hatte er spöttisch gesagt, die können sich gegenseitig verwalten. Wir regeln das alles von der Zentrale hier in Monrovia aus. Wozu gibt es Funktelefone? Ob man es anerkennen will oder nicht – Boutos Gedanken schienen zumindest bei der *Maringo* Erfolg zu haben.

»Du kannst gehen, Chang«, sagte Heßbach. »Schick den nächsten rein.«

McCracker schob Nummer zwei in die Messe. Es war ein Philippino mit einem verkniffenen und narbigen Gesicht. Ein jeder hätte Angst bekommen, wenn er ihm nachts begegnet wäre. Er stand stramm, wie es McCracker befohlen hatte.

»Es hat sich rumgesprochen, daß der Kapitän ein Preuße ist«, sagte Dumarche sarkastisch. »Und Ihre weiße Uniform erzeugt noch mehr Verwunderung.«

»Du brauchst nicht stramm zu stehen«, Heßbach merkte, wie der Philippino aufatmete. »Angeheuert als was?« Heßbach blätterte in der Mannschaftsliste, die den Schiffspapieren beigefügt war. »Stimmt das? Steuermannsmaat?«

»Ja, Käpt'n.«

»Zeig dein Steuermannspatent.«

»Ich habe kein Patent, Käpt'n.« Der Philippino streckte beide Hände vor, als wolle er damit sagen: Sieh dir die Hände an. Sie wissen, wie man mit Steuerrad und Ruder umgeht. »Aber ich stehe seit neun Jahren am Ruder. Ich bin sogar vor fünf Jahren die *Maringo* gefahren. Ich kenne mich aus.«

»Wenn das keine Empfehlung ist...« warf Dumarche spöttisch ein. »Wie ist es mit Radar?«

»Kann ich natürlich lesen, Sir.«

»Autopilot?«

»Keine Schwierigkeit, Sir.«

»Navigation?«

»Ist Ihre Sache, Sir.« Der Philippino grinste. »Die Angaben kommen immer von den Offizieren. Ich steuere den Kurs, der vorgegeben wird. Ist das heute anders?«

»Nein.« Heßbach betrachtete den Mann kritisch. »Woher hast du die Narben im Gesicht?«

»Eine kleine Auseinandersetzung mit zwei Chinesen, Käpt'n. Vor drei Jahren in Kowloon.«

»Die haben dich aber gründlich erwischt.«

»Aber sie hatten keine Freude daran... sie sind tot.«

Heßbach spürte wieder das Kribbeln im Nacken, das er beim ersten Anblick seiner Mannschaft schon empfunden hatte. Soll ich weiter fragen? Das ist der erste Mörder, den ich an Bord habe, und er wird neben mir auf der Brücke stehen und das Ruder bedienen! Wer weiß, was noch dabei ist? Noch mehr Mörder oder Straßenräuber oder Diebe, auf jeden Fall Ganoven, für die ein Schiff auf Großer Fahrt das beste Versteck ist. Müller II... und du bist der größte Halunke! Ich ahne, daß du die Heuerliste gefälscht hast und vom Lohn dieser Bande vielleicht zwanzig Prozent für dich zurückbehältst. Und das von jeder Mannschaft der Schiffe, die dich mit dem Anheuern beauftragen. Da kommt eine Menge Dollars zusammen, mit denen man sich am Rande von Monrovia eine schöne Villa in einem blühenden Garten leisten kann.

Heßbach erhob sich und klopfte Dumarche auf die Schulter.

»Machen Sie weiter, Jules«, sagte er. »Ich muß mich um die Bordbücher meiner Vorgänger kümmern. Wie Sie sehen – Sie müssen sich gewöhnen, neben sich auf der Brücke einen Doppelmörder zu haben. Guten Morgen.«

»Guten Morgen, Sir!« entgegnete Dumarche sauer. »Ich bin vieles gewöhnt...«

Heßbach verließ die Mannschaftsmesse und stieg hinauf auf die Brücke. Dort war er jetzt allein, ein Kapitän mit einem Riesenschiff und zwanzig Millionen Litern Öl an Bord, das in wenigen Stunden Monrovia verlassen sollte, um die Tanks in Rotterdam zu füllen. Das schrille Läuten des Telefons schreckte ihn auf. Der Funkmaat, der sofort nach seiner Vorstellung von Dumarche in die Funkkabine geschickt worden war, hatte seinen ersten Handgriff auf der *Maringo* getan.

»Heßbach«, meldete sich der Kapitän. »Wer spricht?«

»Hier Teo Fransakiris«, antwortete eine fröhliche Stimme. »Ich bin Ihr Vorgänger gewesen.«

»Ich weiß. Ich lese es im Bordbuch.« Heßbachs Stimme nahm einen abweisenden Ton an. »Leider haben wir uns nicht gesehen und gesprochen. Im allgemeinen ist es üblich, daß der Abschied nehmende Kapitän den ankommenden neuen Kapitän an Bord begrüßt...«

»So ist es bei der christlichen Seefahrt... stimmt genau! Nur haben wir hier keine christliche Seefahrt! Das ist mehr ein Durchhalte- und Durchbruchskommando als eine normale Fahrt. Wenn Sie in Rotterdam ankommen, werden Sie es verstehen: so schnell wie möglich der *Maringo* den Rücken kehren, Augen zu und weg! Ich habe auch nur angerufen, um Ihnen Glück zu wünschen. Viel Glück.«

»Das klingt sehr sarkastisch, Herr Fransakiris.«

»Fassen Sie es auf, wie Sie wollen. Ich meine es ehrlich: *Viel Glück!*«

»Was ist mit dem Schiff los?«

»Nichts! Alles ist in Ordnung. Keine Beanstandungen. Es liegt ja das Zertifikat der Klassifikationsgesellschaft von Liberia vor.«

»Was ich anzweifle.«

»Aber die Reederei stützt sich darauf und ist mit einer weißen Weste gesegnet.«

»Ich behaupte, daß kein einziger Sachverständiger die *Maringo* betreten hat.«

»Können Sie das beweisen?«

»Arbeiten diese Kontrolleure auch nachts?«

»Beweisen Sie das Gegenteil ... Ich erlebe das jetzt seit zwölf Jahren. Und immer ist es gut gegangen. Genau genommen kümmert sich kein Mensch um diese Papiere – mit Ausnahme der korrekten europäischen und amerikanischen Häfen –, die Hauptsache ist, daß Sie heil im Hafen angekommen sind. Ich hatte mal einen Öltransport in die Karibik – der Teufel soll mich holen, wenn ich den Namen der Insel nenne –, und fünf Meilen vor dem Hafen kommt das Kontrollboot an Bord und der nette Beamte sagt mit größter Freundlichkeit zu mir: ›Sir, ich bekomme tausend Dollar ohne Quittung von Ihnen und alles ist okay!‹ So läuft das im Kleinen, Heßbach. Im Großen ... oje! Da geht es nicht um tausend Dollar, da geht es um Millionen Dollar. Hat man Ihnen schon erzählt, daß über sechzig Prozent der Welt-Tankerflotte knapp zweihundert unabhängigen Reedereien gehören, die eine verschworene Connection bilden und sich vor allen Gesetzen, Mahnungen, Empfehlungen und butterweichen Vorschriften abschotten? Es gibt Reedereien, die bis zu fünfzig Tanker besitzen und sich von keinem reinreden lassen. Aber auch die sogenannten seriösen Reeder haben das Ausflaggen entdeckt: Allein ein Drittel der Tankertonnage ist heute in Liberia und Panama registriert, im sogenannten offenen Register, wo sie tun und lassen können, was sie wollen ... vom Zertifikatsbetrug bis zu einer Seemannschaft, die nur weiß, daß das Meer aus Wasser besteht. Ich glaube, daß Sie mit Jesus Malinga Bouto, Ludwig Sasa Müller II und Jassa Abdaman bereits genug erlebt haben.«

»Das stimmt.« Heßbach wischte sich über das Gesicht. Er schwitzte plötzlich, obgleich es auf der Brücke angenehm kühl war. »Ich habe also eine schwimmende Zeitbombe übernommen?«

»Das würde ich nicht so hart sehen, Heßbach. Bisher ist die *Maringo* immer noch am Ziel angekommen. Die alte Dame ist rüstig! Und wenn sie später in Rotterdam wirklich ins Dock geht und überholt wird ... ja, Sie wissen, was ich meine. Na ja, das kostet Geld, und Bouto ist keiner, der Geld für etwas ausgibt, was nicht unbedingt nötig ist. Das hängt von Ihnen ab, Heßbach. Wenn Sie das Schiff in anständigem Zustand in Rotterdam einlaufen lassen, kann es sein, daß Bouto gleich den nächsten Öltransport mit ihr durchführt.«

»Ich werde den Sicherheitsbehörden von Holland einen Tip geben!« sagte Heßbach entschlossen. »In diese Schweinerei will ich nicht hineingezogen werden.«

»Dann bemühen Sie sich schnell um einen anderen Beruf. Als Kapitän wird Sie kein Reeder mehr einstellen. Das ist Ihr Seemannstod! Es sei denn, Sie wollen eine Fähre über den Bosporus fahren. Heßbach, seien Sie kein Idiot... es nutzt gar nichts. Ich warne Sie. Ich kenne die Branche zu gut. Maul halten und Geld verdienen, daran sollten Sie denken.« Teo Fransakiris räusperte sich. »Noch einmal, Kollege: Viel, viel Glück! Ich werde ab und zu an Sie denken.« Es knackte in der Leitung, Fransakiris wartete keine Antwort mehr ab. Nachdenklich legte Heßbach auf. Von der Mannschaftsmesse kam Jules Dumarche zurück. Er hatte die Musterung der Mannschaft im Eiltempo hinter sich gebracht. Mit einem Seufzer aus tiefer Brust setzte er sich.

»Alles in Ordnung?« fragte Heßbach ahnungsvoll.

»Ja, Herr Kapitän.« Es klang nicht sehr überzeugend.

»Was haben Sie für einen Eindruck von der Mannschaft?«

»Erstaunlich guter Durchschnitt.«

»Was soll das heißen?«

»Ich habe schon anderes erlebt. Die Kerle sehen zwar wild aus, aber sie sind willig. Das ist wichtig.«

»Ihr Ausbildungsstand?«

»Sagen wir: Lassen wir uns überraschen.« Dumarche lächelte verhalten. »Sie sind den Kerlen ein Rätsel. Auf einem Tanker eine weiße Uniform, das haben sie noch nie gesehen. Ein Ghanaer fragte mich: ›Ist er ein Bischof? Fährt die Kirche jetzt einen Tanker?‹ Und ein Inder sagte: ›Nicht einen Fleck hat er auf dem Weiß! Schwebt er über das Schiff?‹ Ich glaube, wenn Sie mit dem kleinen Finger wackeln, fallen alle auf die Knie.«

Sie lachten kurz über diesen Gedanken und Heßbach wollte über sein Gespräch mit Fransakiris berichten, als der Philippino mit dem vernarbten Gesicht eintrat. Er stellte sich an das Steuerpult und blickte stumm über das riesige Deck mit den vielen Rohren, den Pumpen, Entlüftungen und Ventilen und dann hinaus in das schmutzige Hafenwasser.

»An dich habe ich gerade gedacht«, sagte Heßbach und stellte sich neben den Steuermaat. »Wie heißt du?«

»Sato Franco, Sir.« Der Philippino blickte weiter starr geradeaus.

»Ein merkwürdiger Name für einen Philippino.«

»Ja, Sir. Mein Großvater war Japaner, mein Vater Franzose, meine Großmutter und meine Mutter Huren auf Panay. Noch eine Frage, Sir?«

»Nein, Sato. In zwei Stunden laufen wir aus.«

»Ich warte darauf, Sir.«

»Du willst schnell von Monrovia weg...«

»Ja, Sir.«

»Wieder Streit gehabt?«

»Ja, Sir.« Sato Franco stand bewegungslos da. »In einer Bar. Wußte nicht, daß es eine Schwulenbar war. Als sie entdeckten, daß ich nicht schwul war, wollten sie mich über die Theke ziehen und vergewaltigen. Ich habe mich gewehrt, Sir.«

»Verletzte?«

»Zwei Tote, Sir.«

Heßbach spürte wieder einen kalten Schauer über seinen Rücken laufen. Er sah Dumarche an, der seine Unterlippe eingezogen hatte. »Nun sind es schon vier!« sagte er mit belegter Stimme. »Ein Glück, daß wir bis Rotterdam durchfahren und keinen anderen Hafen anlaufen. Die Zahl könnte sich leicht erhöhen.« Er sah wieder Sato Franco an. Es paßt alles zusammen, dachte er. Ein Schiff mit 200000 Tonnen Öl als schwimmende Bombe und am Ruder ein vierfacher Mörder. Was er wohl auf der Fahrt nach Holland noch alles erleben würde?

»Womit?« fragte er fast zwangsläufig.

»Mit dem Messer, Sir. Da bin ich schneller als andere mit einer Pistole.«

»Das glaube ich dir ohne Demonstration.«

»Danke, Sir.«

Heßbach hob erstaunt die Augenbrauen. »Danke? Wofür?«

»Daß Sie mir vertrauen, Sir. Ich werde mein Bestes tun.«

»Das erwarte ich von dir.« Heßbach stellte sich neben den Philippino. »Sieh mich an, Sato.«

Francos Kopf schnellte herum. Das zerschnittene Gesicht mit den schwarzen, etwas geschlitzten Augen war Heßbach voll zugewandt.

»Ja, Sir?«

»Wenn es an Bord den kleinsten Streit geben sollte, an dem du beteiligt bist, sperre ich dich in den Bilgepumpenraum! Ist das klar?«

»Ja, Sir. Aber dann haben Sie keinen Rudergänger mehr.«

»Die meiste Zeit auf offener See laufen wir mit Autopilot. Und für die Korrekturen sind ich und der Erste da.«

»Es wird keinen Streit geben, Sir.« Franco wandte den Kopf wieder ab und blickte über das Schiff. »Aber ich habe eine Bitte, Sir.«

»Und die wäre?«

»Machen Sie Obermaat McCracker klar, daß ich ein Mensch und kein Abfallhaufen bin. Ich bin ein Mensch, der viel auf seine Ehre hält.«

Als habe er auf das Stichwort gewartet, erschien James McCrakker auf der Brücke und grüßte stramm. Dabei warf er einen Blick auf Sato und wackelte mit der Nase, als ärgere ihn ein Juckreiz.

»Die *Maringo* ist bereit zum Auslaufen, Käpt'n«, meldete er. »Wann heißt es ›Leinen los!‹?«

»In einer Stunde, James.«

»Aber wir könnten schon jetzt, Käpt'n.«

»Ich habe meine Order.«

»Wir sind in Monrovia, Käpt'n, und nicht in Preußen.«

»Disziplin ist das starke Brett unter den Füßen des Seemannes, James.«

»Wer den Spruch verfaßt hat, war entweder besoffen oder deutscher Militarist.«

Es war der Erste, Jules Dumarche, der mit französischem Charme die Situation rettete. »Wir alle gehorchen einer Gesetzmäßigkeit«, sagte er diplomatisch. »Willkür hat noch nie Segen gebracht. Was ist schon eine Stunde gegenüber dem, was vor uns liegt? James, Sie werden das Losleinen überwachen.«

»Jawohl, Sir.« McCracker drehte sich zackig weg und verließ die Brücke.

Heßbach setzte seine weiße Kapitänsmütze auf. »Ich gehe noch einmal durchs Schiff«, sagte er zu Dumarche. »Nehmen Sie Verbindung mit der Reederei auf und sagen Sie, daß wir auf die Minute pünktlich auslaufen.«

»Jawohl, Herr Kapitän.«

»Und sagen Sie, daß ich jetzt durchs Schiff gehe, und wenn ich einen einzigen Mangel entdecke, bleibe ich liegen.«

»Das soll ich wirklich sagen?« fragte Dumarche gedehnt. Er bevorzugte mehr den diplomatischen Weg. Man könnte zum Beispiel sagen: Es gibt eine kleine Verzögerung wegen eines geringen maschinellen Defekts, dachte er.

»Ja, Jules. Sagen Sie es wörtlich! Bouto und Abdaman sollen nicht denken, daß ich ein halbblinder Idiot bin.«

»Sir, das wird niemand behaupten!«

»Bis gleich.« Heßbach verließ die Brücke und stieg hinunter in den großen Maschinenraum. Hier war der Chief Pieter van Geldern damit beschäftigt, die blitzsauberen und geölten Riesenmaschinen und Antriebskurbeln und -wellen zu überprüfen und die Elektronik, die – so hieß es – erst vor vier Jahren neu eingebaut war, zu kontrollieren. Er schien zufrieden zu sein. Zusammen mit dem Maschinist Donc Samsu saß er vor der großen Schalttafel.

»Alles in Ordnung, Chief?« fragte Heßbach. Van Geldern nickte.

»In bester Ordnung. Hätte ich nicht erwartet, Herr Kapitän. Bei dem Alter der dicken Lady! Auf den ersten Blick sieht alles einwandfrei aus.«

»Und beim zweiten Blick?«

»Den habe ich erst, wenn der Pott auf freier See schwimmt.«

»Gemütlich wird's nicht werden, van Geldern. Wir werden lange Strecken volle Fahrt voraus machen müssen. Die kalkulierte Ankunftszeit in Rotterdam ist verdammt knapp. Da wird es bei Ihnen dröhnen, Chief.«

»Daran gewöhnt man sich, Sir.« Van Geldern grinste breit. »Wenn der Motor so richtig brummt, ist's wie das Gestöhne einer Frau im Bett ... man freut sich.«

Heßbach lachte. Dieser van Geldern flößte Zuversicht ein. »Sie werden bald zeigen können, wie Sie Ihre Geliebte behandeln, Chief!« sagte er und klopfte van Geldern auf die Schulter.

Eine Stunde später, auf die Minute genau, warf die *Maringo* die Leinen los und verließ Monrovia. Am Ruder stand Sato Franco und steuerte das Riesenschiff langsam und sicher aus dem Hafen. Ein Gigant der Meere begann seine Fahrt.

Unico II

Svensson hatte es sich im Laufe der Jahre abgewöhnt, sich über die Praktiken seiner Reeder zu wundern oder gar aufzuregen. Er hatte Containerschiffe, Eisenerzfrachter, Flüssiggas-Tanker und nun auch Öltanker für die *Trans-Atlantic-Shipping Company*, kurz TAS, gefahren, kannte alle Meere und galt als ein Seemann, dem man reinen Gewissens die besten Schiffe anvertrauen konnte. Nur besaß die TAS, registriert im offenen Register von Panama, keine Juwelen der Meere, sondern teilweise uralte Schiffe, darunter drei Tanker mit achtzehn Jahren auf dem Buckel, zwei Frachter mit einundzwanzig Jahren und drei mittelgroße Tanker, die vor fünfundzwanzig Jahren gebaut worden waren. Der Reeder Pierre Jeanmaire, auf die überaltete Flotte angesprochen, reagierte auf alle Bedenken, die ab und zu an ihn herangetragen wurden, mit Humor.

»Ein gut gepflegter Alter ist besser als ein übermütiger Junger«, sagte er und ließ dabei ein wohltönendes Lachen hören. »Und meine Schiffe sind gepflegt wie die manikürten Hände einer Diva! Sie haben schon manchen Sturm erlebt und überlebt, das sollte doch ein Beweis von Qualität sein!«

Pierre Jeanmaire, in einem gläsernen Palast in Panama sitzend, gehörte zu den Reedern, die nie – auch nicht in der Rezession der achtziger Jahre, wo ganze Flotten ausgeflaggt wurden – über einen Verlust geklagt hatte. Nur zweimal hatte er Pech gehabt, und bei Lloyds in London hatte die Unglücksglocke geläutet, die immer anschlug, wenn ein Schiff verlorenging: Ein Frachter sank bei Barbados, weil der Maschinenraum explodierte (der Grund wurde nie geklärt, weil das Schiff sofort mit vierzehn Besatzungsmitgliedern sank); und das zweite Unglück ereignete sich im chinesischen Meer, westlich der Insel Hainan. Da brach bei einem Taifun ein Containerfrachter auseinander und verschwand in der Tiefe. Jeanmaire verkraftete diese Verluste spielend. Er war mit diesen Schiffen hoch versichert, weit über den gegenwärtigen Wert und strich nach

Abzug aller Kosten 85 Millionen Dollar ein. So überlebte er die Windstille im Frachtgeschäft ohne Sorgen und war, als die Weltwirtschaft nach Öl schrie und nicht genug bekommen konnte, einer der ersten, der mit seinen alten Tankern zur Stelle war und langfristige Verträge mit den Ölförderländern oder den Bohrgesellschaften abschloß. Seitdem kreuzten seine Schiffe über alle Meere, und Kapitän Svensson war einer der ältesten Commander.

Die *Unico II*, die er jetzt in Bodö übernommen hatte, war keiner der Giganten unter den Öltankern. Sie galt als mittelgroß, aber immerhin faßten ihre Tanks bis zu 100 000 Tonnen Rohöl, die bei einem Unglück genügten, eine Umweltkatastrophe unvorstellbaren Ausmaßes auszulösen.

Beim Abschied von seiner Frau in Bergen, wo er ein schmuckes Häuschen am Stadtrand besaß, hatte Karin zu ihm gesagt: »Ich habe Angst. Zum ersten Mal habe ich Angst. Ich weiß nicht, warum, ich kann es nicht erklären ... aber hier, im Inneren« – und sie hatte sich dabei mit beiden Fäusten gegen die Brust geschlagen – »da ist es, als drücke ein Stein auf mein Herz.«

»Schatz«, Svensson hatte sie an sich gezogen und geküßt, »seit zwanzig Jahren fahre ich zur See, seit achtzehn Jahren sind wir verheiratet, und ich bin immer heil zurückgekommen. Was soll schon passieren?«

»Du fährst jetzt die *Unico II*.«

»Ein Pott wie jeder andere.«

»Ich habe gelesen, sie sei neunzehn Jahre alt. Stimmt das?«

»Ja. Aber poliert wie ein Lackschuh.«

»Ich habe aber auch gelesen – irgendwo –, daß man Tanker nach fünfzehn Jahren verschrotten soll.«

»Eine verderbliche und dumme Polemik, Schatz. Dahinter stekken so Wirrköpfe wie die Phantasten von Greenpeace oder übereifrige Beamte der verschiedenen Schiffahrtsbehörden. Die Lobby der Werften, die auf Aufträge hoffen. Für sie wäre es natürlich ein goldener Regen, wenn man alle Tanker über fünfzehn Jahre aus dem Verkehr ziehen würde. Ha, hätten die dann einen Bau-Boom! Karin, die *Unico II* ist ein hervorragendes Schiff. Du brauchst keine Angst zu haben.«

»Und wohin fährst du, Gunnar?«

»Von Bodö zu drei norwegischen Bohrinseln, wo ich das Öl

übernehme. Von dort nach Rotterdam zur Raffinerie.« Er hatte gelacht und sie wieder an sich gezogen. »Du siehst, eine völlig ungefährliche Route – der Inhalt deiner Handtasche ist mir fremder als dieser Weg. Da kenne ich jede Sandbank und jede Klippe.«

Das war vor drei Tagen gewesen. Nun stand er auf dem Deck der *Unico II* und blickte die Reihe seiner Mannschaft entlang, die vor ihm angetreten war. Mein Gott, dachte er, Jeanmaire muß verrückt geworden sein. Was hat er da anheuern lassen! Er nahm die Liste aus der Hand des Ersten Offiziers, einem Dänen mit Namen Hogar Andersen, der gleich bei seiner Vorstellung gesagt hatte: »Um Ihrer Frage zuvorzukommen: Ich bin nicht mit dem Märchendichter verwandt«, und überflog die Namen der Seeleute.

Zehn Malayen, vier Schwarze aus der Karibik, zwei Europäer aus Berlin und Prag. Der Mann aus Berlin hatte ein Steuermannspatent vorgelegt, ausgestellt in Hongkong, der Prager ein Maschineningenieur-Diplom aus Honduras.

Svensson trat ein paar Schritte zurück und winkte seinen Ersten heran.

»Wer hat uns diese faulen Eier ins Nest gelegt?« fragte er leise. »Andersen, die bekommt man doch in ganz Norwegen nicht.«

»Die Mannschaft war schon auf der *Unico*, Kapitän. Die Leute haben eine Heuer von Jamaika nach Bodö und zurück nach Rotterdam. Dort übernimmt sie der Erzfrachter *Sangria* zur Fahrt nach Guatemala. Ich habe die Papiere überprüft – sie sind korrekt.«

»Und der Berliner und der Prager? Wie kommen die zu diesem Haufen?«

»Sie wurden von Oslo eingeflogen. Die Reederei hat sie angeheuert. Ihre Diplome sind einwandfrei ... nur eins fehlt.«

»Was?«

»Ihre Seefahrtsbücher. Beide behaupten, man habe sie ihnen gestohlen ... der Berliner vermißt es seit Rio, der Prager seit Port-au-Prince.«

»Glauben Sie das, Andersen?«

»Wir müssen es, Kapitän. Ihre Überprüfung war Sache der Reederei, und von ihr liegt das Okay vor.«

»Dann kann man nur hoffen, daß alles gut geht. Zum Glück ist die Fahrt nicht lang und nicht gefährlich. Lassen Sie die Mannschaft wegtreten, aber die beiden Europäer will ich noch sprechen.«

Der Berliner, den Svensson in seiner Kapitänslogis empfing, setzte sich mit einem freundlichen Grinsen in den angebotenen Sessel und nahm auch ohne Zögern eine der Zigarren an. Es waren die berüchtigten Svensson-Zigarren, von denen nur er selbst zwei oder drei rauchen konnte – jeder andere wurde schon nach zehn Zügen fahl im Gesicht. Aus welchem Tabak die Zigarren gerollt worden waren, wußte niemand, man munkelte, es sei eine Mischung aus starken Sumatratabaken und einem fein geschnittenen, getrockneten Kraut, das die Hirnnerven zum Glühen bringt. Bei Svensson schien es eine anregende Wirkung zu haben. Wie gesagt: Es war nur ein Gerücht von denen, die eine Zigarre angeboten bekommen und auch geraucht hatten.

»Sie heißen Karl Pusenke?« fragte Svensson und blies Ringe in die Luft. Der Berliner war schon nach dem zweiten Zug vorsichtig geworden und hielt die Zigarre weit von sich.

»So ist es«, sagte er. »Freunde nennen mich Kalle, und wie jeder anständige Berliner kommen die Pusenkes aus Ostpreußen.«

»Sie haben das Steuermannspatent. Können Sie ein Schiff wie die *Unico* fahren?«

»Ich fahre jeden Kahn, Kapitän. Ich habe 'nen Slalom durch die Riffe von Belize gemacht ohne einen Kratzer. Nach Rotterdam ... das ist was für wacklige Opas.«

Der Prager war etwas schüchterner als der Berliner. Er setzte sich auf die Sesselkante, lehnte die Zigarre ab, nicht, weil er Nichtraucher gewesen wäre, sondern weil Pusenke ihn gewarnt hatte: »Der Alte bietet dir 'ne Zigarre an, um zu testen, ob du dir in die Hosen scheißt. Sei vorsichtig!« und klemmte die Hände zwischen seine Knie.

»Sie heißen Juri Dozek«, sagte Svensson zu ihm. »Maschineningenieur. Wie lange fahren Sie zur See?«

»Drei Jahre, Herr Kapitän.« Dozek machte im Sitzen eine leichte Verbeugung.

»Drei Jahre? Und schon ein Diplom?«

»Ich bin früher auf einem Schiff auf der Moldau gewesen. Als Maschinist. Drei Jahre bin ich jetzt auf Hochsee. Seit einem Jahr besitze ich das Ingenieurdiplom. Ich habe zuletzt einen Containerfrachter gefahren.«

»Von der TAS?«

»Ja. Die Reederei hat mich zu Ihnen geschickt. Ich bin sehr stolz darauf, Chief auf der *Unico II* zu sein.«

Am frühen Morgen verließ der Tanker den Hafen von Bodö. Um den notwendigen Tiefgang zu haben und gut in der See zu liegen, waren die Tanks mit Wasser dreiviertel gefüllt – vor Übernahme des Öls würden sie leergepumpt werden.

Die am nächsten liegende Bohrinsel, die Svensson anlaufen sollte, war die *Norge VI*, ein in den verhangenen Himmel hineinstechender stählerner Bohrturm, der Konstruktion des Eiffelturms nicht unähnlich, umgeben von einer Plattform in drei Stockwerken, auf der sich ein Hubschrauberlandeplatz, die Wohnungen der Besatzung, die Funkstation, das Materiallager, die riesigen Pumpen, ein Eßsaal, die Küche, ein Kino und sogar ein Minigolfplatz befanden. Das alles ruhte auf sechs gewaltigen, runden, in den Meeresboden gerammten Stahlstützen. Eine genial konstruierte künstliche Insel, die laut Berechnungen der Konstrukteure allen Naturgewalten trotzen konnte. Das war eine verwegene Theorie, denn drei Bohrinselkatastrophen hatten bewiesen, daß das Meer stärker war, aber die *Norge VI* galt als die modernste und sicherste Ölbohrung in der meist stürmischen Nordsee. »Um diese Insel umkippen zu lassen, muß schon der ganze Meeresboden einsinken!« hatte die Ölgesellschaft stolz verkündet. »Und wenn das geschieht, gibt es unsere ganze Welt nicht mehr.«

Um sicherzugehen, hatte Svensson selbst das Anlegen an die Festmacher der Pumpanlage übernommen. Die Bohrinsel selbst lag in ungefähr zwei Meilen Entfernung. Karl Pusenke stand neben ihm, der Erste war an Deck und überwachte das Ankoppeln, im Maschinenraum wurden Svenssons Kommandos präzise ausgeführt. Juri Dozek saß selbst an der Zentralschalttafel. Er hatte den beiden Malayen, die als Maschinisten angestellt worden waren, einen Tritt in den Hintern gegeben. Sie standen nun mit großen Augen herum, stierten auf die Instrumente, als seien es Geisterwesen und verfolgten die zitternden Zeiger auf den Kontrolluhren, als sähen sie ein Fernsehspiel.

Problemlos koppelte die *Unico* an.

»Haben Sie gesehen, Pusenke, so macht man das!« sagte Svensson zu dem Berliner. »Beim nächsten Mal, bei der *Meermaid I*, übernehmen Sie das Manöver.«

»Für Kalle ist nichts unmöglich!« Pusenke grinste breit. »Darf ich die Wahrheit sagen, Kapitän?«

»Nur zu!«

»Sie haben vorhin zu früh ›rückwärts‹ befohlen.« Pusenke senkte den Kopf. »Ich bitte um Verzeihung, Kapitän.«

Svensson antwortete nicht. Er starrte Pusenke nur verwundert an, nahm seine Mütze vom Kommandopult und verließ die Brücke.

Man soll es nicht für möglich halten, dachte er, als er zum Deck hinabstieg. Der Kerl hat recht. Ich habe zu früh rückwärts navigiert. Dadurch mußten wir dreimal anschwimmen. Diese scharfe Beobachtung hätte ich Pusenke gar nicht zugetraut.

Auf *Norge VI*, im Raum des Kommandanten, saß Chefingenieur Harold Higgens und hatte telefonische Verbindung mit Panama aufgenommen.

»Wie lange wird das Umpumpen dauern, Higgens?«

»Zehn Stunden, Mr. Jeanmaire«, antwortete Higgens.

»Sechs ...«

»Unmöglich, Sir.«

»Nichts ist unmöglich! Das Wort kenne ich nicht. Wenn Sie mit allen Abfülleitungen arbeiten, ist das zu schaffen.«

»Ich kann keine vier Stunden herausholen.«

»Wieviel?«

»Höchstens zwei, Sir. Auch Rohöl sprudelt und bildet dann Luftblasen, und das kann gefährlich werden.«

»Wozu hat die *Unico II* große Entlüftungsanlagen? Den ganzen Dunst blasen wir in die Luft.«

»Und verpesten sie damit. Das ist nicht zu verantworten.«

»Higgens«, Jeanmaires Stimme wurde etwas höher. »Ist das Ihr Problem?«

»Nein, aber das Problem der Menschen hier.«

»Sind Sie ein Saubermann der Nordsee? Dann sollten Sie die Bohrinsel sofort verlassen und mit den Gummibooten von Greenpeace herumknattern. Wissen Sie, wieviel Hunderttausend Tonnen Giftmüll und Industrieabfälle jedes Jahr in Ihrer geliebten Nordsee verklappt werden? Was da ins Meer abgelassen wird, reicht aus, ganze Völker auszulöschen.«

»Ich habe die Berichte gelesen, Sir. Es ist ein Skandal, der von den Regierungen gedeckt und erlaubt wird! Die Leute von Greenpeace, die verzweifelt versuchen, mit Aktionen die Welt aufzurütteln, werden lächerlich gemacht oder sogar behindert. Nicht die Zerstörer unseres Lebensraumes werden bestraft, sondern die, die es verhindern wollen! Gewissenlosigkeit ist gefragt, nicht Vernunft! Ob man Giftmüll zwanzig Meilen vor den Küsten verklappt oder hundert weiter, das ist doch im Ergebnis das gleiche: Die Meere werden sterben! In vielleicht fünfzig oder hundert Jahren sind die Meere zu Kloaken geworden ... so schnell, wie sie verseucht werden, können sie sich nicht von selbst regenerieren!«

»In hundert Jahren! Leben Sie dann noch, Higgens?« fragte Jeanmaire mit einem spöttischen Unterton.

»Nein!«

»Na also! Wozu die Aufregung?«

»Aber meine Enkel werden leben.«

»Denken Sie an heute und nicht an überübermorgen! Tag und Nacht fackeln sie das Erdgas in die Luft, ohne Bedenken zu haben. Was sind dagegen die Wölkchen, die die *Unico* in den Äther abläßt?« Jeanmaires Stimme wurde hart. Er hatte keine Lust, mit Higgens über das ökologische Gleichgewicht der Erde zu streiten. Zwei Stunden Gewinn bei *Norge VI*, zwei Stunden bei *Meermaid* und zwei Stunden bei *Seewolf*, der dritten Übernahmestation der *Unico* ... das ergab sechs Stunden kürzere Fracht oder – bei voller Fahrt, die Svensson machen sollte –, allein eine Ersparnis im Brennstoffverbrauch von 140 Tonnen. Das Anlaufen des Hafens von Rotterdam würde 210000 Dollar kosten. Wurde der Tanker schnell gelöscht und die neue Ladung ebenso schnell aufgenommen, fiel nicht nur eine Ballastfahrt, das heißt mit Wasser gefüllten Tanks, aus, sondern es wurde auch kein Überliegegeld fällig, das vom Reeder bezahlt werden mußte, wenn das Schiff länger als beantragt im Hafen lag. Jeder gewonnene Tag war also bares Geld, gerade jetzt, wo die Frachtraten zu steigen begannen. Die Industrie brauchte Tonnage, die Weltwirtschaft expandierte auf allen Gebieten, der Seetransport, immer noch der billigste Weg, war gefragt wie noch nie. Kam es da auf ein paar hundert Seehunde, Dreizehenmöven, Baßtölpel, Trottellummen oder Fischotter an?

»Also gut, ich bin mit zwei Stunden Reduzierung der Übernahme einverstanden, Higgens«, sagte Jeanmaire in einem Ton, der keinen Widerspruch mehr duldete. »Und sparen Sie sich Ihren Greenpeace-Blödsinn! Was diesen Phantasten fehlt, ist gesunder Realitätssinn. Man kann nicht Milliarden Menschen ernähren, indem man Delphine streichelt, überlegen Sie sich das.«

»Es wird, wenn es so weitergeht, bald keine Delphine mehr geben.«

»Aber Hunderttausende neuer Arbeitsplätze! Was ist wichtiger? Mit säuselnder Moral überlebt die Menschheit auch nicht! Erklären Sie mal einem Pakistani: Du mußt verhungern, weil wir die Papageientaucher vorm Aussterben bewahren. – Also bis in acht Stunden. Ich erwarte Ihren Bericht.«

Von diesem Gespräch erfuhr Kapitän Svensson nichts. Er runzelte nur die Stirn, als ihm Hogar Andersen meldete, das Öl würde unter einem wahnsinnigen Druck in die Tanks gepumpt. Er hatte sich gerade entschlossen, bei Higgens vorzusprechen, als dieser auf der *Unico* erschien. Sie kannten sich nur vom Telefon, schüttelten sich die Hände, und Svensson bot einen zehn Jahre alten Malt-Whiskey an, der wie Öl die Kehle hinunterrann.

»Sie haben aber Druck drauf«, sagte Svensson zu Higgens. »Wir haben doch Zeit.«

»Eben nicht. Ich soll in acht Stunden fertig sein.«

»Wer sagt das?«

»Mr. Jeanmaire.«

»Wann?«

»Schon vor Ihrem Anlegen«, wich Higgens aus. »Sie haben noch keine Order?«

»Nein.«

»Dann kommt sie noch. Sie sollen zwei Tage früher in Rotterdam sein.«

»Unmöglich!«

»Das Wort kennt Jeanmaire nicht.«

»Dann werde ich es ihm buchstabieren.« Svensson sprang erregt aus seinem Sessel auf. »Ich habe nicht die Absicht, das ›Blaue Band der Tanker‹ zu gewinnen. Ich weiß, was ich meinen Maschinen zumuten kann. Auf das Telefongespräch mit Jeanmaire freue ich mich!«

Das Beladen dauerte sogar nur 7 ½ Stunden. Als die Pumpen schwiegen, kam Andersen auf die Brücke. Sein Gesicht drückte große Sorge aus. »Wir haben jetzt so viel Öl-Luft-Gemisch an Bord, daß jeder Tank eine Bombe ist«, sagte er. »Nur ein Funke, und von uns bleiben nur noch Schnipsel übrig!«

»Lassen Sie alle Entlüftungsventile voll auffahren, Andersen.« Svensson blickte Higgens böse an, der neben ihm stand. »Da haben Sie Ihre Schnellbeladung.«

»Ich handelte nur gemäß meinen Anweisungen. Ich habe das geahnt. Eine Bitte, Kapitän... Lassen Sie die Ventile erst auf freier See öffnen, nicht hier an der Insel.«

»Ich soll, hochexplosiv gefüllt, die Maschinen anwerfen?!« schrie Svensson empört. »Higgens, wo ist Ihr Verstand?«

»Wo ist Ihrer, Kapitän? Sie sehen doch: Wir fackeln ab! Wenn Ihr Knallgemisch...« Er sprach nicht weiter. Es war auch nicht nötig, Svensson sah die Notwendigkeit stumm ein, so schnell wie möglich von der *Norge VI* Abstand zu gewinnen.

»Wir legen sofort ab, Andersen«, sagte er mit plötzlich belegter Stimme zu seinem Ersten. »Ganz langsam... und wenn wir auf freier See sind, blasen wir das Mistzeug raus! Mr. Higgens, ich habe mich gefreut, Sie kennenzulernen. Aber jetzt muß ich Sie bitten, von Bord zu gehen.«

Higgens nickte und verließ wortlos das Schiff. Er hatte verstanden: Svensson warf ihn hinaus. Höflich, freundlich, aber doch ein Hinauswurf. Das war nicht unser letztes Gespräch, Mr. Jeanmaire, dachte er, als er mit dem Lift hinauf auf die Plattform der Bohrinsel fuhr. Bis jetzt habe ich das Maul gehalten, aber es wird die Zeit kommen, wo man die Wahrheit in die Welt hinausschreien kann. Es fragt sich nur, ob die Welt es auch hören will und versteht.

Ganz langsam glitt die *Unico II* hinaus in die Nordsee. Am Ruder stand nun Karl Pusenke, Svensson daneben, der jeden Handgriff und jeden Befehl überwachte. Er hatte nichts auszusetzen... Der Tanker verließ die Festmacher so vorsichtig, als schwappten nicht 60 000 Tonnen Öl in seinem Leib, sondern 6000 Kisten dünnes, zerbrechliches Glas. Erst als die *Norge VI* nur noch ein Punkt am Horizont war, gab Pusenke das Kommando »Halbe Kraft«.

»Zufrieden, Kapitän?« fragte er und grinste Svensson an. »Können wir jetzt mit dem Autopiloten fahren?«

»Noch nicht.« Svensson ging hinüber zu dem Weitradargerät

und betrachtete eingehend den kreisenden grünen Zeiger und die Aufzeichnungen auf dem Bildschirm. Kein Schiff in der Nähe, stellte er zufrieden fest. Nur weit ab Schiffsbewegungen, die ihn nicht störten. Erst wenn man in die Schiffahrtsstraße einschwenkte, war die Route vorgezeichnet.

Svensson griff nach vorn und stellte den Hebel des Signalgebers auf »Stop«. Sofort hörte das Stampfen der Maschinen auf.

»Was ist los, Kapitän?« fragte Pusenke verwundert.

»Jetzt werden wir furzen!« Svensson lachte kurz auf. »Das kennen Sie noch nicht, Pusenke. Es ist ja Ihre erste Tankerfahrt. Sehen Sie sich das an.«

Das Telefon aus dem Maschinenraum läutete. Svensson hob ab und wußte im voraus, was er zu hören bekam. Dozek war am Apparat, seine Stimme klang aufgeregt.

»Was ist los, Kapitän?« fragte er. »Warum stoppen wir?«

»Ein Schiff ist ein Lebewesen wie du und ich«, antwortete Svensson fröhlich. »Und wenn ein Lebewesen Luft im Bauch hat, was tut es dann?«

»Keine Frage mehr, Kapitän.« Dozek legte auf.

Auf der Brücke stand Pusenke noch immer ratlos am Ruder und wartete auf eine Erklärung. Da Svensson schwieg, fragte er: »Was passiert nun, Kapitän?«

»Passen Sie mal auf.« Svensson griff zum Sprechfunkgerät und rief nach dem Ersten Andersen. Als sich Andersen meldete, sagte er knapp: »Alle Entlüftungen öffnen. Voll auf, Hogar. Und lassen Sie Schutzmasken aufsetzen.«

Es dauerte ein paar Minuten, dann rannten sechs Malayen und zwei Kariben über das lange Deck und stellten sich neben den großen, grün bemalten Rädern der Ventile auf. Andersen erschien, drückte das Sprechgerät an den Mund und meldete:

»Alles bereit, Kapitän.«

»Öffnen!«

Anderson hob den rechten Arm und ließ ihn wieder fallen: das Zeichen zum Öffnen. Die Malayen drehten wie wild an den großen Rädern, nur bei den Kariben gab es Probleme. Ihre Ventile ließen sich nicht öffnen, Rost hatte die Gewinde verklebt. Sie warfen ihr ganzes Gewicht in die Räder, aber die rührten sich nur um ein paar Zentimeter.

»Da sehen Sie, Pusenke, was Scheiße ist!« schrie Svensson. Er hatte einen hochroten Kopf bekommen und sah aus wie jemand, der gleich einen Schlaganfall bekommen würde. »Ich übernehme ein Schiff, und es heißt: Einwandfrei! Und was ist es wirklich?! Ein verrosteter Kahn! Andersen! Andersen!«

»Herr Kapitän?« meldete sich der Erste. »Es werden schon Hämmer und Eisenstangen geholt.«

Zwei Malayen hetzten über Deck und brachten zwei große Hämmer und Stahlstangen heran, und dann droschen die Kariber auf das Ventil ein, klemmten die Stangen zwischen die Räderstreben und schafften es tatsächlich nach einer Viertelstunde, die Ventile wieder beweglich zu machen. Erneut hob Andersen seinen Arm. Die Ventile öffneten sich... zischend entwich das Öl-Luftgemisch aus dem Inneren der Tanks. Sofort umgab die *Unico II* ein bestialischer Gestank... Man sah keine Wolke, nicht einmal ein Flimmern, das Gas war völlig unsichtbar, nur drang es durch jede Ritze, ätzte die Schleimhäute, erzeugte Hustenreiz und ein unstillbares Niesen. Pusenke preßte sein Taschentuch gegen Mund und Nase und starrte Svensson an.

»Das... das...« stotterte er. Svensson sah ihn lächelnd an. Spott lag in seinen Augen.

»Was... das?!«

»Das stinkt bestialisch.«

»Ein Furz, der nicht stinkt, ist nichts wert.«

»Das Gas! Wir verseuchen doch die Luft...«

»Sind auch Sie ein Ökojüngling, Pusenke? Mein Gott, Greenpeace scheint ein Virus zu sein, eine Seuche! Glauben Sie, daß die paar Tonnen Gas, die wir ablassen, die Welt zugrunde richten?«

»Wenn das alle Tanker so tun, dann...«

»Pusenke, wir verpesten weder die Luft, noch sind wir schuld am sogenannten Ozonloch. Die paar Gaswölkchen verschwinden schnell und werden von den Winden auseinandergerissen. Pusenke, stecken Sie Ihre verlogene Moral weg. Auch die Greenpeace-Spinner attackieren uns oder Verklappungsschiffe mit Plastikbooten, die mit ihren Abgasen die Atmosphäre vergiften. Es würde keiner auf die Idee kommen, mit einem biologischen Holzkahn die Tanker anzugreifen. Und ihre Außenbordmotoren verlieren auch Benzin und Öl und verschmutzen das Meer. Da, sehen Sie –« Svensson zeigte auf das Deck. Die Mannschaft war dabei, die Ventile wieder zuzudrehen. »Es ist schon vorbei! Und die Welt ist wieder in Ordnung.«

»Aber das Gas steigt in die Atmosphäre.«

»Pusenke, ich will nichts mehr davon hören!« sagte Svensson wütend. »Sie sind als Steuermann auf dem Schiff, nicht als hyperidealistischer Ökologe.« Er griff nach dem Hebel des Maschinentelegrafen. Mit Schwung setzte er ihn auf »Halbe Fahrt«, um dann sofort weiterzuschalten auf »Volle Fahrt«.

Unten, im Maschinenraum, nickte Chief Dozek und ließ die Motoren donnern. Er ist wohl besoffen, der Alte, dachte er. Hätte ich ihm gar nicht zugetraut – er machte einen so seriösen Eindruck. Ein Kapitän der Sorte Eisenfresser ... aber nun zeigt er sich menschlich, und das macht ihn sympathisch. Was wirklich an Deck geschehen war, erfuhr er erst später beim Abendessen in der Offiziersmesse. Aber es war kein Problem für ihn, über das man diskutieren mußte. Schiffsalltag, mehr nicht. Und daß das Abblasen des Gases auch nicht ins Logbuch eingetragen wurde, war allein Sache des Kapitäns.

Mit voller Kraft hielt die *Unico* auf ihr nächstes Ziel: Die zweite Übernahmestation, die Bohrinsel *Meermaid*, wo sie 30 000 Tonnen Öl bunkern sollte. Morgens, gegen sieben Uhr, würde man sie erreichen, das hatte Andersen errechnet. Wieder ein schnelles Laden, und dann weiter zur Bohrinsel *Seewolf*, wo der Rest gebunkert wurde. Mit 110 000 Tonnen Öl im Leib schwenkte man dann ein in die Schiffahrtsstraße Nordsee, vorbei an den Shetland-Inseln, dem Skagerrak, Dänemark, den Nord- und Ostfriesischen Inseln, zwischen Holland und England hindurch nach Rotterdam. Ein ungefährlicher, von Tausenden von Schiffen befahrener Weg, solange kein Sturm die Nordsee aufpeitschte oder dichter Nebel alles unter einem undurchdringlichen Schleier begrub. Aber dafür gab es ja Radar, die Positionsmeldepunkte der Schiffe, die Lotsenstationen, die lückenlose Überwachung gerade in der deutschen Bucht ... Rotterdam, eine Routinefahrt, die Svensson – das war nach der neuen Gesetzgebung möglich – schon zweimal ohne Lotsen gefahren war.

Andersen legte sein Navigationsbesteck zufrieden auf die detaillierte Seekarte. Kapitän Svensson schlief bereits, am Ruder stand

Karl Pusenke, so souverän, als lenke er ein Fahrrad über einen Fahrradweg. Andersen kam an seine Seite und überflog das Radar. Nur wenige, weit entfernte Leuchtpunkte zeigten an, daß sie hier in diesem Gebiet der Norwegischen See, fast allein waren. Im Funkraum lag der Funker, ein Karibikneger, mit dem Kopf auf dem Tisch vor den Geräten und schlief. Genau genommen wurde der Tanker jetzt von drei Mann gefahren: Von Pusenke, Hogar Andersen und einem übermüdeten Malayen, der anstelle von Dozek die Maschinen überwachte, denn auch Dozek hatte sich in seine Kammer zurückgezogen und schlief. Es kümmerte keinen, daß der Malaye hilflos vor der großen Instrumententafel saß und keine Ahnung hatte, was all die vielen Zeiger, Uhren und Digitalangaben bedeuteten.

Über Nacht änderte sich das Wetter.

Die See wurde unruhiger, immer höhere Brecher schlugen gegen die Bordwand der *Unico II*. Andersen, der an seinem Navigationstisch eingenickt war, fuhr erschrocken hoch, als das Schiff deutlich zu schlingern begann. Er sprang auf und ging zu Pusenke an den Ruderstand. Ein Blick auf das im fahlen Dunkel bewegte Meer ließ ihn schätzen: Windstärke fünf.

Wo waren die Wetterberichte von der Funkstation? Warum hatte der Funker nicht die neuesten Meldungen durchgegeben? Warum hatte Pusenke ihn nicht geweckt, als das Wetter umschlug?

»Seit wann haben wir fünf?« schrie Andersen ihn an.

»Seit einer Stunde, Sir!« antwortete Pusenke ruhig.

»Und Sie melden nichts?«

»Fünf, Sir!« Pusenke grinste breit. »Jetzt merkt man erst, daß man ein Schiff unterm Hintern hat.«

»Arschloch!« Andersen konnte diesen Ausruf nicht unterdrükken. Er wandte sich ab, lief zur Funkstation und fand dort den Karibikneger friedlich an seinem Tisch schlafend. Mit einem Tritt weckte er ihn auf.

Der Neger schoß hoch, ballte die Fäuste und ging in Boxerstellung. Als er, noch schlaftrunken, den Ersten erkannte, versuchte er Haltung anzunehmen.

»Sir...« stammelte er. »Sir, nichts Neues.«

»Es kommt starker Wind auf!« schrie Andersen. »Wo sind die

Wetterberichte? Was melden die Küstenstationen? Du schläfst, und draußen geht das Meer hoch!«

»Sir...« Der Kariber wischte sich mit beiden Händen über die Augen. »Ich bin zusammengebrochen.«

»*Was* bist du?« brüllte Andersen.

»Ich kann nicht vierundzwanzig Stunden Dienst machen, Sir. Ich bin zusammengebrochen.«

»Du bist siebzehn Stunden im Dienst.«

»Auch das ist zuviel, Sir.«

»Die Meldungen!« schrie Andersen. »Sing keine Gospels, sondern kümmere dich um die Wettermeldungen.« Er gab dem Neger einen Stoß in die Seite, den dieser ohne ein Schwanken hinnahm. Nur die Augen, diese runden, schwarzen Augen bekamen plötzlich ein glühendes Leuchten.

Er ging zurück zu seinem Pult, stellte die Funkapparate an und peilte die nächste Wetterstation an. Aus dem Schreibdrucker knatterte der Text auf einen Streifen Papier. Es war nicht die neueste und beste Funkanlage, die man der *Unico II* eingebaut hatte, aber sie erfüllte ihren Zweck: Verbindung mit der Außenwelt.

Andersen riß das Blatt Papier aus dem Drucker und überflog den Text: *In der Norwegischen See, in der Nordsee zwischen Schottland und der Südspitze Norwegens Sturmwarnung. Auffrischender Wind von Nord-Ost bis zu Windstärke 8–9. Wetterlage noch unübersichtlich, aber Gefahr einer Verschlechterung der Großwetterlage. Schiffe in diesen Seegebieten wird empfohlen, mit Sturmböen von 9–10 zu rechnen.*

»Und du schläfst!« schrie Andersen, nachdem er den Text gelesen hatte. Er hieb das Papier dem Neger ins Gesicht, der den Schlag ungerührt hinnahm. »Aber das ist typisch für euch: faul und verfressen! Ihr Nigger seid zum Kotzen!«

Der Kariber antwortete nicht. Als Andersen die Funkstation verließ, verfolgte ihn nur ein Blick der schwarzen Augen. Ein Blick, der hätte töten können. Und Tod war auch das einzige, was der Farbige jetzt dachte, denn das Wort Nigger konnte nur mit Blut weggewaschen werden.

Andersen hielt es für dringend notwendig, Kapitän Svensson zu wecken. Er klopfte solange an die Kabinentür, bis von innen schlürfende Schritte und eine mißmutige Stimme zu hören waren.

»Himmel und Arsch!« rief Svensson. »Was ist denn los?! Geh zum Ersten auf die Brücke!«

»Hier ist der Erste, Käpt'n.« Andersen klopfte noch einmal. Jetzt schien Svensson endgültig wach zu sein und merkte das Schlingern des Schiffes. Er schloß die Tür auf und ließ Andersen eintreten. In seinem rotweiß gepunkteten Schlafanzug sah Svensson ein wenig lächerlich aus; er wußte das, aber er trug ihn trotzdem, denn er war ein Geschenk seiner Frau Karin. »Damit du nachts an mich denkst«, hatte sie damals gesagt, »und mich nirgendwo auf der Welt vergißt.« Und er hatte mit einem Lachen geantwortet: »Wenn es nur am Schlafanzug hängt, Karin, wäre das traurig. Mit einer anderen Frau im Bett trage ich doch nur Haut.«

»Was ist so wichtig, Andersen?« fragte Svensson. Er setzte sich in einen Sessel und strich die zerwühlten Haare glatt.

Andersen reichte ihm die letzten Wettermeldungen hin. »Sturmwarnung, Kapitän. Der Wind ist schon auf fünf aufgefrischt.«

»Das merke ich auch ohne Wettermeldung. Warum wecken Sie mich?!«

»Wir fahren dem Sturm entgegen, Kapitän. Wir kommen genau in das Gebiet hinein. Wenn die See höher geht, können wir von *Meermaid* kein Öl bunkern. Wir kommen gar nicht an die Festmacher ran.«

»Ich wußte nicht, daß Sie auch noch Hellseher sind.« Svensson überflog die Wettermeldungen. Er legte das Papier zur Seite und gähnte kräftig. »Hier steht Großwetterlage! Keine klaren Angaben, nur Vermutungen. Das kennen wir doch: Die Wetterfrösche erkennen die Lage erst, wenn sie bereits eingetreten ist. Voraussagen sind meistens dazu da, später korrigiert zu werden. Ich habe mehr als einmal erlebt, daß anhaltend sonniges Wetter angekündigt wurde, und es hat fünf Tage lang gegossen. Warten wir es ab, Andersen. Wir bleiben bei voller Fahrt!«

»In den Meldungen steht deutlich ›Norwegische See‹, Kapitän.« Andersen nahm das Papier vom Tisch und steckte es in seine Rocktasche. Für ihn war es so etwas wie ein Alibi. »Auch Windstärke fünf kam ganz plötzlich. Wenn sie auf neun steigt...«

»Soll ich abdrehen und einen sicheren Hafen ansteuern? Jeanmaire wird mich für verrückt erklären und wie ein Irrer toben! Hafengebühr, Verzögerung der Anlieferung in Rotterdam, ein Verlust von Hunderttausenden Dollar... Ganz davon abgesehen, daß sich die Häfen weigern werden, so einen Tanker wie die *Unico* überhaupt reinzulassen! Die freie See ist der beste Schutz für uns. Da kann man nicht an einen Felsen oder an eine Mole geschleudert werden. Da geht es nur rauf und runter, und stabil genug ist die *Unico*, um das auszuhalten. Haben Sie kein Vertrauen zu Ihrem Schiff?«

»Ich habe kein Vertrauen zum Meer. Nordsee – Mordsee: das ist ein fester seemännischer Begriff.«

»Einer dieser dämlichen Sprüche ist das, nicht mehr!« Svensson erhob sich aus seinem Sessel und zog die Jacke des gepunkteten Schlafanzugs gerade. »Wo sind die meisten Schiffsfriedhöfe? Im Japanischen Meer, bei den Philippinen, im Ost- und Südchinesischen Meer, im Golf von Thailand und in der Karibik. Schwimmen wir jetzt darin herum? Na also!« Er gähnte wieder. »Andersen, volle Kraft voraus, wie bisher! Und lassen Sie mich bitte schlafen. Morgen wird ein anstrengender Tag.«

Andersen verließ die Kapitänslogis mit sehr gemischten Gefühlen. Er ging noch einmal zur Funkstation, um die neuesten Meldungen zu lesen. Der Karibikneger saß vor seinen Geräten, aber sie schwiegen. Kein neuer Wetterbericht. Die Funkverbindung mit einer norwegischen Küstenstation hatte er mit ungelenker Schrift auf einem Berichtsblock notiert.

»Nichts Neues, Sir!« sagte er sofort, als Andersen die Tür aufriß. »Die üblichen Nachrichten. Zwei Tote in Israel bei einem Überfall der Palästinenser, Demonstrationen in Deutschland wegen Ausländerhaß, neue Kämpfe in Bosnien, sechsundzwanzig Hinrichtungen in Kanton wegen Verbreitung von Pornographie und Förderung der Prostitution, Glasgow besiegt Edinburgh mit 2:0, Bayern-München wird Deutscher Meister, Becker verliert gegen Edberg 4:6, 6:4, 3:6 und 5:6, in den USA steigt die Zahl der AIDS-Kranken an, Prince Charles züchtet Nelken in Schottland...«

»Und das Wetter?«

»Unverändert, Sir.«

»Danke.«

Andersen kehrte zur Brücke zurück. Der Farbige blickte ihm nach und schob die dicke Unterlippe vor. Dein Danke nützt dir gar nichts, dachte er und atmete tief durch. Du hast mich getreten und geschlagen und mich einen Nigger genannt. Das ist mit einem Danke nicht weggewischt. Es wird der Tag kommen, wo ein Nigger dir zeigt, daß er auch ein Mensch ist!

Auf der Brücke stand Pusenke hinter dem Ruder und machte einen müden Eindruck. Das Radar zeigte einen größeren Punkt, der langsam näher kam. Ein einsamer Punkt im leeren Raum.

Die Bohrinsel *Meermaid*.

»Was sagt der Käpt'n?« fragte er, als sich Andersen neben ihn stellte.

»Volle Fahrt, wie bisher.«

»Er muß es wissen. In drei Stunden sind wir da. Wind steigt auf sechs.«

Andersen nickte. Pusenke war der einzige Steuermann, den die Reederei TAS für diese Fahrt angeheuert hatte. Kein zweiter, der ihn hätte ablösen können, kein Zweiter Offizier – nur drei Mann fuhren den Tanker, drei Mann, von denen zwei nicht hinter dem Unternehmen standen: Svensson und Andersen. Svensson hatte sofort reklamiert, aber Pierre Jeanmaire hatte ihn nur zusammengestaucht.

»Haben Sie das Patent für Große Fahrt?« hatte Jeanmaire gefragt.

Svensson glaubte, nicht richtig gehört zu haben. »Was für eine Frage. Ich fahre seit zwanzig Jahren, das wissen Sie doch!«

»Und Andersen?«

»Hat auch das Große Patent.«

»Na also!«

»Was heißt: Na also?!«

»Bei der immer größer werdenden Konkurrenz, vor allem durch die asiatischen Staaten, bei dem Druck auf die Frachtraten, bei den gestiegenen Versicherungssummen, bei den möglichen Ballastfahrten, bei den Hafenliege- und den Ausfallzeiten durch Reparaturen und Maschinenschäden ist die Reederei gezwungen, die Unkosten zu minimieren, denn wo kein Erlös zu erwarten ist, greift man in leere Taschen. Die erste Einsparung ist bei der Mannschaft: Billige Arbeitskräfte von den exotischen Märkten, Reduzierung der Belegschaft, Optimierung der Fahrzeiten – das sind nur die ersten Maßnahmen. Sehen Sie ein, daß ich Ihnen keinen zweiten Steuermann und keinen Zweiten Offizier geben kann?!«

»Nein, Sir.« Svensson hatte bei diesem Nein auf den Tisch geschlagen. »Wer soll denn den Rudergänger ablösen?«

»Sie und Andersen, Käpt'n.«

»Das ist nicht meine Aufgabe, Sir!«

»Es bricht Ihnen bestimmt kein Zacken aus der Krone, wenn Sie am Ruder stehen, Svensson. Und Andersen auch nicht. Sie fahren keinen Luxusliner, sondern einen Tanker, und wir alle müssen an einem Strick ziehen, sonst bleibt unterm Strich nichts übrig. Gottseidank geht die Konjunktur wieder bergauf, und ich kann die Millionenverluste der achtziger Jahre langsam ausbuchen. Verstehen Sie das denn nicht? Svensson, wie lange sind Sie jetzt bei der TAS?«

»Neun Jahre, Sir.« Svenssons Atem wurde nervöser. Die Erregung drückte auf seine Brust. »Ich bin für die *Unico II* verantwortlich.«

»Nein. Die Reederei.«

»Aber wenn etwas passiert, beißen die Hunde zuerst mich!«

»Es darf eben nichts passieren, Käpt'n. Deshalb habe ich die *Unico II* gerade Ihnen anvertraut. Sie sind mein bester Kapitän, Svensson. Nun blasen Sie sich bloß nicht auf vor Stolz! Also dann, gute Fahrt.«

»Sir!« rief Svensson, aber Jeanmaire hatte aufgelegt. Für ihn war die Diskussion beendet, weil sie nach seiner Ansicht sinnlos war.

Pierre Jeanmaire war trotz seines französischen Namens kein Franzose. Nach seinem französischen Paß war er zwar in der Kleinstadt Cérilly im Bourbonnais geboren, einem verträumten Ort zwischen Moulins und Châteauroux. Nur hatte Jeanmaire Cérilly noch nie gesehen. Der Paß hatte ihn 20 000 Dollar gekostet. Das Foto gehörte nicht zu dem Namen, aber wer konnte das wissen? Woher er wirklich stammte, war ein Geheimnis, nach dem noch niemand gefragt hatte, auch nicht, woher er das Geld hatte, um sich 1953 in Panama niederzulassen, zu einer Zeit, da massenweise Handelsschiffe ausgeflaggt, verkauft, verschrottet wurden, der Tankermarkt einen bisher noch nie gekannten Tiefstand erreicht hatte und man einen Tanker mittlerer Größe, so um die 60 000 Tonnen herum, für einen Spottpreis kaufen konnte.

Pierre Jeanmaire, damals siebenundzwanzig, hatte keine Hemmungen, einen Tanker zu kaufen und bezahlte ihn bar. Man hielt ihn für verrückt und wartete auf den Konkurs der neugegründeten Reederei TAS. Aber Jeanmaire spürte ein Kribbeln, das ihm sagte, daß sich die Zeiten bald ändern würden. Er fuhr mit seinem Tanker zunächst normale Fracht, ließ ihn umrüsten und verlegte sich auf den sogenannten Nahverkehr, mit dem kaum etwas zu verdienen war. Er transportierte alles: von Kies bis Zement, von Eisenerz bis zu Maschinenteilen, von Chemiefässern bis zu Zuckersäcken. Es kümmerte ihn nicht, daß andere Reeder ihn auslachten, denn sein minimaler Verdienst reichte aus, ihn zu ernähren. Er reichte sogar, um noch vier Tanker zu kaufen, die er im Hafen von Panama stillegte.

Und sein abwartendes Taktieren lohnte sich: Am 26. Juli 1956 wurde der Suezkanal geschlossen. Alles mußte um Afrika herum, ein endloser Umweg, zeitaufwendig und teuer, der die Frachtraten in die Höhe trieb. Und Europa mußte mit Öl versorgt werden ... die Suezkrise konnte zu einer Gefahr für die gesamte europäische Wirtschaft werden.

Als nun alles nach Tankern und Tonnage schrie, war Jeanmaire mit seinen vier Schiffen sofort zur Stelle. Er schloß langjährige Verträge mit den Ölgesellschaften, bestellte gleichzeitig drei neue Tanker und war plötzlich der Sieger von Panama. 1956 wurde zu einem der erfolgreichsten Jahre der Tankerschiffahrt. Die Reederei TAS war in aller Munde ... Jeanmaire konnte Frachtraten verlangen, die man sich früher nicht einmal erträumt hätte. Bis zum Jahr 1959 besaß er neunzehn Schiffe, davon sieben Tanker.

Aber das Seetransportgeschäft ist schwer und abhängig von politischen Ereignissen und Tendenzen.

Im April 1957 wurde der Suezkanal wieder geöffnet. Der Umweg war nicht mehr nötig, die Ölförderländer, an der Spitze der Mittlere Osten, der fast die Hälfte aller Erdöl-Exporte lieferte, hatten wieder Freie Fahrt. Allein nach Europa flossen 340 Millionen Tonnen Öl, davon 90 Millionen Tonnen aus dem Iran und 88 Millionen aus Saudi-Arabien.

In Panama und Liberia kam Panikstimmung auf. Zwar verschiffte man von Westafrika beachtliche 180 Millionen Tonnen Erdöl vor allem nach den USA, aber Jeanmaires Flotte, überwiegend im Persischen Golf stationiert und auf die Umrundung von Afrika eingestellt, bekam die Macht der Ölgesellschaften zu spüren.

Die Frachtraten wurden nach dem Suezkanal-Weg berechnet, die Transportzeiten schrumpften zusammen, die Ölländer diktierten die Preise ... Jeanmaire und viele andere Reeder begannen, an ihren Millionenverlusten zu ersticken.

Im Mai 1958 trafen sich in Miami zweiundzwanzig marktbestimmende Reeder, darunter der griechische Reeder Evangelitos Maganopolos, der Deutsche Dr. Roland Wollfers, der Japaner Takahito Simbasaki, der Liberianer Jesus Malinga Bouto und Pierre Jeanmaire, der den Vorsitz der geheimen Konferenz übernommen hatte.

Was im einzelnen in dem viertägigen Zusammentreffen besprochen und beschlossen wurde, drang nie an die Öffentlichkeit, sondern ruhte in Panzerschränken und Banksafes. Nur soviel sickerte aus dem abhörsicheren Konferenzraum heraus: Die zweiundzwanzig Reeder hatten einen lockeren Verbund beschlossen. Jeder arbeitete für sich, aber bei allen Problemen mit Politik, Staaten und Gesetzen war man eine Einheit. Das Ziel: die Meere zu beherrschen, ohne sich beherrschen zu lassen. Was nationale Gremien, internationale Abkommen und neue Gesetze bestimmen würden, sollte völlig ignoriert werden. Was mit den Tankern geschah, war allein Sache der Reeder.

Die Öl-Connection war geboren.

Eine Interessengemeinschaft, mächtiger als die Mafia, kapitalkräftiger als jede Superindustrie und für die Allgemeinheit weder zu hören noch zu sehen.

Der Erfolg zeigte sich schnell. Bis 1967 half man sich untereinander wie Brüder, die eine Familie ernähren mußten. Die Jahre 1958 bis 1962, in denen selbst modernste Schiffe in den Häfen ohne Auftrag herumdümpelten, wurden mit den normalen Frachtschiffen überbrückt, wobei die Ausweitung des Containerverkehrs sich als firmenerhaltend zeigte, bis 1963 eine unerwartete Entspannung eintrat, die es in den nächsten Jahren erlaubte, immerhin einige stillgelegte Tanker wieder flott zu machen. Und dann half die Politik wieder nach: Im Mai 1967 wurde der Suezkanal erneut geschlossen. Und die Welt schrie nach Öl. 1967 boomte das Tankergeschäft wie nie zuvor.

Der Suezkanal blieb zu, aber der zweite politische Schlag ließ noch mehr Geld in die Reederkassen fließen: Im Oktober 1973 schnellten die Ölpreise in die Höhe. Die zweiundzwanzig Reeder von Miami waren durch ihre beispiellose Lobby, durch Agenten und gesprächige Politiker längst darauf vorbereitet. Wer Erdöl haben wollte, mußte jetzt zahlen bis an die Grenze des Möglichen. Der Weg durch den Suezkanal schien noch über Jahre hinweg gesperrt zu sein, die Route rund um Afrika war wieder aktuell, das Erdöl aus Libyen und Südamerika reichte bei weitem nicht aus, ohne Lieferungen aus dem Mittleren Osten würde es zu einer Weltwirtschaftskrise kommen. Als die zweiundzwanzig Reeder sich Ende 1973 wieder trafen, diesmal auf Jamaika, konnte Jeanmaire mit Stolz sagen:

»Freunde, wir haben es geschafft! Wir fahren soviel Heu ein, daß unsere Kühe auch bei Trockenzeiten immer noch zu fressen haben.«

Als der Suezkanal im Juni 1975 – nach acht Jahren – wieder geöffnet wurde, war die Öl-Connection unangreifbar geworden. Sie überstand in den nächsten Jahren alle kleinen und größeren politischen Krisen, die Revolution im Iran, den Krieg zwischen Iran und Irak, die Invasion des Irak in Kuweit, den Golfkrieg ... und als das Jahr 1990 zu Ende ging, schrieb Jeanmaire in sein penibel geführtes Tagebuch den stolzen Satz:

»1990: das beste Jahr im Tankergeschäft seit siebzehn Jahren!«

In jenem Jahr wurde Pierre Jeanmaire vierundsechzig Jahre.

Jetzt saß er in seinem gläsernen Palast in Panama und ließ sich von der Zentrale, die alle Schiffsbewegungen seiner Flotte überwachte, die letzten Wettermeldungen aus der Nordsee bringen. Er studierte die Zeilen mit einem Lorgnon, als hänge er dem Stil seiner Vorfahren aus dem 18. Jahrhundert an. Sein Gesicht, das kaum Altersspuren zeigte, drückte Zufriedenheit aus. Er war ein mittelgroßer Mann, neigte nicht zu besonderer Fülle und achtete sehr auf seine Garderobe. Heute trug er einen hellgrauen Seidenanzug mit einem rosafarbenen Hemd und weißer Krawatte, weiße Strümpfen und weiße Lackschuhe, und wenn noch etwas seine Eitelkeit unterstrich, war es der überdimensionale Siegelring an seiner rechten Hand. Er zeigte, von Brillanten eingerahmt, die französische Lilie auf Onyx.

Jeanmaire griff zum Telefon und rief wieder die Zentrale an. »Wo befindet sich die *Unico II* augenblicklich?« fragte er.

Einen Moment Stille ... der Gefragte blickte auf die riesige Schautafel, die elektronisch jede Position der TAS-Schiffe anzeigte.

»Zweiundzwanzig Meilen von der Bohrinsel *Meermaid* entfernt, Sir.«

»Gibt es eine Meldung von der *Unico*?«

»Keine, Sir.«

»Lassen Sie anfragen, ob alles in Ordnung ist. Verlangen Sie Kapitän Svensson selbst.«

»Sir, in Europa ist es jetzt ...«

»Ich habe alle Zeiten im Kopf!« sagte Jeanmaire mit scharfer Stimme. »Ich habe Sie nicht nach der Zeit gefragt, sondern nach der *Unico II*. Ich will Kapitän Svensson persönlich sprechen.«

Jeanmaire klappte sein Lorgnon zusammen und lehnte sich zurück. Von seinem Chefbüro aus konnte er den Hafen von Panama überblicken, die auf Reede liegenden Fracht- und Containerschiffe, die darauf warteten, ihre Ladungen löschen zu können. Es war ein beeindruckendes Bild. Ich habe es weit gebracht, sagte Jeanmaire dann zu sich. Ich kann stolz sein. Auf allen Meeren schwimmen meine Schiffe, und sie bringen mir Millionen ein. Ich werde nächstes Jahr einen neuen Supertanker bauen, einen von der VLCC-Klasse, mit 300 000 Tonnen Kapazität. 135 Millionen Dollar wird mich das Schiff kosten, und die Hälfte davon zahle ich aus eigener Tasche. Und bis zum Jahre 2000 werde ich vier dieser Riesen bauen lassen, darunter einen Giganten, einen Mammut-Tanker der ULCC-Klasse mit 450 000 Tonnen. Die TAS soll den Öltransport beherrschen.

Er stand auf, holte aus einem großen, verspiegelten Barschrank eine gekühlte Flasche Weißwein, einen 1987er Montrachet, entkorkte sie, goß sich ein Glas ein und kehrte zu seinem Sessel zurück. Mit einem genußvollen Schluck blickte er wieder über den Hafen von Panama.

Ich habe gearbeitet wie ein Kuli, dachte er. Ich habe viel gewagt, manchmal verloren, aber auf die Schnauze gefallen bin ich nie; ich bin ein reicher und angesehener Mann, aber darüber habe ich das Leben vergessen. Keine Frau, keine Kinder, keine Erben. Natürlich hat es Frauen genug gegeben ... Gespielinnen im Bett, mal kürzer, mal länger, aber nie mehr als Monate. Alle sahen nur mein Geld, ihre geöffneten Schenkel wollten Millionen schlucken, und wenn eine sagte: »Ich liebe dich!«, war's eine Lüge, und ihre Zärtlichkeit war die einer Schlange. Ich hatte nie Zeit, eine anständige Frau kennenzulernen, die jetzt, im Alter, meine Einsamkeit verscheuchen könnte. Ich habe statt Blut vielleicht Öl in den Adern, und mein Herz klopft im Rhythmus der Schiffsmaschinen, aber ich habe Macht! Der kleine Raoul Dupêche, der heute Jeanmaire heißt, hat Macht! Ist das nun ein herrliches Leben?

Er trank bedächtig das Glas aus und schrak auf, als das Telefon läutete. Es war kein schriller Ton. Das Telefon war eine Sonderanfertigung und spielte *Frère Jacques ... frère Jacques*, das alte französische Kinderlied.

»Jeanmaire«, meldete er sich.

Weit weg, über Satellit, unterbrochen vom Knacken atmosphärischer Störungen, hörte er die rauhe Stimme von Kapitän Svensson.

»Svensson ... Habe ich Panama als meinen Wecker eingestellt? Ihr Idioten, lernt Uhren lesen! Wenn das euer Chef wüßte ...«

Jeanmaire lächelte. »Hier *ist* Jeanmaire«, sagte er. »Besten Dank für den Idioten. Wie geht es Ihnen, Käpt'n?«

»Wie's einem geht, den man aus einem Traum gerissen hat, Sir.«

»Was macht das Schiff?«

»Es steuert *Meermaid* an.«

»Ich höre, bei Ihnen gibt es Sturmwarnung.«

»Wir haben jetzt mäßig hohe See, Sir. Windstärke sechs. Wir fahren mit voller Kraft.«

»Und so bleibt es auch, Käpt'n.«

»Wenn es wirklich ein Sturmtief gibt, Sir, und wir hineinkommen, ist volle Fahrt unmöglich.«

»Svensson ...« Jeanmaires Stimme wurde fast väterlich gütig. »Sie wissen doch, das Wort kenne ich nicht. Alles ist möglich, wenn man nur will.«

»Ein Orkan kümmert sich einen Dreck um Ihre Philosophie. Er schlägt uns Wellenberge auf den Buckel! Denken Sie daran, daß ich nach der letzten Bohrinsel 110 000 Tonnen Öl in den Tanks habe. Randvoll. Die *Unico* liegt dann bis zum Füllstrich im Wasser. Jeder Brecher trifft uns voll.«

»Was denken Sie, was Sie tun könnten?«

»Ich bleibe bei *Seewolf* in Deckung und warte ab.«

»Svensson, das ist unmöglich!«

»Ha! Jetzt kennen Sie das Wort doch, Sir?«

»Ich verbiete Ihnen jede Verzögerung, Kapitän! Hören Sie! Sie bleiben nicht eine Minute länger als nötig bei der Bohrinsel und fahren weiter mit voller Geschwindigkeit. Sie haben zwei Tage früher in Rotterdam zu sein!«

»Dann sprechen Sie mit dem lieben Gott, daß er das Sturmtief abdrehen läßt. Er ist für's Wetter verantwortlich, ich für das Schiff.«

»Sie *fahren* das Schiff, Svensson. Die Verantwortung liegt bei der Reederei.«

»Oh! Seit wann?!« Svenssons Stimme wurde laut, wie immer, wenn ihm die Erregung die Kehle abschnürte. »Bisher hieß es immer: Der Kapitän trägt die Verantwortung.«

»Bei dieser Fahrt gelten Ausnahmebedingungen.«

»Wieso? Ich bitte um nähere Erklärungen, Sir.«

Jeanmaire wurde unwirsch. Auch seine sonst sanfte Stimme hob sich. »Erstens bin ich Ihnen keine Erklärungen schuldig, zweitens verstehen Sie sie sowieso nicht und drittens ist das ein Befehl!«

»Erstens –« schrie Svensson zurück, »kann ich als Kapitän Erklärungen verlangen. Zweitens: Wenn ich so ein Idiot bin, daß ich sie nicht verstehe, warum vertrauen Sie mir dann die *Unico II* an? Und drittens habe ich – auch nicht von Ihnen – Befehle entgegenzunehmen, sondern höchstens eine Empfehlung. Maßgebend ist die Lage, in der sich das Schiff befindet, und Entscheidungsfreiheit hat der Kapitän. Da Sie die Lage hier nicht kennen, entscheide also ich!«

»Danke für den Schnell-Lehrgang.« Jeanmaires Stimme schwelgte in Spott. »Also entscheiden Sie, Kapitän ... aber wenn Sie zu spät in Rotterdam ankommen, können Sie sich in Zukunft um Ihr Gärtchen kümmern und Küchenkräuter züchten. Ich verspreche Ihnen, daß kein Reeder Sie mehr als Kapitän engagiert. Es sei denn, Sie steuern ein Ausflugsboot in Ihrem schönen Fjorden.« Jeanmaire räusperte sich und goß sich noch ein Glas Montrachet ein. »Es bleibt dabei: Volle Fahrt ...«

Er legte auf. Weitere Worte waren nutzlos. Svensson knallte den Hörer auf die Gabel und überlegte, was er zuerst tun sollte. Er entschloß sich, zunächst einen Whisky zu trinken und dann eine seiner teuflischen Zigarren zu rauchen.

Warten wir ab, bis wir in Rotterdam sind, dachte er. Dann

schlage ich auf den Tisch, daß die Platte springt. Und dann werde ich zu Jeanmaire sagen: Leck mich kreuzweise mit deinen Rostlauben – es gibt noch andere Reeder. Er dachte dabei an den deutschen Reeder Dr. Wolffers in Hamburg, dem neben zehn Containerschiffen auch zwei Tanker von je 60 000 Tonnen gehörte. Registriert auf den Bahamas.

Was Svensson nicht wußte: Auch Dr. Wolffers gehörte zur Öl-Connection. Ein unzerstörbares Spinnennetz, das die ganze Welt umspannte und das doch niemand sah.

An ein Weiterschlafen war nicht zu denken. Svensson zog sich an, gurgelte kurz mit Whisky, was das Zähneputzen ersetzte, und stieg hinauf auf die Kommandobrücke. Dort stand Hogar Andersen am Ruder; Karl Pusenke schlief auf einem Lehnstuhl und hatte die Beine auf einen anderen Stuhl gelegt.

»Zustände wie in einem Asyl!« sagte Svensson bitter. »Was ist bloß aus der guten, alten Seefahrt geworden?!«

»Pusenke fiel fast um, Kapitän.« Andersen hob resignierend die Schultern. »Was blieb mir anderes übrig?« Er nickte zum Radar hin. Der kreisende Balken hatte die Bohrinsel *Meermaid* deutlich erfaßt... ein dicker Punkt auf dem flimmernden Bildschirm. »Noch circa eine Stunde. Wir haben eine gute Telefonverbindung mit der Bohrinsel. Sie bezweifeln, ob wir bei der unruhigen See bunkern können.«

»Wir werden, Andersen«, knirschte Svensson. »Jetzt noch... was bei *Seewolf* los ist, wird sich herausstellen.«

»*Seewolf* meldet Windstärke acht, Käpitän. Sehr hohe See. Da läuft nichts mehr.«

»Abwarten, Andersen. Ich lasse mir nicht nachsagen, ein Feigling zu sein.«

»Ein Ankoppeln an die Festmacher ist ausgeschlossen, Kapitän!«

»Schlüpf hinein, sagte der Handschuh zur Hand, auch wenn ich enger bin... deine Finger wärme ich doch.«

»Das verstehe ich nicht, Kapitän.«

»Ich auch nicht. Soll eine chinesische Weisheit sein.« Svensson gab Andersen einen Rippenstoß und stellte sich selbst an die Ruderanlage. »Wie lange sind Sie jetzt auf den Beinen?«

»Achtzehn Stunden, Kapitän.«

»Ich danke Ihnen, Andersen.«

»Ich habe nur meine Pflicht getan.«

»Legen Sie sich hin und schlafen Sie. Wie lange pennt Pusenke schon?«

»Knapp zwei Stunden, Kapitän.«

»Wenn ich euch nicht hätte...« Etwas wie Rührung klang in seiner Stimme. »Wir haben einen Scheißjob, Andersen – aber das wird sich ändern. Ich habe da so meine Gedanken. Lassen Sie uns erst in Rotterdam sein... dann flöte ich wie der Rattenfänger von Hameln.«

Auch das waren für Andersen unverständliche Worte, er nickte Svensson zu, stieg hinunter zu seiner Kabine, warf sich, so wie er war, aufs Bett und schlief sofort ein. Nur eines dachte er noch: Er wird es wirklich wagen, bei *Seewolf* anzukoppeln! Mein Gott, hat dieser Mann Mut...

Die Übernahme des Erdöls von der Bohrinsel *Meermaid* verlief trotz hoher See problemlos.

Svensson hatte die *Unico II* zentimetergenau an die Festmacher gesteuert, Techniker der Bohrinsel schlossen die beweglichen Rohre an den Tanker an, ein kleiner, dicker Malaye hatte das Kommando über die Mannschaft übernommen und führte die Befehle erstaunlich gut aus. Das Schiff hob und senkte sich in der schweren See, schlingerte von der einen zur anderen Seite, und trotz der nun fast 90000 Tonnen Öl wurde es von den Wellen hin und her geworfen, als habe es kein Gewicht.

Während des Bunkerns stand plötzlich Pusenke neben Svensson, gähnte kurz und legte dann grüßend die Hand an die Stirn. Svensson blickte mit einem düsteren Blick zur Seite.

»Was wollen Sie denn hier, Pusenke? Sie sollen schlafen!«

»Ich habe geschlafen, Käpt'n.«

»Wie lange?«

»Drei Stunden...«

»Das nennen Sie schlafen? Drei Stunden auf zwei Stühle geklemmt?«

»Es muß ausreichen, Käpt'n. Ich kann mich noch ausruhen, wenn wir später mit dem Autopiloten fahren. Ein Mann Brückenwache muß genügen.«

»Früher waren es vier.«

»Früher! Da gab es zwei Offiziere, zwei Rudergänger und dreißig Mann Besatzung bei einem Schiff wie der *Unico*. Früher kostete ein Mädchen in Rio zehn Dollar, heute hebt unter fünfzig keine mehr den Rock. Diese Zeiten kommen nie wieder, Käpt'n.« Pusenke grinste. »Lassen Sie mich ans Ruder, Sir?«

Svensson nickte brummig. »Ungern«, sagte er. »Wenn Sie das Gefühl haben, das Schiff nicht halten zu können, rufen Sie mich.«

Er verließ die Brücke, ging hinunter auf Deck und begrüßte den Chefingenieur, der selbst das Bunkern überwachte. Er hatte mit ihm bereits telefonisch gesprochen und alle Bedenken zerstreut. Nun gaben sie sich die Hand und gingen von den Einfüllstutzen zur Wand des hohen Aufbaus.

»Sie haben Glück, Kapitän«, sagte der Chefingenieur. »Noch liegen wir am Rand des Sturmtiefs, aber was man aus Nord-Westen hört, von den Orkney-Inseln und der schottischen Küste... da braut sich einiges zusammen.«

»Ob Sie es glauben oder nicht... ich habe auch Funk an Bord.« Svenssons knurrige Stimmung hinderte den Chefingenieur daran, ihm weitere Neuigkeiten zu berichten. So wurde von der dänischen Küste und der Deutschen Bucht besonders gewarnt, auf den Friesischen Inseln und in Hamburg richtete man sich auf Orkanstärken ein und auf eine Flut, die für die Halligen Land unter bedeutete. In Hamburg kam der Katastrophenschutz zu einer ersten Besprechung zusammen. Auf Sylt, das besonders gefährdet war, wurde die Räumung der Nordspitze vorbereitet. Die Nordsee würde sich – wenn sich die Prognosen bestätigten – zu einem lebenvernichtenden Ungeheuer verwandeln.

Und genau diesen Weg, an Dänemark vorbei und durch die Deutsche Bucht, fuhr die *Unico* mit Ziel Rotterdam.

Ein Spielball des Meeres mit 110 000 Tonnen Erdöl im Leib.

Es war später Nachmittag, als Svensson die Gewißheit hatte, in einen Höllenkessel hineinzusteuern. Riesige Brecher schlugen auf die *Unico* ein, sie tanzte auf den Wellen und versank in Wellentälern, Gischt behinderte die Sicht, sie schwankte wie ein Betrunkener, der Stahlleib ächzte bei jedem Schlag, als würden die Nieten reißen. Vor allem Juri Dozek im Maschinenraum spürte es. Er hatte die Kühlungen der Motoren auf Höchstleistung gestellt und starrte besorgt auf die Anzeigetafel. Sein Anruf auf der Brücke, was dieser Wahnsinn bedeute, wurde von Andersen lapidar beantwortet: »Wir haben unsere Order.«

Svensson saß, während die *Unico* mit den Brechern kämpfte, vor dem Kartentisch und zeichnete und rechnete. Der Orkan zog ziemlich genau von Norden nach Süden. Die Westküste Großbritanniens und Irlands waren nur von schwächeren Ausläufern betroffen. Der Sturmkeil traf die Küsten Dänemarks, Deutschlands, Hollands und Belgiens. Auf dieser Route Rotterdam zu erreichen, war mit 110 000 Tonnen Öl an Bord unmöglich. Es gab nur eine Möglichkeit: abzuschwenken und um England und Irland herum und dann durch den Kanal von der anderen Seite her Rotterdam anzulaufen. Ein Umweg von vier bis fünf Tagen ... aber Sicherheit für Schiff und Mannschaft.

Svensson freute sich, diesmal Jeanmaire in Panama aus dem Bett holen zu lassen. Von der 24 Stunden besetzten Zentrale der TAS meldete sich ein Michael Keen und entgegnete auf Svenssons Schilderung der Lage: »Sorry, Sir, aber Sie haben Order, auf schnellstem Wege ...«

»Ich will Mr. Jeanmaire selbst sprechen!« schrie Svensson ins Telefon. »Welche Order auf Ihrem Tisch liegt, ist ein Scheißhaufen wert! Verbinden Sie mich mit dem Reeder.«

»Jetzt?«

»Ja, jetzt! Hier treibt der Sturm über hundert Millionen Dollar vor sich her.«

»Ich werde es versuchen, Sir. Ich werde sagen, daß Sie mich gezwungen haben.«

»Tun Sie das!«

Erstaunlich schnell war Jeanmaire am Apparat, so, als habe er auf einen Anruf gewartet. Tatsächlich hatte er sich vor einer halben Stunde die Wettersituation in der Nordsee durchgeben lassen und schien bester Stimmung zu sein. Trotzdem tat er sehr schläfrig und sagte:

»Schauen Sie nie auf die Uhr, Kapitän?«

»So wenig wie Sie, Sir. Wissen Sie, was hier los ist?«

»Ja«, kam die verblüffende Antwort. »Orkan von Norden. Alle Küstenstaaten sind in Alarmbereitschaft. Man erwartet Deicheinbrüche und Überschwemmungen ...«

»Das wissen Sie?« Svensson schnürte es wieder die Kehle zu. Er mußte brüllen. »Und wir stecken mitten drin! Auf Ihren Befehl!«

»Svensson, Sie haben mir gesagt, Sie nehmen keine Befehle an. Ich habe das eingesehen und mich nicht mehr gerührt. Nun stecken Sie im Schlamassel. Es ist *Ihre* Verantwortung.«

Einen Augenblick war Svensson sprachlos. Er rang nach Luft und klammerte sich an der Tischkante fest. Meine Verantwortung? *Meine*...

»Ich habe nur nach Ihren Anweisungen gehandelt!« brüllte er in den Hörer. »Sie haben mir gesagt...«

»Ich habe Ihnen gar nichts gesagt, Svensson«, unterbrach ihn Jeanmaire. »Ich habe eine Empfehlung ausgesprochen. Entscheidungen fällen die Kapitäne vor Ort.«

»Sie sind ein Schwein!« schrie Svensson und war sich bewußt, damit seine Karriere bei der TAS beendet zu haben. »Ein hinterhältiges Schwein! Nein, das sind Sie nicht, das wäre eine Beleidigung eines ehrbaren Schweines! Sie sind ein erbärmlicher Lump! Ein gewissenloser Geldfresser! Ein Seelenverkäufer! Ein... ein...« Svensson mußte tief Atem holen. Diesen Moment nahm Jeanmaire zum Anlaß, ihn zu unterbrechen.

»Haben Sie noch mehr Schimpfworte, Svensson? Nein? Dann kann ich Ihnen helfen. Ich kenne eine Menge...« Er lachte, ja, Jeanmaire lachte, während über seine *Unico* die Brecher mit tonnenschweren Fäusten zuschlugen. »Wie ist Ihre Position?«

»Südlich der Shetland-Inseln.« Svensson gab die genaue Position durch, aber sie schien Jeanmaire nichts zu sagen. »Ich kann das Schiff noch retten...«

»Was heißt *kann*? Sie müssen...«

»Ich kann zwischen den Shetlands und den Orkneys hindurch ruhigere See bei den Hebriden erreichen und dann um Irland herum...«

»Sind Sie verrückt, Svensson?!« Jetzt wurde Jeanmaire doch aus seiner zufriedenen Stimmung gerissen. »Das ist ein Umweg von Tagen...«

»Ich rechne mit fünf Tagen, Sir.«

»Und wer bezahlt den Verlust?«

»Der liebe Gott. Der hat den Orkan geschickt.«

»Reden Sie nicht wie im Kindergarten!« Nun schrie auch Jeanmaire ins Telefon. »Wissen Sie, wieviel Millionen mich fünf Tage kosten?«

»Weniger als die *Unico* und die Ladung.«

Und jetzt sagte Jeanmaire etwas, das Svensson den Atem nahm. »Die Ladung ist bezahlt und versichert. Das Schiff ist versichert. Aber die fünf Tage muß ich aus *meiner* Tasche bezahlen. Begreifen Sie das?«

»Jetzt, ja.« Svensson starrte auf die Seekarte vor sich. Die Zahlen, die Linien, die Umrisse der Länder, die nautischen Angaben verschwammen vor seinen Augen. Ich verstehe. Alles war einkalkuliert... ein Verbrechen ohne Zeugen, das auch noch von den Versicherungen bezahlt wurde.

»Jeanmaire«, sagte Svensson plötzlich kalt. »Ich handle jetzt, wie ich es für nötig halte! Wenn ich das Schiff rette, werde ich die Wahrheit in die Welt schreien! Ich erledige Sie, Jeanmaire!«

»Machen Sie sich nicht lächerlich, Svensson.« Jeanmaires Stimme klang wieder väterlich. »Sie haben keinen Zeugen. Wem, glauben Sie, wird man mehr trauen: Ihnen oder der Reederei? Man wird Sie für nervenkrank erklären. Die dauernde Belastung... da dreht man mal durch. Außerdem liegt bei der Zentrale – von mir abgezeichnet – eine Durchgabe an Sie vor, in der ich Ihnen alle Entscheidungen ohne Rückfrage an die TAS überlasse. Passiert also etwas, müssen Sie sich dafür rechtfertigen, nicht die Reederei.«

»Sie Saukerl!«

»Danke, Käpt'n.«

»Und wenn die *Unico* auseinanderbricht, verseuchen 110000 Tonnen Öl die Küsten von Deutschland.«

»Das ist das Problem der anderen. Nicht meins. Auch Ihr Problem, denn Sie haben den Tanker gefahren.«

»Sie Hurenbastard!« Svensson sagte es mit eiskalter Stimme. »Als die *Valdez* im März 1989 vor Alaska auseinanderbrach, verseuchte der Ölteppich 750 Kilometer Küste! Und da waren nur 35000 Tonnen Öl ausgeflossen. Ich habe 110000 Tonnen in den Tanks... das ist ein Supergau! Dagegen ist die *Valdez*-Katastrophe, als wenn jemand an den Strand gepinkelt hat!«

»Ihre Schuld, Svensson! Sie werden bis zum Lebensende keine ruhige Stunde mehr haben. Und jetzt tun Sie, was Sie wollen. Nur: Wenn Sie Großbritannien und Irland umrunden und kommen über den Atlantik und die Straße von Dover fünf Tage später in Rotterdam an, hänge ich Ihnen den Millionenverlust an den Hals! Ende.«

Jeanmaire legte auf. Auch Svensson warf den Hörer hin und ging um die Zwischenwand, die Kartentisch und Kommandozentrale trennte, herum zu Pusenke. Der hing am Ruder und starrte in das Inferno vor sich. Haushohe Brecher schlugen auf die *Unico* ein.

»Nichts Neues, Käpt'n«, sagte er gewohnheitsmäßig. »Nur – ich habe halbe Fahrt signalisiert.«

»Das hilft uns auch nichts mehr, Pusenke.« Svensson duckte sich unwillkürlich, als ein Brecher, höher als die Aufbauten des Schiffes, auf sie niederdonnerte. Eine Reflexbewegung, aber sie zeigte die ganze Ohnmacht des Menschen gegen die Gewalt der entfesselten Natur.

»Ich bin nur über eins froh, Käpt'n«, sagte Pusenke, als das Wasser von der großen gebogenen Scheibe geronnen und wieder klare Sicht war.

»Über was?«

»Daß ich weder Frau noch Kinder hinterlasse. Wir gehen doch alle drauf, nicht wahr, Käpt'n? Jetzt oder in zehn Minuten oder in einer Stunde ... die Zeit spielt keine Rolle mehr.«

»Pusenke, wo ist Ihre Kaltschnäuzigkeit geblieben? Es gibt immer ein Schlupfloch, sagte die gehetzte Maus und verschwand in einer Mauerritze.«

»Wir verschwinden in der Nordsee ... der Vergleich stimmt genau.«

Andersen kam die Treppe hinauf zur Brücke, er sah bleich und zerknittert aus und machte keinen Versuch zu verstecken, daß er Angst hatte. Der letzte Brecher hatte ihn aus dem Bett geschleudert.

»Warum sind wir nicht bei *Seewolf* geblieben?!« schrie er. Verzweiflung und Todesangst ließen seine Stimme wanken. »Hier kommen wir nie wieder raus!«

»Wenn jeder herumschreit, sicherlich nicht.« Svenssons Blick klammerte sich an Pusenke fest. »Kalle«, sagte er, und Pusenke zuckte zusammen. Es geht zu Ende, durchfuhr es ihn. Wenn ein Mann wie Svensson mich Kalle nennt, ist der Himmel nahe.

»Käpt'n?« antwortete er heiser.

»Sie sind ein fabelhafter Steuermann.«

Pusenke senkte den Kopf. Er atmete ein paarmal tief durch und sah dann Svensson mit großen, ehrlichen Augen an.

»Ich muß ein Geständnis machen, Käpt'n«, sagte er und holte noch einmal tief Luft. »Ich ... ich habe gar kein Steuermannspatent.«

»Drehen Sie nicht durch, Kalle, ich habe es selbst gelesen.«

»Es ist falsch. Ich habe es in Hongkong vor zwei Jahren gekauft, für lumpige fünftausend Dollar. Ich habe nicht die geringste Ausbildung für die Seefahrt.«

»O Gott!« Andersen warf beide Hände vor sein zuckendes Gesicht und taumelte gegen die Brückenwand. »Und er fährt einen Supertanker.«

»Übung, weiter nichts.« Pusenkes Augen bettelten. Bring mich jetzt nicht um, Käpt'n, wir sind sowieso verloren. »Als ich das Patent gekauft hatte, bin ich im Hafen von Hongkong hin und her gefahren. Nach Lantau, hinüber nach Macao ... ohne Unfall. Es ging alles glatt. Dann habe ich als Zweiter Steuermann einen Frachter nach Singapur gebracht und habe vom Ersten Steuermann viel gelernt. Meine erste selbständige Fahrt war von Manila nach Hawaii. Honolulu ... ich hatte oft die Hosen voll, aber keiner hat's gerochen.« Er grinste verlegen. »Wichtig war das Papier, das Patent mit vielen schönen Stempeln; wenn ich das zeigte, hat keiner mehr gefragt, wie Sie, Käpt'n.«

»Halunke!« Es klang fast wie eine Belobigung.

»Und dann kam das Angebot von der TAS. Ich war zufällig in Panama, mit einem Bananenschiff. 'nen Tanker, dachte ich. Junge, den schaffst du auch. Schiff ist Schiff, ob groß oder klein, man muß sich an alles gewöhnen können. Ich nahm die Heuer an, bin nach Norwegen geflogen und nun bin ich hier. Nur das Sterben habe ich nicht mit einkalkuliert.« Pusenke trat vom Ruder zurück. »Und nun sperren Sie mich ein, Käpt'n. Ob ich auf der Brücke oder im Bunker ersaufe, kommt aufs selbe raus.«

»Darüber sprechen wir später, Kalle! Wer denkt denn ans Ersaufen?« Svensson winkte Andersen zu. »Übernehmen Sie das Ruder.« Der Erste Offizier nickte stumm und löste Pusenke ab.

»Neuer Kurs!« sagte Svensson ruhig und duckte sich nicht mehr, als neue Brecher die *Unico* erschütterten. Das Meer war eine einzige, brodelnde Hölle. »Schottland, Hebriden, Irland.« Er gab die Daten durch, die er in der vergangenen Stunde auswendig gelernt hatte. »Ich fühle mich noch nicht reif fürs Paradies. Und meine Frau Karin braucht mich auch noch. Was sagten Sie vorhin, Kalle? Sie werden keine Witwe hinterlassen?! Gut so ... es wird keine Witwe geben!«

Die *Unico* drehte ab. Es war bei der Trägheit des Schiffes ein langsames Manöver, ein Kampf gegen Sturm und Wellenberge. Dann, endlich, hatte der Tanker den richtigen Kurs. Svensson senkte den Kopf und legte den Arm um Pusenkes Schulter.

Gott schütze uns, dachte er.

Else Vorster

Der Containerfrachter *Else Vorster* hatte die weite Bucht von Osaka verlassen, die Schlepper abgekoppelt und war an Wakajama und Tokuschima vorbei in den Pazifischen Ozean eingelaufen.

In Osaka, einem der wichtigsten Häfen Japans, war sie mit Containern vollgestopft worden, ein schönes, neues Schiff von 15 000 Bruttoregistertonnen, gerade ein Jahr alt, weiß glänzend wie ein Kreuzfahrtschiff, am Schornstein in Orange das Label der deutschen Reederei Wolffers. Ein stilisierter Wolf in Lauerstellung. Am Bug und Heck und an dem Brückenaufbau glänzte in Gold der Name.

Als das Schiff vor einem Jahr seine Jungfernfahrt antrat, hatte der Reeder Dr. Roland Wolffers zu Kapitän Ernst Hammerschmidt, der Mannschaft und zu den vielen Ehrengästen gesagt: »Die *Else Vorster* ist der ganze Stolz der Reederei. Das Schiff trägt den Namen meiner Großmutter. Sie war eine weltoffene Frau, vielleicht die erste Frau überhaupt, die ein Kapitänspatent erworben hat. Und so weltoffen wie sie war, soll auch das Schiff, das ihren Namen trägt, über alle Weltmeere schippern und den alten, christlichen Seemannsgeist bis in den letzten Winkel unserer Erde tragen. *Else Vorster* – gute Fahrt und Hipp-hipp-hurra!«

Große, pathetische Worte, aber Dr. Wolffers meinte es wirklich so. Die *Else Vorster*, finanziert von einer Gruppe privater Anleger und einer in der Schweiz sitzenden Interessengemeinschaft mit einer Briefkasten-Adresse, hatte in dem vergangenen Jahr einen satten Anfangsgewinn eingefahren. Das Schiff war mit den neuesten und besten Instrumenten bestückt, lief fast vollautomatisch, verfügte über alle nur erdenklichen Sicherheitsvorrichtungen, war vielfach abgeschottet und galt – wenn es so etwas überhaupt gibt – als unsinkbar. Selbst bei einem Riß, der ein Drittel des Schiffes aufschlitzen würde, war es noch schwimmfähig, aber das lag außerhalb aller Erwartungen, denn mit Hammerschmidt war einer der besten Kapitäne an Bord, die es in der Frachtschiffahrt gab. Der Zweite Kapitän, der Hammerschmidt nach drei Monaten ablöste, war ein junger Seeoffizier, der von der Bundesmarine hinüber zur Privat-Reederei gewechselt und vorher ein Schnellboot gefahren hatte. Also auch ein guter Mann, an Kommandogewalt gewöhnt. So etwas spricht sich rum (und Wolffers sorgte auch dafür): Die *Else Vorster* war auf Jahre hinaus mit Frachtaufträgen versorgt, die Investitionen der Anlegergruppen waren gut plaziert. Außerdem galt die Reederei Dr. Wolffers als überaus seriös, eben ein deutsches Unternehmen. So hatte niemand einen Einwand, daß die *Else Vorster* nicht beim Germanischen Lloyd, sondern unter der Flagge von Panama fuhr. Jeder sah ein, daß das die Kosten merklich senkte, und wenn auch immer ein schaler Geschmack aufkam, sobald von einer Billigflagge die Rede war, bildete die *Else Vorster* eine Ausnahme. Das war allein dem guten Ruf von Dr. Wolffers zu verdanken.

Dr. Wolffers hielt nicht viel von den unterschiedlichen Arten des Chartergeschäfts. Er lehnte die Bareboat-Charter ebenso ab wie die Zeitcharter und gerade für die *Else Vorster* wollte er auch keinen Seefrachtvertrag, der Ladungsmengen und Dauer einer bestimmten Route festschrieb... er hatte nur Aufträge nach der Reise- und Spot-Charter abgeschlossen, bei der er sich verpflichtete, eine bestimmte Ladung zwischen namentlich genannten Häfen zu transportieren. Das simpelste, aber auch das risikoloseste Verfahren.

Nun war die *Else Vorster* unterwegs, um Fracht von Osaka nach Singapur zu bringen. Container mit den verschiedensten Inhalten, von Maschinenersatzteilen, Elektrogeräten und der Ausrüstung einer chemischen Fabrik bis zu japanischen Möbeln und Küchengeräten. Die riesigen Einkaufszentren in Singapur warteten auf Nachschub. Singapur, das Paradies der zollfreien Waren, das Eldorado der Billigkäufe.

Es war die zweite Fahrt, die Kapitän Hammerschmidt mit der *Else Vorster* zwischen Osaka und Singapur machte.

Seine Frau Mathilde sah er im Jahr nur zweimal während des Urlaubs. Sie hatten ein schönes Haus bei Kiel, nahe der Förde, mit einem großen Garten und einem kleinen künstlichen Teich, ein Biotop, in dem Frösche quakten, Goldfische schwammen und eine Menge Teichpflanzen blühten. Hier räkelte er sich dann auf einer

Gartenliege, grub die Beete um, pflanzte neue Stauden, Sträucher und Bäumchen und spielte mit seinem zehnjährigen Sohn Willy Schach, wobei Hammerschmidt meistens verlor.

Die *Else Vorster* glitt über den Pazifik, der in diesen Tagen seinem zweiten Namen »Stiller Ozean« alle Ehre machte. Hammerschmidt, in weißer Tropenuniform, stand auf der Brückennock und blickte über die farbigen Container, die Kräne und Lastbalken und die matt glänzende Ersatzschraube, die ganz vorn, auf der Spitze des Vorderdecks, fest verriegelt war.

Nach Singapur geht es weiter nach Bombay, dachte er. Die Route hatte gleich zu Beginn ihre einzige kritische Stelle, die Straße von Malakka zwischen Malaysia und Sumatra, eine gefährliche Enge, in der es immer wieder kracht. Die größte Gefahr sind dort die Tanker, die bei einem vorhersehbaren Crash nicht ausweichen können, weil sie zu schwer und zu träge sind. Eigentlich müßte diese Straße für Tanker gesperrt werden.

Hammerschmidt ging von der Nock hinein auf die Brücke und warf einen Blick auf das Radar. Starker Schiffsverkehr vor Japan: das würde sich bis zum Südchinesischen Meer nicht ändern.

China.

Hammerschmidt verschränkte die Arme über der Brust, lehnte sich gegen die weißlackierte Brückenwand und blickte auf den blanken, dunkelblauen Kunststoffboden. Das Gespräch, das er in Osaka mit dem Heuerbüro gehabt hatte, kam ihm wieder in den Sinn. Als er die Mannschaftsliste durchlas, hatte er mißbilligend aufgeblickt und dann mit dem Zeigefinger auf die Liste getippt.

»Das lehne ich ab«, hatte er gesagt.

»Warum?« Der Leiter des Heuerbüros hatte den Kopf geschüttelt. »Sie haben wie immer die besten Leute. Alle erfahren, gut ausgebildet, keine Analphabeten oder Halunken mit falschen Pässen und Heuerbüchern. Erste Wahl, sozusagen.«

»Achtzig Prozent Japaner. Okay, auf die kann ich mich verlassen. Dagegen ist nichts zu sagen. Ich habe sie als fleißige und gute Seeleute schätzen gelernt. Aber hier: Vier Chinesen aus der Volksrepublik China und drei aus Taiwan, das kann nicht gut gehen! Das gibt Krach an Bord. Kommunisten gegen Nationalisten, da fliegen die Funken! Tauschen Sie die Leute aus. Gegen wen, ist mir egal, nur nicht zweierlei Chinesen!«

»Ich habe keine andere Mannschaft für Sie, Sir«, hatte der Heuerchef höflich geantwortet und dabei eine seiner kleinen Verneigungen gemacht. »Nur noch Philippinos, drei undurchsichtige Griechen, von denen keiner weiß, wie sie nach Osaka kommen und fünf Schwarze aus Ghana. Die sind nach der letzten Heuer hier hängengeblieben. Wollen Sie diese Kerle?«

»Nein.«

»Sie sehen, Sir, wir haben Ihnen die beste Mannschaft gegeben! Und außerdem: Taiwaner besuchen Rotchina, und nichts geschieht. Man ist auf beiden Seiten großzügiger geworden. Und vergessen Sie nicht«, der Heuerboß war ein gerissener Bursche, »Sie haben das Kommando. Deutsche Tradition ... Was soll da passieren, Sir?«

Hammerschmidt mußte diesen bitteren Bissen schlucken. Ihm blieb keine Wahl, aber er sagte zu seinem Zweiten Offizier Richard Botzke: »Haben Sie ein besonderes Auge auf die Chinesen. Beim geringsten Gerangel verständigen Sie mich sofort.«

»Ich glaube, wir haben Glück, Herr Kapitän«, antwortete Botzke. Wie alle Offiziere der *Else Vorster* trug auch er die weiße Uniform, jetzt allerdings ohne Jacke, sondern nur ein kurzärmeliges Hemd. Das war das Äußerste, was Hammerschmidt verlangte, er selbst zog selten das Jackett aus, und Mützenzwang außerhalb der Kabine, also an Deck und auf der Brücke, war selbstverständlich. Auf seinem Schiff herrschte die Disziplin der traditionellen Schifffahrt – selbst der Chief mußte Mütze tragen, wenn er aus dem Maschinenraum an Deck kam. Auch war die Anrede »Herr Kapitän« selbstverständlich obligatorisch ... das Wort »Käpt'n« gab es für Hammerschmidt nicht. Einmal hatte ein Offizier, der neu an Bord kam, dieses Wort gebraucht ... einmal und nie wieder, denn den Anpfiff, den er bekam, vergaß er nicht mehr.

»Die Chinesen vertragen sich«, sagte Botzke. »In der Mannschaftsmesse und während der Freiwache spielen sie zusammen Majong. Politische Differenzen habe ich nicht bemerkt.«

»Das kann plötzlich kommen. Ein Wort kann genügen, und die beiden chinesischen Welten prallen aufeinander. Halten Sie Augen und Ohren offen, Botzke.«

»Jawohl, Herr Kapitän.«

Die Fahrt der *Else Vorster* verlief ohne Komplikationen. Sie erreichte durch die Formosastraße das Südchinesische Meer. Von Hongkong und Guangzhou, das früher Kanton hieß, gliederten sich eine Menge Frachtschiffe in die breite Schiffahrtsstraße ein, die meisten in Richtung Philippinen und Singapur. Über Funk sprach Hammerschmidt mit dem deutschen Kreuzfahrtschiff *Europa*, das von Hongkong auf dem Weg nach Malaysia war. Hammerschmidt kannte den Kapitän der *Europa* von Bremerhaven her.

Die *Europa*, dachte er. Ein wunderbares Schiff. Der Stolz der deutschen Seefahrt. So ein Schiff zu führen, muß der Traum jedes Kapitäns sein.

Er schrak aus seinen Gedanken auf, als Botzke, nach kurzem Anklopfen, die Kapitänslogis betrat. Sein Gesicht verriet Ungutes, sein Atem ging stoßweise, als habe er die Treppen und nicht den Lift benutzt.

»Sie hatten recht, Herr Kapitän«, keuchte er. »Die Chinesen gehen aufeinander los!«

Hammerschmidt sprang auf und griff nach seiner Mütze.

»Was ist passiert, Botzke?«

»Ich kenne nur den Bericht des Vormanns. Danach soll ein Rot-Chinese zu den Taiwanern gesagt haben: ›Da liegt Taiwan, die Insel der Verräter. Aber wartet nur ab, die holen wir uns auch noch!‹ Und die Taiwaner schrien zurück: ›Ihr Kommunistenpack! Kommt nur, kommt nur, wir haben die besten Waffen von ganz Asien! Uns hilft die ganze Welt! Amerika, Frankreich, Deutschland, selbst die Russen sehen euch scheel an. Was wollt ihr eigentlich? In zehn Jahren gibt es auch bei euch keine Kommunisten mehr!‹«

»O Gott!« sagte Hammerschmidt aus tiefer Brust. »Das muß ins Auge gehen!«

»Ist es schon, Herr Kapitän.« Botzke wischte sich über das Gesicht. »Zwei Verletzte. Messerstiche. Es wäre noch mehr passiert, wenn die Japaner sich nicht dazwischen gestellt hätten.«

»Es wird nichts mehr passieren!« sagte Hammerschmidt laut. »Kommen Sie, Botzke, jetzt sollen die Kerle ihren Kapitän kennenlernen.«

Mit dem Lift fuhren sie hinunter zur Krankenstation. Die beiden Chinesen, ein Volksrepublikaner und ein Taiwaner lagen in den weißbezogenen Betten und wurden von einem japanischen Sanitäter bewacht. Als Hammerschmidt eintrat, sprang er sofort auf und nahm Haltung an.

»Kapitän-San –«, sagte er stramm. »Verletzte außer Lebensgefahr. Waren nur Fleischwunden an Arm und Bauch.«

Hammerschmidt sprach jetzt Englisch, die einzige Sprache, in der er sich mit der Mannschaft verständigen konnte. Er trat an das Bett des Rot-Chinesen und neigte den Kopf zur Seite.

»Name?« fragte Hammerschmidt knapp.

»Wu Anming.«

»Du bist ab sofort festgenommen, Anming. Deine Heuer wird einbehalten.« Und da sich der Chinese nicht rührte, fragte er: »Hast du mich verstanden?«

»Das ist ungerecht, Sir ...« antwortete Wu Anming leise.

»Das überlaß mir.« Hammerschmidt wandte sich zum zweiten Bett. Der Chinese lag ohne Decke da, um den Bauch einen dicken Verband. Er kniff die Lippen zusammen und hatte die Augen verengt.

»Name?« Hammerschmidts Stimme war eiskalt.

»Kang Yunhe.« Die Antwort kam gepreßt durch die geschlossenen Lippen.

»Arrest auch für dich, Yunhe. Keine Heuer.«

»Ich habe nur mein Land verteidigt, Sir.«

»Mit einem Messer ...«

»Die Kommunisten haben angefangen, Sir.«

»Du Affenarsch!« schrie Wu Anming aus seinem Bett und richtete sich auf. »Ihr Kapitalistensäue! Das nächste Mal schlitze ich dich auf!«

»Dazu wirst du kaum noch Gelegenheit haben, Anming!« fuhr Hammerschmidt dazwischen. »Du bist nur leicht verletzt, du kommst sofort in den Bunker!«

»Er hat auf Mao gespuckt!« schrie Wu weiter. »Er hat Li Peng einen Idioten genannt und Deng Xiaopeng einen pinkelnden Greis! Er hat die Volksrepublik beleidigt! Sir, wenn jemand Ihr Deutschland beleidigt ...«

»Dann nehme ich kein Messer ... und außerdem ist mir das egal.«

»Sie lieben Ihr Volk nicht. Wir Chinesen sind stolz auf unser Land! Wir verteidigen es! Wir Chinesen ...«

Hammerschmidt wischte mit einer energischen Handbewegung den Rest des Satzes weg. »Du bist auf einem deutschen Schiff, Anming! Hier herrschen deutsche Gesetze! Hier gibt es keine Diskussionen mit dem Messer! Und ich sage dir noch etwas: Nicht nur du und Yunhe fliegen in den Bunker, sondern alle Chinesen an Bord! Ich will Ruhe und Ordnung auf meinem Schiff. Ich kann auch mit verminderter Mannschaft fahren ... und in Singapur werfe ich euch hinaus.«

»Wir haben bis Bombay angeheuert!« rief Kang Yunhe. »Das können Sie nicht.«

»Ich werde euch zeigen, was ich kann –«, sagte Hammerschmidt kalt. »In Singapur könnt ihr euch gegenseitig totstechen, dafür bin ich nicht mehr verantwortlich. Aber hier an Bord bin ich das Gesetz! – Sanitäter!«

»Hier, Kapitän-San ...«

»Wie heißt du?«

»Toshi Kamakura.«

»Wie der große Buddha von Kamakura?«

»Ja, Kapitän-San.«

»Ich lasse die beiden Messerhelden gleich abholen.«

»Wie Sie befehlen, Kapitän-San.« Toshi verneigte sich ehrerbietig. »Darf ich etwas sagen?«

»Keine Hemmungen, Kamakura.«

»Es wird böses Blut an Bord geben, Kapitän-San.«

»Besser so, als Blut aus aufgeschlitzten Körpern.«

Er verließ die Krankenstation und knallte hinter sich die Tür zu. Wu hob den Kopf und blickte hinüber zu Kang.

»Er betrügt uns um unser Geld. Er spuckt uns mit Feuer an, wie ein Drache«, sagte Wu.

»Er ist eine verdammte Langnase! Was bildet er sich bloß ein?«

»Wir müssen jetzt zusammenhalten, Yunhe. Er will alle Chinesen einsperren lassen.«

»Das wird er nicht wagen, Anming. Wir werden uns verteidigen.«

»Womit?«

»Man hat unser Gepäck nicht kontrolliert. Wir haben zwei Pistolen bei uns.«

»Es wird eine Schlacht geben, Yunhe.«

»Aber vorher sollten wir verhandeln. Wenn er uns nicht die Heuer zahlt, sind wir in Singapur arme Menschen. Wir werden dann stehlen müssen.«

»Und wenn er nicht verhandelt?«

»Dann, Anming, ist alles, was kommt, Selbstverteidigung. Er könnte dabei sterben.«

»Und wer führt dann das Schiff?«

»Ich.«

»Du, Yunhe?« Wu starrte seinen Feind, der nun ein Freund geworden war, ungläubig an. »Kannst du das denn?«

»Ich habe schon in Taipeh ein Ausflugsschiff gefahren ... als Aushilfe. Der Steuermann war betrunken. Es ist gar nicht so schwer, wie du denkst, man muß nur die Augen aufhalten und ein Gefühl für das Steuern haben.«

»Und damit willst du in den Hafen von Singapur einlaufen?«

»Bin ich verrückt?!« Kang lachte in sich hinein. »Ich fahre in den Golf von Thailand und lasse mich von den Piraten kapern. Überall gibt es dort Piraten.«

»Du vergißt die deutschen Offiziere.«

»Sie werden für uns im Bunker sitzen. Wenn es keinen Kapitän mehr gibt, werden sie die Hände hochheben. Sie wollen doch auch leben, Anming.«

Sie sprachen Chinesisch miteinander, und Toshi, der ihnen zuhörte, verstand kein Wort. Er grinste nur, als vier Japaner in die Krankenstation kamen, um Wu und Kang abzuholen und in den Bunker zu bringen.

Die beiden Chinesen wechselten einen schnellen Blick. Sie verstanden sich plötzlich wie Brüder, die mit den Augen zueinander sprechen konnten.

Wu hob sich in seinem Bett, reckte sich ... und ohne Anzeichen schnellte er blitzschnell vor, sprang in die Luft und trat den ersten Japaner gegen die Brust. Mit einem erstickenden Laut krachte er gegen die Wand und verlor die Besinnung. Der andere Japaner stürzte nach vorn, aber ein Hieb gegen seine Halsschlagader lähmte ihn sofort. Mit glasigen Augen sackte er zusammen, mehr tot als lebendig. Es war ein höllischer Schlag, der das Genick brechen konnte und die Blutzufuhr zum Gehirn unterbrach.

Die beiden Japaner, die Kang abholen wollten, hatten noch gar nicht begriffen, was geschah. Kang schnellte trotz seiner Bauchwunde aus dem Bett... mit zwei Sprüngen und Tritten und zwei Faustschlägen in die Gesichter machte er die Japaner kampfunfähig und wandte sich dann dem erstarrten Kamakura zu.

»Es tut uns leid, Kamakura«, sagte er freundlich. »Du hast uns geholfen, dafür unseren Dank. Aber es muß nun mal sein, dein Mund ist unser Feind.«

Er gab Toshi einen Hieb gegen das Kinn. Der Sanitäter verlor die Besinnung. Wu und Kang gingen aufeinander zu und reichten sich die Hände.

»Das war einfach«, sagte Kang.

»Wie gut, daß man in Shaolin das Kung-fu erfunden hat«, sagte Wu. »Aber so ist es überall: Man unterschätzt uns Chinesen.«

»Gehen wir.« Kang legte den Arm um Wus Schulter. »Jetzt müssen wir schnell handeln, sonst ist alles verloren.«

Sie verließen die Krankenstation, fuhren mit dem Lift zum dritten Unterdeck, rannten den Gang entlang und klopften an die Kajütentüren, hinter denen ihre Landsleute wohnten. Kang verschwand in die Kabine, in der seine Kameraden mit den geschmuggelten Pistolen hausten. Die anderen Chinesen, die durch die Gänge rannten, um sich in der Mannschaftsmesse zu treffen, schlugen die Gläser der Notfallvitrinen auf und rissen die Beile aus den Halterungen. Zwei schulterten sogar die Schaumlöscher, und als ihnen zwei Japaner entgegenkamen und sie fassungslos anstarrten, wurden diese mit ein paar Hieben besinnungslos geschlagen.

»Man will uns Chinesen alle einsperren und uns die Heuer nicht bezahlen!« schrie Wu, als alle in der Messe versammelt waren. »Freunde! Wir müssen schnell handeln! Das Schiff ist unser! Besetzt die Brücke und den Maschinenraum! Die Fahrt geht weiter, nicht nach Singapur, sondern nach Thailand! Holt euch das Schiff!«

Im Nu war der Raum leer. Fast lautlos verteilten sich die Chinesen über das Schiff... eine Gruppe unter der Führung von Kang Yunhe stürmte auf die Brücke, eine andere mit Wu Anming hinunter zum Maschinenraum.

In dem blitzsauberen, durch modernste Klimaanlagen temperierten Maschinenraum übertönte das Stampfen der schweren Dieselmotoren jeden anderen Laut. Chefingenieur Donald Smits, ein Bure aus Südafrika, saß vor der großen elektronischen Kontrolltafel und las einen Roman, als plötzlich Wu hinter ihm stand und ihm eine Messerspitze in den Nacken drückte. Smits erstarrte, warf das Buch weg und umklammerte die Tischplatte.

»Wenn Sie sich ruhig verhalten, Sir«, sagte Wu höflich, »geschieht Ihnen nichts. Heben Sie die Hände hoch und stehen Sie auf.«

Smits blieb sitzen. An der Färbung des Englisch erkannte er den Chinesen. Das gibt es doch nicht, durchfuhr es ihn. Eine Meuterei auf der *Else Vorster*. Das ist doch Wahnsinn.

»Ich nehme Befehle nur vom Kapitän entgegen«, sagte er gepreßt. »Junge, laß den Blödsinn.«

»Der Kapitän ist Kang Yunhe! Stehen Sie auf!«

Der Druck der Messerspitze im Nacken verstärkte sich. Es war genau die Stelle, an der ein Stich die gebündelte Nervenbahn zum Gehirn durchtrennen konnte. Der sichere Tod. Langsam erhob sich Smits, hob die Hände über den Kopf und rührte sich nicht. Er sah, wie drei Chinesen sich wieselschnell in dem großen Maschinenraum verteilten, dann schwankten zwei Japaner, gute Maschinisten, von den Pleuelstangen heran, getrieben von den Fußtritten der Meuterer.

Smits drehte sich mutig um und blickte in die zusammengekniffenen Augen von Wu Anming. Er hielt ein langes Messer in der Faust, bereit, sofort zuzustoßen. Smits sah ein, daß Gegenwehr sinnlos war. »Das wird euch leid tun!« sagte er nur. »Hier wimmelt es von Schiffen, die bei Alarm sofort beidrehen und uns helfen.«

»Es wird keinen Alarm geben, Chef. In diesem Augenblick wird die Funkstation besetzt. Und wenn uns andere Schiffe angreifen sollten, werden die Offiziere als Geiseln hingerichtet. Auch Sie.«

»Du Idiot!« Smits lächelte schwach. Er machte sich mit seinen eigenen Worten Mut. »Die *Else Vorster* steht in dauerndem Kontakt zu Küstenstationen, mit Radio Norddeich und anderen Schiffen. Wenn wir schweigen, gibt es automatisch Alarm!«

»Wir schweigen nicht. Auch der Funker will leben. Er wird unsere Befehle ausführen.«

Wu und die anderen Chinesen trieben Smits und die Maschinisten vor sich her, durch die Gänge bis zum Vorschiff, wo die Vorratsbunker lagen. Hier stießen sie die Gefangenen in einen

Bunker, in dem Gemüse und Wasserflaschen lagerten, und schlossen sie ein.

»Verhungern und verdursten werdet ihr nicht!« sagte Wu spöttisch, bevor er die Tür zuschlug. »Millionen Chinesen leben von Kohl.«

Auf der Brücke waren zufällig alle Offiziere versammelt und standen um Kapitän Hammerschmidt, der am Kartentisch saß. Der Rudergänger am Kommandostand döste vor sich hin. Das Schiff fuhr mit Autopilot, der Kurs war eingegeben, er mußte kaum korrigiert werden. Das Südchinesische Meer lag da wie ein unendlicher, blauer Teppich. So ruhig, hatte Hammerschmidt eben noch bemerkt, hatte er die See in diesem Gebiet noch nicht erlebt.

Plötzlich tauchten auf der Brücke vier Chinesen auf. Zwei hielten Pistolen in den Händen, ein anderer richtete einen der großen Schaumlöscher auf die Offiziere, Kang Yunhe hatte sich mit einer Axt bewaffnet.

»Die Hände hoch!« schrie er. »Wer sich rührt, wird erschossen! Herr Kapitän, das Schiff ist in unserer Hand.«

Fassungslos starrten die Offiziere die Chinesen an. Der Erste Offizier Jens Halbe, der seine letzte Fahrt auf der *Else Vorster* machte, weil Dr. Wolffers ihm einen neuen Frachtgutlaster geben wollte, tippte sich mutig an die Stirn.

»Ihr seid wohl besoffen?« sagte er heiser.

»Kang Yunhe«, Hammerschmidt erhob sich vom Kartentisch. Er trug jetzt auch nur ein kurzärmeliges Hemd, aber seine goldverzierte Kapitänsmütze. »Ich stelle fest, Sie sind verrückt geworden.«

Das Telefon klingelte. Bevor Hammerschmidt abnehmen konnte, griff Kang nach dem Hörer. Er lauschte ein paar Sekunden und legte ihn dann mit einem breiten Grinsen zurück.

»Die Funkstation ist auch in unserer Hand. Hakahiro, der Funker, spürt ein Messer im Nacken und gehorcht unseren Befehlen. Die Maschinen sind unter unserer Kontrolle. *Sie* wären verrückt, Kapitän, wenn Sie Widerstand leisten würden. Die Hände über den Kopf! Los, los!«

Der Rudergänger am Kommandostand tat so, als sei nichts geschehen. Er sah den Pistolenlauf an seiner Schläfe, spürte den kalten Stahl auf seiner Haut und hielt es für klug, kein Wort zu sagen, sondern weiter seine Arbeit zu tun.

Jens Halbe und Richard Botzke hoben die Hände hoch, nur Hammerschmidt blieb mit hängenden Armen stehen. Botzke starrte ihn an. Kapitän, dachte er atemlos, das ist kein Heldenmut mehr. Das ist sinnloser Selbstmord. Früher war es Tradition, daß der Kapitän als letzter das Schiff verläßt oder mit seinem Schiff untergeht. Diese Seemannsehre ist der Logik gewichen, daß das eigene Leben mehr wert ist als ein Schiff, das hoch versichert ist. Ein Schiff kann man neu bauen, aber Ihr Leben nicht, Kapitän. Mein Gott, reizen Sie Kang nicht, heben Sie die Hände hoch. Die Kerle spielen kein Theater, die schießen wirklich.

Hammerschmidt sah Kang lange an. Er rückte sogar an seiner Mütze, damit sie korrekt saß. Sein Blick war hart geworden. Er erkannte die Gefahr, aber er wollte sich ihr nicht beugen.

»Yunhe, du wirst die ganze Welt gegen dich haben ...«

»Die ganze Welt kann mich am Arsch lecken.«

»Man wird dich finden.«

»Reden Sie keinen Unsinn, Kapitän.« Kang grinste Hammerschmidt siegessicher an. »Es gibt 1,3 Milliarden Chinesen. Wie könnte man mich unter 1,3 Milliarden Menschen finden?«

»Ach!« Hammerschmidt verzog die Mundwinkel zu einem Lächeln. »Ich denke, du bist Taiwaner? Auf einmal rechnest du die Volksrepublik China zu deiner Heimat?«

»In der Not sind alle Chinesen Brüder und Schwestern. Aber warum reden wir? Ich habe das Schiff übernommen und wiederhole Ihre Worte: Sie sind festgenommen.«

»Ich erkenne dich als Führer *meines* Schiffes, nicht an!«

»Sie haben recht – es fehlt mir noch etwas!« Kang riß Hammerschmidt blitzschnell die Kapitänsmütze vom Kopf und setzte sie sich auf. Die Entehrung Hammerschmidts war vollkommen.

Hammerschmidts Gesicht wurde dunkelrot. Er atmete tief ein, seine breite Brust weitete sich unter dem dünnen Tropenhemd, seine Hände zuckten. Jens Halbe starrte seinen Kapitän an.

»Herr Kapitän«, sagte er tonlos. »Nicht. Bitte nicht! Wir brauchen Sie noch. Das kann doch nicht das Ende sein.«

Hammerschmidt nickte nach einem Zögern. Es war, als habe der Verlust der Kapitänsmütze seinen inneren Widerstand gebrochen. Es hatte seine Seele getroffen, und eine gebrochene Seele stützt keinen Helden mehr.

Er hob langsam die Hände und kreuzte sie in seinem Nacken. Halbe und Botzke atmeten auf, ihr Seufzen war deutlich zu hören.

»Was hast du mit meinem Schiff vor, Yunhe?« fragte Hammerschmidt. Seine Stimme klang gebrochen.

»*Mein* Schiff!« Kang Yunhe sagte es mit Stolz. »Ich weiß es noch nicht. Ich weiß nur sicher, daß wir nicht Singapur anlaufen.«

»Dort erwartet man uns. Spätestens dann wird es weltweiten Alarm geben.«

»Bis dahin ist die *Else Vorster* verschwunden. Verschluckt vom weiten Meer. Spurlos ... Man wird nie mehr von ihr hören.«

»Du bist wirklich ein Idiot, Yunhe.« Hammerschmidt, die Hände im Nacken gefaltet, schüttelte den Kopf. »Ein Schiff wie die *Else Vorster* fällt überall auf. Ihr werdet keinen Hafen mehr anlaufen können, überall wird man euch erkennen. Willst du dein Leben lang auf dem Meer herumirren?«

Kang Yunhe sah Hammerschmidt aus kleinen Augen an. Er schien zu überlegen, und das Ergebnis war bedrückend. Er spuckte vor Hammerschmidt aus, was den weniger berührte als der Verlust seiner Offiziersmütze, und sagte: *»Ta ma de, wo re nie ma ...«*

Er wandte sich ab und verließ die Brücke. Die drei Chinesen kamen näher und richteten ihre Pistolen auf die Offiziere. Hammerschmidt ließ die Hände sinken. »Was hat er gesagt?« fragte er. »Halbe, Sie verstehen doch Chinesisch.«

»Muß ich es wiederholen, Herr Kapitän?«

»Ich bitte darum.«

»Er sagte: Scheiße! Ich ficke deine Mutter ...«

»Da hat er Pech.« Hammerschmidt blickte in die Läufe der auf ihn gerichteten Pistolen. »Die ist seit elf Jahren tot ...«

Ruhig, mit einer Geschwindigkeit von 14 Knoten, glitt die *Else Vorster* durch das Südchinesische Meer. In der Funkerkabine saß ein Chinese hinter dem Funker Hakahiro, hatte ihm das lange Messer mit der beidseitig geschliffenen Klinge gezeigt, und der Anblick genügte, um Hakahiro gefügig zu machen. Er sah ein, daß ein solches Messer in seinen Leib gleiten würde, als sei er aus Butter, und er erinnerte sich an die alte traditionelle Selbsttötungsart der Japaner, die sich beim Harakiri den Bauch aufschlitzten. Er hatte kein Verlangen, ähnlich zu sterben.

Und so blieb die *Else Vorster* mit allen Funkstationen verbunden, als sei nichts geschehen. Selbst der Kurs stimmte noch... Kang wollte erst auf der Höhe von Borneo nach Norden abschwenken in den Golf von Thailand. Die große Frage war nur: Wer sollte navigieren? Wer sollte den Kurs berechnen und ihn in den automatischen Navigator eingeben? Wer verstand etwas von der komplizierten Elektronik der *Else Vorster?*

Während Halbe und Botzke und drei widerspenstige Japaner in den Bunker geschlossen wurden, in dem Mehlsäcke und Zucker und verschiedene Konserven lagerten, ließ Kang Yunhe Hammerschmidt noch einmal auf die Brücke führen. Kang trug noch immer die Kapitänsmütze und hatte Botzkes Jacke angezogen, die ihm leidlich paßte. Er hatte sich stolz vor dem Spiegel im Kapitänszimmer gedreht... ein Offizier in makellosem Weiß, nur die verwaschenen Jeans unter der Jacke paßten nicht dazu. Botzke auch noch die Hose wegzunehmen, war selbst für Kang schamhaft.

»Ich habe mit Ihnen zu sprechen«, sagte Kang, als Hammerschmidt auf die Brücke kam. Ihm folgte ein Chinese mit dem Schaumlöscher. »Nehmen Sie am Kartentisch Platz.«

»Wie bitte?!« Hammerschmidt blieb stehen. »Sag erst mal deinem Feuerwehrmann, er soll mit seinem Löscher verschwinden. Ich brenne zwar, aber da hilft kein Schaum mehr. Was willst du von mir?«

»Ihr Ehrenwort, Kapitän.«

»Mein was?« Hammerschmidt glaubte, nicht richtig gehört zu haben.

»Ihr Ehrenwort als deutscher Offizier.«

»Ich bin kein Offizier im üblichen Sinne... ich bin Kapitän einer freien Reederei.«

»Aber man sagt so. Offizier. Ich habe Achtung vor Ihnen, auch wenn wir jetzt Gegner sind.« Kang Yunhe winkte energisch. Der Chinese mit dem Feuerlöscher trat zurück. »Ich brauche Ihr Ehrenwort.«

»Wofür?«

»Daß Sie keinen Widerstand leisten, keine Sabotage begehen, keinen Betrug... kurz, daß Sie ehrlich das ausführen, worum ich Sie bitte.«

»Du *bittest*, Yunhe? Da hast du doch einen üblen Trick im Sinn!

Ich gebe mein Ehrenwort nur dann, wenn ich es verantworten kann. Worum geht es?«

»Sie lieben doch die *Else Vorster*?«

»Sie ist mir anvertraut.«

»Sie wollen doch auch, daß sie nicht im Meer verschwindet?«

»Was soll diese Frage, Yunhe?« Hammerschmidt wurde mißtrauisch. Mit welchen Gedanken spielte dieser eiskalte Chinese, der in Botzkes Uniform wie ein trauriger Clown aussah? »Drück dich klarer aus.«

»Ihr Ehrenwort, Kapitän.«

»Nein!«

»Sie können damit unser Schiff retten.«

Das Wort »unser« stieß Hammerschmidt bitter auf. Aber er spürte, daß sich jetzt eine Wendung anbahnte, an die niemand gedacht hatte.

»Für mein Schiff gebe ich mein Ehrenwort«, sagte er zögernd. »Nur für mein Schiff. Genügt das?« Er betonte das »mein« so nachdrücklich, daß es für Kang eine Ohrfeige sein mochte.

»Ja. Es genügt.« Kang zeigte auf den Kartentisch. »Ich bitte Sie, die Navigation zu übernehmen und den Kurs zu errechnen. Wir haben zwar Mut, aber keine Ahnung vom Navigieren.«

Einen Augenblick verschlug es Hammerschmidt die Sprache. Aber gleichzeitig sah er die große Chance, die *Else Vorster* doch noch zu retten. Kang konnte befehlen, was immer er wollte ... das Schiff würde auf Kurs Singapur bleiben. Die Navigation war jetzt wieder in Hammerschmidts Hand. Kang schien Hammerschmidts Gedanken zu lesen; er lächelte mild.

»Ihr Ehrenwort gilt für alles, was das Schiff betrifft, Kapitän«, sagte er. »Auch den Kurs, den ich angebe. Sie bürgen mir mit Ihrer Ehre dafür, daß Sie keinen Betrug begehen. Ich scheue mich nicht, Sie bei dem geringsten Verdacht hinzurichten. Mit Genickschuß. Darüber sollten wir uns einig sein.«

»Das sind wir.« Hammerschmidt setzte sich an den Kartentisch und blickte auf den Autopiloten. Er hatte die Angaben im Kopf ... die *Else Vorster* lief noch immer den alten Kurs. Singapur. Was hatte Kang vor? »Wohin wollen Sie?« fragte er.

»Nur auf Kurs bleiben.«

»Der ist eingegeben. Dazu brauchst du meine Hilfe nicht.«

»Später, Kapitän.« Kang nickte ihm freundlich zu. »Sie können wieder Ihre Logis beziehen. Ich nehme an, Sie haben Lust auf einen Whisky. Auch ein Mann wie Sie steckt so eine Aufregung nicht einfach weg. Telefonieren können Sie nicht, da paßt Hakahiro auf, und Ihre Pistole und das Jagdgewehr haben wir uns geliehen... Natürlich wurde Ihre Logis gründlich durchsucht. Radio Norddeich meldet überdies, daß Bayern München wieder Deutscher Meister ist. Interessiert Sie das?«

»Am Rande, Yunhe.« Hammerschmidt erhob sich vom Kartentisch. »Ich gehe in meine Logis. Woher kommt deine plötzliche Freundlichkeit, Yunhe?«

»Wir sind jetzt eine Schicksalsgemeinschaft, Kapitän.«

»Yunhe, wer bist du? Du bist doch nie im Leben einer, der um seine Heuer ansteht!«

»Jetzt doch.«

»Und früher?«

Kang Yunhe zögerte, dann antwortete er fast verlegen:

»Ich war Rechtsanwalt. Hatte in Taipeh eine gute Praxis. Fachanwalt für internationalen Handel. Mir ging es gut. Aber in der gleichen Fachrichtung gab es in Taipeh noch drei amerikanische Anwälte. Sie konnten nicht verkraften, daß ich ihnen die besten Fälle wegschnappte. Da lernte ich eine Frau kennen, eine wundervolle, hellblonde Frau, ein Traumweib, sage ich Ihnen. Und dieser Traum verliebte sich in mich, in mich, den Chinesen. Sie lag drei Monate in meinem Bett, und ich blinder Idiot merkte nicht, daß sie mir ins Bett gelegt worden war von den drei amerikanischen Kollegen. Sie verführte mich nicht nur nach allen erdenklichen Methoden, sie spritzte sich auch Heroin. Ich ließ mich überreden, mir auch einen Schuß zu setzen, aber mir wurde kotzübel. Ich bin kein Suchttyp. Eines nachts stürmen sechs Polizisten meine Wohnung und meine Kanzlei und finden bei mir hundert Gramm Heroin der besten Sorte. Machen Sie einem taiwanischen Polizisten einmal klar, daß Sie unschuldig sind! Die hundert Gramm lagen da, meine blonde Geliebte war verschwunden, ich verlor meine Anwaltszulassung, mußte die Kanzlei schließen, und ich wußte, daß auf Heroinbesitz die Todesstrafe steht. Ein alter Bekannter vom Justizministerium gab mir eine letzte Chance... bei einem Verhör, einer Tatortbesichtigung, ließ man mich flüchten. Ich hatte einen neuen Paß, einen neuen Namen, eine neue Identität, eine neue Vita und wurde Kang Yunhe. Seitdem bin ich Seemann.« Kang atmete tief auf. »So, nun wissen Sie meine Geschichte, Kapitän. Aber Sie wissen jetzt auch, daß ich nichts mehr zu verlieren habe.«

»Das ist eine interessante Geschichte, Yunhe«, sagte Hammerschmidt.

»Und sie ist wahr.«

»Daran zweifle ich nicht mehr. Ich war schon nach der Messerstecherei neugierig geworden und wollte dich noch einmal sprechen. Aber dann überschlugen sich ja die Ereignisse. Nur noch eine Frage, Yunhe: Warum hast du gemeutert? Was willst du mit dem Schiff? Man kann Diamanten klauen, Gold, Geld und tausenderlei Sachen. Aber ein Schiff, das ist doch ein Irrsinn! Selbst wenn es jemand kaufen wollte, die *Else Vorster* ist zu bekannt, zu auffällig, da hat auch ein Umspritzen keinen Sinn. Ein Schiff von 15 000 Bruttoregistertonnen ist kein durchschnittlicher PKW!«

»Warten wir es ab, Kapitän.« Kangs Gesicht drückte tiefe Zufriedenheit aus. »Ich galt als einer der raffiniertesten Anwälte von Taiwan. Ich habe einen Plan, der so einfach wie genial ist. Sie werden es erleben. Und – vergessen Sie nicht Ihr Ehrenwort.«

Hammerschmidt verließ die Brücke, ging hinüber in seine Wohnung und trank wirklich zwei Gläser Whisky mit Eis. Der Steward, ein Japaner, hatte für alles gesorgt, selbst eine Schale mit frischem Obst stand auf dem Tisch.

Hammerschmidt setzte sich in einen der schwarzen Ledersessel und zog das Foto seiner Frau Mathilde näher zu sich. Es steckte in einem silbernen Rahmen, eine kunstvolle Arbeit, handgetrieben, gekauft auf einem Trödlermarkt in Kobe.

»Tilde, was soll ich tun?« fragte er das Bild, küßte seine Fingerspitze und drückte sie auf Mathildes Gesicht. »Ich weiß mir keinen Rat. Gilt ein Ehrenwort einem Verbrecher gegenüber? Geht der Begriff Ehrenwort so weit? Kang ist kein üblicher Halunke, aber ein Verbrecher bleibt ein Verbrecher. Er ist hochintelligent. Er weiß genau, was er will. Ich kenne seinen Plan noch nicht, aber bald wird er ihn mir verraten. Was dann? Soll ich mitspielen, *muß* ich mitspielen, um die *Else Vorster* zu retten? Oder ist alles nur ein großer Bluff? Wenn sich das herausstellt, bin ich an mein Ehrenwort nicht mehr gebunden! Und was wird aus Halbe und Botzke?

Darüber muß ich mit Kang noch sprechen. Tilde, weißt du einen Weg?«

Es klopfte. Der Steward trat ein. Es war Kamakura, der frühere Sanitäter, ein Tablett mit einer Suppenschüssel balancierend. Er stellte es vor Hammerschmidt ab und öffnete den Deckel.

»Nudelsuppe mit Huhn, Herr Kapitän«, sagte er dabei. »Chinesische Glasnudeln. Der Koch kocht nur noch chinesisch. Er lehnt es ab sofort ab, europäisch zu kochen. Die Steaks schneidet er klein und vermischt sie mit Gemüsen und aufgeweichten Trockenpilzen.«

»Chinesisches Essen ist gesund!« Hammerschmidt schnupperte über dem Suppentopf. »Du bist jetzt also auf der anderen Seite, Kamakura?«

Der Japaner zuckte resignierend die Achseln. »Wer die Macht hat, regiert, Herr Kapitän«, sagte er mit einer typischen Verneigung. »Ich wünsche guten Appetit.«

»Den habe ich!« Hammerschmidt griff zum Schöpflöffel. »Nudelsuppe mochte ich schon immer...«

Mit halber Kraft lief die *Else Vorster* durch das Südchinesische Meer, noch immer mit Kurs auf Singapur.

Deutsche Bucht

Svensson hatte in seinen zwanzig Jahren Seefahrt schon viel erlebt, das Auftauchen einer von keinem Wetteramt gemeldeten Eisbergfront vor Labrador, der Angriff eines Killerwals auf eine seiner Barkassen vor der Hawaii-Insel Maui, eine auf keiner Seekarte verzeichnete Insel bei Kanet Islands, nördlich von Papua-Neuguinea, die nach einem Seebeben aus dem Meer aufgetaucht sein mußte, oder die Orgie im Tuamotu-Archipel, wo die total betrunkene Mannschaft nach einem Landgang auf die Insel Vanavana eine Schar von jungen, hübschen Polynesierinnen mit an Bord schleppte und das Schiff zwei Tage und Nächte zu einem Bordell machte.

Zwanzig Jahre Seefahrt sind zwanzig Jahre Abenteuer, aber was Svensson jetzt erlebte, übertraf alles.

Die *Unico II* hatte den neuen Kurs Richtung Schottland eingeschlagen, der Orkan ließ sie fast trotz voller Kraft der Maschinen auf der Stelle stehen, das Schiff krachte in allen Fugen. 110 000 Tonnen Rohöl ächzten unter der Gewalt der Nordsee. So mußte einst die Sintflut begonnen haben, bis sie alles Leben auf dieser Erde auslöschte.

Der Funker der *Unico II*, der von Andersen getretene, geschlagene und als Nigger beschimpfte Schwarze, saß in seiner Station und betete. Er war ein guter Christ, aber er war noch mehr ein stolzer Farbiger. Für ihn war das Leben heute zu Ende, aus diesem Inferno des Orkans war kein Entkommen mehr, das war für ihn sicher, und so beschloß er, diesen Tag als Tag der Rache zu nutzen.

Noch einmal nahm er die Wettermeldungen auf, die Katastrophennachrichten der Nordseeküsten, er notierte korrekt Tag und Zeit in sein Berichtsbuch und griff dann nach einem schweren Hammer.

Mit ein paar wuchtigen Schlägen zerstörte er die Funkanlage und kappte die Kabel des Radars. Die *Unico II* war blind geworden.

Auf der Brücke stand jetzt Andersen am Ruder, die Brecher krachten gegen die gebogenen Scheiben. Er konnte nur noch nach den in die Automatik eingegebenen Koordinaten fahren, auf dem Monitor war völlige Leere.

»Wo soll hier auch ein Schiff herkommen?« sagte Svensson. »Wir fahren abseits aller Straßen den direkten Kurs nach Schottland. Eines ist jedenfalls sicher«, er verzog die Lippen in bitterem Spott, »vor einem Zusammenstoß brauchen wir keine Angst zu haben.«

»Wie beruhigend.« Andersen fiel in den Hohn ein. »Aber ein Auseinanderbrechen würde mir schon genügen.«

Plötzlich, als habe man eine Lampe ausgeschaltet, erlosch der Monitor, Svensson zog den Kopf zwischen die Schulter und klopfte mit dem Knöchel der rechten Hand gegen den Bildschirm. »So etwas gibt es doch nicht!« sagte er dabei. »Bis zur Mastspitze reichen die Wellen nun doch nicht. Da muß etwas mit der Elektronik nicht stimmen.«

Er griff nach dem Telefon und wählte die Verbindung zum Maschinenraum, aber Dozek meldete sich nicht. Das Telefon war tot. Svensson knurrte »Scheiße!« und rief im Funkraum an. Auch hier kein Laut, nicht einmal ein Rauschen. Svensson sah Andersen ratlos an.

»Verstehen Sie das, Andersen? Alle Leitungen tot, aber das Licht brennt.« Er starrte empor zu den Leuchtstoffröhren, die die Brücke in helles Licht tauchten. »Die Generatoren laufen, und trotzdem kein Telefon, kein Radar...«

»Es können einzelne Leitungen gerissen sein.«

»Dann hätte sich der Funker gemeldet.«

»Die Leitung ist ja auch gestört.«

»Es gibt eine Treppe vom Funkraum zur Brücke. Ich glaube nicht, daß der Bursche zu faul ist, die paar Stufen zu steigen.«

»Vielleicht sucht er den Fehler, Kapitän.«

»Das will ich mir mal ansehen.« Svensson verließ die Brücke, stieg hinunter zur Funkstation und riß die Tür auf. Ein Schwanken des Schiffes drückte ihn an die Wand, aber das Bild, das sich ihm bot, erfaßte er sofort.

Vor der zertrümmerten Funkanlage, ein Gewirr aus Drähten, Schaltungen, Chips und verbogenem Metall saß der Funker, den schweren Hammer in den Schoß gelegt. Er blickte Svensson aus großen, runden Augen an, und sein Gesicht war gezeichnet von Traurigkeit und Ergebenheit vor dem Tod.

Svensson stieß sich von der Wand ab und stürzte auf den Funker zu. »Du... du hast die Anlage zerschlagen?« brüllte er. Seine kräftigen Hände schnellten vor und krallten sich um den Hals des Farbigen. »Du Saukerl! Du Mißgeburt! Warum? Warum?« Er schüttelte den Funker und drückte fester zu. »Antworte oder ich bringe dich um!«

»Danke!« Der Schwarze atmete röchelnd. Svenssons Griff kam einem Erwürgen nahe. Aber der Schwarze wehrte sich nicht, auch wenn ihm jetzt die Augen hervorquollen und er kaum mehr Luft bekam. »Danke«, sagte er noch einmal und röchelte stärker. »Sie sagen nicht Nigger zu mir, Sir...«

Svensson zog seine Hände zurück. »Nigger? Wer sagt denn hier Nigger?« schrie er.

»Der Erste, Sir. Er tritt und schlägt mich, nur weil ich müde war.«

»Und das ist nun deine Rache, was?!«

»Wir werden doch alle sterben...« Der Funker duckte sich, als ein gewaltiger Brecher den Tanker erschütterte. »Ich bete für den Himmel – in der Hölle sind wir schon.«

»Du Vollidiot! Weißt du, was du getan hast?«

»Ja, Sir.«

»Es gibt keine Funkverbindung mehr. Das Radar ist tot.«

»So tot wie wir...«

»Du bringst uns alle um!«

»Nicht ich... das Meer.«

»Das Schiff ist blind geworden. Wir haben keine Orientierung mehr. Der Autopilot, die Satellitenpeilung, die Automatik sind zerstört! Wir fahren ins Nichts. Ich könnte dich umbringen!«

»Tun Sie es bitte, Sir.« Der Funker legte den Hammer auf den Boden, ein Zeichen, daß er sich nicht wehren würde. »Ich habe getan, was ich tun mußte. Ich bin kein Nigger, den man schlagen und treten darf. Ich bin ein Mensch. Jetzt ist Ruhe in mir. Töten Sie mich, Sir, ich habe es verdient.«

»Was habe ich davon, wenn ich dir den Kopf einschlage?« brüllte Svensson. »Du hast die Seele des Schiffes zertrümmert! Aber das eine verspreche ich dir: Wenn wir einen sicheren Hafen erreichen, übergebe ich dich der Polizei. Gehen wir unter, hast du allein uns auf dem Gewissen!«

»Auch mein Gewissen ist tot.« Der Schwarze senkte den Kopf. »Schlagen Sie mein bißchen Leben auch tot, Sir.«

Svensson starrte auf den gesenkten Schädel mit dem dichten, schwarzen gekräuselten Haar, ballte die Fäuste, aber es war nur ohnmächtige Wut, nicht der Wille, diesen Mann zu töten. Er verließ die Funkerkabine, stieg wieder hinauf zur Brücke und stellte sich neben Andersen.

»Alles ist zerstört. Wir sind verloren«, sagte er mit einer schrecklichen Ruhe.

»Wieso?« Andersen blickte zur Seite. »Totalausfall?«

»Ja.«

»Wie konnte das passieren?«

»Jemand hat Nigger gesagt, das war unser Todesurteil.«

»Kapitän ...«

»Halten Sie das Maul, Andersen!« schrie Svensson auf. »Es gibt nichts mehr zu sagen.«

»Ich bringe diese schwarze Sau um!« schrie Andersen zurück. »Er will, daß wir alle draufgehen! Vorher aber ist er dran!«

»Lassen Sie ihn in Ruhe.« Svensson winkte ab. »Was bringt es? Wir schwimmen jetzt alle in einem riesigen Sarg, einbalsamiert mit 110 000 Tonnen Öl! Da würde jeder Pharao erblassen.«

»Woher nehmen Sie bloß diesen Sarkasmus?« keuchte Andersen. »Warum schreien Sie nicht Ihre Angst hinaus?«

»Hilft es etwas? Ja, ich habe Angst, genau wie Sie Angst haben, Andersen. Man stirbt nicht gern wachen Auges und gesunden Leibes. Aber Angst lähmt, und was wir brauchen, ist nüchterne Klarheit und Kampf um unser Leben.«

»Wie schön Sie das sagen, Kapitän! Heroische, aber leere Phrasen!« Er zeigte nach draußen. »Was sehen Sie außer dem Ungeheuer Nordsee?!«

»Es kommt Nebel auf.«

»Ja. Auch das noch! Und wir sind ohne Orientierung. Keine Peilung, kein Radar, kein Funk... Kapitän, warum feuern wir keine Notraketen ab?«

»Wer soll sie im Nebel sehen, Andersen?«

»Es könnte möglich sein, daß...«

»Es ist nichts mehr möglich«, unterbrach ihn Svensson. »In unserer Nähe ist kein Pott, der uns sehen könnte. Wir fahren im Abseits, immer weiter abseits der offiziellen Wasserstraße.«

»Dann sollten wir sofort abdrehen!«

»Wie denn, Andersen? Ohne Peilung?«

»Wir haben einen Kompaß, Sir. Und wir haben den guten, alten Sextanten...«

»Einen Tanker mit 110 000 Tonnen Öl mit Sextant und Kompaß fahren! Stellen Sie sich das so einfach vor? Kurs West, auf die Deutsche Bucht zu. Da wimmelt es von Schiffen ... und ein Zusammenstoß ist so sicher, wie Sie nach einem Glas Bier pinkeln müssen.«

»Aber wir müssen doch irgend etwas tun, Kapitän!« schrie Andersen verzweifelt.

»Das tun wir auch! Kurs scharf West! Nach Kompaß fahren...«

Andersen starrte Svensson entgeistert an. »Aber eben haben Sie doch gesagt, Kapitän, daß...«

»Eben war gestern!« Svensson drückte Andersen vom Ruder weg und kurbelte auf Kurs West. »Und außerdem brauche ich von Ihnen keine Belehrungen, wie ich mein Schiff zu führen habe!«

»Es geht um unser Leben!« schrie Andersen. Er war außer Kontrolle geraten und hämmerte mit den Fäusten auf den Instrumententisch. »Ihres scheint Ihnen egal zu sein.«

»Im Gegenteil, Andersen. Ich habe meiner Frau Karin versprochen, gesund zurückzukommen, und was ich verspreche, habe ich bisher immer gehalten.« Er blickte auf die Messingschüssel des Kreiselkompasses und nickte. »Wir liegen auf West, aber West ist ein weites Feld. Hoffen wir, bei Gott, daß es klappt. Ich werde dann auf Südwest drehen und versuchen, so nahe wie möglich an die deutsche Küste zu kommen und die erste Lotsenübernahme-Position zu erreichen.«

»Wie soll der Lotse wissen, daß es uns gibt? Ohne Funkverbindung?«

»Die Radarstationen an der deutschen Küste haben keinen Schwarzen, der aus Stolz ihre Leitungen kappt. Sie werden uns auf dem Schirm haben, uns anpeilen, uns anfunken, und wenn wir keine Antwort geben, schlagen sie Alarm! Das ist unsere Rettung.«

»Wenn es uns gelingt, Kapitän.«

»Es ist unsere einzige Chance.«

Svensson korrigierte den Kurs, so daß die *Unico* jetzt wahrscheinlich auf Dänemark zuhielt. Die Wellen donnerten über Deck, sie kamen jetzt über Heck und trafen voll auf den Aufbau. Bei jedem Brecher war es, als barsten die Stahlwände.

Und plötzlich, nach sieben Stunden Höllenfahrt, schwiegen die Maschinen.

Juri Dozek kam auf die Brücke. Er war nur noch schwer zu erkennen. Sein Overall und das Gesicht waren voller Öl, die Haare klebten ihm im Gesicht, er lehnte sich erschöpft an die Wand und schüttelte mehrmals den Kopf, bevor er hervorstieß:

»Wassereinbruch im Brennstofftank. Nichts geht mehr, nichts. Die Maschinen laufen heiß, das Kühlsystem fällt aus. Wir können nichts mehr tun.«

»Das habe ich fast erwartet, Dozek.«

»Ich habe getan, was möglich war, und das war wenig nach dem Wassereinbruch. Es läuft durch die Einfüllstutzen, die aufgeschlagen worden sind. Jetzt laufen die Brennstofftanks voll Wasser. Auch wenn der Sturm aufhört und nichts mehr reindrückt, die Maschinen sind unbrauchbar, Kapitän. Ich habe es gleich am ersten Tag gesehen, aber das Maul gehalten: Die *Unico II* ist ein Mistkahn! Überaltert, längst überholte Technik, vom Rost angefressen, unsicher. Sie dürfte überhaupt nicht mehr fahren. Sie gehört auf den Schrottplatz!«

»Sagen Sie das dem Reeder Jeanmaire, Juri. Wissen Sie, was er Ihnen antworten wird? Die Südsee wurde mit Auslegerbooten und Papyrusschiffen erkundet. Dagegen ist die *Unico* eine schwimmende Festung. Aber wenn wir überleben, werde ich an die Presse gehen. Das schwöre ich! Nicht wir, die wir die Schiffe mit allem Einsatz führen, verseuchen die Meere, sondern die Reeder, die diese Schiffe laufen lassen. Sie werden sich noch wundern, die Herren Reeder! Ich habe in zwanzig Jahren Seefahrt eine Menge gesehen ... Das lege ich auf den Tisch.«

Unterdessen hatte sich die Besatzung aus Malayen und Karibiknegern in der Mannschaftsmesse versammelt. Was es bedeutete, daß die Maschinen bei diesem Sturm stillstanden, begriffen auch die Dümmsten unter ihnen. Und als das Telefon zur Brücke schwieg, stieg der Vormann Gua Kajang hinauf zum Allerheiligsten des Schiffes. Er klopfte höflich an die Tür und Dozek öffnete ihm. Svensson nickte Gua zu und winkte, näherzukommen. Er hatte sich schon gewundert, daß niemand der Crew nachgefragt hatte, was los sei.

»Sir, ich bin zum Sprecher der Mannschaft ernannt worden«, sagte Gua Kajang und fühlte sich sehr unwohl dabei. »... die Maschinen stehen still, das Telefon ist kaputt, wir haben alle Angst!«

»Das kann ich verstehen, Mann. Wir sind in einer Scheißlage.«

»Maschine auch kaputt?« Er warf einen Blick auf den ölverschmierten Chief Dozek.

»Alles kaputt. Funk, Radar, Maschinen ... nur die Stahlwände halten noch. Aber wie lange?«

»Wir wollen nicht sterben«, sagte Gua dumpf.

»Keiner will auf diese Art sterben. Aber es sieht für uns alle beschissen aus. In meiner Jugend, als Kadett, haben wir gesungen: ›Der schönste Tod ist der Seemannstod, das brausende Meer spielt uns das letzte Lied ...‹ Alles Mist! Ersaufen ist ein schrecklicher Tod. Tröstlich ist nur, daß man bei der Kälte des Meeres bald die Besinnung verliert und gar nicht merkt, daß man ersäuft.«

Gua Kajang schien kein Ohr für Svenssons Sarkasmus zu haben. Er blickte von Offizier zu Offizier und holte tief Atem.

»Kapitän«, sagte er, noch immer mit verhaltener Stimme, »wir haben beschlossen, in die Boote zu gehen.«

»Soso, das habt ihr beschlossen?!«

»Ja, geben Sie die Rettungsboote frei. Die Schwimmwesten hat die Crew schon angezogen.«

»Hat sie? Und nun wollt ihr die Boote zu Wasser lassen?«

»Ja, Käpt'n.«

»Bei dem Seegang, bei Windstärke zehn, bei diesem Nebel ... faß dir mal an den Kopf, Kajang.«

»Die Rettungsboote sind unsinkbar, das wissen wir.«

»Zwei volle Brecher über euch, und ihr verschwindet in der Nordsee. Wir haben einen Orkan, wie ich ihn noch nie erlebt habe.«

»Die Rettungsinseln sind auch unsinkbar. Da fällt kein Brecher hinein.« Gua Kajangs Stimme wurde lauter. »Sir, wir bleiben nicht auf dem Schiff!«

»Ich bleibe doch auch!«

»Sie sind der Kapitän. Wir sind nur kleine Ratten... und die Ratten, so heißt es, verlassen als erste das Schiff. Wir verlangen die Rettungsinseln. Wir wollen leben.«

»Nein!« Svenssons Stimme wurde hart und schneidend. »Rettungsinsel heißen darum Rettungsinsel, damit man sich mit ihnen retten kann. Und das ist erst der Fall, wenn das Schiff sinkt. Hast du verstanden, Kajang?«

»Nein.«

»Dann säubere dir die Ohren. Die Rettungsinseln werden nicht angerührt. Das ist ein Befehl!«

Gua Kajang nickte. Er verließ die Brücke ohne ein weiteres Wort. Andersen starrte Svensson fragend an. »Haben Sie seine Augen gesehen, Kapitän?« sagte er dann.

»Ich kann noch ohne Brille sehen.«

»Wenn Blicke töten könnten!«

»Schrecklich, Andersen.« Svenssons Spott war kaum noch zu ertragen. »Ein gezackter Malayendolch im Rücken muß ein unangenehmes Gefühl sein.«

»Sie werden sich die Rettungsinseln einfach nehmen.«

»Das weiß ich.«

»Wir haben fünf an Bord. Wenn sie vier nehmen, bleibt für uns kein Platz mehr.«

»Haben Sie vor zu flüchten, Andersen?« Svensson blickte hinüber zu der ölbeschmierten Gestalt. »Sie auch, Dozek?«

»Nein, Sir.«

»Pusenke kann ich nicht fragen, der schläft. Aber wie ich ihn einschätze, bleibt er auch an Bord, solange ich bleibe.« Er wandte sich Andersen wieder zu. »Sie sind ein Glückspilz, Andersen, Sie haben eine Rettungsinsel für sich allein! Ich gebe sie frei. Ich wünsche gutes Schwimmen und Überleben...«

Andersen senkte den Kopf und drehte sich weg. Seine Schultern begannen zu zucken, er weinte und drückte das Gesicht gegen das Glas des Kommandostandes. Vor ihm schlugen die Brecher über Deck, und der Nebel verschloß Himmel und Meer.

»Ich will leben!« schrie er gegen das Fenster. »Ich habe eine Braut, wir wollen Weihnachten heiraten, wir wünschen uns Kinder und ein Häuschen und ein wenig Glück. Wir lieben uns...«

»Ich habe auch eine Frau, und wir lieben uns auch und ich will einmal, wenn ich die Seefahrt verlasse, in meinem Garten sitzen und zufrieden die Schiffe beobachten, die vorbeiziehen. Und wenn ich einen Tanker sehe, werde ich sagen: Gunnar, weißt du noch, wie du mit der *Unico II* im Orkan getrieben bist? Ohne Maschine, ohne Funk, ohne Radar, bist du nur nach dem Kompaß gefahren. Jaja, das kommt heute nicht mehr vor, aber damals. Damals war alles möglich. Und ich werde dabei eine Pfeife rauchen, weil mir Karin meine Zigarren verboten hat, und zufrieden sein mit meinen letzten Jahren.« Svenssons Stimme hob sich. »Andersen, seien Sie keine Memme! Sie werden Ihre Braut wiedersehen, Sie werden heiraten und Sie werden Kinder zeugen wie am Fließband, als sei's ein Andersen-Märchen. Kennen Sie seinen standhaften Zinnsoldat?«

»Ja.«

»Also, seien Sie ein standhafter Zinnsoldat, wenn Sie schon Andersen heißen.« Svensson machte eine Pause. »Selbstverständlich steht Ihnen die Rettungsinsel zur Verfügung.«

Andersen schüttelte den Kopf, wischte sich die Tränen vom Gesicht und drehte sich dann um.

»Ich bitte um Verzeihung, Kapitän«. sagte er gedrückt. »Es ist schon vorbei. Ich bleibe an Bord, bis auch Sie gehen.«

Die Tür wurde aufgerissen. Pusenke stürzte auf die Brücke und schrie schon beim Eintreten: »Die Crew macht die Rettungsinseln klar! Eine ist schon über Bord und treibt davon!«

»Ich weiß, Kalle.« Svensson winkte ab. »Lassen Sie sie schwimmen ... was sollen sie noch an Bord? Hier gibt es keine Arbeit mehr für sie. Ich wünsche ihnen, daß sie irgendwo aufgefischt werden.«

»Und wir, Kapitän?« fragte Pusenke mit belegter Stimme.

»Wir halten aus.«

»Wie lange?«

»Das fragen Sie den lieben Gott.«

»Amen!« sagte Dozek laut.

Und so trieb die *Unico II* langsam, aber unaufhaltsam auf die deutsche Küste zu. Es war die Radarstation von Helgoland, die den noch kleinen, zitternden Punkt auf dem Schirm erfaßte. Man peilte die Position an, Radio Norddeich übernahm die Verständigung und funkte einen Rundspruch.

Der tanzende Punkt schwieg. Obwohl man den genauen Standpunkt berechnet hatte, schien die See dort leer zu sein.

Drei Tage lang tobte die Nordsee. Erste Stimmen, die die Ausrufung des Notstandes forderten, wurden laut. Und wie immer suchte man nach Verantwortlichen.

In der Einsatzleitung der Radarstation Cuxhaven hatte man andere Sorgen: Der nun von allen Radarstationen erfaßte, tote Punkt näherte sich unaufhaltsam der Deutschen Bucht. In den neuesten Großradarbildern erkannten Experten die Umrisse eines Schiffes, das für einen Frachter zu lang und zu breit war. Den furchtbaren Gedanken, den die Bilder auslösten, faßte der Leiter der Station Cuxhaven mit dem Satz zusammen:

»Ich kann mich irren, aber alles weist darauf hin, daß es sich um einen Tanker handelt.«

»Und warum gibt er keine Antwort?«.

»Weil er nicht kann! Wissen wir, was mit ihm passiert ist?«

»Das heißt...« Dem Mann stockte der Atem.

»Ja, das heißt es!« Der Leiter der Radarstation griff zum Telefon. »Ein manövrierunfähiger Tanker mittlerer Größe mit einem Totalausfall treibt auf die Ostfriesischen Inseln zu. Verdammter Mist – nun kann er kommen, der Super-Gau in der Deutschen Bucht.«

Die Meldung aus Cuxhaven schlug im Hauptquartier in Hamburg wie eine Bombe ein. Andere Radarstationen, die den Punkt erfaßt hatten, bestätigten die Möglichkeit, daß es sich um einen havarierten Tanker handeln könnte. Ob mit Öl vollgepumpt oder auf Ballastfahrt, das konnte man natürlich nicht sehen. Sicher war nur, daß das Riesenschiff hilflos in der Nordsee trieb.

Das Bundesverkehrsministerium und das Bundesumweltministerium wurden benachrichtigt. Auch dort löste die Meldung verhaltenes Entsetzen aus, man bildete sofort gemeinsam eine Sonderkommission, die mit Hamburg parallel geschaltet wurde, und beide Kommissionen kamen zu der Erkenntnis, daß man bei Windstärke neun und dickem Nebel im Augenblick nichts unternehmen konnte. Ein Auslaufen von Hilfsschiffen war unmöglich, ebensowenig wie ein Einsatz per Luft, die Reeder der Bergungsschiffe in Hamburg und Bremerhaven lehnten es ab, bei diesem Sturm ihre Spezialschiffe auslaufen zu lassen.

Auf den Monitoren nahm der Punkt Gestalt an. »Es *ist* ein Tanker!« sagte Hansen, der Sprecher der Sonderkommission, zu den Herren der Einsatzleitung. »Es besteht kein Zweifel mehr. Er hat einen Totalschaden! Zum Teufel, er muß ja von irgendwoher gekommen sein! Er muß doch, bevor der Funkverkehr abbrach, mit den Radiostationen in Verbindung gewesen sein! Er ist doch kein ›Fliegender Holländer‹! Vor allem die Reederei muß doch Alarm schlagen, wenn der Kontakt zu ihrem Schiff abreißt. Warum liegen von dort keine Anfragen vor? Verdammt, jemand muß doch wissen, wie der Tanker heißt, woher er kommt, wohin er will, was er gebunkert hat. Ein Schiff ist doch nie allein auf See.«

Eine fieberhafte Tätigkeit begann. »Es ist mir völlig egal!« sagte Jensen, der Leiter der Sonderkommission und stand vor der großen Karte, die die Deutsche Bucht zeigte. »Wie der Tanker heißt, woher er kommt ... das ist doch zweitrangig. Er ist da, er ist manövrierunfähig, er ist in Seenot, wir müssen ihm helfen. Was also ist zu tun?«

»Bei dieser Wetterlage ... nichts.«

»Und wenn der Tanker randvoll mit Öl ist?«

»Dann stehen wir dumm da.«

»Das heißt: Wir sehen die Katastrophe auf uns zukommen und drehen Däumchen?« Der Einsatzleiter hieb mit der flachen Hand auf den Tisch. »Soll ich das nach Bonn melden?!«

»Das ist doch eine Bankrotterklärung!« rief Jensen erregt. »Wir reden und reden von Umweltschutz. Ja, wir posaunen hinaus, daß wir auf alles vorbereitet sind, und tritt der Ernstfall wirklich ein, stehen wir ratlos da! Bonn ...«

»Bonn! Bonn! Fragen Sie mal die Minister Töpfer und Krause, ob sie bei diesem Orkan auf See wollen!«

»Das ist nicht ihre Aufgabe!«

»In Ordnung, dann sollen sie weiter am Bleistift kauen und uns in Ruhe lassen.«

»Können Sie überhaupt erfassen, was es bedeutet, wenn ein vollbeladener Tanker in der Deutschen Bucht auseinanderbricht?« rief Jensen.

»Ich bin kein Schuljunge mehr«, schrie der Einsatzleiter zurück. »Wir alle wissen das!«

»Es ist der Tod der Friesischen Inseln! Sie werden unter Ölschlamm begraben! Das gesamte, so hochempfindliche Wattenmeer wird vom Öl erstickt werden! Die deutsche Küste wird auf Jahre hinaus ein toter, stinkender Landstrich sein. Ob sie sich überhaupt wieder erholt, ist zweifelhaft. Es gibt keine Muschelbänke mehr, keine Krabben, keine Fische, keine Robben ... nichts gibt es mehr!«

In Bonn reagierte man schnell auf die Alarmmeldung. Klaus Hintze, Ministerialrat im Umweltministerium, flog nach Hamburg. Er hatte ein Paket empfohlener Sofortmaßnahmen bei sich, aber eben nur Empfehlungen. Im Grunde war er nur Beobachter, denn die Katastrophenfachleute in Hamburg hatten einen besseren Überblick als Bonn.

Und die *Unico II* trieb unaufhaltsam auf die Deutsche Bucht zu, mit 110 000 Tonnen Rohöl in den Tanks.

Um Ministerialrat Hintze so gut wie möglich zu orientieren, hatte man in der Einsatzleitung neue Karten und Tabellen an die Wand geheftet. Der Diplom-Biologe Ewald Bergfried, Mitglied des Projektes Nordseeschutz im *World Wide Fund* mit Sitz in Bremen, hielt einen kurzen Vortrag. Auf der Karte der Deutschen Bucht erklärte er zunächst nüchtern die allgemeine Lage.

»In der Deutschen Bucht finden jährlich 150 000 Schiffsbewegungen statt. Sie ist damit eines der meistbefahrenen Gebiete der Weltmeere.«

Ministerialrat Hintze nickte beeindruckt. Dr. Bergfried sprach weiter und bewegte den Zeigestock über die große Karte.

»Im Gesamtgebiet der Deutschen Bucht ist ein lückenloser Radargürtel sowie ein Notwendeplatz installiert. Es gibt eine besondere Route für Supertanker, die auch für alle Schiffe ab 60 000 Bruttoregistertonnen vorgeschrieben ist, und zwar zwingend. Gerade im Gebiet der Ostfriesischen Inseln gibt es zwei Lotsenversetzpositionen, eine Lotsenübernahmeposition und eine Meldeposition für jedes Schiff. Die Überwachung der Großschiff-Route und der Küstenverkehrszone für Schiffe bis 10 000 Bruttoregistertonnen, wozu auch kleine Tanker gehören, ist lückenlos! Trotzdem sind Unfälle fast an der Tagesordnung. Aber ein Fall wie das Tankerunglück, das wir hier annehmen müssen, würde ungeahnte Folgen haben. Die Havarie des DDR-Kühlschiffes *Heinrich Heine* auf der Elbe, bei der *nur* 60 Tonnen Schweröl ausliefen und den Küstenstreifen verseuchten – war so gesehen nur eine Lapalie. Die Länder Niedersachsen, Hamburg, Bremen und Schleswig-Holstein investierten seitdem zweihundert Millionen Mark in Spezialschiffe für die Erstbekämpfung von Ölunfällen in der Deutschen Bucht. Auch die Lotsendienste wurden verbessert. Aber was geschieht, wenn ein Tanker mit 100 000 Tonnen Rohöl in der Deutschen Bucht havariert?«

»Entsetzlich!« entfuhr es Hintze und starrte auf die Karte. »Das sensible ökologische System des Wattenmeeres würde kollabieren!«

»Die Friesischen Inseln wären tot!« Dr. Bergfried ging zu einer anderen Karte. Sie zeigte das Großgebiet Dänemark und deutsche Küste. »Der noch unbekannte Tanker treibt vor dem Wind auf uns zu. Der Größe nach schätzen wir, daß er zwischen 90 000 und 120 000 Tonnen Öl an Bord haben kann. Das überall zitierte Unglück der *Exxon Valdez* 1989 vor Alaska war gemessen daran geradezu eine Bagatelle. Die *Valdez* hatte *nur* 35 000 Tonnen Öl an Bord...«

»Meine Herren!« Hintze faltete die Hände, seine Fingerknochen knackten. »Es muß sofort etwas geschehen! Wo sind die Spezialschiffe für zweihundert Millionen Mark? Wo bleiben die Schlepper, die den Tanker von der Küste wegziehen? Dieses Abwarten ist doch ein Skandal!«

»Gegen Windstärke neun bis zehn und dichten Nebel sind wir hilflos. Trotz aller hochentwickelten Elektronik, trotz Radar.« Der Einsatzleiter hob wie entschuldigend die Schultern. »Eine Rettung aus der Luft ist unmöglich, und niemand schickt bei diesem Orkan Bergungsschiffe hinaus! Wir kämen gar nicht an den Tanker heran!«

»Soso! Das wissen Sie im voraus?« bellte Hintze.

»Wir haben Erfahrung, Herr Ministerialrat. Auch die Dänen und Engländer haben den treibenden Tanker im Radar, und auch sie blieben bisher untätig.«

Dr. Bergfried hatte aus seiner Aktentasche einige zusammengeheftete Blätter entnommen und verteilte sie jetzt unter den Anwesenden. Hintze blickte erregt auf die Papiere. »Was soll das? Ich brauche keine Romane... ich brauche Taten!«

»Aber es wäre nützlich, wenn Sie es durchlesen würden«, sagte Dr. Bergfried versöhnlich.

»Und was ist das?« Hintze klopfte mit der flachen Hand auf die Schriftstücke.

»Eine Veröffentlichung der deutschen Umweltstiftung des *World*

Wide Fund for Nature mit neuesten Informationen. Sie zeigen uns, daß *jeder* Öltransport auf See zu einer Katastrophe werden *kann*! Es gibt – ökologisch gesehen – nichts Empfindlicheres als Wattenmeer und Küstenstreifen.« Dr. Bergfried sah Ministerialrat Hintze an, der vorerst unlustig in den Seiten blätterte. »Nach der Lektüre – die Ihnen bestimmt viele Anregungen für Ihre Arbeit in Bonn geben wird – können wir dann wirklich die aktuelle Lage analysieren.«

Dr. Bergfried setzte sich auf einen Schemel, der unter den aufgehängten Karten und Tabellen stand. In dem großen Zimmer der Einsatzleitung herrschte bedrückende Stille. Was auf den verteilten Seiten in klaren, eindringlichen Worten stand, war die Beschreibung einer Apokalypse in der Deutschen Bucht.

Ministerialrat Hintze war der erste, der die Seiten gelesen hatte. Er blickte betroffen auf Dr. Bergfried, der die Hände über den Zeigestock gelegt hatte und sein Kinn darauf abstützte. Er wartete, bis alle fertig waren, und sagte dann mit einem dumpfen Unterton:

»Das ist ja schlimmer als Dantes *Inferno*. Liegt dieser Bericht auch in Bonn vor?«

»Er ist ganz neu ...« Dr. Bergfried erhob sich von seinem Schemel. »Aber ich nehme an, daß er nach Bonn unterwegs ist. Meine Herren, ich sehe Ihre betroffenen Gesichter. Und wenn ich Ihnen sage, daß eine solche Umweltkatastrophe unermeßlichen Ausmaßes auf uns zutreibt, nehme ich Ihnen nicht übel, wenn Sie bleich werden. Wenn der manövrierunfähige Tanker vor der Deutschen Bucht mit schätzungsweise 100 000 Tonnen Öl beladen ist und auseinanderbricht, dann gibt es für die deutsche Küste keine Rettung mehr.«

»Und wir sitzen hier und diskutieren!« schrie Hintze und schlug wieder mit der flachen Hand auf den Tisch. »Wir studieren Landkarten, Tabellen und Berichte, und vor unseren Augen kann es zum Untergang kommen! Verdammt nochmal, wie kann überhaupt so ein Riesentanker in die Nordsee kommen? Hier ist doch nicht der Persische Golf!«

»Die Nordsee birgt zwischen Norwegen und Großbritannien riesige Öl- und Gasvorkommen. Schon heute spielt das Nordsee-Öl eine wichtige Rolle in dem Bestreben nach Unabhängigkeit von den arabischen Staaten. Um Ihnen die Situation zu veranschaulichen, finden Sie am Ende der Seiten eine Karte der Nordsee, die Aufschluß über die Öl- und Gasvorkommen gibt, die Hauptschiffahrtslinien zeigt, aber auch darstellt, wie weit die Vergiftung bereits fortgeschritten ist. Auch die Flüsse mit Industrieschmutz tragen dazu regelmäßig ihren Part bei. Über diese ›stillen‹ Vergifter spricht kaum jemand. Da bilden die Industriemanager eine geschlossene Front, leider«, er blickte Hintze an, »mit Unterstützung der Ministerien, die zu immer neuen Zugeständnissen und Ausnahmeregelungen bereit sind!«

»Dagegen verwahre ich mich!« rief Hintze erregt. »Die gesetzlichen Grundlagen ...«

»... werden von der Wirtschaft manipuliert! Wenn es heißt, bis zum Jahre 2000 darf noch dieses und jenes erlaubt sein – ich erinnere nur an die Verklappung – dann ist das ein Kotau vor der Weltwirtschaft. Es wird zwar laut gezetert, aber leise gehandelt.«

»Wir streben eine Sondersitzung der Verkehrs- und Umweltminister der EG an.« Hintze blickte auf die Karte, die die Nutzung der Nordsee darlegte. »Wir werden durchgreifende Maßnahmen fordern.«

»Und damit den Protest der unter Zweitflaggen fahrenden Reeder hervorrufen. Einen weltweiten Protest ... denn die ›Öl-Connection‹, wie wir sie nennen wollen, unter den Flaggen von Liberia, Panama, den Bahamas, Zypern, Bermuda, St. Vincent und anderen Staaten hat die Macht, mit ihren Super-Tankern die Weltwirtschaft zu beeinflussen.« Dr. Bergfried griff nach einem Bogen Papier auf einem kleinen Ablagetisch vor sich. »Ich kann Ihnen Zahlen, korrekte Zahlen nennen, meine Herren, über die Verteilung der Tonnagen der Ölfracht unter den verschiedenen Ländern! Der westafrikanische Staat Liberia ist die wichtigste Tankernation der Erde. Und warum? Niedrige Steuern, fehlendes Tarifrecht für die Crews, lächerliche Sicherheitsauflagen, Korruption in den Kontrollstellen. Aber nicht nur Liberia ist ein Paradies für die Billigflaggenschiffe. Panama, Bahamas, Zypern, Bermuda – um nur einige Namen zu nennen – stehen kaum dahinter zurück. Glauben Sie, daß ein deutscher Minister gegen diese Connection ankommt? Ausgerechnet ein Deutscher?! Bei vielen Empfehlungen und Vorschlägen sind sogar die USA zurückhaltend gewesen. Nicht ohne Grund: Die USA stehen an vierter Stelle der Liste. In den entscheidenden Schiffahrts-Gremien sitzen Connection-Leute. Die schütteln europäische Maßnahmen ab wie ein Hund Wassertropfen. Und dann die Konzerne, die in der Nordsee bohren!«

Hintze schob die Karte zur Seite. »Man kann das Grausen kriegen!« sagte er, nicht mehr so angriffslustig gestimmt. »Unsere schöne Nordsee.«

«Von vielen wird sie nur unter wirtschaftlichen Gesichtspunkten betrachtet.« Dr. Bergfried tippte mit dem Zeigestock auf eine zweite, an der Wand hängende Karte. »Das wird besonders deutlich, wenn Sie sich die Schiffahrtswege in der Nordsee ansehen und die Verteilung des jährlichen Schiffahrtsaufkommens. Am stärksten ist es auf den Routen in der Deutschen Bucht mit 80 000 Bewegungen, vor den Friesischen Inseln mit 67 000 Bewegungen, ab Texel sogar 83 000, und am Eingang des Ärmelkanals kumuliert das Ganze. Es ist ein Wunder, daß auf diesen Routen so wenig passiert. Aber es *kann* passieren ... und zum jetzigen Zeitpunkt haben wir die größten Befürchtungen. Der unbekannte Tanker treibt in einem Gebiet, in dem sechs Routen zusammentreffen und sich überschneiden.«

»Und kein Mensch sieht ihn!« rief Hintze erregt.

»Wir alle sehen ihn ... auf dem Monitor des Radars. Auf See, bei diesem Nebel und diesem Wellengang ist er unsichtbar.«

»Viele kluge Worte ... aber wir sind immer noch am selben Punkt wie vor über einer Stunde. Die Katastrophe treibt auf uns zu ...«

»Und die Natur ist im Augenblick stärker als wir«, kommentierte Bergfried.

»Von wo können wir an den Tanker rankommen?« fragte Hintze und strich mit dem Zeigefinger über die Linien.

»Von überall!« antwortete der Einsatzleiter.

»Und wann?«

»Das müssen Sie Petrus fragen.«

»Es ist wirklich keine Zeit für dumme Sprüche! Ich bin nicht gewillt, offenen Auges zuzusehen, wie eine Katastrophe näherrückt, die wir verhindern könnten.«

»Ich auch nicht, Herr Ministerialrat. Sobald es möglich ist, wird eine ganze Flotte von Bergungsschiffen und Schleppern auslaufen. Alle Schiffe auf den fraglichen Routen sind gewarnt. Gebe Gott, daß die Stahlwände des Tankers nicht zu sehr durchgerostet sind und den irren Druck der Brecher aushalten. Das ist die größte Gefahr... Auflaufen kann er in dieser Position nirgendwo. Wenn wir nur wüßten, wie der Pott heißt! Warum meldet sich seit Tagen der Reeder nicht?!«

»Nehmen wir an, der Tanker fährt unter einer Billigflagge, ist älter als fünfzehn Jahre, die Stahlstärke des Rumpfes ist durch Rost herabgemindert...« Dr. Bergfried machte eine kurze Pause, um seinen nachfolgenden Worten noch mehr Gewicht zu geben, »dann ist der Verlust des Schiffes ein Gewinn für den Reeder.«

»Sie unterstellen...« Hintze rang die Hände. »Das sind ja Mafia-Methoden!«

»Das Schiff ist durch eine Klassifikationsgesellschaft, die mit dem Reeder befreundet ist – vorsichtig ausgedrückt! – als einwandfreies, gut gepflegtes Schiff deklariert worden. Danach richten sich Versicherungshöhe und -prämie. Nun kommt ein willkommener Orkan, der Tanker bricht auseinander, die Versicherung wird fällig... ein Millionengewinn! Das ist doch eine ganz einfache Rechnung, meine Herren.«

»Das ist ein Verbrechen!« rief Hintze. »Und das Öl, das ausläuft? Die Küsten, die verseucht werden? Der Tod von Hunderttausenden von Lebewesen?«

»Das interessiert den Reeder nicht. Naturgewalt! Er wird sich selbst als Opfer hinstellen. Und – im schlimmsten Fall – ist immer der Kapitän mit seiner Mannschaft der Schuldige. Menschliches Versagen... aber weisen Sie das mal nach!«

»Und Sie glauben, Dr. Bergfried, daß der Tanker, der auf uns zutreibt...«

»Wir wissen es nicht. Wir können uns auch gründlich irren. Auffällig ist nur: Warum alarmiert der Reeder nicht die Seeüberwachung? Er kennt doch den Kurs seines Tankers, er weiß, wo der Funkverkehr abbrach... aber er schweigt!«

Drei Tage und Nächte lang trieb die *Unico* auf offenem Meer.

Sie war zum Spielball der Nordsee geworden. Wo sie sich nun befanden, wußte Svensson nicht mehr zu sagen. Der Kompaß, das einzige Orientierungsinstrument, das ihm geblieben war, spielte verrückt... mal scharf West, dann wieder Süd, sogar Ost, ein Beweis, daß der Tanker manchmal im Kreis getrieben wurde, um sich dann wieder, durch die Wind- und Strömungsrichtung, auf Süd-West auszurichten.

Der dichte, alles verschluckende Nebel blieb. Aber auch klare Sicht hätte Svensson nichts geholfen. Wenn man nicht weiß, wo man sich befindet, sieht das Meer nach allen Richtungen gleich aus. Svensson, der über der Seekarte brütete, war sich klar, daß jede Richtung das Ende der *Unico II* bedeuten konnte.

Seit drei Tagen und Nächten saßen sie herum, zur Untätigkeit verurteilt, lasen, schliefen oder spielten Skat, tranken Whisky und waren sehr einsilbig. Worüber sollte man sich auch unterhalten? Alles war schon gesagt, und man lauschte auf das Stöhnen und Ächzen des Schiffsrumpfes, wartete auf die Riesenwelle, die die *Unico II* auseinanderbrechen würde. Abwechselnd standen sie auf der Kommandobrücke und blickten in die tosende Nordsee... dieser Ausguck war Routine, er war eigentlich sinnlos, denn der dichte Nebel schloß sie wie in einem grauen, engen Kasten ein, und selbst, wenn man etwas sehen würde, eine Küste, eine Insel, einen Felsen, es gab ja kein Ausweichen mehr: Das Meer bestimmte ihr Schicksal.

Nur noch fünf Mann waren an Bord: Svensson, Andersen, Pusenke und der Chief Dozek, der seine ölverkrustete, stinkende Kleidung über Bord geworfen hatte und nun in seiner Ausgehuniform herumlief. Es wirkte vollkommen lächerlich, aber Dozek meinte mit Galgenhumor: »Einem Toten zieht man immer etwas Schönes, Feierliches an... Ihr seht, ich habe mich darauf schon eingerichtet.«

Als die gesamte Crew sich mit den Rettungsinseln in die tobende See stürzte, war einer seltsamerweise zurückgeblieben: der bis aufs Blut beleidigte, gedemütigte Karibikneger, der Funker. Als er nach Abzug der Mannschaft auf der Brücke erschien, war selbst Svensson sprachlos.

»Sir«, sagte er mit einer fast bettelnden Stimme. »Alle sind weg... ich bleibe hier.«

»Das sehe ich.« Svensson schüttelte den Kopf. »Erst gibst du dem Schiff den Todesstoß und jetzt willst du mit ihm untergehen? Was geht eigentlich in deinem Gehirn vor?«

»Sie waren immer gut zu mir, Sir. Sie haben mich, auch, als ich alles zerstörte, nicht umgebracht. Und ich habe mir gedacht: Jetzt ist keiner da, der für meinen Kapitän kocht. Sir, erlauben Sie, daß ich die Küche übernehme?«

Svensson hatte völlig verblüfft nur genickt, der Funker war gegangen, und am Abend gab es Gulasch mit Nudeln, und der Kariber servierte es, als habe er schon immer in einem feinen Restaurant die Speisen vorgelegt.

An diesem Abend aß Andersen nichts, er rührte seinen Teller nicht an. Pusenke, der immer Hunger hatte, sah ihn neugierig an.

»Fastentag?« fragte er.

»Weiß ich, ob der Kerl nicht vorher in meinen Teller hineingepinkelt hat?«

»Das werden wir gleich feststellen.« Pusenke zog den Teller zu sich. »Ich glaube nicht, daß der Schwarze so gemein ist wie Ihre Gedanken.«

Nach drei Tagen begann die Situation sich zu entspannen, auch wenn der Windmesser immer noch Stärke acht zeigte. Die Urkraft des Sturms war gebrochen, es konnte jetzt nur noch besser werden. Nur der dichte Nebel blieb. Der Kompaß zeigte auf Südwest.

»Die Deutsche Bucht«, sagte Svensson und hieb mit den Fäusten auf den Kommandostand. »Das ist entweder Rettung oder Untergang. Die Deutschen werden alles tun, um uns abzufangen...«

Teneriffa

Die Stimmung an Bord der *Maringo* hätte nicht besser sein können.

Obwohl der größte Teil der Mannschaft kaum eine Ausbildung vorweisen konnte, sondern nur die Erfahrung von etlichen Fahrten, was – wie McCracker behauptete – mehr wert sei als ein akademisches Arschloch, lief der Betrieb reibungslos. Chief Pieter van Geldern hatte seine Maschinen fest in der Hand, der finstere Donc Samsu stellte sich als eine wirklich sachkundige Hilfe heraus, obwohl er nie ein Maschinistenexamen absolviert hatte, der koreanische Funker Chu Yungan beherrschte seine komplizierten Geräte, als habe er zeit seines Lebens nichts anderes getan, und er verriet nie, daß er als Hilfsarbeiter in einer Radiowerkstatt in dem elenden Bergdorf Yöngyang begonnen hatte, und der Koch Chang Juming zauberte aus den Dosen und Paketen und den Vorräten in den Kühlräumen mit Frischgemüse, Eiern, Nudeln und Reis nicht nur für die Offiziere, sondern auch für die Crew wahre Kunstwerke der asiatischen Küche.

Nur einmal gab es eine Verstimmung an Bord, als Kapitän Heßbach noch einmal Jassa Abdaman in Monrovia anrief.

»Ich habe noch keinerlei Nachricht wegen McCracker«, sagte Heßbach. »Sie wollten ihn nachträglich auf die Heuerliste setzen.«

»Wollte ich das?« Die Stimme Abdamans klang widerlich freundlich. »Käpt'n, das muß ein Irrtum sein.«

»Sie sagten ...«

»... daß ich es mir überlegen will. Ich habe überlegt. McCracker ist trotz der herrschenden Unklarheit doch an Bord gekommen und fährt mit Ihnen. Sie haben über meinen Kopf hinweg gehandelt, denn die Reederei lehnt es ab, McCracker weiter zu beschäftigen. Damit ist die Heuer für diesen Mann Ihre Privatangelegenheit, Käpt'n. Wir haben mit McCracker nichts zu tun! Er ist, wie man so sagt, Privatreisender.«

»Er ist der Mann, der die ganze Mannschaft zusammenhält!«

»Traurig, wenn Sie das als Kapitän nicht können.«

»Ich verbitte mir diesen Ton!« schrie Heßbach.

»Und ich bin nicht gewillt, mit Ihnen über McCracker weiter zu sprechen.« Abdamans Stimme wiegte sich in Überlegenheit. Er, der Schwarze, kommandierte einen Weißen, der auch noch ein bekannter Kapitän war. So ändern sich die Zeiten, Sir, aus Sklaven werden Herren! Wir haben uns lange genug geduckt... Die neue Zeit ist unsere! Was wäre Amerika ohne seine Schwarzen? Ein Dreckhaufen! »Verlangen Sie von ihm den Passagierpreis, oder wir stellen ihn Ihnen in Rechnung.«

»Das ist doch lächerlich!« rief Heßbach erregt.

»Wenn es das ist, dann lachen Sie doch!« Abdaman legte einfach auf. Er genoß den Triumph, diesen widerlich ehrlichen Deutschen zu treffen.

Heßbach rief McCracker auf die Brücke. Der »Rote Riese«, wie ihn die Crew jetzt nannte, der Koch Chang Yuming bezeichnete ihn in der Bildhaftigkeit seiner chinesischen Sprache sogar als »Roter Drache mit Feuermaul«, lag in einem Liegestuhl und döste vor sich hin. Den Philippino, der ihn rief, hielt er an der Hose fest.

»Was will der Käpt'n?« fragte McCracker.

»Darüber spricht er doch mit mir nicht.«

»Was für eine Laune hat er?«

»Schlechte.«

»Hat einer von euch wieder Mist gebaut?«

»Nein. An Bord ist alles in Ordnung.«

»Paß mal auf!« Er schüttelte den Philippino in seiner Hose. »Wenn doch etwas nicht geklappt hat, habt ihr alle in einer Stunde wunde Ärsche. Ist das klar?«

Der Philippino machte sich mit einem Ruck aus dem Griff los und rannte davon. Er warnte die anderen, die sich sofort mit Brettern, Stöcken und Tauenden bewaffneten.

McCracker erschien auf der Brücke. Sato Franco stand am Ruder und blinzelte ihm zu. O je, dachte McCracker, das sieht nach Randale aus. Was ist passiert? Bisher war die Fahrt so friedlich, die Crew war wie eine große Familie gewesen.

»Käpt'n, hier bin ich«, sagte er laut. Heßbach drehte sich um.

»Komm mit in meine Kabine.«

Er ging voraus, und McCracker folgte ihm leicht irritiert. Da muß es ja gewaltig stinken, dachte er. Der Alte holt mich in sein Heiligtum. Aber ich habe ja immer gesagt: Das ist keine Mannschaft, das ist ein Haufen elender Halunken.

»Nimm Platz«, sagte Heßbach, als sie in der Kabine waren. Dabei zeigte er auf einen Sessel. McCracker zögerte.

»Ich habe einen dreckigen Hintern, Käpt'n. Das schöne Möbel...«

»Gehört der Reederei.«

»Dann bedauere ich, nicht noch dreckiger zu sein.« Er setzte sich auf die Kante des Sessels und klemmte die Hände zwischen die Beine. »Was habe ich ausgefressen, Käpt'n?«

»Du? Gar nichts. Ich!«

»Sie?«

»Ich habe dich an Bord genommen ohne einen Heuervertrag.«

»Den kann man nachträglich einholen.«

»Eben nicht. Ich habe gerade mit Jassa Abdaman gesprochen. Er will dich nicht anstellen.«

»Dieser Affenschwanz!«

»Noch besser: Du bist für ihn ein Passagier, der die Reise bezahlen soll...«

»Ich quetsche ihm die Eier ab, Sir!«

»Da du die Fahrt nicht bezahlen kannst, muß ich sie für dich bezahlen. Du bist also mein Gast mit Passage und voller Verpflegung. Nur bekommst du keinen einzigen Dollar Heuer.«

»Ich verzichte darauf, wenn ich bei Ihnen bleiben darf, Käpt'n.«

»Das kann ich nicht verlangen, McCracker.«

»Verlangen nicht, aber gegen eine freiwillige Arbeit können Sie nichts einwenden, Sir.«

»McCracker, sei nicht zu voreilig. Rechne mal deinen Verlust aus. Bis Rotterdam keine Heuer.«

»Das ist meine Sache. Ich hole mir mein Geld! Irgendwann komme ich auch wieder nach Monrovia... und Abdaman ist ein feiger Schwanz! Bevor ich ihn kastriere, rückt er die Dollar heraus. Ich habe da gar keine Zweifel. Einen McCracker betrügt man nicht... und einen McCracker hält man auch nicht auf!« Er blickte treuherzig zu Heßbach hinauf, der vor ihm stand. Der Blick eines Riesenhundes, der seinen Herrn anbettelt.

»Du bist ein prima Kamerad, James«, sagte Heßbach. Tatsächlich, er empfand so etwas wie Ergriffenheit. »Ich danke dir. Du hättest sowieso nicht von Bord gekonnt, denn wir legen nirgendwo mehr an. Wir fahren durch bis Rotterdam. Du kannst gehen, James.«

McCracker nickte. Heßbach trug noch immer seine weiße Tropenuniform, an die sich nun alle gewöhnt hatten. Sie gehörte zu ihm. »Die weiße Wolke« nannte Chang Juming ihn und servierte eines Abends zum Nachtisch einen Schokoladenpudding mit einer Wolke aus Eierschaum.

»Darf ich noch etwas sagen, Sir?« fragte McCracker.

»Aber ja.«

»Auf Ihrem linken Hosenbein ist ein Fleck, Sir.«

Heßbach blickte an sich herunter. »Tatsächlich. Auf einem Tanker ist eben überall Öl. Mich stört das nicht.«

»Aber mich, Sir.«

»Dich?«

»Mein Kapitän muß immer das reine Vorbild sein.«

»McCracker, du bist ja schlimmer als ein preußischer Offizier! – Ich gebe die Hose sofort zur Reinigung.«

»Danke, Sir.«

McCracker sprang auf, nahm Haltung an, grüßte und verließ die Kapitänslogis. Er machte einen Umweg über die Brücke und sah wieder Sato Francos schadenfrohe Blicke.

»Nun?« sagte Sato genüßlich, »bist du zehn Zentimeter kleiner geworden?«

»Das werde ich dir zeigen, wenn du Freiwache hast. Glotz mich nicht an, sondern das Meer, du eineiiger Bastard.«

Sato schluckte seine Wut hinunter, denn er konnte das Ruder ja nicht verlassen. Außerdem war McCracker nur mit Worten zu bekämpfen, nicht mit körperlicher Kraft.

McCracker verließ die Brücke in der schönen Gewißheit, daß er am Abend Sato Franco nackt ausziehen und mit Öl bepinseln würde. Es würde für alle anderen eine Warnung sein, über McCrakker schlecht zu reden.

Sato Franco sah ihm nach, bis sich die Brückentür hinter ihm schloß. Er hatte keine Angst vor ihm. Ich habe ein gutes, langes, scharfes Messer, dachte er. An ihm haben schon vier Menschen gehangen und wachten nicht wieder auf. Und ich bin schneller als du. Wenn du dich dreimal umdrehst, bin ich schon zehnmal um dich herum. Und springen wie ich kannst du auch nicht. Und im Sprung stoße ich zu... Das merkst du erst, wenn das Messer in deinem Leib steckt. Du »Roter Riese« bist für mich aus Papier.

Die *Maringo* befand sich unter voller Fahrt nördlich der Kapverdischen Inseln, als der Monitor des großen Fernradars plötzlich erlosch. Irgendwo knackte es, und auch der zweite Radar fiel aus. Ein Blick auf den Autopiloten zeigte, daß die eingegebenen Zahlen verschwunden waren und statt dessen ein Gewirr von beliebigen Zahlen auf der Digitalanzeige herumwirbelte. Heßbach, der neben Jules Dumarche auf der Brücke stand, starrte ungläubig auf den Bildschirm.

»Das gibt es doch nicht!« rief er. »Was ist denn mit den Leitungen los?«

Als sei diese Frage ein Stichwort, kam von unten, von der Maschine, ein Anruf von Chief van Geldern. Seine Stimme war erregt und laut.

»Was ist das für eine Sauerei?« schrie er. »Die Hälfte der Kontrollinstrumente fällt aus! Ich habe keinen Überblick mehr!«

»Und wir haben außer dem Nahradar keine Orientierung mehr«, rief Heßbach zurück. »Der Autopilot spielt verrückt, die Satellitenpeilung ist ausgefallen! Es muß ein Fehler in der Elektronik sein. Vielleicht sind ein paar Drähte durchgebrannt. Wer ist für die Elektrik verantwortlich?«

Van Geldern schwieg einen Augenblick, dann antwortete er ziemlich kleinlaut: »Ich, Herr Kapitän.«

»Das denke ich auch! Alles, was die Technik betrifft... Chief, setzen Sie Ihren Elektriker in Trab.«

»Ich habe keinen...«

»Was soll das heißen?« schrie Heßbach. Plötzlich war er sich bewußt, was Abdamans Einsparungen bei der Crew für Folgen haben konnten. Die Reederei hatte kurzerhand, ohne einen Hinweis zu geben, den Fachelektriker von der Heuerliste gestrichen. »Wer überwacht denn die Elektronik?«

»Ich, Sir.« Van Gelderns Stimme klang bedrückt. »Ich sehe, ob alles in Ordnung ist. Wenn etwas nicht in Ordnung ist, wie jetzt, bin ich hilflos.«

»Wiederholen Sie das Wort!« brüllte Heßbach. Dann wurde er stiller ... Schreien hilft auch nichts. Ich schwimme mit einem Supertanker mit 200 000 Tonnen Öl hilflos auf dem Atlantik. Gott im Himmel, laß es ruhig bleiben, bis wir den nächsten Hafen angelaufen haben. Es kann sich ja nur um eine Kleinigkeit handeln ... wie so oft: Kleine Ursache, große Wirkung. Ein Schiffselektriker wird den Fehler schnell finden.

»Hilflos«, wiederholte van Geldern gehorsam das schreckliche Wort. »Vor diesem Gewirr von Drähten, Schaltungen, Kontakten und Kondensatoren bin ich hilflos. Es gibt kein anderes Wort dafür.«

Heßbach legte auf und ging hinüber zum Funkerraum. Dort saß Chu Yungan und hörte amerikanische Musik. Western-Songs, die er besonders liebte. Als Heßbach erschien, schob er den Kopfhörer in den Nacken.

»Alles in Ordnung?« fragte Heßbach scheinheilig.

»Jawohl, Sir. Letzter Funkspruch nach Nouakchott, Mauretanien, mit unserer Position ist vor fünf Minuten abgegangen.«

»Und dir fällt nichts auf?«

»Nein, Sir.« Chu blickte Heßbach mit vorsichtigen Augen an. Habe ich etwas falsch gemacht? Der »Alte« ist so merkwürdig.

»Bei dir sind alle Leitungen in Ordnung?«

»Alle, Sir.«

»Das Radar, der Autopilot, die gesamte Peilelektronik ist kaputt!« Heßbachs Hoffnung konzentrierte sich jetzt voll auf den kleinen Koreaner. »Yungan, kannst du helfen? Hast du eine Ahnung von Elektrik?«

»Keine, Sir. Ich kann nur Funkgeräte reparieren. Aber unser Elektriker ...«

»Es ist keiner an Bord!« schrie Heßbach enttäuscht. »Die Reederei hat ihn gestrichen! Kannst du nicht wenigstens nachsehen? Vielleicht ist es nur ein kleiner Fehler ...«

»Ich will es versuchen, Sir, aber ich habe keine Ahnung.«

Heßbach und Chu Yungan gingen hinunter in die große elektrische Anlage, die hinter weißen Stahltüren installiert war. Als sie die Türen öffneten, kam ihnen der Geruch von verschmorten Kabeln oder Kondensatoren entgegen, eine kleine, dunkelgraue Wolke, die sich schnell verflüchtigte.

»Da haben wir's, Chu!« sagte Heßbach. »Irgendwas ist durchgebrannt.«

»Aber was, Sir?«

Chief van Geldern war auch hinzugekommen, und alle starrten auf die armdicken Kabelbündel, die Automaten, Schaltkästen und Hebelchen, die mattrot glühenden Kontrollampen und Digitalanzeiger. Van Geldern war der erste, der etwas sagte.

»Ein Labyrinth ist dagegen ein Rosengarten! Wer soll sich da noch auskennen? Ich habe die Elektriker immer bewundert, die vor solch einem Gewirr standen, irgendeinen Spannungsmesser hindrückten und dann sagten: ›Hier ist es!‹«

»Haben wir einen Spannungsmesser?«

»Na klar, aber wo soll ich hindrücken?«

»Vier Kontrollampen sind tot. Da muß es sein.«

»Und wozu gehören die vier Kontrolleuchten?«

»Wir müssen eben suchen, Chief.«

»Finden Sie mal in einer Stadt wie New York einen Papierschnipsel, auf dem eine wichtige Telefonnummer steht.«

»Sarkasmus hilft uns nicht weiter. Wir müssen alles abtasten. Irgendwo muß der Spannungsmesser Null zeigen.«

»Angenommen, er tut es. Wir haben eine Stelle von vier ... ein Automat ist kaputt ... Wo haben wir einen Ersatzautomaten?«

»Es gibt doch in der Werkstatt bestimmt Ersatzteile.«

»Wollen wir es hoffen, Herr Kapitän. Für meinen Maschinenbereich liegt dort kaum etwas ... nicht mal eine Ersatzpumpe Größe drei und Brennstoff-Filter habe ich gesehen. Und wenn mir eine Schraubenwelle verreckt, kann ich euch nur noch mit Jazzkonzerten helfen.«

»Und das sagen Sie mir erst jetzt?«

»Kapitän, ich habe es erst feststellen können, als wir schon auf Fahrt waren. Alles ging ja so schnell. Ich hatte gerade die Maschinencrew mit allem vertraut gemacht, da hieß es schon: Wir laufen aus.«

»Das alles ist eine bodenlose Sauerei, Chief. Suchen Sie mit Chu die Fehler ... ich rufe unterdessen Monrovia an.«

»Abdaman wird Sie – wie bei McCracker – ins Messer laufen lassen.«

»Ich werde mit Jesus Malinga Bouto selbst sprechen.«

»Viel Glück, Sir.«

Heßbach stieg wieder hinauf zur Brücke, wo Dumarche und Sato Franco am Kommandopult standen. Sie fuhren herum, als sie Heßbachs Schritte hörten.

»Was ist?« fragte Dumarche.

»Kabelbrand in der Zentralelektrik. Und einen Elektriker gibts in der Crew nicht.«

»Das ist doch nicht möglich!« rief Dumarche entsetzt.

»Sie sehen, was hier alles möglich ist. Chu und der Chief suchen den Fehler.«

»Und wenn sie ihn nicht finden?«

»Das befürchte ich. Dann haben wir einen Radarausfall und keine elektronische Satellitenpeilung mehr. Dann müssen wir nach guter alter Seemannsmanier mit dem Sextanten schießen. Ich werde nach Dakar abdrehen und dort die Reparatur vornehmen lassen.«

Es war vier Uhr nachmittags, und es dauerte lange, bis Heßbach Bouto am Apparat hatte. Zunächst verband man ihn natürlich mit Jassa Abdaman.

»Ich wollte nicht Sie, sondern Bouto!« sagte Heßbach so herablassend wie möglich. »Verbinden Sie weiter.«

»Ich bin für die *Maringo* zuständig, Kapitän.«

»Einen Dreck sind Sie!« fauchte Heßbach. »Mr. Bouto, bitte!«

»Welchen Ton erlauben Sie sich?« schrie Abdaman außer sich.

»Wenn ich Sie vor mir hätte«, schrie Heßbach zurück, »lägen Sie jetzt k.o. auf dem Rücken!«

»Das vergesse ich Ihnen nicht, Sie deutsches Großmaul!« entgegnete Abdaman und verband Heßbach mit Bouto.

»Bouto«, meldete sich der Reeder. »Kapitän, was gibt es?«

»Abdaman hat bei der Heuer den Bordelektriker gespart, Mr. Bouto«, begann Heßbach noch sehr gebremst.

»Wir müssen aus Kostengründen die Crew bis zum äußersten verringern. Das ist Ihnen doch gesagt worden.«

»Zwei Stunden vor dem Ablegen! Sie hätten jeden der vierzehn Analphabeten einsparen können, aber nicht den Elektriker.«

»Die Anlage wurde überprüft und für hervorragend befunden. Warum wollen Sie mich sprechen?«

»Die *Maringo* hat einen Kabelschaden! In der ›hervorragenden elektrischen Anlage‹. Die beiden Fernradars fallen aus, der Autopilot, die Satellitenpeilung. Ich kann mit diesen Schäden nicht weiterfahren.«

»Was sagen Sie da?« Boutos Stimme wurde spöttisch. »Kolumbus hatte auch kein Radar und hat trotzdem Amerika entdeckt.«

»Eine solch dämliche Antwort habe ich erwartet.« Jetzt wurde Heßbachs Stimme laut und dröhnend. »Kolumbus hatte auch keine 200 000 Tonnen Öl an Bord!«

»Verständlich. Damals wußte man ja nicht, was Erdöl ist.«

»Ich drehe ab und laufe Dakar an.«

»Den gleichen Gedanken hatte ich soeben auch ... Ich untersage es Ihnen!«

»Sie ... Sie untersagen mir ...« Heßbach schnappte nach Luft. Das war das Ungeheuerlichste, was er bisher gehört hatte.

»Fangen Sie doch mal endlich an zu rechnen.« Boutos Stimme wurde ungeduldig. »Die Hafengebühr für die *Maringo* kostet mich rund 250 000 Dollar. Allein schon die Hafengebühr verbietet uns, Dakar anzulaufen, nur um einen elektrischen Fehler zu suchen.«

»Ich habe 200 000 Tonnen Öl in den Tanks!« schrie Heßbach. »Ich kann nicht nur mit Nahradar bis Rotterdam fahren!«

»Aber ich will Ihnen entgegenkommen«, sagte Bouto anzüglich. »Vor den Kanarischen Inseln nehmen Sie kurz Nordkurs und umfahren sie. Hinter Teneriffa schwenken Sie wieder ein und haben dann die freie See vor sich.«

Heßbach wischte sich über das Gesicht. »Das haben Sie doch nicht im Ernst gesagt, Mr. Bouto.«

»Mein vollster Ernst. Sehen Sie sich die Karte an, wie einfach das ist.«

»Ich kenne das Gebiet um die Kanarischen Inseln genau.«

»Umso besser, Kapitän.«

»Dort ist noch nie ein Supertanker wie die *Maringo* gefahren!«

»Dann sind Sie der erste!«

»Und vielleicht auch der letzte!«

»Nun werden Sie kein Schwarzmaler, Heßbach. Bei voller Geschwindigkeit handelt es sich um ein paar Stunden ... und die holen Sie auch wieder heraus, wenn Sie freie Sicht haben. Ich gestehe Ihnen sogar drei bis vier Stunden Verspätung in Rotterdam zu.«

»Wie großzügig, Mr. Bouto«, Heßbach holte tief Atem, und dann brüllte er los. »Ehe Sie einen solchen Unsinn reden, informieren Sie sich erst. Um die Kanaren liegt ein Klippen- und Riffgebiet! Nicht wegen der Schönheit haben sich hier früher Piraten versteckt. In den Klippen fühlten sie sich sicher. Einen so unbeweglichen Pott wie die *Maringo* kann man nicht in ein solches Seegebiet schicken. Ohne Radar!«

»Hören Sie mir auf mit Ihrem dämlichen Radar.« Boutos Stimme wurde unwirsch. »Sie haben doch noch eins.«

»Ein Nahradar.«

»Was wollen Sie mehr?«

»Wenn ich mit diesem Radar ein auf mich zukommendes Schiff erfasse, kann ich nicht mehr ausweichen. Ich habe mit der *Maringo* einen Halte- oder Ausweichweg von achtzehn Meilen! Sehe ich also auf elf Meilen ein auf Kollisionskurs fahrendes Schiff, kann ich nichts mehr tun, als den Knall abzuwarten. Können Sie das verantworten, Mr. Bouto?!«

»Wenn das jemals passieren sollte, handelt es sich um menschliches Versagen an Bord, nicht in der Reederei.«

»Aber Sie verbieten mir, Dakar zur Reparatur anzulaufen?!«

»Ja!«

»Dann will ich Ihnen jetzt etwas sagen, Mr. Bouto!« Heßbach war plötzlich von einer eisigen Ruhe. »Geschieht ein Unglück, und die Welt schreit wieder auf und sucht nach Erklärungen, dann werde *ich* sie geben.«

»Machen Sie sich doch nicht lächerlich«, sagte Bouto unbeeindruckt und legte auf. Aber dann blickte er nachdenklich aus seinem Hochhaus über die Stadt Monrovia. Da haben wir uns eine Laus in den Pelz gesetzt, dachte er, und nun beißt sie. Was macht man mit Läusen? Man zerquetscht sie. Man sollte sich überlegen, wie man Heßbachs Zunge zur Ruhe bringt...

Als Heßbach wieder zurück auf die Brücke kam, erkannten Dumarche und Sato Franco an seinem verkniffenen Gesicht, daß er nichts Erfreuliches mitbrachte.

»Sind Sie bis Bouto durchgekommen, Sir?« fragte Dumarche.

»Ja, ich habe mit ihm gesprochen.«

»Hat ihn unser Ausfall endlich munter gemacht?«

»Im Gegenteil. Er verbietet uns, Dakar anzulaufen.«

»Das ... das ist ein Verbrechen«, stammelte Dumarche entsetzt.

»›Kolumbus hatte auch kein Radar und hat Amerika entdeckt‹, war seine Antwort.«

Sato Franco wandte sich ab und warf einen Blick auf den Kreiselkompaß. »Welchen Kurs fahren wir jetzt, Kapitän?«

»Nicht an der mauretanischen und marokkanischen Küste entlang, wie vorgesehen, sondern nördlicher, um die Kanarischen Inseln herum!«

»Das ist doch keine Route für Supertanker«, warf Dumarche ein.

»Das weiß ich. Aber ich kann auch nicht am Cap Juby vorbei mit einem Schiff, das halbblind fährt. Ich muß die Seestraße verlassen und abseits gehen. Ich habe Bouto die Gefahren erklärt – er hält alles für übertrieben.«

»Und wenn wir gegen sein Verbot doch Dakar anlaufen, Herr Kapitän?«

»Die lassen uns gar nicht herein ohne Garantie der Hafengebühr.«

»Wir sind ein Notfall!«

»Trotzdem müssen die Kosten abgesichert sein ... und für Bouto sind wir *kein* Notfall!«

Dumarche lief auf der Brücke unruhig hin und her. Die Erregung ließ seine Mundwinkel zittern. »Warum gibt es kein internationales Recht, das jedem Kapitän erlaubt, nach Lage des Schiffes selbständig zu handeln?!«

»Weil kein Billigflaggenland – und das sind wir nun mal – diesem Gesetz zustimmen würde.«

Van Geldern und Chu kamen von der Elektroanlage herauf. Schon bevor Heßbach fragen konnte, schüttelte der Chief den Kopf.

»Wir haben zwei Fehler gefunden, wo der Spannungsprüfer auf Null blieb. Einmal muß ein Relais durchgebrannt sein, das andere Mal haben wir nichts entdeckt, da müßte man den ganzen Kabelsalat herausholen. Yungan sagte nur: Relais kaputt! Nix Reparatur, nur auswechseln. Aber womit? Wir haben keine Ersatzteile gefunden.«

»Ein Superschiff wie die *Maringo* fährt ohne Ersatzteile?!«

»Nicht nur das, Herr Kapitän.« Van Geldern setzte sich müde auf den Schemel, der an der Wand der Kommandobrücke stand.

Chu lächelte verlegen und schwieg. »Ich verstehe etwas von Maschinen und ein bißchen von deren Elektronik, aber was ich hier bei der allgemeinen Elektrik gesehen habe, ist eine Frechheit. Sie scheint in den letzten Jahren kaum gewartet worden zu sein. Alles ist verdreckt, verschmiert, brüchig. Da gibt es Kabel, wo die Isolation abbröselt und die blanken Drähte hervorschimmern. Es ist ein Wunder, daß nicht längst schon was passiert ist. Aber ausgerechnet uns muß es treffen. Nehmen wir neuen Kurs auf Dakar?«

»Nein, neuen Kurs auf Teneriffa.«

»Auf...« Van Geldern blieb das Wort stecken. »Mit diesen Mängeln?«

»Befehl von Bouto.«

»Und Sie folgen diesem Blödsinn?«

»Ich muß. Durch die Straße von Tarfaya kann ich so nicht fahren.« Heßbach nickte van Geldern zu und wandte sich zur Tür. »Kommen Sie mit zu mir, Chief. Ich muß etwas mit Ihnen bereden.« Und zu Chu sagte er: »Du funkst alle Küstenstationen an und erklärst unsere Lage.«

»Ja, Sir«, antwortete Chu Yungan stramm.

»Nimm auch Verbindung mit Radio Norddeich auf. Sie sollen einen Warnrundspruch aussenden. Die Hafenstationen von Santa Cruz auf Teneriffa und Las Palmas auf Gran Canaria warnst du auch! Aber sie sollen keine Schlepper schicken – ich bleibe auf See.«

»Jawohl, Sir!« sagte Chu und rannte davon zu seiner Funkstation.

In Heßbachs Logis bot der Kapitän seinem Chief Platz an, holte Wodka und eine Flasche Orangensaft und mixte einen erfrischenden Drink. Nachdem sie einen langen Zug getrunken hatten, setzte Heßbach zu einem Gespräch an.

»Pieter van Geldern, ich habe mir Gedanken über Sie gemacht. Die wurden noch drängender, als Sie vorhin sagten: Ich verstehe ein bißchen von Maschinen und deren Elektronik. Ein bißchen...«

»Das sagt man so daher, Sir«, antwortete van Geldern, plötzlich sehr zurückhaltend und verschlossen. »Eine Redensart.«

»Wenn Sie etwas von der komplizierten Elektronik der Maschinen verstehen, dann ist eine allgemeine elektrische Anlage ein Klacks für Sie. Wo haben Sie Ihre Examina gemacht?«

»Sir, Sie haben meine Papiere gesehen. Ich habe meine Diplome an der Schiffsmaschinen-Hochschule von Panama gemacht.«

»Stimmt. Aber warum nicht in Rotterdam oder Amsterdam. Sie sind doch Holländer.«

»Es hat sich so ergeben, Sir.«

»Das möchte ich genauer wissen, Chief.«

»Ich hatte mich in Panama niedergelassen, besaß eine schöne kleine Wohnung in der Nähe der Schleuse und war zufrieden.«

»Und wovon lebten Sie?«

»Von der Musik.«

»Das dachte ich mir. So wie Sie die vergangenen Abende Keyboard gespielt haben, kann das kein Dilettant. Sie sind Profi?«

Van Geldern zögerte. Er nahm noch einen Schluck Wodka-Orange und nickte dann.

»Ja, Sir.«

»Und Sie heißen auch nicht Pieter van Geldern.«

»Doch. Darunter war ich in Panama als Musiker bekannt.«

»Reden Sie nicht um die Sache herum. Sie sind nicht als van Geldern geboren.«

Wieder ein kurzes Schweigen, dann schüttelte van Geldern den Kopf. Es fiel ihm sichtlich schwer zu sprechen, auch wenn er wußte, daß auf Heßbachs Diskretion Verlaß war.

»Ich hieß einmal Johan Kuiper ...«

»Und der Name gefiel Ihnen nicht mehr?«

»Unter diesem Namen suchte mich die Polizei ...«

»Pieter, sagen Sie jetzt bloß nicht, daß Sie auch jemanden umgebracht haben!« rief Heßbach und schlug die Hände zusammen.

»Nein. Nicht ganz ...« Van Geldern blickte an Heßbach vorbei ins Leere, als müsse er sich die Vergangenheit erst wieder ins Gedächtnis rufen. »Das war vor zwölf Jahren, Sir. Ich war damals Bandleader einer Tanzkapelle in Groningen, die in der Saison auch im Kurhaus von Scheveningen spielte. Uns ging es gut ... uns, das waren meine Frau, mein Bruder, der Schlagzeug spielte, und ich. Wir hatten große Erfolge, traten im Fernsehen auf, reisten durch Europa, machten die Musik zu einem Jazzfilm ... Wir waren ganz oben. Dann wurde mein Bruder krank, Asthma, wie er sagte, er blieb immer öfter zu Hause, ich stellte einen zweiten Schlagzeuger ein, aber mein Bruder, als Mitbegründer der Band, bekam seinen vollen Anteil aus den Netto-Einnahmen. Nach einem Konzert in Frankfurt war die Begeisterung der Fans so groß, daß wir Zugabe nach Zugabe geben mußten... und dadurch unser Flugzeug verpaßten. Ich rief zu Hause an, sagte, wir könnten erst morgen kommen, aber dann stellte es sich heraus, daß wir über Zürich doch noch nach Holland fliegen konnten. Ich rief nicht noch einmal an... ich wollte meine Frau überraschen. Es war tiefe Nacht, als ich leise die Wohnungstür aufschloß, ins Schlafzimmer schlich und das Licht anknipste. Es war wirklich eine Überraschung. Meine Frau lag neben meinem Bruder im Bett, den Arm um ihn geschlungen und den Kopf auf seiner Schulter gebettet. Ein glückliches Liebespaar. Das also war das Asthma meines Bruders, das ihn hinderte, Schlagzeug zu spielen!« Van Geldern wischte sich mit beiden Händen über das Gesicht. »Eine uralte Geschichte, wie sie tausendmal vorkommt und über die man unzählige Romane und Filme geschrieben hat... aber ich war am Ende. Ich versank in eine Art Trance, in der ich nur schreiende Stimmen hörte.«

»Und als Sie aufwachten, waren Ihre Frau und Ihr Bruder tot.«

»Nein! Es war schlimmer.« Van Geldern senkte den Kopf und schluckte. Die Erinnerung ergriff ihn wieder. »Ich hatte sie verstümmelt. Meiner Frau hatte ich das Gesicht zerschnitten und ihre linke Brust halb abgetrennt, mein Bruder hockte in einer Blutlache in einer Ecke des Zimmers und brüllte... Woher ich das lange, scharfe Messer hatte? Ich kann mich an nichts mehr erinnern. Ich muß in die Küche gestürzt und sofort zurückgekommen sein, das Messer in der Hand, und habe zugestochen. Ich war damals ein durchtrainierter, drahtiger Kerl, mein Bruder dagegen etwas füllig, er hatte keine Chance gegen mich. Er wäre verblutet, wenn ich nicht das Messer hingeworfen und davongelaufen wäre. Meine Frau alarmierte dann den Notarzt, der ihn rettete. Meine Frau hat wohl bis heute ein völlig entstelltes Gesicht. Eine Maske aus Narben. Ich aber bin geflüchtet, nach Panama, mit einem Frachter von Rotterdam aus. Es war meine erste Bekanntschaft mit einem Schiff, als Hilfsmaschinist auf einem Bananendampfer. Ich bekam sogar ein Zeugnis und war plötzlich Maschinist. Nicht mehr als fünfhundert Dollar hat es gekostet. Ich habe dann noch zehn Fahrten mitgemacht, auf abenteuerlichen Kähnen, nannte mich Pieter van Geldern und spielte in den Zwischenzeiten auf meinem Keyboard Tanzmusik in den Hafenbars. Und dann sagte einer zu mir: ›Du, ich kann dir ein Diplom als Schiffsmaschinen-Ingenieur beschaffen.

Hast du Lust? Du brauchst nicht mehr der Schmiermaxe zu sein, sondern bist der Chief.‹ Da habe ich zugegriffen.«

»Sie haben also keinerlei Ausbildung?«

»Ich habe auf meinen Fahrten viel gelernt. Außerdem habe ich auf der Ingenieursschule ein halbes Jahr als Gasthörer verbracht, allerdings ohne eingeschrieben zu sein. Bei der nächsten Diplomverteilung fand ich dann im Briefkasten mein Zertifikat – mein Freund hatte Wort gehalten. Ich war nun autorisiert, als Chief zu fahren. Das mache ich nun schon seit vier Jahren, Sir, und ich kenne meine Maschinen genau. Die Motoren der *Maringo* sind nur reinster Schrott! Wenn wir weiter volle Geschwindigkeit fahren, sollten wir in Rotterdam zusammen beten, daß es gut gegangen ist.«

»Wir werden volle Fahrt machen, Chief«, sagte Heßbach und goß neuen Wodka ein. Van Geldern saß starr in seinem Sessel. Er begriff seinen Kapitän nicht mehr, er hatte andere Reaktionen erwartet.

»Sie nennen mich noch Chief?« stotterte er.

»Ja. Das sind Sie doch.«

»Trotz allem?«

»Pieter, was hier unter uns gesprochen wurde, wird nie nach draußen dringen. Es bleibt unser Geheimnis.« Er sah, wie van Geldern Tränen in die Augen schossen und winkte ab.

Van Geldern sprang auf. »Ich danke Ihnen, Sir. Sie haben in mir einen Mann, der für Sie durchs Feuer geht.«

»Hoffentlich nicht. Malen Sie den Teufel nicht an die Wand, wir alle wollen in Rotterdam fröhlich an Land gehen und nicht auf dem Atlantik verbrennen.« Heßbach grüßte lächelnd. »Chief, an die Maschinen. Erzählen Sie ihnen, daß sie alle Kraft zusammennehmen sollen.«

»Sie sind alterstaub, Sir. Sie fressen und röcheln nur noch.«

Van Geldern verließ die Kapitänswohnung und gab die Klinke McCracker in die Hand. »Wie ist die Stimmung?« fragte der Riese leise.

»Teils-teils, James.«

»Kann was vertragen, Chief.« Er ließ van Geldern vorbei und klopfte dann an die Tür. Heßbachs Antwort war ungehalten. Er war gedanklich noch bei van Gelderns Schicksal.

»Wer mich sprechen will, trifft mich auf der Brücke!« rief er.

»Gut. Ich warte, Käpt'n, aber es ist dringend.«

»James? Komm rein ...«

Der rote Hüne trat ein und nahm seine speckige Mütze ab. »Ich weiß nicht, was ich machen soll«, sagte er. »Irgendwie ist bei der Mannschaft durchgesickert, daß unser Schiff nur noch ein Schrotthaufen ist.«

»Da kann ich dich beruhigen, James. Wie du hörst, läuft die *Maringo* mit voller Kraft.«

»Sie sagen, wir seien steuerlos.«

»Glaubst du, der Erste oder Sato Franco stehen am Ruder und spielen ›Kommt ein Schifflein gefahren ...‹? Wir liegen gut im Kurs.«

»Die Philippinos sind unruhig. Sie haben Donc Samsu bedrängt, aber der schweigt. Sie wollten zu Chu Yungan in den Funkerraum, der hat sich eingeriegelt und macht nicht auf. Ist das normal? Jetzt sagen alle, *ich* lüge und wüßte mehr.«

»Du weißt ja auch mehr. Wir fahren nur mit Nahradar. Die Elektroanlage ist ein Chaos.«

»Und wir dürfen Dakar nicht anlaufen.«

»Na also – was willst du wissen? Das ist alles.«

»Aber das kann ich der Crew nicht sagen. Sie behauptet, wir schwimmen hilflos herum, und Yungan würde ständig nach Hilfe rufen.«

»Ich kann dir versichern, er tut es nicht.«

»Käpt'n«, McCracker legte den dicken Kopf zur Seite. »Sagen Sie mir auch die Wahrheit?«

»Wem sonst als dir würde ich die volle Wahrheit sagen, James. Sag der Crew einen Gruß von mir ... und wer das Gerücht verbreitet hat, ist ein elender Lügner.«

»Ich vertraue Ihnen, Käpt'n. Ich wäre sonst sehr enttäuscht.«

Er verließ die Kapitänslogis, aber ein kleiner Rest von Mißtrauen blieb zurück. Der Chief hatte so merkwürdig dreingeschaut, Sato Franco, sein Todfeind an Bord, hatte ihn vor einer halben Stunde gefragt: »Wenn wir Rotterdam erreichen, kommst du dann mit mir zurück nach Liberia?« Und er hatte geantwortet: »Wenn dich dein Messer juckt, das kann ich auch in Rotterdam kratzen!«

Wenn wir Rotterdam erreichen ... war das nicht eine merkwürdige Redewendung? Er stieg hinunter zur Mannschaftsmesse, wo man auf ihn wartete.

Schon vor der Tür roch er den Qualm von Zigaretten. McCrakker wölbte die gewaltige Brust, zog den ersten vom Stuhl, hob den kleinen Koreaner wie eine Katze hoch, schlug ihm gleichzeitig mit der anderen Hand die Zigarette aus dem Mund und warf ihn dann gegen die Wand. Dem nächsten, einem Philippino, drückte er die brennende Zigarette in den Mund... der Mann brüllte auf, spuckte die Zigarette aus und drückte beide Hände gegen seine verbrannten Lippen.

»Noch jemand?« schrie McCracker mit seiner gewaltigen Stimme. »Auf einem Tanker rauchen?! Wollt ihr alle in die Luft fliegen?! Man hat euch gesagt, daß Rauchen verboten ist! Himmel, Arsch und Wolkenbruch, wer hat damit angefangen?!«

Natürlich meldete sich niemand, aber alle Zigaretten verschwanden in dem großen Aschenbecher auf dem Tisch. Schon die Existenz eines Aschenbechers auf einem Tanker machte McCracker wild.

»Was... was sagt der Alte?« kam eine Stimme aus dem Hintergrund.

»Es ist alles in Ordnung, ihr Idioten!«

»Aber das Gerücht...«

»Von wem kommt es? Wer hat da so dämlich gequatscht?«

Schweigen. Dreißig dunkle Augen starrten ihn an. Ihr Blick sagte ihm: Sie glauben mir nicht.

»Warum schließt sich Yungan in seiner Funkstation ein?«

»Weil er bei eurem Anblick kotzen muß!«

»Wir haben durch das Fenster gesehen, daß er pausenlos spricht!«

»Dazu ist er da.«

Ein Malaye zeigte auf einen kleinen Radioapparat, der unter dem Fernseher an der Schmalwand der Messe stand. McCracker warf einen Blick auf das Gerät. Da haben wir die Scheiße, durchfuhr es ihn. Wenn im Rundfunk schon die ersten Meldungen kommen, dann stehe ich ohne Hosen da. Ein Lügner, und keiner wird mir noch etwas glauben.

»Und was ist mit dem Radio?« fragte er.

»Vor zehn Minuten brachten sie die erste Meldung.« Der Malaye, der als Hilfsmaschinist fuhr, erhob sich vom Stuhl. Er war offensichtlich der Sprecher der Crew. »Ein Tanker, dessen Radaranlage ausgefallen ist, nähert sich den Kanarischen Inseln. Sie haben auch den Namen des Tankers genannt: *Maringo*. Das sind wir ...«

»Haben sie im Radio *Maringo I* oder *Maringo II* gesagt? Es gibt zwei *Maringos*«, log McCracker und beglückwünschte sich zu diesem Gedanken. »Wißt ihr das nicht?«

Das allgemeine Erstaunen hob McCrackers Stimmung. »Ihr Idioten!« brüllte er. »Keine Ahnung, aber das Maul aufreißen! Wir sind die *Maringo I*, verstanden? Wenn unser Schwesterschiff in Not ist, dann sollten wir für die Kameraden beten, aber nicht hier herumsitzen wie Huren, die auf Kundschaft warten! Ich werde euch jetzt zeigen, wie's auf einem guten Tanker zugeht!« Seine Stimme wurde noch lauter. »Freiwachen gestrichen! Alle Pumpen werden geölt, alle Lüftungen gereinigt ... Wenn ich nachher in den Maschinenraum komme, will ich mich in der Schraubenwelle rasieren können, so blank muß sie sein! Ein Ölfleck, und ich poliere *euch!* Wegtreten!«

Der kleine Malaye blieb stehen, während die anderen zur Tür drängten. McCracker starrte ihn giftig an.

»Willst du's schriftlich haben?« schrie er.

»Ich bin seit fünf Jahren bei der ISC, aber ich habe noch nie von einer *Maringo II* gehört«, sagte er.

»Glaubst du, Mr. Bouto legt dir sein Schiffsregister vor?«

»Irgend jemand aber hätte doch drüber gesprochen.«

»Kannst du dir mit deinem Affengehirn nicht vorstellen, daß es Schiffe unter der Flagge von Liberia gibt, die nie Liberia anlaufen?«

»Nein.«

»Damit bestätigst du, welch ein Rindvieh du bist.«

»Vormann ...«

»An die Arbeit, du Clown! Wenn wir Rotterdam erreichen«, jetzt gebrauchte er die umstrittene Formulierung von Sato Franco, »kannst du dich bei mir bedanken, daß du dein Gesicht nicht auf dem Rücken trägst.«

McCracker verließ die Mannschaftsmesse und wollte unbedingt noch einmal mit Heßbach sprechen. Er traf ihn auf der Treppe zum Maschinenraum. »Käpt'n«, sagte er so leise, als wenn alle Wände Ohren hätten, »wissen Sie, daß es zwei *Maringo's* gibt?«

Heßbach starrte McCracker entgeistert an. »Du hast heimlich gesoffen, nicht wahr?« entgegnete er dann.

»Nein... es gibt eine *Maringo II*.«

»Seit wann denn?«

»Seit zehn Minuten, Käpt'n.«

»Hau dich in die Koje und penn deinen Rausch aus!« sagte Heßbach streng.

»Ich komme gerade von der Crew. Die Freiwache hat vorhin im Radio gehört, daß die *Maringo* mit Radarschaden fährt. Um die Kerle zu beruhigen, habe ich daraufhin die *Maringo II* erfunden. Wenn Sie also jemand fragt, Käpt'n... es gibt sie.«

Heßbach schüttelte den Kopf. »Du bist wirklich ein Schlitzohr«, sagte er lachend. »Auf die Idee wäre ich nie gekommen. Und sie glauben es?«

»Auf jeden Fall sind sie ruhig und reinigen jetzt das Schiff.« Er schluckte und wagte dann die Frage: »Und wie sieht es wirklich aus, Käpt'n?«

»Unter uns, James... beschissen!«

»Aber wir können doch den nächsten Hafen anlaufen.«

»Verboten.«

»Von wem?«

»Von Bouto.«

»Jetzt weiß ich auch, warum Franco mich nach Liberia mitnehmen will.« McCracker ballte die Hände. Wer sie sah, glaubte ihm sofort, wenn er erzählte, daß er damit einem Stier das Hirn zertrümmert habe. »Schaffen wir es bis Rotterdam?«

»Ich hoffe. Wenn das Wetter nicht umschlägt...«

Bei Chu Yungan liefen unterdessen alle Funkleitungen heiß. Die Warnungen hatten Alarm ausgelöst, der Alarm wiederum erzeugte zunächst noch verhaltene Panik. Ein Supertanker mit Kurs auf die Kanarischen Inseln! Allen Schiffen, die in derselben Region des Atlantik unterwegs waren, wurde höchste Aufmerksamkeit empfohlen. Das Ministerium für Bauwesen und Verkehr in Madrid schaltete sich ein, die Hilferufe aus Teneriffa wurden immer lauter.

Heßbach übernahm selbst einen Teil der Gespräche, zunächst mit der Marinestation von Santa Cruz auf Teneriffa. Eine aufgeregte Stimme bellte in schlechtem Englisch in die Leitung, so, daß Heßbach Mühe hatte, das Gesagte zu verstehen.

»Wir werden Ihnen Schlepper schicken, die Sie aus der Zehn-Meilen-Zone herausziehen.«

»Das kann ich mit eigener Kraft. Aber wenn Sie Schlepper schikken wollen, einverstanden. Nur die Kosten übernimmt die Reederei nicht. Die müssen Sie tragen.«

»Darüber kann ich nicht entscheiden!« rief der Mann aus Santa Cruz verzweifelt. »Kommt es bei 200 000 Tonnen Öl überhaupt noch auf Geld an?«

»Das frage ich mich auch. Das ist eine Frage von vernünftigen Menschen. Ein Reeder in Liberia aber denkt anders. Überlegen Sie sich Schutzmaßnahmen und rufen Sie mich wieder an.«

»Wir werden in zwei Tagen vor Hierro sein«, beruhigte Heßbach den anderen, »und dann einen großen Bogen um die Kanaren schlagen. Wir bleiben weit außerhalb der Zehn-Meilen-Zone. Ich sehe keine Gefahren, wenn die Küstenschiffahrt die Augen offenhält.«

Kaum hatte Heßbach aufgelegt, schaltete Chu Yungan wieder durch. Das Ministerium in Madrid war in der Leitung. Hier saß ein besonnener Mann, der sich als Fernando Sanchez Dequillia vorstellte.

»Wir wurden von den Kanarischen Inseln und einigen anderen Stationen unterrichtet, daß die *Maringo* mit 200 000 Tonnen Öl auf Teneriffa zutreibt. Können Sie das bestätigen, Herr Kapitän?«

»Nein!« antwortete Heßbach kurz.

»Nicht? Aber alle Meldungen lauten ...«

»Irgendein Idiot hat sie verfälscht und dramatisiert. Don Dequillia, wir *treiben* nicht hilflos auf Teneriffa zu, wir *fahren* mit voller Kraft und umrunden die Kanaren, weil der Kurs an der marokkanischen Küste entlang zu gefährlich ist.«

»Die Route, die Sie nehmen wollen, ist noch nie von einem Tanker Ihrer Klasse befahren worden.«

Heßbach nickte. Der Mann hatte Ahnung. »Das stimmt«, antwortete Heßbach, »es ist eine Notlösung.«

»Und wo liegt Ihre Not, wenn Sie nicht treiben?«

»Die Großradaranlage ist ausgefallen. Aber wir sind nicht blind ... wenn die anderen nicht blind sind.«

»Ich kann Ihnen die Genehmigung zu dieser Route nicht geben, Kapitän«, sagte Don Dequillia ruhig und sachlich.

»Die brauche ich auch nicht. Ich bleibe außerhalb der Hoheitszone in internationalen Gewässern.«

»Und wenn Sie auf See kollidieren, treiben Ihre 200 000 Tonnen Öl auf Teneriffa zu.«

»Beschwören Sie nicht den Satan, Don Dequillia.«

»Aber es wäre doch möglich?«

»Auf See ist alles möglich. Aber steigern wir uns nicht gegenseitig in übertriebene Panik. In vier, fünf Tagen ist alles überstanden. Dann fahren wir südlich von Madeira auf Ihre spanische Küste zu.«

»Bei dem Gedanken sträuben sich mir die Haare!«

»Wir schaffen es bis Rotterdam.«

»Sie wollen mit einem halbblinden Schiff bis Rotterdam?«

»Ich muß, Don Dequillia. Die Reederei ISC in Monrovia lehnt alle Diskussionen ab. Ich habe nur diese eine Sorge.«

»Ich hätte an Ihrer Stelle mehrere! Die Nordsee, besonders vor Rotterdam, gehört zu dem meistbefahrenen Seegebiet der Erde. Eine Menge Schiffe gondeln dort ohne Lotsenhilfe herum. So können auch kleine, völlig harmlose Pötte zu wahren Rammböcken werden, die einen Tanker wie die *Maringo* wie eine Sardinenbüchse aufschlitzen können.«

Heßbach versuchte den Redefluß des Spaniers zu stoppen: »In Ihren Gewässern, Don Dequillia, ist so etwas ja nicht möglich!«

»Da haben Sie recht, Kapitän.« Der Stolz des Spaniers war geweckt. »Trotzdem ...«

»Mein Tanker ist auch mit dem Nahradar voll funktionsfähig. Ich werde jedoch die normale Tankerroute an Spaniens Küste entlang verlassen und etwas außerhalb fahren. Das gleiche gilt für Frankreich. Kritisch wird es in der Nordsee. Da haben Sie recht. Und wenn Nebel aufkommt, sehr kritisch. Aber da hoffe ich auf den Einsatz holländischer und britischer Begleitschiffe, die mich nach Rotterdam dirigieren, auch wenn damit wieder die Kostenfrage aktuell wird. Regierungen werden erst munter, nachdem etwas passiert ist. Vorsorge erschöpft sich nur in Verordnungen, die kaum ein Billigflaggenreeder einhält.«

»Und trotzdem fahren Sie solch einen Tanker und gehorchen diesen Reedern?«

»Ich gehorche nicht unbedingt ... Ich habe ein Schiff übernommen und bin für dessen Fracht und Besatzung verantwortlich, solange es in meinen Kräften liegt. Menschliches Versagen, wie man bei neunzig Prozent aller Unfälle urteilt, wird mir nicht unterlaufen. Ich kollidiere nicht, ich werde höchstens von anderen Schiffen nicht beachtet.«

»Das Ergebnis ist doch dasselbe, Käpt'n.«

»Das wohl, aber man wird *mir* keinen Vorwurf machen können.«

»Wie war doch noch mal Ihr Name, Kapitän?«

»Lothar Heßbach.«

»Ich werde ihn mir notieren ... für alle Fälle.« Don Dequillia räusperte sich. »Ich wünsche Ihnen viel Glück und – daß Sie Teneriffa in Ruhe lassen!«

»Wir haben es in vier Tagen hinter uns. Ich kenne meine Verantwortung.«

Heßbach legte auf. Chu meldete sich aus der Funkstation. »Sir«, sagte er, »sie stehen Schlange und alle wollen Sie sprechen.«

»Sag ihnen, an den gemeldeten Tatsachen hat sich nichts geändert. Keine neuen Kommentare. Bei Veränderung der Situation melden wir uns sofort. Und sag ihnen: Es gibt keinen Anlaß zur Panik. Die *Maringo* hält sicheren Kurs. Aufpassen sollen die anderen ... wir tun unser Möglichstes.«

Auf der Brücke stand jetzt Dumarche am Kommandostand, zwei Sehposten mit starken Ferngläsern hatten die beiden Brückennocks besetzt. Ununterbrochen wurde der Horizont beobachtet, und es war ein Glück, daß der Atlantik in diesen Tagen völlig ruhig war.

Um die Crew weiter zu beruhigen und sich ganz normal zu stellen, gab Pieter van Geldern wieder ein Konzert auf seinem Keyboard. Er begann mit Volksliedern und internationalen Schlagern, bis McCracker ihm von hinten zuflüsterte:

»Chief, können Sie auch Seemannslieder?«

»Natürlich. Die holländischen und deutschen ...«

»Auch Lieder aus Wales, aus Schottland und Irland?«

Van Geldern blickte hoch in das riesige, von roten Haaren umwucherte Gesicht. »Auch die«, bestätigte er. »Aber die werden unsere Malayen und Philippinos nicht sehr interessieren.«

»Versuchen wir es, Chief.«

»Auf Ihre Verantwortung, James. Aber wenn sie anfangen zu pfeifen, höre ich sofort auf.«

»Sie werden nicht wagen, zu pfeifen.« McCracker richtete sich wieder auf. »Es sind die Lieder meiner Heimat und meiner Kindheit.«

Und dann geschah das, was allen, die es miterlebt hatten, unvergeßlich blieb. Es war eine halbe Stunde, die selbst Sato Franco nicht kalt ließ.

Van Geldern begann mit einer alten, traurigen irischen Weise, in der das unendliche Grün der Insel und die unendliche Weite des Meeres beschworen wurden. Aber das war es nicht ... plötzlich war da ein tiefer Baß, der den Raum dröhnend erfüllte, eine kräftige und auch schöne Stimme, in der Sehnsucht und Heimweh mitklang. Sie beschwor Land und Meer, Himmel und Sonne, blühende Wiesen und weidende Schafherden sowie grasbewachsene hingeduckte Bauernhäuser mit klobigen Schornsteinen.

McCracker hatte die Augen geschlossen und sang seine Inbrunst und seinen Glauben aus sich heraus. Und jeder, auch der Malaye aus einem unbekannten Buschdorf, verstand ihn. Sie starrten den singenden roten Riesen an, dessen harte Faust und unflätiges Brüllen sie so gut kannten, und lauschten bewegungslos dieser fremden Stimme. Sato Franco senkte sogar den Kopf und schien nach innen zu blicken, wo Menschlichkeit nur wenig Platz gefunden hatte und nur ein Gefühl geblieben war, die Liebe zur Heimat.

Übergangslos, um diese Stimmung nicht zu zerstören, spielte van Geldern das nächste Lied, eine fröhliche schottische Melodie, ein Reigen für junge Leute. Er gab dem Keyboard nun den Klang von Pfeifen, so daß man fast glaubte, einen Dudelsack zu hören.

Ein wildes Stampfen, das die Dielen erzittern ließ, schreckte van Geldern auf, aber er drehte sich nicht um. Hinter ihm jubelte McCrackers Stimme, und der Riese tanzte dazu, hob die Arme, die Hände pendelten im Takt, und die schweren Beine in den verdreckten Stiefeln stampften und schabten über den Boden. Bald stampfte und schabte auch die Crew und begriff, daß es ein Tanz in ein besseres Morgen war.

Angelockt von der Baßstimme, war auch Heßbach leise eingetreten. Wie alle war er überwältigt von diesem veränderten roten Riesen. Eine halbe Stunde sang McCracker, dann brach er plötzlich ab, legte dankbar van Geldern die Hand auf die Schulter, blickte über die stumme Mannschaft, ging zur Tür und sagte dort, wie gewohnt:

»Leckt mich doch am Arsch!«

Und damit verließ er den Raum. Heßbach folgte ihm. Zu klatschen wagte keiner.

»Das kommt nicht wieder...«, raunte van Geldern in die Stille hinein. »Wir haben etwas Unbegreifliches erlebt. Das hört ihr nie wieder...«

»Bleib stehen!« rief Heßbach. »James, bleib stehen!«

McCracker lief mit weit ausgreifenden Schritten seiner Kabine zu. Ohne sich umzudrehen, schrie er zurück: »Lassen Sie mich in Ruhe, Käpt'n!«

»Bleib stehen!«

Das war ein Befehl. McCracker zögerte, er hatte noch nie seinem Kapitän einen Befehl verweigert. Er wartete, bis Heßbach dicht hinter ihm stand, drehte sich dann langsam um. Sein Blick glitt über Heßbach hinweg ins Leere.

»Was kann ich tun, Käpt'n?« fragte er.

»Du hast eine wunderbare Stimme. Woher hast du die?«

»Von Gott, Sir.«

»Du glaubst doch nicht an Gott?«

»Nicht mehr... wir haben uns getrennt.«

»Das ist eine fertig ausgebildete Stimme. Mach mir nichts vor, James! Ich versteh ein wenig davon. Ich bin ein Opernnarr, habe Freunde, die Opernsänger sind, und ich weiß, was Atemtechnik ist, Stimmführung, Zwerchfellatmung. Du hast in der Oper gesungen. Mit dieser Stimme hast du den Boris gesungen, den Wotan oder den Philipp in ›Don Carlos‹.«

»Ich habe es vergessen, Käpt'n. Ich habe alles vergessen.«

»Sieh mich an.«

McCracker blickte weiter ins Leere.

»Wer bist du?« fragte Heßbach.

»McCracker, der Hurensohn.«

»Hast du kein Vertrauen zu mir, James?«

»Ich habe Freiwache. Ich möchte mich hinlegen.«

»Was hat dich so verändert, einen anderen Menschen aus dir gemacht?«

»Ich weiß es nicht, Sir.«

»Was hat dich aus der Bahn geworfen?«

McCracker atmete tief auf. Und plötzlich sagte er etwas, das Heßbach nie vermutet hätte: »*Cherchez la femme*...«

»Also eine Frau!« Heßbach dachte an van Gelderns Lebensbeichte und schüttelte den Kopf. »Warum tun Frauen so etwas?«

»Das frage ich nicht mehr, aber ich lege jedes Weib, das ich erwischen kann, aufs Kreuz, ob sie will oder nicht. Ich hasse sie! Ehrlich sind nur die Huren. Sie nehmen fünfzig Dollar, schauen auf die Uhr und sagen: ›'ne halbe Stunde, Baby, dann zieh ich die Bremse‹.« Er senkte den Kopf und blickte jetzt Heßbach an. »Ist noch etwas, Käpt'n?«

»Ja. Wer bist du wirklich?«

»Ich habe alles gesagt, was ich weiß.« McCracker machte einen weiten Schritt zur Tür, riß sie auf und verschwand in seiner Kabine. Heßbach hörte, wie er von innen abschloß. Er wartete noch eine Minute, dann ging er hinauf auf die Brücke. Er nahm sich vor, nach Löschung des Öls in Rotterdam McCrackers Weg aufzurollen. Irgendwo mußte es eine Spur geben. Er hatte in Opernhäusern gesungen, er besaß eine der schönsten Baßstimmen, die Heßbach je gehört hatte... und eine solche Stimme vergißt man nicht. Wenn sie plötzlich nicht mehr singt, wird das Rätsel bleiben, an das man sich erinnern wird. Ein Riese mit einem Jahrhundertbaß, der von heute auf morgen verstummt – in der Welt der Oper leben die Legenden fort.

Jules Dumarche stand am Radar und starrte auf das flimmernde Bild. Es zeigte nur wenige Punkte, die sich außerhalb des Kurses der *Maringo* bewegten. Trotzdem war klar zu erkennen, daß man sich dichter befahrenen Gewässern näherte.

»Nach den derzeitigen Berechnungen erreichen wir die Kanaren bei dieser Geschwindigkeit morgen Mittag«, berichtete Dumarche.

»Wir haben optimales Wetter. Der Atlantik spielt mit, er ist auf unserer Seite.« Heßbach blickte auf den Radarschirm. »Zur Sicherheit sollten wir morgen früh noch einmal einen Rundspruch loslassen und unsere Position durchgeben. Warnung an alle Schiffe, nicht in unsere Nähe zu kommen.«

»Was meldet Santa Cruz?«

»Der Mann dort vergißt vor lauter Aufregung sein Englisch, und auf spanisch versteh ich nur *Olé*! und *Sangria*, obwohl ich das Getränk nicht mag.« Heßbach lachte kurz auf. »Aber mit dem

Ministerium in Madrid hatte ich ein vernünftiges Gespräch. Dort wird ein Don Dequillia alle nötigen Maßnahmen koordinieren. Ich habe ihn beruhigen können. Wir werden außerhalb der normalen Tankerroute fahren. Spanien kann beruhigt schlafen.«

»Und Teneriffa?«

»Das sind eineinhalb Tage Zittern. Aber das schaffen wir doch auch, nicht wahr, Jules?«

»Wir vertrauen alle darauf.« Er stockte und fügte dann hinzu: »Wenn die Maschinen durchhalten.«

»Der Chief hat mir davon berichtet. Er traut den Schraubenwellen nicht. Sie hätten kleine Risse, die man bei der Übergabe des Schiffes überpoliert hatte.«

»Wir sind mit diesem Rostkahn angeschissen worden ... Verzeihung, Sir.«

»Verschlucken Sie nichts, Dumarche. Sie haben ja recht. Was glauben Sie, was ich der Presse erzählen werde, wenn wir in Rotterdam angekommen sind. Mein Vorgänger Fransakiris hat das Maul gehalten, weil er weiter für Bouto fahren will. Für mich ist diese Fahrt die erste und die letzte für die ISC. Und für Sie?«

»Für mich auch, Sir. Ich habe sie nur angenommen, weil man woanders keinen Ersten brauchte.« Dumarche lehnte sich gegen das Kommandopult. »Was wollen Sie der Öffentlichkeit erzählen?«

»Die Wahrheit über einige Billigflaggen-Reeder.«

»Das haben schon andere versucht. Sie wurden lächerlich gemacht oder bekamen eine Klage an den Hals, nach der sie plötzlich schwiegen und nie wieder etwas von sich hören ließen. Haben Sie keine Angst, Sir?«

»Jules, ich kenne die Macht der Reeder. Ich habe sie selbst erlebt. Aber wenn mich keiner mehr fahren läßt, gibt es auch an Land Verwendung für mich.«

»Sie ohne Schiff, Sir? Das kann ich mir nicht vorstellen.«

»Es könnte schwer werden, das gebe ich zu. Aber ich bin dann wenigstens nicht mehr vom Wohlwollen gewisser Reeder abhängig. Warten wir es ab ...« Er klopfte Dumarche freundschaftlich auf die Schulter. »Bis Rotterdam halte ich den Mund und bin der gehorsame Kapitän von Mr. Bouto.«

Am späten Abend stellte Funker Chu Yungan ein Gespräch mit

Jesus Malinga Bouto zu Heßbach durch. Schon am Klang der Stimme merkte Heßbach, daß Bouto ungehalten war.

»Was feuern Sie da in den Äther?« fragte er unwirsch. »Kapitän, Sie machen ja die ganze Schiffahrt um die Kanarischen Inseln verrückt!«

»Das war auch meine Absicht«, antwortete Heßbach.

»Verdammt, Sie sollten still und heimlich die Kanaren umschiffen.«

»Leider«, jetzt wurde Heßbachs Stimme schneidend, »verfügen auch Teneriffa und Gran Canaria über gute Radarstationen! Ich kann einen Tanker mit 200 000 Tonnen Öl nicht unsichtbar machen. Ich sagte: unsichtbar, nicht unsinkbar. Und um ersteres zu verhindern, habe ich alle gewarnt, meinen Kurs zu kreuzen. Ich denke, in Ihrem Sinne gehandelt zu haben.«

»Ich bin vom spanischen Verkehrsminister angerufen und tief beleidigt worden!«

Heßbach grinste zufrieden. Die erste Ohrfeige für Bouto, dachte er genüßlich. Warte nur, du Halunke, es wird nicht die letzte sein.

»Sind Sie noch am Apparat?« rief Bouto erregt, weil Heßbach schwieg.

»Aber ja, Mr. Bouto.«

»Der spanische Minister hat mir mit dem Einsatz von Kriegsschiffen gedroht.«

»Die Reaktion ist vollkommen unangemessen und erhöht höchstens das Risiko. Es war sicher das Vernünftigste, alle über die Situation aufzuklären. Jetzt wird das Meer um Teneriffa geräumt, nur die kleinen Küstenrutscher fahren noch. Mit denen aber kommen wir nicht in Berührung.«

»Der Name *Maringo* ist in aller Munde...«, bellte Bouto.

»Besser als auf dem Meeresgrund.« Heßbach lachte.

»Ich verbitte mir Ihre Frechheiten!« schrie Bouto. Heßbach hörte, wie er dabei auf den Tisch schlug. »Ab sofort senden Sie nur noch normale Funksprüche!«

»Ich sende, was ich für richtig halte. Das Schiff führe *ich!*«

»Sie versauen meinen Namen!«

»O Gott!« Heßbach seufzte. »Ob man ein schwarzes Schwein weiß oder rosa oder lila anstreicht – es bleibt ein Schwein.«

Als Bouto zu brüllen begann, legte er auf.

Bevor er schlafen ging, rief er noch einmal zur Brücke hinauf. Es meldete sich Sato Franco. »Alles in Ordnung, Sir!« sagte er sofort, bevor Heßbach fragen konnte.

»Die letzten Wetterberichte?«

»Atlantik auf unserem Kurs ruhig, kaum bewegte See, bei Teneriffa aufkommender Wind zwischen zwei und drei. Klare Sicht.«

»Das ist ja fabelhaft, Sato.«

»Dagegen große Scheiße in der Nordsee, Sir. Orkanstärken bis zwölf, Nebel, überall Überschwemmungen, Bildung von Katastrophenkommissionen, eine Menge Schiffe in Seenot, Auslaufen von Hilfsschiffen unmöglich ...«

»Unsere Nordsee! Bist du schon mal dort gefahren?«

»Nein, Sir.«

»Dann bist du kein richtiger Seemann. Ich kenne den pensionierten Kapitän eines Kreuzfahrt-Luxusschiffes, der über alle Meere geschippert ist, der Taifune in der Südsee und Stürme bei Cap Horn erlebt hat, der im Chinesischen Meer mit seinem Riesenkahn Wellentanzen übte, und immer stand er wie eine Eins auf der Brücke, unbeeindruckt, ein Granitfelsen im Meer, das Urbild eines bärtigen Seemannes ... aber wenn er in seinem Urlaub von Bremerhaven nach Helgoland fuhr, hing er über der Reling und kotzte. Das ist die Nordsee, Franco! Haben wir ein Glück, daß wir vor Teneriffa sind.«

»Aber wir kommen ja noch in die Nordsee. Durch den Kanal.«

»Bis dahin hat sich das Wetter gelegt ...«

»In der Deutschen Bucht ist Großalarm.«

»Deutsche Bucht? Franco, das ist meine Heimat!« Heßbach war wie elektrisiert. »Was ist da los?!«

»Ein Kollege von uns treibt im Sturm!«

»Ein Tanker? Wer?«

»Das weiß man noch nicht. Totalausfall. Er ist völlig hilflos und manöverierunfähig.«

»Voll beladen?«

»Man schätzt nach dem Radarbild zwischen 60 000 und 100 000 Tonnen Öl! An Hilfe ist bei diesem Orkan nicht zu denken.«

»Das ... das wäre eine Katastrophe für die Nordseeküste, Franco, wenn wir das wären!«

»Wir haben wirklich Glück, Sir.«

Heßbach legte auf und ließ sich von Chu Yungan mit Hamburg verbinden. Doch bei seiner Familie meldete sich niemand. Er rief Radio Norddeich an und geriet dort an einen scheinbar jungen Mann, der dem Sturm der Anfragen offensichtlich nur mit Mühe gewachsen war.

»Was ist in der Deutschen Bucht los?« rief Heßbach.

»Fragen Sie nicht so dämlich!« bekam er zurück.

»Ich bin Kapitän des Tankers *Maringo!*« schrie Heßbach.

»Wo befinden Sie sich?«

»Vor Teneriffa.«

»Dann berührt Sie unsere Lage nicht. Machen Sie die Leitung frei! Gute Fahrt!«

Wenigstens so höflich ist er noch, dachte Heßbach und haute wütend das Telefon hin.

Wenn die deutsche Nordseeküste im Ölschlamm erstickt, wird es keiner Öl-Connection mehr gelingen, ihre Verantwortung zu vertuschen.

Heßbach erschrak über seinen Gedanken. Es klang gerade so, als wünsche er sich eine solch unvorstellbare Katastrophe, damit die Machenschaften der Billigflaggen endlich aufgedeckt wurden. Er versetzte sich in die Lage des Kapitäns, der mit seinem Schiff hilflos in der Nordsee trieb. Was würde ich tun? fragte sich Heßbach. Kein Funk, kein Radar, keine Maschine... nur ein Pott mit circa 100 000 Tonnen Öl, der jeden Moment zerbrechen kann.

Ich weiß es nicht. Unbekannter Kamerad, auch ich habe keinen Rat für dich.

Er rief noch einmal die Brücke an.

»Wie ist unsere Position, Franco?« fragte er.

»Nach der letzten Peilung nähern wir uns der Westküste Teneriffas. Im Nahradar kann sie nicht auftauchen, Sir, denn wir fahren außerhalb der Küstenroute. Aber wir müssen in zwei Stunden auf der Höhe von Los Gigantes sein. Dann werden wir, zwanzig Meilen entfernt, die Nordküste an Steuerbord passieren. Wetter klar, freie Sicht, Wind zwei aus Südost.«

»Weck mich, wenn wir Los Gigantes umrundet haben.«

»Jawohl, Sir.«

Kurz vor halb vier Uhr morgens schrak Heßbach hoch. Auf seinem Schreibtisch schrillte das Telefon, gleichzeitig hämmerte es gegen seine Tür. Verwirrt, noch halb im Schlaf, richtete er sich auf.

»Moment!« rief er. »Ich komme gleich.«

»Es ist dringend, Sir!«

Die Stimme von Sato Franco. Heßbach zögerte, aber dann nahm er doch zuerst das Telefon ab. Am anderen Ende vernahm er Jules Dumarche.

»Käpt'n! Kommen Sie schnell hinauf! Da ist ein Idiot, der uns in die Quere kommt! Er antwortet auf keinen Funkspruch. Im Radar hat er direkten Kurs auf uns...«

Heßbach schloß einen Moment die Augen. Das kann nicht sein, dachte er und spürte, wie es ihm plötzlich eisig über den Rücken lief. Gott im Himmel, laß es einen Irrtum sein. Wenn wir das Schiff schon im Nahradar haben...

Er warf den Hörer hin, rannte zur Tür, riß sie auf und stolperte in Sato Franco hinein. Sein Narbengesicht verzerrte sich.

»Sir...«, stammelte er. »Sir, wir haben eben erst im Radar seine Umrisse gesehen! Und er reagiert nicht!«

Heßbach stürmte auf die Brücke. Der Horizont war ein dünner Streifen von schwachem Licht, der Morgen dämmerte heran, über dem Atlantik hing zarter Morgendunst. Die Sicht war sonst klar, das Meer nur schwach bewegt, der Himmel wolkenlos... ein schöner Tag stieg empor.

Heßbach starrte auf den Radarmonitor. Deutlich sah er, daß ein Schiff, ganz offensichtlich ein Küstenmotorschiff, auf die *Maringo* zukam. In den Augen von Dumarche und Franco las er, was im Moment keiner auszusprechen wagte.

»Ja!« sagte er laut. »Kollisionskurs! Er ist neun Meilen entfernt. Um die *Maringo* zum Stehen zu bringen oder abzudrehen, brauche ich vierzehn bis achtzehn Meilen!«

»Das bedeutet, Sir...«, stammelte Dumarche.

»Ja, das bedeutet es! Ausweichen kann nur mehr das andere Schiff, nicht wir.«

»Aber es gibt auf keinen Funkspruch eine Antwort.« Dumarche hieb mit beiden Fäusten auf das Kommandopult. »Sir, wir können doch nicht...«

»Wir können nur noch wenig, Jules.«

»Das sagen Sie so ruhig?!« schrie der Erste.

Heßbach ging zum Maschinentelegrafen und warf ihn auf Äußerste Kraft. »Franco ... hart Backbord! Wir müssen es versuchen. Wir müssen den Winkel verringern. Der Kerl hält ja direkt auf uns zu.«

Von der Maschine kam ein Anruf von Piet van Geldern. »Sir!« beschwerte er sich. »Wir fahren schon volle Kraft!«

»Das genügt nicht! Äußerste Kraft!«

»Sollen die Maschinen auseinanderfallen?«

»Das wäre jetzt das geringste, Chief. Geben Sie für Ihre Jungs Schwimmwesten aus.«

Einen Augenblick herrschte Schweigen im Maschinenraum, dann kam van Gelderns etwas zittrige Stimme. »Was ist da oben bei Ihnen los, Sir?«

»Ein Küstenmotorschiff auf direktem Kollisionskurs. Entfernung jetzt acht Meilen. Von Steuerbord. Und der Kerl antwortet nicht. Absolute Funkstille.«

»Scheiße!«

»Pieter, holen Sie aus den Maschinen raus, was möglich ist.«

»Nicht mehr viel, Sir.«

»Vielleicht reicht das bißchen Mehr!« Heßbach blickte auf das Meer, das sich jetzt, im aufdämmernden Tag, rötlich zu färben begann. Am Horizont entstand ein orangener Streifen: Die Sonne stieg aus der See auf. »Lieber schrottreife Maschinen, Chief«, sagte Heßbach. Seine sonst klare Stimme war heiser geworden, »aber aus der Gefahrenzone heraus, als mit 200 000 Tonnen Öl in die Luft gehen.«

»Ist es so ernst, Sir?«

»Theoretisch gibt es uns schon nicht mehr.«

Der Wettlauf mit dem Tod begann.

In allen Küstenstationen saßen die Radarüberwacher wie gebannt vor ihren Geräten. Jeder sah, was sich da vor ihren Augen anbahnte, und die Hilflosigkeit, die alle lähmte, verstärkte das Grauen bis zur Unerträglichkeit.

In Santa Cruz brach daraufhin hektische Geschäftigkeit aus. Die Hubschrauberstaffel der spanischen Garnison in La Laguna auf Teneriffa wurde alarmiert. Denn inzwischen hatte man zumindest festgestellt, warum das Motorschiff keine Antwort gab. Der Funk war abgestellt, und die gesamte Mannschaft schlief. Doch dann begann das Instanzengerangel.

»Señor, ohne einen Einsatzbefehl des Generalkommandos in Madrid können wir nichts machen. Zivile Einsätze müssen genehmigt werden«, winkte der Oberkommandierende der Garnison ab. »Wir müssen uns zunächst mit Madrid in Verbindung setzen, Señor.«

»Wir haben keine Zeit zu warten, jede Minute ist wichtig! O himmlische Jungfrau, Sie sollen doch nur das Motorschiff wecken! *Noch* können wir Teneriffa retten! Wir brauchen nur einen Ihrer Hubschrauber.«

»Wir melden uns sofort wieder, Señor.«

Von Santa Cruz und Las Palmas liefen Schlepper und Bergungsschiffe aus, obwohl man errechnen konnte, daß sie zu spät kommen würden. Auf eine Öl-Katastrophe war man auf Teneriffa überhaupt nicht vorbereitet.

Von panischem Stimmengewirr umgeben, saß Heßbach im Funkerraum der *Maringo*.

»Warum weichen Sie nicht aus?!« schrie man in Santa Cruz.

»Ich weiche ja aus!« brüllte Heßbach zurück. »Ich drehe mit äußerster Kraft hart Backbord! Aber ich brauche mindestens zehn Meilen, und das ist schon eine halbe Illusion! Der Rammbock ist aber auf acht Meilen herangekommen. Sie können doch rechnen, Mann!«

»Und ... und es gibt keine andere Möglichkeit?«

»Doch: Der Frachter muß sofort hart abdrehen! Aber da meldet sich keiner. Da schläft alles! Santa Cruz, was können *Sie* tun?«

»Im Augenblick nichts! Wir warten auf den Hubschrauber aus La Laguna.«

»Zu spät ...«

Heßbach hetzte zur Brücke. Das Riesenschiff bebte unter den stampfenden Maschinen. Unerträglich langsam zitterte der Kurszeiger auf Backbord.

Auf der Brücke erschien jetzt, von Sato Franco alarmiert, auch McCracker. Er rannte auf die Steuerbordnock und starrte ins Meer, aber noch sah er nichts. Auch die beiden Männer am Ausguck mit ihren scharfen Ferngläsern blickten nur über ein ruhiges, von der Morgensonne vergoldetes Meer. Jeder wußte, wenn am Horizont ein näherkommender Punkt erkennbar wurde, bedeutete das die größte Katastrophe der Seefahrt.

McCracker kam von der Nock zurück. »Käpt'n...«, stammelte er. »Käpt'n, was können wir noch tun?«

»Verteil die Schwimmwesten, mach die Rettungsboote klar und bereite die Rettungsinseln zum Wassern vor.«

»Und sonst, Käpt'n?«

»Beten...«

McCracker rannte davon und zuckte zusammen, als die Alarmsirene zu heulen begann. Gleichzeitig zog Dumarche an dem Nebelhorn. Weithin dröhnte der Alarm über das Meer, immer und immer wieder, ein so durchdringender Ton, daß das Trommelfell schmerzte. Dieses Nebelhorn mußte man meilenweit hören, aber ob es ausreichte, ein schlafendes Schiff zu wecken, blieb zweifelhaft.

Was niemand wußte: Kapitän, Offiziere und Mannschaft auf dem Küstenmotorschiff schliefen tatsächlich, der Funker hatte seine Bude geschlossen und seinen Wecker auf sieben Uhr morgens gestellt, aber auf der Brücke saßen der zweite Steuermann, der Rudergänger und ein Matrose und spielten Skat. Das Schiff lief mit Autopilot. Nachts war dieses Seegebiet praktisch unbefahren, bei halber Kraft konnte man es sich gemütlich machen, und das Radar konnte kein Land und überhaupt nichts erfassen – warum also immer auf den Monitor starren mit seinem dämlich herumkreisenden Leuchtfinger!

Einmal horchte einer der drei Skatspieler auf und hob den Kopf. »Was ist?« fragte ein anderer. »Spiel endlich dein Herz-As, ich weiß, daß du es hast! Hosen runter, Konstantin!«

»Da war so was wie ein... wie 'ne Nebelsirene...«

»Und draußen kommt die Sonne raus!« Der Steuermann lachte, deutete aus dem Fenster und lachte. »Nicht ablenken! Schmeiß das As hin und zahle!«

»Da... wieder...«

»Das war dein Bauch! Bei dir rollen die Fürze! Bohnensuppe in der Nacht, die hat schon viele Ärsche wach gemacht...« Der zweite Steuermann schlug lachend auf den Tisch. »Gib auf, zahl und geh zum Scheißen.«

Nun lachte auch Konstantin und opferte sein Herz-As. Es war

kurz nach fünf Uhr morgens. Sieben Meilen von der *Maringo* entfernt.

Unterdessen hatte Heßbach eingesehen, daß weder Nebelhorn noch Sirenen etwas erreichten. Der zu erwartende Aufprallwinkel hatte sich aufgrund der Trägheit des Supertankers nur geringfügig geändert. McCracker hatte die Mannschaft im Griff. Die aufgeschreckten Philippinos und Malayen hatten ihre Schwimmwesten angelegt, machten die vier Rettungsboote klar und lösten die Vertäuung. Nur das Gebrüll von McCracker verhinderte, daß Panik ausbrach und die Boote zu frühzeitig heruntergelassen wurden. Ein Philippino stellte sich McCracker in den Weg, als er zu einem der Boote rannte, bei dem der Galgen versagte. Die Zahnräder waren verrostet. Die vorgeschriebenen jährlichen Kontrollen und Alarmübungen hatten offensichtlich nie stattgefunden.

»Vormann!« schrie der Philippino und zitterte. Die Angst zerriß seinen Verstand. »Worauf warten wir noch?!«

»Bist du Katholik?« brüllte McCracker zurück.

»Ja...«

»Wir warten auf den Segen der Jungfrau Maria...«

»Es gibt doch kein Ausweichen mehr!«

»Wer sagt das?«

»Donc Samsu.«

»Der Arsch soll sich um seine Maschinen kümmern!« Er hielt den davonrennenden Philippino am Hemd fest. »Wohin willst du?!«

»Zu den Rettungsinseln. Laß mich los, Vormann. Laß mich los!«

»Damit du die anderen auch noch verrückt machst!« Er drückte den Zappelnden an die Wand des Aufbaus. »Du bleibst jetzt bei mir!«

»Die anderen sind schon verrückt! Sie wollen, daß wir sofort in die Boote steigen und weit weg sind, wenn das andere Schiff uns rammt. Warum dürfen wir nicht, Vormann?!«

»Weil es feige Flucht wäre!«

»Wir wollen leben! Ich will gerne für immer ein gottverdammter Feigling sein, aber ich will leben! Wir können uns doch alle noch retten.«

»Und das Schiff mit 200 000 Tonnen Öl treiben lassen, was?«

»Es ist nicht mein Öl!«

»Teneriffa wird vernichtet werden.«

»Ich kenne Teneriffa nicht. Und wenn es hundert Teneriffas gibt... mein Leben ist mir tausendmal mehr wert!« Der Philippino zog den zitternden Kopf ein. »Wenn man uns nicht an die Boote läßt, stürmen wir sie.«

»Nur über meine Leiche!«

»Auch du bist nicht unsterblich! Wir werden dich mit den Messern in Stücke hacken! Laß mich los!«

Der Philippino versuchte vergeblich, McCracker einen Tritt in den Unterleib zu verpassen und handelte sich dafür eine Ohrfeige ein, unter der er zusammensackte.

»Meine Eier hängen zu hoch!« brüllte McCracker. »Das haben schon andere versucht!« Er packte den Philippino und schleifte ihn zu dem festsitzenden Rettungsboot. Neun Philippinos und drei Malayen starrten McCracker haßerfüllt an.

»Ich habe ›klar zum Wassern‹ befohlen, aber nicht ›Ausschwenken‹!« schrie McCracker. »Ihr Scheißkerle, zurück in die Mannschaftsmesse.«

Keiner rührte sich. Nur ein paar Hände zuckten, und in ihnen lagen plötzlich Messer mit langen blanken und scharfen Klingen. McCracker hob die breiten Schultern.

»Wir möchten in die Boote!« rief einer der Malayen und streckte sein Messer drohend vor. »Noch ist es Zeit. Das Meer ist völlig ruhig. Wir alle können uns retten.«

»Seht ihr, daß der Käpt'n in einem Boot sitzt?«

»Wir sind nicht der Käpt'n.«

»Und euer Sprecher Sato Franco?! Wo ist er? Wartet neben einem Rettungsboot?«

»Ich bin nicht Franco!« schrie ein Philippino zurück. »Jeder ist für sich selbst verantwortlich. Wenn er noch an Bord bleibt, ist das seine Sache. Idioten gibt es immer!«

»Und der Erste? Und der Chief? Und ich?«

»Was geht das uns an?! Wir wollen von Bord!«

Statt einer Antwort von McCracker erscholl ein lauter Knall, eine Rakete zischte in den blauen Himmel, zerplatzte und hinterließ neben roten Sternen, die schnell erloschen, auch eine rote Kugel, die an einem Fallschirm langsam ins Meer schwebte. Sofort stieg eine zweite Rakete auf... das letzte Mittel, sich bemerkbar zu machen.

Rote Raketen. Schiff in Not!

In der Funkkabine hatte Chu Yungan voll aufgedreht und funkte ohne Heßbachs Befehl »SOS! SOS! Tanker *Maringo* in Seenot! SOS!« Chu wollte nicht herumsitzen und aufs Meer starren.

Die dritte Rakete zischte in den Himmel. Diesmal sahen es auch die Skatspieler. Nur noch fünf Meilen entfernt. Sie warfen die Karten hin, stürzten zum Kommandostand, blickten in den Radar und erstarrten. Vor ihnen auf dem Schirm, lang und gewaltig, fuhr ein Tanker direkt auf Kollisionskurs.

Nach dem Alarm dauerte es nur Minuten, bis der Kapitän, der Erste Offizier, der Chief und der Rudergänger auf der Brücke standen. Der Funker, noch verschlafen, stellte die Funkverbindung her. In seiner Kabine fuhr Chu Yungan hoch, als habe man ihn gestochen. Er stellte sofort zu Heßbach durch.

»Hier Stückgutfrachter *Iphigenie V*«, hörte Heßbach eine brüllende Stimme. »Hier Kapitän Janos Theopoulos.«

»Heßbach. Guten Morgen, Herr Kollege. Gut geschlafen?«

»Sie sind auf Kollisionskurs, Mann! Machen Sie keine Witze.«

»*Sie* sind auf Kollisionskurs, Theopoulos. Und wie Sie jetzt sehen, ist es schon zu spät.«

»Wo kommen Sie überhaupt her?« brüllte der griechische Kapitän.

»Haben Sie die Warnmeldungen auch verschlafen?! Alle anderen Schiffe haben unsere Route freigemacht. Nur zu Ihnen gibt es seit Stunden keine Verbindung. Sie haben den Funkverkehr einfach unterbrochen. Das ist nicht Leichtsinn, das ist ein Verbrechen!«

»Ich gehe sofort hart Steuerbord.«

»Sie haben noch fünf Meilen bis zum Crash. Ich brauche noch sieben Meilen bis zum Abdrehen und ich habe 200 000 Tonnen Öl an Bord.«

»Wir tun, was wir können!« heulte Theopoulos.

»Das hätten Sie vor sechs Meilen tun können. Aber da haben Sie geschlafen. Jetzt können Sie nichts mehr verhindern.«

»Vielleicht schaffen wir es doch noch!«

»Wie lange fahren Sie zur See, Kollege?«

»Zweiundzwanzig Jahre...«

»Es wird Ihr letztes Jahr sein! Aber die Welt wird Ihren Namen für alle Zeiten in die Geschichtsbücher schreiben: Kapitän Theopoulos hat mit seiner *Iphigenie V* den Supertanker *Maringo* gerammt und damit die Insel Teneriffa vernichtet.«

Es knackte in der Leitung. Eine andere, raunzende Stimme erklang. »Hier ist der Erste, Alexander Circa. Ich habe Ihr Gespräch mitgehört. Ihr Zynismus ist zum Kotzen! Wir drehen hart Steuerbord ab, und wenn Sie ebenfalls hart Backbord ...«

»Hören Sie mal zu, mein Lieber!« Heßbachs Stimme ließ nun doch Erregung spüren. »Zunächst: Haben Sie ausgeschlafen? Und dann: Verlassen Sie sich, auch wenn Sie Circa heißen, nicht auf Circawerte. Ein Seeoffizier sollte rechnen können. Sie brauchen zum Abdrehen noch fünf Meilen, ich brauche bis zu acht Meilen. Was schließen Sie daraus?«

Einen Augenblick herrschte Stille, ehe der Erste Offizier fortfuhr: »Wir haben drei Bleicontainer mit Atommüll an Bord.«

Heßbach glaubte seinen Ohren nicht zu trauen. Er atmete tief durch. »Wohin wollen Sie denn mit denen?« fragte er entsetzt.

»Ist das jetzt von Bedeutung?«

»Sie wollten den Atommüll irgendwo in den Atlantik kippen. Ein kleiner, nein, ein erklecklicher Nebenverdienst für das schlichte Versenken von drei Atomcontainern.«

»Bleicontainern. Völlig sicher in zweitausend Meter Tiefe. Aber das ist jetzt nicht wichtig.«

»Da gebe ich Ihnen ausnahmsweise recht, Circa! Mein Ausguck meldet mir gerade, daß wir jetzt Sichtkontakt haben. Im Radar kommen Sie jetzt schräg auf uns zu. Sie schaffen es nicht mehr!«

»Wir schaffen es doch!« brüllte Kapitän Theopoulos dazwischen. »Warum drehen Sie nicht schneller nach Backbord?!«

»Weil ich nicht kann, ganz einfach. Ich bin kein Springbock der Meere, sondern ein Saurier. Ich lasse meine Crew in die Boote – sie kann sowieso nichts mehr tun.«

»Und Sie, Herr Kollege Heßbach?«

»Ich bleibe bis zuletzt an Bord.«

»Sie sind ja verrückt!«

»Nein, ich bin mit diesem Kapitänsethos aufgewachsen. Es mag hundert Kapitäne geben, die ihr Schiff vorzeitig verlassen, ich bin Nummer einhunderteins, der es nicht tut. Ich hoffe, daß wir uns kennenlernen, Theopoulos ... ich könnte Sie verfluchen.«

Er unterbrach das Gespräch und sah Franco und Dumarche an. »Sie können auch das Schiff verlassen«, sagte er mit einer unbegreiflichen Ruhe. »Ich entbinde Sie Ihrer Pflichten. Retten Sie Ihr Leben!«

Dumarche starrte Heßbach an, über sein Gesicht lief ein Zucken. Er legte grüßend die Hand an die Mütze und rang nach Atem. »Danke, Sir«, sagte er tonlos. »Es ist also vorbei?«

»Ja, es ist vorbei.«

»Und Sie, Sir?«

»Ich übernehme das Ruder.«

»Sie... Sie bleiben?«

»Wir müssen weiter hart Backbord halten.« Heßbach gab Sato Franco einen Rippenstoß. Aber der Philippino rührte sich nicht. »Geh ins Boot!« sagte Heßbach scharf.

»Nur mit Ihnen, Sir!«

»Ich befehle dir...«

»Sie haben uns gerade unserer Pflicht entbunden, Sir. Ich gehorche keinem Befehl mehr!«

»Ich bitte auch bleiben zu dürfen.« Jules Dumarche trat einen Schritt vor. »Wir lassen Sie nicht allein, Sir...«

Von der Maschine rief aufgeregt Pieter van Geldern an. »Was ist los?« schrie er. »Die Kerle rennen mir davon! Machen wir wirklich die Boote klar?«

»Ja, Chief. Lassen Sie die Maschinen laufen und steigen Sie auch ein. Und vergessen Sie Ihr Keyboard nicht. Von dem werden Sie in der nächsten Zeit wieder leben müssen.«

»Es kommt also zum Crash?!«

»Ja, innerhalb der nächsten halben Stunde. Der Grieche schafft das Manöver nicht schnell genug und wir schon gar nicht.«

»Und Sie, Sir?« Dieselbe Frage.

»Ich versuche alles...«, sagte er ruhig.

»Und ich soll meine Maschinen verlassen? Halten Sie mich für einen Lumpen, Sir?«

»Ihr alle seid Halunken.« Heßbach holte tief Luft. »Aber ihr seid die besten Kameraden, die ich je erlebt habe. Ihr kennt das Risiko...«

»Sie auch, Sir. Und wenn Sie bleiben, dann...«

Van Geldern schluckte den Rest hinunter. Er reichte dem Maschinisten Donc Samsu die Hand und gab ihm dann einen freundschaftlichen Schlag auf die Schulter.

»Mach's gut, Junge! Du hast zwar wenig Ahnung von der Maschine, aber du hast mir doch geholfen.«

Der Philippino grinste verlegen. »Jetzt kann ich es Ihnen ja sagen, Chief, ich versteh nur was von Automotoren. Sind Sie jetzt böse?«

»Hau ab!« rief van Geldern rauh. »Sonst legen die Boote ohne dich ab.«

»Ich habe viel gelernt von Ihnen, Chief. Danke.« Donc stand stramm, drehte sich dann um und rannte davon. An Deck hörte er schon das Brüllen von McCracker. Die Boote waren ausgeschwenkt und wurden zu Wasser gelassen. Die Mannschaft drängte sich an die Strickleitern.

Am Horizont, jetzt mit dem Auge klar erkennbar, schob sich die *Iphigenie V* auf die *Maringo* zu. Es wird die Tanks Fünf und Sechs treffen, schätzte McCracker, und wenn dann noch die Maschinen laufen, ist eine Explosion unvermeidbar. Und sie müssen laufen, die Maschinen ..., wir müssen abdrehen. Auf Backbord liegt die Rettung, liegt das Überleben.

»Nicht drängeln!« brüllte er über die Crew hinweg. »Wer den anderen behindert, bekommt noch jetzt eins von mir drauf. Wir haben Zeit genug, ihr feigen Hunde!«

Feig, dachte er. Ist es feige, sein Leben zu retten, solange man es noch kann? Wer darf einem Menschen einen Vorwurf machen, wenn er um sein Leben rennt? Auch ich möchte leben, auch ich möchte in eins der Boote, und einmal in meinem Leben möchte ich noch den Sarastro singen oder den Boris Godunow, auch wenn es hinter verschlossenen Türen ist... Was wißt ihr alle, wie es in mir aussieht? Ihr kennt nur McCracker, aber der trägt eine Maske!

Er blickte nach oben zur Brücke. Hinter der gebogenen Scheibe erkannte er undeutlich die Umrisse von Heßbach, seine weiße Uniform, seine weiße Kapitänsmütze. Er stand am Kommandopult und lenkte das Schiff mit unerschütterlicher Ruhe.

Am blauen Himmel erschienen jetzt zwei Hubschrauber der Garnison von La Laguna, kamen tiefer und kreisten zuerst über dem Griechen, dann über der *Maringo*.

»Schaffen Sie es?« schrie der Pilot von Helikopter Eins. »Sie haben noch zwei Meilen...«

»Das weiß ich selbst!« brüllte Kapitän Theopoulos zurück. »Zwei Meilen reichen nicht mehr.«

»Es sind zwei Schnellboote unterwegs, um Sie an die Trosse zu nehmen und wegzudrücken ...«

»Ehe die ankommen, ist alles vorbei!«

»Dann stoppen Sie doch! Volle Kraft rückwärts!«

»Fliegen Sie eine Mücke oder steuern Sie ein Schiff?« schrie Theopoulos. »Volle Kraft rückwärts nützt gar nichts mehr.«

»Das hätten Sie von Anfang an tun müssen. Man wird Sie verhaften und verantwortlich machen.«

»Zunächst gehen wir in die Boote!« Theopoulos wischte sich den kalten Schweiß aus dem Gesicht. »Und dann ... leckt mich alle am Arsch! Oder hängt mich auf ... ich kann's nicht mehr ändern.«

Die Hubschrauber knatterten über der *Maringo* und gingen so tief herunter, als wollten sie auf dem breiten, langen Deck landen. Heßbach winkte den beiden Piloten zu.

»Ihre Mannschaft geht von Bord?« wurde er angefunkt.

»Ja. Nur die Offiziere bleiben.«

»Von Gran Canaria kommen zwei Transport-Hubschrauber zu Ihnen. Die können Sie von Bord ziehen.«

»Wenn es dann noch was zu ziehen gibt.«

»Sie wollen doch wohl nicht ...«

»Ich bin der Kapitän, und mein Schiff braucht mich noch!«

Die Hubschrauber drehten ab. Auf Teneriffa und Gran Canaria und einigen anderen Stationen wurden die Funksprüche abgehört und auf Tonband aufgezeichnet. Sie würden wahrscheinlich als Beweismaterial benötigt werden. Die Schuld lag eindeutig bei dem griechischen Frachter. Aber was bedeutete schon Schuld, wenn die größte Ölkatastrophe aller Zeiten sich vor den Augen der Weltöffentlichkeit ereignete und gleichzeitig die völlige Ohnmacht bewiesen wurde, eine derartige Tragödie zu verhindern.

Auf den Kanarischen Inseln war längst Alarm gegeben worden. Sämtliche Strände waren gesperrt, zu Tausenden standen die Urlauber an den Küsten und starrten über das sonnenglänzende, ruhige, tiefblaue Meer. Und trotzdem gab es eine Menge Touristen, die alles besser wußten und sich sogar beschwerten, daß die Badestrände gesperrt waren. »Ölpest? Wo denn?« opponierten sie. »Ihr spinnt doch!«

»In ein paar Stunden kann sie hier sein!« erklärte ein Polizist der Guardia Civil, die zusammen mit der Ortspolizei und freiwilligen Helfern die Strände bewachten. »Da draußen passiert was!«

»In ein paar Stunden.« Ein dicker Deutscher baute sich vor dem Beamten auf. Sein Kopf war von der Sonne leicht gerötet. »Das ist eine Frechheit! Bis das Öl kommt, können wir doch noch baden!«

Der Mann von der Guardia Civil starrte den Urlauber an. »Sie haben Nerven...« sagte er erschüttert.

»Die euch allen fehlen, darum kommt ihr auch zu nichts!«

Beipflichtendes Gemurmel der Umstehenden. Diese Spanier! Da draußen auf See verliert irgendein Schiff Öl, und die machen sofort eine Staatsaktion daraus. Nicht reden, Leute, handeln... Fahrt raus und pumpt das Öl ab... Einfacher geht's doch nicht. Aber habt ihr überhaupt Pumpschiffe? Natürlich nicht! Viel Geld kassieren, und dann alles dem lieben Gott überlassen. Da fehlt deutsche Organisation.

»Warum pumpt ihr nicht ab?« kam prompt die Frage. Der Beamte hob die Schultern. Er sah um sich, als erwarte er Hilfe gegen diese deutsche Besserwisserei.

»Weil es keinen Sinn hat«, sagte er endlich.

»Wieso?«

»Es können 200000 Tonnen Öl ausfließen. So viel wie nie! Teneriffa wäre dann tot...«

Betretenes Schweigen umgab ihn plötzlich. Der Dicke mit dem Sonnenbrand schob seinen Leinenhut tiefer in die Stirn.

»Das sind 200000000 Liter Öl«, sagte er und blickte wieder über das golden schimmernde Meer und die Schaumkronen in der Brandung. »So etwas gibt es doch nicht!«

Nun schwiegen sie alle und blickten wie der Dicke über den glitzernden Atlantik. Ein Paradies geht unter... und sie standen hier oberhalb des Strandes und würden erleben, wie das Öl alles vernichtete. Und das alles für 986 Mark pro Woche mit Halbpension...

Heßbach blickte hinunter auf Deck. In den ausgeschwenkten Galgen pendelten die Rettungsboote aufs Meer. Die ersten Männer der Crew kletterten an den Strickleitern hinterher und sprangen in die Boote. Erst an der Abdrift der Boote sah man, mit welcher Geschwindigkeit der Tanker nach Backbord hielt. Schneller ging es nicht mehr, und trotzdem war es zu langsam. Heßbach winkte McCracker zu, der zu ihm hinaufschaute. Geh ins Boot, hieß das. Hau ab, James. Ich danke dir. Du hast mir sehr geholfen. Du hast die Mannschaft gut im Griff gehabt; ich weiß nicht, ob mir das gelungen wäre. Und überleg es dir, James: Ein Bassist kann länger singen als ein Tenor. Die Opernhäuser sind noch für dich geöffnet...

McCracker winkte zurück und nickte. Aber er blieb an Deck stehen und kletterte nicht den anderen nach in ein Boot. Als Heßbach wieder hinunterblickte, war er verschwunden. Dafür betrat van Geldern die Brücke, verdreckt, verölt, verrußt und lehnte sich erschöpft an die Wand. »Die Maschinen laufen einwandfrei«, sagte er und röchelte beim Atmen. »Trotz der Risse in den Kurbelwellen ...«

»Das spielt jetzt auch keine Rolle mehr, Chief.« Heßbach sah sich um. Die Gesichter der Männer waren versteinert. »Meine Herren ... jetzt sind wir allein. Als letzter der Mannschaft hat Chu Yungan seinen Funkerposten verlassen. Er wollte nicht – ich habe es ihm befohlen! Jetzt sind wir zu viert auf der *Maringo* ... drei zuviel! Bitte, gehen auch Sie in die Boote.«

»Sir ...« Sato Franco trat einen Schritt vor. »Wir möchten an Ihrer Seite bleiben ...«

Heßbach schüttelte den Kopf. »Ich kann Ihnen nicht mehr befehlen, aber ich bitte Sie jetzt! Verlassen Sie das Schiff. Mir ist wohler, wenn ich allein bin. Ich verspreche Ihnen, nachzukommen. Ich habe noch eine große Aufgabe an Land!«

Van Geldern, Dumarche und Sato wechselten einen schnellen Blick. Dann standen sie stramm, grüßten und sagten wie aus einem Mund:

»Viel Glück, Herr Kapitän.«

»Danke, meine Herren, und Ihnen auch.«

Als die Offiziere und Franco die Brücke verlassen hatten, lehnte sich Heßbach erschöpft gegen das Kommmandopult. An Steuerbord schob sich die *Iphigenie* heran, und obwohl ihre Maschine mit aller Kraft rückwärts hielt, trennte die beiden Schiffe nur mehr eine Meile.

Heßbach beobachtete, wie die drei Rettungsboote, von kleinen Motoren angetrieben, sich schnell von der *Maringo* entfernten. Für seine Crew war alle Gefahr gebannt, der Tod kam von Steuerbord.

Noch einmal klingelte das Funktelefon, das Chu vor seinem Abgang zur Brücke durchgestellt hatte. Aus Liberia rief Mr. Bouto an. Seine Stimme klang nicht so, als ob er einen Verlust von über 130 Millionen Dollar einstecken müsse. Die Ladung interessierte ihn sowieso nicht. Sie war bezahlt.

»Ist es wahr, daß die *Maringo* vor einem Crash steht?« fragte er. »Stimmen die Nachrichten, die man überall hört?«

»Nein! Alle Radiostationen der Welt senden eine Weltmärchenstunde, Bouto.«

»Werden Sie nicht unverschämt, Heßbach!« Bouto trommelte mit den Fingern auf die Schreibtischplatte. »Wie kommen Sie in eine solche Situation?«

»Der Schlaf... der erfrischende Schlaf...«

»Sie haben geschlafen?« rief Bouto.

»Nicht ich, sondern mein griechischer Kollege, der mich in wenigen Minuten rammen wird. Bleiben Sie am Apparat, Bouto, dann können Sie's mitanhören.«

»Wo sind Sie?«

»Nordwestlich von Teneriffa... wie Sie befohlen haben.«

»Ich habe gar nichts befohlen! Ich habe einen Vorschlag gemacht!«

»Glücklicherweise gibt es Tonbänder unserer Gespräche, Bouto. Auch dieses wird aufgezeichnet...«

Es knackte in der Leitung. Bouto hatte sofort aufgelegt. Heßbach schüttelte den Kopf. »Feigling!« sagte er verächtlich. »Es nützt dir nichts mehr. Ich werde euch Hunde von der Öl-Connection an den Pranger stellen lassen!«

Gott, hilf! Drücke die *Maringo* nur einen Zentimeter zur Seite! Halt Deinen Daumen zwischen mich und den Griechen!

An Deck, für Heßbach nicht zu sehen, standen McCracker und Sato Franco und starrten auf den Bug der *Iphigenie V.* Als die Crew auf die Rettungsboote zuging, waren sie sich in einem geschützten Winkel beinahe in die Arme gelaufen. Nach einigen feindseligen Blicken brach McCracker das Schweigen.

»Was machst du denn noch hier, du Narbenschwein?«

»Und du, du roter Scheißhaufen?!«

»Ich bin kein Feigling, ich bleibe bei meinem Käpt'n.«

»*Dein* Käpt'n ist auch meiner!« erwiderte der Philippino.

»Ich teile ihn mit niemandem!« brüllte McCracker. »Auch nicht mit dir! Was willst du denn noch hier?«

»Das gleiche wie du. Ich lasse den Kapitän nicht allein.«

Dann schwiegen sie wieder, und jeder dachte vom anderen: Er ist ein Schwein –, aber ein Schwein mit Charakter. Jetzt stehen wir gemeinsam an der Schlachtbank, uns trennt nichts mehr ... laß uns Freunde sein.

»Narbenschwein«, sagte McCracker mit seltsam versöhnlicher Stimme.

»Rote Sau ...«

»Nun können wir nicht mehr gemeinsam Bouto und Abdaman umbringen.«

»Nein, das wird mich bis zuletzt ärgern.« Sato blickte an dem Riesen hinauf. »Du hast eine wunderbare Stimme.«

»Ach! Halt's Maul ...«

»Du hast es nicht gesehen, aber ich habe geweint.«

»Was hast du?«

»Du hast von einem fernen grünen Land gesungen ...«

»Irland.«

»... und ich habe die Wiesen gesehen und den Wind gerochen. Da sah ich auf einmal meine Heimat vor mir, die Bergdörfer und die Reisterrassen, die Büffel vor den Pflügen und die Mädchen, die in bunten Festgewändern den Göttern Opfer bringen ... Da mußte ich weinen ...«

»Mit vier Toten auf dem Rücken.«

»Das ist eine andere Welt. Das ist die Welt, in der ich mich durchkämpfen mußte. Aber das verstehst du nicht.«

»Wer paßt eigentlich auf die Maschinen auf?« McCracker gab Sato einen Stoß.

»Niemand. Auch der Chief ist von Bord. Er hat gesagt, es sei alles in Ordnung.«

»Das ist doch Wahnsinn!« McCracker packte Sato am Hemdkragen. »Wer soll sie nach dem Crash abstellen?!«

»Das Meer. Wenn Wasser hereinbricht, verrecken sie von allein.«

»Und an eine Explosion denkt keiner?«

»Wo Wasser ist, kann nichts explodieren.«

»O Himmel, habt ihr alle nur Scheiße im Kopf?! Runter, Franco. Zu den Maschinen!«

»Hast du denn Ahnung davon?«

»Nein! Aber wenn es kracht... alle Hebel auf Null. Null ist immer gut. Wo nichts ist, kann nichts werden! Zu den Maschinen!«

Sie stürzten die steile Eisentreppe hinunter zum Maschinenraum. Ein beißender Gestank von heißlaufendem Metall schlug ihnen entgegen. Ratlos standen sie vor der großen Schalttafel mit unzähligen Uhren, Meßinstrumenten, leuchtenden Knöpfen, Hebeln und Schaltern. Wegen des ätzenden Rauchs hatten sie ihre Hemden aus den Hosen gerissen und gegen den Mund gedrückt.

»Da soll sich einer auskennen!« keuchte Sato Franco.

»Solange die Lämpchen leuchten, ist alles okay! Wenn sie nicht mehr leuchten, stehen alle Maschinen!« McCracker zeigte auf einen großen Hebel, der heruntergedrückt war. »Ich nehme an, daß das der Zentralschalter ist. Wenn ich den nach oben drücke, steht alles still.«

Er griff danach, aber Sato schlug ihm auf die Finger. »Bist du verrückt?!« schrie er.

»Faß mich nicht an!« brüllte McCracker zurück. »Ich wollte nur mal probieren.« Er ließ sich auf den Stuhl fallen, von dem aus van Geldern immer die Schalttafel beobachtet hatte. »Können wir Freunde sein?« fragte er und blickte über den viel kleineren Sato hinweg.

»Warum können? Wir sind es doch, roter Drache.«

»Verhurter Affensohn...«

Es klang fast vorsichtig, und sie lächelten sich zu und verstanden sich, als hätten sie dieselbe Muttermilch getrunken.

Auf der Brücke klammerte sich Heßbach am Kommandopult fest. Die *Iphigenie* oder die *Maringo* hatten es geschafft, nicht aufeinander zu stoßen. Im allerletzten Augenblick lagen sie Seite an Seite, nur der Daumen Gottes fehlte. Zwei Zentimeter fehlten, zwei lumpige, lächerliche Zentimeter! Der Grieche schrammte an der Bordwand des Tankers entlang, nur ein leichtes Knirschen war zu vernehmen, so wie wenn Eisen an Eisen reibt, sonst nichts. Und die *Maringo* drehte weiter nach Backbord. Heßbach schloß die Augen und war bereit, Gott zu danken.

Doch dann geschah es. Die Berührung hatte genügt, den morschen, von innen verrosteten Stahl der Bordwände aufzureißen. Wie mit einem Rasiermesser waren die Stahlplatten geschlitzt worden... ein nur schmaler Streifen, sieben Meter lang, dann hatten sich die beiden Schiffe getrennt und schwammen friedlich nebeneinander her.

Ein paar Augenblicke war alles still, ehe der Riß durch die Gewalt des Öls wie eine Blase auseinanderplatzte. Es gab einen dumpfen Knall, als die Stahlwände zerrissen wurden und dann strömte das Öl ungehindert ins Meer.

Im Maschinenraum hatte McCracker, als er das Knirschen hörte, den Zentralhebel hochgedrückt. Mit einem Aufschrei schwiegen die Maschinen, ein paarmal noch drehten sich die Kurbelwellen, dann blieben sie stehen. Das Krachen der aufreißenden Bordwand war hier unten stärker als oben auf Deck, es war, als bräche ein Fels auseinander, und eine neue Quelle suche sich einen Weg in die Freiheit.

»Raus!« schrie Sato. »Raus! Es ist passiert! Wir müssen dem Kapitän helfen. Jetzt kann auch er von Bord!«

Sie rannten die Eisentreppe hinauf und prallten gegen die dicke Sicherheitstür. Es war eines der automatischen Schotts, das sich sofort schloß, wenn das Schiff in Gefahr war. Wenn auch sonst nichts auf der *Maringo* in Ordnung war, ausgerechnet dieses Schott funktionierte einwandfrei. Nur wer den richtigen Hebel im Maschinenraum kannte, konnte es wieder öffnen. McCracker und Sato Franco hatten sich selbst den Weg ins Leben verschlossen!

So ungerecht kann die Wirklichkeit sein.

McCracker hämmerte und trat gegen das Schott, er warf sein ganzes Gewicht dagegen, aber es war völlig sinnlos. Er selbst hatte es auf seinen Kontrollgängen überprüft, aber nur von außen, wo ein großer Hebel die Pneumatik in Gang setzte. Sato stand bleich und mit weiten Augen hinter ihm. Die grauenhaften Narben in seinem Gesicht waren weiß geworden.

»Du Hure!« brüllte McCracker und trat gegen die Tür. »Du Hure! Sollen wir hier verrecken? Sato, wie geht die Tür auf?«

»Ich weiß es nicht, roter Drache.«

»Ihr auf der Brücke wißt doch sonst alles!«

»Ich kann einen Kurs halten, aber fürs Abschotten bin ich nicht verantwortlich.« Gelassen setzte er sich auf die Eisenstufen der Treppe und starrte gegen die Stahlwand. »Wir explodieren nicht«, sagte er. »Wir laufen nur aus. Vielleicht finden sie uns. Sie werden doch alles versuchen, die anderen Tanks zu retten.«

»Wenn wir nicht Schlagseite bekommen und umkippen.«

»Wenn die zerrissenen Tanks voll Wasser laufen, haben wir wieder Ballast. Wenn es gelingt, die anderen Tanks zu retten, sind wir bei dieser ruhigen See unsinkbar.«

McCracker setzte sich zwei Stufen höher auf die Eisentreppe. »Du hast recht«, sagte er dumpf, »darauf sollten wir warten. Solange wir nur auslaufen, ist nicht alles verloren.«

Heßbach hatte das Bersten der Tanks Fünf und Sechs mit zusammengekniffenen Augen gesehen. Die *Iphigenie* schwamm jetzt längsseits, und der Abstand wurde schnell wieder größer. Kapitän Theopoulos schien noch nichts bemerkt zu haben; fröhlich rief er die *Maringo* an.

»Wir haben es geschafft!« jubelte er. »Gratuliere, Kollege! Das war verdammt knapp.«

»Zu knapp, Theopoulos. Sie haben mich wie eine Sardinenbüchse aufgeschlitzt. Ich laufe aus.«

»Nein! Unmöglich!« Es klang wie ein Aufschrei. »Machen Sie jetzt keine Witze.«

»Es ist kein Witz! Blicken Sie mal zurück.«

Einen Augenblick herrschte Schweigen. Dann war die Stimme des Kapitäns wieder da.

»Das gibt es doch nicht! Ich habe Sie kaum berührt!«

»Kaum. Das ist es, das hat gereicht...«

»Davon können Sie höchstens eine Beule haben! Eine harmlose Beule... Mein Gott, es sprudelt aus Ihnen heraus!«

»Eine Beule. Nur eine Beule! Ich gebe Ihnen recht, Theopoulos.« Heßbach blickte hinauf zu den beiden Hubschraubern, die ihn umkreisten. »Bei jedem Schiff hätte es nur eine Beule gegeben, vielleicht nicht einmal das. Und ein Tanker mit einer Doppelwandung wäre unbeschädigt weitergefahren. Aber ich habe keine doppelte Hülle, weil eine Umrüstung meinem Reeder zu teuer ist, und ich habe eine Hülle, deren Stahl über siebzehn Jahre alt ist und nie richtig gepflegt wurde, und diese Hülle ist durch Rost, den man einfach nicht sehen wollte, von innen so dünn geworden, daß ein Schaben sie aufreißen kann. Farbe von außen schafft keine Stabilität, und eine Kontrolle hat die Klassifikationsgesellschaft einfach abgehakt.«

»Und... was tun Sie jetzt, Heßbach?«

»Ich gehe von Bord. Ich kann nichts mehr tun. Die Maschinen stehen still, ich weiß nicht warum, aber wer fragt jetzt noch danach? Ob ich zehn Meilen weiterfahre oder nicht ... das Öl läuft aus und wird auf Teneriffa zutreiben. Die einzelnen Tanks sind abgeschottet, aber die zwei geborstenen Tanks reichen aus. Aus ihnen fließen 30 000 Tonnen Öl ins Meer ... fast so viel wie bei der *Exxon Valdez*. Jetzt müssen die anderen helfen.«

Von Santa Cruz ging die Nachricht nach Marokko und Spanien und dann rund um die Welt: Tankerkatastrophe vor den Kanarischen Inseln. Schlepper und zwei Schnellboote, zwei Transporthubschrauber und andere Schiffe strebten der Unglücksstelle zu. Mit den Hubschraubern kamen die ersten Fernsehteams, auf den Schiffen drängten sich Reporter, aus Teneriffa berichtete der Spanische Rundfunk.

Ölpest vor den Kanaren. Kollision mit einem griechischen Frachter. Noch ist eine Rettung möglich. Pumpschiffe aus Cadiz sind unterwegs. Auch die Engländer helfen. Von Gibraltar schicken sie Hilfsschiffe mit chemischen Lösungsmitteln nach Teneriffa. Es wird getan, was möglich ist.

Der erste Schlepper hatte die *Maringo* erreicht und wollte sie an die Trosse nehmen, um sie weiter von den Inseln wegzuziehen. Ein Hilfskommando wartete auf seinen Einsatz. Das Meer um den Supertanker herum war schwarz, und eine dicke, ölige Brühe schwappte gegen die Schlepper.

Auch später konnte Heßbach nicht nachvollziehen, wie es geschehen war: Plötzlich schoß von Deck Drei eine Stichflamme in die Höhe, ein ohrenbetäubender Knall folgte, und dann platzte eine Wolke aus Feuer und Gas in den Himmel und verdunkelte ihn. Die *Maringo* bäumte sich auf, als sei in sie hineingestochen worden, und dann explodierte Deck Zwei und schleuderte einen Rauchberg in den warmen, sonnigen Tag. Noch einmal bäumte sich der Tanker auf, es war, als könne er schreien. Die Steuerbordwand wurde auf dreißig Meter Länge weggerissen, über den Schleppern regneten glühende Eisenteile und schlugen wie Granatsplitter ein.

Das Öl stürzte sich wie ein Wasserfall ins Meer.

Das Schauspiel übertraf die schlimmsten Vorstellungen vom Jüngsten Gericht:

Der Ölteppich breitete sich aus, und das Meer begann zu brennen, der Sonnenhimmel verdunkelte sich unter schwarzen, klebrigen Wolken, und die Hitze wurde so unerträglich, daß niemand mehr herankommen und helfen konnte.

»Das ist die Hölle!« schrie ein Fernsehreporter, der im Hubschrauber sicheren Abstand hatte. »Ja, es ist die Hölle!«

Aber waren es nicht vielmehr die falschen Götter, die hier ein Paradies auf Erden zerstörten?

Die erste Explosion, die eine überdimensionale Stichflamme in den Himmel schickte, erlebte Heßbach in der Starrheit maßlosen Staunens. Er begriff einfach nicht, was vor seinen Augen geschah. Bei der zweiten Explosion wurde er dann von einer Druckwelle gegen die Wand der Brücke geschleudert. Die Scheiben zerbarsten, Metallstücke zerschlugen das Kommandopult, die Türen zu den beiden Nocks wurden aus den Angeln gerissen, der Signal- und Radarmast knickte zum Heck ab und Glassplitter flogen durch die Luft.

Heßbach kauerte an der Eisenwand, hatte die Arme schützend um seinen Kopf gepreßt und wartete auf eine dritte Explosion, den endgültigen Todesstoß für das Schiff. Verwundert stellte er fest, daß er keinerlei Angst verspürte. Kein Zeichen von Panik, kein erstickter Aufschrei... Er lag auf dem Boden, zusammengekrümmt, hörte den Lärm der Flammen, spürte die Hitze der Glut und bedachte mit eiskalter Berechnung die Konsequenzen des Geschehens: Jetzt laufen 200 000 Tonnen Öl ins Meer. In Kürze werden die Flammen übergreifen und einen brennenden Teppich bilden. In zwei oder drei Tagen wird es kein Teneriffa mehr geben.

Er richtete sich auf, schob sich an der Wand hoch und starrte durch die zerborstenen Scheiben hinaus. Die flammenbrodelnde Ölwolke erinnerte ihn an die zahllosen amerikanischen Katastrophen-Filme, in denen ganze Berge in die Luft flogen, ganze Städte in einer Feuersäule zu Asche wurden und neue Vulkane aus dem Meer auftauchten. Er hatte die Pyrotechniker in den Vereinigten Staaten, die solche naturgetreuen Weltuntergänge im Atelier herstellten, immer bewundert. Jetzt spielte sich die Wahrheit vor seinen Augen ab und führte ihm ein Inferno vor, das alles übertraf, was sich Hollywood hätte ausdenken können.

Sato Franco hatte die erste Explosion von der Eisentreppe in den Maschinenraum zurückgeschleudert. McCracker hatte sich noch an das Geländer klammern können, aber gleichzeitig war er mit dem Hinterkopf gegen die Kante der oberen Stufe geprallt und war für einen Moment benommen gewesen. Als er wieder zu sich kam, lag Sato am Fuß der Treppe, ohnmächtig von dem Sturz, und aus einer Platzwunde an der Schläfe rann das Blut auf den gekachelten Boden.

McCracker rutschte die Treppe hinunter und beugte sich über Franco. Er schüttelte ihn, gab ihm ein paar sanfte Ohrfeigen und hob seinen Oberkörper hoch.

»Franco!« rief McCracker. »Junge, mach jetzt nicht schlapp! Wir müssen hier raus! Explosion! Daß ich daran nicht gedacht habe! Es ist doch sowieso alles im Arsch! Wir sprengen die Tür auf! Wir machen aus Treibstoff eine schöne kleine Bombe! Junge, wach doch auf...«

Er schüttelte Sato noch einmal, ließ ihn dann los und rannte zu den Treibstoffleitungen der abgestellten Maschinen. Er suchte ein verschließbares Metallgefäß, ein Stück Stoff, das man zerreißen und zu einer Zündschnur drehen konnte. Der Anblick eines abgesägten Eisenrohrs, dessen eines Ende verschweißt war, ließ ihn in Jubel ausbrechen.

»Junge, wir haben es!« brüllte McCracker durch den hallenartigen Raum. »Wir machen eine Rohrbombe! Was die IRA kann, können wir auch!«

Die zweite Explosion hatte McCracker erfaßt, als er wieder über Sato gebeugt war. Im Maschinenraum flog alles durcheinander, so daß McCracker sich schützend über Franco warf. Die große Schalttafel, aus dem Betonfuß gerissen, begrub die beiden unter sich. Nur eins blieb unversehrt in dem infernalischen Chaos: Die eiserne Treppe, der Weg in die Freiheit, hing noch in ihrer Verankerung, und die Schottür war unter dem Druck der Explosion aufgesprungen.

Heßbach taumelte nach vorn, schwankte auf die Backbordnock und klammerte sich an der Schanz fest. In den Hubschraubern schrien die Reporter in ihre Funkgeräte, surrten die Fernsehkameras. Was sie in alle Welt berichteten, war das pure Grauen, das Unfaßliche, der Untergang eines Urlaubsparadieses. Ein Aufschrei begleitete das Erscheinen Heßbachs auf der Nock.

»Es ist noch jemand auf dem brennenden Tanker!« brüllten die

Berichterstatter. »Er kommt von der zertrümmerten Brücke! Er klammert sich fest. Er trägt eine zerfetzte weiße Uniform. Es muß der Kapitän sein. Ja, es ist der Kapitän! Der Kapitän ist noch an Bord seines explodierenden Schiffes! Wer rettet ihn? Wer kann ihn noch retten?«

Die Kameras erfaßten Heßbach. Sie zeigten der Welt den verzweifelten Kampf eines einzelnen, der sich am Schanzkleid festkrallte und beobachtete, wie unaufhaltsam das Öl ins Meer strömte. Und dann hob er den Kopf, sah hinauf zu den Hubschraubern und winkte ihnen zu. Ein besonders starkes Objektiv hielt sein Gesicht fest: verrußt, verklebt, im Haaransatz blutig.

Und dann näherte sich einer der Militärhubschrauber der Brücke, ging tiefer und blieb über ihr stehen. Eine Strickleiter mit Rettungshose wurde ausgeworfen.

»Welch ein Mut!« überschlug sich der Reporter des Spanischen Fernsehens in sein Mikrofon. »Unter Einsatz ihres eigenen Lebens begeben sich unsere Soldaten in die Glut des Infernos, steht der Hubschrauber über dem Schiff und versucht, den Kapitän von Bord zu holen. Jeden Moment kann eine neue Explosion erfolgen und alles zerreißen, aber unsere Helden kümmert das nicht... Sie schweben über der Brücke, lassen das Seil hinunter, jetzt hat es den Kapitän erreicht, er greift mit beiden Händen danach, zieht es tiefer herab, versucht in die Rettungshose zu steigen... Gelingt es ihm? Hat er noch so viel Kraft? Ja, es gelingt, er hat die Hose übergestreift, er steckt in der Rettungshose, er winkte dem Hubschrauber zu... Hinauf! Hinauf! Was muß in diesem Mann jetzt vorgehen? An was denkt er in dieser Stunde seiner Wiedergeburt? Wir werden es nachher erfahren. Wir werden mit ihm sprechen. Da, jetzt wird er emporgezogen... Er schwebt über der Brücke seines sterbenden Schiffes, weg von dem Flammenmeer... Er ist gerettet... gerettet!«

Heßbach klammerte sich an dem Nylonseil fest und blickte zurück auf sein in Flammen und schwarzen Rauch eingehülltes Schiff. Er hing sicher in der Rettungshose. Als er sich abhob von der Brücke, sah er, wie das Öl aus dem Leib der *Maringo* stürzte und das Meer zu brennen begann, er beobachtete, wie die beiden Schlepper abdrehten und vor der höllischen Hitze flüchteten. Das Spezialboot aus Gibraltar, das chemische Lösungsmittel bringen sollte, war noch nicht in Sicht.

Langsam wurde Heßbach nach oben gezogen, zwei starke Arme hoben ihn in den Hubschrauber, zerrten ihn von der Bodenklappe weg und schleiften ihn nach hinten. In einem weiten, ansteigenden Bogen flogen sie nach Teneriffa zurück.

»In Ordnung?« fragte ein Soldat in gebrochenem Deutsch.

»In Ordnung.« Heßbach nickte schwach und versuchte ein Lächeln. »Danke...«

»War Pflicht und Befehl...«

Der Hubschrauber entfernte sich schnell von der brennenden *Maringo*. Ein schwarzes, von Flammen beherrschtes Rauchgebirge stand über dem Schiff. Über Meilen hinweg roch man schon das verbrannte Öl, und der Gestank zog bereits über Teneriffa, als der Hubschrauber auf dem alten Flugplatz Los Rodeos landete. Ein Krankenwagen brachte Heßbach mit heulenden Sirenen unverzüglich zum Krankenhaus nach Santa Cruz. Sein Krankenzimmer wurde unter Bewachung gestellt. Militärposten schirmten ihn von allen Besuchen ab. Ein Ärzteteam kümmerte sich um den Kapitän... er wurde laufend mit Sauerstoff versorgt, während man seine Kopfwunde behandelte und siebzehn Glassplitter aus seinem Körper entfernte. Heßbach spürte nichts von alledem. Die totale Erschöpfung hatte ihn übermannt. In einem ohnmachtähnlichen Schlaf suchte sein zerschundener Körper neue Kraft.

Nachdem die entsetzlichen Bilder der Tankerkatastrophe vor Teneriffa um die ganze Welt gegangen waren, war man sich in den Funkhäusern und Redaktionen nicht einig, was nun aktueller war: Das brennende Wrack und das flammende Meer, ein sich kaum änderndes Bild, das mit der Zeit langweilig werden konnte, oder der Orkan in der Nordsee mit dem hilflos treibenden Tanker, der eine zweite große Katastrophe bringen konnte. Mittlerweile hatte sich das Rätsel um den Namen des Schiffes gelöst, denn eine Rettungsinsel der *Unico II* war von einem gegen den Sturm ankämpfenden Frachter geborgen worden. Die Geretteten boten ein Bild der totalen Erschöpfung. In warme Decken gehüllt hatte man sie unter Deck gebracht.

Die meisten Funkhäuser und Redaktionen beschlossen, den Schwerpunkt ihrer Berichterstattung zunächst in die Deutsche Bucht zu verlagern. Hier war »etwas zu erwarten«, wie es der

Chefredakteur eines deutschen Senders nannte. »Das Hemd ist mir näher als die Jacke!« sagte er. »Teneriffa ist gelaufen. Die Bilder von dem Ölteppich laufen uns nicht weg! Aber was da auf die deutsche Küste zukommt, das ist einmalig! Kinder, werden das Fernsehtage werden!«

Die Filme aus Teneriffa wurden auf Band genommen, sie konnten jederzeit eingespielt werden. Die Deutsche Bucht beherrschte wieder die Bildschirme, die aufgepeitschte Nordsee, die verwüsteten Strände von Sylt, Borkum und Norderney, Interviews mit Experten und Einsatzleitern des Seenotdienstes, eine Erklärung von Ministerialrat Klaus Hintze, der – wie man heroisch formulierte – an vorderster Front aushalte, man zeigte Karten, Skizzen und Tabellen, und ein Wissenschaftler ließ sich über die »Phänomenologie der Ökologie« aus.

Aus Monrovia rief Jesus Malinga Bouto trotz der Zeitverschiebung seinen Reederfreund Pierre Jeanmaire in Panama an. Er wollte sich gleich zu Beginn des Gespräches entschuldigen, aber Jeanmaire nahm ihm das Wort aus dem Mund.

»Jesus, seit Stunden sitze ich hier abwartend herum. Ich hab's im Fernsehen gesehen ... Ihre *Maringo* brennt und bricht auseinander. Was soll man sagen: Beileid oder Glückwunsch?«

»Die *Maringo* ist kein Verlust. Sie ist achtzehn Jahre alt und sollte nach dieser Fahrt abgewrackt werden. Nun ist sie weg.«

»Gut versichert ...?«

»Das übliche –«, wich Bouto aus. Am Telefon nannte man keine Zahlen. »Aber das ist es nicht, Pierre.« Er räusperte sich. »Ihnen geht es gut?«

»Meine *Unico II* treibt mit Totalschaden auf die deutsche Küste zu. Der Kapitän, Gunnar Svensson heißt er, hat es fertiggebracht, das Schiff vom Meer nicht zerschlagen zu lassen. Er hat eigenmächtig den Kurs geändert. Ich sitze hier wie auf einer entsicherten Bombe. Svensson und seine Offiziere sind noch an Bord ... es ist unbegreiflich!«

»Überall gibt es Idioten.« Bouto sah wieder die Bilder vor sich, wie man Heßbach in der Rettungshose im letzten Augenblick in den Hubschrauber zog. »Was machen Sie, wenn Sie das Schiff nicht verlieren?«

»Zunächst werde ich Svensson für alles verantwortlich machen, was geschehen ist. Totales menschliches Versagen. Er hat gegen die Pläne der Reederei gehandelt, die seine genaue Route vorgeschrieben hatte.«

»Dann wäre die *Unico II* draufgegangen.«

»Außergewöhnliche Naturgewalt... man kann einen Orkan nicht aufhalten.« Jeanmaire trank seinen vierten Kognak und blickte auf den Bildschirm. Das Bild der tobenden Nordsee hatte sich verändert. Den Ton hatte er abgestellt... er brauchte keine Erklärungen, als man ein Archivbild der *Unico II* einblendete. »Aber Sie hatten noch was auf dem Herzen, Jesus.«

»Ja. Es handelt sich um meinen Kapitän Lothar Heßbach. Er ist geborgen worden.«

»Das habe ich gesehen. Eine fantastische Rettungsaktion des spanischen Militärs.«

»Die Sache hat nur einen Haken: Ich hatte mit Heßbach mehrere unangenehme Gespräche. Er drohte mir – oder besser gesagt uns – mit Enthüllungen von Details. Und ich denke, er macht es wahr. Dieser Heßbach ist eine echte Bedrohung für uns.«

»Sie sagten es eben, Jesus: Es gibt überall Idioten! Es ist schwer, mit solchen Paranoikern zu leben. Aber machen Sie sich keine Sorgen...«

»Keine Sorgen? Er ist gerettet, er packt aus! Ich schlage vor, daß wir alle Herren unterrichten, auch Dr. Wolffers. Vielleicht kann er Heßbach in Hamburg abfangen, bevor er redet.«

Jeanmaire war da ganz anderer Meinung. Wolffers und die anderen... die Connection von Miami. Sie waren eine Interessengemeinschaft, aber dieses Problem, das Bouto über den Kopf wuchs, war im größeren Kreis nicht zu lösen. Und Dr. Wolffers war sowieso der falsche Mann für solche Aktionen. Er war immer penibel darauf bedacht, eine weiße Weste zu behalten. Wolffers war der Inbegriff des korrekten deutschen Reeders, man verzieh ihm sogar, daß er drei Tanker unter der Flagge von Panama fahren ließ. Seine deutsche Gründlichkeit garantierte für Pflege und Sicherheit der Schiffe. Seine *Else Vorster* war der Stolz der Meere. Wolffers ging in Bonn aus und ein, saß am Ehrentisch bei den Kanzlerfesten, speiste privat mit dem Bundespräsidenten in der Villa Hammerschmidt, war ein Duzfreund des Hamburger Bürgermeisters, Mitglied in vielen Ausschüssen und Aufsichtsräten – nur von seiner Zugehörigkeit zur Connection wußte niemand. Um einen Mann wie Heßbach aus dem Verkehr zu ziehen, war er denkbar ungeeignet: Es war eine Aktion, bei der man sich die Finger schmutzig machen konnte, und Schmutz war das letzte, womit Dr. Wolffers seinen Namen in Berührung bringen wollte.

»Nicht Wolffers«, sagte Jeanmaire gelassen. »Ich stimme Ihnen zu, daß wir uns alle in nächster Zeit treffen sollten, und schlage dafür Barbados oder Martinique vor. Aber hier muß jetzt schnell gehandelt werden.«

»Das sage ich ja! Haben Sie einen Vorschlag?« Bouto wurde immer nervöser. Angstschweiß stand ihm auf der Stirn und lief langsam über sein dunkles Gesicht. »Heßbach liegt im Krankenhaus von Santa Cruz. Schwer bewacht. Ich wollte mit ihm sprechen... man läßt es nicht zu.«

»Ich glaube nicht, daß er in Teneriffa den Mund aufmacht«, beruhigte Jeanmaire seinen Freund. »Das macht er in Deutschland mit größtem Aufwand vor allen Medien. Lloyds wird eine Untersuchung einleiten, das deutsche Seeamt eine Verhandlung anberaumen, Greenpeace wird sich diesen Leckerbissen nicht entgehen lassen... die Lobby für Heßbach ist riesig wie nie zuvor!«

»Sie sagen es, Pierre. Es... es trifft uns alle!«

»Darum schlage ich Ihnen vor, daß ich die Sache in die Hand nehme. Ich habe da meine Verbindungen. Faxen Sie mir ein gutes Foto von Heßbach rüber... alles weitere werde ich dann veranlassen.«

»Was?«

»Jesus, das Telefon hat manchmal viele Ohren! Aber ich bin guten Mutes.«

»Und wenn irgend etwas schiefläuft?«

»Mir ist im Leben bisher alles gelungen. Die ›Aktion Heßbach‹ stellt keine übermäßigen Anforderungen, gemessen an Aktionen, die ich hinter mich gebracht habe. Jesus, über den Termin der Zusammenkunft auf Barbados oder Martinique sprechen wir noch. So long...«

Jeanmaire legte auf. Er blickte auf die vor ihm stehende Weltuhr, die die Zeiten der wichtigsten Städte anzeigte: New York, Tokio, Paris, Moskau, Peking, Sydney, Pretoria, Rio de Janeiro und London. In Frankreich war jetzt die ideale Zeit für einen Anruf.

Jeanmaire wählte eine Nummer, wartete, hörte, wie der Ruf hinausging und in Marseille ankam. Ist doch ein tolles Ding, das mit den Satelliten, dachte er dabei. Ich sitze hier in Panama und bin sekundenschnell mit Marseille verbunden. Wie klein ist doch unsere Erde geworden!

In Marseille, in der Rue Lopoche, nahe dem Hafen und in einer Gegend, die nicht gerade zu denen gehört, durch die man promenieren möchte, lag in einem sechsstöckigen Haus aus den dreißiger Jahren das Büro der »Agentur für eilige Fälle«. Ein merkwürdiger, aber interessanter Name, jedoch schien die Agentur nicht gerade überlaufen zu sein, denn sie bestand nur aus zwei sparsam eingerichteten Räumen. Irgendwelche Akten oder Schriftstücke lagen nicht herum, im kleineren der beiden Räume stand ein Fax-Gerät auf einem Bistro-Tisch, und der einzige Anwesende in dem Büro saß hinter seinem Schreibtisch in einem alten Sessel, hatte die Beine auf die Tischplatte gelegt, trank einen Pernod und rauchte eine schwarze Petit Corporal. Er nannte sich Monsieur Raoul Dumoulin, ein Allerweltsname, den es in Frankreich tausendfach gibt.

Dumoulin dachte gerade darüber nach, wo er zu Abend essen würde, als das Telefon läutete. Er hob ab und nahm noch einen Zug aus der schwarzen Zigarette.

»Dumoulin«, meldete er sich.

»Ich habe eine eilige Sache für Sie, Dumoulin.«

»Unsere Spezialität...! Wer hat Ihnen uns empfohlen?«

»Hier spricht Pierre Jeanmaire!«

»Oh! Monsieur!« Dumoulin zog die Beine vom Tisch. »Guten Abend. Wie geht es Ihnen? Hoffentlich nicht so wie Ihrem Kollegen aus Liberia. Haben Sie das im Fernsehen gesehen, Monsieur? Ich habe geweint, ja, ich habe geweint wie ein Kind! Zwölf Jahre fahre ich nach Teneriffa auf Urlaub, eine wundervolle Insel, so viele Erinnerungen verbinde ich damit, und jetzt diese Tragödie! Das alte Teneriffa wird es nicht mehr geben! Mon dieu, warum mußte das sein?«

»Es war die Schuld des Kapitäns«, sagte Jeanmaire nüchtern.

»Man sollte ihn im Öl ersticken, Monsieur.«

»Er heißt Lothar Heßbach und ist Deutscher.«

»Auch das noch! Haben diese Boches nicht schon genug auf der Welt zerstört?«

»In unserer eiligen Sache gibt es einen Deutschen zuviel. Diesen Kapitän Heßbach, der Ihre Trauminsel Teneriffa vernichtet hat. Ich faxe Ihnen gleich ein gutes Foto zu.«

»Ich werde es bespucken!« rief Dumoulin.

»Das wäre keine Lösung. Heßbach liegt im Augenblick in Teneriffa schwer bewacht im Krankenhaus.«

»Keine Schwierigkeit, Monsieur.«

»Er wird in den nächsten Tagen sicherlich nach Deutschland transportiert.«

»Keine Schwierigkeit.«

»Er darf Deutschland nicht erreichen.«

»Keine Schwierigkeit.«

»Hören Sie auf mit Ihrem dummen ›keine Schwierigkeit‹!« rief Jeanmaire ungeduldig. »Was verlangen Sie?«

»Was ist er Ihnen wert?«

»Dumoulin, wir sitzen nicht in einem orientalischen Bazar! Sagen Sie einen Preis.«

»Ich werde meinen besten Mann ansetzen. Ein Spezialist, schnell und lautlos. Früher Fremdenlegionär, heute überall dort, wo man ihn braucht. Zuletzt hat er eine Einsatztruppe in San Salvador geführt. Vorher war er Chef einer Terrorgruppe in Angola. Jetzt will ihn die Islamische Front in Kairo haben, als Ausbilder.«

»Ist er greifbar?«

»Er erholt sich gerade auf Fuerteventura ...«

»Das ist ja ideal!« Jeanmaires Stimme ließ Begeisterung erkennen. »Da kann er ja sofort nach Teneriffa rüberrutschen!«

»Monsieur, wir sind stolz auf den Namen unserer Agentur!«

»Wieviel?« fragte Jeanmaire.

»100 000 Dollar, Monsieur.«

»60 000.«

»Monsieur, Sie stellten vorhin fest, daß wir nicht in einem orientalischen Bazar sitzen.«

»Also gut, 100 000 Dollar. Die Hälfte auf Ihr übliches Konto, der Rest, wenn der Auftrag erledigt ist.«

»Wie bisher, Monsieur.« Dumoulin nahm einen Schluck Pernod und unterdrückte ein Rülpsen. »Ich danke Ihnen. Und nun erwarte ich das Fax mit dem Bild von diesem Lothar Heßbach. Es ist mir eine Herzensangelegenheit, den Auftrag durchzuführen. Er hat mein Paradies zerstört.«

Das Schiff mit den chemischen Lösungsmitteln näherte sich mit voller Fahrt Teneriffa. Im weiten Umkreis der brennenden *Maringo* lagen jetzt Hilfsschiffe, Schlepper, Feuerlöschschiffe und zwei Schnellboote der spanischen Kriegsmarine. Die Hitzeentwicklung des brennenden Öls machte jedes unmittelbare Eingreifen unmöglich. Zur Hilflosigkeit verurteilt, sahen die Augenzeugen der Katastrophe mit verzerrten Gesichtern zu. Langsam aber unaufhaltsam, schwarz und klebrig schwappte der Ölteppich auf Teneriffa zu.

Die ersten Seevögel mit verklebtem Gefieder konnte man beobachten. Ein kleiner Schwarm Delphine wurde das Opfer ihrer Neugier; die Tiere erstickten, und wurden als Teerklumpen davongetrieben. Das große Sterben kündete sich an.

Im Fernsehen brachte man noch einmal einen Bericht über das Unglück der *Exxon Valdez*, damals der Höhepunkt der Katastrophen. In Alaska hatte man Material sammeln können, Erfahrungen und Niederlagen, die man auf alle folgenden Unfälle, wo Tanker auseinanderbrachen, übertragen konnte. »Nach menschlichem Vermögen gibt es keine Rettung mehr«, schloß der Fernsehkommentator.

Im Hafenamt von Santa Cruz tagte die Katastrophenkommission. Aus Cadiz waren Experten eingeflogen worden, aus Madrid erwartete man ein Sonderflugzeug mit dem Ministerpräsidenten, dem Verkehrsminister, dem Innenminister sowie dem Generaldirektor der Handelsflotte und einer Auswahl Fachleute. Sie hatten alle Erfahrungen aus früheren Tankerunglücken gesammelt und wagten nicht, auszusprechen, was die Fakten ihnen sagten. Es war früh genug, wenn man sie in Santa Cruz ausbreitete: der Beweis, daß Teneriffa nicht zu retten war.

Das Regierungsflugzeug landete auf dem neuen Flughafen Reina Sophia. Begleitet von einer Polizeieskorte fuhren die Minister mit Blaulicht und schrillen Sirenen zum Hafenamt von Santa Cruz. Dort liefen in der Einsatzzentrale alle Meldungen zusammen, flimmerten auf den Bildschirmen die Berichte der verschiedenen Fernsehsender, wurden alle Funksprüche aufgezeichnet. Verwaltungsbeamte, Militär, Polizei, Notdiensthelfer, Journalisten und Bürgermeister der einzelnen Gemeinden, sie alle versuchten, hier ihre Hilflosigkeit durch panische Aktivität zu überdecken.

In einem großen Zimmer hatte man einen Konferenzraum eingerichtet, um die Minister über den Ernst der Lage zu informieren. Auf Schautafeln waren die Erkenntnisse, die man von der *Exxon Valdez* gewonnen hatte, dargestellt. Doch allen war klar, daß die *Maringo* Schäden in unvergleichlich höherem Maß anrichten würde.

Zunächst herrschte betretenes Schweigen. Doch dann brach eine empörte Stimme aus dem Hintergrund die Stille:

»Was will der Ministerpräsident hier?«

»Kann man mit hohlen Solidaritätsbekundungen das Öl aufhalten?« machte daraufhin ein anderer seiner Empörung Luft.

»Man kann die Moral der Bevölkerung aufrichten!«

»Moral! Was heißt hier Moral?« entfuhr es dem Bürgermeister von Puerto de la Cruz. »In einigen Tagen werden die Küsten von Teneriffa zerstört sein. Denken Sie doch einmal daran, was nach dem großen Erdbeben in Italien passierte! Der Ministerpräsident besuchte die Betroffenen. Der Papst fuhr in die zerstörten Gebiete, betete voll Inbrunst, segnete die obdachlosen Menschen, predigte auf öffentlichen Plätzen. Und das war's dann. Bittgottesdienste! Hier wird es nicht anders laufen!«

Der anwesende Bischof von Santa Cruz blickte den Bürgermeister strafend an: »Der Heilige Vater hat Gott um Hilfe gebeten...«

»Und hat er geholfen? Die ganze Welt hat damals für die Erdbebenopfer gesammelt, Tausende von Freiwilligen halfen vor Ort und bargen die Toten und Verletzten. Aus Rom kamen nur salbungsvolle Worte, und die Kassen des Vatikans blieben verschlossen.« Der Bürgermeister hieb mit beiden Fäusten auf den Tisch. »Worte, Worte, nichts als Worte... Darauf kann ich verzichten!«

»Und was schlägst du vor, mein Sohn?« fragte der Bischof indigniert. »Gottes Segen hilft immer. Er lindert die Not der Herzen.«

»Ich habe auch keine Vorschläge.« Der Bürgermeister sank auf einen der Stühle. »Ich sehe nur, wie meine Insel vernichtet wird...«

So verlief die Konferenz genau so, wie man erwartet hatte: Man war sich darüber einig, daß es im Augenblick nichts gab, was die

Katastrophe aufhalten konnte. Die Geschwindigkeit, mit der sich der Ölteppich ausbreitete, ließ keine Zweifel darüber, daß Teneriffa darunter begraben werden würde.

Der Generaldirektor der Handelsflotte zeigte mit ausgestrecktem Zeigefinger auf die Alaskakarte. »Dort hat es 56 Tage gedauert«, sagte er, sich selbst damit Trost zusprechend, »bis die Küste auf 750 Kilometer Länge verschmutzt war! 56 Tage... was kann da noch alles passieren!«

»In Alaska war man genauso hilflos wie wir jetzt«, sagte der Bürgermeister von Puerto de la Cruz. »Was soll sich in 56 Tagen ändern?!«

»In der Nordsee wütet ein Orkan. Wenn die Ausläufer davon auf den Atlantik übergreifen, werden davon auch die Strömungen um die Kanarischen Inseln beeinflußt.«

»Das ist eine vage Hoffnung...«

Der Bürgermeister sprang von seinem Stuhl auf. »Was wir brauchen, sind hundert Schiffe mit Chemikalien, die das Öl binden und auflösen! Die fallen nicht vom Himmel!«

»Auch das hat seine Schattenseiten.« Einer der Meeresbiologen riß seine Aktentasche auf und warf einen Packen Papier auf den Tisch. »Zusammenstellungen und Tabellen, das Übliche... und doch der Beweis, daß die Menschheit untergehen wird, wenn nicht international etwas geschieht. Der Kampf gegen das Öl ist bereits verloren, nicht aber der Kampf gegen die Interessen der Weltwirtschaft und die Macht der Öl-Connection. Ich darf vortragen...«

»Bitte!« sagte der Ministerpräsident. »Wieso gibt es bei der Ölbekämpfung Schattenseiten?«

Der Experte rückte seine Brille zurecht und begann nun in aller Sachlichkeit und notwendigen Breite, das Funktionieren, die chemische Zusammensetzung sowie den Umgang und die Kontrolle von Lösungsmitteln bei Ölteppichen darzulegen. »Meine Herren«, schloß er seine Ausführungen, »spätestens seit der *Exxon Valdez* ist man zu der eindeutigen Erkenntnis gekommen, daß die Verwendung von chemischen Lösungsmitteln die unmittelbaren ökologischen Schäden erhöht und sogar die Wiederherstellung eines ökologischen Gleichgewichts der Natur behindert.«

Als der Biologe seinen Exkurs beendete, hatte sich allgemeines Entsetzen breitgemacht.

Der Verkehrsminister war der erste, der seine Sprache wiederfand. »Aber das ist doch eine glatte Bankrotterklärung«, sagte er und atmete schwer. »Was gibt es denn anderes als die chemische Bekämpfung? Sollen wir die Ölklumpen von Teneriffa abkratzen? Natürlich haben alle Methoden ihr Risiko! Doch es bleibt abzuwarten, welche Schäden größer sind... das muß erst abgewägt werden.«

»Abzuwägen gibt es hier nichts... das Öl wird die Küsten erreichen! Niemand kann es aufhalten. Keine Kunststoffschläuche, kein Abpumpen, keine Chemie. Außerdem...« Der Wissenschaftler strich sich über die Stirn. Das ist ja noch nicht alles, dachte er.

»Was gibt es denn sonst noch zu berücksichtigen?« rief der Ministerpräsident. »Nun legen Sie doch endlich alle Karten auf den Tisch! Die volle Wahrheit!«

Der Biologe nickte, griff nach einem anderen Blatt Papier, rückte wieder seine Brille höher auf die Nase und setzte dann noch einmal an: »Bisher habe ich mich in meiner Darstellung allein auf die Auswirkungen einer Ölkatastrophe auf unsere Meere, Fauna und Flora beschränkt. Gerade die Untersuchungen in Alaska und auf den Shetlands haben aber gezeigt, daß auch der Mensch nicht von den Folgen eines solchen Unglücks verschont bleibt. Rohöl entwikkelt toxische Dämpfe, die durch das Einwirken von Lösungsmitteln noch erhöht und verstärkt werden. Die auftretenden Gifte schädigen nicht nur Haut, Augen und Atemwege, sondern lähmen vor allem das zentrale Nervensystem. Eine genauere Analyse der Primär- und Sekundärsymptome würde hier zu weit führen. Lassen Sie mich nur noch ergänzend anführen, daß man inzwischen auch psychische Spätschädigungen infolge von Ölkatastrophen beobachtet und regelmäßiger wissenschaftlicher Beobachtung unterstellt hat.«

Es herrschte betretenes Schweigen.

»Das heißt –«, brach der Ministerpräsident endlich die Stille, »wir haben überhaupt keine Chance.«

»So kann man sagen.«

»Und wie soll ich das meinen Bürgern beibringen?«

»Ich habe nur Fakten vorzutragen«, antwortete der Wissenschaftler. »Was Sie jetzt ansprechen, ist Sache der Politiker. Ich bin kein Politiker, ich kann nur Empfehlungen vorbringen.«

»Und was empfehlen Sie?«

»Nichts! Keine Stellungnahme, keine Aufklärung, keine Kommentare, denn es sollte alles unternommen werden, um Panik zu verhindern. Die Regierung sollte es mit der Erklärung bewenden lassen, daß alles Menschenmögliche zum Schutze von Teneriffa getan wird! Das entspricht sogar der Wahrheit.«

»Sie hätten Politiker werden sollen«, warf der Verkehrsminister sarkastisch ein. »Besser hätten wir die Tatsachen auch nicht verdrehen können. Und wenn wirklich all das eintritt, was Sie uns vorgetragen haben?«

»Dann ist schon einige Zeit vergangen, und das Ganze stellt sich dann als eine Massierung nicht erkennbarer widriger Umstände dar. Komplexe Zusammenhänge, die in der Notsituation nicht richtig analysiert werden konnten.«

»Wir sollen also unsere Bevölkerung belügen!« schrie der Bürgermeister von Santa Cruz. Er schnappte nach Luft. »So machen wir uns mitschuldig am Untergang Teneriffas!«

»Schuld ist keiner von uns«, beschwichtigte der Generaldirektor der Handelsflotte. »Schuld ist der Tanker *Maringo*, schuld ist der Kapitän, der außerhalb aller Seestraßen auf Teneriffa zusteuerte. Schuld ist der Reeder, der das zugelassen hat! Und schuld ist der griechische Frachter, der den Tanker rammte. Das kann man doch der Bevölkerung sagen?«

»Was nützt einem Verhungernden ein Krümel Brot? Die Schuldfrage kann später immer noch geklärt werden. Wichtig ist, was jetzt zu tun ist!« Der Ministerpräsident blickte einmal um den langen Tisch. »Ich warte auf Vorschläge, meine Herren.«

Das Schweigen, das daraufhin eintrat, sagte alles.

Das letzte Wort aber hatte der Bischof: »Wer auf Gott vertraut, lebt in der Hoffnung.«

Gérard Armand hatte nach seinem Telefongespräch mit Dumoulin sofort seinen Koffer gepackt.

Armand war ein mittelgroßer, muskulöser, gut durchtrainierter Mann mit einigen grauen Strähnen im schwarzen gelockten Haar, trug Maßanzüge und italienische Schuhe, Hemden von einem Londoner Schneider und Krawatten aus Paris. Er war insgesamt der Typ Mann, an dem eine Frau nicht vorbeigehen konnte, ohne einen intensiven Seitenblick zu wagen. Er sprach vier Sprachen – französisch, englisch, arabisch und spanisch –, hatte gepflegte Hände, trug meistens eine dunkle Sonnenbrille mit Goldrand und sprach leicht gedämpft mit einer schönen, dunklen Stimme. Das einzige, was störte und nicht zu ihm paßte, war eine Narbe auf dem linken Arm, die allerdings nur selten zu sehen war.

Als Beruf trug er in die Meldezettel der Hotels »Reisender« ein. Das war ein dehnbarer und zu allen Vermutungen anregender Begriff, aber er genügte. Und da er an einem Ort nie länger als zwei, höchstens drei Tage blieb, um seine Arbeit zu erledigen, war er der Unauffälligste aller Hotelgäste.

Seinen Urlaub verbrachte er nun zum dritten Mal auf Fuerteventura. Nicht, weil das Hotel seinem Geschmack entsprach oder die Landschaft der kanarischen Insel ihn sonderlich beeindruckte – es war vielmehr die trotz aller Touristeninvasionen von ihm so geschätzte Einsamkeit und Sicherheit. Überall hätte die Möglichkeit bestanden, erkannt zu werden, denn er hatte Aufträge rund um die Welt, aber hier, auf Fuerteventura stöberte ihn keiner auf. Seine »Kundschaft« vergnügte sich in anderen Gegenden; in der Karibik, auf Mauritius, den Bahamas oder an der Riviera hätte er keinen Tag Ruhe gehabt. Außerdem war er auf der Vulkaninsel für besonders eilige Aufträge jederzeit greifbar. Wie jetzt, da Dumoulin ihm einen Job für 30 000 Dollar anbot. Ein Auftrag, den er für lächerlich hielt, verglichen mit dem, was sonst von ihm verlangt wurde.

Er wartete, bis der Hotelboy einen Umschlag von der Telefonzentrale zu ihm aufs Zimmer brachte, riß ihn auf und entnahm ein ziemlich gutes Fax-Bild. Es war ein Porträtfoto von Lothar Heßbach, das dieser bei seiner Bewerbung der ISC übersandt hatte.

Armand betrachtete das Foto eingehend mit zusammengekniffenen Augen und rief sich das Telefonat mit Dumoulin ins Gedächtnis zurück: Kapitän der *Maringo*, des Riesentankers, der vor Teneriffa auslief und auch die Strände von Fuerteventura bedrohte, wenn der Ölteppich das befürchtete Ausmaß annehmen würde. Seine Rettung von dem brennenden Tanker sollte für Heßbach nur eine kurze Lebensverlängerung gewesen sein. Einem sinkenden Schiff kann man entfliehen, einem Gérard Armand jedoch nicht.

Unter dem Foto hatte Jeanmaire noch einige Namen aufgelistet:

Die maßgeblichen Offiziere, mit denen Heßbach über seine Pläne gesprochen haben kann und die unter Umständen auch reden könnten:
Jules Dumarche, Franzose, Erster Offizier
Pieter van Geldern, Holländer, Chief
Sato Franco, ein Philippino, Steuermann
Chu Yungan, Koreaner, Funker
Yungan hatte den gesamten Funkverkehr unter Kontrolle.
Besonders gefährlich kann der Vormann James McCracker werden, angeblich Ire, ein Vertrauter von Heßbach. Achtung! McCracker ist ein Riese und gewalttätig.

Armand lächelte still vor sich hin. Ein Riese! Und wenn er ein Mammut wäre, – was nutzt alle Kraft gegen eine Beretta mit Schalldämpfer? Es zischt kurz, und jeder Elefant fällt um.

Armand ließ seinen Koffer abholen, bezahlte, bedauerte, den Urlaub verkürzen zu müssen, aber dringende Geschäfte riefen ihn ab, und er sagte zum Abschied:

»Bis zum nächsten Jahr, Señor ... oder bis in einer Woche. Ich kann das noch nicht überblicken. *Buenos dias.*«

Der Hotelier brachte ihn bis zur Drehtür, das Taxi wartete und fuhr ihn zu dem kleinen Flugplatz, wo Armand in den »Inselrutscher« stieg, wie man die kleinen Passagiermaschinen nannte. Nach einem kurzen Flug landete er auf Teneriffa, ließ sich nach La Laguna bringen und bezog dort in einem kleinen, aber feinen Hotel, das einmal eine Finca gewesen war, standesgemäß eine Suite. Er ließ sich einen Krug eisgekühlter Sangria bringen, stellte den Fernseher an und sah sich die neuesten Nachrichten an.

Das Glück, diese rätselhafte Hure, war ihm gewogen: TV Canaria zeigte Bilder der geretteten Mannschaft. Jules Dumarche erklärte, der griechische Frachter hätte nicht mehr voll ausweichen können, aber das sei nicht der alleinige Grund für den Unfall. Es gäbe da Dinge, die er nur vor dem Seegericht aussagen wolle. Pieter van Geldern setzte noch einen drauf, indem er sagte: »Da ist allerhand Unsauberes passiert. Man wird noch davon hören, aber nicht jetzt und hier.«

Massive Drohungen, die Armand nur mitleidig den Kopf schütteln ließen. »Blödheit ist wirklich eine Krankheit!«

Am Abend gab der Gouverneur von Teneriffa im Beisein der

Minister aus Madrid eine Pressekonferenz. Auch Gérard Armand war dabei. Er zeigte bei den strengen Kontrollen einen Ausweis der *Agence de presse France libre*, bekam ein Kärtchen, das er an sein Revers stecken mußte, und wurde durchgelassen.

Daß es *France libre* nicht gab, konnte auf Teneriffa niemand wissen. Ein Ausweis genügte, vor allem, wenn er Lichtbild und Stempel trug.

Armand setzte sich unauffällig in die dritte Reihe, hörte den verschiedenen Ausführungen zu, ohne besonderes Interesse zu zeigen, denn wie bei allen Pressekonferenzen wurde viel gesprochen, aber wenig gesagt. Viel mehr beobachtete er die beiden, in neuen Uniformen erschienenen Offiziere Dumarche und van Geldern, die neben dem Verkehrsminister saßen. Heßbach war nicht gekommen, denn er lag im Krankenhaus und hatte Sprechverbot. Das Ärzteteam, das ihn betreute, hatte eine leichte Rauchvergiftung festgestellt und reinigte mit konzentriertem Sauerstoff die Lungen. Ob innere Verätzungen zurückblieben, war auf den Röntgenbildern noch nicht zu erkennen. Auf diplomatischem Wege hatten die Verhandlungen zwischen Madrid und Bonn begonnen, Heßbach mit einem Ambulanzflugzeug nach Hamburg bringen zu lassen. Er hatte geäußert, daß er nur in Deutschland öffentlich die Zustände bei der Tankerschiffahrt an den Pranger stellen wolle.

Was Dumarche und van Geldern an diesem Abend äußerten, waren nur Andeutungen. Gezielten Fragen der Journalisten wichen sie aus, verschanzten sich hinter Schweigen und brachten den Verkehrsminister fast zur Verzweiflung. Der Dolmetscher, der ins Spanische übersetzte, beendete alles mit einem Satz von van Geldern:

»Wir sind hier, um ein Interview zu geben, aber wir lehnen es ab, wie Angeklagte behandelt zu werden.«

Die Pressekonferenz wurde abgebrochen. Die Journalisten drängten ins Freie, um ihre Redaktionen zu benachrichtigen. Als letzter verließ Armand den Saal und richtete es so ein, daß er plötzlich neben Dumarche ging.

»Ich hätte noch eine Frage ...« sagte er.

»Nein!« antwortete Dumarche barsch.

»Eine rein menschliche, nichts von all dem Unsinn, den die anderen wissen wollten: Warum sind Sato Franco und McCracker nicht hier?«

»Man hat sie nirgendwo gefunden. Sie werden tot sein.« Dumarches Augen schwammen plötzlich. »Sie waren gute Kameraden ...«

»Danke.«

Armand blieb zurück, aber dann rief er noch hinterher: »Und der Funker Chu Yungan?«

»Wurde nicht eingeladen!« rief Dumarche zurück. »War vielleicht nicht zu erreichen. Aus dem Seemannsheim, wo man ihn untergebracht hatte, ist er verschwunden.«

Armand fuhr zu seinem Hotel zurück, duschte und wählte dann einen sommerlichen legeren Anzug.

Mit großem Appetit aß Armand eine köstliche, riesige Seezunge, trank dazu einen schweren Rioja, ließ sich dann an der Rezeption die Schlüssel und Papiere des bestellten Mietwagens geben und fragte den Portier, wo hier in Santa Cruz etwas los wäre.

»Wollen Señor in die beste ›*Casa de pudre*‹?« fragte der Portier diskret.

»Nein, ich will in keinen Puff!« Armand tat sehr betroffen. »Es muß doch hier so etwas wie eine Flamenco-Schau geben.«

»Aber ja, Señor, natürlich!«

Er bekam sechs Adressen, stieg in seinen Wagen und fuhr weg.

Aber er hielt nicht vor einem der bezeichneten Lokale, sondern parkte den Mietwagen am Rande einer kleinen Gartenanlage, die gegenüber der Rampla, einer der Hauptstraßen von Santa Cruz, lag. Dort gab es auch eine Telefonzelle.

Dumarche und van Geldern hatten bei der Pressekonferenz – naiv und sorglos – auf die Frage eines Journalisten, ob man gut für sie gesorgt hätte, den Namen ihres Hotels preisgegeben. Armand lehnte sich an die gläserne Zellenwand, wählte die Nummer des Hotels und verlangte Señor Dumarche. Die Vermittlung, seit Stunden mit Anrufen belästigt, antwortete schroff:

»Bedaure, wie dürfen nicht verbinden.«

»Es ist wichtig!« sagte Armand milde.

»Das sagen alle! *Buenos noches.*«

»Es kann Komplikationen geben, wenn Sie mich nicht mit Señor Dumarche verbinden. Das ist keine Drohung, sondern eine Ankündigung. Es handelt sich um eine diplomatische Angelegenheit.«

»Wer sind Sie?«

»Sehen Sie, Señorita ... wenn ich Ihnen das sagen wollte, wäre es keine Diplomatie mehr. Señor Dumarche kennt meinen Namen … wenn Sie mich nicht verbinden, gibt es wirklich Ärger. Den möchte ich Ihnen ersparen. Sie sind sicherlich ein hübsches Mädchen mit schwarzen Locken …«

Armands sympathische Stimme ließ die Telefonistin schließlich doch nachgeben, zumal sie klein und pummelig war und dankbar für jedes Kompliment. »Bitte warten Sie!«

Dumarche schimpfte sofort los, aber über »Ich habe doch angeordnet, daß …« kam er nicht hinaus. Armand unterbrach ihn höflich, aber bestimmt.

»Monsieur, ich weiß, ich weiß …« sagte er. »Ich habe eine Sondergenehmigung. Mein Name ist François Petit. Ich rufe im Auftrag von Monsieur Jesus Malinga Bouto an, Ihrem Reeder …«

»Ich wünschte mir, diesen Namen nie gehört zu haben«, knurrte Dumarche.

»Deshalb möchte ich mit Ihnen sprechen. Monsieur Bouto – und das bestätigen Sie mir jetzt – hat die Befürchtung, daß Sie ein falsches Bild von ihm haben. Ich soll in seinem Auftrag etwas richtigstellen.«

»Was denn? Daß er uns keinen verrosteten Seelenverkäufer angedreht hat? Daß er Kapitän Heßbach nicht gezwungen hat, Dakar nicht anzulaufen?«

»Sollen wir das am Telefon erörtern?« Armands Stimme hatte etwas Hypnotisches. Wider Willen hörte Dumarche weiter zu. »Ich warte vor dem Hotel auf Sie. Es gibt in der Altstadt von Santa Cruz ein sehr angenehmes kleines Lokal, wo wir unter vier Augen sprechen können. Es geht auch um Ihre Zukunft.«

»Ich bin nicht zu kaufen, ich bin nicht zu bestechen und zu manipulieren!«

»Wer denkt denn an so etwas, Monsieur Dumarche? Im Gegenteil, wir wollen, daß Sie wieder ruhig schlafen können. Ich warte vor dem Hotel …«

Armand legte auf und verließ die Telefonzelle. Wird er kommen? Ja, er wird kommen. Ganz sicher kommt er.

Trotz seiner Wut gegen Bouto, siegte in Dumarche die Neugier. Er zog seine Jacke an, steckte das vom Gouverneur geliehene Geld in die Tasche – ich lasse mich von Bouto nicht freihalten, sagte er sich – und verließ das Hotel.

Der elegante Mann, der ihm entgegenkam, flößte ihm sofort Vertrauen ein. Wirklich kein Trick. Das ist kein raffinierter Journalist, das ist jemand, der ziemlich oben auf der Gehaltsliste von Bouto stehen muß.

Sie begrüßten sich per Handschlag, und Armand sagte: »Da steht mein Wagen. Verlieren wir keine Zeit, fahren wir.« Er blinzelte Dumarche zu. »Lieben Sie blond oder schwarz?«

»Ich habe andere Sorgen, Monsieur Petit.« Er stieg in das Auto und war einen Augenblick verwirrt. Der Wagen paßte nicht zu dem Äußeren von Petit. Er hatte einen Mercedes, BMW oder Rover erwartet, nicht eine klappernde Blechkiste. Armand schien seine Gedanken zu erraten.

»Zusammengepappter Rost auf Rädern – ich konnte auf die Schnelle keinen anderen bekommen«, sagte er fröhlich.

»So wie die Schiffe von Bouto!« antwortete Dumarche grimmig. »Die schwimmen auch ... und bei der ersten Bewährungsprobe fallen sie auseinander.«

»Sie tun Monsieur Bouto Unrecht. Aber davon später.«

Armand gab Gas, der alte Motor jammerte auf, aber er fuhr und donnerte hinunter zum Hafen.

Von da an verlor sich die Spur von Jules Dumarche, Erster Offizier der in diesen Minuten sinkenden *Maringo*. Er kehrte nicht in das Hotel zurück, sondern war spurlos verschwunden. Die Polizei war völlig ratlos.

Das leidgeprüfte Hotel schien Unglücke anzuziehen.

Am nächsten Morgen betrat das Zimmermädchen Rosita das Zimmer von Pieter van Geldern. Erstaunt stellte sie fest, daß das Bett unberührt war, aber im Badezimmer der Wasserhahn tropfte. Sie klopfte gegen die nur angelehnte Tür, rief »Señor! Señor!«, und als niemand antwortete, stieß sie die Tür ganz auf.

Rosita hatte eine helle Stimme, und so gellte ihr Schrei durch die ganze Etage. Der Kellner, der gerade auf demselben Korridor ein Frühstück servieren wollte, stellte das Tablett ab und lief der Stimme nach. Er prallte in der Tür des Zimmers mit Rosita zusammen, die einen irren Blick hatte und erneut laut schrie.

»Im Bad!« schrie sie. »Im Bad!«

Der Kellner rannte in das Zimmer, kam sofort zurück, hielt

Rosita den Mund zu und schleifte sie weg. Erst in der Etagenkammer schrie auch er.

»Soll das ganze Hotel fliehen? Halt den Mund, Rosita, halt den Mund! Ich hole den Chef. Du bleibst hier!«

Polizei und Guardia Civil trafen kurze Zeit später ein und stellten nach kurzer Untersuchung fest:

»Genickbruch ... Er ist auf den nassen Kacheln ausgerutscht.«

Pieter van Geldern lag zusammengekrümmt auf der rechten Seite, den Kopf merkwürdig verdreht, die Augen aufgerissen, den Mund leicht geöffnet. Sein Körper war schon kalt. Der Unfall mußte sich demzufolge am späten Abend ereignet haben, als er in die Badewanne steigen wollte. Sie war halb gefüllt, das Wasser aber ebenfalls kalt.

Der Polizeiarzt richtete sich wieder auf. »Ganz klarer Fall«, sagte er. »Einwandfrei ein Unfall. Solche Kacheln, so schön sie sind, sind lebensgefährlich, wenn sie naß werden. Da ist schon so mancher ausgerutscht und lag nachher in Gips. Meistens mit Bein- oder Oberschenkelhalsbruch.« Er sah den Hoteldirektor fast strafend an. »Außerdem liegt keine Matte vor der Wanne! Das ist das mindeste, was man an Sicherheit verlangen kann.«

»O Madonna von Candelaria! Wer denkt denn gleich an einen Genickbruch?«

»Ich erinnere mich da an den berühmten Fall aus dem Jahre 1963. Einer der berühmtesten deutschen Schauspieler, Gustav Gründgens, rutschte in seinem Hotelzimmer in Manila aus und brach sich das Genick. Es ist selten, aber so etwas gibt es. Der Beweis liegt vor uns. Ein tragisches Mißgeschick!«

Gérard Armand saß auf der Terrasse seines Hotels und trank mit Genuß einen frisch gepreßten Orangensaft und starken, aromatisch duftenden Kaffee. Dazu aß er ein Butterhörnchen, Toast mit Honig und luftgetrockneten Schinken.

Er war sehr zufrieden mit sich.

Jemaja

Das Übereinkommen, das Kapitän Hammerschmidt mit Kang Yunhe getroffen hatte, schien sich zu bewähren. Die *Else Vorster* fuhr durch das Südchinesische Meer, als habe sich an Bord nichts verändert. Das Ehrenwort, das Hammerschmidt gegeben hatte, bedrückte den Kapitän nicht mehr; er sah, daß Kang von Navigation wirklich nichts verstand und sich ganz auf ihn verließ. Nur wußte er keine Antwort auf die Frage: Wo will er mit dem Schiff hin? Der Zielhafen Singapur kam nicht in Betracht, denn dort würde man Kang und Wu verhaften und die gesamte Mannschaft einsperren. Keiner war so dumm, sich selbst auszuliefern, vor allem nicht ein so hochintelligenter Mann wie Kang Yunhe. Was also sollte mit der *Else Vorster* geschehen, mit der Ladung, den Containern, den unter Deck eingesperrten Offizieren und Japanern, die sich gegen die Meuterei gewehrt hatten?! Sie wurden gut versorgt, das hatte Kang versprochen, aber man pflegt auch einen zum Tode Verurteilten, bevor man ihn hinrichtet.

Am dritten Tag nach der Besetzung des Schiffes bat Hammerschmidt höflich Kang Yunhe in die Kapitänslogis. Er hatte sie behalten dürfen, denn Kang schlief aus Solidarität weiter bei der Crew in seiner engen Kammer, nur die weiße, goldverzierte Kapitänsmütze – das Zeichen der Macht – behielt er auf dem Kopf.

Hammerschmidt wartete, bis Kang an die Tür klopfte. Auf der Brücke überwachte ein japanischer Rudergänger den Kurs. Er klopft tatsächlich an, dachte Hammerschmidt verblüfft. In amerikanischen Filmen treten die Meuterer die Tür auf. Man sollte den Regisseuren einmal sagen, daß die Wirklichkeit viel undramatischer ist und viel logischer.

»Sie haben mich rufen lassen, Sir?« fragte Kang und betrat das Zimmer.

Hammerschmidt hatte Mühe, ein Grinsen zu verhindern. Kang Yunhe tat alles, um die Rolle des neuen Schiffsherrn auszufüllen.

Außer der Kapitänsmütze trug er etwas angeschmutzte weiße Jeans, ein weißes Hemd und eine schwarze Krawatte. Das Hemd hatte er aus Halbes Schrank genommen, die Krawatte gehörte dem Chief Smits. Nur die weißen Schuhe der Offiziere waren dem Chinesen eindeutig zu groß.

»Ich hätte eine Bitte, Kang«, sagte Hammerschmidt und setzte sich. Er ist Rechtsanwalt, Akademiker, ein schlauer Kopf, dachte er, aber im Grunde seines Herzens ist er das große Kind geblieben. Er braucht die Maskerade, um sich selbst aufzuwerten. Sein Spiegelbild sagt ihm: Jetzt bist du Kapitän! Und er beginnt, in diese Rolle hineinzuwachsen. »Einen Whisky?«

»Danke. Ich mache mir nichts aus Alkohol.«

»Auch keinen Mei-Tai?«

»Auch das nicht.« Kang blickte Hammerschmidt mit unverhohlenem Mißtrauen an. »Worum geht es, Kapitän?«

»Um eine kleine Gefälligkeit ... Ich möchte meine Offiziere besuchen.«

»Warum?«

»Um ihnen ein wenig Ablenkung zu verschaffen ...«

»Abgelehnt.«

»Mit welcher Begründung, Kang?«

»Ich bin Ihnen gegenüber nicht verpflichtet, Begründungen anzugeben. Sie sind genauso ein Gefangener wie Ihre Offiziere, Ihr Ehrenwort verschafft Ihnen gewisse Freiheiten, das ist die einzige Ausnahme.«

»Was haben Sie gegen ein Gespräch, Kang?«

»Es könnte konspirativ sein.«

»Die Standardformel des Kommunismus. Ich denke, Sie kommen aus Taiwan.«

»Ich gehe kein Risiko ein.« Kang schüttelte den Kopf. »Aus Gesprächen können Taten werden. Darin haben wir Erfahrung. Mao hat auch viel gesprochen, und dann ist er marschiert!«

»Ich bin nicht Mao.« Hammerschmidt mußte nun doch lächeln. Der Schatten Maos war für einen Chinesen überall und übermächtig, ob in der Volksrepublik oder auf Taiwan. Nur sprach man nicht mehr darüber, um das Aufdämmern einer neuen Zeit nicht zu belasten. »Haben Sie keine Angst, Kang. Überlegen Sie: Die Gefangenen haben nur ihre bloßen Hände, aber vor der Tür stehen Ihre

Leute, schwer bewaffnet. Halten Sie meine Offiziere für schwachsinnig?«

Kang zögerte. Man konnte fast von seiner Stirn ablesen, wie er innerlich mit sich rang. Dann sagte er: »Also gut! Besuchen Sie Ihre Offiziere. Ich genehmige fünfzehn Minuten, mehr nicht. Und ich werde selbst draußen warten, vor der offenen Tür!«

»Angenommen.« Hammerschmidt erhob sich. »Wann darf ich...?«

»Wann Sie wollen.«

»Sofort?«

»Ich habe nichts dagegen.«

»Danke.« Hammerschmidt fiel es schwer, dieses Wort auszusprechen. Ein deutscher Kapitän bedankt sich bei einem Meuterer; aber er kannte den Stolz der Chinesen und ihre Empfindlichkeit, wenn ein Staubkorn auf ihre persönliche Ehre fiel.

Allgemeines Erstaunen und freudige Überraschtheit brachen aus, als Hammerschmidt das »Gefängnis« betrat. Kang blieb draußen im Gang vor der offenen Tür stehen und lehnte sich gegen die Wand.

»Herr Kapitän«, sagte der Erste Offizier Jens Halbe gerührt. »Mein Gott, Sie leben! Wir hatten schon gedacht, daß man Sie umgebracht hat. Als man Sie auf der Brücke festhielt...«

Sie sprachen Deutsch miteinander, was Hammerschmidt gleich nach seinem Eintritt vorgeschlagen hatte. Kang beherrschte Englisch und ein wenig Französisch, aber Deutsch klang in seinen Ohren genauso exotisch wie für die meisten Europäer Chinesisch.

Hammerschmidt war gerührt, aber Gefühle zu zeigen, gehörte nicht zu seiner Lebensart. Er setzte sich auf einen Karton mit Erbsenkonserven und schlug die Beine übereinander. Dabei blickte er auf seine Armbanduhr. Noch zwölf Minuten. Er war entschlossen, nicht eine Minute zu überziehen, denn draußen stand Kang und sah auch auf seine Uhr. Er wollte auf jeden Fall vermeiden, daß Kang in den Bunker kam, um ihn herauszuholen. Außerdem sollten seine Offiziere nicht Augenzeugen seiner eigenen Unterwerfung werden.

»Wie ich sehe, meine Herren«, sagte er in seinem gewohnten Ton, »geht es Ihnen verhältnismäßig gut. Davon wollte ich mich überzeugen. Hat man Sie anständig behandelt?«

Er blickte von Jens Halbe über Richard Botzke, dem Zweiten Offizier, zu Chief Donald Smits. Die Offiziere nickten stumm.

»Sie wurden nicht geschlagen?« fragte Hammerschmidt weiter.

»Nein, Herr Kapitän«, antwortete Halbe. »Nur ein zu den Meuterern übergelaufener Japaner hat Smits ins Gesicht gespuckt. Er tat es sicherlich aus Angst, und um zu beweisen, daß er mit den Meuterern solidarisch ist.«

»Sonst keine Beschwerden?«

»Das Essen, Herr Kapitän.« Botzke hob resignierend die Schultern. »Es ist gut, ohne Zweifel. Jeden Tag chinesische Nudelsuppe, Gemüse, Reis ...«

»Kleingehackte Hühnchen mit Knochen, Fischsuppe mit Fischköpfen ... Ich bekomme das gleiche.«

»Nur, Herr Kapitän ... ich bekomme Durchfall davon.«

»Botzke, wir genießen bevorzugte Behandlung. Fischköpfe gelten bei den Chinesen als absolute Delikatesse. Einem Ehrengast bietet man zuerst Fisch- oder Hühnerköpfe an.«

»Mag sein, Herr Kapitän.« Botzke grinste verhalten. »Trotzdem bekommt's mir nicht.«

»Wo hat man Sie eingesperrt?« fragte Smits, der bisher geschwiegen hatte. Er konnte es nicht erklären, wieso Hammerschmidt weiter in weißen Hosen und weißen Schuhen herumlief.

»Kang Yunhe hat mir meine Kabine gelassen. Darüber wollte ich mit Ihnen sprechen, meine Herren.« Er blickte auf die Uhr. Noch neun Minuten. »Ganz kurz und schnell: Kang hat das Schiff in seiner Gewalt, aber ich steuere es weiter wie bisher. Ich hielt es für meine Pflicht, um Sie, die Crew und vor allem die *Else Vorster* zu retten. Ich habe Kang mein Ehrenwort gegeben, das Schiff dahin zu bringen, wohin er will. Noch kenne ich unser Ziel nicht, aber die Zeit arbeitet für uns und vielleicht auch das Glück. Es geht jetzt nur darum, zu überleben und abzuwarten.«

»Und wie ist unser Kurs?« fragte Halbe.

»Noch immer Singapur.«

»Da ist doch ein Trick dabei! Wieso will Kang nach Singapur, wo wir sowieso hinwollten?«

»Das frage ich mich auch, aber ich werde es bald erfahren. Noch fahren wir außerhalb der Schiffahrtsstraße, aber parallel zu ihr. Ich bin gespannt, wo und wann und wohin Kang abschwenken wird.«

»Ich würde dann auf den Linienweg gehen. Kang merkt es doch nicht«, schlug Botzke vor.

»Halten Sie ihn nicht für einen Schwachkopf, Botzke. Wenn er das erste Schiff sieht, weiß er, daß er betrogen worden ist. Wie er dann reagiert, können wir abschätzen. Außerdem ... ich habe mein Ehrenwort gegeben! Ich darf die *Else Vorster* nicht opfern! Meine Herren, *wir* wollen überleben und das Schiff auch. Warten wir ab, haben wir Geduld.« Hammerschmidt blickte wieder auf seine Uhr. Noch zwei Minuten. Er erhob sich von dem Konservenkarton und gab jedem seiner Offiziere die Hand. Wie gewohnt standen sie stramm, als sei alles völlig normal. »Meine Herren, ich werde Sie wieder besuchen. Kopf hoch und dann durch die Scheiße! Ich habe große Hoffnung, daß wir es schaffen! Ich werde alles tun, um Sie hier herauszuholen.«

»Jawohl, Herr Kapitän!« kam es wie aus einem Mund.

Hammerschmidt verließ den Gemüsebunker, warf die Tür hinter sich zu und hielt Kang, der noch immer an der Wand lehnte, seine Uhr entgegen.

»Genau fünfzehn Minuten!« sagte er dabei. »Auf die Sekunde ...«

Kang stieß sich von der Wand ab. »Sie verdammter Deutscher!« antwortete er. »Glauben Sie nicht, daß Sie mir damit imponieren! Dieses Gehabe kotzt mich an!«

»Das ist Auffassungssache, Kang. Der eine spuckt mit dem Wind, der andere gegen den Wind. Der zweite ist schlechter dran.«

»Das verstehe ich nicht.«

»Denken Sie mal darüber nach.« Hammerschmidt wandte sich zum Gehen. »Konfuzius sagte einmal: Um den Menschen zu kennen, muß man sich selbst erforschen.«

Drinnen, im Bunker, setzten sich die Offiziere wieder auf ihre Kisten. Aus einem Karton holten sie drei Dosen Coca-Cola, rissen sie auf und prosteten sich zu.

»Der Alte ist ein prima Kamerad!« sagte Botzke begeistert. »Auf Hammerschmidt und das Glück, daß wir ihn haben!«

Am sechsten Tag der langsamen Fahrt kam Kang Yunhe auf die Brücke und stellte sich neben Hammerschmidt. Es war wieder ein herrlicher Sonnentag, das Meer schimmerte golden, der Himmel erstrahlte in sattem Blau, Schwärme von Delphinen begleiteten das Schiff.

»Ich verstehe zwar nichts vom Navigieren«, sagte Kang, »aber ich habe Ihre Eintragungen in die Seekarte angesehen. Der Kurs ist gut... wir bleiben darauf.«

Hammerschmidt konnte sein Erstaunen nicht mehr unterdrükken. »Ich habe mit neuen Weisungen von Ihnen gerechnet, Kang. Das verblüfft mich nun doch.«

»Was gefällt Ihnen daran nicht?«

»Sie fahren weiter mit Ziel Singapur?«

»Habe ich das gesagt?«

»Kurs halten, habe ich verstanden.«

»Das bedeutet aber doch noch lange nicht, daß wir Singapur anlaufen.«

»Sie wollen um Singapur herum in die Malakkastraße? Da ist ein Verkehr, daß sich die Kapitäne von Schiff zu Schiff die Hand geben können.«

»Habe ich Malakkastraße gesagt?«

»Du lieber Himmel, wohin denn sonst? Auf der anderen Seite liegt Borneo! Wollen Sie dem Sultan von Brunei die *Else Vorster* als Geschenk bringen? Das wäre Verschwendung. Der Sultan von Brunei ist der reichste Mann der Welt. Er könnte aus dem Handgelenk zehn solcher Schiffe bauen, wenn er wollte.«

»Käpt'n, woher nehmen Sie bloß Ihre unverschämte Sicherheit und Ihren Galgenhumor?« Kang Yunhe schüttelte den Kopf. »Sie haben gar keinen Grund, sich so unangreifbar zu fühlen.«

»Mein Vater – er war kein Seemann, sondern evangelischer Pfarrer in einem kleinen Ort nahe Kiel – gab mir eine Lehre mit, die ein Bibelwort abwandelte. In unserer Bibel heißt es sinngemäß: Wenn dir jemand auf die Wange schägt, halte die zweite hin. Mein Vater drehte das um: Wenn dich jemand auf die Wange schlägt, schlag zweimal zurück. Das mag zwar nicht im Sinne der christlichen Kirche sein, aber es hat sich in der Praxis bewährt. Und meinem Sohn habe ich gesagt: Wenn du siehst, daß dich jemand schlagen will, schlag zuerst. Das hat er in der Schule dreimal getan, seitdem wird er von allen geachtet.«

»Was sollen solche Lehren in Zusammenhang mit uns?« fragte Kang nachdenklich. »Ich sehe da keinen Zusammenhang.«

»Ich betrachte Ihre Meuterei als einen Schlag auf meine rechte Wange.«

»Und jetzt wollen Sie doppelt zurückschlagen?« Kang grinste breit. »Kapitän, dazu werden Sie nie in der Lage sein. Ich habe Sie wirklich für realistischer gehalten.« Kangs Gesicht wurde auf der Stelle verschlossener. »Ihr Vater war Pfarrer, wenn ich Sie richtig verstanden habe«, sagte er hart. »Was Pfarrer lehren, zeichnet sich meist durch unsinnige Realitätsferne aus. Ich weiß, daß Sie eine Möglichkeit suchen, mich zu überrumpeln. Ich gestehe Ihnen sogar zu, daß Ihnen das gelingen könnte. Aber vergessen Sie nicht Wu Anming und unsere chinesischen Freunde. Hoffen Sie nicht auf die Japaner... Heute wollen alle nur noch leben. Außerdem...«, er hob zur Betonung die Hand, »habe ich Ihr Ehrenwort als Offizier.«

»Ich habe Ihnen mein Ehrenwort gegeben, das Schiff sicher zu führen.«

»Wohin ich will!«

»Wohin Sie wollen.«

»Ahnen Sie überhaupt, wohin ich will?«

»Diese Frage beschäftigt mich seit Tagen.«

»Es freut mich, daß es etwas gibt, was Sie nicht verstehen. Sie wissen sonst alles, aber hier ist etwas, das Ihnen Rätsel aufgibt. Irritiert Sie das? Macht Sie das unsicher? Gibt es endlich etwas, was Sie aus Ihrer verdammten Ruhe bringt?«

»Irrtum, Kang.« Hammerschmidt schüttelte den Kopf und schickte ein Lächeln hinterher, von dem er wußte, daß es Kang bis zur Weißglut reizen würde. »Ich bin nur ein wenig neugierig. Es ist wie bei einem Kreuzworträtsel. Man hat fast alles gewußt, aber dann bleiben ein paar Kästchen, mit denen man nicht weiterkommt. Griechischer Philosoph des Altertums. Mit sieben Buchstaben. Nicht Plato, nicht Sokrates. Und auch nicht Solon. Und man rätselt und rätselt, und plötzlich, über Nacht, weiß man es: Es ist Epiktet, um 50 nach Christi, der Vorläufer der späteren Stoa, eine Lehre, die eine vom Vertrauen in die göttliche Führung getragene Ethik der Menschenliebe verkündet! Wären Sie darauf gekommen, Kang?«

»Was soll der Quatsch?« antwortete Kang Yunhe ungehalten. »Wie auch immer dieser Philosoph heißen mag, wenn er von Menschenliebe spricht, ist er ein Idiot!«

»Darum geht es nicht. Es geht darum, daß einem plötzlich das Rätsel zufällt, daß man die Lösung weiß. Und so werde auch ich plötzlich wissen, was Ihre Absicht ist.«

Kang sah Hammerschmidt schweigend an. »Sie werden es nie erraten, Kapitän!« sagte er gepreßt. »Und wenn sie es wissen, wird die Lösung des Rätsels Sie bestimmt nicht fröhlich stimmen. Halten Sie den Kurs!«

Am achten Tag im Südchinesischen Meer zeigten die Radarschirme die Natuna-Inseln, nördlich des Caps Datu auf Borneo. Eine gottverlassene Gegend abseits aller Schiffahrtswege. Der Rudergänger döste vor sich hin, das Schiff lief auf Satellitenpeilung, man war allein auf dieser Welt, bis auf einen ganz kleinen Punkt, der weit nördlich von der Insel Natuna auf dem Radarschirm tanzte. Hammerschmidt gönnte sich eine Siesta, die ganze Crew döste vor sich hin, nur Kang Yunhe und Wu Anming saßen in der Funkerkabine neben Hakahiro und lauschten dem leisen Geknatter aus dem Äther. Hakahiro tat seine Pflicht nun auch ohne den Dolch im Genick. Er hatte sich in sein Schicksal ergeben und tat wortlos alles, was man ihm befahl. Er gab die falschen Positionen des Schiffes an die Küstenstationen, er teilte der Reederei Dr. Wolffers mit, daß an Bord alles okay sei, er beantwortete Fragen mit lapidaren Sätzen und gewöhnte sich daran, sich über nichts mehr zu wundern. »Wer denkt, lebt, wer nicht denkt, lebt länger«, hatte einmal ein Zyniker gesagt, und weil er das dachte, hatte ihn der Kaiser köpfen lassen. Hakahiro hatte die Absicht, seinen Kopf zu behalten.

Kang hatte den kleinen Punkt zuerst entdeckt und war, nachdem er Wu aus seiner Koje geholt hatte, in den Funkraum gegangen.

»Sende: Hier Frachter *Else Vorster* auf der Fahrt nach Singapur. Position Kepulauan Anambas Nordost. Bitte Antwort«, diktierte Kang.

Hakahiro schüttelte den Kopf. »Das geht nicht«, sagte er.

»Wieso?« Wu Anming, schnell aufbrausend, war bereit, dem Japaner eine Ohrfeige zu geben. »Funk es!«

»Wohin denn? An wen? Wenn ich nicht weiß, wer ...«

»Geh auf die allgemeine Frequenz für Seerundsprüche«, sagte Kang. »Irgend jemand wird antworten.«

»Und was soll ich dann sagen?«

»Was ich dir vorgebe.«

Hakahiro stellte die Frequenz ein und sendete den an sich sinnlosen Spruch in den Äther. Nur ein Knacken und Rauschen antwortete ihm.

»Wiederholen!« befahl Kang. »Solange wiederholen, bis sich jemand meldet. Da draußen schwimmt einer rum, und ich will wissen, wer das ist.«

Immer und immer wieder funkte Hakahiro den Spruch, und endlich empfingen sie eine kaum verständliche Antwort. Eine Stimme fragte in einem grauenhaften Englisch:

»Wir hören Sie. Brauchen Sie Hilfe?«

Kang nahm Hakahiro das Mikrofon weg und sprach nun selbst. Einer Eingebung folgend verwendete er die hochchinesische Sprache und wunderte sich nicht, als ihm in einem ebenso schrecklichen Chinesisch geantwortet wurde.

»Wir brauchen keine Hilfe. Wer sind Sie?«

»Hier ist MS *Nong Phai*. Was wollen Sie?«

Kang lächelte vor sich hin. Er wußte instinktiv, daß der Name des Schiffes falsch war. Ein Frachter hatte in dieser Gegend gar nichts zu suchen, und außerdem war der Punkt auf dem Radar zu klein, um ein größeres Schiff anzuzeigen.

»Wir sind hier allein«, sagte er. »Die *Else Vorster* ist eines der modernsten und schönsten deutschen Containerschiffe. Voll beladen. Die Fracht soll nach Singapur gehen.«

»Da sind Sie aber weit abseits der Straße.«

»Ich weiß. Wir halten unseren eigenen Kurs. Was machen Sie hier in diesem Gebiet?«

Und da kam die Antwort, die Kang und Wu elektrisierte:

»Das geht dich so wenig an wie mich deine beschissene Hose!«

Kang atmete auf. »So redet sich's leichter«, rief er ins Mikrofon. »Dein Name?«

»Ficker aller Frauen.«

»Übernimm dich nicht.« Kang lachte laut. »Du bist kein Drachenschwanz!«

»Und du?«

»Ich heiße Kang Yunhe. Und mein Erster Offizier heißt Wu Anming.«

»Ich denke, ihr seid ein deutsches Schiff?«

»Es *war* ein deutsches Schiff. Jetzt gehört es uns.«

Der Kapitän der *Nong Phai* schien zu überlegen. Dann, nach einer längeren Pause, fragte er:

»Du bist ein Arschloch, Kang! Du mußt eins sein, denn ich könnte ein Patrouillenschiff der Küstenwache sein!«

»Von welcher Wache? Hier gibt es im Umkreis von tausend Meilen keine Küste.«

»Thailand.«

»Soll ich vor Lachen umfallen?«

»Malaysia!«

»Das ist noch witziger!«

»Kepulauan Natuna ...«

»Die haben keine Kriegsschiffe. Drachenschwanz, warum reden wir so dämlich miteinander? Du hast doch Radar?«

»Ich sehe dich noch nicht. Ich bin nicht so modern wie du.«

»Dann komm näher. Ich gehe auf Stopp und warte.«

»Warum? Ich nähere mich einem anderen Schiff nur, wenn *ich* es will.«

»Das habe ich erwartet. Verdammt, ich habe gehofft, so etwas wie dich anzutreffen. Ich wußte, hier ist das richtige Fahrwasser. Ich habe eine Menge über euch gelesen.«

»Über mich gibt's nichts zu lesen.«

»Vor einem halben Jahr noch waren die Zeitungen voll und liefen von Singapur, Samat Prakan und Kota Kinabalu – zum ersten Mal einig – Kriegsschiffe aus, um die Kerle zu suchen, die innerhalb von neun Tagen vier Schiffe überfallen hatten, darunter auch einen deutschen Stückgutfrachter.«

»Ich habe davon gehört, Kang Yunhe. Sie haben keinen entdeckt. Aber man kann in diesem Gebiet nicht vorsichtig genug sein. Vor allem nachts. Sie tauchen wie Meergeister auf und veschwinden wie Windgeister. Sie sind schneller als alle Kriegsschiffe.«

»Weil sie wendiger und kleiner sind, wie du, Drachenschwanz.«

»Was willst du nun wirklich, Idiot?«

»Ein Geschäft vorschlagen.«

»Verdrück dich! Wenn du wirklich die *Else Vorster* bist ... Ha! Jetzt habe ich dich im Radar! Du bist wirklich ein Container!«

»Warum sollte ich dich belügen?«

»Und aus welchem Grund schleichst du abseits der Straße?«

»Um einen wie dich zu treffen.« Kang nickte Wu zu. Anming rieb sich voll Freude die Hände. Millionen, dachte er. Millionen Dollar! O Himmel, man wird schwindelig. Ich werde der reichste Mann von China sein. Soviel können auch die ganz großen Genossen nicht mit Schwarzarbeit verdienen!

»Ihr seid also im Besitz der *Else Vorster*? Meuterei?«

»Wer verwendet solch unschönes Wort? Es ist ein Eigentumswechsel.«

»Wer ist an Bord?«

»Eine chinesisch-japanische Mannschaft. Die meisten sind auf unserer Seite. Die Crew besteht aus fünfundzwanzig Männern.«

»Und die Deutschen?«

»Es sind drei Deutsche und ein Südafrikaner.«

»Sind? Ihr habt sie nicht über Bord geworfen?!«

»Warum? Sie sind harmlos.«

»Kein Gefangener ist harmlos, solange er noch denken kann.«

»Der Kapitän des Schiffes – Ernst Hammerschmidt – fährt die *Else Vorster* weiter ...«

»Du bist wirklich ein Arschloch!« schrie der Kapitän der *Nong Phai*. »Du läßt den Deutschen weiter auf der Brücke?«

»Von uns versteht keiner etwas vom Navigieren. Wer weiß, wo wir hingetrieben wären. Hammerschmidt hat mir sein Ehrenwort als Offizier gegeben ...«

»Kang, auf welchem Misthaufen bist du geboren?«

»Ich bin Rechtsanwalt aus Taiwan.«

»Auch das noch! Ein höherer Herr! Ein weißer Kragen! Erklär mir mal, was ein Ehrenwort ist. Nein, halt's Maul, natürlich weiß ich das! Das ist so ein Händedruck mit verdrehten Augen. Und du glaubst ihm, dieser Langnase mit den treuen Augen? Und blau sind sie womöglich auch noch ...«

»Ja.«

»Das sind die gefährlichsten! Sie sehen dich an wie Kaninchen und denken wie Tiger.« Der Kapitän der *Nong Phai* spuckte aus; Kang konnte es deutlich hören. »Du willst also ein Geschäft machen?«

»Ja. Für mich allein ist es zu groß, für dich allein ist es zu groß. Aber gemeinsam ...«

»Darüber müssen wir sprechen.«

»Ich warte.«

»Wir sind bald da. Ich habe dich im Radar. Wieviel Knoten lauft ihr?«

»Zur Zeit acht Knoten. Aber ich lasse stoppen.«

Ein Knacken, das Gespräch war beendet. Wu Anming starrte Kang Yunhe an. Seine Lippen zitterten.

»Du bist dir sicher, daß du das Richtige tust?« fragte er heiser.

»Ja ... wohin sonst mit der *Else Vorster*?«

»Und wo will der Drachenschwanz mit uns hin?«

»Das wird sich zeigen. Wenn er diesen Fisch schluckt, muß er ihn auch verdauen.«

Während Wu zu der Crew ging, um sie von der neuen Lage zu informieren, stieg Kang auf die Brücke. Der Rudergänger döste noch immer vor sich hin. Kang griff nach dem Maschinentelegrafen und ließ den Hebel auf STOP einrasten. Der japanische Hilfsmaschinist, der die Stelle von Chief Smits eingenommen hatte, fragte nicht lange zurück ... er stellte die Maschinen ab. Die plötzliche Stille im Schiff, das Verstummen der Motoren, schreckte die Männer im Bunker hoch.

»Was ist passiert?« rief Smits besorgt. »Da stimmt doch was nicht!«

»Vielleicht ist die Brennstoffleitung verstopft« sagte Botzke.

»Unmöglich! Wir haben für diesen Fall drei Ersatzleitungen. Und wir fahren nicht mit der Jauche, wie sie andere Schiffe verbrauchen.«

»Der Alte muß seinen Grund haben.« Halbe steckte eine getrocknete Aprikose in den Mund und kaute darauf herum. Der Speichel ließ sie aufquellen und gab ein köstliches Aroma frei. »Wer weiß, wo wir jetzt herumschippern.«

Der »Alte« lag auf seinem Sofa und wachte erschrocken aus seinem Mittagsschlaf auf, als die Maschinen aussetzten. Er setzte sich, lauschte einen Moment und sprang dann auf. Wenn ein Schiff auf offener See stoppte, mußte ein triftiger Grund vorhanden sein. Hammerschmidt zog seine Hose gerade, ordnete sein Hemd, blickte kurz in den Spiegel, ob er auch korrekt gekleidet war, und rannte dann hinüber zur Kommandobrücke.

Kang Yunhe stand auf der Brücke und blickte durch ein Fernglas nach Steuerbord. Noch war der Horizont leer, aber es konnte nicht mehr lange dauern, bis an ihm der dunkle Fleck erschien und näher und näher kam. Die *Else Vorster* trieb träge dahin. Hammerschmidt beugte sich zuerst über das Radar.

»Da kommt einer auf uns zu!« sagte er und richtete sich auf. Kang nickte. »Ein kleines, schnelles Schiff. Sieht aus wie ein Schnellboot der Marine.« Er stellte sich neben Kang, der ihn mit einem unerklärbaren Blick angrinste. »Was nun, Kang... wenn es ein Wachboot ist? Und warum haben Sie stoppen lassen?«

»Weil es dumm wäre zu flüchten, Kapitän.«

»Sie geben also auf?!« Hammerschmidt spürte, wie sein Herz schneller schlug. »Kang, Sie wissen, was Sie erwartet?«

»Sie wissen nicht, was *Sie* erwartet!« Kangs Grinsen irritierte Hammerschmidt. So sieht kein Mann aus, der verloren hat, sagte er sich. Auch wenn man die asiatische Mentalität berücksichtigt, die eine Niederlage als schicksalhaft betrachtet, diese Freude in Yunhes Gesicht war unnatürlich.

»Ich weiß es.«

»Wir könnten uns einigen, Kang. Sie haben mich gut behandelt, ich werde mich revanchieren.« Hammerschmidt nahm ihm das Fernglas ab. Am Horizont erschien jetzt der dunkle Punkt. »Einigen wir uns, daß nichts geschehen ist. Meine Offiziere und ich übernehmen wieder das Schiff, und in Singapur gebe ich Ihnen Gelegenheit, zu verschwinden. Was halten Sie davon?«

»Zu spät, Kapitän.« Kang zog das Glas wieder an sich. Die *Nong Phai* kam schnell näher. »Ich habe nicht die Absicht, weiterhin als Seemann anzuheuern oder mich zu verstecken. Ich werde bald mit Millionen Dollar spielen können. Frankreich soll ein schönes Land sein, vielleicht lasse ich mich dort nieder. Und Sie kehren nach Kiel zurück.«

»Sicherlich.« Hammerschmidt schüttelte den Kopf. Er begriff noch immer nicht, woher Kang seine Zuversicht nahm. »Sind Sie nicht ein bißchen größenwahnsinnig?«

»Sie werden die Realität bald verstehen, Kapitän. Warten wir unseren Besuch ab.«

In voller Fahrt hielt die *Nong Phai* auf die *Else Vorster* zu. Hammerschmidt blickte wieder durch das Fernglas und ließ es dann betroffen sinken.

»Das ist ja gar kein Marineboot!« rief er.

»Habe ich das behauptet? Das war Ihre Version...«

»Aber es trägt einen Tarnanstrich!«

»Deswegen braucht es noch lange kein Militärboot zu sein.«

Hammerschmidt hatte das Gefühl, daß sich seine Nackenhaare sträubten. Ein Kribbeln überzog seinen Körper. Er drehte sich zu Kang um und blickte in dessen triumphierende Augen.

»Das ist nicht wahr, Kang«, sagte Hammerschmidt tonlos. »Sagen Sie, daß das nicht wahr ist. Daß ich mich täusche...«

»Sie täuschen sich nicht, Kapitän.«

»Sie haben einen der berüchtigten thailändischen Piraten gerufen?!«

»Ob er Thailänder ist, weiß ich nicht, interessiert mich auch nicht. Auf jeden Fall wird es ein Millionengeschäft.«

Mit einem heftigen Stoß schleuderte Hammerschmidt den kleineren Kang zur Seite. Er prallte gegen die Wand, stieß einen dumpfen Laut aus und warf sich zurück auf den Kapitän. Im gleichen Moment hatte Hammerschmidt den Maschienentelegraf auf »Volle Fahrt« gedrückt. Sofort sprangen die Maschinen wieder an. Kang senkte den Kopf wie ein angreifender Stier und rammte ihn in Hammerschmidts Magengrube. Beide krachten gegen das Kommandopult. Der japanische Rudergänger sah ihnen zu und rührte sich nicht. Warten wir ab, wer der Sieger ist, dachte er. Man soll sich nie für den Falschen entscheiden.

»Sie Rindvieh!« schrie Kang und klammerte sich an Hammerschmidt fest. »Sie können ihm nicht davonfahren! Er ist zu nahe, und er hat die doppelte Geschwindigkeit wie Ihr Schiff! Er ist schneller als jedes Marineboot! Das ist doch sinnlos!«

»Ich lasse mein Schiff nicht von einem Piraten kapern!« schrie Hammerschmidt. »Ich werde mich wehren!«

»Womit?« Kang ließ Hammerschmidt schwer atmend los. »Sie sind bereits gekapert. Es geht nur noch um Minuten. Ich habe die *Else Vorster* verkauft.«

Auf dem Deck erschien jetzt die Mannschaft unter Führung von Wu Anming. Sie versammelte sich vor dem Aufbau und winkte dem heranbrausenden Kaperschiff zu. An der Reling der *Nong Phai*, die natürlich gar keinen Namen trug, standen die Piraten, Maschinenpistolen in den Händen und bereit, den Containerriesen zu entern. Kang hieb den Maschinentelegrafen wieder auf Stop.

»Der Alte ist verrückt geworden«, sagte im Bunker Chief Smits. »Erst volle Kraft, jetzt wieder stopp. Ich möchte wissen, was da oben los ist.«

»Das erinnert mich an die Springprozession von Kevelaer, drei Schritte vor, zwei zurück«, flachste Botzke.

»Für dumme Witze bin ich wirklich nicht aufgelegt.« Smits ging an die Eisentür und legte das Ohr dagegen. Die dicke Isolierung verschluckte jeden Laut, aber die Vibration des Schiffsbodens hatte aufgehört. Ein Beweis, daß alle Maschinen standen. »Was meinst du, Jens?«

Jens Halbe hob die Schultern. »Nichts. Wir werden den Alten fragen, wenn er uns wieder besuchen kommt.«

Das Piratenschiff schwamm jetzt längsseits der *Else Vorster* und trieb näher an die Bordwand heran. In dem verhältnismäßig kleinen und primitiven Kommandoraum stand der »Kapitän« neben dem Rudergänger und rief Kommandos zur Maschine. Mit dem Bugstrahlruder – er hat wirklich ein Bugstrahlruder, stellte Hammerschmidt keuchend fest – dirigierte er mit sicherer Hand das Schiff, bis es Berührung mit dem Riesen hatte. Kaum knirschten die Bordwände aneinander, kam der Kapertrupp an Bord und umstellte die Crew, deren Freude beim Anblick der »Freunde« schlagartig verflog. Statt sich gegenseitig die Hand zu schütteln, wurden die Japaner und Chinesen mit den Maschinenpistolen an die Eisenwand des Aufbaus getrieben. Wu Anming, der dem Anführer entgegengegangen war und laut »Willkommen Kameraden!« gerufen hatte, wurde mit einer kräftigen Ohrfeige auf Deck geschleudert. Entgeistert starrte er um sich und begriff nicht, was dieses beleidigende Benehmen bedeuten sollte. Man hatte ihn, den Freund, geschlagen! Er hatte sein Gesicht verloren, der halbe Tod eines Chinesen.

Zuletzt kam der Piratenkapitän an Bord. Man brauchte ihm den Weg zur Brücke nicht zu zeigen, ein Japaner, der ihm entgegenkam, wurde mit einem Hieb zur Seite geschleudert. Hammerschmidt und Kang erwarteten ihn auf der Brücke. Der Rudergänger stand wie eine Säule und rührte sich nicht.

Mein Gott, dachte Hammerschmidt, so sieht ein Pirat aus! Verwaschene Jeans, Basketballschuhe, ein fleckiges rotes Hemd, ein Viertagebart, zerzauste, strähnige Haare, ein gelbliches, verlebtes

Gesicht, braune Zähne, schmutzige, aber erstaunlich zierliche Hände und ein Blick, der kalt und ausdruckslos ist. Hammerschmidt holte tief Atem.

»Sie erwarten wohl nicht«, sagte er auf englisch, »daß ich Sie an Bord willkommen heiße.«

Der Pirat nickte kurz. Sein zerfurchtes Gesicht verzog sich zu einem Lächeln. Um Hammerschmidts Worte abzuschwächen, trat Kang einen Schritt vor.

»Ich bin Kang Yunhe«, sagte er freundlich und streckte seine Hand hin. Sie wurde übersehen, und erstaunt zog Kang sie schnell zurück. »Ich habe mit Ihnen gesprochen.«

»Ich bin Nyen Su-Feng.« Der Pirat blickte an Kang vorbei zu Hammerschmidt. Er hatte eine helle, etwas blecherne Stimme, die immer so klang, als leide er unter einer Halsentzündung. Er sah mit Freude und Stolz, wie Kang bei diesem Namen blaß wurde und ihn ungläubig anstarrte.

Nyen Su-Feng! Gnade uns Gott! Wenn sie das vorher gewußt hätten, wären sie wahrscheinlich geflohen.

Nyen Su-Feng trat an das breite Fenster, blickte hinunter auf Deck und sah, daß seine Leute die Crew fest in der Hand hatten. Er drehte sich wieder um, seine kalten Augen schätzten Hammerschmidt ab.

»Sie also sind Lothar Hammerschmidt?« sagte er dann langsam, fast bedächtig.

»Ja. Das bin ich.« Hammerschmidt hörte seine eigene Stimme nur ganz leise.

»Sie haben ein wunderschönes Schiff...«

»Und es ist zehn Nummern zu groß für Sie. Irgendwo habe ich Ihren Namen schon gehört. Haben Sie nicht den Stückgutfrachter *Wesermünde* ausgeraubt?«

»Sie haben ein gutes Gedächtnis, Käpt'n. Ihr Kollege Larsen war damals so klug, keinen Widerstand zu leisten. Ich habe auch nur die Schiffskasse mitgenommen. Die Ladung – eine zerlegte Zementfabrik für Vietnam – interessierte mich nicht. Außerdem hätte ich meinem Land geschadet.«

»Stimmt. Sie sind Vietnamese.«

»Heute ist das anders.« Nyen klopfte auf das Kommandopult. »Dieses Schiff und seine Ladung gefallen mir.«

»Eine *Else Vorster* können Sie nirgendwo in der Welt verkaufen. Die Container unter Umständen, aber das Schiff ist zu auffällig.«

»Wir werden es umspritzen und umbauen.«

»Und wo registrieren? Unter welcher Flagge?«

Nyen Su-Feng sah Hammerschmidt an, als wolle er fragen, was ihn das noch anginge. Warum muß ein Schiff registriert sein, wenn es keinen Hafen anläuft? In Thailand, Malaysia, Indonesien, Borneo, Vietnam und Korea gibt es Hunderte von Möglichkeiten, außerhalb der Hoheitsgrenzen Fracht zu übernehmen und auch wieder zu löschen, zu zwei Drittel der üblichen Frachtraten. Oder sogar nur für die Hälfte. Und vor allem: Wer mit einem Nyen in Geschäftsverbindung getreten ist, wird wissen, daß Schweigen ein Leben wert ist.

»Ich übernehme das Schiff«, sagte Nyen Su-Feng, ohne Kang zu beachten. »Ich übernehme auch das Ruder.« Er lächelte wieder, als er Hammerschmidts deutliche Abwehr sah. »Sie trauen mir wohl nur zu, kleine Kähne zu überfallen, Frauen zu vergewaltigen und sogenannte Helden über Bord zu werfen? Du deutsches Hochmutsschwein ... ich habe mein Patent als Kapitän für Große Fahrt und bin genausoviel wert wie du!«

Seine Hand schnellte nach vorn, packte Hammerschmidts Hemd und riß es ihm vom Körper. Er wartete offenbar auf eine Gegenwehr, aber Hammerschmidt blieb ruhig.

»Zufrieden?« fragte er nur.

Statt einer Antwort wandte sich Nyen dem blassen Kang zu. »Wir sollen also ein Geschäft miteinander machen?« fragte er.

»Das hatten wir besprochen, Nyen.«

»Was dachtest du?«

»Bei der Ladung 50 : 50, das ist wirklich ein Freundschaftsangebot.«

»Für dich ohne Risiko, für mich mit vollem Risiko. Ich suche einen Abnehmer, und du hältst nur die Hand auf.«

»Ohne mich hättest du die *Else Vorster* nicht kapern können.«

»Das ist zutreffend. Nur – jetzt habe ich sie.« Nyen trat auf die Backbordnock und blickte hinunter zum Deck. Die Mannschaft stand nun in einer Reihe an der Reling. Wie für eine Parade, dachte Hammerschmidt. Nur die Männer mit den Maschinenpistolen davor passen nicht in das Bild. »Sind das alle?« fragte Nyen.

»Ja, bis auf zwei Mann Bewachung und den Funker.« Kang atmete schwer.

»Wozu Bewachung?«

»Die Offiziere sind in einem Vorratsbunker eingesperrt und...«

»Ich sehe sie mir nachher an.« Er wandte den Kopf zu Hammerschmidt, der neben ihm stand. »Sind das auch so dumme Helden wie Sie?«

»Es sind gute Offiziere.«

»Ich habe es mir überlegt. Ich möchte sie jetzt sehen. Jetzt gleich!«

Kang beugte sich über die Schanz und hob einen Arm, um sich bemerkbar zu machen. »Bringt die Offiziere nach oben!« rief er. »Wu Anming, das kannst du machen.«

»Wer ist Wu Anming?« fragte Nyen und starrte Wu nach, wie er über das Deck rannte.

»Mein Partner. Ein Chinese aus der Volksrepublik.«

»Und er hofft auch auf Millionen.«

»Ja. Wir wollen uns das Geld teilen.«

»So etwas denkt ein Kommunist?« Nyen verzog den Mund. »Er müßte das Geld der Partei abgeben. Ihr seid alle elende Lumpen!«

Nyen wartete, bis Wu mit den Offizieren und den beiden Wachen an Deck zurückkam. In dieser Zeit sprach er kein Wort. Er stützte sich auf das Schanzkleid und starrte über das glitzernde Meer. Ein Schwarm fliegender Fische zog an ihnen vorbei. Das Licht brach sich in ihren transparenten Flugflossen. Auch die Delphine umtanzten weiter die nun nebeneinander liegenden Schiffe und warteten auf Abfälle aus der Kombüse.

Nyen Su-Feng war nicht immer Pirat gewesen, nicht der Sohn eines Piraten, der die Tradition fortführte und die Schiffe beraubte. Sein Vater war Beamter gewesen, ein braver Mann in der Kleinstadt Bach Ma, in der Nähe der alten Kaiserstadt Huë, gerecht und beliebt, denn er versah das Amt des Rechtssprechers und urteilte immer nach dem logischen Verstand. Sein Sohn Su-Feng sollte einmal sein Amt übernehmen, und so besuchte Su-Feng die Hochschule von DaNang und lernte fleißig. Damals hieß Vietnam noch Indochina, die Franzosen waren im Land und herrschten mit allen feudalen Privilegien, und auch Su-Feng hatte viele französische Freunde, zog mit seinen Kommilitonen durch die Kneipen, Bars und Bordelle, soff bis in den Morgen hinein und war berühmt dafür, in einer Nacht vier Weiber zu vögeln, ohne daß ihm die Zunge aus dem Halse hing. Er wäre auch nach seinem Austoben ein guter Beamter geworden, aber da tauchte Ho Chi Minh auf, begann mit seiner Guerilla-Armee Krieg gegen Frankreich und die USA, siegte trotz der Übermacht der Weißen und hielt ein Strafgericht über alle ab, die einmal mit Frankreich oder den USA zusammengearbeitet hatten.

Auch Su-Fengs Vater fiel der Säuberung zum Opfer. Man erschoß ihn auf dem Marktplatz von Bach Ma. Die Soldaten brauchten neun Schüsse und einen Genickschuß, bis er endlich tot war. Su-Fengs Mutter stieß sich ein Messer ins Herz, und seine beiden Schwestern, Lehrerinnen an einer katholischen Schule in Huë, wurden vergewaltigt und gefoltert und starben, nachdem man ihnen ein Bajonett in die Scheide gestoßen hatte.

Su-Feng konnte fliehen und erreichte nach einem halben Jahr Fußmarsch durch die Dschungel von Laos und Kambodscha die thailändische Grenze. Er kam bis in die Hafenstadt Sattahip am Golf von Thailand, und da man einen Beamten aus Vietnam, wie es jetzt hieß, nicht beschäftigen konnte, bewarb er sich bei dem kleinen Schiffsbesitzer Kham Phak Nam, der ein altes Holzboot besaß und damit Früchte und Gemüse transportierte. Hier lernte er die Grundzüge der Seefahrt, aber er lernte auch, wie man Vietnam-Flüchtlingen, die zu Tausenden auf armseligen, verrotteten Kähnen und kleinen Fischerbooten in das Südchinesische Meer flüchteten, in der Hoffnung, von Handelsschiffen aufgefischt und in Sicherheit gebracht zu werden, auflauerte, sie überfiel, die Boote eroberte, ihnen ihre letzten Habe wegnahm, die Männer über Bord warf, die Frauen vergewaltigte, die Kinder erschlug, um dann blitzschnell in der Nacht oder im Morgennebel zu verschwinden, bevor man von den großen Schiffen entdeckt wurde.

Damals, als das Schicksal der »Boatpeople« die ganze Welt bewegte und die reichen Länder sich nur zögernd dazu entschlossen, den Ärmsten der Armen Asyl zu gewähren, tauchte zum ersten Mal der Name Nyen auf. Überlebende der Massaker auf See berichteten, daß ein teuflisch grausamer Pirat das Südchinesische Meer durchkämmte und keine Gnade kannte. Die internationalen Organisationen setzten den Namen Nyen Su-Feng auf die Fahndungslisten, aber das war auch alles. In Thailand lebte er unbeschwert weiter, raubte weiterhin mit Kam Phak Nam, der nun drei Motoryachten besaß, kleinere Schiffe aus und kam wieder in die Schlagzeilen, allerdings ohne Namen, den man nicht feststellen konnte, als er das japanische Frachtschiff *Okinawa* enterte, die Fracht umlud und die Besatzung erschoß.

Nyen wurde immer raffinierter. Er besuchte die Nautikschule in Bangkok, bestand sein Kapitänsexamen, nahm stolz die goldbestickte Kapitänsmütze in Empfang, kehrte nach Sattahip zu seinem Lehrmeister und Gönner zurück, vergiftete ihn und übernahm die kleine Reederei. Nach einem Trauerjahr verkaufte er den ganzen Besitz, gab einen kleinen, aber superschnellen Privatkreuzer in Auftrag, den er bar bezahlte. Von da an war er verschollen. Man hörte erst wieder von ihm und seinem Schnellboot, als er die *Wesermünde* kaperte, die Schiffskasse mitnahm, mit dem klugen Kapitän Larsen sogar in der Offiziersmesse eine Flasche Champagner trank und dann wieder in der Weite des Südchinesischen Meeres verschwand. Der Name Nyen Su-Feng wurde zum festen Begriff für Seeräuberei. Er wurde so etwas wie ein Mythos.

Nyen richtete sich wieder auf und sah die Offiziere an Deck kommen. Er bemerkte, wie sie stutzten, als sie das fremde Schiff längsseits und die bewaffneten Piraten vor der angetretenen Crew entdeckten.

»O verdammte Scheiße!« rief Botzke aus. »Man hat uns gekapert!«

»Deshalb das Spiel mit den Maschinen.« Smits wandte den Blick hinauf zur Brücke. Er sah Hammerschmidt mit bloßem Oberkörper auf der Nock stehen, neben ihm Kang und ein anderer Mann. Der Kapitän halb nackt – es war ein so unbegreiflicher Anblick, daß Smits zu stottern begann. »Sie haben ihn geschlagen und gefoltert... sie haben den Alten fertig gemacht.« Er wollte nach vorn stürzen, aber Botzke und Halbe hielten ihn fest.

»Halt's Maul!« zischte Halbe. »Es hat doch jetzt keinen Zweck durchzudrehen.«

Aber Smits schien die Haltung verloren zu haben. Er hob den Kopf weit in den Nacken und brüllte zur Brücke hinauf: »Ihr Saukerle! Ihr feigen Schweine! Laßt den Kapitän los, ihr Hurenböcke!«

Nyen drehte sich zu Hammerschmidt. »Meint er mich?«

»Er dreht durch. Nicht jeder kann Eingeschlossensein ertragen.«

»Wer ist er?«

»Mein Chief Donald Smits.« Hammerschmidt biß sich auf die Unterlippe. »Er dreht wirklich durch.«

»Davon kann ich ihn befreien.«

Nyen hob die Hand und winkte. Zwei Piraten rissen Smits aus den Armen von Botzke und Halbe, schleiften ihn zwei Meter weiter, warfen ihn gegen einen Container, und dann hoben sie ihre Maschinenpistolen und schossen. Von zwanzig Kugeln durchsiebt, von der Wucht der Einschläge in seinem Körper hochgerissen und herumgeschleudert, fiel Smits in sich zusammen. Als sei es ein Kommando gewesen, eröffneten die anderen Piraten das Feuer auf die Mannschaft. Die Männer schlugen übereinander, fielen über die Reling oder krochen schreiend über Deck. Nach einer neuen Feuergarbe war es still. Die Piraten stießen die Leichen ins Meer, drehten sich um, standen stramm und grüßten wie siegreiche Soldaten zu Nyen hinauf. Nyen grüßte ebenso stramm zurück. In seiner Truppe herrschte Disziplin, das hatte er sich von den Vietkong abgeschaut.

Hammerschmidt hatte die Augen geschlossen, als Smits im Kugelhagel tanzte. Als er sie jetzt öffnete, war das Deck leer, nur große Blutflecken bedeckten die Planken. Halbe und Botzke aber lebten noch. Sie hatten sich die Hände gegeben und drückten sich unversehrt an eine Containerwand. Abschied für immer.

»Mörder« zischte Hammerschmidt. Und dann lauter, heiser vor Entsetzen: »Mörder! Mörder!«

»Für manchen ist der Tod eine Befreiung vom Leben.« Nyen trat einen Schritt vom Schanzkleid zurück. »Wir gehören einer Zeit an, in der ein Mensch kaum noch einen Wert hat. Kapitän, sehen Sie sich Kang Yunhe an. Ist er nicht eine widerliche Ratte? Er meutert, besetzt das Schiff, nimmt Kontakt mit mir auf und will die *Else Vorster*, die Ladung und Sie an mich verkaufen. Ist das noch ein Mensch? Hat er eine Berechtigung zu leben?«

»Nyen«, Kang stieß sich von der Nock ab. Er zitterte jetzt und begriff, daß sein großes Spiel um Millionen verloren war. Wu Anming war der letzte gewesen, den man mit einem Genickschuß ermordet und über Bord zu den Haien geworfen hatte. Er hatte noch geschrien: »Ich bin doch euer Freund!«, aber seine Stimme wurde von den Schüssen übertönt. »Ich habe das Schiff ohne einen einzigen Toten übernommen...«

»Das war ein Fehler! Hast du geglaubt, ich kaufe ein Schiff mit Besatzung? Ich lasse fünfzig Augen und fünfundzwanzig Mäuler frei, die meinen Namen kennen, mich gesehen haben und mich gehört haben? Du wolltest ein Geschäft mit mir machen? Mit Nyen macht man nur Geschäfte, die er vorschlägt.«

»Ich... ich habe dir das Schiff zugeführt«, stammelte Kang.

»Schon wieder ein Irrtum: Ich habe das Schiff erobert. Und der Eroberer diktiert, nicht der Eroberte! Willst du uralte Weisheiten umdrehen? Ich habe an meiner eigenen Familie gelernt, was erobern heißt. Kang Yunhe, du bist ein häßliches Tier. Du beleidigst mein Auge.« Nyen sprach jetzt chinesisch, und plötzlich hatte er eine Pistole aus dem Gürtel gezogen und drückte mit dem Daumen den Sicherungsflügel herum. Es war eine sowjetische Nagan, ein altes Modell, aber von gewaltiger Durchschlagskraft. »Es gab in China einen Kaiser, der suchte eine goldene Nachtigall. Alle anderen Nachtigallen ließ er töten, um den Himmelsklang dieser einen Nachtigall zu hören und sie zu fangen. Es gab nicht einen einzigen singenden Vogel mehr, aber er konnte die goldene Nachtigall nicht finden. So wurde er alt, von Gicht und Fieber geplagt, humpelte an einem Stock herum und rief immer wieder: ›Wo bist du, mein Vögelchen? Wo bist du? Komm zu mir. Ich will dir einen Käfig bauen aus purem Gold und Edelsteinen, du sollst das beste Essen haben, du sollst neben mir schlafen und mich in die Träume singen. Komm, mein Vögelchen. Komm.‹ Und eines Tages lag er da in seinem gelbseidenen Bett mit den roten Drachen darauf, und er wußte, daß er sterben mußte. Und als er die letzten Atemzüge machte, kam die goldene Nachtigall in sein Zimmer geflogen, setzte sich auf seinen Kopf und sang so schön wie nie zuvor, so wunderschön, daß der Kaiser sich zusammenkrampfte und leben wollte, aber er starb in dieser Stunde und begriff, daß auch ein mächtiger Kaiser nicht alles haben kann, was er sich wünscht.« Nyen sah Kang aus kalten Augen an. »Kennst du das Märchen?«

»Nein.« Kang blickte in den Lauf der Nagan und fiel auf die Knie. Angstschweiß schoß ihm aus allen Poren, und plötzlich erfüllte ein widerlicher Gestank die Kommandobrücke. Nyen warf einen Blick auf Hammerschmidt.

»Er hat vor Angst in die Hosen geschissen!« sagte er mit schrecklicher Ruhe. »Er ist wirklich eine widerliche Ratte. Kann man so etwas Abscheuliches als Partner nehmen?«

Sein Zeigefinger krümmte sich. Der Schuß schlug überlaut durch den Raum, mitten auf Kangs Stirn erschien ein kreisrunder roter Fleck. Der Taiwaner fiel zurück und zuckte noch dreimal, aber es waren nur noch Reflexe seiner Nerven.

Hammerschmidt ging zwei Schritte bis zum Kommandopult und riß sich die letzten Hemdfetzen von der Brust.

»Wo Sie nun einmal so richtig in Schwung sind, ...« Seine Stimme war fest wie immer. »Nur – ich knie nicht nieder.«

Nyen Su-Feng ließ die Pistole sinken, sicherte sie wieder und steckte die Waffe in den breiten Gürtel. »Der deutsche Held! Der blauäugige Germane! Merken Sie nicht, wie lächerlich Sie sind?«

»Schießen Sie endlich, Nyen!«

»Warum? Ich habe keinen Grund, Sie zu töten, Kapitän.«

»Sie haben auch ohne Grund meinen Chief erschießen lassen.«

»Er hatte mich beleidigt. Das kann ich nicht ertragen. Aber Sie?« Nyen zeigte auf den toten, verkrümmten Kang Yunhe. Aus seinem Kopf lief ein dünner Blutfaden. »Aufheben!«

Hammerschmidt rührte sich nicht. Nyen trat einen Schritt vor. Noch einmal zeigte er auf Kang. »Aufheben!«

Hammerschmidt reagierte nicht. Der japanische Rudergänger, der bisher wie eine Steinsäule gestanden hatte, bewegte sich und wollte den Befehl übernehmen. Ein Faustschlag von Nyen warf ihn gegen die Brückenwand zurück.

»Der deutsche Held ist zu stolz, nicht wahr?« sagte Nyen spöttisch. »Ich habe irgendwo einmal gelesen, daß es bei Ihnen so eine Art Todesengel gab, die die Toten in den Himmel trugen. Ihr Himmel hatte einen merkwürdigen Namen.«

»Walhall.«

»Stimmt.« Er zeigte wieder auf den Toten. »Tragen Sie ihn weg und werfen Sie ihn über Bord. Denken Sie an Ihre germanische Tradition.«

»Sie können mich nicht provozieren, Nyen«, antwortete Hammerschmidt furchtlos. »Erschießen Sie mich.«

»Die Welt hat Märtyrer genug, man braucht Sie nicht. Aber«, Nyen streckte den Arm aus und zeigte nach draußen. »Auf Deck warten meine Leute auf einen neuen Befehl. Ich kann ihn ihnen geben: Tötet die beiden Offiziere!«

»Das werden Sie nicht tun!« In Hammerschmidt machte sich eine große Leere breit. Es war ihm, als habe er seinen Körper verlassen.

»Wer hindert mich daran?«

»Niemand. Aber wenn Sie es befehlen, dann müssen Sie mich auch liquidieren.«

»Ich *muß*? Erklären Sie mir das!«

»Ich werde *Sie* provozieren. Ich werde auf Sie springen, ich werde Sie schlagen, es wird Ihnen nichts anderes übrigbleiben, als mich zu töten.«

Nyen nickte mehrmals. »Das traue ich Ihnen zu, Hammerschmidt. Aber überlegen Sie mal: Ist es nicht einfacher, Sie tragen Kang hinunter und retten damit Ihre Offiziere? Wollen Sie durch Befehlsverweigerung zum Mitschuldigen werden? Zum Mörder? Glauben Sie, Ihre Offiziere würden Ihr Heldentum, Ihr dämliches Heldentum, verstehen, wenn sie vor den Maschinenpistolen stehen und ich ihnen sage: Bedanken Sie sich bei Ihrem Kapitän.«

Hammerschmidt senkte den Kopf. Sein Ich kehrte in seinen Körper zurück. Er ging auf den toten Kang Yunhe zu. Bei der Leiche angekommen, bückte er sich, schob beide Arme unter den schmächtigen Körper und stemmte ihn hoch. Dann drückte er Kang fester an sich, schätzte das Gewicht ab und ging mit schweren Schritten zum Ausgang der Brücke.

Nyen atmete tief durch. Er lief an Hammerschmidt vorbei, und ihre Blicke begegneten sich. Tiefste Verachtung war aus den Augen abzulesen.

»Ich halte Ihnen die Türen auf«, sagte Nyen und rannte voraus. Er verspürte keinen Triumph, keinen Jubel, diesen Mann besiegt zu haben. Und er ging auch neben ihm her, als sie den Aufbau verließen und an den verwundert zuschauenden Piraten zur Reling schritten. Hammerschmidt hatte den toten Kang an seine nackte Brust gepreßt, er schwankte etwas beim Gehen, korrigierte auf halbem Wege die Gewichtsverteilung und sah aus den Augenwinkeln, wie sich Botzke und Halbe von dem Container abstießen.

Bleibt stehen, Jungs, dachte er. Um Himmels willen, bleibt doch stehen. Begreift die Situation! Mir zu helfen ist euer Tod! Das will er doch nur: einen Grund haben, wieder die Hand zum Feuerbefehl zu heben. Bleibt stehen!

Er keuchte etwas, ein Toter ist immer schwerer als ein Lebender, man hat das Gefühl, einen Körper aus Blei zu tragen, dabei ist alles nur eine Täuschung, und als er sah, daß Botzke zu ihm laufen wollte, brüllte er aus voller Brust:

»Bleib stehen! Zurück! Ich schaffe das allein!«

Botzke bremste und starrte seinen Kapitän an. Dann begann er am ganzen Körper zu zittern und ballte die Fäuste. Er weinte laut, ohne sich dessen bewußt zu sein, er weinte und biß sich in die Fäuste. Halbe zog ihn zurück zur Wand, drückte Botzkes Gesicht an seine Brust und streichelte ihn wie ein verletztes Kind.

Hammerschmidt hatte die Reling erreicht. Er blickte ins Wasser, an dessen Oberfläche einige Blutlachen schwammen. Überbleibsel der Toten, die von den Haien zerrissen worden waren. Er sah ihre dreieckigen Rückenflossen etwas entfernter durch das Meer ziehen. Die spielenden Delphine waren geflüchtet.

Mit einem Schwung warf Hammerschmidt den toten Kang Yunhe ins Meer. Der Körper tauchte sofort unter. Hammerschmidt drehte sich zu Nyen um

»Zufrieden?« fragte er. »Kann ich zu meinen Offizieren? Was haben Sie mit uns vor?«

»Wir werden gleich weiterfahren.« Nyen sah Hammerschmidt ein paar Momente stumm an. »Wir werden zu meinem Stützpunkt fahren. Ich hoffe, daß Sie die *Else Vorster* sicher durch die Klippen bringen.«

»Ich?«

»Ja. Sie. Ich fahre Ihnen voraus und zeige Ihnen den Einschlupf.«

»Und wo ist Ihr Räubernest?«

»Die Insel heißt Jemaja. Sie gehört zur Inselgruppe Anambas. Es ist ein gutes Versteck, Kapitän. Sie werden sich dort wohl fühlen.«

Die Fahrt nach Jemaja verlief ohne Komplikationen. Nyens Motoryacht lief der *Else Vorster* voraus, neben Hammerschmidt stand ein finsterer Pirat und achtete darauf, daß er genau auf Kiellinie blieb, und im Funkraum saß Hakahiro, ebenfalls bewacht von einem Piraten, und gab seine Meldungen durch, als liefe alles völlig normal. Der Funker wunderte sich über nichts mehr ... erst die Chinesen, jetzt die vietnamesischen Piraten, wer weiß, was morgen ist. Seine Angst hatte er verloren. Solange der Kapitän auf der Kommandobrücke stand, mußte alles, so rätselhaft es auch war, doch seine Ordnung haben. Damit tröstete sich Hakahiro und tat alles, was man von ihm verlangte.

Die Offiziere Halbe und Botzke hatte Nyen an Bord seines Schnellbootes genommen. Sie waren dort in eine Kabine eingeschlossen worden, die mit einem Luxus eingerichtet war, um den ihn jedes Kreuzfahrtschiff beneidet hätte: ein großes Rundbett, mit gelber Seide bezogen, Spiegelschränke, ein Badezimmer mit vergoldeten Armaturen, eine kleine Sesselgruppe, ein Farbfernseher, sogar eine kleine Bar – nur war diese leer bis auf zwei Flaschen Orangensaft und eine Dose Tonic-Water.

»Verstehst du das?« fragte Botzke und setzte sich auf das Bett. »Smits ermorden sie, und uns lassen sie leben und sperren uns in eine Luxuskabine ein?«

»Wenn du weitergelaufen wärst, schwämmst du jetzt auch im Pazifik«, sagte Halbe und betrachtete sich in dem großen Spiegel.

»Sie haben den Alten gefoltert ...« sagte Botzke dumpf.

»Das nimmst du an.«

»Sein Hemd war völlig zerrissen! Wer Hammerschmidt kennt, weiß, daß er so etwas nur geschehen ließ, nachdem man ihn gefoltert hatte. Und dann mußte er auch noch den toten Kang den Haien vorwerfen ... Ich konnte es nicht mitansehen!«

»Wenn ich dich nicht festgehalten hätte!«

»Ich weiß. Du hast mir das Leben gerettet.« Botzke ließ sich nach hinten auf das Bett sinken und verschränkte die Arme im Nacken. »Ob ... ob sie den Alten hinterher auch getötet haben?«

»Das wird man uns bald sagen.« Halbe trat vom Spiegel zurück. Er hatte sein Gesicht betrachtet und war erschrocken. Ich habe Angst, sagte er sich, und du, Botzke, hast auch Angst. Wir beide spielen nur den starken Mann. Am liebsten würden wir Nyen Su-Feng um Gnade bitten. Todesangst lähmt das klare Denken – du stehst nackt da, und alles in dir ist zusammengeschrumpft auf einen einzigen Satz: Laß mich leben!

»Ich nehme Ihre beiden Offiziere zu mir«, hatte Nyen zu Hammerschmidt gesagt. »Als Geiseln ... nein, besser gesagt: Als Garantie, daß Sie keine Dummheiten machen. Ich kenne Ihren Kameradschaftsgeist genau! Sie wissen, daß ich Ihre Offiziere sofort hinrichte, wenn Sie den geringsten Versuch unternehmen, mich zu betrügen.«

»Sie brauchen das nicht zu betonen, Nyen.« Hammerschmidt hatte noch die schrecklichen Bilder vor Augen, wie man Smits erschoß und Kang liquidierte. Für Nyen war ein Menschenleben nichts wert... »Wie sollte ich Sie betrügen? Sie fahren voraus, und wenn ich den Kurs ändern sollte, werden Sie ihn mit Ihrem Geschütz am Heck korrigieren. Außerdem haben Sie noch eine Vierlings-Flak an Bord und einen Raketenwerfer.«

»Das haben Sie bemerkt?«

»Ich bin nicht blind. Und auch nicht – falls Sie das annehmen sollten – auch nicht dämlich! Ich frage mich nur: Woher haben sie die Waffen?«

»Sie stammen aus dem Vietnam-Krieg. Als wir ihn gewonnen haben und die Amerikaner abzogen, achtete niemand auf die Waffen. Sie wurden massenhaft gestohlen und tauchten wenig später auf dem Schwarzmarkt auf. Man konnte kaufen, was man wollte. Alles war zu haben. Von einem Großhändler in Ho Chi Minh, Ihnen besser bekannt als Saigon, wurde mir geliefert, was ich brauchte. Er hatte einen dicken Katalog – vom Nahkampfschwert bis zum Panzer, von der Tretmine bis zum 10,5 cm-Geschütz. Leider hatte der Kamerad eine dumme Angewohnheit: Er führte Buch und trug dort seine Kunden ein. Geradezu ein Verbrechen in diesem Metier. Ich erfuhr es erst später... und der dumme Mensch explodierte eines abends mit seinem Auto. Es gibt gewisse Regeln im Leben, deren Nichtbeachtung Konsequenzen haben muß, um andere Menschen nicht zu gefährden.«

»Ich bin Ihnen also auch nichts wert, Nyen?«

»Nein!« Nyen blickte an Hammerschmidt vorbei. »Aber noch brauche ich Sie...«

»Und wenn ich nicht mehr nützlich bin?«

»Darüber sprechen wir später.«

Hammerschmidt atmete tief durch. Es ist schon ein merkwürdiges Gefühl, so nüchtern sein Todesurteil zu hören. »Was ich auch tue, das Ende ist vorprogrammiert –«

»Spielen Sie nicht mit irgendwelchen dummen Gedanken, Kapitän!« Nyen hob warnend die Hand. »Ihnen mag Ihr Leben unwichtig sein! Nein! Unwichtig ist es nicht... Sie werden nach Ihrer Auffassung als Held sterben. Das gibt Ihnen innere Stärke. Aber zuerst sind Ihre Offiziere dran. Das wissen Sie jetzt.« Nyen lächelte breit. Es war ein grausames Lächeln der Macht. »Ich weiß auch, daß gerade Sie sich von Ihrem Ehrenkodex gebunden fühlen. Gotentreue nennt man ihn, wenn ich mich recht erinnere. Sie sehen, ich habe als Student viel gelesen und mich oft über die Deutschen gewundert. Wir als Vietkong kannten damals nur unseren Haß auf die Weißen, der uns alles ertragen ließ... ihr Deutschen aber marschiert singend in den Krieg, weil ihr auf irgendeine Fahne Treue geschworen habt. Ich habe das nie begriffen, bis heute nicht. Und jetzt sehe ich das wieder: Man kann euch Deutsche in die Knie zwingen, wenn man euch die Ehre nimmt!«

»Nyen, Sie wissen nicht, was Ehre und Treue bedeuten.«

»Das verhindert so manche Blödheit.«

»Sie werden mich also, wann es Ihnen paßt, umbringen...«

»Habe ich das gesagt? Ich habe Ihnen lediglich zu verstehen gegeben, daß ich etwas gegen Hinterhältigkeiten habe.« Nyen Su-Feng lehnte sich gegen das Kommandopult und verschränkte die Arme vor der Brust. »Ich weiß, was Sie jetzt denken, Kapitän. Oh, ich weiß es ganz genau! Dieser Kerl spricht von Hinterhältigkeit und hat hinterhältig Smits, Kang Yunhe und die ganze Crew erschossen. Ist es so?«

»Ja.«

»Smits hat mich vor meinen Männern beleidigt, das tut man nicht. Kang war ein schleimiger Wurm... ich hasse Würmer. Die Crew – Ihre Crew – war ein Haufen Meuterer... ich verabscheue nichts mehr als Verrat. Seit Jahrtausenden werden Verräter hingerichtet.«

»Mord bleibt Mord.«

»Und Humanität bleibt die Dusseligkeit der Weißen. Wir werden uns geistig einander nie nähern, Kapitän. Bleiben wir also bei der uralten Formel: Ich bin der Stärkere, ich bin der Sieger – und Sie der Unterlegene, der Verlierer.«

Wenig später sah Hammerschmidt von der Brücke, wie vier Piraten Jens Halbe und Richard Botzke über das Fallreep auf das Schnellboot führten. Man hatte sie nicht gefesselt, wozu auch? Vier entsicherte Kalaschnikows sind die besten Fesseln.

Nun also fuhren sie in Kiellinie durch das Südchinesische Meer, einer Inselgruppe entgegen, die zu Indonesien gehörte, gottverlassen im weiten Ozean liegend, irgendwann aus der See aufgestiegen, mit bizarren Vulkanbergen, eingebettet in Korallenriffe mit nur schmalen Durchfahren. Zweimal im Jahr wurden sie von schweren Taifunen heimgesucht. Jemaja war eine der größten Inseln dieser Gruppe, hatte die Form einer Speerspitze mit Widerhaken, besaß eine Menge unzugänglicher Buchten und einen Berg, der 402 Meter hoch war. Da er unmittelbar aus dem Meer wuchs, sah er imponierend und höher aus, als er war, und er galt bei den wenigen Eingeborenen, die in den Dörfern Kuala, Padang und Letong wohnten, als heiliger Berg, auf dem die Götter der Winde und des Regens thronten. Unterhalb dieses Berges, in einer geschützten Felsenbucht, die nur einen schmalen Durchschlupf besaß, hatte Nyen Su-Feng sein Versteck eingerichtet. Von See aus war die Bucht nicht einsehbar. Ein idealer Ort am Fuße eines heiligen Berges, dem niemand sich zu nähern wagte.

Nyen wartete am Eingang der Bucht. Er stand am Radar und sah die *Else Vorster* langsam und vorsichtig herankommen. Hammerschmidt stand selbst am Ruder und meldete sich sofort per Funk, als Nyen ihn anrief.

»Sie sind verrückt geworden!« sagte Hammerschmidt sofort. »Mein Schiff ist doch kein Slalomläufer! Mein Echolot steht dauernd auf Alarm. Und wenn ich vor mir die Brandung am Korallengürtel sehe, weiß ich, daß ich da nicht durchkomme.«

»Sie wissen gar nichts!« antwortete Nyen grob. »Ich kenne das Meer hier wie meine Unterhose.«

»Falls Sie eine anhaben...«

»Zum Teufel, Sie brauchen mir nur nachzufahren!«

»Nyen! Ihre Yacht hat kaum Tiefgang. Ich aber habe, voll beladen, einen Tiefgang, mit dem ich nur in einen Tiefwasserhafen einlaufen kann! Ich gehe das Risiko nicht ein, die *Else Vorster* auf die Klippen zu setzen.«

»Es ist *mein* Risiko!« sagte Nyen kalt. »Aber ich sage Ihnen: Die Furt ist tief genug.«

»Ich bleibe hier liegen!« Hammerschmidts Stimme war bestimmt. »Ich steuere mein Schiff nicht mit offenen Augen ins Verderben! Wenn Sie unbedingt in die Bucht fahren wollen, kommen

Sie rüber, und übernehmen Sie das Ruder. *Ich* bewege mich keinen Meter mehr weiter. Ich lasse die Anker setzen.«

»Wollen Sie, daß vor Ihren Augen Ihre Offiziere erschossen werden?« Nyens Stimme ließ keine Zweifel aufkommen. »Was ist Ihnen mehr wert: das Schiff oder das Leben Ihrer Offiziere?«

»Das ist keine Alternative«, sagte Hammerschmidt tonlos. »Sie können nicht verlangen...«

»Ich kann alles verlangen!«

»Warum kapern Sie mein Schiff, wenn Sie es dann doch auf Grund setzen? Sie wissen genau, daß Sie niemanden kommen lassen können, der es zur Reparatur in einen normalen Hafen schleppt. Denn dann wären ja alle Mühen umsonst gewesen, Nyen! Die *Else Vorster* ist das größte Geschäft Ihres Lebens. So ein Fang gelingt Ihnen nie wieder. Das wissen Sie genau. Zum letzten Mal: Ich fahre nicht weiter! Aber ich bin bereit, die Verantwortung und das Ruder an Sie abzugeben. Kommen Sie rüber...«

»Das stolze Gewissen!« Nyen spuckte ins Telefon, Hammerschmidt hörte es ganz deutlich. »Immer unschuldig sein, auch wenn es Feigheit ist! Gut! Ich setze über. Mein Steuermann kennt hier jedes Korallenbäumchen unter Wasser so gut wie ich. Er fährt voraus.«

»Mein Schiff ist viermal so breit wie Ihres...«

»Glauben Sie, ich könnte nicht rechnen? Ich habe schon einmal gesagt: Ich bin kein vietnamesischer Meerespinkler, sondern Kapitän für Große Fahrt. Sie sind nicht einen Mund voll Spucke besser als ich, nur, daß Sie eine Vorliebe für weiße Uniformen haben! Ende.«

Eine halbe Stunde später kam Nyen Su-Feng an Bord.

Hammerschmidt trat vom Kommandostand zurück und machte eine einladende Handbewegung. Übernehmen Sie... Er wandte sich ab und wollte gehen. Nyen hielt ihn zurück.

»Wohin?«

»In meine Kabine. Ich habe das Kommando soeben abgegeben.«

»Sie bleiben hier!«

»Um Ihnen zu helfen?« fragte Hammerschmidt spöttisch. »Soll ich Ihnen eine Gebrauchsanweisung heraussuchen? Jede Hausfrau stellt ihre Waschmaschine erst dann an, wenn sie die Anweisungen gelesen hat.«

»Wir sprechen auf der Insel weiter!« Nyen zog ganz kurz das Signalhorn. Der Ton gellte hinüber zu dem stillen Eiland. Die Motorjacht setzte sich in Bewegung und glitt durch den Eingang des Korallengürtels. Nyen drückte den Maschinentelegrafen auf langsame Fahrt und übernahm das Ruder. Die *Else Vorster* schwamm Meter um Meter in das Riff, so wie sich ein Blinder vorwärtstastet. Aber sie war nicht blind. Das Echolot warf die Tiefe zurück, die Burgstrahlruder korrigierten sofort jedes geringste Abweichen zur Seite. Mit versteinertem Gesicht stand Nyen Su-Feng auf der Brücke und dirigierte den großen Container in den Durchschlupf.

»Auf jeder Seite nur noch ein halber Meter« sagte Hammerschmidt gepreßt. Er hatte sich vorgenommen, nichts zu tun, zu schweigen, wegzuschauen und darauf zu warten, das hellen Knirschen zu hören, wenn der Rumpf von den Korallen wie mit einem Messer aufgeschlitzt wurde. Aber dann spürte er das Kribbeln in seinem Nacken, dieses Zusammendrücken des Herzens wie durch eiserne Klammern, diese Atemlosigkeit der Angst. Mein Schiff fährt in den Tod!

»Tiefe unter Kiel nur noch 45 Zentimeter!« rief er Nyen zu.

»Was wollen Sie mehr?« Nyen schlich über das Riff. Hammerschmidt schloß für einen Moment die Augen. Das Echolot gab längst Alarm.

»Dreißig Zentimeter... Nyen, Sie sind wirklich verrückt! Sie schaffen es nicht. Wir laufen auf...«

»Wetten wir?«

»Nein!«

»Um Ihr Leben...«

»Ich verzichte.«

»Kommen wir durch, werden Sie sich am Strand von Jemaja sonnen können. Laufen wir auf, erleben Sie den Abend nicht mehr. Sie sehen, es liegt *alles* in meiner Hand. Es wäre schade, wenn Sie den Sonnenuntergang nicht mehr erleben würden. Das Meer wird blutrot...«

»Ihre Lieblingsfarbe.«

Nyen antwortete nicht. Er starrte auf die Fahrrinne und umklammerte das Ruder. Hammerschmidt hielt den Atem an. Das Echolot reflektierte die Tiefen.

»Wieder vierzig Zentimeter. Fünfzig... Mein Gott, der Meeresboden senkt sich!« Hammerschmidt war versucht, zu Nyen zu laufen und ihn zu umarmen, aber er unterdrückte den Impuls, und außerdem drückt man keinen Massenmörder an sich, nur weil das eigene Leben gerettet worden war. »Wir sind durch...«

»Ja, wir sind durch.« Auch Nyen schien aufzuatmen... auf jeder Seite nur ein halber Meter und unter dem Kiel nur dreißig Zentimeter Wasser, und das bei einem Schiff, das 120 Meter in der Länge mißt und mit Containern voll beladen ist, verkrampfte auch Nyens Herz, obwohl man es seinem regungslosen Gesicht nicht ansah.

Langsam trieben sie in die Bucht hinein, vor sich das zerklüftete Bergmassiv, an den Seiten ins Meer hineinwachsende Klippen, in denen sich Palmen, Riesenfarne, hohe Büsche und wehendes Gras festgekrallt hatten. Ein ideales Versteck, von keiner Seite einsehbar, zum Meer hin geschützt durch die Korallengürtel, gegen die die Brandung aufschäumte.

Hammerschmidt beobachtete, wie die Motorjacht an einem Landungssteg vor Anker ging. Nyen dirigierte die *Else Vorster* nahe an die linke Klippe heran und ließ die Anker fallen. Die Maschinen schwiegen. Für die Welt war das Schiff verschollen und unsichtbar geworden.

»Gratuliere, Nyen«, sagte Hammerschmidt. »Das war eine Meisterleistung.«

»Man muß sein Revier kennen.«

»Ich hätte es nicht gewagt, das gebe ich zu.«

»Es wird keiner wagen, und deshalb ist die *Else Vorster* hier sicher.«

»Auch von der Luft aus?«

»Hier wird nie ein Flugzeug hinkommen.«

»Bei einer großangelegten Suchaktion?«

»Wer sollte suchen?«

»Das Verschwinden der *Else Vorster* ist etwas anderes als ein Überfall auf Flüchtlingsboote oder kleine Frachter. Der Tod von Hunderten von Vietnamflüchtlingen wird heutzutage noch nicht einmal mehr im Fernsehen erwähnt. Aber eine *Else Vorster* kann man nicht totschweigen. Das schönste deutsche Containerschiff verschwindet im Südchinesischen Meer, ohne daß es einen Taifun gab, kein Seebeben, keine Jahrhundertwelle wurden registriert. Das Schiff ist einfach nicht mehr da. Das löst eine internationale Suche aus. Der Reeder wird einen Millionenbetrag zur Wiederbeschaffung aussetzen, die Lloyds-Versicherung wird alles dransetzen, dieses Geheimnis zu klären – Nyen, es war Ihr größter Fehler, die *Else Vorster* zu kapern.«

»Wer sagt, daß ich sie behalten will?«

»Ich habe Ihnen schon einmal gesagt: Sie ist unverkäuflich.«

»Wer will sie verkaufen? Ich verteile die Ladung auf verschiedene Großhändler ... und dann wird man eines Tages die schöne *Else Vorster* unbemannt vor den Kepulauan Riau, südlich von Singapur, treiben sehen und nach Singapur abschleppen. Das ist mein neuer Plan.« Nyen blickte hinunter. Die Barkasse seiner Yacht war längsseits gekommen, ein Pirat ließ das Fallreep hinab. »Wir können übersetzen.« Er machte eine kleine Verbeugung. »Sie sind mein Gast, Kapitän.«

»Eine eigenwillige Bezeichnung für einen Gefangenen.«

»Sie sehen das alles zu pessimistisch.«

»Ich sehe Smits im Kugelhagel.«

Nyen antwortete nicht. Er verließ die Brücke, und Hammerschmidt folgte ihm. Sie kletterten in die Barkasse und tuckerten dann zum Landungssteg. Am Ufer warteten Halbe und Botzke. Sie grüßten, als Hammerschmidt den Steg hinunter an Land ging.

»Der Alte«, sagte Botzke gerührt, »trägt wieder seine weiße Uniform. Er ist nicht kleinzukriegen!«

»Abwarten, Richard.« Halbe war nicht so optimistisch wie Botzke. »Für Nyen ist es gleichgültig, was Hammerschmidt trägt. Der Herr ist *er*!«

Mitten auf dem Steg blieb Nyen stehen und machte eine weite Handbewegung. »Wie gefällt Ihnen mein Reich?« fragte er. »Auf den ersten Blick imponierend. Sie haben sogar eine eigene Funkstation.«

»Ich stehe mit vielen Geschäftsfreunden in ständiger Verbindung. Ich lasse Ware nie lange bei mir liegen.« Nyen strich mit dem Zeigefinger die ganze Küstenlinie ab. »Dort sind die Häuser der Mannschaft«, erklärte er. »Alle mit fließend Wasser, das ich vom Berg hole, und mit elektrischem Licht. Ich habe einen leistungsfähigen, benzinbetriebenen Generator. In der Mitte sehen Sie mein Haus, das mit dem steilen polynesischen Dach. Aber meistens wohne ich auf meiner Yacht. Da hinten sehen Sie die Magazine und das Elektrowerk. Dann kommt ein kleiner Sportplatz, um die Jungs elastisch zu halten. Eine Krankenstation haben wir natürlich auch … bei einer Bevölkerung von 79 Menschen unumgänglich. Außerdem geht nicht jede geschäftliche Transaktion so harmlos vor sich wie bei Ihnen. Es gibt ab und zu Verwundete.«

»Sie haben einen Arzt hier?« fragte Hammerschmidt erstaunt.

»Seit drei Jahren. Auch ein – Gast.« Nyen lächelte verhalten. »Ich lud ihn ein, als wir einen kleinen Frachter aus Japan besichtigten. Er war der Schiffsarzt und heißt Dr. Tashi Kagoshima. Ein sehr guter Arzt.«

»Ein Arzt, der zu jedem Handgriff gezwungen wird.«

»Nicht mehr.« Nyen lächelte wieder. »Ich habe ihm eine entzükkende, junge Frau besorgt. Ein zauberhaftes Wesen wie ein Porzellanpüppchen, das ich ihm aus Singapur mitgebracht habe.«

»Geraubt!«

»Seitdem denkt Dr. Kagoshima nicht mehr daran, meine Insel zu verlassen, und seine süße Frau – er nennt sie Zuckerpüppchen – ist glücklich. Was wollen Sie mehr? Ich hinterlasse nicht nur Tote, sondern auch glückliche Paare.« Nyen zeigte ganz nach rechts. »Sehen Sie das langgestreckte Steingebäude am Waldrand, unterhalb des Berges?«

»Ja.«

»Das ist der Puff.«

»Sie haben hier ein Bordell?«

»Ich beschäftige 56 wilde Jungs. Die wollen nicht nur essen, trinken, schlafen und gute Dollars. Ohne Frauen gibt es dickes Blut und Unzufriedenheit. Ein chinesischer Philosoph hat schon vor 4000 Jahren gesagt: Du kannst zehn Ochsen besitzen und bist ein armer Mann, wenn du kein Weib hast, das sie pflegt. Ich habe 56 Ochsen, und sie werden von 23 Frauen gepflegt.«

»Sie haben 23 entführte Mädchen hier als Dirnen?«

»Kapitän, Ihre Entrüstung steht Ihnen schlecht. Auch diese Mädchen sind glücklich. Und wenn ich das nächste Mal in Singapur bin, bringe ich Ihnen das schönste Weib mit, das ich und Sie je gesehen haben! Oder mögen Sie lieber eine Philippina? Eine Polynesierin? Oder eine aus Samoa? Die haben Pfefferstraucher zwischen den Beinen!«

»Ich bin verheiratet und habe einen prima Sohn.« Hammerschmidt begriff erst jetzt, was Nyen mit seinem Angebot meinte. »Soll das heißen?« fragte er stockend, »... soll das heißen: Ich bleibe Ihr Dauergast, wie dieser Dr. Kagoshima?«

»Sind Sie so dumm, zu hoffen, daß ich Sie zurückbringe in die andere Welt? Damit Sie mich verraten?«

»Wenn ich Ihnen mein Ehrenwort gebe...«

»Ich scheiße auf Ihr Ehrenwort!« Nyen Su-Feng schüttelte den Kopf. Er überblickte sein Reich und war sichtlich stolz darauf. »Es gibt so viele moralische Gründe, ein Ehrenwort für nichtig zu erklären. Ich bin so ein Grund. Ein Pirat, den alle ostasiatischen Staaten suchen! Der ist ein Ehrenwort wert? Sie lächerlicher Lügner!«

»Und was soll ich bis zu meinem Lebensende bei Ihnen tun?« Hammerschmidt lehnte sich an das Geländer der Landungsbrücke. Auch wenn er dagegen ankämpfte, er konnte nicht verhindern, daß seine Knie nachgaben. Lebenslänglich auf dieser Insel, Sklave eines Piraten, der unberechenbar war. Ein lebender Toter, ein Mensch, der mit seinem Riesenschiff einfach verschwunden ist, ohne die geringste Spur zu hinterlassen.

»Sie werden die schönste Frau Asiens in den Armen halten und entzückende Kinderchen zeugen.« Nyen lachte laut. Ebenso plötzlich wurde er wieder ernst und lehnte sich neben Hammerschmidt gegen das Geländer. Beide blickten hinüber zur *Else Vorster*, die weiß leuchtend, elegant, für ihre Größe ungemein schlank, bestückt mit bunten Containern und einem halbrunden schwungvollen Aufbau mit der breiten, gläsernen Kommandobrücke einer Kombination von Frachter und Luxushotel glich. »Ich werde Sie brauchen, Kapitän. Wir werden gemeinsam auf Kundenbesuch gehen.«

»Sie glauben doch wohl nicht...«, rief Hammerschmidt empört.

«O doch. Denken Sie an Ihre neue, bezaubernde junge Frau...«

»Ich werde sie nicht anrühren!«

»Das wird sie übernehmen. Sie wären kein Mann, wenn Sie da nicht willenlos würden.«

»Sie kennen mich schlecht, Nyen.«

»Der keusche Höhlenheilige.«

»Ich habe auf meinen Fahrten monatelang ohne Frauen ausgehalten. Ich habe mich daran gewöhnt.«

»Das hat Dr. Kagoshima auch gesagt. Er hat in Kobe eine Frau und vier Kinder. Fragen Sie ihn jetzt mal, ob er wieder zurückkehren will in sein Haus mit verschiebbaren Papierwänden. Der Mensch ist zum Genuß erschaffen. Ein Tier frißt, trinkt, schläft und paart sich ... alles Instinkte. Aber der Mensch will genießen.«

»Sie täuschen sich, Nyen.« Hammerschmidt stieß sich vom Geländer ab; seine Beine trugen ihn wieder. Die überwältigende Hilflosigkeit hatte nachgelassen. »Wer hat denn Ihre Insel so ausgebaut? Sie doch nicht allein.«

»Nein. Ich hatte gute Handwerker von der anderen Seite der Insel. Aus den Dörfern Padang und Letong. Die Eingeborenen denken, sie seien zu nahe an den heiligen Berg gegangen und die Götter hätten sie mitgenommen auf den Gipfel und zu spitzen Steinen verzaubert.«

»Also auch ermordet«, sagte Hammerschmidt voll Ekel.

»Das Wort scheint Sie zu faszinieren. Aber es ist falsch.« Nyen drehte sich um und steckte die Hände in die verwaschenen, schmutzigen Jeans. »Die ägyptischen Pharaonen ließen nach Vollendung ihrer Gräber alle Arbeiter und Architekten lebendig einmauern. Der russische Zar Iwan ließ nach dem Bau der Basilius-Kathedrale in Moskau allen Arbeitern und den Architekten die Augen ausstechen, damit sie nie wieder so etwas Schönes schaffen konnten. Spricht man da heute noch drüber? Man bewundert die Kunstwerke, die Pyramiden und die Kathedrale, die Große Mauer in China, die Hunderttausende Menschenleben kostete, den Panama-Kanal, dessen Urwaldufer mit Leichen gedüngt wurden, oder die Tempel der Mayas und Azteken, an denen das Blut die Stufen hinabfloß. Welche Kulturen, ruft man ergriffen aus. Das hier ist *meine* Kultur!«

»Nyen, jetzt erkenne ich das erst: Sie sind ein Irrer!« sagte Hammerschmidt entsetzt.

»Nein. Ich heuchle nur nicht! Können wir endlich an Land gehen? Wir werden noch viel diskutieren. Jahrelang!«

Hammerschmidt betrat langsam sein lebenslanges Gefängnis und umarmte an Land seine Offiziere. Sie alle hatten Tränen in den Augen.

Hamburg

Die Lage in der Nordsee und vor allem in der Deutschen Bucht entspannte sich etwas, als der Orkan langsam nachließ. Deutsche, dänische und britische Rettungsschiffe und Bergungsboote liefen sternförmig aus, um die hilflos treibende *Unico II* zu bergen. Von Cuxhaven und Wilhelmshaven fuhren die Hochsee-Bergungskreuzer *Eversand, Scharhörn* und *Nordsee* aus und kämpften sich gegen die Wellenberge an den von der Mannschaft aufgegebenen Tanker heran. Von Norden kamen die Dänen mit Abpumpleichtern heran, von England, den Wind im Rücken, kamen drei Spezialschiffe mit Ölsperren, Abschöpfgeräten und Leichterungstank, und zum ersten Mal seit dem Orkan gelang es, die *Unico* aus der Luft zu orten und die genaue Position durchzugeben. Die Messungen des Seitensichtradars und Mikrowellenradiometers der Spezialflugzeuge ließen den Krisenstab in Hamburg etwas aufatmen.

Ministerialrat Klaus Hintze, der im Auftrag der Bundesregierung jetzt die Kontrolle und Koordination aller Einsätze und Maßnahmen übernommen hatte, war in ständiger Verbindung mit dem Flottenkommando der Marine. Die Zusammenarbeit mit den zuständigen Stellen des Verkehrsministeriums verlief reibungslos. Er stand in laufendem Kontakt mit der Sonderstelle des Bundes »Ölunfälle See/Küste», dem Zentralen Meldekopf des Wasser- und Schiffahrtsamtes Cuxhaven und dem Bundesamt für Seeschiffahrt und Hydrographie in Hamburg. Hintze, bisher vom Vortrag von Dr. Bergfried entmutigt, hatte seine Sicherheit wiedergewonnen. Auf seinem Tisch stapelten sich die Meldungen.

»Es sieht hoffnungsvoll aus«, resümierte er mit knappen Worten. »Die *Unico II* ist geortet. Der Tanker verliert kein Öl. Er treibt auf die Deutsche Bucht zu. Eine Verständigung ist nicht möglich. Teile der Besatzung wurden aufgefischt. Rettungsinseln. Von Kapitän und Offizieren noch keine Spur. Wir gehen davon aus, daß die Nordsee sie in die Tiefe gerissen hat, wenn sie mit einem normalen

Rettungsboot unterwegs waren. Führerloser Großtanker also! Wir wollen versuchen, ihn in ruhigeres Elbewasser zu schleppen und dort leerzupumpen.«

»Und wenn er doch im letzten Moment auseinanderbricht, etwa an der Elbe?« fragte Dr. Bergfried.

»Von Ihrer Schwarzmalerei habe ich jetzt die Nase voll!« blockte Hintze ab. »Daran will ich nicht denken!«

»Das ist eben der Fehler, der rund um die Welt immer wieder gemacht wird.«

Hintze bekam einen roten Kopf. »Was Sie da ansprechen, ist ein internationales Problem! Im Augenblick haben wir es mit einem rein deutschen Problem zu tun, und das bekommen wir in den Griff! Die *Unico II* ist unversehrt ... und wenn erst die Bergungsschiffe bei ihr sind und sie an die Leine nehmen, sind neunzig Prozent der Gefahr gebannt. Davon gehe ich jetzt aus. Ich bin sehr zuversichtlich und habe das auch dem Herrn Minister und dem Bundeskanzler übermittelt. Es hängt jetzt alles von der Geschicklichkeit der Rettungsschiffe ab.«

»Und wenn bei diesem Seegang die Trossen reißen?«

»Dann werden neue angebracht!« rief Hintze. Er war empört. »Wozu haben wir denn unsere Fachleute?!«

»Haben Sie schon mal Windstärke acht auf hoher See erlebt, Herr Ministerialrat?«

»Nein! Ich habe eine persönliche Abneigung gegen Schiffe, ich fliege lieber.«

»Das genügt«, sagte Dr. Bergfried zufrieden.

Hintze verzichtete auf eine Erwiderung. Dr. Bergfried war für ihn ein kaum mehr glaubwürdiger Spinner, ähnlich den Eiferern von Greenpeace. Für diese Organisation hatte Hintze keinerlei Verständnis und außerdem eine klar begründete Wut wegen der vielen Arbeit, die bei jeder Aktion dieser Leute auf seine Behörde zukam. Greenpeace bedeutete für ihn immer abwiegelnde Kommentare, Gegenstatistiken, Dementis und »aufklärende Pressearbeit«. Und ausgerechnet Dr. Bergfried argumentierte mit viel Greenpeace-Material.

Von allen Seiten liefen neue Meldungen ein. Das Flottenkommando der Marine ließ inzwischen zwei Luftüberwachungsflugzeuge über der *Unico II* kreisen. Ihr hochempfindliches Laserfluorosensor-System hatte nur geringe Ölflecken von 0,1 Millimeter Dicke auf der Wasseroberfläche geortet. Es handelte sich um auslaufenden Treibstoff, vermischt mit Meerwasser.

»Das beweist, daß die Maschine des Tankers beschädigt ist«, kommandierte der Einsatzleiter. »Trotzdem frage ich mich: Warum hat die Besatzung das Schiff vorzeitig verlassen? Warum nimmt der Kapitän eine Ölkatastrophe unvorstellbaren Ausmaßes in Kauf?«

»Das wird die Staatsanwaltschaft feststellen.« Hintze klopfte mit den Fingerknöcheln auf den Papierberg vor sich. »Wir werden hier mit der ganzen Härte des Gesetzes vorgehen!«

Und wieder war es Dr. Bergfried, der sagte: »Unsere Gesetze reichen nicht aus. Wer will bei einer Katastrophe eine Schuld nachweisen? Alles ist immer ›höhere Gewalt‹. Herr Hintze, jeder Vorstoß, jemanden verantwortlich zu machen, endet im Leeren.«

»Das wollen wir sehen!« Hintze blickte Dr. Bergfried feindselig an. »Wir werden den Reeder vor Gericht laden.«

»Und Sie glauben, er kommt?« Dr. Bergfried lächelte schwach. »Außerdem: Es ist ja nichts passiert. Die *Unico II* schwimmt noch! Sie wird abgeschleppt werden. Das wird das einzige sein, was den Reeder aufregt. Ein Untergang hätte ihm Millionen Dollar eingebracht. Durch die Rettung seines Schiffes entsteht ihm ein Verlust ... so muß man das sehen!«

»Das ist ja schlimmer als bei der Mafia!« rief Hintze empört.

»Die Mafia ist gegen die Öl-Connection ein biederer Familienverein. Sie jagt Menschen, aber gefährdet nicht das Überleben unserer Erde. Die Havarie eines Öltankers ist für die Reeder bares Geld. Dagegen hilft nur ein internationales Schiffahrtsabkommen, das – im Gegensatz zu den bestehenden – von allen Staaten unterschrieben ist.«

Hintze schwieg.

Kapitän Svensson, sein Erster Offizier Andersen, Steuermann Pusenke und Chief Dozek schliefen in ihren Kabinen. Sie hatten über 36 Stunden gegen die Nordsee gekämpft und waren am Ende ihrer Kräfte. Es war ihnen gelungen, den Tanker mit dem Sturm treiben zu lassen. Dann hatte Svensson das Ruder festgestellt. Es war gleichgültig, wohin sie die Nordsee peitschte, man hatte keinen Einfluß darauf, man konnte nur noch abwarten und darauf hoffen, daß der

Sturm nachließ und man sie durch die hervorragenden Radaranlagen an den Küsten entdeckte.

Svensson war der erste, der von dem Geräusch der Marineflugzeuge geweckt wurde. Ein Flugzeug! Über seinem Schiff! Die Rettung? Die Rettung!

Er sprang aus dem Bett, streifte sich die Hose über, schnallte die Rettungsweste um und stürmte hinaus. Er klopfte Andersen und Pusenke aus ihren Kabinen und schrie den noch Verstörten entgegen:

»Flugzeuge über uns! Sie haben uns! Sie haben uns!«

Andersen rieb sich die Augen. »Flugzeuge?« Er hob den Kopf. »Tatsächlich, es hört sich so an!«

»Bei *dem* Wetter?« fragte Pusenke zweifelnd.

In Windeseile hatten sie sich angezogen und rannten hinauf zur Brücke. Die Scheiben waren von den haushohen Brechern eingedrückt worden, das Seewasser floß an beiden Türen wieder hinaus in die Nocks und stürzte zurück ins Meer. Vor sich sahen sie plötzlich wie einen Riesenvogel im Nebel eines der Flugzeuge über sich hinwegziehen. Der Wind hatte etwas nachgelassen und gab langsam die Sicht frei.

»Hat einer von euch gebetet?« fragte Svensson mit rauher Stimme. »Nicht? Dann war Gott großzügig zu uns. Ich glaube, wir haben es überstanden.«

»Noch können wir auseinanderbrechen, Kapitän«, sagte Andersen. »Jeder Brecher kann uns aufreißen. An Rettung glaube ich erst, wenn wir sicher im Hafen liegen. Und der ist noch weit.«

»Wir müssen uns bemerkbar machen!« Svensson hangelte sich an Backbord bis zu der Tür vor. Es war schwer, sich aufrecht zu halten. Die Brecher, die gegen den Aufbau schlugen, ließen den Tanker keine Minute waagerecht schwimmen. »Sie sollen nicht denken, daß wir das Schiff verlassen haben!« schrie Svensson gegen den Sturm an. »Ich gehe hinaus!«

»Kapitän!« schrie Andersen zurück und streckte den rechten Arm aus. Mit dem linken klammerte er sich am Maschinentelegrafen fest. »Sie werden weggerissen! Die da draußen merken noch früh genug, daß wir an Bord sind.«

»Aber bis dahin gelte ich als Feigling! Ein Svensson ist kein Feigling! Nicht eine Minute!«

»Das wissen wir!« brülle Pusenke gegen den Sturm. »Lassen Sie mich raus!«

»*Ich* bin der Kapitän!« Svensson versuchte, die Backbordtür zu erreichen. Eine neue Welle schleuderte ihn gegen das Kommandopult. Er klammerte sich fest und spürte einen stechenden Schmerz in der rechten Brustseite. Für einen Augenblick drückte er die Hand dagegen und atmete ein paarmal tief durch. Die Rippen, dachte er, das fehlt mir noch. Bis jetzt ist alles gutgegangen, und da kommt so eine dämliche Welle und zerschlägt meine Rippen! Du Ungeheuer von Nordsee! Aber mich kriegst du nicht klein. Mich nicht!

Auf der Brücke erschien jetzt Dozek und erkannte sofort die Situation. »Haltet den Kapitän fest!« schrie er. »Die Flugzeuge sehen uns, das ist genug! Haltet ihn fest!«

Pusenke wagte einen langen Sprung von der Tür zum Niedergang bis zu Svensson. Aber er erreichte ihn nicht mehr. Svensson war nach draußen auf die Nock gestürzt, rappelte sich dort auf, umklammerte das Schanzkleid und duckte sich, als eine neue Welle über ihn wegschlug. Dann hob er mühsam die rechte Hand und winkte zu dem näher kommenden Flugzeug hinauf. Jede Bewegung der Hand fuhr wie ein scharfer Stich durch seinen Körper, er stöhnte und krümmte sich, biß die Zähne aufeinander, aber er winkte, winkte immer wieder, bis unter dem Rumpf des Flugzeuges kurz ein Scheinwerfer aufleuchtete. »Wir sehen Sie. Verstanden. Wir sehen Sie.«

Eine Schräglage der *Unico II* ausnützend, ließ sich Svensson wieder in die Brücke schleudern. Er fiel in die Arme von Pusenke und klammerte sich an ihm fest. Sein Gesicht war zerfurcht und gelblich geworden. Pusenke schleifte ihn weg vom Kommandostand.

»Ist Ihnen etwas passiert?« rief er. Auch Andersen und Dozek umringten den Kapitän.

»Nun macht aus einem Vogelschiß keinen Elefantenhaufen!« sagte Svensson grob und bemühte sich, seiner Stimme einen festen Klang zu geben. Sein Schmerz wurde immer unerträglicher.

»Legen Sie sich hin!« sagte Andersen.« Ich habe gesehen, wie Sie mit Wucht gegen das Paneel geprallt sind. Ich werde vorsichtshalber Ihre Brust mit einem Druckverband versehen.«

»Blödsinn!«

»Es kann nie schaden.«

Sie führten Svensson hinunter in seine Kabine, er ließ sich auf das Bett fallen und atmete tief durch, als die Schmerzen im Liegen etwas nachließen. Andersen nahm ihm die Rettungsweste ab, zog ihm den Rock aus und streifte ihm das Hemd über den Kopf. Äußerlich war nichts zu sehen. Vorsichtig tastete Andersen den Brustkorb ab und hörte, wie Svenssons Zähne aufeinanderknirschten.

»Kein offener Bruch«, sagte er. »Vielleicht nur angeknackst. Sie haben noch mal Glück gehabt, Kapitän.«

»Danke, Herr Chefarzt.« Svensson sah ihn grimmig an. »Wenn Sie jetzt einen Einlauf verordnen, weigere ich mich.«

»Er täte gut! Er würde Sie reinigen und das Gehirn freimachen.« Andersen sah sich zu Dozek um. »Wissen Sie, wo der Sanitätsschrank steht?«

»Nein, das sollten Sie als Erster Offizier wissen.«

»Mit so einer Handvoll Idioten fahre ich nun einen Tanker!« Svenssons Gesicht war noch gelber geworden. »Wir haben sogar einen Sanitätsraum, unten bei den Mannschaftskammern!«

»Da bin ich noch nie gewesen ...« Andersen war sehr verlegen. »Wer hätte denn bei einem Bordunfall den Verletzten behandelt?«

»Der Sanitäter. Ich glaube, er hieß Pipinopoulus, ein Grieche.«

»Ein Urinfachmann?« fragte Pusenke vorlaut.

»Halten Sie das Maul! Ich kann jetzt Ihre Witze nicht ertragen. Jedes Lachen zerreißt mir die Brust. Auf jeden Fall ist Pipinopoulus mit der Crew auf den Rettungsinseln weggeschwommen.«

»Um ins Meer zu schiffen ...«

Svensson verzog das Gesicht und stöhnte. Dozek gab Pusenke einen Rippenstoß. Er darf doch nicht lachen, hieß das. »Halt endlich den Mund. Lauf lieber und hol aus dem Sanitätsraum Verbände, Heftpflaster, Scheren, elastische Binden und etwas, was die Schmerzen betäubt. Los, mach schon!«

Pusenke stürzte die Treppen hinunter zu den Mannschaftsräumen und suchte das Sanitätszimmer. An den Türen im sogenannten Versorgungstrakt standen nur Nummern. Pusenke riß eine nach der anderen auf. Magazine, Konserven, Frischgemüse, Frischfleisch, Lebensmittel, Kartoffeln, eingeschweißte Brote und Brötchen, Decken, Matratzen, zusammengeklappte Eisenbetten, Werkzeuge, überall heilloses Durcheinander, bis er an einer Tür einen verwitterten Farbfleck entdeckte, der einmal ein kleines rotes Kreuz gewesen war. Die Krankenstation.

Was er zunächst sah, waren umgestürzte Schränke, zerschlagenes Glas, ein gegen die Wand geschleudertes Krankenbett, ein auseinandergebrochener Tisch, heruntergerissene Regale, ein Haufen Medikamente, Instrumente und Verbandsmaterial ... und inmitten dieses Chaos lag auf einer Decke der schwarze Funker. Er schreckte hoch, als Pusenke in den Raum stürmte und ihn fassungslos anstarrte.

»Du?« Pusenke war sprachlos. »Du bist nicht mit der Crew von Bord?«

»Nein, Sir.«

»Und warum?«

»Ich bin schuld, ich habe das Schiff kaputtgemacht.«

»Blödsinn! Der Orkan hat ...«

»Nein, nein!« Der Funker schüttelte den schwarzen Krauskopf. »Ich! Ich habe die Funkanlage zerstört. Damit fing es an.«

»Du hast ... Das ist nicht wahr!«

»Doch, Sir.«

»Wie heißt du?«

»Josuah King, Sir. Von Barbados.«

»Und warum hast ...?«

»Der Erste hat mich geschlagen und mich einen Nigger genannt. Ich habe auch meinen Stolz, nicht nur die weißen Herren!«

»Du hast damit gerechnet, daß die *Unico* auseinanderbricht und untergeht?!«

»Ich wollte sterben ... aber nicht allein«, Josuah King starrte Pusenke aus großen Augen an. Das Weiß seiner Augäpfel leuchtete in dem schwarzen Gesicht. »Gehen wir jetzt unter?«

»Im Gegenteil, wir werden gerettet!« Pusenke überblickte das Chaos im Sanitätsraum. »Steh auf!« schrie er plötzlich. »Der Kapitän ist verletzt! Such Verbandzeug, eine Schere, Heftpflaster!«

»Der Kapitän ist verletzt?« King erhob sich von seiner Decke. »Der Kapitän ist ein guter Mensch, Sir. Ich liebe ihn. Er hat mich immer gut behandelt. Aber der Erste lebt noch?«

»Natürlich lebt Andersen.«

»Das ist schlecht, das ist sehr schlecht.« Josuah begann in den Haufen zu wühlen. »Die Voodoo-Götter haben mich nicht erhört.«

Er fand als erster einen Karton mit elastischen Binden und hielt dann triumphierend eine Schachtel mit Medikamenten hoch. Pusenke sah ihn fragend an.

»Was ist das?«

»Gegen Schmerzen, Sir.«

»Du lieber Himmel, hast du denn davon eine Ahnung?«

»Ich habe in Bridgetown einen Kurs in Erster Hilfe bestanden. Ich hatte immer Spaß an der Medizin, aber ich bin ein armer Mann und kann nicht studieren. Meine Eltern waren Landarbeiter und hatten gerade genug zum Leben.«

»Dann kannst du Verbände anlegen, Josuah?«

»Ja, Sir.«

»Mitkommen!«

Andersen zuckte zusammen, als er den Funker sah, und riß den Mund auf. Dann sagte er mit grenzenlosem Staunen: »Der Nigger ist noch da ...?«

Josuah schwieg; er zog nur den Kopf tiefer in den Nacken und trat an das Bett von Svensson. Er stellte alles, was er in den Händen trug, auf den Nachttisch und setzte sich auf die Bettkante. Andersen wollte ihn zurückreißen, aber Pusenke stieß ihn zur Seite. Svensson schüttelte den Kopf.

»Die letzte Hilfe?« fragte er, aber er lächelte dabei schwach. «Schwarze Magie?«

»Ich bin ausgebildet, Sir.« King beugte sich über seinen Kapitän. Als er leicht auf die Brust drückte und Svensson einen piepsenden Laut von sich gab, nickte er. «Die Rippen, Sir ...«

»Kluger Medizinmann. Das wissen wir auch.«

»Ich werde Sie bandagieren, Sir. Und Sie bekommen ein gutes Schmerzmittel. Mehr kann ich hier nicht tun. Wenn wir im Hafen sind, müssen Sie sofort in ein Hospital.«

King riß den Karton mit den elastischen Binden auf und entfernte das Schutzpapier von der Rolle. Dabei sah er Svensson nachdenklich an. Die gelbe Gesichtsfarbe gefiel ihm gar nicht, sie war unnatürlich, aber er konnte sich nicht erklären, woher sie kam.

Er blickte zu Pusenke und Dozek, Andersen würdigte er keines einzigen Blickes.

»Setzen Sie den Kapitän bitte auf«, sagte er. »Stützen Sie ihn, damit ich ihn bandagieren kann.«

Pusenke und Dozek hoben Svensson in eine sitzende Position. Er stöhnte laut und schloß die Augen. Sein Mund zitterte wie bei Schüttelfrost. Die Schmerzen in der Brust zogen sich jetzt hinunter bis in den Bauchraum.

King handhabte die Bandagen mit großer Geschicklichkeit. Er umwickelte Svensson mit dem nötigen Druck und stellte damit seine Rippen ruhig. Es war wie ein Korsett, das den Oberkörper fest umschloß. Als King fertig war, fühlte sich Svensson gleich wohler. Der stechende Schmerz ließ nach. Gehorsam schluckte er zwei Schmerztabletten, aber nur unter der Bedingung, daß er sie mit Whisky hinunterspülen durfte. Dann legten ihn Pusenke und Dozek wieder vorsichtig zurück auf den Rücken und zogen die Decke über ihn.

»Bravo!« sagte Pusenke und klopfte King auf die Schulter. »Das hast du gut gemacht. Besser kann das kein Arzt. »Er sah, wie Stolz in den Augen des Negers aufleuchtete, und fügte hinzu: »Ich werde dich im Logbuch lobend eintragen.«

»Danke, Sir.« Josuah King stand auf. »Kann ich jetzt gehen? Wenn Sie mich brauchen, Sie wissen, wo ich bin.«

Er verließ die Kapitänslogis und ließ die Tür hinter sich zufallen. Die Tabletten zusammen mit dem Whisky wirkten schnell. Svensson fiel in einen Dämmerschlaf. Pusenke ging zum Fenster und blickte hinaus auf das noch tobende Meer. Er spürte, wie Andersen neben ihn trat und in ihm ein Druck um Befreiung drängte. Mit einem Ruck fuhr er herum.

»Sie haben wieder Nigger zu ihm gesagt!« schrie er Andersen an. »Sie hochnäsiges Arschloch! Wenn ich Josuah wäre, hinge ich Ihnen jetzt an der Kehle! Und ich würde ihn nicht von Ihnen wegreißen!«

»Das nehmen Sie zurück!« zischte Andersen. »Sofort. Pusenke!«

»Wenn schon, dann Herr Pusenke! Oder soll ich Ihnen beibringen, wie man Bildung mit Löffeln frißt?!«

»Sie kleiner, mieser Ganove!« sagte Andersen voll Verachtung. »Wir sprechen uns an Land wieder. Man soll dort mal überprüfen, wer Sie wirklich sind und woher Sie kommen.«

»Ruhe!« Dozek trat zwischen Andersen und Pusenke und verhinderte so, daß Pusenke zu einem Schlag ausholte. »Seid ihr denn beide verrückt geworden? Da haben wir ein bißchen Hoffnung, daß alles gutgeht, und schon fallt ihr übereinander her. Noch sind wir nicht an Land! Jede Minute kann noch was passieren.«

Andersen biß die Zähne zusammen und verließ die Kapitänslogis. Svensson würde jetzt ein paar Stunden schlafen. Sein Gesicht hatte tiefe Furchen bekommen und sah eingefallen aus. Pusenke erschrak, als er ihn anblickte. So sieht ein Toter aus, durchfuhr es ihn. Mein Gott, man kann doch an einem Rippenbruch nicht sterben! Er muß sofort in ein Krankenhaus! Aber was heißt sofort? Noch treiben wir steuerlos in der aufgewühlten Nordsee, und es ist noch lange nicht sicher, ob es gelingt, die *Unico* an die Trossen zu nehmen und abzuschleppen. Vielleicht würde man Svensson mit einem Hubschrauber von Bord holen können. Vielleicht... denn augenblicklich wird es kein Hubschrauber wagen aufzusteigen, ganz zu schweigen von der Unmöglichkeit, in der Luft stehenzubleiben und die Rettungsbahre herunterzulassen.

Dozek trat neben Pusenke und beugte sich über den Kapitän. »Es sieht nicht gut aus«, sagte er leise.

»Das kann nicht nur ein Rippenbruch sein. So verfällt keiner mit einer angeknacksten Rippe. Er muß irgendeine innere Verletzung haben. Aber was?«

»Wenn wir es wüßten, könnten wir helfen?«

»Nein.«

»Der Kapitän muß sofort von Bord.«

»Kluges Kerlchen. Wie?«

»Wenn die Schlepper eintreffen...«

»Bei diesem Seegang kommen sie nicht an uns heran, das hast du selbst gesagt.«

»Wir können ihn doch nicht hier liegenlassen!« rief Dozek verzweifelt.

»Weißt du etwas Besseres?« Pusenke setzte sich neben das Bett auf einen Stuhl. »Ich bleibe bei ihm, Juri. Du kannst mich in zwei Stunden bei der Wache ablösen.«

Dozek nickte und ging hinaus. Pusenke hob lauschend den Kopf. Motorengeräusch. Die Flugzeuge der Luftüberwachung umkreisten weiter die *Unico*. An das Marine-Kommando funkten sie: »Teil der Besatzung noch an Bord! Ein Mann winkte uns zu. Vielleicht der Kapitän. Rettungsmaßnahmen dringend erforderlich.«

In Hamburg las Ministerialrat Hintze diese Meldung. Er hatte sich ein wenig beruhigt. Dr. Bergfried hatte den Raum der Katastropheneinsatzleitung verlassen. Die Lage an der Elbe, in Hamburg und den deutschen Küsten hatte sich stabilisiert. Der Orkan war weitergezogen und blies in den engen Schlauch der Straße von Dover. Holland, Belgien und Südengland meldeten Land unter. Gegen die französische Kanalküste donnerten nun die Wellen. Auch hier wurde der Notstand ausgerufen. Hielten die Deiche der Gewalt der entfesselten Nordsee stand? Wurden sie unterspült? Schlug das Meer über sie hinweg? Rissen die Wälle? Vor allem die holländischen Inseln kamen in die größte Gefahr. Maßnahmen zur Evakuierung der Bevölkerung liefen an. Dagegen beruhigte sich die Deutsche Bucht allmählich, wenn man bei Windstärke neun von Beruhigung sprechen kann.

»Das Schiff ist also doch nicht verlassen«, sagte Hintze zufrieden, aber ein Erstaunen lag in seiner Stimme. »Nur ein Teil der Besatzung scheint geflüchtet zu sein. Wenn es wirklich der Kapitän war, der da gewunken hat... alle Achtung! Es gibt also noch richtige Männer!«

Der Einsatzleiter sah Hintze schweigend an. Aber in seinem Blick lag, was er nicht aussprechen konnte: Mit großen Worten habt ihr immer um euch geworfen...

»Was passiert jetzt?« fragte Hintze.

»Eine kleine Flotte von Hilfsschiffen ist unterwegs.«

»Das weiß ich.« Hintze klopfte auf die Meldung des Marine-Kommandos. »Soll der Kapitän und andere Besatzungsmitglieder, falls vorhanden, gerettet werden?«

»Ich verstehe Ihre Frage nicht«, antwortete der Einsatzleiter steif.

»Verzeihung.« Hintze war sehr verlegen. »Ich habe mich falsch ausgedrückt. Ich meinte: Sollen sie jetzt schon von Bord geholt werden, oder sollen wir abwarten, bis die *Unico II* an den Trossen liegt?«

»Ich nehme an, daß der Kapitän sein Schiff nicht verläßt, solange es noch schwimmen kann.«

»Zweifeln Sie immer noch daran, daß wir den Tanker abschleppen können? Was hindert uns denn noch?«

»Der Seegang... oder sollen wir riskieren, daß ein Schlepper gegen die *Unico II* geschleudert wird und sie im letzten Augenblick noch aufreißt?«

»Um Gottes willen!« rief Hintze entsetzt.

»Das heißt also: Geduld haben. Und hoffen, daß die Bordwand weiterhin hält. Der Tanker treibt einen gefährlichen Kurs. Die Wellen treffen ihn achtern und könnten ihn ins Meer drücken. Das erschwert auch die Rettung, denn die Schiffe müssen gegen den Wind fahren.«

»Und warum dreht der Kapitän nicht bei?«

»Weil ein so starker Wellenschlag breitseits noch gefährlicher ist. Die *Unico II* ist achtzehn Jahre alt. Wissen wir, wie sehr der Rost die Bunkerwände schon zerfressen hat, wie dicht die Außenhaut noch ist? Mit achtzehn Jahren gehört ein Tanker aus dem Verkehr gezogen.«

»Darüber werden wir uns mit dem panamesischen Reeder unterhalten.«

»Es wird eine ziemlich einseitige Unterhaltung werden. Er wird Ihnen das Zertifikat seiner Klassifikationsgesellschaft zeigen. Das allein ist für ihn maßgebend und garantiert eine hohe Versicherung. Sie werden nichts erreichen!«

»Jetzt reden Sie auch schon wie Dr. Bergfried!« Hintze sah den Einsatzleiter wie strafend an. »Diese Reeder können doch nicht machen, was sie wollen!«

»Solange man ihnen nicht beweisen kann, daß sie bewußt Schrottanker über die Meere schicken, machen sie, was sie wollen. Und einen Beweis bekommen Sie nie in die Hände! Die Schiffspapiere sind immer einwandfrei und unanfechtbar.«

»Das werden wir sehen. Hier hat es dieser Jeanmaire mit uns zu tun und nicht mit geschmierten Expertisen! Die Hamburger Staatsanwaltschaft wartet schon auf das Eintreffen der *Unico II*.«

»Sie wollen ein Verbrechen nachweisen?«

»Ja!«

»Dann wären Sie der erste, dem das gelänge. Bisher ist bei keinem Tankerunglück jemand schuldig gewesen. Schuldig sind immer unangreifbare Verursacher: der Seegang vor der Ostküste Südafrikas; die Jahrhundertwelle in nördlicher Breite ab 65° Nord; der aufgewühlte Atlantik ohne genauere Angaben; Naturgewalten, als *Act of God* bezeichnet und besonders beliebt, weil nicht mehr verfolgbar; menschliches Versagen des Kapitäns, der beim Schiffsuntergang mit untergegangen ist.« Der Einsatzleiter lächelte sarkastisch. »Wen wollen Sie also anklagen? Der Reeder ist *nie* schuld.«

»Ich höre immer nur destruktives Gerede!« Hintze zog ein beleidigtes Gesicht. Er hatte kein Verständnis für die internationale Kriminalität, in die er hineingeraten war. »Es gibt Gesetze, und es gibt ein Recht... und diesen Jeanmaire werden wir mit unseren deutschen Gesetzen in die Knie zwingen! Schließlich haben wir sein Schiff!«

Die Bergung der *Unico II* erwies sich als äußerst schwierig. Sie wurde zu einem dramatischen Kampf des Menschen gegen die unerbittlichen Kräfte der Nordsee.

Drei Schlepper hatten den Tanker erreicht. Die Flugzeuge der Luftüberwachung waren von zwei großen, schweren Hubschraubern der Bundesmarine abgelöst worden. Sie gingen trotz des noch starken Windes so tief wie möglich herunter und seilten drei Lotsen und einen Ölexperten aus Cuxhaven zur *Unico* ab. Kaum hatten die vier Männer das Deck erreicht und sich an den Gestängen festgehakt, als der zweite Hubschrauber die Seile abwarf, mit denen von den Schleppern die Trossen herangezogen werden konnten.

In den Medien beherrschte in diesen Tagen nur ein Thema die Schlagzeilen und die Bildschirme: Das unfaßbare Unglück vor Teneriffa, wo 200 000 Tonnen Öl ins Meer flossen, und die Bergung der *Unico II* mit 100 000 Tonnen Öl an Bord, die eine Vernichtung der Nordseeküsten und des empfindlichen Wattenmeeres bedeuteten.

Während Jesus Malinga Bouto in Monrovia bereits mit Lloyds-Versicherungen verhandelte und in London die Verlust-Glocke anschlug, die jeden Untergang eines bei Lloyds versicherten Schiffes verkündete, saß Jeanmaire vor dem Fernseher und verfolgte die Bergung seiner *Unico II.* Er wußte genau, was die Rettung des Tankers für ihn bedeutete. Abgesehen von einem Millionengewinn, den ihm ein Untergang eingebracht hätte, würde natürlich die Schuldfrage auftauchen. Er mußte folglich alles darauf anlegen, Svensson zu diffamieren, bevor dieser zu einer Aussage fähig war. Der erste negative Eindruck ist immer entscheidend, – er klebt an einem Menschen wie ein unheilbares Ekzem.

Jeanmaire griff zum Telefon, um ein Fax zu diktieren, als er im Fernsehen sah, daß es drei Schleppern nach mehreren Versuchen gelungen war, die *Unico II* an die Trossen zu bekommen. Spezialschiffe lagen in dem Einsatzgebiet. Die Fernsehberichte zeigten, wie eine Tragbahre auf ein Leichterungsschiff hinübergeholt wurde.

»Der Kapitän wird von Bord geholt. Er scheint schwer verletzt zu sein!«, berichtete der Kommentator zu dem Geschehen.

Jeanmaires erster Vorstoß durfte nicht mehr länger warten. Das Fax, das er nach Hamburg schickte, hatte folgenden Wortlaut:

> *Als Eigner des Tankers* Unico II, *dessen Rettung dank des mutigen Einsatzes deutscher, dänischer und britischer Bergungsschiffe gelungen ist, habe ich folgendes mitzuteilen:*
> *Die Reederei distanziert sich mit allem Nachdruck von einer Schuldzuweisung, wie sie uns angekündigt wurde.*
> *Der Kapitän Gunnar Svensson hatte genaue Anweisungen, nach Übernahme von Rohöl an drei norwegischen Bohrinseln auf der Seeschiffahrtsstraße für Großschiffe direkten Kurs auf Rotterdam zu nehmen. Auch nach Aufkommen des Orkans sollte er auf der vorgeschriebenen Route bleiben. Er hat eigenmächtig mehrmals den Kurs gewechselt und auf Funkanweisungen unsererseits nicht reagiert oder sich geweigert, unsere Empfehlungen auszuführen. Er hat damit die* Unico II *und die Nordseeküsten in größte Gefahr gebracht. Über den Ausfall von Funk, Radar und Maschine kann nichts gesagt werden, bis eine Sonderkommission das Schiff untersucht hat. Der Totalausfall ist aber nach unserer Ansicht eine Folge des Versagens von Kapitän Svensson in der extremen Wettersituation.*
> *Die Reederei TAS lehnt daher jeden eventuellen Schadensanspruch ab.* *gez. Pierre Jeanmaire.*

Ministerialrat Hintze, dem sofort das Fax übermittelt wurde, las es laut in der Einsatzzentrale vor. Zu seinem Leidwesen war auch Dr. Bergfried wieder im Raum; er hatte keine Möglichkeit gesehen, ihn auszuschließen. Während Hintze den Text vorlas, schauten sich der Einsatzleiter und Dr. Bergfried fast schadenfroh an.

Hintze ließ das Blatt Papier sinken und warf es zu den anderen Meldungen auf den Tisch.

»Was sagen Sie nun?« fragte er, als sei das Fax ein Triumph für ihn. »So schnell klären sich die Dinge.«

»Wir haben nichts anderes erwartet«, sagte Dr. Bergfried.

Hintze musterte Dr. Bergfried wie einen Duellgegner vor dem ersten Schuß. »Was mißfällt Ihnen denn daran schon wieder?« fragte er mit scharfer Stimme.

»Die Erklärung des Reeders Jeanmaire ist typisch: Schuld hat der Orkan, und den kann man nicht belangen. Schuld hat der Kapitän – der ist ein armer Hund, dem man nicht in die Tasche greifen kann. Schuld ist menschliches Versagen – man kann jemanden, der einer Ausnahmesituation nicht gewachsen ist, nicht anklagen. Ein Mensch wird von Nerven geleitet, die versagen können. Auch das ist letztlich naturbedingt. Wer also ist anzuklagen? Keiner!«

»So eine Komödie laß ich nicht mit mir spielen!« rief Hintze empört.« »Dieser Jeanmaire wird für alle Kosten geradestehen! Darauf können Sie Gift nehmen.«

»Bedaure, Herr Hintze, aber ich möchte weiterleben.« Dr. Bergfried hatte eine besondere Art, Männer wie Hintze zur Weißglut zu treiben. »Pierre Jeanmaire sitzt in Panama, und kein panamesisches Gericht wird gegen ihn Anklage erheben.«

»Er wird – das sagte ich schon – nach deutschem Recht angeklagt.«

»Sie werden Jeanmaire kaum dazu bewegen können, sich in Hamburg vor Gericht zu verantworten.«

»Das wird ihn sehr amüsieren.«

Pusenke, Dozek, Andersen und Josuah King, die sich zu den Lotsen hangelten, um ihnen zu helfen, winkten ab, als ihnen vom ersten Hubschrauber signalisiert wurde, daß man sie mit Seilwinden vom Tankerdeck hieven wollte. Als das erste Seil mit einer Rettungshose heruntergelassen wurde und über das Deck schleifte, trat Pusenke dagegen, als sei sie ein Fußball. Erst das Schiff, hieß das. Dann wir! Ihr werft Lotsen ab zur Bergung, und wir sollen kneifen? Für was haltet ihr uns? Wir haben unbeschreibliche Tage hinter uns, und jetzt sollen wir kneifen?!

Die erste Trosse war befestigt. Der Schlepper zog an. Mit einem peitschenden Knall zerriß das Stahlseil und wurde von der tobenden See weggepeitscht. Im Hubschrauber saß ein Kamerateam und filmte die Rettungsaktion. Millionen Zuschauer an den Fernsehgeräten hielten den Atem an.

»Sie zerreißen wie Papierschlangen!« brüllte Pusenke gegen den Wind an. »Wenn so ein Stahlseil mit voller Wucht gegen die Außenhaut schlägt, kann es ein Loch reißen! Dann Mahlzeit! Festhalten!«

Eine neue Riesenwelle überspülte das Deck. Als sie vorüber war, sahen sie, daß es gelungen war, die zweite Trosse zu befestigen. Die Lotsen hingen an den Sicherungsgestängen und schnappten nach Luft.

Dozek, Andersen und Pusenke hangelten sich zu ihnen hin. Über ihnen pendelte eine weitere Seilschlaufe, die die nächste Trosse hinüberbringen sollte. Mit verzweifelter Kraft packten sie zu und keuchten zur Trossenwinde. Andersen sah sich um und klammerte sich an dem Gestänge fest.

»Wo ist der Nigger?!« schrie er. »Dieses feige Schwein! Jetzt kneift er, wo es um alles geht! Herr Pusenke – ich werde diesen Saukerl krankenhausreif schlagen!«

Die zweite und dritte Trosse hielten. Die *Unico* war nun im Schlepp, es galt jetzt nur noch, gegen die Wellen anzukämpfen. Nur noch ... eine aufgewühlte Nordsee ist so schnell nicht zu beruhigen.

In der Kapitänslogis saß Josuah King neben dem Bett und hielt Svenssons Hand. Das Gesicht des Kapitäns verfiel immer mehr; es schrumpfte zusammen und wurde kleiner und spitzer. Wie vergilbtes Leder faltete sich die Haut über die Knochen.

Svensson verharrte in einer Art Halbschlaf. Er nahm wahr, daß King neben ihm saß, aber war nicht mehr imstande, mit ihm zu sprechen. Er wollte etwas sagen, aber es klang nur wie das Seufzen eines Träumenden. Schmerzen spürte er noch nicht wieder, nur einen unangenehmen Druck im Magen, als habe er zuviel gegessen. Sein Gehör dagegen war hellwach. Er hörte, wie die Hubschrauber über seinem Schiff knatterten, er hörte den schrillen Schrei der zerreißenden Stahltrosse und dachte: Das schafft ihr nie! Nie! Jungs, wartet doch ab. Wir haben den Orkan überstanden, wir überstehen auch noch die paar Stunden, bis die See ruhiger ist.

Langsam ließ die Wirkung der Tabletten nach, der Schmerz beherrschte wieder seinen Körper, wenn auch verhaltener als vorher. Er schlug die Augen auf und blickte Josuah an.

»Medizinmann«, sagte er mühsam.

»Kapitän.«

»Ich habe geschlafen.«

»Ja, Kapitän.« Josuah beugte sich über ihn und legte seine Hand auf Svenssons Stirn. Der Kopf war kühl, von klebrigem Schweiß überzogen.

»Ich habe kein Fieber, Josuah«, sagte Svensson etwas klarer. »Im Gegenteil, ich friere.«

»Wir werden gerettet.« Josuah zog die Wolldecke höher über Svensson.

»Ich höre es. Hubschrauber. Sie werfen Trossen ab. Kommen die Schlepper ans Schiff?«

»Es sind drei, Sir. Und eine Menge anderer Boote. Es kann nichts mehr passieren. Sie werden bald in ein Hospital gebracht werden.« King beugte sich über ihn. »Wenn man Sie von Bord holt, Kapitän, muß ich Sie betäuben.«

»Muß das sein, Medizinmann?«

»Die Schmerzen werden sonst unerträglich sein.«

»Ich kann einiges aushalten.«

»Das wissen wir. Aber es wird zuviel werden. Ich gebe Ihnen Morphium.«

»Haben wir so ein Zeug an Bord?«

»Ich habe eine Schachtel mit Ampullen gefunden. Und auch Spritzen. Gott sei Dank.«

»Du glaubst an Gott?«

»Nein, Sir.«

»An wen glaubst du denn?«.

»An die Kraft der Toten. An ihre Geister. Man ruft sie um Hilfe, und sie helfen.« King tupfte mit einem Handtuch den Schweiß von Svenssons Stirn und Schultern. »Wir nennen es Voodoo.«

Svensson riß die Augen auf. »Du bist ein Voodoo-Anhänger?«

»Die Geister haben mir immer geholfen, Kapitän.« Josuah warf das Handtuch zur Seite. »Ich habe sie gerufen: Rettet meinen Kapitän... wir werden gerettet. Ich habe gerufen: Laßt mich das Richtige tun... ich habe es getan. Ich habe gerufen: Vernichtet Hogar Andersen... sie werden ihn vernichten. Ich habe eine Puppe genommen und mein Messer in ihre Brust gestoßen. Andersen ist bereits tot, auch wenn er noch lebt.«

Svensson starrte King an. »Woher hast du eine Puppe?« fragte er stockend.

»Ich habe sie hergestellt aus einem Tauende, Kleiderfetzen, Werg und Holzspänen. Dann habe ich sie in Andersens Bett gelegt, während er auf der Brücke war. Sie hat seine Seele angenommen. Und ich habe die Seele erstochen. Andersen ist tot. Die Geister werden mir helfen.«

»Du wirst es nicht tun, Josuah!« sagte Svensson und legte das bißchen verbliebene Kraft in seine Stimme. »Hörst du, du wirst es nicht tun. Ich befehle es dir. Quatsch, ich bitte dich darum. Hörst du?«

»Es ist zu spät, Sir.« Josuah schüttelte den Kopf. »Die Geister sind schon bei ihm. Man kann eine Bitte nicht zurücknehmen. Man beleidigt sie dann, und sie werden mir nie wieder helfen.«

Gegen die Bordwand donnerten ein paar Schläge, dann hörten sie ein lautes Reiben. Svensson streckte sich aus. Der Schmerz lähmte seinen Willen.

»Sie haben angelegt«, sagte er. Seine Stimme hatte keinen Klang mehr. »Ein Schlepper liegt längsseits. Sie haben es geschafft.«

Svensson schloß die Augen, biß die Zähne aufeinander, und seine Hände verkrampften sich zur Faust. Josuah erhob sich, ging zu dem kleinen Beistelltisch, riß eine schmale Packung und die Hülle einer Einwegspritze auf. Er nahm aus der Packung eine Ampulle Morphium, schüttelte sie und zog sie dann vorsichtig auf die Spritze auf.

»Sie werden den Einstich kaum spüren, Sir«, sagte Josuah, als müsse er ein Kind trösten. »Es geht ganz schnell.«

»Morphium?« fragte Svensson mit geschlossenen Augen.

»Ja, Kapitän.«

»Willst du mich umbringen, Medizinmann?«

»Ich habe die Geister gebeten, dich zu retten. Sie erfüllen mir den Wunsch.«

»Bist du dir so sicher?«

»Ja, Sir. Ich gebe ihnen doch die Seele von Andersen ...«

Bevor Svensson etwas erwidern konnte, spürte er den Einstich. Josuah zog die leere Spritze zurück und warf sie auf den Boden. Er beobachtete Svensson und wunderte sich, wie schnell er auf die Betäubung reagierte. Seine Hand fiel aus dem Bett, Josuah nahm sie und legte sie zurück auf die Decke.

»Kapitän …?« fragte er laut.

Svensson schwieg. Sein Atem war flach, aber er atmete regelmäßig.

Josuah stellte sich neben das Bett, als er Schritte auf der Treppe hörte. Die Tür wurde aufgerissen. Andersen war der erste, der hereinstürmte, ihm folgten drei Männer in triefendem Ölzeug. Um den Leib hatten sie breite Gürtel mit Haken geschnallt, zwischen sich trugen sie eine zusammenklappbare Trage, Decken, Nylontücher und Seile mit Schnallen.«

»*Da* bist du?« schrie Andersen sofort, als er Josuah sah. »Wärmt sich den schwarzen Arsch in der Kapitänskajüte!«

Josuah schwieg. Die drei Männer des Schleppers, dem es gelungen war, langsseits zu kommen, traten an das Bett, auf dem Svensson regungslos lag.

»Der Kapitän ist transportbereit«, sagte Josuah, bevor jemand fragen konnte. »Ich habe ihn vorbereitet.«

»Sie?« Einer der Männer starrte ihn an. Josuah nickte. Er sagt »Sie« zu mir, dachte er glücklich.

»Sind Sie Sanitäter?«

»Ausgebildet in Bridgetown«, antwortete Josuah. »Aber hier an Bord war ich Funker.«

»Und Sie verstehen was davon? Was haben Sie dem Kapitän gegeben?«

»Morphium. Er hat starke Schmerzen. Es sind nicht nur die Rippen. Er muß sofort in ein Hospital.«

»Wir tun, was möglich ist.«

Die drei Männer hoben den betäubten Svensson auf die Trage, wickelten ihn in Decken und Ölzeug ein, verschnürten ihn wie ein Paket und trugen ihn hinaus. Andersen blieb zurück und musterte Josuah mit eiskalten Blicken. Vernichtungswille lag in ihnen, Erbarmungslosigkeit und Entschlossenheit.

»Jetzt sind wir allein, du schwarzes Aas!« sagte er, heiser vor Erregung.

»Du hast die Funkanlage zertrümmert und uns damit hilflos dem Untergang ausgeliefert. Jetzt rechnen wir ab, du Mißgeburt! Alle, alle sollten sterben, nur weil ich Nigger zu dir gesagt habe. Und ich sage es wieder: Nigger! Nigger! Nigger!«

Andersen ballte die Fäuste. Er ging langsam auf Josuah King zu und wunderte sich, daß dieser nicht zurückwich. Aber plötzlich hatte Josuah ein langes Messer mit blitzender Klinge in der rechten Hand und streckte es Andersen entgegen.

»Bleib stehen, du weißer Teufel!« sagte er mit einer unheimlichen Ruhe. »Beweg dich nicht mehr... du bist doch tot.«

»Ich hab keine Angst vor deinem Messer!« schrie Andersen.

Sein Bein zuckte hoch, er wollte gegen Josuahs Hand treten und das Messer damit wegschleudern, er rechnete mit der Überraschungssekunde, und sie würde genügen, um die Hand zu treffen, aber plötzlich gab der Boden unter ihm nach, und er hatte keinen Halt mehr. Er hörte noch ein Knirschen – es war die leere Spritze, auf der er ausgerutscht war.

Mit ausgebreiteten Armen, das Gleichgewicht suchend, fiel er nach vorn auf Josuah zu, genau in das vorgestreckte Messer hinein, das seine Brust durchbohrte. Er spürte noch einen kurzen Schmerz, einen Druck, der sich auf die Lunge legte, dann sank er in sich zusammen und war schon tot, als er den Boden berührte.

Josuah blickte zuerst auf ihn und dann auf sein blutiges Messer. Er ging zu dem weggeworfenen Handtuch, putzte die Klinge sauber und hob dann den Kopf zur Decke. »Danke!« sagte er laut und mit völlig veränderter Stimme, als falle er in Trance. »Danke, meine Freunde. Ihr habt meine Bitte erfüllt. Ich komme zu euch, um bei euch zu sein und euch zu helfen.«

Mit einem verzückten Lächeln stieß sich Josuah das lange, scharfe Messer ins Herz, fiel auf die Knie, röchelte noch einmal: »Freunde...« und rollte dann neben Andersen auf die Dielen.

Als Pusenke ihn fand, lief ihm beim Anblick dieses seligen Lächelns ein Schauer durch den Körper. Er ging wieder hinaus auf Deck, wo ihm Dozek entgegenkam.

»Der Kapitän ist gut an Deck gekommen«, sagte er. »Sie wollen versuchen, ihn in den Hubschrauber hochzuziehen und sofort nach Hamburg zu bringen. Ist Josuah noch in der Logis? Ich will mich bei ihm bedanken.«

»Bete für ihn!« Pusenkes Stimme schwankte. »Geh rauf und sieh es dir an. Ich habe keine Worte mehr...«

Zwei Tage später erreichten die Schlepper mit der *Unico II* die Unterelbe bei Cuxhaven. Der Wind war bis auf Stärke sechs zurückgegangen, die Nordseeküsten und Inseln damit einmal wieder gerettet. Zwar hatte der Orkan eine Menge Land weggespült, an manchen Stellen sah es aus, als habe ein Riesentier an den Stränden gefressen, aber die Deiche hatten gehalten, und die Überschwemmungen im Marschland gingen zurück. Die Kosten zur Beseitigung der Schäden würden sich allerdings in Millionenhöhe bewegen. Die Ölpest war nicht gekommen, kein Ölteppich bedeckte Hunderte von Kilometern Wattenmeer und Inseln, es lebten die Robben, Fische und Seevögel. Man konnte aufatmen und sich weiter der Illusion hingeben, die Nordsee sei noch einmal gerettet worden und die Natur werde ihr Gleichgewicht wiederfinden.

Ministerialrat Hintze war nach Cuxhaven gefahren, um selbst den Tanker *Unico II* zu besichtigen. Er lag außerhalb des Hafens auf Reede und wurde von drei Leichterungsschiffen leergepumpt. Gleichzeitig wurden die Ballasttanks gefüllt, um bei dem noch immer hohen Seegang dem Schiff das notwendige Gewicht zu geben, das ein Kentern verhindern konnte.

Die Beamten der Sonderkommission, Experten des Norddeutschen Lloyds, Gutachter der Klassifikationsgesellschaft und zwei Staatsanwälte setzten mit einer Barkasse auf den Tanker über. Bleich, mit etwas weichen Knien und daher besonders empfindlich und gereizt, kletterte Hintze an Bord, wo er von Pusenke empfangen wurde.

Die Leichen von Andersen und King hatte man abtransportiert, die Mordkommision von Cuxhaven hatte die Kapitänslogis versiegelt.

Hintze und die Fachleute besichtigten den Tanker, so gut das im augenblicklichen Zustand möglich war. Die Experten der Klassifikationsgesellschaft kratzten mal hier, mal dort an den Bunkerwänden, untersuchten flüchtig die Maschine und die verrotteten Brennstoffleitungen, die fehlerhaften Rückschlagventile und die Entlüftungssysteme. Nach zwei Stunden lag ein erster Bericht vor, den Hintze und die Staatsanwälte mit sichtbarer Freude lasen:

Es wurden eine Reihe von gravierenden Mängeln festgestellt: Schäden an den Rohrleitungen, Lecks an einigen Treibstoffbunkern, Verschleiß der 30 000 PS starken Schiffsdieselmaschine, die längst ausgetauscht werden müßte, Lecks an den

Dampfdruckrohren, die das Übernehmen von Ölladungen behinderten, Einbruch von Meerwasser durch die Entlüftungsrohre in die Treibstofftanks infolge fehlerhafter Rückschlagsventile, massive Durchrostung der Bunkerwände, Treibstoff minderwertigster Qualität, völlig vernachlässigte Pflege der Maschine und Maschinenteile, Generatoren und Antriebswellen. Bei dieser Massierung der Mängel ist es fast ein Wunder, daß die Ingenieure die Maschine überhaupt in Gang halten konnten.

»Das genügt!« sagte Hintze zufrieden. Auch die beiden Staatsanwälte nickten zustimmend. »Hören wir uns den Chefingenieur Juri Dozek an.«

Dozek hatte zu der Mängelliste wenig zu sagen. Er berief sich, wie erwartet, auf das Gutachten und die Freigabe der *Unico II* durch die Klassifikationsgesellschaft.

»Das Schiff ist für voll funktionstüchtig erklärt worden«, sagte er und täuschte dabei ein ungläubiges Erstaunen vor, daß man ihn so anklagend fragte. »Ich habe mich an diese Gutachten zu halten und kein Recht, sie anzuzweifeln. Erst während der Fahrt traten verschiedene Schäden an den Tag, aber da war es schon zu spät. Außerdem hat der Orkan – wie festgestellt – Wasser in die Brennstoffbunker gedrückt, was jedem Schiff passieren kann.«

»Haben Sie die Schäden sofort dem Kapitän gemeldet?« fragte einer der Staatsanwälte.

»Natürlich.«

»Und warum ist er nicht in den nächsten Hafen eingelaufen, um die Schäden beheben zu lassen?«

»Er hatte von der Reederei die Weisung erhalten, unter allen Umständen den Kurs zu halten und sogar zwei Tage früher, als im Frachtvertrag vereinbart, in Rotterdam einzulaufen. In dem Orkan hat Kapitän Svensson dann eigenmächtig, gegen die Weisung aus Panama, den Kurs geändert, um das Schiff zu retten. Das ist ihm ja auch gelungen.«

»Mit dem Risiko, die deutsche Nordseeküste zu verseuchen!« rief Hintze.

»Ein Risiko gibt es bei jedem Öltransport.«

»Das genügt!« wiederholte Hintze. »Grobe Mängel, Fahrlässigkeit, schrottreife Maschine, Alter des Schiffes über 18 Jahre, durchgerostete Wände ... Herr Staatsanwalt ...«

»Ich erkläre hiermit die *Unico II* für beschlagnahmt!« sagte der Staatsanwalt sofort. »Sie wird nach Hamburg geschleppt und einer internationalen Kommission präsentiert. Die Reederei TAS wird aufgefordert, das Schiff aus dem Verkehr zu ziehen.«

Damit war die Besichtigung beendet. Dozek und Pusenke durften die *Unico II* verlassen, mit der Auflage, sich den Behörden zur Verfügung zu halten. Man brauchte sie als Zeugen gegen den Kapitän Svensson und den Reeder Pierre Jeanmaire.

Hintze war mit dem Ende des »Dramas an der deutschen Küste«, wie es die Presse pathetisch nannte, sehr zufrieden. Das Seeamt, die Experten und auch Dr. Bergfried ließen ihn in dem Glauben, gesiegt zu haben. Aus Bonn traf per Fax eine Belobigung vom Bundesverkehrsminister ein, die Hintzes Brust schwellen ließ und die Hoffnung nährte, bald zum Ministerialdirigenten befördert zu werden.

Zwei Tage später erschienen in Hamburg, im Hafenkrankenhaus, ein Staatsanwalt, ein Oberkommissar der Kripo und ein Protokollführer, um Kapitän Svensson zu vernehmen. Der Chefarzt der Chirurgischen Abteilung empfing sie in seinem Zimmer und hörte sich die Wünsche der Staatsanwaltschaft an.

»Ich bedaure«, sagte er dann, »aber Herr Svensson ist nicht vernehmungsfähig.«

»Wieso?« Der Staatsanwalt war etwas ungehalten. »Ein Rippenbruch ist doch nicht lebensgefährlich. Ich habe mir selbst beim Skifahren schon einmal eine Rippe gebrochen.«

»Herr Svensson hat keinen Rippenbruch, das heißt, er hat einen, aber der ist nicht von Bedeutung.«

»Na also. Wann können wir ihn sprechen?«

»Herr Svensson hat eine Milzruptur gehabt. Der ganze Bauchraum war voller Blut. Wir haben die Milz entfernt und das Blut abgesaugt, aber sein Zustand ist infolge starken Blutverlusts sehr ernst. Er ist zu spät eingeliefert worden. Es sind Verklebungen im Bauchraum und an den Därmen entstanden, die wir operativ nicht mehr beheben können. Außerdem ist eine Bauchfellentzündung diagnostiziert.«

»Das heißt ...« fragte der Staatsanwalt, sichtlich enttäuscht.

»Ja, das heißt es. Es besteht kaum noch Hoffnung. Wir haben

Frau Svensson einfliegen lassen; sie sitzt am Bett ihres Mannes und wartet gefaßt auf das Ende. Der Patient liegt seit fünf Stunden im Koma.«

»Das ist fatal. Herr Svensson wäre der einzige gewesen, der uns über das Unglück der *Unico II* hätte Auskunft geben können. Wir hätten seine Aussage gebraucht, um den Reeder Jeanmaire zur Verantwortung zu ziehen.«

»Zu spät, Herr Staatsanwalt.« Der Chefarzt erhob sich. »Wollen Sie sich selbst von dem Zustand des Patienten überzeugen?«

»Danke. Ich zweifle keineswegs Ihre Diagnose an, Herr Professor. Besteht die geringste Hoffnung?«

»Ich sagte schon: Nein! Bei diesem Zustand gibt es keine Wunder mehr.«

Am frühen Morgen des nächsten Tages starb Kapitän Gunnar Svensson.

Seine Frau Karin hielt seine Hände, bis ein tiefer Atemzug ihn von seinem Leiden erlöste. Sie war so tapfer, nicht zu weinen, sondern blickte nur unverwandt in sein gelbes, zusammengefallenes Gesicht. Sie küßte ihren Mann ein letztes Mal, zog dann das Leintuch über sein Gesicht und sagte zu der Schwester, die betend am Fußende des Bettes stand:

»Er hat bis zuletzt auf seinem Schiff ausgehalten. Er hat nicht wie die anderen die Flucht ergriffen. Ich bin stolz auf ihn. Aber ich werde jedes Schiff hassen, das an mir vorbeifährt, und ich werde diese Mordsee hassen, die mir meinen Mann genommen hat. Mit diesem Haß will ich leben, bis wir uns im Jenseits wiedersehen.«

An den Reeder Pierre Jeanmaire dachte sie nicht, denn sie kannte nicht die wahren Zusammenhänge und den wirklich Schuldigen.

Per Fax teilte die Hamburger Staatsanwaltschaft Jeanmaire mit, daß die *Unico II* beschlagnahmt worden sei. Er wurde aufgefordert, nach Hamburg zu kommen und eine Stellungnahme abzugeben.

Jeanmaire legte das Fax auf seinen Schreibtisch, schüttelte den Kopf, als wolle er sagen: Immer diese Deutschen!, und rief den panamesischen Minister für Schiffahrt, Don Fernando Lopez Sendora, an.

»Fernando«, sagte er im gemütlichen Plauderton, »du kannst einen scharfen Protest loslassen! Die Deutschen haben meine *Unico II* an die Kette gelegt und fordern mich auf, alle Kosten für die

Bergung des Schiffes zu übernehmen und es zu verschrotten. Ich hoffe, daß du die Sache auf diplomatischem Wege regeln kannst. Diese Deutschen müssen immer ihre Muskeln spielen lassen! Zeig ihnen, daß sie nur kleine, lauwarme Würstchen sind ...«

Der Protest aus Panama traf umgehend in Bonn ein. Der panamesische Botschafter übergab persönlich die Note dem Staatssekretär des Bundesaußenministers. Das Außenministerium nahm sofort Verbindung mit der Hamburger Staatsanwaltschaft auf und verlangte eine eingehende Erklärung zu dem Fall. Ein Telefongespräch bestätigte die Besorgnis der Bundesregierung, daß das Klima zwischen Panama und der Bundesrepublik sich verschlechtern könne.

Die Lobby der Öl-Connection war alarmiert. Die geheime internationale Maschinerie der Macht begann zu arbeiten. In Hamburg schlug Ministerialrat Hintze mit beiden Fäusten auf den Tisch.

»Das ist unerhört!« rief er geradezu verzweifelt. »Das schlägt allem Rechtsempfinden ins Gesicht. Wer sind wir denn?«

Dr. Bergfried verkniff sich eine Antwort, aus Angst, Hintze noch mehr in Rage zu bringen. Ja, wer sind wir denn? fragte er sich selbst und hatte ein flaues Gefühl im Magen. Eine schizophrene Gesellschaft... Vorreiter eines Umweltschutzes und gleichzeitig Hauptabnehmer von Rohöl. Meine Herren, das ist doch alles lächerlich und im Endeffekt zerstörerisch und vernichtend. Im Jahre 2050 werden unsere Nachkommen uns verfluchen, aber dann ist nichts mehr zu retten.

Die Kriminalpolizei von Cuxhaven lief ebenfalls ins Leere. Als sie nach dem Tod von Kapitän Svensson die einzigen Augenzeugen Juri Dozek und Karl Pusenke zum Verhör vorlud, hatten diese Cuxhaven mit unbekanntem Ziel bereits verlassen. Die Hotelzimmer hatten sie nur zwei Nächte lang bewohnt und waren dann verschwunden. Da die Polizei sie dort eingemietet hatte, mußte der deutsche Steuerzahler die Rechnungen bezahlen.

»Das ist alles faul!« sagte Hintze empört. »Das kann ein Blinder mit dem Krückstock fühlen. Und was tun wir?«

»Nichts!« antwortete Dr. Bergfried, und zum ersten Mal gab Hintze ihm recht. »Wir können gar nichts tun! Jetzt müssen die Diplomaten auf den Plan. Das Signal aus Panama war deutlich genug.«

Hintze resignierte. Ihm war bewußt, daß eine Beförderung zum Ministerialdirigenten nicht mehr zur Debatte stand.

Aus Panama rief Jeanmaire seinen Freund Bouto in Liberia an. »Die Deutschen haben meinen Tanker beschlagnahmt«, sagte er im Plauderton. »Wir sollten uns alle so bald wie möglich treffen. Ich schlage immer noch Barbados vor.« Er räusperte sich. »Wie ich im Fernsehen gesehen habe, ist Ihre *Maringo* gesunken.«

»Sie war gut versichert«, antwortete Bouto. »Kein Verlust. Übrigens: Der griechische Kapitän, der sie gerammt hat, hat ein Attest über seelische Störungen vorgelegt. Er ist nicht vernehmungsfähig...«

Jeanmaires Lachen war fröhlich und kam aus tiefstem Herzen.

Der Ölteppich von Teneriffa hatte mittlerweile eine Breite von fünfhundert Kilometern erreicht. Gummiwülste, die ihn eindämmen sollten, waren zu lächerlichem Spielzeug geworden. Man kann nicht über fünfhundert Kilometer das Öl mit Wülsten abhalten, und auch der Einsatz von fünf Maschinen der spanischen Luftwaffe, die 120 Tonnen Dispergenzien auf die riesige Öllache versprühten, um mit dem Lösungsmittel Löcher in den Ölteppich zu reißen, zeigte wenig Wirkung. Das Öl lockerte sich zu einem klebrigen Film auf, aber es blieb fast auf der Stelle stehen, denn der schwache Wind hatte keine Kraft, ihn ins offene Meer hinauszutreiben. Über der Insel hing ein ätzender, beißender Gestank. Der ständig drehende, schwache Wind trieb die feinen, stinkenden Aerosole ständig im Kreis umher. Es war, als lege sich ein dünner, unsichtbarer, aber schmeckbarer Ölfilm über Strand, Häuser, Wiesen, Felder, Gärten, Autos und Mensch und Tier. Mediziner erklärten im Fernsehen, das Einatmen des Öldunstes könne zu Lungenschäden führen, man solle den gesamten Nordteil der Insel evakuieren.

Hilfsboote, die ebenfalls Lösungsmittel versprühten, berichteten von ersten Tierkadavern. Tausende von Seevögeln wurden mit verklebtem Gefieder aufgefischt und verendeten grauenvoll. Einen qualvollen Tod erlitten auch die Seehunde, Delphine und Wale. Ihre Nasenlöcher verklebten, das Fell sog sich voll Öl, das verschmutzte Fell verlor seine wärmende Wirkung, sie erstickten oder erlitten einen Kälteschock.

Im Fernsehen erklärte ein Biologe, was allgemein unbekannt

war, daß das Öl oder die auf Grund sinkende sämige Substanz des durch Chemiemittel gelösten Öls den gesamten Kreislauf des Meeres zerstörten. Algen und Bakterien, Mikroorganismen und Plankton nähmen die Bestandteile des Öl auf. Fische und Schnecken, Kleintiere und Krebse verschlängen die verseuchte Nahrung, und sie wiederum seien die Nahrung für Vögel, Hummer, Seehunde, Wale und alle Großtiere im Meer, die nun die Gifte in sich aufnähmen. Das zu Teerklumpen zusammengebackene Öl aber baue sich erst nach Jahren organisch ab. Das hieße, daß auch bei Verschwinden des Ölteppichs das Meer und die Küsten über Jahre verseucht blieben.

Aus Teneriffa setzte eine Massenflucht der Urlauber ein. Einer der wichtigsten Exportartikel der Inseln – die wunderbar schmackhaften, kleinen Bananen – wurden ab sofort von den Großhändlern und Importeuren nicht mehr abgenommen. Blumen, wie die auf Teneriffa immer blühenden Weihnachtssterne, Rosen oder Strelitzien waren nicht mehr gefragt. Selbst die Kakteenzüchtungen wurden zurückgewiesen, da das Gerücht umging, nicht nur die Lungen würden durch den Öldunst angegriffen, sondern es könne auch zu Darm- und Magengeschwüren kommen. Diese Reaktion war zwar bisher nur bei Enten beobachtet worden, die ihr ölverschmiertes Gefieder rupften und so die Giftstoffe in sich aufnahmen, aber die Skepsis war schwer auszuräumen.

Der Premierminister war wieder zurück nach Madrid geflogen. Der Verkehrsminister tagte mit den Ölexperten weiterhin in Santa Cruz, verstärkt durch den Landwirtschaftsminister, der sich bemühte, die aufgeregten Bauern, Bürgermeister und Hoteldirektoren zu beruhigen.

Nachdem die *Maringo* gesunken war, ein Feuerball, den das Meer brodelnd verschluckte, starrten alle auf die Wetterberichte aus dem Norden Europas. Hier lag die größte und einzige Hoffnung, Teneriffa doch noch zu retten: Wenn der Sturm sich nicht verbraucht hatte und mit wenig verminderter Kraft bis zu den Kanarischen Inseln hinunterzog, wäre es möglich, daß der gigantische Ölteppich aufs freie Meer abgetrieben wurde. Die Wetterstationen an der Biskaya meldeten Windstärke acht mit südwestlicher Richtung, das genügte, eine Umweltkatastrophe unvorstellbaren Ausmaßes abzuwenden.

Die chemische Bekämpfung von 200 000 Tonnen Öl, eine Menge, die noch nie ausgeflossen war, zeigte die Grenzen menschlichen Könnens auf. Es gab nichts, was eine solche Öllache hätte aufhalten können, der Mensch war so hilflos, als wolle er mit Eimern und Gießkannen ein Meer ausschöpfen.

»Schon jetzt gehen die Schäden in die Milliarden!« sagte der Gouverneur der Kanarischen Inseln in der letzten Sitzung der Minister und Experten. »Wer bezahlt das? Wer kann die Schuldfrage beantworten? Der Kapitän der *Maringo* wird als Held gefeiert, der Kapitän des griechischen Frachters ist nicht vernehmungsfähig, die Reedereien sind nicht verantwortlich, aber unsere Inseln sind so gut wie kaputt! Ich frage die Herren Minister: Wer gibt uns das Geld zum Wiederaufbau?«

»Noch ist nichts zerstört...«

»Allein die Ausfälle im Tourismus und im Export bedeuten für die Inseln den wirtschaftlichen Ruin. Wer will statt Sonne Öldunst tanken?«

»Der verfliegt sehr schnell.« Der Landwirtschaftsminister winkte ab, als der Bürgermeister von Puerto de Cruz ihm ins Wort fallen wollte. »Wir werden überlegen, ob wir einen Notstandsplan für Teneriffa ausarbeiten müssen. Sofortmaßnahmen.«

»Das heißt: In frühestens zwei Jahren...« sagte der Bürgermeister bitter.

Der Minister fühlte sich persönlich angegriffen. Wütend fuhr er herum. »Es ist doch wohl selbstverständlich, daß wir erst eine Übersicht über die Schäden haben müssen. Außerdem ist jeder Bürger gefordert, nach Kräften mitzuhelfen. Schließlich handelt es sich hier um eine Naturkatastrophe!«

»Darüber kann man geteilter Ansicht sein. Bisher hat es noch kein Öl vom Himmel geregnet.«

»Und es ist auch noch kein Öl auf die Strände geschwappt!«

So sehr sich Gérard Armand bemühte, an Lothar Heßbach heranzukommen, es gelang ihm nicht. Die spanische Polizei bewachte ihn wie einen Kronschatz.

Selbst die alten, immer wirksamen Tricks halfen nichts: Er gab sich als guter Freund aus, wollte im Krankenhaus Blumen abgeben und Heßbach kurz sprechen, – die Polizei lehnte ab. Auch der

Versuch, als Arzt im weißen Kittel zu Heßbach vorzudringen, scheiterte schon bei der ersten Kontrolle. Die Ärzte, die in den Hochsicherheitstrakt vorgelassen wurden, trugen am Revers ihres Kittels ein Schildchen, das elektronisch abgetastet wurde. An ein solches Schild aber kam Armand nicht heran. Bei der Polizeikontrolle entschuldigte er sich mit Vergeßlichkeit, er habe den Kittel gewechselt und übersehen... Man glaubte ihm und verhaftete ihn nicht. Wer, außer den Journalisten, hatte denn auch ein Interesse, Heßbach zu überrumpeln?

Die rätselhaften Tode von Jules Dumarche und Pieter van Geldern stimmten Heßbach sehr nachdenklich. Es fiel ihm schwer, an unglückliche Zufälle zu glauben; der Genickbruch van Gelderns auf dem nassen Badezimmerboden war noch glaubhaft, aber das Verschwinden von Dumarche war unerklärlich. Warum sollte sich Dumarche mit einem unbekannten Mann außerhalb des Hotels getroffen haben, und von da ab verlor sich jede Spur?

Einer der wenigen, die zu Heßbach vorgelassen wurden, war der deutsche Konsul von Teneriffa. Er saß neben dem Bett und hatte sich voller Erstaunen angehört, was der Kapitän der *Maringo* zu berichten hatte. Immer wieder schüttelte er den Kopf, murmelte: »Das ist ja unglaublich!« und machte sich Notizen. Als Heßbach schwieg, um ein Glas Fruchtsaft zu trinken, sagte er:

»Das müssen Sie dem spanischen Untersuchungsausschuß erzählen! Unbedingt! Das erklärt ja alles und regelt die Haftung. Allein das Verbot, Dakar anzulaufen, ist ein Verbrechen! Sie haben dafür Beweise?«

»Mein Funker Chu Yungan hat die Gespräche auf Band aufgenommen.«

»Der Koreaner?«

»Ja.«

»Er ist verschwunden.«

»Der auch?« Heßbach richtete sich im Bett auf.« Das geht doch alles nicht mit rechten Dingen zu!«

»Wie soll ich das verstehen?« fragte Konsul Dr. Bernhard Wessel.

»Da gibt es jemanden auf Teneriffa, der verhindern will, daß die Wahrheit an den Tag kommt. Von vier Mann, die bis zuletzt an Bord waren, bin nur noch ich allein übriggeblieben. Dumarche, van

Geldern und Chu sind ausgeschaltet. Genickbruch der eine, die anderen verschwunden.«

»Machen Sie doch daraus keinen Krimi, Herr Kapitän.«

»Es *ist* ein Krimi, Herr Konsul!«

»Das klingt, als wenn ein Killer unterwegs ist.« Dr. Wessel lachte kurz auf. »Jetzt fehlt nur noch 007! James Bond läßt grüßen.«

»Eben der ist nicht da, dabei könnten wir ihn dringend gebrauchen. Heute Morgen war jemand da, ein angeblich guter Freund von mir, der mir Blumen bringen wollte. Ich habe hier keinen guten Freund. Ich kenne niemanden auf Teneriffa. Am Mittag wollte ein Arzt zu mir ... ohne Codekarte. Er hatte sie angeblich vergessen! Ich wette, es war derselbe Mann! Er hat versucht, zu mir durchzudringen. Gott sei Dank haben die Polizisten aufgepaßt. Und ich wette: Es ist derselbe Mann, der sich mit Dumarche getroffen hat.«

»Sie glauben wirklich an einen Killer?«

»Jetzt ja!« Heßbach setzte sich auf. Dr. Wessel drückte ihm die Kissen als Stütze in den Rücken. »Ich muß sofort nach Deutschland, Herr Konsul. Hier bin ich nicht sicher. Und was ich zu sagen habe, muß ich in einer internationalen Pressekonferenz vortragen, damit es die ganze Welt hört und nichts bei den spanischen Behörden hängenbleibt. Was hier läuft, ist ein internationaler Skandal, der unter den Teppich gekehrt werden soll. Eine Handvoll Reeder und einige Ölmultis führen die Welt an der Nase herum. Nutznießer sind Industrie und Wirtschaftsimperien, die ihr jährliches Umsatzwachstum im Auge haben und sonst gar nichts. Und hinter denen stehen wieder mit schützender Hand die Regierungen. Das *muß* der Weltöffentlichkeit gesagt werden, damit die begreift, daß Tankerunglücke keine Folgen höherer Gewalt sind.«

»Ich glaube nicht, daß die spanischen Behörden Sie nach Deutschland lassen«, sagte Dr. Wessel. »Sie möchten Sie unbedingt vernehmen. Mich wundert es, daß man bisher noch so human mit Ihnen umgeht.«

»Das heißt – man sucht in mir einen der Schuldigen!« Heßbach blickte Dr. Wessel herausfordernd an. »Herr Konsul, Sie müssen Ihren ganzen Einfluß geltend machen, daß ich hier herauskomme.«

»Ich habe wenig Einfluß. Die Entscheidungen trifft Madrid.«

»Dann soll sich das Bundesaußenministerium einschalten.«

»Herr Heßbach.« Dr. Wessel schüttelte leicht den Kopf. »Was

glauben Sie, was man mir in Bonn sagt, wenn ich darum bitte, der Außenminister solle sich in Madrid für einen Herrn Heßbach verwenden, der auf einer Pressekonferenz von Reedermachenschaften berichten will?«

»Soll ich etwa fliehen?«

»Das wird nicht möglich sein.« Dr. Wessel lächelte wie über einen faden Witz. »Erstens werden Sie gut bewacht, zweitens sind Sie auf einer Insel, und drittens haben Sie keinen Paß. Der ist mit Ihrem Schiff verbrannt und untergegangen.«

»Und wenn es dem Killer doch gelingt, zu mir vorzudringen? Über die Fassade.«

»Sie liegen im sechsten Stock. Ich glaube nicht, daß Superman Sie bedroht.«

Trotzdem schienen Heßbachs Worte doch den richtigen Nerv bei Dr. Wessel getroffen zu haben. Die Häufung der Zufälle machte auch ihn nach längerem Überlegen stutzig. Die Mannschaft der *Maringo* war bis auf James McCracker und Sato Franco gerettet worden, aber niemandem war bisher irgend etwas Ungewöhnliches passiert. Nur die beiden Offiziere Dumarche und van Geldern gaben Rätsel auf, und der Funker Chu Yungan wurde schon am Morgen nach der Rettung vermißt. Bei dem Gedanken, daß vielleicht wirklich ein Killer auf Heßbach lauerte, jagte es Dr. Wessel einen kalten Schauer über den Rücken.

Dr. Wessel versuchte es beim Gouverneur von Teneriffa. Er brachte vor, daß Kapitän Lothar Heßbach wegen seiner Verbrennungen in eine Spezialklinik nach Süddeutschland verlegt werden müsse, wo man andere Möglichkeiten und vor allem mehr Erfahrungen habe als in La Laguna. Vielleicht müßten sogar Hauttransplantationen vorgenommen werden. Das war zwar maßlos übertrieben, aber es klang gut und überzeugend.

»Herr Heßbach ist deutscher Staatsbürger«, betonte Dr. Wessel, »und wir sind verantwortlich für die bestmögliche medizinische Betreuung des Verletzten. Selbstverständlich steht Ihnen der Kapitän jederzeit zu einer Vernehmung zur Verfügung, wenn die Ärzte es zulassen. Aber ich zweifle nicht daran, daß sich sein Gesundheitszustand in einigen Wochen stabilisiert haben wird.«

Der Gouverneur reagierte.

Er befragte die behandelnden Ärzte in La Laguna und bekam zur

Antwort, daß man mit dem Vorschlag durchaus einverstanden sei. Eine Spezialklinik könne selbstverständlich mehr tun als das Krankenhaus von La Laguna. Außerdem – aber das sagten die Ärzte nicht – waren sie froh, diesen Patienten loszuwerden. Die Polizeiüberwachung, die Kontrollen, der unentwegte Ansturm der Journalisten störten den ruhigen Rhythmus des Krankenhauses.

Schon am nächsten Tag ließ der Gouverneur Konsul Dr. Wessel in seine Residenz bitten.

»Ich habe Ihre Bitte in Madrid vorgetragen«, sagte er, »und ich kann Ihnen die erfreuliche Mitteilung machen, daß man Ihrer Bitte um Verlegung von Herrn Heßbach nachkommt. Wir werden mit Einwilligung Ihres Außenministeriums nach völliger Wiederherstellung von Heßbach Beamte unserer Sonderkommission hinüberschicken und ihn vernehmen. Ich freue mich, daß die Verständigung zwischen Spanien und der Bundesrepublik so vorzüglich funktioniert. Wann wollen Sie fliegen?«

»Das muß ich noch abklären.« Dr. Wessel war stolz auf seinen Sieg. »Ich möchte Herrn Heßbach nicht mit einem Linienflug transportieren. Ich möchte das Deutsche Rote Kreuz einschalten. Ich werde sofort mit der Einsatzzentrale telefonieren.«

Dr. Wessel fuhr sofort zum Krankenhaus. Heßbach lag im Bett und las deutsche Zeitungen. Fotos der abgeschleppten und beschlagnahmten *Unico II* beherrschten die Titelseiten.

»Das ist auch so ein Fall!« sagte er, als Dr. Wessel ins Zimmer trat, und tippte auf die Zeitungen. »Ein Schrottkasten mit 100 000 Tonnen Öl unterwegs! Der Funker und der Erste Offizier bringen sich gegenseitig um, der Kapitän, dem der Reeder die Schuld zuschiebt, stirbt an inneren Blutungen. Schadenersatzansprüche? An wen? Keiner hat Schuld! Verdient hat nur der Reeder, denn er hat die Fracht im voraus bezahlt bekommen. Selbst wenn er das Geisterschiff jetzt abwrackt, macht er einen Gewinn. Er verkauft den alten Pott, der Käufer schleppt ihn zum Abwracken ab, in Wirklichkeit aber wird das Schiff auf irgendeiner dubiosen Werft in Panama, Honduras oder Korea notdürftig repariert, bekommt einen schönen Anstrich, eine exotische Klassifikationsgesellschaft stellt ein Gutachten aus, bewertet den 18 Jahre alten Rosthaufen als qualifiziert ... und der Kahn läuft unter einem anderen Reeder und einer anderen Billigflagge wieder mit 10000 Tonnen Öl an

Bord über die Meere. Und es gibt keine Gesetz, das so etwas verhindert.« Er sah Dr. Wessel fragend an. »Was haben Sie erreicht, Herr Konsul?«

»Alles!« Stolz schwang in Dr. Wessels Stimme. Er lachte sogar.

»Alles?«

»Ja. Man ist in Madrid sehr kooperativ.«

»Ich fliege nach Deutschland?« Heßbach streckte beide Hände aus. »Dr. Wessel, ich habe oft über die Trägheit mancher Konsuln geflucht, aber Sie sind offensichtlich nicht von dieser Sorte. Vielen Dank. Wann fliegen wir?«

»Sie werden von einem Rettungs-Jet des Roten Kreuzes abgeholt. Sie sind noch schwerbeschädigt! Hüpfen Sie bloß nicht von der Bahre und vollführen einen Freudentanz. Sie kommen in eine Spezialklinik und sind erst mal weg vom Fenster.«

»Bis zur Pressekonferenz, und die muß bald sein! Die Menschen vergessen zu schnell die Umweltkatastrophen.«

»Lothar Heßbach, der neue Messias der Ökologie.«

»Es genügt, wenn ich eine Posaune bin.« Nun lachte auch Heßbach herzhaft. »Denn Jericho ist überall ...«

Armand stand vor dem Krankenhaus von La Laguna, als man Heßbach, bis zum Hals zugedeckt, in einen Krankenwagen schob und mit ihm davonfuhr. Er setzte sich sofort in seinen Leihwagen und preschte hinterher. Der Krankenwagen fuhr zu seinem Erstaunen nicht nach Süden zum Flughafen Reina Sophia, sondern nach Norden über die Autobahn zu dem alten Flughafen von Los Rodeos. Hier sah er den Jet des Deutschen Roten Kreuzes auf der Startbahn warten und wußte, daß Heßbach ihm entwischt war. Aber nur vorübergehend! Ein guter Bluthund findet eine Spur auch im Wasser und in der Luft.

Er wartete auf dem Parkplatz, bis man Heßbach eingeladen hatte und der Jet startete. Er blickte ihm nach, zündete sich einen Zigarillo an und lehnte sich gegen die Motorhaube. »Und wenn du zum Nordpol fliegst«, schwor er, »ich finde dich! Das ist Ehrensache! Einem Gérard Armand entkommt man nicht.«

Mit einer Abendmaschine der Air France flog er nach Paris, mietete sich, elegant wie immer, in dem feudalen Hotel *George V* ein, bestellte eine Flasche Krug Cuvée 1985 und 100 Gramm Malossol-Kaviar mit Toast und gehacktem Ei, Zwiebeln und Sahne und rief Dumoulin in Marseille an.

»Hier Armand«, sagte er freundlich. »Ich weiß, es ist schon spät, aber ich hatte das Bedürfnis, Sie noch zu hören, Monsieur.«

»Ist alles erledigt?« fragte Dumoulin sofort.

»Ich rufe aus Paris an, Monsieur.«

»Aus Paris? Was ist denn los?« Dumoulins Stimme ließ Nervosität durchhören. »Sagen Sie bloß, es war ein Fehlschlag! Das kann ich mir nicht leisten, und Sie auch nicht, Armand!«

»Heßbach ist nach Deutschland geflogen worden...«

»Merde! Er ist Ihnen also entwischt!«

»Ich sagte: Er ist in Deutschland. Ich bin in Paris. Ich fliege in zwei Tagen nach Stuttgart.«

»Was wollen Sie denn da?«

»Von einem Krankenpfleger des Hospitals von La Laguna habe ich erfahren, daß man Heßbach in eine Spezialklinik in der Nähe von Stuttgart gebracht hat. Die Auskunft hat mich 500 Dollar gekostet. In dieser Klinik wird Heßbach nicht so bewacht wie auf Teneriffa. Niemand weiß ja, daß es einen Gérard Armand gibt. In dieser Klinik kann man ungehindert ein und aus gehen.« Armand lächelte. »Zufrieden, Monsieur?«

»Abwarten! Es ist Ihre letzte Chance, Armand.«

»O nein, ich habe viele Chancen. Ich habe immer Chancen. So werde ich zum Beispiel in spätestens einer halben Stunde eine wunderschöne Frau im Bett haben.« Armand lachte voll Vorfreude. »Ich werde mir im *Crazy Horse* das wildeste Girl von der Bühne holen.«

»Übernehmen Sie sich nicht, Armand.«

»Sie sagen es, Monsieur. Ich brauche noch eine telegrafische Anweisung von 10 000 Dollar Spesen. Morgen früh.«

»Keinen Sou!«

»Dann keinen Heßbach, Dumoulin. Ihrem Auftraggeber ist er viel, viel mehr wert! *Bonne nuit.*«

Bis zum Morgen leistete Armand schwere Arbeit. Lisette, die knackige Blonde, die vierte von rechts im Ballett, war ein Teufelchen im Bett und von einer phänomenalen Ausdauer. Und Armand mußte zu sich sagen: Lieber Freund, du wirst doch langsam älter. Früher hattest du am Morgen keine Rückenschmerzen...

In der Klinik Schwandtnertal fühlte Heßbach sich sicher. Es wäre auch niemand auf den Gedanken gekommen, eine Polizeiwache vor sein Zimmer zu stellen. Personenschutz gibt es nur für Prominenz, für Politiker, Bankiers, Wirtschaftsbosse oder ausländische Delegationen ... Ein Tankerkapitän ist so unwichtig, daß man niemanden kontrollierte, der ihn besuchen wollte. Und es kamen nur wenige Besucher. Luise Bertram reiste an und fiel Heßbach weinend vor Glück um den Hals, sogar der alte Bertram kreuzte auf, drückte ihm die Hand und konnte es sich nicht verkneifen zu sagen: »Du bist nun ein Held für die Massenblätter. Bilde dir darauf bloß nichts ein. Ich habe mich geschämt, überall die Fotos von dir und deinem brennenden Tanker zu sehen. Wärest du nicht unter einer so miesen Flagge gefahren, wäre das alles nicht passiert!«

»Ich habe viel dabei gelernt, Vater«, antwortete Heßbach. Luise hing an seinem Hals. »Du wirst dich wundern, was ich zu erzählen habe.«

»Du wirst dich wundern, was ich für dich ausgehandelt habe.« Der alte Seebär Bertram rieb sich die Hände, als wollte er sich selbst loben. »Wenn du wieder auf den Beinen bist, habe ich ein Schiff für dich. Einen herrlichen Massengutfrachter. Wir haben das mit Handschlag besiegelt. Rate mal, für wen du fahren wirst.«

»Keine Ahnung.« Heßbach sah seinen Schwiegervater fassungslos an. »Das hast du für mich getan?«

»Für dich? Nein, für Luise!« Der Alte rieb sich weiter die Hände. »Du wirst für einen der angesehensten Reeder Deutschlands fahren ...«

»Hapag-Lloyd!«

»Nein! Dr. Wolffers!« Der alte Bertram hielt einen Moment den Atem an. »Was sagst du nun? Heßbach, wieder ein Kapitän von Wolffers! Nach einem solchen Posten lecken sich die anderen die Finger. Du wirst die *Regina Marium* fahren, die *Königin der Meere*. Jetzt habe ich den richtigen Schwiegersohn.«

Es war abzusehen, daß Heßbach nicht lange in der Klinik Schwandtnertal bleiben müßte. Der Chefarzt, vom Außenministerium unterrichtet, verzichtete sogar auf eine gründliche Untersuchung. Von Hauttransplantationen war keine Rede, die wenigen Verletzungen waren bereits fast geheilt – es genügten ein paar Pflaster, um sie gegen Infektionen zu schützen.

»Von mir aus können Sie morgen schon nach Hause«, sagte der Chefarzt. »Die Pflaster kann Ihre Frau wechseln! Ich brauche das Bett dringend für Schwerverletzte.«

»Also, dann fahren wir morgen!« rief der alte Bertram. »Ich vertrage sowieso nicht die Krankenhausluft. Und in unserem Garten erholt er sich besser als im besten weißbezogenen Bett.«

»Außerdem muß ich arbeiten«, sagte Heßbach. »Ich muß auf der Konferenz unangreifbare Fakten vorlegen, sonst glaubt mir keiner. Und ich muß mit den Umweltschutzverbänden Kontakt aufnehmen. Auch die sollen der Weltöffentlichkeit ihre Erfahrungen und Forderungen vorlegen. Wir wollen einen ganzen Katalog von Fragen zur Diskussion stellen und die maßgeblichen Stellen auffordern, dazu Stellung zu nehmen. Es geht um mehr als um 10 000 tote Eiderenten oder 5000 verendete Seehunde, es geht um die Rettung der Weltmeere. Alle sollen das begreifen. Alle *müssen* es begreifen...«

Am nächsten Morgen flogen der alte Bertram, Luise und Heßbach von Stuttgart zurück nach Hamburg. Mit der Abendmaschine landete Gérard Armand in Stuttgart, zwölf Stunden zu spät.

Der Bluthund mußte eine neue Spur aufnehmen.

Auf Teneriffa, ja auf allen Kanarischen Inseln atmete man auf. Die Ausläufer des Sturms in der Nordsee hatten den Atlantik erreicht. Mit der Stärke sechs trieb der Wind die Wellen vor sich her, der Himmel wurde grau, Regenschauer prasselten herunter. Und in allen Kirchen der Kanarischen Inseln wurden Dankgottesdienste abgehalten und stieg neue Hoffnung in den Menschen auf.

Der Bischof von Santa Cruz predigte mit bewegter Stimme: »Der Herr hat unser Flehen erhört. Und wer von euch bisher gezweifelt hat, daß es IHN gibt, der kann nun sehen: Es gibt einen gütigen Gott, der uns Menschen liebt...«

Über den Ölteppich, der mittlerweile über sechzig Kilometer breit geworden war, hatte die spanische Luftwaffe 600 Tonnen Chemikalien versprüht und damit größe Löcher in die schwarze, klebrige Masse gerissen. Tausende von Tierkadavern wurden aus dem Meer gefischt, riesige Fischschwärme, die das verseuchte Plankton gefressen hatten, würden nach Ansicht der Meeresbiologen an Vergiftungen eingehen oder waren – falls sie gefangen wurden – zum Verzehr ungeeignet. Die Teerklumpen, die auf den Meeresboden sanken, waren noch auf Jahre hinaus eine Gefahr für alle Kleinlebewesen, ohne die es kein biologisches Gleichgewicht und kein Überleben des Meeres gab. Aber der gigantische Ölteppich trieb nun ab, hinaus auf den Atlantik, wo er sich langsam auflösen sollte. Teneriffa war gerettet, eines der schönsten Urlaubsparadiese konnte seine Strände wieder öffnen. Der ätzende Öldunst verschwand mit dem Wind, im Fernsehen wurden zur Beruhigung der Touristen alte Aufnahmen gezeigt: in der Sonne sich wiegende Palmen, weiß leuchtende Sandstrände im Süden, romantische Felsenküste im Norden, der 1000-jährige Drachenbaum von Icod, das Blumenmeer auf dem Land, die Bananenplantagen, die Mondlandschaft der Cañadas, der hochragende Teide mit seiner ewigen Zipfelmütze aus Schnee und Eis und das zauberhafte Tal von Orotava, von dem Humboldt einmal gesagt hatte, er hätte auf der Welt nichts Schöneres gesehen.

Das alles würde nun weiter bestehen. Teneriffa lebte!

Die Katastrophenkommission in Santa Cruz löste sich bis auf ein paar Experten auf. Die Minister flogen nach Madrid zurück, Leichterungsschiffe saugten weiterhin an den Rändern des Ölteppichs die schmierige Masse ab, Flugzeuge verfolgten aus der Luft das Abtreiben des Öls, die ersten Chartermaschinen landeten wieder auf dem Flugplatz Reina Sophia ... es war, als habe nie die Vernichtung einer ganzen Inselgruppe gedroht. Drei Tage lang goß es in Strömen, aber der Regen reinigte die Luft, und als die Sonne wieder unter einem stahlenden blauen Himmel glühte, war nur noch die Erinnerung geblieben, daß das »Glück bei den Gläubigen« ist, wie es der Bischof in seiner Dankespredigt sagte.

Beendet allerdings war das Drama nicht für die Ökologen, die spanische Justiz und die Schiffahrtsbehörden. Die Meeresbiologen stellten dunkle Prognosen für die Zukunft der Fischerei, die Justiz suchte nach Schuldigen für das Unglück, und die Schiffahrtsbehörde bemühte sich darum, eine internationale Seesicherheits-Konferenz aller Staaten einzuberufen. Die ersten Reaktionen darauf waren zögernd. Es hatte schon so viele Empfehlungen gegeben, die sehr schnell im nationalen Interessengerangel versandeten.

Auch das öffentliche Entsetzen über die Ölkatastrophe vor Teneriffa ließ merklich nach. Nur noch vereinzelt berichteten die Zeitungen von dem Ölteppich, der hinaus in den Atlantik getrieben wurde. Eine mittlerweile siebzig Kilometer breite Öllache, die bald im Meer verschwinden würde, wie die Reeder-Lobby immer wieder unterstrich, lockte keinen Leser mehr zum Nachdenken.

Einer der wenigen, der mit seinem ganzen Herzen am Unglück der *Maringo* hing, war Gérard Armand. Ganz anders als in La Laguna war in Stuttgart, genauer gesagt in der Klinik Schwandtnertal, niemand bereit, auch gegen Zücken eines blauen Scheines Auskunft über Lothar Heßbach zu geben. So sehr sich Armand bemühte, er griff ins Leere.

Auf dem Flughafen Stuttgart weigerte man sich, ihm in die Passagierlisten Einblick zu geben. »Sind Sie von der Kripo?« fragte der herbeigerufene Leiter des Check-ins kühl. »Bitte, zeigen Sie mir Ihren Ausweis.«

»Es handelt sich um einen Freund, den ich suche«, versuchte Armand zu erklären, aber mit dieser Begründung kam er nicht weiter.

»Wir dürfen keinerlei Informationen über Fluggäste herausgeben«, sagte der Schalterangestellte abweisend. »Bedaure, mein Herr.«

Armand verließ den Flughafen.

Die Situation befriedigte ihn in keiner Weise. Er saß jetzt hier in Stuttgart in einem guten Hotel, gab eine Menge Geld aus und kam sich nutzlos vor. Untätig zu sein bedeutete für ihn eine seelische Qual. Außerdem hatte er keine Lust, in Stuttgart zu warten, überhaupt in Deutschland zu bleiben, ein Land, das er nicht mochte. Es war ihm zu gut organisiert. Dem Süden galt seine Liebe. Und so beschloß er, seinen abgebrochenen Urlaub auf Fuerteventura fortzusetzten und dort zu warten, bis Heßbach aus dem Dunkel wieder auftauchte.

In Hamburg hatte Heßbach seine Dokumentation zusammengestellt. Der große Tag rückte näher, die Abrechnung mit der Öl-Connection.

Zusammen mit Greenpeace, den Umweltverbänden, dem Bund für Umwelt und Naturschutz Deutschland, dem Bundesverband der Lotsen, der EG-Kommission für Umweltschutz, der See-Berufsgenossenschaft, dem ÖTV und der Lloyds-Versicherung lud Heßbach zu einer Pressekonferenz ein.

Der alte Bertram sichtete noch einmal das gesammelte Material und war voller Bedenken. Er erkannte natürlich die Brisanz der Enthüllungen, aber er ahnte auch, wie gefährlich diese Wahrheiten waren. Ein kleiner Kapitän stinkt gegen die Macht der Reeder an. Ein Idealist attackiert die Regierung. Ein einzelner stellt Forderungen, die die gesamte Frachtschiffahrt auf den Kopf stellen würden. Die Gefahr, eine lächerliche Vogelscheuche zu werden, lag auf der Hand. Die Gegner würden ihn zu einem Öko-Clown degradieren, wie sie es schon laufend mit Greenpeace und anderen Umweltorganisationen versuchten. Nichts aber ist schädlicher als lächerlich zu wirken.

»Glaubst du, daß die breite Masse, die du ja ansprechen willst, das alles versteht, was du da gesammelt hast? Die meisten haben ein Auto und brauchen Benzin. Die meisten heizen mit Öl und wollen nicht frieren. Die gesamte Kunststoffindustrie lebt vom Öl. Die chemischen Werke, die Autohersteller, die Elektrizitätsbetriebe, die ganze Schiffahrt öhne Öl?! Kannst du eine Alternative anbieten? Die Umweltschützer sind gegen alles: gegen Öl, gegen Kohle, gegen Atomstrom, gegen Holzverfeuerung – was bleibt denn da noch übrig? Mit solchen Gegenargumenten mußt du rechnen, Junge.«

»Das Öl kann man nicht abschaffen, da hast du recht, Vater.« Heßbach blätterte in einigen Statistiken. »Aber man kann die Sicherheit beim Transport von Öl verbessern. Man kann die Ölschlamm-Verklappung auf See verbieten, man kann die verrosteten Tanker aus dem Verkehr ziehen, man kann neue, sichere Schiffe bauen – noch gibt es Wege aus der Katastrophe. In fünfzehn Jahren kann es schon zu spät sein. Und die von dir erwähnte breite Masse? Man muß ihr ganz deutlich sagen, ja, man muß sie damit schocken: Eure Enkel werden damit leben müssen! Sie werden nicht mehr im Meer baden können, sondern – das ist bereits von einigen Unternehmergruppen geplant – in riesigen gläsernen Hallen mit Tropenklima und Palmengärten mit Blick auf die toten Meere. Und womit werden diese künstlichen Seebäder beheizt? Natürlich mit Öl! Immer mehr Öl ... mehr, mehr, mehr! Noch leben wir, nach uns die Sintflut!«

»Man wird es nicht glauben. Es wird heißen: Panikmache. Falsche Zahlen. Manipulierte Tabellen und Statistiken. Mein Junge, mit Statistiken kannst du alles beweisen, den größten Unsinn!«

»Ich habe noch andere Argumente.«

»Das glaube ich.« Der alte Bertram klopfte Heßbach auf die Schultern. »Ich wünsche dir viel Erfolg.«

In Fuerteventura schrillte das Telefon Armand aus dem Schlaf. Er schob den Arm seiner Nachgefährtin von seinem Bauch. Sie gab einen piepsenden Laut von sich und drehte sich auf die Seite. Die Wölbung ihrer Schenkel und Hüften und die festen Hinterbacken ließen in Armand wieder ein Lustgefühl aufkommen. Er streichelte über die glatte, samtige Haut und griff dann nach dem Telefonhörer.

»Ja?« sagte er.

Ohne Anrede fiel der Anrufer über ihn her. Armand wußte sofort, wer so aufgeregt mit ihm sprach.

»Schlafen Sie noch?!«

»Jetzt nicht mehr.«

»Haben Sie das gelesen?«

»Daß siebzig Prozent aller Frauen schon einmal ihren Mann betrogen haben?«

»Himmel!« Dumoulin wurde ungeduldig. »Sie haben wohl nur Weiber im Kopf!«

»Nein. Im Bett, neben mir. Schwarzhaarig, geschmeidig...«

»Jetzt reicht's, Sie alter Bock. Hören Sie zu!« unterbrach ihn Dumoulin. »Sie hören und sehen wohl nichts mehr?! Heßbach ist aufgetaucht!«

Das war ein Satz, der Armand sofort aus dem Bett springen ließ. Nackt setzte er sich in einen Sessel, betrachtete den vor ihm liegenden reizvollen Hintern und ahnte, daß das so aufreizend begonnene Vergnügen recht bald zu Ende sein würde.

»Wo?« fragte er kurz.

»In Hamburg. Er gibt übermorgen eine internationale Pressekonferenz. In einem Zirkuszelt an der Elbmündung.«

»Der Mann hat Stil.« Armand lachte kurz auch. »Es wird eine spannender Zirkus werden.«

»Sie fliegen sofort nach Hamburg.«

»Erst muß ich mich aber duschen.«

»Ihre Witze kotzen mich an, Armand!«

»Das haben Sie schon einmal gesagt. Ich finde sie gut. Eine alte

Weisheit, Monsieur: Eine Frau, die lacht und sich dabei zurückbiegt, ist schon halb gewonnen.«

»Es wird soweit kommen«, sagte Dumoulin sauer, »daß man Sie kastrieren muß, um wieder mit Ihnen vernünftig reden zu können. Wann werden Sie fliegen?«

»Wenn ich einen Platz bekomme.«

»Ich denke, Sie haben gute Bekannte bei den Fluggesellschaften?«

»Auch die können mich nicht hinter dem Motor festschnallen. Außerdem ist das ungesund.»

»Sie sind morgen in Hamburg!« Dumoulin hatte wirklich keine Lust, sich die faulen Ausreden Armands anzuhören. Er zitterte innerlich vor Anspannung. Heßbach ist in Hamburg. Wir haben ihn... jetzt haben wir ihn! »Wo werden Sie wohnen?«

»Wie immer natürlich im *Atlantic*. Der Grill im *Atlantic* bietet das beste Lammkarrée. Außerdem ist ganz in der Nähe ein exklusives privates Puff.«

Dumoulin legte auf. »Saukerl!« sagte er dabei. »Aber ich brauche dich...«

Armand duschte, besprühte sich mit einem herben Herrenparfüm, dessen Grundnote Moschus war, ein Duft, der Frauen aus der Reserve locken kann, und da sein schwarzhaariges Kätzchen noch schlief, deckte er sie zu und schrieb einen Zettel: »Ich bin in drei Tagen wieder da. Warte auf mich. Du solltest kein Kamel mehr reiten, du kannst das andere besser...« und verließ leise, nur mit einem Handköfferchen, das er stets griffbereit hatte, das Zimmer.

Im Flughafen Reina Sophia traf er einen Angestellten der *Iberia*, der einmal gegen einen Händedruck mit 10 000 Peseten übersehen hatte, daß Armand eine Beretta in der Hosentasche trug, und so war es auch kein Problem, ein Ticket zu bekommen. Teneriffa – Madrid – Hamburg. Natürlich erster Klasse.

Am Abend traf er in Hamburg ein – er hatte in Madrid vier Stunden Aufenthalt gehabt – und ließ sich ins *Atlantic* fahren. Er konnte im Grill noch sein geliebtes Lammkarrée essen, das er mit einer Flasche Montraché 1981 krönte. Danach wollte er im Stadtteil St. Georg noch einen Geschäftsmann besuchen, einen Mann, der mit ausgesuchten Antiquitäten handelte und in der Hamburger Gesellschaft sehr angesehen war. Im Keller des Experten für Biedermeier und Jugendstil lagerten allerdings andere Kostbarkeiten: Waffen, von der leichten Damenpistole mit Perlmuttgriff bis zur russischen Kalaschnikow, vom sagenhaften israelischen Schnellfeuergewehr bis zu leichten Granatwerfern. Das Glanzstück war eine panzerbrechende Rakete.

Armand kaufte ein zusammenlegbares Schnellfeuergewehr mit Zielfernrohr und Schalldämpfer, fünfzig Schuß Stahlmantelpatronen – man konnte nie wissen, wofür –, und bezahlte dafür eine Summe, für die er sonst »Kleinkram«, etwa einen lästigen Ehemann, beseitigt hätte.

Am nächsten Morgen ließ er sich zeitig an die Elbmündung bringen und besichtigte das Zirkuszelt. Er lief einmal rundherum, fertigte eine Skizze mit allen Ausgängen an und konnte sogar in das Zelt hinein. »Ich bin vom NDR«, sagte er zu einem Arbeiter, der noch Stühle aufstellte. »Wir wollen sehen, wo wir am besten die Kameras plazieren.«

Armand machte einige Fotos, schätzte die Entfernung ab und war zufrieden. Mit seinem Gewehr war es möglich, aus der hintersten Reihe, gleich neben einem Ausgang, Heßbach zu treffen. Der Kapitän würde im vollen Scheinwerferlicht stehen oder sitzen, eine geradezu ideale Schießscheibe. Ehe man überhaupt merkte, was geschehen war, würde Armand längst verschwunden sein.

Für Gérard Armand war Lothar Heßbach jetzt schon ein toter Mann. Alles, was kommen würde, war nur noch das Abspulen eines perfekten Plans.

Im *Atlantic* zerlegte und setzte er das Schnellfeuergewehr wieder zusammen, immer und immer wieder, bis er jeden Handgriff mit geschlossenen Augen beherrschte. Er war ein Perfektionist. Darauf gründete sein Ruhm. Bei ihm gab es keine Pannen; daß er Heßbachs Spur für einen Augenblick verloren hatte, rechnete er nicht zu den Pannen.

Armand schlief in dieser Nacht ruhig und vor allem allein. Auch das war eines seiner Prinzipien: Vor einer Aktion kein Weib! Er mußte am Tag des Einsatzes ganz ruhig sein, ganz konzentriert, mit scharfem Auge und ungetrübtem Blick, völlig ruhiger Hand und eiskalter Sinne.

Die Internationale Pressekonferenz war auf 10 Uhr vormittags angesetzt. Um das Zelt entstand Chaos. Funkwagen, Polizei, Ordner und Hunderte von Autos versperrten Zufahrtsstraßen und Eingänge. Sogar ein Polizeihubschrauber kreiste über dem Zelt. Die Kontrollen waren flüchtig. Wer einen Ausweis mit Lichtbild und Stempel zeigte, wurde eingelassen. Ein Gesangverein, der für seine Mitglieder Ausweise ausgegeben hatte, durfte ebenso ungehindert eintreten wie Mitglieder eines Kleingärtner-Vereins, die ihre Mitgliedskarten vorzeigten. Auch Armand hatte sich einen Ausweis beschafft: Es war die Zimmerkarte des *Atlantic*. Er war sich sicher, bei diesem Ansturm von Reportern im Gedränge mit dieser Karte nur wedeln zu brauchen, um mit dem Strom in das Zelt geschwemmt zu werden.

Um 9 Uhr morgens fuhr er hinaus zur Elbmündung, um rechtzeitig in der Menge unterzutauchen. In einer Aktentasche trug er das auseinandergenommene Gewehr bei sich. Mit dieser Waffe glaubte sich Armand gegen alle Zufälle gerüstet. Doch die fremde Stadt hielt für den Franzosen noch ganz andere Fallen bereit. Denn bis Armand merkte, daß er vom falschen Ende in eine Einbahnstraße hineingefahren war, war es schon zu spät. Nur mit viel Geschick konnte er einem entgegenkommenden Wagen noch ausweichen, der Fahrer tippte gegen die Stirm und hupte wie ein Verrückter. Armand fuhr rechts heran, stoppte und sah sich um. Aber da war Polizeihauptwachtmeister Hüppe schon zur Stelle.

»Bitte, steigen Sie aus. Ihren Ausweis, Ihren Führerschein und die Wagenpapiere bitte.»

Armand kurbelte das Fenster herunter und beugte den Kopf heraus. »Ich weiß, daß ich verkehrt gefahren bin. Ich entschuldige mich.«

»Mit Entschuldigen ist das nicht abgetan. Steigen Sie aus.«

»Ich muß zu einer dringenden Verabredung.«

»Das glaube ich Ihnen gern. Aber Einbahnstraßen sind nun einmal Einbahnstraßen.«

»Ich muß ...« versuchte es Armand noch einmal. Aber nun wurde Hüppe ungeduldig.

»Aussteigen!«, sagte er schärfer. »Ihre Papiere!«

»Diesen Ton lasse ich mir nicht bieten!« wehrte Armand ab.

Das war nun ein grober Fehler gewesen.

»Zum letzten Mal – aussteigen! Bis jetzt wären Sie mit zehn Mark dabeigewesen, nun werden es dreißig!«

Armand sah auf seine goldene Armbanduhr: Die Zeit raste. Er griff in die Rocktasche, holte eine Hundertmarkschein heraus und hielt ihn Hüppe hin.

»Da haben Sie hundert!« sagte er. »Aber lassen Sie mich weiterfahren.«

Hüppe erstarrte. Er zog an seinem Rock und rückte die Mütze zurecht. Armand fragte sich, was er nun wieder falsch gemacht habe. Mit einem Flic in Paris konnte man verhandeln, ein Polizist in Lateinamerika hätte, ohne mit der Wimper zu zucken, den Geldschein eingesteckt, und in Asien – mit Ausnahme von Singapur natürlich – hätte sich der Polizist sogar höflich bedankt. Hier aber, in Deutschland, schien jeder, der eine Uniform trug, die Welt neu zu erfinden.

»Was ist denn nun schon wieder?« fragte Armand ungeduldig.

»Was fällt Ihnen ein?« Hüppe holte tief Luft. »Sie wollen mich bestechen?«

»Bestechen? Ich gebe Ihnen hundert Mark, damit kann ich, nach Ihren Gebührensätzen, zehnmal durch die Einbahnstraße fahren. Ich habe es aber nur einmal getan.«

Nun packte den Polizeihauptwachtmeister die Wut. »Werden Sie nicht frech!« rief er. »Sie wollen mich bestechen und dann noch Widerstand leisten? Aussteigen, sage ich. Schließen Sie den Wagen ab und kommen Sie mit!«

»Wohin?«

»Zur Wache. Ich werde ein Protokoll aufnehmen! Name?

»Gérard Armand.«

»Gé...« Hüppe holte tief Luft. »Ausländer?«

»Ja, Franzose.«

»Auch das noch! Kennt man in Frankreich keine Einbahnstraßen?«

»Ich hatte schon meinen Führerschein, als Sie noch in den Schulpausen onanierten!« schrie Armand aus dem Auto. »Ich denke nicht daran, mit Ihnen zur Wache zu gehen!«

»Das wollen wir mal sehen!« Hüppe griff zu seinem Funksprechgerät und rief die Polizeiwache an. »Hier Hüppe. Gustav? Komm mal mit 'nem Peterwagen zur Engelstraße. Hier ist einer in die

Einbahnstraße gefahren und weigert sich, auszusteigen und seine Papiere zu zeigen. Mit hundert Mark wollte er mich bestechen. Ja, so was gibt's. Ausländer...«

Dieses Reizwort zeigte Wirkung. Schon Minuten später war Polizeiwachtmeister Ackermann mit Blaulicht und heulender Sirene in der Engelstraße.

Er warf einen ersten abschätzenden Blick auf Armand und spürte sofort Abneigung gegen diesen Menschen. Ein feiner Pinkel, dazu noch Ausländer... die Typen kennt man! Kommen aus dem Milieu, haben ihre Pferdchen auf der Reeperbahn laufen, kassieren ab, leben wie die Made im Speck, bescheißen die Steuer und teilen unter sich den Hurenstrich auf. Nur eins paßt nicht in das Bild: das Auto, Opel Kadett, älteres Baujahr. Außerdem vermeiden die schweren Brüder jede Auseinandersetzung mit der Polizei, schon gar wegen eines Kavaliersdelikts. Irgend etwas stimmte hier nicht.

»Alkohol?« fragte Ackermann seinen Kollegen.

»Hab ich noch nicht kontrolliert.«

Ackermann holte ein Röhrchen und hielt es Armand hin. »Blasen!« sagte er im Befehlston. Armand schüttelte den Kopf.

»Ich blase nicht –«, sagte er. »Ich lasse blasen!«

»Sie weigern sich?«

»Ja.«

»Wir können Sie zwingen!«

»Ich werde mich wehren!«

»Da haben wir's«, konstatierte Hüppe. »Deshalb habe ich dich gerufen, Gustav. Also, hopp!«

Jetzt öffneten sie die Wagentür, packten Armand an der Schulter, zogen ihn von seinem Sitz und drehten ihm die Arme auf den Rücken. Dagegen war Armand wehrlos. Er biß die Zähne zusammen, ließ sich zum Peterwagen schleifen und hineinstoßen, und als er auf dem Rücksitz saß, neben sich den finsteren Hüppe, sah er wieder auf seine Armbanduhr. 9.22 Uhr. In einer halben Stunde würde Heßbach auf dem Podium sitzen, im hellen Scheinwerferlicht, ein ganz einfaches Ziel.

Statt dessen fahre ich jetzt auf ein deutsches Polizeirevier, dachte Armand wütend. Mein Gewehr liegt auf dem Hintersitz des zurückgelassenen Autos. Und alles, weil ich eine Einbahnstraße nicht beachtet habe. Das glaubt mir keiner, am wenigsten Dumoulin. Er wird mich einen Idioten nennen, und diesmal hat er sogar recht. Aber noch habe ich eine halbe Stunde Zeit. Ich werde alles tun, was man von mir verlangt. Und wenn ich vor den Polizisten zu Kreuze kriechen muß.

Armands Paß war in Ordnung, obwohl er aus einer Fälscherwerkstatt in San Francisco kam. Ackermann übernahm das Verhör und ließ ein Tonband mitlaufen, nicht ohne vorher gefragt zu haben, ob Armand damit einverstanden sei.

»Mir ist alles recht!« sagte Armand und blickte wieder nervös auf seine Uhr. »Nur machen Sie schnell...«

»Das Tempo bestimmen wir.«

»Ich habe eine dringende Verabredung!« sagte Armand versöhnlich.

»Wir nicht«, antwortete Ackermann forsch. »Folgen Sie uns freiwillig zum Amtsarzt?«

»Was soll ich denn da?«

»Alkoholtest.«

»Ich habe nichts getrunken.«

»Das sagen alle.« Ackermann zog das Kinn an. »Ich weise darauf hin, daß Widerstand Ihre Situation nur verschlimmert! Kommen Sie also freiwillig mit?«

«Wie lange dauert das?«

»So lange, wie es eben dauert...« Ackermann stand von seinem Stuhl auf und griff nach seiner Dienstmütze. »Drei Stunden... vier Stunden... der Arzt hat ja schließlich noch anderes zu tun.«

»Unmöglich.« Armand verschränkte die Finger ineinander, so daß man ein leises Knacken hörte.

»Bei uns ist alles möglich«, sagte Ackermann weise.

»Ich gestehe alles, was Sie wollen.

»Schon wieder eine Beleidigung und ein Bestechungsversuch!« rief Hüppe empört. »Sie sollen nicht gestehen, was wir wollen... Sie sollen die Wahrheit gestehen! Wollen Sie uns unterstellen, daß wir ein Geständnis erpressen?«

»Nie und nimmer! Ich will nur pünktlich zu meiner Verabredung.«

»Sie können Ihren Gesprächspartner anzurufen.« Ackermann zeigte auf das Telefon. »Sagen Sie ihm, daß Sie sich etwas verspäten werden.«

»Das geht nicht, er ist schon unterwegs.«

»Sie müssen doch einen Treffpunkt vereinbart haben...«

Armand erkannte, daß er in eine Sackgasse geraten war.

»Wir waren vor einem Restaurant verabredet. Wenn ich nicht komme, fährt er wieder weg.«

»Das haben Sie selbst verschuldet.« Ackermann zog seine Hose etwas höher. Er hatte einen kleinen Bauchansatz, und trotz Gürtel rutschte die Hose immer wieder ein Stück herunter. »Gehen wir, Herr Armand. Nach der Blutprobe machen wir das Protokoll fertig...«

Armand leistete keinen Widerstand mehr, auch nicht mit Worten. Nur sein Gesicht bekam einen verbissenen Ausdruck, und seine bisherige Abneigung gegen die Deutschen steigerte sich bis zum Haß. Sein einziger Trost war: Er wußte, daß Heßbach in Hamburg war. Die Konferenz kann ich nicht mehr verhindern, aber meinen Auftrag werde ich ausführen! Schon aus Prinzip: Ein Armand ist nie ein Verlierer. Es ist jetzt eine Ehrensache, Heßbach zu liquidieren. Ein Armand hat noch nie aufgegeben...

Es dauerte vier Stunden, bis Blutprobe und Vernehmung beendet waren. Hüppe brachte Armand zu seinem Wagen zurück und stoppte sogar die anderen Autos, damit Armand wenden konnte. Armand fuhr ins *Atlantic* zurück. Die Aktentasche lag noch auf dem Rücksitz, uninteressant für die Polizei. Wieviel komplizierter wäre alles geworden, hätten Ackermann und Hüppe das Schnellfeuergewehr entdeckt!

Ein wenig verbittert über die deutsche Polizei, aber doch voll Hoffnung, Heßbach ins Visier zu bekommen, saß Armand in der Bar des *Atlantic*, trank einen Cocktail und verzichtete bewußt darauf, im Fernsehen den Bericht von der Pressekonferenz anzusehen. Es war nichts mehr zu ändern und es hatte keinen Sinn, Geschehenem nachzutrauern.

Heßbach begann seinen Vortrag mit einer Schilderung der Ereignisse vor Teneriffa. Kein Detail seines Kampfs gegen den Reeder Bouto ließ er aus. Schon bei diesem Bericht wurde allen Zuhörern klar, daß Bouto alle Sicherheitsvorschriften ignoriert hatte, daß die *Maringo* ein verrosteter Kasten gewesen war, der eigentlich abgewrackt werden mußte, daß die Versicherung nach dem Untergang des Tankers einen Millionengewinn garantierte, ja, daß viele Reeder, die unter Billigflaggen fuhren, bewußt die ältesten Schiffe auf Fahrt schickten, um herauszuholen, was noch möglich war.

»Öl-Multis und die Reeder sind gegenüber den Umweltkatastrophen blind und taub«, sagte Heßbach in die Stille des Zeltes hinein. »Es gibt rund 3000 Großtanker, die jährlich 1,4 Milliarden Tonnen Rohöl von den Erzeugerländern zu den Verbrauchern kreuz und quer über die Weltmeere transportieren. Zwischen zwei bis sechs Millionen Tonnen dieser gefährlichen Fracht ergießen sich jedes Jahr in die Meere, nicht allein durch Unfälle, sondern weil Kapitäne auf hoher See ihre Tanks mit Meerwasser reinigen, Ölschlamm ablassen, undichte Stellen an den alten Schiffen nicht abgedichtet werden. Man sollte einmal sehen, was Kontrollflugzeuge im Bild festgehalten haben: Viele Tanker hinterlassen auf ihren Routen eine breite Ölspur! Wen wundert das, wenn man weiß, daß ein Großteil dieser Supertanker älter als fünfzehn Jahre sind? Ja, es gibt Tanker, die weit älter sind als 25 Jahre! Eine normale Wandstärke der Tanker soll 20 Millimeter Stahl betragen ... aber auf den Meeren fahren völlig durchgerostete Tanker, deren Wandstärke nur noch fünf Millimeter beträgt! Fünf Millimeter ... und in ihren Bunkern lagern 200 000 oder noch mehr Tonnen Öl! Die *Maringo* war so ein verrosteter Seelenverkäufer, und der Reeder Bouto hat es gewußt! Sie werden jetzt fragen: Warum lassen die Reeder solche Rostkähne überhaupt laufen? Warum chartern Öl-Gesellschaften diese Saurier der Meere?«

Heßbach holte tief Luft. Was er jetzt sagen würde, war ein ungeheuer heißes Eisen.

»Es gibt auf diese Frage keine bessere Antwort als den Satz aus einem Untersuchungsbericht eines großen deutschen Öl-Konzerns. Darin steht zu lesen: ›Die jüngste Vergangenheit hat gezeigt, daß Qualität und Sicherheit sich finanziell noch nicht auszahlen.‹ Im Klartext heißt das: Je billiger der Transport, desto höher der Gewinn. Daher das blühende Geschäft mit Billigflaggen.«

Und nun breitete Heßbach seine Erkenntnisse über das Geschäftsgebahren der Billigflaggen und der ihnen zuarbeitenden Heuergesellschaften aus. »Nur ein kleines Beispiel: Ein unausgebildeter Hilfsarbeiter von den Philippinen bekommt bei einem Billigflaggen-Reeder monatlich DM 640! Die deutsche Tarifheuer für einen ausgebildeten Matrosen beträgt dagegen DM 5040 brutto! Der Reeder aus Liberia oder Panama spart also pro Mann DM 4400! Hinzu kommen die niedrigen Steuern und die Einsparung bei Wartung und Reparatur der Schiffe. Ein Innenanstrich genügt, die Klassifikationsgesellschaft, die natürlich keinen Kunden verlieren will, stellt das Zertifikat aus und nimmt die Rostkähne ins Register.«

Heßbach holte neue Unterlagen aus den Papieren, die vor ihm auf dem Tisch lagen. Alle Fernsehkameras waren auf ihn gerichtet, die Fotografen knieten vor dem Podium, die Tonbänder der Reporter summten leise. Die Sensation war kaum zu überbieten: Hier sprach ein Mann, ein deutscher Kapitän, die ungeschminkte Wahrheit und machte sich damit in aller Welt die Öl-Multis, die Reeder, die Industriekartelle und die Politiker zu Feinden. Dies war ein Rundumschlag, der jeden traf.

»Ich bin gespannt«, sagte einer der Reporter leise zu seinem Nebenmann, »wie lange Heßbach das überlebt.«

»Sie glauben ...?«

»Aber sicher! Da gibt es Syndikate und Einzelpersonen, die sich solche Enthüllungen nicht werden gefallen lassen. Das alles ist für Heßbach eine Nummer zu groß! David gegen Goliath ... nur wird die Steinschleuder David diesmal nicht retten. Aber mehr als Steine kann auch Heßbach nicht schleudern.«

»Doch damit nicht genug«, fuhr Heßbach fort, »wenn ein Tanker nach 20 Jahren vorgeführt werden soll, vergessen die Reeder solche Termine grundsätzlich. Das Schiff, das schrottreif ist, wird nicht mehr zu Besichtigung gestellt, sondern wird in Fahrt gehalten, bis der voraussehbare Totalverlust eintritt. Es läuft auf, bricht auseinander oder versinkt einfach. Der Reeder aber hält die Hand auf, und die Kaskoversicherung zahlt. Das Geschäft ist perfekt, der Gewinn eingefahren. Und da Schiffe im Ballastzustand nicht so leicht untergehen, versinken diese Uraltschiffe auch fast immer mit voller Ladung. Die Ölpest ist da, der Ölteppich, das Sterben der Küsten und Meere, der Untergang des ökologischen Gleichgewichts, die Vernichtung der Lebewesen auf See und am Ufer. Und wer ist schuldig? Keiner! Es wird alles auf die ›höhere Gewalt‹ geschoben. Aber Gott zahlt keine Entschädigungen ...«

Heßbach machte eine Pause und griff nach dem Wasserglas auf dem Podium. Gemurmel erfüllte das Zelt.

In der ersten Reihe saßen Luise Bertram und ihre Eltern. Der alte Kapitän Bertram nagte an seiner kalten Pfeife – Rauchen war im Zelt streng verboten – und schüttelte mehrmals den Kopf.

»Was er da vorträgt, davon hatte ich keine Ahnung«, sagte er mit gerunzelter Stirn. »Das hat er mir wohlweislich verschwiegen. Das ist ein Affront gegen alle Reeder, natürlich auch gegen Dr. Wolffers. Ich glaube kaum, daß Wolffers ihn jetzt noch einstellen wird! Der Junge ist und bleibt unbelehrbar. Zu mir hat er nur gesagt, er wolle über die Gefahren für die Nordsee reden. Und was tut er? Er beleidigt alle Welt!«

»Aber wenn er recht hat...?« warf Frau Bertram ein.

»Hat er eben nicht. Die Kapitäne und Offiziere, die ich kenne, haben alle eine hervorragende Ausbildung und haben ihre Patente nicht in Südamerika gekauft.«

»Du hast ja auch nur Schiffe unter dem ersten Register gefahren, die durch den Germanischen Lloyd abgenommen worden waren. Du hast nie ein Billigflaggenschiff gehabt.«

»Aber ich kenne eine Menge Kapitäne, die unter dem zweiten Register fahren. Alles tadellose Kerle!«

»Bis heute hast du immer über die Billigflaggen geschimpft und sie verteufelt!« sagte Luise. »Und auf einmal, nur, weil Lothar alles schonungslos aufdeckt, ist alles anders...?«

»Er verallgemeinert... da liegt die Gefahr. Auch deutsche Reeder haben Schiffe unter dem zweiten Register mit qualifizierten Mannschaften und Offizieren fahren.«

»Und warum haben sie dann aus Deutschland ausgeflaggt?«

»Aus Kostengründen.«

»Also hat Lothar doch recht!« Luise klatschte in die Hände, als Heßbach sich wieder zum Mikrofon beugte. Er blickte hinunter zu den Bertrams und nickte ihnen zu. »Es geht nur um den Profit!«

Das Gemurmel im Zelt erstarb, alle starrten wieder zu Heßbach.

»Das war nur ein grober Überblick über die Gefahren, denen die Weltmeere ausgesetzt sind. Kommen wir jetzt zu einem Gebiet, das uns besonders am Herzen liegt: die Nordsee. Was hier gesündigt wurde und wird, welche Gleichgültigkeit hier um sich gegriffen hat, wie butterweich sogar unsere Politiker in Bonn reagieren, das ist ein Skandal. Auf der meistbefahrenen Schiffsroute der Welt, der Deutschen Bucht, geschehen jedes Jahr Dinge, von denen bis auf ein paar

Experten in den verschiedenen Ämtern, Verbänden, Organisationen und Naturschutzbünden kaum einer etwas erfährt.«

Auf der großen Leinwand neben der Tribüne erschienen Zahlenkolonnen, die ein Bild von der Menge der größeren und kleineren Unfälle und Fastunfälle gaben.

»Dies ist aber nur die Spitze eines Eisberges! Der schwimmende Tod, wie er durch den total manövrierunfähigen Tanker *Unico II* auf unsere Küste zukam, war ein Warnsignal, das nicht ungehört verhallen darf: So geht es nicht weiter! Das Bild, was passiert wäre, wenn die *Unico* auseinandergebrochen wäre und 100 000 Tonnen Öl auf uns zugetrieben wären, übertrifft alles Vorstellungsvermögen. Das Schiff, das von einer Klassifikationsgesellschaft in Panama ins Register genommen wurde, war schrottreif. Es ist ein offenes Geheimnis, daß Reeder der Billigflaggen Sicherheitsvorschriften durch Schmiergelder umgehen. Auch im Falle eines Untergangs der *Unico* hätte es keinen Schuldigen gegeben. Der Kapitän ist gestorben, der Reeder sitzt in Panama, und sein größter Ärger ist, daß sein Tankerfossil nicht untergegangen ist, sondern gerettet wurde und nun in Hamburg an der Kette liegt.« Heßbach holte tief Atem. »Es gibt einen ganzen Katalog von Sofortmaßnahmen, die nötig sind, um die Nordsee zu retten. Da nützt es auch nichts, wenn man alle Warnungen als billige Panikmache hinstellt, die Umweltorganisationen lächerlich machen will, Politiker, Interessenvertreter von Industrie und Landwirtschaft und sogar Beamte der Seeämter – die es besser wissen müßten – Dementis verbreiten – die Nordsee wird in absehbarer Zeit ein biologisch totes Meer sein! Wie man die Probleme zur Seite schieben will, hat der stellvertretende Kurdirektor von Westerland vorgeführt: Vor Presse und Fernsehen nahm er demonstrativ einen kräftigen Schluck Meerwasser zu sich, um zu beweisen, daß das Baden in der Nordsee unbedenklich sei. Doch Badewassergüte und die ökologische Überlebensfähigkeit sind völlig verschiedene Dinge. Der Schluck von Westerland ging damals um die ganze Welt, dafür sorgten Presse und Fernsehen! Kommentarlos! Und die Politiker schliefen beruhigt weiter ... Sie tun es bis jetzt. Was bei allen Konferenzen herauskommt, sind Empfehlungen, aber keine Gesetze. Und erst kürzlich hat die Bundesregierung ein Abkommen unterzeichnet, daß diese Rostkähne bis zum Jahre 2005 ohne besondere Sicherheitsvorkehrungen fahren können.

Erst dann wolle man Doppelböden und Zweitmaschinen vorschreiben! Bis zum Jahre 2005 ...«

Heßbach gab dem Mann am Projektor ein Zeichen und holte neue Papiere heran. Mit Hilfe eines Gutachtens demonstrierte er nun die verschiedenen Ursachen für Tankerunglücke. Seine Ausführungen verdeutlichten, daß in den meisten Fällen grobe Fahrlässigkeit mit im Spiel ist.

In der Mitte des Zeltes erhob sich ein Reporter.

»Warum«, rief er, so laut er konnte, »geschieht nichts, wenn man das alles weiß? Wo bleibt die Verantwortung der Regierungen? Warum werden gesetzliche Regelungen verhindert oder verschoben?«

»Richten Sie diese Frage an Bonn und an die anderen Regierungen, die zuerst ihre nationalen Interessen wahrnehmen, denn diese Interessen werden von der Industrie diktiert, immer mit der gleichen Drohung: Massenentlassungen, wenn es zu staatlichen Behinderungen kommt.«

»Sauerei!« brüllte jemand aus der Menge.

»Ich könnte Ihnen noch weitere Beispiele bringen, aber ich weiß, daß mein Vortrag sowieso schon zu lang ist, und viele von Ihnen sehnen sich sicher nach einem kühlen Bier. Wer gehen will ... ich nehme es ihm nicht übel! Ich hätte jetzt auch gerne ein Pils.«

Lachen im Zelt, aber niemand stand auf. Heßbach registrierte es mit Begeisterung: Ich habe sie überzeugt. Ich habe ihren Nerv getroffen. Was sie heute hier erleben, werden sie nicht vergessen. Denn das ist das Rätselhafte am Menschen: Er vergißt zu schnell. Heute aber erkennt er, daß es nicht nur um ihn, sondern um seine Kinder und Enkel und weitere Generationen geht.

»Fahren wir fort«, sagte er und blickte hinunter zu Luise, die ihm stumm zuklatschte. Der alte Bertram biß grimmig auf seinem Pfeifenmundstück herum.

Im letzten Teil seines Vortrags ging Heßbach nun auf Sicherheitsmaßnahmen und -vorschriften ein und gab einen Überblick über die technischen Möglichkeiten des Schiffbaus. Dabei hielt er auch nicht mit der Tatsache hinterm Berg, daß die immer wieder geforderte generelle Doppelwandung von Öltankern noch lange keine zufriedenstellende Lösung des Problems darstellte. Es stimme zwar, daß ein doppelwandiger Tanker nicht so leicht leckschlagen werde, aber im Falle einer Kollision garantiere eine Doppelwandung kaum zusätzliche Sicherheit. Ein solches Schiff laufe nur langsamer aus.

Im Zelt hielt die Unruhe an. Helfer der Umweltorganisationen liefen mit Mikrofonen durch die Reihen. Heßbach ermunterte die Zuhörer zu Zwischenfragen.

»Gerade die Forderung nach doppelwandigen Schiffen ist doch eine Grundvoraussetzung der Tankersicherheit!« sagte ein Reporter. »Wenn eine Doppelwandung so wenig zusätzliche Sicherheit bedeutet, was soll denn dann geschehen?«

»Der neueste Vorschlag ist, die Schiffstanks in kleinere Parzellen aufzuteilen und gut abzuschotten. Bei Unfällen würde dann weniger Öl auslaufen. Aber das kostet Geld, die Baukosten würden sich erhöhen.«

»Und das würde natürlich das Öl weiter verteuern!« rief jemand.

»Wenn wir alle für unser Benzin drei bis fünf Pfennig mehr bezahlen würden, könnte man sicherere Tanker bauen.«

»Immer die Autofahrer!« schrie ein Journalist. Brausender Beifall bestärkte ihn. »Sie werden von allen gemolken: von der Steuer, von der Öl-Industrie, von den KFZ-Herstellern. Und alle übrigen Beteiligten bekommen ihren Gewinn zusätzlich vergoldet.«

Donnernder Beifall. Auch der alte Bertram klatschte in seine dicken Hände. Heßbach blickte zu ihm hinunter und schüttelte den Kopf. Du alter Narr, dachte er. Drei Pfennig mehr pro Liter Benzin sind dir zuviel . . . aber die Kosten für die Behebung der angerichteten Schäden geht schon heute in Milliardenhöhe.

»Gibt es noch andere Verbesserungsvorschläge?« rief ein anderer Reporter. »Von Unglücken haben wir nun genug gehört.«

»Es gibt viele Ansätze!« antwortete Heßbach. »Aber augenblicklich werden die Maßnahmen an allen Fronten weniger als halbherzig vorangetrieben. Wenn das so weitergeht, werden die Meere tot sein, ehe auch eine der Verbesserungsmaßnahmen Wirkung zeigen kann. Dabei können wir immer nur eine Verminderung der Zahl der Tankerunfälle erreichen. Denn solange diese Ölriesen auf unseren Meeren fahren, solange der Schiffsbau nicht absolut sichere Schiffe konstruiert – was gar nicht möglich ist –, solange wird es immer wieder Tankerunfälle geben, durch menschliches Versagen, durch sogenannte ›höhere Gewalt‹ und Materialfehler. Ich wiederhole: Es wird immer Tankerunglücke geben, und es werden immer

Millionen Tonnen Öl in die Meere fließen, denn der Energiebedarf wächst von Jahr zu Jahr. Aber gibt es dazu eine Alternative?«

Ratlosigkeit machte sich breit.

»So wie es augenblicklich aussieht, bleiben uns kaum mehr als vorsorgende Maßnahmen, um das Schlimmste zu verhindern. Fest steht, daß auf allen Stufen die Kontrollen verschärft werden müssen, um vor allem unseriösen Klassifikationsgesellschaften das Handwerk zu legen. Und um in Zukunft der Vertuschung von Verantwortlichkeiten vorzugreifen, sollte ein genauer international gültiger Aktionsplan ausgearbeitet werden, der das Vorgehen bei Schiffahrtsunglücken festschreibt.«

»Wumm! Das saß!« sagte der alte Bertram. »Jetzt wird man nicht nur meinen Schwiegersohn, sondern auch diejenigen in die Mangel nehmen, die ihm das Zahlenmaterial geliefert haben. Glaubt nicht, daß die Reeder das wortlos hinnehmen! Ich bin auf die nächsten Wochen gespannt.« Er steckte seine Pfeife in die Rocktasche. »Gehn wir. Wir haben jetzt drei Stunden hier gesessen, und was ist dabei herausgekommen? Große Worte, Anklagen, Statistiken – Kanonenschüsse zum Mond, den sie nie erreichen. Es wird sich nichts ändern! Wie auch?«

Der alte Bertram stand auf, verzichtete auf die sich anschließende Diskussion und verließ das Zelt. Seine Frau folgte ihm gehorsam, aber Luise blieb sitzen und nickte Heßbach ermunternd zu. Mach weiter, Lieblig, hieß das, laß dich nicht unterkriegen. Endlich hat jemand die Wahrheit gesagt, vor der Weltöffentlichkeit und nicht verschämt in Fachblättern. Mach weiter ... mach weiter ... und wenn du jetzt ein Heer von Feinden hast, du bist stark, Lothar, stärker als alle anderen. Ich will zu dir stehen.

Heßbach blickte zu ihr hinunter und nickte zurück. Er war erschöpft und heiser und sehnte sich jetzt wirklich nach einem Bier. Aber die Konferenz ging weiter. Zuviel Fragen standen im Raum.

Zuerst erhob sich Irmgard Kammer und griff nach einem Mikrofon. Irmgard Kammer, Abgesandte von Greenpeace, war allen Reportern bekannt. Sie war selbst mit einem Schlauchboot vor einem Verklappungsschiff geschwommen und von den Wasserkanonen des Frachters verjagt worden.

»Greenpeace warnt schon lange vor den Tankerhavarien«, sagte sie, »denn bei dem derzeitigen Zustand der Schiffe sind Unglücke fest vorprogrammiert. Drei von vier Supertankern sind schrottreif...«

»Das haben wir schon gehört!« rief ein Reporter ihr zu. »Kauen Sie nicht alles wieder! Meckern kann jeder. Kommen Sie mal mit Lösungsvorschlägen.«

»Greenpeace hat oft darauf hingewiesen, jedoch ohne Erfolg!« Irmgard Kammers helle Stimme tönte durch das Zelt. »Der schleichende Ökozid, der uns alle einmal vernichten wird, ist im Grunde eine Folge unserer Rohstoffgier. Großzügig verpulvern die Bewohner der Industrienationen fossile Brennstoffe. Durch das Verfeuern von Öl, Kohle und Gas aber steigt die Kohlendioxid-Konzentration in die Atmosphäre. Und damit steigt auch die Temperatur im Treibhaus Erde. Wir vergrößern das Ozonloch von Jahr zu Jahr. Wenn wir den Lebensraum Meer – und davon reden wir jetzt – retten wollen, dann hilft nur eins: weniger Energie verbrauchen und vermehrt regenerative Energiequellen wie Sonne, Wind und Wasser nutzen.«

»Zurück zum Neandertaler!« schrie jemand. Das Zelt bebte vor Lachen. Aber Irmgard Kammer, Reaktionen dieser Art gewöhnt, ließ sich nicht beirren. Sie sprach weiter:

»Deshalb fordert Greenpeace: Unsichere Tanker sofort von den Meeren verbannen und unbegrenzte Haftpflicht für Umweltschäden. Keine weitere Öl- und Gasförderung in ökologisch sensiblen Gebieten, wie etwa das Wattenmeer. Keine Öltransporte durch schützenswerte Regionen. Nutzung aller sparsamen Energiepotentiale. Weg von fossilen Energieträgern und hin zu regenerativen Energien wie Sonne, Wind und Wasser. Das wäre ein Weg, wenn auch ein mühsamer und zur Zeit noch langsamer.«

Die Diskussion dauerte noch eine Stunde. Dann löste Heßbach die Konferenz auf. Luise fuhr ihn nach Hause, in das Haus der Bertrams. Im Blitzlichtgewitter der Fotografen lächelte Heßbach müde und machte mit der rechten Hand das Siegeszeichen. Fragen winkte er ab. »Ich habe alles gesagt, was ich weiß!« erklärte er in die hingehaltenen Mikrofone. »War das nicht genug? Man sollte darüber nachdenken.«

Der alte Kapitän erwartete ihn mit einer Flasche Kognak. Frau Bertram stand in der Küche und begoß einen Kaninchenbraten.

Dazu gab es Rotkraut mit Äpfeln und Kartoffelklöße. Es roch verführerisch.

Gérard Armand hatte sich am nächsten Morgen im *Atlantic* das Frühstück aufs Zimmer bringen lassen, inklusive einer halben Flasche Champagner – für den Kreislauf – und sämtlichen verfügbaren Zeitungen. Während er mit großem Genuß einen Toast mit Schinken und Spiegelei aß und den starken Kaffee schlürfte, las er die Berichte über die gestrige Pressekonferenz. Die Fotos zeigten Lothar Heßbach in voller Aktion. Die Zeitungsberichte verdeutlichen noch einmal die vorgetragenen Mißstände. Aber das alles interessierte Armand herzlich wenig. Viel informativer für ihn war ein Bild, das Heßbach mit einer hübschen jungen Frau vor einem Auto zeigte und die Unterschrift: Kapitän Heßbach und seine Braut Luise Bertram, die ihn nach der Mammutsitzung in das Haus seiner Schwiegereltern brachte.

Zufrieden mit sich und der Welt, schmiß Armand die anderen Zeitungen auf die Couch, riß das Foto heraus und steckte es in seine Brieftasche. Dann warf er einen geradezu liebevollen Blick auf die Aktentasche mit dem Schnellfeuergewehr, die am Fußende des Bettes stand.

»Jetzt haben wir ihn«, sagte er, als spräche er mit dem Gewehr. »Mein Kätzchen, ich bin schon übermorgen wieder bei dir auf Fuerteventura. Nur eine kleine Verzögerung durch zwei übereifrige deutsche Polizisten.«

Nachdem er das Frühstück genußvoll beendet hatte, holte Armand das Telefonbuch. Es gab vier Bertrams und nur einen Kapitän a. D. Das muß er sein, sagte sich Armand, schrieb sich den Straßennamen auf und blätterte in dem Stadtplan von Hamburg und Umgebung. Es mußte eine schöne Gegend sein, in unmittelbarer Umgebung war ein Wäldchen eingezeichnet und ein kleiner See. Ideale Tarnung!

Armand beschloß, sich eine todschicke Badehose zu kaufen.

Das Haus der Bertrams lag etwas zurück von der Straße. Ein Vorgarten mit Zypressen, Holunder- und Kamelienbüschen, winterharten Pinien und Hochstammrosen ließ die Erinnerung an südliche Gefilde aufkommen. Der weißlackierte Zaun und das geschwungene Gartentor trugen das ihre zu dem Bild bei. Dieser Vorgarten und vor allem der größere Garten hinter dem Haus mit einigen Kirsch- und Apfelbäumen war der ganze Stolz des alten Bertram. Er hatte die mediterranen Bäume, Büsche und Pflanzen von seinen Reisen mitgebracht. Im Alter wollte er hier im Norden auch ein Stück Süden haben, so pflanzte er Baum um Baum, besaß den anerkannt schönsten Garten in der Gegend, aber pflegen mußte ihn in erster Linie seine Frau, denn der Kapitän war ja über sieben Monate im Jahr auf See.

Jetzt aber sah man den alten Bertram bei jedem Wetter in seinem Garten. Im hinteren Teil des Gartens hatte er sogar einen Grill und – sehr zum Kummer der Nachbarn – eine Räucherkammer gebaut. Hier wurden Heringe, Makrelen und Lachse veredelt, und die Nachbarn hielten nur deshalb still, weil der alte Bertram sie regelmäßig mit seinen Köstlichkeiten versorgte.

Armand fuhr viermal an dem schmucken Haus vorbei und inspizierte das Gelände. Schließlich parkte er an dem kleinen See, holte die Aktentasche vom Hintersitz und bummelte durch die Wiesen bis zum hinteren Gartenzaun der Bertrams. Die Räucherkammer – eine Art Blockhaus, das aus einem Vorraum und dem eigentlichen Räucherofen bestand – bot ihm hervorragenden Schutz. Er blieb einige Zeit hinter der Hüttenwand und beobachtete die Gartenseite des Hauses mit der kleinen, von einer Markise überspannten Terrasse. Es war alles still. Anscheinend waren die Bertrams in die Stadt gefahren, denn die Terrassentür war geschlossen.

Armand kletterte über den Zaun und verschwand in der Hütte. Im Vorraum lagen Reisig und Holzscheite, an einer langen Schnur hingen noch geräucherte Makrelen und Lachsforellen. Armand widerstand der Versuchung, eine der Forellen mit den Fingern zu zerteilen und zu essen. Er spähte durch einen Spalt in der Tür und nickte zufrieden.

Die Terrasse lag genau im Blickfeld und exakt in der Schußlinie, wenn man das Gewehr durch diesen Spalt schob. Man brauchte also nur zu warten, bis Heßbach unter die Markise trat. Er war die Zielscheibe. Man konnte ihn einfach nicht verfehlen. Ein so hervorragender Schütze wie Armand war hiermit beleidigend unterfordert.

Armand schlüpfte wieder aus der Hütte, stieg über den Zaun und bemerkte erst jetzt, daß drei Meter weiter ein kleines Tor im Zaun war, nur durch einen Kippriegel geschlossen gehalten. Der Fluchtweg war also noch einfacher geworden. Zielen, Finger krümmen, Schuß, ab durch das Gatter, hinüber zum See, Gewehr verstecken, sich an den See legen, harmlosen Touristen spielen. Vor allem Ruhe bewahren, bleiben, sich sonnen ... Dem Naiven wird immer Glauben geschenkt.

Armand ging zum See, ließ sich vor einem hohen Busch nieder und setzte sein Gewehr zusammen. Danach blickte er auf die Uhr, begann zu rechnen und kam zu dem Ergebnis, daß er am späten Abend schon wieder in Madrid sein konnte. Wenn er bis Mittag Heßbach abgeknipst hatte – wie er es nannte –, war es kein Problem, die letzte Maschine nach Madrid zu erreichen. Gelang es bis Mittag nicht, bleib immer noch der kleine Umweg über Zürich oder Amsterdam. Nur weg aus Deutschland, wo das falsche Befahren einer Einbahnstraße wie ein Kapitalverbrechen behandelt wurde. Herausgekommen war am Ende nichts ... ein Protokoll, eine Rechtsbelehrung, vier verlorene Stunden, kein Alkohol im Blut und eine Ordnungsstrafe von hundert Mark. Beim Verlassen des Polizeireviers verkniff sich Armand die Bemerkung, das sei alles nicht nötig gewesen, er habe ja dem Polizisten Hüppe bereits auf der Straße hundert Mark angeboten.

Armand blieb eine Stunde an dem kleinen See und ging dann zurück zum Haus. Erfreut sah er, daß die Terrassentür offen stand und Heßbachs Braut drei Gartenstühle mit gelb-weiß-gestreiften Polstern zurechtrückte. Der alte Bertram erschien mit rauchender Pfeife, setzte sich in einen der Stühle und blätterte in den Zeitungen. Armand hatte sein Gewehr mit dem Schalldämpfer bereits im Anschlag und nahm die Terrassentür ins Visier. Man würde nichts hören, das leise Plopp würde von dem fröhlichen Vogelgezwitscher übertönt werden; Heßbach würde zum Erstaunen von Vater und Tochter umfallen, und bevor diese das Einschußloch in der Stirn entdeckten, war Armand schon längst wieder auf dem Weg zum See. So einfach war das.

Armand ließ das Gewehr ein wenig schwenken und erfreute sich an dem Spielchen: Er hatte den alten Bertram im Fadenkreuz, ein großflächiges Gesicht, geradezu ideal für einen Kopfschuß. Ein kleiner Schwenk ... Luises schmales, hübsches Gesicht mit den blonden Locken war schon schwerer zu treffen, aber für Armand auch kein Problem. Bei ihr ist ein genau plazierter Herzschuß besser, dachte er fachmännisch. Schade, sie hat eine so schöne süße Brust, die nachher so häßlich aussehen wird. Aber du bist ja nicht das Ziel, Luise; du kannst noch manchen Mann an deine runden Brüste lassen, wenn Heßbach im Kistchen unter der Erde liegt.

Im Inneren des Hauses bewegte sich etwas, ein großer Schatten. Armand drückte den Kolben fest in seine Schulterbeuge. Im Fadenkreuz tauchte der Kopf auf, den er tagelang studiert hatte.

Heßbach trat auf die Terrasse. Er lachte, hatte in der linken Hand eine Kaffeekanne und in der rechten einen Teller mit Kuchen. Ostkuchen. Kirschen mit Sahne.

Armands Gesicht hatte sich verändert. Es war jetzt kantig geworden, wie versteinert, erstarrt in der absoluten Konzentration. Sein Zeigefinger am Abzug krümmte sich langsam, er hielt den Atem an, um nicht einen Millimeter zu verwackeln. Sieh mich an, dachte er. Lothar Heßbach, sieh mich an ... Ich will keinen Schläfenschuß, ich will deine Stirn! Dreh den Kopf rum, du Scheißkerl!

Doch in diesem Augenblick betrat Willi die Bühne. Willi, ein roter Kater, der nie gelernt hatte zu gehorchen, aber sonst von unglaublicher Zärtlichkeit und Anschmiegsamkeit war. Vor allem Luise war seine Auserwählte, und so war es verständlich, daß von dem Augenblick an, da Lothar Heßbach im Hause erschien, Willi betrachtete ihn als einen gefährlichen Nebenbuhler.

Nun sah Willi den Moment für gekommen, seinem Feind Lothar zu zeigen, daß man immer mit ihm rechnen mußte. Mit einem eleganten Satz schnellte er hoch, Ziel der Kuchenteller, prallte gegen Heßbachs Brust und ließ ihn seitwärts taumeln. Und dies genau in der Sekunde, in der Armand abdrückte und es leise plopp machte. Zum ersten Mal in seinem Leben ging ein Schuß daneben. Heßbach spürte, wie etwas knapp an seinem Kopf vorbeizischte und dann in die Hauswand schlug.

»Hinlegen!« brüllte er, ließ Teller und Kanne fallen und riß Luise mit sich auf den Boden. Der alte Bertram blieb sitzen und starrte verständnislos auf das junge Paar.

»Was ... was ist denn los?« stotterte er. »Nun haben wir keinen Kirschkuchen mehr.«

Die Verwirrung nutzte Armand aus, um blitzschnell zu verschwinden, durch das Gatter zu stürzen und geduckt davonzulaufen. Erst am See hielt er an, warf das Gewehr ins Gras, und ließ sich auf den Boden fallen.

Ich habe ihn verfehlt, schrie es in ihm. Ich habe daneben geschossen! Ein Gérard Armand trifft nicht mehr! Wer bin ich denn noch? Wer bin ich? Ich habe eine Stirn vor mir und schieße daneben. Ich habe zum ersten Mal versagt ...

Er ließ sich nach hinten ins Gras fallen, schloß die Augen, krallte die Finger in den weichen Boden – und weinte.

Togo

Die Untersuchungen der Kriminalpolizei ergaben nichts.

Sie traf zwar schon eine Stunde nach dem Anruf des alten Bertram ein, kratzte das Projektil aus der Mauer, vermaß die Schußrichtung, erkannte, daß der Schütze im Räucherhaus gewesen sein mußte und dann in den nahen Wald geflüchtet war, aber mehr war nicht herauszubekommen. Keine Fußspuren, kein Hinweis, vor allem kein Motiv. Was der alte Bertram und auch Heßbach dachten, verschwiegen sie. Für die Kriminalpolizei wäre der Verdacht zu abenteuerlich gewesen und vor allem nicht beweisbar. Einen Grund, auf Heßbach einen bezahlten Killer anzusetzen?!

»Da haben wir's«, sagte der alte Bertram, als habe er alles im voraus gewußt. Luise saß kreidebleich auf der Couch, und Frau Bertram weinte stumm in ihr Taschentuch, was den Alten aufregte. Heßbach lief in dem Zimmer hin und her. Die Kratzer von Willi an seiner rechten Hand brannten ein wenig, doch das nahm er gern in Kauf. Ja, er hatte sogar überschwenglich mit dem Kater Freundschaft geschlossen. »Du bist mein Lebensretter!« hatte Heßbach gerufen und das Tier in seine Arme geschlossen.

»Das war die Quittung für gestern Vormittag. Erstaunlich – sie arbeiten schnell. Es war ein Fehlschlag, aber wie heißt es so schön bei Wilhelm Busch: ›Dieses war der erste Streich, doch der zweite folgt sogleich‹.«

»Du glaubst, daß sie noch mal auf Lothar schießen werden?« schrie Luise auf.

»Ich fürchte es. Er hat sich Feinde gemacht, die keine Skrupel kennen.« Der alte Bertram klopfte mit der erloschenen Pfeife auf den Tisch. »Eins ist klar: Er kann nicht hier bleiben! Hier im Haus ist er nicht mehr sicher!«

»Genau das wollte ich gerade sagen, Vater.« Heßbach unterbrach seine unruhige Wanderung durch das Zimmer. »Ich muß verschwinden . . .«

»Verschwinden? Wohin?« Luise streckte beide Hände nach ihm aus. »Wo du dich auch versteckst, ich komme mit. Ich bleibe bei dir.«

»Das wäre der größte Blödsinn!« Der alte Bertram hieb mit der flachen Hand auf den Tisch. »Ein einzelner Mann kann eine Zeitlang verschwinden, mit einer Frau fällt er überall auf. Außerdem ist sie ein Klotz am Bein.«

»Ich liebe ihn, Vater!« jammerte Luise und sprang auf. »Ich lasse ihn nicht allein!«

»Noch weiß ich nicht, wo ich mich verkriechen soll.«

»Die Welt ist groß.« Der alte Bertram blickte hinaus in seinen Garten. »Weit weg... dort, wo dich keiner sucht. Dieser Schuß war ein unmittelbarer Racheakt. In ein paar Monaten, wenn die Lobby der Beleidigten das schief geratene Bild wieder zurechtgerückt hat, hat sich auch ihre Wut wieder gelegt. Die Masse vergißt schnell, Politiker und Industrie ziehen den Mantel des Schweigens über alles, und die Reeder werden sich weiter über ihre vollen Frachtbücher beugen. Dann kann auch Lothar wieder zurückkommen. Er ist von seinen Feinden zu einer Null hinabgeschraubt worden. Nullen aber killt man nicht. Das ist den Killerlohn nicht wert.«

»Du sprichst, als wenn du nur noch Kriminalromane liest!« sagte Heßbach aufgeregt. »Ja, ich muß untertauchen. Vielleicht am Südpol?«

»Zu kalt... und schon zu überlaufen.« Der alte Bertram entwikkelte sogar Humor in einer Situation, in der es um Leben und Tod ging. »Aber mir kommt da ein Gedanke. Er ist verrückt, aber das Verrückteste kann manchmal das Beste sein. Ihr kennt doch Theodor?«

»Theodor?«

»Theodor Rademacher. Mein Schwager. Der Mann meiner jüngsten Schwester.«

»Onkel Theodor?« Luise sah ihren Vater groß an. »Wie soll der denn helfen?«

»Schwager Theodor ist Professor für Agrarwissenschaft. Eine Kapazität, wißt Ihr.«

»Soll Lothar sich in einer landwirtschaftlichen Versuchsanstalt verstecken?«

»Blödsinn! Theodor ist Berater einer Reihe von Entwicklungsländern. So hat er zum Beispiel zusammen mit einem Dr. Franz Frisenius ein Institut in Togo aufgebaut.«

»Togo?« fragte Heßbach gedehnt. »Afrika?«

»Was denn sonst? Theodor kennt den Präsidenten des Landes gut, die Minister, den Erzbischof, eine Menge Leute, die weiterhelfen könnten. Außerdem ist Dr. Frisenius seit drei Jahren in Lomé und hat in der Provinz Dapaong eine große Musterfarm gegründet. Dapaong liegt im Norden des Landes. Wer da hinkommt, läßt sich erst vom Bischof segnen.« Der alte Bertram bekam plötzlich blitzende Augen. »Das ist die Lösung! Dapaong! In der Savanne sucht dich bestimmt kein Reeder oder Industrieboß.«

»Du bist verrückt, Vater! Total verrückt!« rief Luise. Es war das erste Mal, daß sie solche Worte gegen ihren Vater gebrauchte.

»Und außerdem gibt es da einen besonderen Tamariskenstrauch, den kannst du mir bei deiner Rückkehr mitbringen. Der fehlt mir noch.«

»Togo? Nie! Nie, Vater! Das ist doch Wahnsinn!«

»Unsinn! Togo ist ein schönes Land, sagt Theodor. Es hat für den Aufbau dort mehr getan als für viele andere afrikanische Länder. Außerdem war es vor dem Ersten Weltkrieg deutsche Kolonie.«

»Was Vater sagt, stimmt«, mischte sich Heßbach ein.

»Es stimmt immer alles, was ich sage!«

»Und auf Togo kommt auch der raffinierteste Killer nicht.« Heßbach nahm Luise bei den Händen. »Es sind ja nur ein paar Monate. Stell dir vor, ich wäre auf See...«

»Ich laß dich nicht allein! Ich komme mit nach Togo.«

»Erst müssen wir mal mit Theodor sprechen.«

Theodor Rademacher meinte nach geduldigem Anhören der Sachlage nur kurz und knapp: »Den Jungen bringen wir in Sicherheit. Da ist Togo genau richtig. Ihr habt unverschämtes Glück. Übermorgen fliegt eine Gruppe Wissenschaftler nach Paris und dann weiter nach Lomé. Ich werde sofort dafür sorgen, daß dein Schwiegersohn sich der Delegation anschließen kann und einen Platz in der Maschine bekommt. Er soll schon die Koffer packen.«

In den anderthalb Tagen bis zum Abflug nach Paris war im Hause Bertram die Hölle los. Luise weinte ohne Unterlaß, ihre Mutter beschimpfte ihren Mann als herzlosen Klotz, Heßbach versuchte vergeblich zu trösten und zu vermitteln, und der alte Bertram rannte im Haus herum, brüllte, warum er überhaupt geheiratet hätte, er hätte wissen müssen, daß Weiber nur eine Belastung seien, immer im Weg ständen und nie die Realität begriffen. Am Ende waren alle erschöpft und friedlich, als Luise, ihre Mutter und der Alte Lothar zum Flugplatz brachten und ihm an der Sperre nachwinkten. Und daher achteten sie nicht auf den eleganten Herrn, der in ihrer Nähe stand und auch jemandem zuzuwinken schien.

Der Bluthund hatte die Fährte nicht verloren: Gérard Armand sah mit Zufriedenheit, daß Heßbach Deutschland verließ. Wohin er jetzt auch flog... Der zweite Schuß würde nicht daneben gehen.

Als die Delegation durch den Zoll verschwunden war, trat Armand an den alten Bertram heran und lüftete höflich seinen weißen Hut. »*Pardon, Monsieur*«, sagte er mit einer warmen, sympathischen Stimme, »die Herren, die da eben hineingingen, waren die nicht vom Olympischen Komitee?«

»Nein, das waren Agrarwissenschaftler«, antwortete Bertram ahnungslos. Einem so höflichen, eleganten Herrn gibt man gern Auskunft.

»Stimmt! Ich habe davon gelesen. Sie wollen sich um den Urwald von Brasilien kümmern.«

»Nein, sie fliegen nach Lomé.«

»Lomé?«

»Die Hauptstadt von Togo.«

»Nein, wie man sich irren kann! Es sind ja jetzt so viele Delegationen unterwegs, man kennt sich kaum noch aus. Ich bedanke mich. *Mesdames*...«

Er blickte Luise geradezu unverfroren an und dachte sich dabei, daß sie Witwe sein würde, noch bevor sie geheiratet hatte. Ein blondes Püppchen. Leider habe ich keine Zeit, sie später zu trösten.

Armand verließ den Flughafen, fuhr zurück ins Hotel *Atlantic*, buchte über die Rezeption für den kommenden Tag einen Flug Paris – Lomé, aß zu Mittag im Grill ein knuspriges Täubchen mit Bordeauxsoße und Kartoffelschnee, trank eine halbe Flasche Petrus, Jahrgang 1989, und ließ sich vom Portier diskret beraten, wo es einen Privatclub gäbe, in dem es besonders schweinisch zuging. Morgen brauchte er keine ruhige Hand.

Am nächsten Tag saß er im Air France-Jumbo, der nach Togo flog. In der ersten Klasse war er fast allein, nur vier Männer aalten sich in den breiten Sesseln. Ein Inder, ein Franzose und zwei Schwarze. Die Stewardeß, eine kecke Französin, servierte noch vor dem Start Champagner.

»Fliegen Sie gleich wieder zurück nach Paris?« fragte Armand mit seinem ganzen Charme.

»Nein, ich habe in Lomé zwei Tage frei, Monsieur.«

»Das trifft sich gut.« Armand lächelte hinreißend. »Auch ich habe in Lomé zwei freie Tage. Man sollte sie nicht an Nutzloses verschwenden...«

Die Stewardeß reagierte nicht. Aber als sie zurück zur Bordküche ging, wiegte sie sich in den Hüften und ließ den Hintern wakkeln.

Armand war sich sicher, auch in Togo nicht einsam zu sein.

Die Delegation wurde auf dem Flughafen Lomé von Dr. Franz Frisenius empfangen. Theodor Rademacher hatte Heßbach telefonisch angekündigt und seinen Kollegen über den Fall aufgeklärt. Frisenius hatte versprochen, Heßbach in Sicherheit zu bringen.

»Ich kenne eine Gegend in Togo, im hohen Norden, da verlieren sich alle Spuren. Ganz davon abgesehen, daß niemand auf die Idee kommen wird, gerade in Togo zu suchen. Das ist so absurd, daß sich Herr Heßbach eigentlich gar nicht zu verstecken braucht. Bei uns ist er sicherer als im Sicherheitstrakt eines Zuchthauses.«

Das sollte ein Witz sein, aber Rademacher lachte nicht. Er antwortete:

»Mein lieber Frisenius, Heßbach wird von irgendeinem internationalen Syndikat gejagt. Verkennen Sie nicht die Möglichkeiten dieser Leute. Sie haben ihre Kontaktpersonen überall.«

»Aber in Togo...«

»Ist Lomé eine Hafenstadt oder nicht?«

»Herr Professor...«

»Sehen Sie! Und wo ein Hafen ist, sitzen auch Leute der Reeder-Mafia. Ich könnte wetten, daß in Lomé ein Büro der Öl-Connection – wie Heßbach diese Vereinigung von undurchsichtigen Reedern nennt – besteht und dieses sehr schnell herausfinden wird, daß Heßbach bei Ihnen untergekrochen ist.«

»Wie könnte ich denn in ihr Blickfeld kommen? Ich bin ihnen doch völlig unbekannt und fremd.«

»Wer auch immer auf Heßbach losgelassen worden ist, er ist Profi. Er kann kombinieren. Es gibt da einen Faden, den er nur aufzurollen braucht, um ans Ziel zu kommen: Bertram, seine Tochter Luise als Braut, die übrige Verwandschaft, die jüngste Schwester von Bertram, verheiratet mit einem Rademacher, Agrarforschung, Versuchsfarm in Togo, Leiter der Farm Dr. Frisenius ... Fazit: Absolute Sicherheit gibt es nicht.«

»Ich glaube nicht, daß solche Gedankenspiele zur Spezialität eines Killers gehören.«

»Aber seines Auftraggebers! In Lomé ist Heßbach nicht sicher genug!«

»Dann bringe ich ihn in den Norden, in die Provinz Dapaong. Es gibt dort ein Gebiet südlich des Flusses Bamoan, eine Hochebene in der Savanne, die von einem Eingeborenenstamm bewohnt wird, der als besonders kriegerisch gilt. Ich habe zu dem Häuptling gute Beziehungen; vor zwei Jahren habe ich in seinem Gebiet Bohrungen vornehmen lassen und vier Brunnen mit einer Pumpanlage gebaut. Seitdem hat der Stamm immer Wasser, und Wasser bedeutet da oben Leben. Der Häuptling und ich sind so etwas wie Freunde geworden.«

»Und da wollen Sie Heßbach unterbringen?«

»Wie lange soll er in Togo bleiben?«

»Ein paar Monate.«

»Das wird er aushalten. Und wenn's ihm zu langweilig wird, kann er nach Dapaong fahren. Dapaong ist eine für togolesische Verhältnisse sehr nette Provinzstadt mit einem guten Hotel, einigen Bars, einem Postamt und einem Krankenhaus. Dort arbeiten zwei deutsche Ärzte.«

»Das hört sich alles gut an, Dr. Frisenius. Hoffentlich braucht Heßbach das Krankenhaus nur zur Kontaktpflege mit den deutschen Ärzten.«

Nun also war Heßbach in Lomé gelandet, und Dr. Frisenius begrüßte ihn wie einen alten Freund. Die Delegation zog sich auf ihre Zimmer im *Hôtel de la Paix* am Boulevard du Mono, direkt gegenüber dem Golf von Benin, zurück. Heßbach und Frisenius setzten sich in die Bar und bestellten ein deutsches Bier.

»Herr Prof. Rademacher hat mich über alles informiert«, begann Frisenius das Gespräch, nachdem sie das Bier fast in einem Zug geleert hatten. Obwohl das Hotel klimatisiert war, hatte die schwüle Hitze während der Fahrt vom Flughafen gereicht, um großen Durst zu bekommen. »Man jagt Sie also, weil Sie die Wahrheit gesagt haben. Das ist immer gefährlich, Herr Heßbach. Wahrheit gehört in der Politik zu den am meisten gehaßten Vokabeln. Sie haben großen Mut gezeigt, aber nun müssen Sie sich verstecken. Sie haben einen hohen Preis dafür eingesetzt, Ihr Leben! War es das wert?«

»Ja.« Heßbach nickte entschieden. Dr. Frisenius war ihm auf Anhieb sympathisch. »Um ehrlich zu sein: Ich habe mit Gegenmaßnahmen gerechnet. Verleumdungen, Gegendarstellungen, sogar Anklage vor Gericht, aber nie mit Mord! Ich hätte nie gedacht, daß Bouto soweit gehen würde.«

»Wer ist Bouto?«

»Der Reeder, für den ich gefahren bin. Er sitzt in Liberia.«

»Praktisch in der Nachbarschaft. Das ist gut. Ihr Mr. Bouto wird nie auf die Idee kommen, daß Sie ausgerechnet in Togo Unterschlupf gefunden haben. Sie glauben also wirklich an einen bezahlten Killer?«

»Man will mich mundtot machen, liquidieren. Verblüffend ist nur, wie blitzschnell die Leute arbeiten. Das ist auch der Beweis dafür, daß sie überall ihre Kontaktpersonen sitzen haben.«

»Genau das befürchtet Prof. Rademacher auch in Lomé. Deshalb will ich Sie im Norden von Togo unterbringen. Das sind Sie so sicher wie auf dem Mond. Wir werden morgen schon nach Sansanné-Mango fliegen und von dort mit einem Geländewagen nach Dapaong fahren, das sind rund 125 Kilometer. Es gibt zwar auch einen Flugplatz für Dapong, aber ich halte es für besser, wenn wir mit dem Wagen in die Kreisstadt fahren. Es würde auffallen, wenn Sie dort aussteigen. Von Dapaong fahren wir dann über Namoundjoga in das Gebiet des Bamoan-Flusses. Ein Stammeshäuptling dort ist mir verbunden und wird Sie aufnehmen.«

»Ich werde in einem Eingeborenendorf wohnen?« fragte Heßbach. Dr. Frisenius hörte sein Zögern.

»Bis Dapaong sind es knapp fünfzig Kilometer. Sie können also leicht einen Ausflug in die Stadt machen. Die deutschen Ärzte im dortigen Krankenhaus habe ich heute Vormittag angerufen, sie freuen sich auf Ihren Besuch und auf die Abwechslung, die Sie bedeuten. Außerdem, es gibt keine größere Sicherheit als bei diesem Stamm. Jeder, der sich seinem Gebiet nähert, wird zunächst abgefangen. Durch die neuen Brunnen ist das Land fruchtbar geworden und wird oft von Wilderern heimgesucht. Da kennt Häuptling Koto Yabido keine Gnade.«

»Koto Yabido.« Heßbach hatte seinen Humor wiedergefunden. »Wie spricht man ihn an? Monsieur Häuptling oder Majestät oder Großer Löwe?«

»Yabido ist gefürchtet und geachtet. Er hat seinen Stamm fest im Griff, ist Herrscher und Halbgott zugleich. Er ist einer der wenigen Stammesfürsten, die sich nicht taufen ließen. Missionare hat er nicht umgebracht, aber sie haben es nie lange bei ihm ausgehalten. Man erzählt sich, daß er sie unter Todesandrohung gezwungen hat, als Gastgeschenk ein Mädchen anzunehmen und sie zu schwängern. Da sind die geistlichen Herren schnell wieder abgerückt.« Nun lachte auch Dr. Frisenius. »Ich sehe Ihre Blicke, Herr Heßbach. Keine Angst, Ihnen wird er kein Mädchen in den Kral legen. Ich werde vorher mit ihm sprechen...«

»Das beruhigt mich ungemein.«

»Vielleicht werden Sie es bereuen. Die Mädchen das Yabido-Stammes gelten als die schönsten im Lande. Früher haben Sklavenhändler sie geraubt und in Lomé verkauft. Yabido-Mädchen sind sogar in den Bordells von Paris und London aufgetaucht. Man erzählt sich, daß eine von ihnen einen indischen Prinzen geheiratet hat und Maharani wurde.«

»Ich bin verlobt und liebe meine Braut.«

»Prof. Rademacher hat es mir gesagt.« Dr. Frisenius lehnte sich zurück und trank sein Bierglas leer. Er winkte dem Kellner und bestellte für beide ein neues. »Aber auch für Sie – wie für alle Weißen – lauern Gefahren. Das Klima, die Einsamkeit, die Langeweile, die Unendlichkeit von Himmel und Savanne, die Gesänge der Eingeborenen, das selbst gebraute, schnell berauschende Bier aus Mais und wilder Gerste, der Tanz der Mädchen, die Schwüle der Nächte, die plötzlich umschlagen kann in Kälte, die Lockungen der schwarzbraunen Körper, der Glutblick der Augen, das girrende Lachen, die Freizügigkeit jenseits aller anerzogenen Moral – das hat schon so manchen starken Mann umgehauen! Und – ganz wichtig – bei den Yabidos gibt es kein Aids! Noch nicht...«

»Danke. Ich werde trotzdem keinen Gebrauch davon machen. Wie also reden Sie den Häuptling Koto Yabido an?«

»Mit Koto, mein Freund.«

»Das steht mir nicht zu. Was sage ich?«

»Einfach ›Herrscher‹. Das hört er immer gern. Aber ich glaube, daß Sie sehr schnell auch nur Koto zu ihm sagen dürfen, weil ich Sie als meinen Freund vorstelle. Meine Freunde sind auch seine Freunde. Und wenn Sie das einmal sind, wird er jede Fliege erschlagen, die an Sie herankommt. Fazit: Sie sind der sicherste Mensch der Welt.«

»Und wann fahren wir zu Koto Yabido?«

»Übermorgen. Morgen muß ich der Delegation unsere Versuchsanstalt zeigen, übermorgen übernimmt mein Assistent die Gruppe und besichtigt mit ihr den Hafen.«

»Und Sie sind sicher, daß der ›Herrscher‹ mich akzeptiert?« fragte Heßbach, immer noch zweifelnd.

»Ganz sicher. Ohne mich wäre sein Reich dürres Buschland und sein Stamm ärmer als eine Wüstenmaus.« Dr. Frisenius hob prostend sein volles Bierglas. »Ich glaube, Sie werden sich wohl fühlen, Herr Heßbach. Auf Ihr neues Zuhause!«

Sie stießen miteinander an, und Heßbach dachte wieder, er ist ein fabelhafter Kerl! Solche Freunde sind selten!

Armand landete in Lomé und winkte vor dem Flughafengebäude ein Taxi heran. Der Fahrer musterte den eleganten Weißen, stieg aus und riß die Hintertür auf.

»Willkommen in Togo, Monsieur!« rief er enthusiastisch. Da man in Togo Französich spricht, fühlte sich Armand sofort heimisch und winkte ab, als der Taxifahrer nach seinem Koffer griff.

»Wieviel?« fragte Armand knapp.

»Wohin?« kam ebenso knapp die Gegenfrage.

»In die Stadt. *Hôtel Sarakawa*.« Das hatte ihm die Stewardeß empfohlen – sie wohnte für zwei Tage auch dort.

Der Taxifahrer nickte. »Dollar, Francs oder englische Pfund?«

»Dollar.«

»Dreißig Dollar, Monsieur.«

»Ich will in die Stadt fahren, aber nicht das Auto kaufen! Wieviel?«

Der Fahrer seufzte leise. Immer das gleiche. Kommen hierher, die Taschen voller Geld, wohnen in einem der besten Hotels, saufen Champagner, lassen sich von den Huren ausnehmen, werden von den Antiquitätenhändlern nach allen Regeln der Kaufmannskunst beschissen, aber bei uns armen Taxifahrern handeln sie.

»Sie sind ein so guter Mensch, Monsieur«, sagte der Fahrer. »Nur für Sie – fünfundzwanzig Dollar.«

»Ich bin kein guter Mensch, ich bin ein Menschenfresser!« Armand blickte in den Wagen und zeigte dann hinein. »Du hast ja eine Taxiuhr. Danach fahren wir.«

»Uhr kaputt.«

»Natürlich, wie könnte es anders sein. Nenn mir einen vernünftigen Preis, oder ich rufe die Gendarmerie!«

Die hilft dir auch nicht, dachte der Fahrer und grinste breit. Sein schwarzes Gesicht glänzte wie mit Schuhwichse eingerieben. Du bist hier nicht in Paris, sondern in Lomé. Wegen einer Preisverhandlung bewegt sich hier kein Polizist von der Stelle. Du würdest ihn damit sogar beleidigen.

»Bei Gott und seinen Engeln«, sagte er. »Monsieur, ich habe sechs Kinder zu ernähren!«

Sie einigten sich schließlich auf zehn Dollar, und Armand fuhr zum *Hôtel Sarakawa*. Er war sicher, daß auch zehn Dollar zu viel waren, aber der Flug hatte ihn ermüdet, er sehnte sich nach einer Dusche, nach einem kühlen Drink und der glatten Haut der Stewardeß. Das *Sarakawa* lag in einem eigenen großen Park direkt am Strand, und als Armand die weite Halle betrat, zog eine Gruppe junger amerikanischer Girls in knappen Shorts und mit wippenden Busen an ihm vorbei. Die Welt ist schön, dachte Armand romantisch, gab dem Taxifahrer, der den Koffer zur Rezeption getragen hatte, sogar elf Dollar. Armand mietete eine Suite mit Meerblick, eigener Bar, einem Marmorbad, so groß wie ein normales Wohnzimmer, einem Balkon, einem Schlafzimmer mit zwei Grandlits, auf denen man sich in heißer Umarmung mehrmals wälzen konnte. Ein Zimmermädchen, ein ganz entzückendes Ding mit hellbrauner Haut, zeigte ihm die Suite und himmelte ihn, den so schönen, eleganten Herrn, an.

»Du kommst auch noch dran!« sagte Armand auf englisch. »Nur nicht drängeln.«

Die Kleine machte eine Art Knicks und trippelte aus der Suite.

»Ich beginne Lomé zu lieben!« sagte Armand, während er sich in dem großen Kristallspiegel betrachtete. »Gérard, geliebter Sünder, was wäre die Welt ohne schöne Frauen?«

Es klingelte an der Tür. Man brachte einen großen Früchtekorb, eine Flasche Champagner und einen kleinen Eimer mit Eis. Diesmal war es ein Kellner. Er bestaunte Armand wie eine gelungene Skulptur, signalisierte mit den Augen Interesse und ging mit wiegenden Schritten hinaus.

Der vollkommene Service, für jeden etwas.

Er zog sich aus, duschte, hüllte sich in den hoteleigenen, weißen Bademantel – im *Ritz* in Paris sind sie blaßrosa, dachte er –, setzte sich auf den großen Balkon, und sah dem Ballspiel der amerikanischen Girls im Garten zu. Nur eine Frage beschäftigte ihn noch: Wo bekomme ich hier ein Gewehr? Sein Schnellfeuergewehr hatte er mit einem Verlust von hundert Mark dem Händler zurückverkauft. Auch mit nur einem Schuß galt es als »gebraucht«.

Am Abend kam nach einem kurzen Telefonat die Stewardeß auf die Suite. Sie sah hinreißend aus in ihrem kurzen und engen Kleid, trank fast eine ganze Flasche Champagner und war so erregend wie das Getränk. Als sie leicht schwankend das Kleid über den Kopf streifte, sah Armand, daß sie kein Höschen trug und naturblond war. Das erregte ihn maßlos. Er fiel über sie her wie ein Raubtier.

Am Morgen schlief er lange. Als er endlich aufwachte, war die Blonde gegangen. Ein Zettel mit einer runden Handschrift lag neben ihm im Bett.

»Ich habe zum ersten Mal mit einem Satan geschlafen«, schrieb sie, »mein Körper ist voller Wunden. Aber es war schön. Adieu, Teufel, hoffentlich sehen wir uns nie wieder!«

Armand zerknüllte den Zettel und warf ihn gegen die Wand. Ein Bad mit Rosenöl brachte ihn wieder halbwegs auf die Beine. Er bestellte ein opulentes Frühstück mit der obligatorischen halben Flasche Champagner, überflog die mitgelieferte Tageszeitung und beschäftigte sich dann mit der drängenden Frage von gestern: Wo bekomme ich hier eine Waffe her?

Er entschloß sich, den Weg zu wählen, der fast immer funktionierte und sicher war: Wenn man besondere, heikle Fragen hat, wendet man sich am besten an einen Taxifahrer. Das sind Vertraute, die alles wissen.

Der Taxifahrer, den Armand vor dem Hotel heranwinken ließ, fragte zunächst gewohnheitsgemäß: »Monsieur, soll ich Ihnen die Stadt zeigen? Eine Rundfahrt kostet vierzig Dollar.«

»Sie bekommen hundert Dollar, wenn Sie mich zu einem Mann bringen, bei dem ich ein Gewehr kaufen kann.« Er sagte es unumwunden, ohne Scheu und so, als wolle er den berühmten Markt von Lomé besichtigen. Der Taxifahrer sah ihn durch den Rückspiegel an und war durchaus nicht verwundert.

»Kein Problem, Monsieur«, antwortete er dann. »Neu oder gebraucht?«

»Eine gut eingeschossene Waffe wäre mir lieber.«

»Da empfehle ich Ihnen Ali Mahmud.«

»Ich verlasse mich auf Sie. Fahren Sie mich hin.«

Ali Mahmud, ein Togolese islamischen Glaubens, betrieb in der Altstadt ein Geschäft mit Gewürzen. Davon kann man so recht und schlecht leben, aber als Armand die Hinterräume des Geschäftes betrat, war ihm klar, daß Ali andere, gute Einnahmequellen besaß. Der Raum, in dem sie verhandelten, war mit Teppichen ausgelegt. Eine verschleierte Frau brachte Tee und Honiggebäck und eine goldverzierte Wasserpfeife, die Armand aber höflich ablehnte. Klein-Istanbul, dachte er.

Ali Mahmud hörte sich Armands Wünsche an. Ein Präzisionsgewehr mit Zielfernrohr, gut eingeschossen, Stahlmantelgeschosse, gepflegt. Ali rauchte intensiv, trank mit gespreizten Fingern seinen Tee und knabberte ein Stück Honiggebäck.

»Ich will nicht fragen«, sagte er in einwandfreiem Französisch, »wofür Sie die Waffe brauchen. Das geht mich nichts an. Aber ich empfehle Ihnen statt eines Gewehres eine kleine, handliche Maschinenpistole der neuesten Bauart.«

»Bitte keine Kalaschnikow! Die ist mir zu schwer.«

»Ich sagte klein und handlich. Es ist ein israelisches Modell, wie sie von Spezialtrupps der Armee benutzt werden. Zielgenau, mit großer Durchschlagskraft, unempfindlich gegen äußere Einflüsse, eine ideale Waffe sowohl für Nahkampf wie auch für entferntere Ziele.«

»Das hört sich gut an. Woher haben Sie die MPs?«

Ali lächelte versonnen. Welch eine Frage, sagte dieses Lächeln. Habe ich dich gefragt, wozu du sie brauchst? Ich habe sie. Willst du sie? Mehr ist dazu nicht zu sagen.

»Wollen Sie sie sehen?« fragte Ali.

»Selbstverständlich.«

»Vorweg ein Hinweis, Monsieur. Ich habe Festpreise. Feilschen widert mich an. Ich nenne einen Preis, Sie sagen ja, und ich zeige Ihnen die Waffe. Dollar?«

»Ja.«

»1 500, Monsieur.«

»Ein stolzer Preis, Monsieur Mahmud!«

»Es ist auch eine stolze Waffe!«

»Akzeptiert. 1 500 Dollar!« Armand atmete auf. Eine israelische Maschinenpistole. Was kann man sich mehr wünschen? Sie haben einen sagenhaften Ruf.

Ali Mahmud klatschte laut in die Hände. Die verschleierte Frau erschien wieder, aber nicht, um neuen Tee einzuschenken. Sie trug auf einem Samtkissen, als brächte sie ein Diadem, die MP herein und legte sie Armand vor die Füße. Die Waffe glänzte schwach im Licht der Lampen. Die Frau verschwand lautlos wieder hinter einem Vorhang.

»Ein herrliches Ding«, sagte Armand atemlos vor Begeisterung. »Dagegen könnte man eine Frau eintauschen.«

»Drei, Monsieur«, Ali Mahmud lächelte wieder. »Entspricht das Ihren Wünschen?«

»Es ist genau das, was ich brauche. Und dazu fünfzig Schuß Munition.«

»Ich rate Ihnen zu hundert Schuß. Die sind schnell verfeuert.«

»Gekauft!« Armand griff nach der MP, klappte den stählernen Kolben aus und drückte sie an seine Schulter. Sie war wirklich leicht. »Ich danke Ihnen vielmals, Ali Mahmud«, sagte er fast feierlich.

»1 500 Dollar und 500 Dollar für die Munition.«

Armand zuckte zusammen. »Ali, das ist Wucher! Für hundert Schuß 500 Dollar?«

»Ohne Munition können Sie die MP als Schmuck an die Wand hängen, Monsieur. Ich sagte schon: Ich habe feste Preise.«

»Aber sie müssen angemessen sein.«

Ali blies neuen Rauch an die Decke. In der Wasserpfeife gurgelte es laut. »Wenn man bedenkt, daß Sie damit eine Menge Menschen umbringen können, ist das sogar ein Sonderangebot.«

»Wer sagt, daß ich auf Menschen schießen will? Ich will auf die Jagd gehen.«

»Mit einer MP?« Alis Lächeln wurde noch breiter. »Monsieur, ich kann vieles ertragen, aber nicht, daß man mich für einen Idioten hält. Kaufen Sie?«

»Ich muß wohl.« Armand holte die Dollars aus der Brusttasche seiner Jacke und zählte die Scheine vor die gluckernde Wasserpfeife. 2 000 Dollar. Er hätte Ali Mahmud ohrfeigen können, aber – das wußte er genau – er wäre aus dem Hinterzimmer nicht mehr lebend herausgekommen.

Ali Mahmud zählte die Dollar nicht nach. Armand trank seinen Tee aus, erhob sich dann und wog die MP in den Händen.

»Gibt es dafür einen unauffälligen Koffer? Ich kann doch nicht mit blanker Waffe durch Lomé gehen.«

»Verkennen Sie nicht meinen Kundendienst, Monsieur.« Ali klatschte wieder in die Hände. Zum dritten Mal erschien die etwas dickliche verschleierte Frau und stellte eine Tasche vor Armands Füße. Die Tasche hatte große Ähnlichkeit mit dem Futteral einer Trompete. Ali schien seine Gedanken zu erraten.

»Man wird Sie für einen Musiker halten«, sagte er amüsiert. »Spielen Sie Trompete?«

»Nein. Aber Sie haben Humor, Ali.« Armand packte die MP in die Tasche. »Wenn ich sie auspacke und setze das Instrument an, wird es schmetternde Töne von sich geben. Schön makaber!« Er sah Ali Mahmud forschend an. »Eine Frage...«

»Bitte.«

»Wieso haben Sie mich sofort in Ihr Zimmer geführt? Ich war Ihnen völlig unbekannt. Ich hätte ja auch von der Geheimpolizei sein können.«

»Die kenne ich. Sie kaufen privat auch bei mir.«

»Oder andere Spitzel.«

»Ich habe ein Auge dafür, wer ein Kunde ist und wer nicht. Bei Ihnen war es nicht schwer, Monsieur. Ich habe in Ihnen sofort den Mann erkannt, der eine gute Waffe braucht.«

Armand spürte ein unangenehmes Gefühl in sich. Woran hat er es gemerkt? Womit habe ich mich verraten? Gérard, daran hast du nie gedacht. Du hast immer geglaubt, auf deine Umwelt wie ein seriöser Mensch zu wirken.

»Was ist Ihnen an mir aufgefallen?«

Ali Mahmud erhob sich, steckte das Geld ein und wies auf die Tür. Das Geschäft ist beendet. »Man spürt so etwas, Monsieur«, sagte er beim Hinausgehen. »Eine Art innere Stimme. Man kann das nicht erklären. Es ist wie ein elektrischer Strom, der von Mensch zu Mensch fließt. Ich habe mich noch nie getäuscht.« An der Ladentür gab er Armand sogar die Hand. Ein schlaffer feuchter Händedruck. »Viel Glück, Monsieur. Und wenn Sie daneben schießen, ist es nicht die Schuld der MP. Sie sollten lieber doch 200 Schuß Munition mitnehmen.«

»Nein, danke. Soviel Springböcke will ich nicht schießen.«

Ali lächelte wieder sein breites Lächeln »Was Sie auch vorhaben, Monsieur«, sagte er, »seien Sie vorsichtig. Die togolesische Polizei ist gut ausgebildet. Sie wird von Franzosen geschult. Und sie kennen im Ernstfall kein Pardon.«

Nach dem Abendessen zog sich Armand in seine Suite zurück, schloß die Tür ab und widmete sich sehr konzentriert seiner kommenden Aufgabe.

Er zerlegte die Maschinenpistole, setzte sie wieder zusammen, ihre ausgereifte Technik bewundernd, und übte dann das schnelle Schießen aus der Hüfte. Der dicke Teppich verschluckte jeden Plumpslaut, die Gäste unter ihm hörten nichts. Das simulierte Schießen klappte vorzüglich. Was ihm fehlte, war ein Schalldämpfer für den Ernstfall. Aber für eine MP gibt es keinen Schalldämpfer. Das war der einzige Nachteil dieser hervorragenden Waffe.

Nach der Übung saß Armand wieder auf dem Balkon und genoß den Sonnenuntergang über dem Meer.

Er trank eine halbe Flasche Bordeaux, Château Lafitte 1982, zog sich dann aus und legte sich nackt aufs Bett. Er schlief sehr schnell ein. Es war ein ereignisreicher Tag gewesen.

Während Armand frühstückte, verließen Dr. Frisenius und Heßbach das Hotel und fuhren zum Flughafen.

Frisenius hatte mit den Ärzten im Krankenhaus von Dapaong

telefoniert. Zufälligerweise war Häuptling Koto Yabido gerade um diese Zeit im Hospital gewesen. Er war mit seiner dritten Frau gekommen, die über Schmerzen am linken Oberschenkel klagte. Für Yabido war es ein Wunder, daß jemand aus dem fernen Lomé mit ihm sprechen konnte. Man hatte es ihm erklärt, aber er begriff nie, daß eine Stimme über eine so große Entfernung durch die Luft fliegen konnte.

Das Gespräch war kurz und filmreif.

»Herrscher, mein Freund«, sagte Frisenius, »Wie geht es dir?«

»Weißer, mein Freund, wie geht es dir?« brüllte Yabido in das Telefon. Bei der großen Entfernung mußte man laut sprechen.

»Gut.«

»Mir auch.«

»Deine dritte Frau ist krank?«

»Frauen jammern immer.«

»Ich komme morgen zu dir.«

»Ich werde ein Schwein für dich schlachten.«

»Ich bringe einen Gast mit. Einen Freund.«

»Ist auch mein Freund. Schlachte zwei Schweine.«

»Eins genügt.«

»Mache großes Fest für deinen Freund. Schlachte auch noch Ziege.«

»Freund wird bei dir bleiben.«

Yabido schwieg und krauste die Stirn. Er dachte intensiv nach. Freund bringt Freund, und Freund bleibt da. Was will Freund bei mir?

»Warum?« fragte er endlich.

»Er muß sich verstecken.«

»Vor wem?«

»Jemand will ihn töten. Du sollst ihn beschützen.«

»Freund kann bleiben.« Yabido sah stolz den Arzt neben sich an. Mein großer Freund, der Wasserschenker, bittet mich um einen Gefallen!

»Ich werde Hütte für ihn haben«, sagte er. »Er ist mein Gast.«

»Aber ohne Gastgeschenk, Herrscher.«

»Kein Geschenk?« Yabido schien enttäuscht zu sein. Seine Stimme wurde tiefer. »Keine Unberührte?«

»Mein Freund hat schon eine Frau.«

»Ich habe vierzehn! Wirklich armer Freund. Sehr arm. Ich werde ihn beschützen. Morgen großes Fest. Freund soll nicht hungern. Ich warte auf dich.« Damit war das Gespräch beendet.

Das Flugzeug, das Heßbach und Dr. Frisenius nach Sansanné-Mango bringen sollte, war eine in die Jahre gekommene Propellermaschine mit 65 Sitzplätzen. Heßbach ging einmal um das Flugzeug herum und machte ein kritisches Gesicht. Frisenius schüttelte den Kopf und lachte.

»Keine Sorge. Der Pilot ist ein Schwede. Blonder Vollbart, zwei Meter groß. Der typische Buschflieger. Ich habe ihn mal gefragt, ob er keine Angst hat, und was antwortet er? ›Wenn die Tragfläche vor dem Motor abfällt, fliege ich weiter‹. Er ist durch nichts zu erschüttern. Und in Togo ist noch kein Flugzeug abgestürzt.«

»Ein billiger Trost. Wir könnten die ersten sein.«

Sie stürzten nicht ab; sie landeten sogar planmäßig in Sansanné-Mango.

Vor dem kleinen Flughafengebäude wartete bereits der Geländewagen, den Dr. Frisenius bestellt hatte. Der Verleiher übergab ihm die Schlüssel und die Papiere und lud Heßbachs Gepäck ein.

»Sie fahren selbst, Doktor?« fragte Heßbach erstaunt.

»Ja. Es braucht keiner zu wissen, wohin wir fahren.« Er kletterte auf den Fahrersitz. »Wie gefällt Ihnen Togo aus der Luft?«

»Es gibt hier viel leeres Gebiet. Unbewohnt, wie ich annehme.«

»Trotzdem ist Togo für afrikanische Verhältnisse ein dichtbesiedeltes Land. 3,5 Millionen Einwohner. Haben Sie die großen Baumwoll- und Kaffee-Plantagen gesehen? Togo erzeugt vorzüglichen Kaffee. Daneben Kakao, Erdnüsse und Palmprodukte. Wir sind auch über die großen Phosphatfabriken geflogen. Phosphat ist eines der wichtigsten Ausfuhrgüter Togos. Es spielt auch auf unseren Versuchsanstalten eine große Rolle. Im nächsten Jahrhundert wird hier – wenn alles so bleibt – vieles anders aussehen. Es ist ein Langzeitplan. Es gibt hier Gebiete, gerade im Norden, da ist die Welt stehengeblieben.«

»Und dahin bringen Sie mich.«

»Erraten.« Dr. Frisenius lachte. Er ließ den Motor an und wartete, bis Heßbach auf den Nebensitz geklettert war. »Sie werden im noch ursprünglichen Togo leben.«

Die Fahrt durch die weite Savanne, vorbei an einem riesigen

Naturschutzgebiet war anstrengend. Die Hitze setzte Heßbach zu. Je weiter sie nach Norden kamen, desto mehr wurde die schwüle Feuchtigkeit von sengender trockener Hitze abgelöst. Sie umfuhren die Provinzstadt Dapaong und erreichten am späten Nachmittag das Gebiet von Koto Yabido. Nachdem sie den Fluß Bamoan überquert hatten, tat sich vor ihnen leicht hügeliges Savannenland auf. Bei dem Dorf Nafaré bogen sie von der staubigen Straße ab und holperten querfeldein in das scheinbar unbewohnte Land. Heßbach blickte über die weite Savanne. Noch immer flimmerte die Luft vor Hitze.

»Sehr einladend!« sagte er sarkastisch. »Einen Ferienort werden auch Sie trotz Ihrer Brunnen nicht daraus machen. Wo liegt das Dorf der Yabido?«

»Genau zwischen Nefaré und Natonkpargou.«

»Also am Ende der Welt.«

»Sie werden staunen.«

»Das tue ich schon jetzt.«

»Abwarten.«

Nach ein paar Kilometern erreichten sie die ersten Felder des Stammes. Yabidos Wachen, kräftige, hochgewachsene Männer, eingehüllt in bunte Tücher oder nackt bis auf kurze, ebenfalls bunte Shorts, die Yabido in Dapaong für seine Leibwache gekauft hatte, ließen den Geländewagen unbesehen passieren. Aber sie meldeten sein Kommen. Nach uralter Art reichten die Buschtrommeln die Nachricht weiter. Heßbach lehnte sich in seinem Sitz zurück.

»Jetzt bin ich im wirklichen Afrika«, sagte er. Das dumpfe Hämmern der Trommeln begleitete sie auf der weiteren Fahrt. »Hier ist die Zeit wirklich stehengeblieben.«

»Irrtum. Diese Felder gab es vor drei Jahren noch nicht. Hier war Weideland und Jagdrevier wilder Tiere.«

»Sie haben den Tieren also die Heimat genommen?«

»So sollten Sie das nicht sehen. Für die Tiere ist immer noch Platz genug. Im Gegenteil, wir haben für sie künstliche Wasserstellen angelegt. Aber das werden Sie ja alles sehen, wenn Sie bei Yabido wohnen.«

Plötzlich, wie eine Luftspiegelung, tauchte das weiträumige Dorf des Stammes auf, ein Gewirr von Hütten, mit Palmblättern und Stroh gedeckt, umgeben von Gemüse- und Obstgärten. Ein Wasserturm stand in der Mitte, gleich neben einem langgestreckten Haus, das als einziges aus Steinen gebaut war: der »Palast« des Häuptlings. Laute Musik klang ihnen entgegen, und vor dem Palast begannen einige hundert Männer und Frauen in bunten Gewändern zu tanzen, klatschten in die Hände, sangen aus voller Kehle und stampften auf den Boden. Der leichte Wind trug den Geruch von gebratenem Fleisch bis zu ihnen. Dr. Frisenius hielt den Wagen an und ließ das bunte Bild auf Heßbach wirken.

»Alles Ihretwegen«, sagte er dann und lachte. »Sie sind eine Art Staatsgast. Wenn Koto feiert, dann richtig.«

»Mir fällt da etwas ein.« Heßbach wischte sich den Schweiß von der Stirn. »Ich habe ein Geschenk für Yabido vergessen.«

»Ich habe genug bei mir.« Dr. Frisenius zeigte nach hinten zum Gepäck. »Zigaretten, Bierdosen, Glasperlen für die Frauen, schöne Baumwollstoffe in leuchtenden Farben, Schuhe für den Häuptling, Handspiegel für seine Frauen...«

»Vierzehn?«

»Fünf. Das sind seine Hauptfrauen. Die anderen neun hält er sich nur zum Vergnügen. Da herrscht eine strenge Hierarchie... die Rechte der Frauen sind genau abgestimmt. Das werden Sie gleich sehen: Nur die Hauptfrauen werden Sie begrüßen und die Lieblingssöhne und -töchter. Man wird Ihnen selbstgebrautes Bier anbieten. Seien Sie vorsichtig damit. Nur ein Schlückchen, nicht mehr. Es schmeckt etwas bitter, aber es hat es in sich. Ich kannte es auch nicht, als ich vor vier Jahren zum ersten Mal bei Yabido war. Ich habe das Zeug gesoffen wie er, aus Höflichkeit. Nachher war ich zwei Tage lang wie verblödet. Ich warne Sie, Yabido kann saufen wie ein durstiger Büffel! Sein Bier schüttet er in sich hinein wie Wasser... nur bei Schnaps fällt er nach drei Gläsern um.«

»Hat er denn welchen?«

»Ab und zu. Er bringt ihn aus Dapaong mit. Im Moment hat er bestimmt Schnaps, er war ja gestern in der Stadt.«

Vor seinem Steinhaus erwartete Koto Yabido die Gäste. Er hatte sein Staatskleid angelegt, ein wallendes Gewand aus hellblauem, mit Goldfäden durchwirkten Brokat. Auf dem Kopf trug er eine runde Kappe aus Leopardenfell, und um seinen Hals hing eine dicke Goldkette, das Zeichen seiner Herrscherwürde. Hinter ihm standen aufgereiht seine fünf Hauptfrauen und seine Söhne und Töchter.

Eine Tochter trug wie er eine schwere goldene Kette um den Hals und hatte ein rotes, mit Goldornamenten besticktes Tuch um ihren schlanken Körper geschlungen. Ihre langen Haare waren zu lauter kleinen Zöpfchen geflochten, in denen frische Blüten leuchteten. Ihr Gesicht war schmal, die Lippen nicht so wulstig wie bei den anderen Frauen, die Augen groß und schwarz. Sie starte Heßbach neugierig an, als der Wagen hielt. Yabidos Lieblingstochter. Kind seiner vierten Frau vom Stamme der Ewe.

Würdevoll trat Yabido heran. Er wirkte jünger, als er war, ein kräftiger Mann mit kurzem schwarzen Bart und forschenden, wachsamen Augen. Er hob die Hand, was aussah, als wolle er die Ankömmlinge segnen, und seine tiefe Stimme schallte ihnen entgegen. Das Stampfen und Schreien der Tanzenden, die schrille, jaulende Musik wurden leiser. Vor ihren Hütten standen die alten Frauen und Männer, vor sich ihre Kinder, die meisten nackt.

»Ich freue mich«, sagte Yabido und umarmte Dr. Frisenius wie einen Bruder. »Mein Freund, endlich bis du wieder gekommen.« Er sprach erstaunlich gut Französisch. Er ließ Frisenius los, blickte hinüber zu Heßbach und zeigte mit dem Finger auf ihn. »Das ist dein Freund?«

»Ja.«

»Dem ich eine Hütte geben werde?«

»Ja.«

»Dein Freund ist auch mein Freund«, sagte er, wie erwartet. Er trat auf Heßbach zu, streckte die Hand aus und drückte sie. Eine Umarmung war noch zuviel, aber mit diesem Händedruck war Heßbach als Gast anerkannt worden.

Jetzt traten auch die fünf Frauen heran und überreichten den Gästen kleine Geschenke, Handarbeiten aus Bast und Baumwollgeweben, einige geschnitzte Figuren und einen kunstvollen Holzteller. Wie Heßbach von Dr. Frisenius angewiesen worden war, bedankte er sich nicht bei den Frauen, sondern bei Häuptling Yabido:

»Großer Herrscher, ich freue mich, dein Gast zu sein. Ich werde mich bei dir wohl fühlen.«

Und Yabido antwortete stolz: »Es ist eine Ehre für mich, dich vor allem zu beschützen. Das Essen wartet auf uns. Ich habe meine besten Tiere für dich geschlachtet.«

Yabido führte sie zum Eßplatz, wo man drei Stühle und einen Tisch aufgestellt hatte. Auch das war eine besondere Ehre, denn alle anderen saßen auf der Erde. Sogar Teller und Gläser gab es, ein Vordringen der Zivilisation, nur Bestecke fehlten.

Als erster setzte sich Yabido. Dr. Frisenius wartete, bis er saß, dann nickte er Heßbach zu: Der Herrscher hat immer den Vortritt.

Eine Reihe von Frauen kam vom Feuerplatz, auf großen Holztellern riesige Fleischstücke. Aber sie blieben in gebührender Entfernung vor dem Tisch stehen und warteten.

Yabidos hübsche Lieblingstochter brachte den Krug mit dem Bier. Sie goß die Gläser voll – nur ein Schlückchen, hatte Frisenius gewarnt – und starrte wieder mit ihren großen schwarzen Augen Heßbach an. Dann lächelte sie und trat zurück hinter ihren Vater.

So lernte Heßbach die schöne Saffa kennen.

Gérard Armand war an einem toten Punkt angelangt. Er besaß nun eine wunderschöne Waffe, die er geradezu spielerisch beherrschte, aber das Opfer seiner Jagd war spurlos verschwunden.

Er fing zunächst bei den großen Hotels an, denn es war anzunehmen, daß Heßbach nicht in einer der kleinen Pensionen wohnte. Im *Sarakawa* war Heßbach bestimmt nicht abgestiegen, das erfragte Armand sofort beim Chefportier, und auch im *Hôtel du deux Février*, gegenüber dem Rathaus und dem Finanzministerium, verneinte man seine Frage. Der Portier im *Hôtel de la Paix* war verschlossener, was Armand Hoffnungen machte. Zögern will immer die Wahrheit verbergen. Erst, als er fünfzig Dollar auf den Anmeldeblock legte und der Portier sie sofort wegnahm, erfuhr er:

»Ja, ein Monsieur Heßbach hat hier gewohnt.«

»Hat? Ist er nicht mehr da? Er ist ein guter Freund von mir, und wir wollten uns hier treffen. Ich hatte nur das Hotel vergessen«, erklärte Armand.

»Er hat zwei Tage hier gewohnt. Monsieur Heßbach ist heute morgen abgereist.«

»Wohin?«

»Das hat er mir nicht gesagt. Es ist nicht üblich, unsere Gäste danach zu fragen.«

»Natürlich! Wann ist er abgereist?«

»Heute, sehr früh.«

»Scheiße!« sagte Armand, was gar nicht zu seinem Äußeren paßte. Der Portier sah ihn konsterniert an.

»Pardon, Monsieur?«

»War er allein?«

»Er wurde von einem Herrn abgeholt.«

»Von wem?«

»Monsieur, Lomé hat 37 000 Einwohner.«

»Wie sah der Herr aus, der Monsieur Heßbach abholte?«

Schweigen. Der Portier hatte für fünfzig Dollar genug gesagt. Armand deutete den neuen Widerstand richtig, griff noch einmal in die Tasche und legte weitere fünfzig Dollar auf den Meldeblock. Sofort verschwanden sie unter der Theke. Nun mach aber den Mund auf, Junge, dachte Armand.

»Wie sah er aus?« Der Portier drehte die Augen zur Decke. »Mittelgroß, schlank, sportlich, gebräuntes Gesicht, braune Haare...«

»Das paßt auf Millionen. Besondere Kennzeichen?«

»Ja!« Das Gesicht des Portiers glänzte vor Freude. »Er trug eine Krawatte.«

»Na und? Ich trage auch eine.«

»Eine gelbe Krawatte mit kleinen roten Punkten. So etwas fällt auf. Ja, die trug er. Dazu ein blaues Hemd und einen Tropenanzug.«

»Tropenanzug? So eine Art Safari-Anzug? Jacke mit vielen Taschen. Khakifarben?

»Genau so, Monsieur. Die fahren in den Forêt d'Éto, habe ich noch gedacht. Oder noch weiter in den Forêt d'Amakpavé, um Tiere zu filmen. Das machen Togobesucher meistens und glauben, das sei das wirkliche Afrika.«

»Ich danke Ihnen«, sagte Armand. Man sah ihm die Enttäuschung an. »Hat Monsieur Heßbach die Absicht zurückzukommen? Hat er für später ein Zimmer vorbestellt?«

»Nein, Monsieur.« Der Portier ließ wieder die Klappe fallen. »Mehr weiß ich nicht.«

Mehr wollte Armand auch nicht wissen; für ihn war klar, daß sich Heßbach irgendwo da draußen im Busch aufhielt. Nicht, um Tiere zu beobachten, sondern um seine Spuren zu verwischen. Und der Mann mit der gelben Krawatte half ihm dabei. Wer war dieser

Mann? Woher kannte Heßbach ihn? Man fliegt doch nicht einfach nachTogo und findet sofort einen Menschen, der einen versteckt. Da muß es doch persönliche Einladungen geben.

Armand, der schon auf dem Boulevard du Mono stand, kehrte noch einmal ins *Hôtel de la Paix* zurück. Der Portier sortierte Briefe in die Zimmerfächer und tat so, als kenne er Armand nicht.

»Noch eine Frage«, sagte Armand.

»Es gibt nichts mehr zu fragen, Monsieur...«

»Sie haben hundert Dollar kassiert... Soll ich den Direktor rufen lassen?«

»Fragen Sie.« Der Portier zog ein saures Gesicht, als habe er Essig getrunken.

»Sprach der Mann, der Monsieur Heßbach abholte, deutsch oder französisch?«

»Deutsch.«

»Danke. Sie haben mir sehr geholfen.«

Zufrieden verließ Armand das Hotel. Die »Deutsche Kolonie« war überschaubar, und hier wollte Armand ansetzen. Ein Mann mit einer rotgepunkteten gelben Krawatte mußte doch zu finden sein. Es war anzunehmen, daß einige der Deutschen diese auffällige Krawatte und ihren Träger kannten.

Armand kehrte in sein Hotel zurück, setzte sich an die Bar und bestellte ein Pils. Die Hitze hatte seine Kehle ausgetrocknet, und als er den ersten großen Schluck getrunken hatte, sah er sich unwillkürlich um, weil er das Gefühl gehabt hatte, es hätte laut gezischt. Der Barmixer, ein Mulatte, lächelte Armand an.

»Noch ein Pils, Monsieur?«

»Ja, ein ganzes Faß.«

»Das sagen viele.« Der Barmann grinste. »Leider verkaufen wir nur gläserwise.«

»Ich hätte da eine Frage: Wo treffen sich die in Lomé lebenden Deutschen? Ich suche einen Freund, habe aber seine Adresse verloren. Und im Telefonbuch steht er auch nicht. Gibt es eine Art Stammlokal der Deutschen?«

»Es gibt einen Deutschen Club, Monsieur.« Der Barmixer schob das frisch gezapfte Pils zu Armand hin. »Möglich, daß man Ihren Freund dort kennt. Oder er ist selbst Mitglied des Clubs.«

»Man muß also Mitglied sein, um da hineinzukommen?«

»Nein, der Club ist für alle offen. Aber er wird von den Mitgliedern finanziert.« Der Barmann sah zu, wie Armand das zweite Glas hinunterkippte. »Versuchen Sie es mal dort, Monsieur.«

»Das werde ich. Vielleicht habe ich Glück.«

Im Telefonbuch suchte Armand die Adresse des Deutschen Clubs heraus und ließ sich mit einem Taxi in die Stadt fahren. Das Clubhaus, ein moderner Bau mit getönten Fensterscheiben und breiter Markise über der Eingangstür, war durch ein diskretes Schild aus Messing als solches zu erkennen: »Deutscher Club, Lomé«.

Armand drückte die Tür auf und betrat das Haus. In einem Vorraum saß eine Art Portier und erhob sich sofort. »Guten Tag, der Herr«, sagte er, natürlich auf deutsch. »Kann ich Ihre Clubkarte sehen.«

»Ich habe keine. Ich bin zu Besuch in Togo«, antwortete Armand.

»Sie bleiben länger?«

»Wahrscheinlich.«

»Dann rate ich Ihnen, eine Dauerkarte zu kaufen. Ein Sonderpreis. Nur hundert Mark.«

Wortlos überließ Armand dem Portier den entsprechenden Betrag in Dollar und betrat den Club. Er war bestens klimatisiert.

Pulau Jemaja

Dr. Tashi Kagoshima hatte in der Tür seines kleinen Hospitals gewartet, bis Kapitän Hammerschmidt seine Offiziere begrüßt hatte. Nyen Su-Feng stand abseits und beobachtete die Szene mit zusammengekniffenen Augen. Vor dem Bordell am Waldrand hatten sich jetzt einige Mädchen versammelt und starrten hinüber zu den Neuankömmlingen. Es waren junge, ausgesucht hübsche Mädchen aus Singapur, Malaysia und von den Philippinen. Sie trugen nur kurze bunte Röcke, und einige hatten ihre prallen Brüste mit Ornamenten bemalt. Die Jüngste von ihnen war fünfzehn, kine älter als fünfundzwanzig. Wenn sie älter wurden, verschwanden sie spurlos, und Nyen brachte von seinen Raubzügen frisches, zartes Fleisch mit. Mehr als Fleisch bedeuteten sie auch für die Piraten nicht... und wenn Fleisch alt wurde, warf man es weg. Dr. Kagoshima hatte es einmal zufällig beobachtet. Am Abend, bei Sonnenuntergang, wenn die Haie ihre Nahrung jagten, war ein Motorboot hinaus aufs offene Meer gefahren und kam nach einer halben Stunde wieder zurück. Am nächsten Morgen fehlten vier Mädchen. Niemand sprach darüber.

Nyen trat wieder vor und drehte Hammerschmidt an der Schulter zu sich herum.

»Genug!« sagte er. »Wenn ich nicht wüßte, daß Sie verheiratet sind, würde ich denken, daß Sie auf Männer stehen. Soll auf Schiffen gar nicht so selten sein.« Er zeigte auf sein Haus. »Kommen Sie mit. Ich habe es mir überlegt. Sie wohnen bei mir.«

»Also eine Strafverschärfung.« Was habe ich zu verlieren, dachte Hammerschmidt bitter. Lebenslänglich auf dieser Insel mitten im Südchinesischen Meer – das ist wie ein Tod auf Raten. Man stirbt langsam, aber sicher.

»Sie haben Glück, Kapitän«, antwortete Nyen finster. »Wenn ich Sie nicht so schätzen würde, hätten Sie jetzt ein Messer im Bauch.«

»Sie schätzen mich?« fragte Hammerschmidt erstaunt.

»Ich mag mutige Männer, auch wenn Ihr Mut der Gipfel der Dummheit ist. Sie sind ein kluger, tapferer Mensch, aber doch ein germanischer Idiot! Das beruhigt mich. Sie werden nie auf den Gedanken kommen, mir nachts die Kehle durchzuschneiden.«

»Ich heiße nicht Nyen Su-Feng.«

»Das ist es, was Ihnen fehlt! Sie sind bereit, still zu dulden. Sie denken nicht zuerst an sich, sondern an Ihre Offiziere. Ich brauche Sie gar nicht zu bewachen, denn Sie wissen, daß jede Dummheit, die Sie begehen, mit dem Tod Ihrer Offiziere geahndet wird. Sie können sich also frei bewegen, mit ihren Offizieren Skat spielen, mit Dr. Kagoshima No spielen, auf den Weibern reiten oder mit meinen Männern Basketball spielen. Sie können tun, was Sie wollen, nur eins sollten Sie nie versuchen: mir zu widersprechen oder störrisch zu sein.«

»Sie sind sich zu sicher, Nyen.« Hammerschmidt folgte Nyen zu seinem Haus. »Man wird längst nach der *Else Vorster* suchen. Sobald die Reederei keine Funkverbindung mehr hat, gibt es Alarm!«

»Ich sage ja: Sie sind ein Rindvieh!« Nyen lachte kurz auf. »Ihr Funker Hakahiro ist in ständiger Verbindung mit Ihrer Reederei und den Küstenstationen. Ihre letzte Meldung lautet, daß die *Else Vorster* steuerbord die Insel Aur passiert hat.«

»Ich gebe das Rindvieh zurück! Die Insel Aur liegt außerhalb der Schiffahrtsstraße.«

»Der Ball kommt wieder zu Ihnen: Wir haben den Kurswechsel damit begründet, daß Sie eine Piratenwarnung bekommen haben und ausgewichen sind. Um die *Else Vorster* nicht in Gefahr zu bringen, steuern Sie Singapur abseits der Straße an.«

»Und das glaubt die Reederei?«

»Man ist sogar stolz auf Sie. Es kam eine Meldung aus Vinh-loi in Südvietnam durch, daß bei der Insel Con Son ein japanischer Frachter von Piraten überfallen worden ist. Ich nehme an, das war mein Kollege Ya Plong Thung, ein fleißiger Thailänder. Ihr Reeder Dr. Wolffers hat persönlich sagen lassen: ›Ich bin Ihnen zu ewigem Dank verpflichtet‹. Ist das nicht schön?«

»Und was werden Sie in zwei Tagen funken, wenn wir in Singapur eintreffen müßten?«

»Ich werde mich bei Dr. Wolffers für das Geschenk bedanken, das ich mir genommen habe.«

Sie hatten den Eingang des Hauses erreicht. Es war ein massiver Bau aus Felsgestein mit einem Dach aus Steinplatten. Die Holzfenster waren bunt bemalt.

»Und dann geht die internationale Suche los.«

»Sie sind ein Optimist! Nichts wird man tun. Was hat man bei den bisherigen Piratenüberfällen getan? Laut geklagt, der Welt etwas vorgejammert, und nach drei Tagen hatte die Welt es wieder vergessen. Und die Reeder, auch die deutschen? Sie haben ihren Kapitänen und Mannschaften geraten, sich bei Überfällen nicht zu wehren, nicht unnütz ihr Leben aufs Spiel zu setzen, sondern sich ruhig zu verhalten. Es ist ja alles versichert. Seitdem ist es für uns leicht und risikolos, ein Schiff zu kapern. Wir bedienen uns wie in einem Supermarkt! Auch Ihr Dr. Wolffers wird schreien und dann Schiff und Ladung abschreiben und die Versicherung zur Kasse bitten. Er wird einen kaum erwähnenswerten Verlust haben.«

»Da kennen Sie Dr. Wolffers schlecht. Er hat weltweite Verbindungen.«

»Sie werden ihm wenig nützen.«

»Hier geht es um die *Else Vorster*, Nyen. Das ist kein Schiff wie ein anderes. Ist Hakahiro noch an Bord?«

»Ja. Er wird noch zwei Tage funken...«

»Und dann?«

»Dann wird er seine Ahnen wiedersehen«, erklärte Nyen eiskalt.

»Mord ist für Sie wohl ein Vergnügen.«

»Nein, eine Notwendigkeit. Hakahiro hat seine Pflicht getan – wohin jetzt mit ihm? Sie haben als Kapitän auch gelernt, praktisch zu denken. Wenn man in einen Sturm kam und das Schiff lag zu schwer im Wasser, was tat man da? Man warf Ballast ab! Nichts anderes tue ich auch.«

»Ein Mensch ist keine Kiste, die man über Bord wirft.«

»Ich gebe Ihnen recht.« Nyen lächelte ironisch. »Ein Mensch ist noch weniger wert.«

»Und wann werfen Sie mich über Bord?«

»Die Frage haben Sie nun schon dreimal gestellt. Sie scheinen sehr am Leben zu hängen.«

»Sie nicht?«

»Nein. Warum soll ich mir über den Tod Gedanken machen. Alles ist vorbestimmt. Ich kann es nicht ändern, also habe ich keine Angst. Was habe ich zu verlieren? Das Leben des Nyen Su-Feng... ich werde in einem anderen Körper auf diese Erde zurückkehren. Der ewige Kreislauf: Ich muß gehen, und ein anderer Körper wartet auf mich. Daran glaube ich, und deshalb habe ich keine Angst vor dem Sterben. Das ist das Unbegreifliche der westlichen Welt: Alle zittern vor dem Tod. Weil sie glauben, sie seien einmalig. Als schwerste Strafe gilt bei euch Weißen die Todesstrafe. Wie sinnlos, wenn man weiß, daß nur ein Körper stirbt und ein neuer bereitsteht für ein anderes Leben.«

»Sie reden Unsinn, Nyen. Gerade bei euch ist die Todestrafe noch immer die letzte Konsequenz.«

»Haben Sie mal einen Asiaten oder Araber durch einen Genickschuß oder durch Erhängen sterben sehen? Sie gehen hocherhobenen Hauptes zur Hinrichtung. Sie betteln nicht um letzte Gnade. Sie nehmen den Tod hin, nicht als Strafe, sondern als schicksalsgewollt.« Nyen zeigte in den Hauseingang: Es war eine Einladung, einzutreten. »Wir werden uns da nie einig werden, Kapitän. Aber Sie sollten überlegen, ob Sie die richtige Einstellung zum Sterben haben. Es fällt einem leichter, wenn man sagt: Es ist alles vorbestimmt, und ich werde weiterleben.«

»Soll das eine geistige Vorbereitung für mich sein?«

»In dieser Frage höre ich schon wieder Angst heraus. Ich brauche Sie noch. Das bedeutet: Sie werden leben.«

»Und meine Offiziere?«

»Sie sind mein Faustpfand. Sie können bei mir fressen, saufen und huren, solange Sie das tun, was ich von Ihnen will.« Nyen wurde ungeduldig. »Lassen Sie uns ins Haus gehen«, sagte er. »Ich habe Hunger und Durst und möchte wie ein Veteran in einem Sessel sitzen und die Beine hochlegen. Mit Ihnen zu diskutieren ist sowieso unfruchtbar. Ich meine, daß Sie noch gar nicht begreifen, wo Sie sind und was Sie sind.«

»Bringen wir es auf einen Nenner: Ich bin Ihr Sklave.«

»Sehen Sie, das meine ich! Sie haben den völlig falschen Blick: Sie sind nicht mein Sklave, sondern mein Teilhaber.«

»Wie bitte?« Hammerschmidt glaubte, nicht richtig gehört zu haben. »Sagten Sie Teilhaber?«

»So ist es Kapitän. Ich kapere die Schiffe, und Sie fahren sie dann. Wie die *Else Vorster* immer hinter mir her, in Kiellinie. Ich beteilige Sie sogar mit 15 Prozent am Gewinn. Ist das ein faires Angebot von einem Piraten?«

»Und Sie glauben, ich mache da mit?«

»Sicherlich!« Nyen grinste breit. »Ich werde Ihnen jede Woche Ihre vollgefressenen Offiziere vorführen und damit Ihr Pflichtgefühl wachhalten. Entweder – oder!«

»Sie sind ein Satan!« rief Hammerschmidt.

Nyen nickte. »Auch das ist eine alte Vokabel von Ihnen! Und ich schlucke sie, weil ich Sie brauche. Ihren Chief, der mich beleidigt hat, brauchte ich nicht... Sie haben es ja gesehen.«

»Und ich werde es auch nie vergessen.«

»Das wäre auch dumm!« Nyen zeigte wieder ins Haus. »Gehen wir nun endlich?«

Das Innere des Steinhauses war eine Überraschung. So grau und unscheinbar das Gebäude von außen aussah, wenn man es betrat, empfing einen der Luxus eines chinesischen oder thailändischen Palastes. Mit Seide bespannte Wände, vergoldete Holzschnitzereien, bizarre Götterfiguren, große Gebilde aus verschiedenfarbiger, kunstvoll geschnitzter Jade, Diwane mit weichen Kissen, Tische aus Rosen- oder Eisenholz, Seiden- und Damastvorhänge, wundervolle Teppiche mit Bildornamenten, goldene und silberne Lampen... ein Märchen, wie man es sonst nur von Bildern aus den Palästen der Kaiser und Maharadschas kennt.

Hammerschmidt blieb schon in der Eingangshalle verwundert stehen. Nyen wiegte sich stolz auf den Zehenspitzen.

»Sie staunen?« fragte er. »Die Frucht meiner Arbeit...«

»Alles zusammengeraubt.«

»Teils erobert, teils gekauft von dem Geld, das ich mir ehrlich verdient habe.«

»Ehrlich?« fragte Hammerschmidt gedehnt.

»Jeder tut seine Arbeit. Der Maurer auf dem Bau, der Maler an den Wänden, der Fleischer am Hauklotz, der Bäcker am Brottrog, der Arbeiter an der Maschine... alles ehrliche Leute. Mein Arbeitsplatz ist das Meer, und ich sammle auf, was da so herumschwimmt... ist das keine ehrliche Arbeit?«

»Reden wir nicht weiter.« Hammerschmidt sah sich wieder um.

Dieser Luxus erschlug ihn. »Ist mein Schlafzimmer auch so prunkvoll?«

»Wie für einen Kaiser. Ich bin ein guter Gastgeber.«

»Aber ich nehme an, Sie haben bisher wenig Gäste gehabt.«

»Sehr wenig. Und dann nur für eine ganz kurze Zeit.«

»Haifutter ...«

»Sie haben eine Begabung, immer die unrichtigen Worte zu finden. Sehen Sie sich Dr. Tashi Kagoshima an. Ich habe für ihn sogar ein Hospital gebaut. Eingerichtet mit den modernsten Geräten, Apotheke, ein kleines, aber funktionsfähiges Labor ... Jede Klinik auf dem Festland wäre überglücklich, so eingerichtet zu sein. Und alles in Singapur oder Bangkok gekauft.« Nyen ließ sich in einen tiefen Brokatsessel nieder und winkte Hammerschmidt, sich auch zu setzen. »Bin ich nicht ein guter Gastgeber?«

»Sie haben Dr. Kagoshima das alles doch nur gekauft, um Ihre Piraten immer gesund zu halten.«

»Ist das nicht legitim? Jeder Betrieb – auch bei Ihnen – ist darauf bedacht, eine gesunde Belegschaft zu haben. Sie werden mir vorwerfen, daß ich mich am Vermögen anderer bereichere. Aber fünfzig Prozent meines Verdienstes fließen in Stiftungen. Ich habe Schulen bauen lassen, Kindergärten, Lehrwerkstätten, Sportplätze und Schwimmbäder. Ich habe Küchen eingerichtet, in denen die Ärmsten der Armen eine warme Mahlzeit pro Tag erhalten.«

»Nyen Su-Feng, der große Menschenfreund, dem ein Menschenleben nichts gilt!« sagte Hammerschmidt bitter. »Das ist doch vollendete Schizophrenie!«

»Sie werden das nie verstehen, Kapitän.« Nyen klatschte laut in die Hände. Zwei Diener erschienen, gekleidet wie vor Hunderten von Jahren die Diener der gekrönten Häupter. Lange seidene Gewänder, mit bunten Stickereien, auf den kahlgeschorenen Köpfen eine runde, ebenfalls bestickte Mütze. An den Füßen trugen sie mit bunten Steinen besetzte Pantoffel mit einer dicken Filzsohle.

»Whisky?« fragte Nyen. »Sagen Sie nur, was Sie möchten.«

»Ein Bier.«

»Haben wir auch. Das beste Bier aus China. Tsingtao-Bier. Gegründet von deutschen Braumeistern.«

»Ich kenne das Bier. Auch geklaut?«

»In Kuala Lumpur gekauft!« Er blickte zu den Dienern, die

unterwürfig vor ihm standen. »Bier und Wodka mit Orangensaft. Gut gekühlt! Und schnell!«

Die beiden Diener huschten lautlos davon. Nyen beugte sich zurück.

»Ich sagte, Sie werden das nie verstehen«, nahm Nyen das Gespräch wieder auf. »Sie können es auch nicht verstehen.« Er machte eine weite Handbewegung. »Was Sie hier sehen, was Sie gehört haben, alle Stiftungen an Land, die Schulen, die Kindergärten, Jugendeinrichtungen und Armenküchen, sie sind die Erfüllung eines Traumes, den ich seit meiner Kindheit mit mir herumtrage. Mein Vater, ein Lehrer, wurde von den Vietkong getötet, ich war bettelarm, ein Hund hatte mehr zu leben als ich, und ich träumte immer wieder von einem vollen Teller, von einer Schule, wie sie mein Vater geleitet hat, von der Möglichkeit, etwas zu lernen und damit mein Leben zu ändern. Und ich habe es mit Zähigkeit, Mut und – zugegeben – auch mit Betrug, Bestechung und Gewalt geschafft. Jetzt habe ich mit der Kaperung Ihrer *Else Vorster* meinen Höhepunkt erreicht.« Er sah Hammerschmidt fragend an. »Verstehen Sie mich jetzt wenigstens ein bißchen?«

»Ja und nein.«

»Ich habe von den Vietkong gelernt, daß Leben nichts ist als ein immerwährender Kampf ums Überleben! Hat diese Einstellung nicht Erfolg gehabt? Und warum haben wir gesiegt? Weil wir ohne Angst sterben konnten, weil wir wissen, daß wir wiederkommen.«

Das Bier und der Wodka mit Orangensaft wurden von den Dienern lautlos serviert. Hammerschmidt und Nyen tranken schweigend, als wäre alles gesagt, was zu sagen war. Hammerschmidt kannte jetzt seine Situation und Zukunft, er wußte, daß Nyen immer, wenn es zum Streit kommen sollte, Jens Halbe und Richard Botzke aus ihren Behausungen holen würde, um sie vor ein Erschießungskommando zu stellen, und Hammerschmidt wußte ebenso sicher, daß er dann jedem Befehl Folge leisten würde, um nicht der Mörder seiner Offiziere zu werden.

Später besichtigte er an der Seite Nyens das ganze Haus. Hammerschmidts Zimmer stellte sich als wahre Suite heraus: ein Wohnraum, luxuriös wie alles im Haus, ein Schlafzimmer mit einem überbreiten Bett, ein Badezimmer mit Dusche, WC und Marmor auf dem Boden und an den Wänden. Und überall Kissen, Kissen,

Kissen, bezogen mit Seide, Brokat oder Damast, golddurchwirkt, kunstvolle Handarbeiten, jeder Bezug soviel wert wie das Jahresgehalt eines chinesischen Beamten.

»Fühlen Sie sich wohl, Kapitän«, sagte Nyen nach der Besichtigung des Hauses. »Haben Sie noch Wünsche? Sie werden Ihnen sofort erfüllt. Ein Diener steht zu Ihrer Verfügung, ausschließlich für Sie.«

»Ein Wärter, wollten Sie sagen.«

»Nein, ein Diener. Wärter brauche ich hier nicht. Von dieser Insel kommt niemand herunter ohne meine Erlaubnis. Mein kleines Reich ist sicherer als die berühmte Gefängnisinsel Alkazar vor San Francisco.«

»Ich möchte gern Dr. Kagoshima sprechen«, sagte Hammerschmidt.

»Bitte. Es hindert Sie keiner. Sie können sich – wie ich schon sagte – frei bewegen. Lassen Sie sich von Dr. Kagoshima erzählen, wie angenehm das Leben bei mir sein kann, wenn man das tut, was ich will.«

Er drehte sich abrupt um und verließ das Zimmer. Hammerschmidt sah sich um, ging das ganze Zimmer ab und suchte nach einem Loch, durch das man ihn beobachten konnte. Die zahllosen Masken und Götterfiguren ließen viele Möglichkeiten offen, das Zimmer zu überblicken, nicht zuletzt mit Hilfe des großen Spiegels in dem vergoldeten Rahmen, von dem Hammerschmidt annahm, daß man ihn von der anderen Seite durchblicken konnte.

Dann ging er ins Badezimmer, zog sich aus, duschte sich und legte wieder seine Kapitänsuniform an. Angenehm erfrischt trat er hinaus in die schwüle Hitze. Rechts in der Felsenbucht sah er seine stolze, weiße *Else Vorster* liegen. Wie hatte er sich nur eine derartige Tragödie zu Schulden kommen lassen? Begonnen hatte es ja mit dem Streit zwischen dem Rotchinesen Wu Anming und dem Taiwaner Kang Yunhe. Hatte er sich damals falsch benommen? War seine Reaktion übertrieben gewesen? Hatte er die Meuterei geradezu heraufbeschworen? War es ein Fehler, so streng zu sein? Aber: Welch ein Bild bietet ein Kapitän, der zu weich ist? Wo bleibt da der Respekt? Man kann ein Schiff nicht führen, indem man auf einem Auge blind ist. Disziplin auf See ist die Grundvoraussetzung für jede Fahrt.

Ich habe nichts falsch gemacht, dachte Hammerschmidt. Bei Gott, ich habe richtig gehandelt. Mich trifft keine Schuld.

Er zwang sich, den Blick von seinem stolzen Schiff abzuwenden, drehte sich um und ging langsam den Strand entlang zum Hospital. Vor dem danebenliegenden Bordell sonnten sich fünf Mädchen in Liegestühlen, nackt und verführerisch hergerichtet. Es waren wirklich ausgesucht schöne Mädchen, von jener unwiderstehlichen erotischen Ausstrahlung, wie sie nur Asiatinnen besaßen. Zwei von ihnen richteten sich im Sitzen auf und winkten Hammerschmidt zu, riefen ihm etwas zu, das er nicht verstand, und kicherten dann wie kleine Schulmädchen. Hammerschmidt beachtete sie nicht und ging weiter dem Krankenhaus zu. Plötzlich mußte er an Halbe und Botzke denken und zog die Stirn in Falten.

Sie sind anders als ich, sagte er sich. Sie werden sich auf diese Mädchen stürzen, vielleicht nicht sofort, aber in ein paar Tagen, und dann wird es Komplikationen mit den Piraten geben, Eifersuchtskämpfe, Besitzansprüche, Haß und womöglich Totschlag. Und Botzke und Halbe werden sich in den Armen der Mädchen verfangen. Ein weiblicher Körper ist der Magnet aller Wünsche. Wie sagte einmal ein indischer Gelehrter: Halte einem Hungernden ein Brot und ein schönes Weib hin – er wird zuerst das Weib verzehren und dann das Brot.

Hammerschmidt hatte fast das Hospital erreicht, als Dr. Tashi Kagoshima heraustrat. Als Hammerschmidt vor ihm stand, streckte der etwa 45jährige Japaner ihm beide Hände entgegen, nicht ohne vorher die gewohnte ehrerbietige Verbeugung ausgeführt zu haben. Schöne, schlanke Hände, die einem Pianisten gehören konnten.

»Ich begrüße Sie«, sagte Kagoshima zu Hammerschmidts großer Verblüffung auf deutsch. »Mir ist es ein Rätsel, wieso Nyen Sie mitgebracht hat, auch die anderen Offiziere, aber Sie sind nun mal hier und werden mein Schicksal – verbessern. Das hoffe ich.«

»Es freut mich, Doktor, Sie kennenzulernen, wenn auch unter absurden Umständen«, sagte Hammerschmidt. »Woher können Sie so fabelhaft Deutsch?«

»Ich habe vier Jahre in Freiburg studiert. Eine wunderschöne Zeit. Und dann bin ich als Schiffsarzt auf mehreren deutschen Schiffen gefahren. Bis ich in Nyens Hände geriet.«

»Er hat mir davon erzählt. Und er hat Ihnen diese Klinik hier gebaut.«

»Ja. Er ist ein Teufel! Er erfüllt mir einen Wunschtraum, um meine Gefangenschaft zu vergolden.«

»Irrtum. Er braucht Sie für seine Piraten. Nur das zählt.«

»Darf ich Sie bitten, in meine bescheidene Wohnung zu kommen. Sie wohnen ja im Palast, wie wir Nyens Haus nennen.«

»Es ist ein Palast! Und ich werde mich denkbar unwohl darin fühlen. Ich würde lieber bei meinen Offizieren schlafen.«

»Sie sind in einer freigewordenen Hütte untergebracht. Nicht schlecht, aber einfach.«

»Sie sagen das mit so einem Unterton. Freigewordene Hütte...«

»Sie wurde bis vor drei Wochen vom zweiten Steuermann bewohnt. Ein begabter Junge. Für Nyen anscheinend zu begabt. Er wurde hingerichtet. Vor der gesamten Mannschaft; auch ich mußte daran teilnehmen, meine Frau und die Mädchen vom Bordell. Es war schrecklich. Erst hinterher erfuhr ich, daß der Junge versucht hatte, heimlich aus der Funkstation einen Hilferuf loszulassen. Dabei wurde er überrascht. Für Nyen war das natürlich Hochverrat, auf den es nur die Todesstrafe gibt.«

Sie betraten das Hospital und kamen zunächst in einen größeren Raum, der eine Art »Aufnahme« war. Hinter einem Tisch aus gelacktem Holz saß eine junge, außergewöhnlich schöne Frau in weißen Shorts und rotem T-Shirt. Das Gesicht war vollendetes Ebenmaß... ganz leicht geschlitzte Augen in einem schmalen, fast noch kindlichen Gesicht, eine gerade Nase und ein schmaler, rot geschminkter Mund. Die ganze Schönheit wurde umrahmt von langen, schwarzen Haaren, die lose über die Schultern fielen und bis zum halben Rücken reichten. Sie stand auf, als Hammerschmidt eintrat und machte eine tiefe Verbeugung.

»Meine Frau Sundara«, sagte Kagoshima und blickte Hammerschmidt von der Seite an. »Nyen hat sie für mich auf den Philippinen geraubt. Damit hat er mich endgültig auf Jemaja festgenagelt.«

»Aber Sie haben doch schon eine Frau in Japan.«

»Sie ist Witwe.« Kagoshima hob wie bedauernd die Schultern. »Man hat eine bis zur Unkenntlichkeit aufgequollene Wasserleiche aufgefischt. Sie trug die Uniform des Schiffsarztes Dr. Kagoshima.

Ich bin tot! Sie sehen: Nyen denkt an alles, und nichts ist ihm unmöglich. Ich bin gespannt, was er mit Ihnen vorhat.«

»Ich werde wahrscheinlich den zweiten Steuermann ersetzen. Soviel ist mir jetzt klargeworden.«

»Und Sie werden es tun?«

»Wenn ich mich weigere, droht er, meine Offiziere zu erschießen.«

»Was er auch ohne Zögern tun wird.« Sie gingen durch das Hospital, das wirklich mit allem ausgestattet war, was eine moderne Klinik braucht, und kamen in die Privatwohnung von Dr. Kagoshima. Auch sie war mit modernen Möbeln eingerichtet. Der Arzt sah Hammerschmidts verwunderten Blick.

»Alles gekapert«, sagte er. »Nyen räumt auch die Kapitänsbars aus. An den Flaschen sehen Sie, daß die Opfer der Piraten aus aller Herren Länder kommen. Möchten Sie etwas trinken?«

»Danke. Ich habe bei Nyen schon ein Bier getrunken.«

Dr. Kagoshima goß sich einen Mai-Tai ein, Sundara setzte sich in den Hintergrund auf einen Brokatstuhl, denn bei einem Männergespräch hatte sie nicht mitzureden, aber immer bereit zu sein, zu bedienen und Wünsche zu erfüllen. Sie kannte das von Kindesbeinen an nicht anders, und Kagoshima hatte keine Veranlassung, das zu ändern.

»Es ist eine Schande, solch ein Krankenhaus zu haben«, sagte er, »und es nicht nutzen zu können. Was habe ich schon zu behandeln? Wenn sie auf Raubzug gehen, gibt es ab und zu ein paar Verletzte, aber nicht immer. Krankheiten kennt man hier kaum. Gegenwärtig liegen nur zwei der Kerle im Bett ... der eine mit einem Ulcus am Magenausgang, der andere hat sich das Bein gebrochen. Lappalien! Den Operationstisch habe ich bisher noch nicht benutzt, ebensowenig wie das Narkosegerät. Meine Hauptaufgabe ist es, jede Woche die Mädchen aus dem Puff zu untersuchen, ob sie in Ordnung sind oder schwanger. Bisher hatte ich drei Schwangere. Sie verschwanden über Nacht. Wenn sie von einem Einsatz, wie Nyen es nennt, zurückkommen und irgendwo Landgang hatten, dann stehen hier alle Schlange, um sich untersuchen zu lassen. Ein Tripper wie im Lehrbuch ist dann normal, aber den kann man ohne Schwierigkeiten hinkriegen. Nur einmal war es kritisch. Bei einer Blutuntersuchung, die jeden zweiten Monat stattfindet, war einer der Kerle seropositiv. Weiß der Teufel, wo er sich das geholt hatte. Nyen fragte nur: ›Ist das heilbar?‹ Und ich blieb ehrlich: ›Bis jetzt nicht.‹ Darauf wurde der Kranke einfach aufgehängt! Trotzdem war nachher die Hölle los. Der Aidskranke hatte nach seiner Infizierung noch sechsmal die Mädchen besucht. Aus Angst, auch aufgehängt zu werden, meldete sich natürlich keine. Ich hatte also die Aufgabe, alle Mädchen laufend zur Blutprobe zu bestellen. Was ich da erlebt habe! Die Angebote, die ich bekommen habe, wenn ich den Mund halte, sind nicht wiederzugeben! Zum Glück hatte sich keines der Mädchen angesteckt. Aber Nyen hielt einen Vortrag und sagte ganz klar: Wer von einem Landgang mit Aids nach Hause kommt, wird liquidiert. Seitdem liegen die Burschen nur noch auf meinen gesunden Huren.« Dr. Kagoshima lächelte. »Sehen Sie, das ist meine Aufgabe. Und dafür habe ich in Freiburg meine Prüfungen mit summa cum laude gemacht!«

Hammerschmidt blieb zwei Stunden im Hospital, trank doch noch drei Whisky und verabredete sich mit dem Arzt, zusammen mit Halbe und Botzke einen gemütlichen Abend zu verbringen.

»Auch Nyen ist nicht unbesiegbar«, sagte Dr. Kagoshima leise, als könne jemand sie belauschen. »Ich allein war chancenlos. Aber jetzt sind drei Europäer auf der Insel, und ich bin auch kein Schwächling. Wir müßten es schaffen, Herr Hammerschmidt, wir gemeinsam. Sie werden es sehen: Wenn wir Nyen in unserer Gewalt haben, bricht seine ganze Piratenbande auseinander. Er ist nicht beliebt bei den Kerlen, sie fürchten ihn nur. Wenn ihnen die Furcht genommen wird, entlädt sich bei ihnen der ganze Frust. Um hier wegzukommen, werden sie mit uns gemeinsame Sache machen. Zum Hafen Kuantan auf Malaysia sind es mit Nyens Yacht knapp zwei Tage! Und außerdem«, Kagoshima schämte sich fast, es auszusprechen, »könnten wir eine Menge Geld verdienen. Auf Nyens Kopf sind mittlerweile 250 000 Dollar gesetzt. Das hat er mir selbst mit großem Stolz gesagt. Wir könnten uns das Geld teilen, für jeden 65 000 Dollar. Das ist nicht zu verachten.«

»Und Sie wollen nach Japan zurück, Doktor?«

»Oh nein! Dort bin ich tot und habe eine Witwe hinterlassen. Hier habe ich die schönste Frau, die ich je gesehen habe und die ich liebe wie mein Augenlicht. Ich werde irgendwo eine neue Praxis eröffnen, mit dem Grundkapital von Nyen. Die Welt ist groß, Herr

Hammerschmidt. Ich kann nach Singapur gehen oder nach Bangkok, nach Bombay oder Kuching, nach Manila oder Taipeh. Einen guten Arzt braucht man überall. Und Sie werden wieder ein schönes Schiff fahren.«

»Meine *Else Vorster*, wenn es gelingt, Nyen zu überrumpeln.« Hammerschmidt blickte in sein leeres Whiskyglas. Einen vierten verweigerte er sich. »Eigentlich muß es gelingen, Doktor. Nyen hat ein merkwürdiges Vertrauen zu mir gefaßt.«

»Ich bin gespannt«, sagte Dr. Kagoshima. Endlich sah er eine Möglichkeit, die Insel zu verlassen. Endlich konnte es gelingen, sich aus der lebenslänglichen Zwangshaft zu befreien.

Am Abend hatte Nyen Su-Feng zu einem Essen in sein Haus geladen. Neben Hammerschmidt waren auch Botzke und Halbe, zusammen mit Dr. Kagoshima und seiner Frau Sundara, gekommen. Botzke und Halbe waren kurze Zeit sprachlos über den Prunk und gingen herum, als besichtigten sie einen Palast und trügen Filzpantoffeln über den Schuhen.

»Junge, Junge«, sagte Botzke schließlich, »Pirat müßte man sein. Kapitän, wir haben den falschen Beruf ergriffen.«

»Dafür sind wir ehrlich.«

»Was sich nie auszahlt.«

Nyen empfing seine Gäste in dem prunkvollen Eßzimmer, das ganz im indischen Stil eingerichtet war. Drei Diener in Kostümen servierten den Aperitif. Einen Cocktail, den Nyen romantisch »Inselzauber« nannte. Er schmeckte vorzüglich und hätte bestimmt die Stimmung gehoben, wenn der Gastgeber ein anderer gewesen wäre. So aber standen sie alle herum und warteten auf die neue Überraschung. Und sie kam ohne Ankündigung. Nyen sagte wie beiläufig:

»Heute hätte die *Else Vorster* in die Straße von Singapur einlaufen sollen. Ich sah es als meine Pflicht an, einen Funkspruch nach Hamburg zu schicken und dem Reeder Dr. Wolffers mitzuteilen: ›Ich danke Ihnen für das Geschenk. Die *Else Vorster* ist mein bisher schönstes Schiff. Ihr erfreuter Nyen Su-Feng.‹ Damit ist die Sache erledigt.«

»Und mein Funker Hakahiro hat den Spruch gesendet? Wo ist er jetzt?«

»Wie versprochen, bei seinen Ahnen ...«

Die Nachricht von der Kaperung der *Else Vorster* ging innerhalb von Stunden um die Welt.

Dr. Wolffers hatte sofort nach dem Funkspruch nicht nur die Lloydsversicherung unterrichtet, sondern auch die Bundesregierung in Bonn eingeschaltet. Im Fernsehen und in den Zeitungen erschienen Archivbilder des schönen Containerschiffes, eine amerikanische Fernsehgesellschaft schickte sogar ein Team ins Südchinesische Meer, um – Zufälle sind ja oft Wunder – vielleicht das Schiff irgendwo zu sichten. Ein solcher Riesenfrachter kann ja nicht einfach verschwinden, er muß entweder in einem Hafen liegen oder noch auf See herumirren. Aber schon bei seiner Ankunft in Singapur erkannte das Reporterteam, daß es bei den tausend Inseln, die vor der Küste Malaysias, Thailands und Borneos lagen, geradezu unmöglich war, gezielt zu suchen. Dieses Gebiet bot unzählige ideale Verstecke, ein wahres Dorado für Seeräuber.

Trotzdem flogen die Fernsehleute eine Woche lang mit einem Hubschrauber über die Inselwelt, allerdings in einer völlig falschen Richtung. An die Inselgruppe der Anambas mitten im Südchinesischen Meer dachte niemand, was den Überlegungen Nyens recht gab, auf Jemaja so wohlbehütet zu sein wie ein Kind in der Wiege.

Noch erstaunlicher war die politische Reaktion auf die Kaperung des Schiffes. Dr. Wolffers hatte über das Bonner Außenministerium die Regierungen von Thailand, Malaysia, Singapur und Vietnam auffordern lassen, nicht nur die Suche nach der *Else Vorster* aufzunehmen, sondern ihren Verpflichtungen als Anrainerstaaten des Südchinesischen Meeres nachzugehen und dafür zu sorgen, daß das immer bedrohlicher werdende Piratentum in ihren Gebieten mit allen zur Verfügung stehenden Mitteln bekämpft werde. Auch auf eine Schadensersatzpflicht wurde vorsichtig hingewiesen.

Die angesprochenen Regierungen reagierten sehr unterschiedlich. Malaysia lehnte jede Verantwortung mit der Begründung ab, die Kaperung sei in internationalem Gewässer erfolgt. Thailand bestritt jede Zuständigkeit. Vietnam antwortete gar nicht. Daß man Hanoi verantwortlich machen wollte, weil Nyen Su-Feng Vietnamese war, empfand man als Beleidigung.

Nur mit Singapur gab es eine längere Diskussion – allerdings nicht auf diplomatischer Ebene, da schon der Botschafter in Bonn die Ansicht durchscheinen ließ, der Verlust der *Else Vorster* sei eine reine Privatsache und das Risiko für die Reederei ziemlich genau kalkulierbar. Dr. Wolffers hatte dagegen ein Gespräch mit dem Staatssekretär des Außenministeriums von Singapur, einem hochintelligenten und wendigen Mann namens Chakli Maikora. Er war indischer Abstammung und seit langem mit Wolffers befreundet. Diese Freundschaft gründete auf einem Jahre zurückliegenden Fall, Damals war einer der alten Wolffers-Frachter im Hafen von Singapur festgehalten worden. Grobe Mängel an Maschinen und Sicherheitseinrichtungen, war die Begründung der örtlichen Behörden. Wolffers drohte mit diplomatischen Verwicklungen. So lernte er Chakli Maikora kennen, der den heiklen Fall bearbeiten sollte.

Was damals im einzelnen verhandelt wurde, stand nur lückenhaft in den Akten. Jedenfalls wurde das Schiff trotz der Mängel freigegeben und ging ein Woche später vor Sumatra unter. Es brach einfach, bei leichter See, in der Mitte auseinander. Dr. Wolffers kassierte eine hohe Versicherungssumme und überwies einen ansehnlichen Betrag auf ein Schweizer Nummernkonto. Wem das Konto gehörte, fiel unter das Schweizer Bankgeheimnis. Auffällig war nur, daß sich Chakli wenig später einen Mercedes 500 SEL anschaffte.

Nun also hatte Dr. Wolffers seinen Freund in Singapur am Telefon und hoffte auf ein offenes Ohr und auf Entgegenkommen. Er wurde enttäuscht. Chakli Maikora sprach in dieser heiklen Angelegenheit als Staatssekretär seiner Regierung.

»Die uns übersandte Protestnote lehnen wir entschieden ab!« sagte er, ziemlich zugeknöpft und mit dienstlicher Stimme. Privat war er einer der charmantesten Plauderer, die Wolffers kannte. »Was kann denn der Staat Singapur dafür, wenn auf hoher See ein Schiff überfallen wird? Das kommt jetzt öfter vor.«

»Sie sagen es, Chakli. Es kommt öfter vor. Immer öfter! Und was tut Singapur dagegen? Was unternehmen die anderen Staaten? Sie sehen zu. Sitzen gewissermaßen in der Loge und genießen das Seeräuberdrama auf der Bühne der Meere.«

»Das Meer gehört, bis auf die Küstenzonen, jedem! Wir können unsere Häfen und Küsten bewachen, mehr aber auch nicht. Warum auch sollten wir das? Wer bezahlt die Millionen Dollar, ganz davon abgesehen, daß wir gar kein Recht haben, auf offener See jemanden zu kontrollieren. Wenn die Kaperung der *Else Vorster* in unserem

Hoheitsgebiet erfolgt wäre, dann könnten wir eingreifen. Aber wissen Sie, wo Ihr Schiff gekapert wurde?«

»Nach den vorliegenden Funksprüchen nahe Singapur.«

»Können Sie Beweise vorlegen, Dr. Wolffers?«

»Beweise! Die Funksprüche des Schiffes...«

»Funksprüche sind keine Beweise. Sie können von überall her kommen und falsche Positionen nennen. Warum ist während des Überfalls nicht gefunkt worden?«

»Ich weiß es nicht. Keiner kennt ja den Hergang des Geschehens. War es nachts, war es am Tag? Wer kann ein so großes Schiff wie die *Else Vorster* überhaupt entern, besetzen und entführen? Mein bester Kapitän, Ernst Hammerschmidt, führt das Schiff! Er hat vier Tage vor der Kaperung sogar eine Warnung erhalten und hat daraufhin seinen Kurs geändert. Ich habe ihn dafür gelobt. Einen Tag später wurde tatsächlich ein japanischer Frachter überfallen und ausgeraubt. Und das begreife ich nicht. Die Piraten haben nur Beute von Bord genommen, aber nie ein Schiff entführt. Und ein Riesenschiff wie die *Else Vorster* wird von ihnen plötzlich gekapert und verschwindet spurlos! Was wollen die Piraten mit einem solchen Schiff, das jeder kennt?«

»Das sollten Sie Nyen Su-Feng fragen, aber nicht mich«, sagte Chakli nüchtern. »Aber ich stelle fest: Ihr Kapitän war vorgewarnt!«

»Ja. Deshalb hat er ja den Kurs geändert.«

»Und ist prompt in die Arme von Nyen gelaufen. So etwas kann man Schicksal nennen.«

»Bitte, keine so banalen Sprüche!« Wolffers war enttäuscht und wütend. Chakli benahm sich, als sei Wolffers ein unbekannter Bittsteller und bettele um ein Almosen des Staates Singapur. »Es ist für mich so gut wie sicher, daß der Überfall in Ihren Gewässern stattgefunden hat.«

»Aber es fehlen die Beweise. Wenn Ihr Schiff in unserer Hoheitszone gefunden wird, oder wenn die Mannschaft aussagt, könnten wir uns damit befassen und nach Nyen suchen. In unseren Grenzen! Das muß ich festhalten. Was ist übrigens mit der Besatzung?«

»Das ist meine zweite große Sorge: Keiner weiß, was mit ihr geschehen ist. Kein Rettungsboot, nichts. Der Gedanke, die Piraten könnten die gesamte Crew... Ich möchte es gar nicht aussprechen.

Meine besten Offiziere fuhren auf der *Else Vorster*. Kapitän Hammerschmidt, der Erste Offizier Halbe, der Zweite Offizier Botzke, der Chief Smits... es wäre ein unfaßbare Tragödie. Und die Welt sieht einfach zu! Die Staaten, die für Ordnung sorgen könnten, verstecken sich hinter Meilenzonen, Nichtzuständigkeit und mangelndem Interesse. Wie würde Singapur reagieren, wenn eines seiner Schiffe entführt würde?«

»Wir würden suchen, aber nicht Deutschland dafür verantwortlich machen«, antwortete Chakli kühl. Auch Ironie schwang in dem Satz mit. »Es ist Sache der Deutschen, die Suche aufzunehmen.«

»Das ist doch wohl ein Witz!« rief Wolffers empört. »Mit anderen Worten: Niemand am Südchinesischen Meer ist verantwortlich!«

»Auf diesen Nenner kann man es bringen.«

»Piraterie ist ein internationales Problem, Mr. Maikora.«

»Es fehlt aber ein internationales Abkommen über die globale Bekämpfung der Piraterie. Alle Staaten sollten sich zusammensetzen und ein gemeinschaftliches Gesetz beschließen, das es erlaubt, Seeräuber zu jagen. Bis heute ist es so, daß jedes Schiff sich selbst wehren muß. Wie reagiert Deutschland auf die Piraterie?«

»Wir empfehlen unseren Kapitänen, keinen sinnlosen Widerstand zu leisten.«

»Sehen Sie!« Triumph schwang in Chaklis Stimme. »Sie empfehlen, sich ausrauben zu lassen. Aber jetzt wollen Sie Singapur zur Kasse bitten, weil wir angeblich nichts tun und der Überfall in unseren Gewässern geschehen sein soll. Lieber Dr. Wolffers, die Kosten des Telefonats hätten Sie sich sparen können.«

»Und was unternehmen Sie, wenn Überlebende meiner Mannschaft in Singapur eintreffen und bestätigen, daß die *Else Vorster* im Gebiet von Singapur gekapert wurde?«

»Abwarten.«

»Was heißt abwarten?«

»Ob es Überlebende gibt...«

»Wie können Sie so etwas Ungeheuerliches aussprechen?« schrie Dr. Wolffers.

»Ich bin Realist, Dr. Wolffers.« Chakli blieb nüchtern wie bisher. »Wir haben von Nyen Su-Feng genug gehört, um zu wissen, daß er keine Gefangenen macht. Vietnamesische Flüchtlinge, die er überfallen hat, durften nur weiterleben, weil sie seine Landsleute waren. Aber alle Frauen, sogar kleine Mädchen, wurden von den Piraten vergewaltigt. Wer sich wehrte oder die Entehrung seiner Frau oder Tochter verhindern wollte, wurde erschossen und über Bord geworfen. Gesehen hat Nyen noch keiner. Die Überlebenden sagten aus, daß sie nur seine Stimme von seinem Schiff herab gehört haben. Über Lautsprecher. Ein Blick in die Kommandobrücke war auch unmöglich. Er hat sie mit getönten Scheiben verglasen lassen.« Chakli räusperte sich. Es muß gesagt werden, dachte er, sonst warten sie voll falscher Hoffnungen. »Rechnen Sie damit, Dr. Wolffers, daß keiner Ihrer Besatzung mehr lebt. Jeder Gefangene ist für Nyen eine Belastung. Warum auch sollte er Gefangene mitnehmen? Damit sie sein Versteck sehen? Jeder Gefangene ist ein Risiko, und Nyen geht jedem Risiko aus dem Weg.«

»Ich soll den Frauen und Müttern meiner Offiziere sagen: Ihr Mann, Ihr Sohn ist ermordet worden. Wir wissen nichts Genaueres, aber wir müssen damit rechnen. Die Piraten sind gnadenlos.«

»Es ist tragisch, aber es ist auch die Wahrheit. Wenn in den nächsten Tagen niemand aufgefischt oder an Land gespült wird, können Sie mit dem Tod der gesamten Crew rechnen. Und die Chance, daß man Leichen findet, ist verschwindend gering. In diesem Gebiet wimmelt es von Haien.«

Chakli hüstelte diskret, aber wer ihn kannte, verstand das Signal: Es ist nichts mehr zu sagten.

»Kann ich sonst noch etwas für Sie tun?« fragte er höflich.

»Nein.« Dr. Wolffers Stimme machte aus seiner Enttäuschung keinen Hehl.

»Ich danke Ihnen für das Gespräch, Mr. Maikora«, sagte Dr. Wolffers in einem geradezu feindlichen Ton. »Ich werde Sie in Zukunft nicht mehr belästigen.«

Mit einem tiefen Seufzen legte Chakli auf. Ab heute würde sich sein Vermögen auf dem Nummernkonto in der Schweiz nicht mehr vergrößern, aber er hatte seinem Land einen großen Dienst erwiesen. Es ist oft schwer, Diplomat zu sein und sein Privatleben dafür zurückzustellen.

Dr. Wolffers lief ins Leere. Helfen konnte ihm niemand, keiner war zuständig, und immer bekam er dieselbe Antwort: Geschäftsrisiko. Wer die südasiatische Route fährt, muß Vorkommnisse dieser

Art einkalkulieren. Er überwand sich, persönlich bei den Hinterbliebenen seiner deutschen Offiziere zu kondulieren. Zuerst besuchte Wolffers die Frau von Kapitän Hammerschmidt. Er war verwundert, daß er eine Witwe antraf, die nicht sofort in Tränen ausbrach, und einen Sohn, der ebenfalls ohne Trauer das aussprach, was Tilde Hammerschmidt dachte:

»Papa ist nicht tot... darum sind Sie doch gekommen? Wir glauben nicht, daß er umgekommen ist.«

»Wir haben alle Berichte in den Fernsehprogrammen gesehen«, sagte Mathilde und zeigte auf einen Stapel Zeitungen auf dem Tisch. »Und wir haben alle Zeitungen, die wir bekommen konnten, gesammelt. Nirgendwo steht, daß mein Mann umgebracht sein könnte.«

Dr. Wolffers fühlte sich so unwohl wie noch nie in seinem Leben. Er saß auf der Couch, blickte auf das große Foto von Hammerschmidt, das in einem silbernen Rahmen auf einem Stutzflügel stand, und ließ sich ein Bier reichen.

»Ich bin gekommen, damit Sie sich keinen falschen Illusionen hingeben. Wir müssen der Wahrheit, so furchtbar sie auch ist, ins Auge sehen.«

»Lieber mit einer Illusion leben als mit dieser Hoffnungslosigkeit.«

»Bisher haben die Piraten, wie sie im Fernsehen sagen, noch nie einen Mann auf den überfallenen Schiffen getötet!« meinte der Junge. »Warum jetzt gerade Papa?«

»Weil sie das Schiff nicht ausgeraubt, sondern gekapert haben. Das heißt, sie haben das Schiff besetzt und mitgenommen. Zum ersten Mal in der modernen Seefahrtsgeschichte. Das ist ein ganz anderer Raub.«

Hammerschmidts Sohn sah Dr. Wolffers nachdenklich an. Man sah, wie sein Gehirn arbeitete. Und plötzlich leuchtete sein Gesicht auf, als habe er das Rätsel gelöst.

»Papa kann gar nicht tot sein!« rief er so laut, daß selbst Mathilde zusammenzuckte. »Die Piraten haben die *Else Vorster* gekapert und dann irgendwo versteckt. Wer aber hat sie gefahren? Wer kann ein so großes modernes Schiff lenken? Die Piraten? Im Fernsehen sagten sie, die Piraten seien alles Männer, die weder lesen noch schreiben könnten. Wie können sie dann ein so großes Schiff steuern? Das können nur Papa und seine Offiziere. Sie müssen also leben, um das Schiff zu fahren. Papa ist nicht tot – er ist Gefangener der Seeräuber.«

Dr. Wolffers starrte den Jungen fassungslos an. Er hat recht, durchfuhr es ihn, er hat wirklich recht. Daran hat niemand gedacht: Wer hat das Schiff in das Versteck von Nyen Su-Feng gebracht? Das konnten tatsächlich nur Hammerschmidt und seine Besatzung. Also leben sie... lebten jedenfalls so lange, bis sie das Versteck erreicht hatten. Aber was will Nyen mit einem solchen Schiff anfangen? Wie will er die Container-Ladung an Land bringen? Wie kommt sie zu den Hehlern? Mein Gott, wo ist meine Logik geblieben? Natürlich muß die *Else Vorster* beladen bleiben, natürlich muß Hammerschmidt, mit der Pistole im Nacken, sie irgendwohin fahren, natürlich muß er weiterleben, denn ohne Hammerschmidt muß Nyen seine Beute verfaulen lassen.

»Mein Junge«, sagte Dr. Wolffers gerührt, »du hast die Lösung gefunden. Nur so kann es sein: Der Kapitän lebt und muß die *Else Vorster* dorthin bringen, wo Nyen seine Abnehmer hat.«

»Ich sage ja, ich fühle es: Ernst lebt!« sagte Mathilde und faltete die Hände, als wolle sie beten. »Und wenn er lebt, dann wird es ihm auch gelingen zurückzukommen.«

Dr. Wolffers verabschiedete sich schnell, fuhr zurück nach Hamburg und alarmierte mit der neuen Hoffnung das Seeschiffahrtsamt und das Bonner Verkehrsministerium. Er mußte lange reden, bis man sich entschloß, noch einmal ein Fax an die zuständigen Behörden von Malaysia, Thailand, Singapur und Vietnam zu schicken. Alle antworteten, daß sie selbstverständlich ihre Küste unter Bewachung hielten, nur Vietnam schwieg offiziell. Intern jedoch wurde die Marine des Landes alarmiert. Die Radarstationen tasteten das Südchinesische Meer ab.

Aber bis nach Jemaja kamen sie nicht, und Nyen Su-Feng dachte nicht daran, die Insel zu verlassen. Er hatte Zeit, viel Zeit, und sein Versteck war einmalig. Die Welt hat ein kurzes Gedächtnis, sagte er sich. In drei, vier Monaten kann sich kaum noch jemand daran erinnern, wer oder was die *Else Vorster* war. Dann war die Zeit gekommen, daß Hammerschmidt das Schiff wieder hinaus auf die offene See steuern würde mit einem Ziel, das er erst auf der Fahrt erfahren sollte.

Dr. Wolffers besuchte nun auch die Verwandten von Halbe und Botzke. Jetzt kam er nicht, um zu kondolieren, sondern um Mut und Zuversicht zu verbreiten.

Wieder in seinem Büro überreichte ihm seine Chefsekretärin ein Fax, das vor zwei Tagen eingetroffen war: *Zusammenkunft am 27. auf Barbados. Hotel* Glitterbay. *Jeanmaire.*

»Ich habe den Flug schon gebucht, Herr Doktor«, sagte die Sekretärin. »Für den 26., über Frankfurt.«

»Wenn ich Sie nicht hätte, Monika! Sonst noch was?«

»Ja. Die Versicherungen wollen nicht zahlen. Verschwunden ist nicht gesunken, sagen sie. Unklare Verhältnisse. Außerdem ist Kaperung nicht ausdrücklich im Vertrag genannt.«

»Das wollen wir ja mal sehen!« Dr. Wolffers reckte sich kampfeslustig. »Diese Gauner in ihren Glaspalästen! Das fechten wir durch mit allen juristischen Mitteln, was, Monika?«

»Ja, Herr Direktor. Ich habe daran auch gedacht.« Sie lächelte allwissend. »Ich habe in Ihrem Namen die Anwälte Dr. Jünger und Dr. Faltermaier für morgen vormittag 10 Uhr herbestellt.«

»Sie sind die beste aller Chefsekretärinnen, Monika!« rief Dr. Wolffers und tätschelte ihre rechte Wange. »Wenn ich nicht verheiratet wäre, wer weiß ...«

Fröhlich pfeifend ging er in sein Zimmer und ließ die schwere, schalldichte Tür hinter sich zufallen.

Barbados

Wer Barbados kennt, weiß, daß dort kein Wunsch an Karibikromantik unerfüllt bleibt. Es ist die Insel der Freude, der Steelband, des Limbo, des Rums und der Liebe. Hier mußte Gott mit besonderer Bewunderung über sein Werk die Blumen gepflanzt und die Bäume gesetzt haben. Und das *Glitterbay* vereinte in sich all das, was Schönheit, Luxus, Farbenpracht und Zufriedenheit herbeizaubern können. Es lag direkt am Meer mit einem eigenen, weißen Sandstrand. Die Suiten waren groß, mit breiten Balkonen oder Terrassen. Die Küche, weit gerühmt, ließ auch den verwöhntesten Feinschmecker wortlos genießen. Es war genau die richtige Adresse für einen Pierre Jeanmaire, der nichts mehr haßte als Mittelmaß. Aus Gründen, die er am besten kannte, mied er Europa grundsätzlich und bevorzugte Gegenden, wo man das Meer sehen konnte. Das waren vornehmlich die Karibik oder die Südsee mit Ausnahme der Hawaii-Inseln, wo ihn die Anwesenheit des FBI störte. Man soll schlafende Hunde nicht wecken, sagt der Volksmund, und Jeanmaire hätte eine große Meute hinter sich gehabt. Auf Barbados aber fühlte er sich wohl. Er war schon zehnmal auf der Insel gewesen, kannte einige Herren der Regierung in Bridgetown, arbeitete mit einer Klassifizierungsgesellschaft in der Hauptstadt eng zusammen und ließ so manchen Dollar auf der Insel zurück. Wenn es galt, Vertrauen zu erwecken und Freunde zu gewinnen, konnte Jeanmaire sehr großzügig sein. Sein Kalkül war einfach: Wo man etwas hineinsteckt, kann ein Mehrfaches herauskommen. Bisher hatte ihm der Erfolg immer recht gegeben.

Am 27. waren die Eingeladenen vollzählig im *Glitterbay*. Zweiundzwanzig seriöse, meist ältere Herren begrüßten sich herzlich, umarmten sich, fragten nach dem Wohlergehen von Frauen, Kindern, Enkelkindern, tranken einen Cocktail und fanden einstimmig, daß die Insel, trotz der Touristenschwemme aus Europa, ihren Zauber nicht verloren hatte.

Man traf sich zunächst draußen an der Bar des Swimmingpools unter bunten Sonnenschirmen und erzählte sich Familiäres oder Intimes über gemeinsame Bekannte. Besonders herzlich wurde der Reeder Jesus Malinga Bouto aus Liberia begrüßt. Man umarmte ihn, klopfte ihm auf die Schulter, und einige Reeder aus Panama und den Bahamas küßten ihn sogar dreimal auf die Wangen.

Nach dem Mittagessen, das Jeanmaire zusammengestellt hatte, zogen sich die Reeder gemeinsam zurück. Der Ernst des Tages begann.

Nach einer kurzen formellen Begrüßung kam Jeanmaire, der den Vorsitz der Connection übernommen hatte, ohne lange Umschweife sofort auf das Thema. Er sagte:

»Wir alle sind uns im klaren, daß die Lage sehr ernst ist. Drei von uns haben einen herben Verlust erlitten: Mr. Wolffers ist seine *Else Vorster* entführt worden von den gefürchtetsten Piraten im Südchinesischen Meer. Kollege Bouto hat seine *MARINGO* vor Teneriffa verloren. 200 000 Tonnen Öl liefen aus und bildeten einen riesigen Ölteppich, der die gesamten Kanarischen Inseln bedrohte. Gott sei Dank schlug der Wind rechtzeitig um und trieb die Gefahr hinaus auf den freien Atlantik, wo sich bald alles auflösen wird. Ich habe größten Ärger mit meiner *Unico II*, weil mein Kapitän zu dämlich war, das Schiff aufzugeben. Das hätte mir – wie auch Ihnen, liebe Kollegen – eine befriedigende Versicherungssumme eingebracht.«

»Bei mir zahlt keiner was!« warf Dr. Wolffers ein. »Die *Else Vorster* gilt nicht als verloren. Ihr Schicksal ist unbekannt. Man weiß nur, daß sie in der Hand des Piraten Nyen Su-Feng ist oder war, und das gilt nicht als Totalverlust. Man faselt von einer Wiederbeschaffung. Da sind Bouto und Sie, Jeanmaire, besser dran. Vor allem Bouto.«

»Sprechen wir jetzt nicht über Geld – es gibt ein heißeres Thema. Durch die Häufung der Unglücke auf See, vor allem bei den Tankern, und seit der Katastrophe mit der *Maringo* plant man ein internationales Abkommen, das unsere Handlungsfreiheit enorm beschränken wird. Der Maßnahmenkatalog kommt einer Knebelung gleich. Wir alle wissen, was es bedeutet, wenn das zum Gesetz erhoben wird. Es ist das Ende der lukrativen Schiffahrt. Meine Herren, ich habe versucht, über unsere internationalen Verbindungen diese Idee vom Tisch zu wischen. Leider zur Zeit nicht möglich. Die Unglücke der letzten Monate haben eine feindliche Atmosphäre gegen Tankerreeder entstehen lassen. Wir sollen an allem schuld sein! Man wirft uns vor, alte Rostlauben nur fahren zu lassen, damit sie untergehen!«

Jeanmaire legte eine Pause ein. Dann redete er weiter:

»Die ahnungslose Welt glaubt dieser Hetzpropaganda. Die Umweltschutzorganisationen schlagen Salti! Vor allem die Deutschen, das muß ich leider sagten, Dr. Wolffers, vor allem die Deutschen reißen das Maul auf. Da ist der Bund für Umwelt und Naturschutz Deutschland, da ist Greenpeace, da sind die Gewerkschaften, da ist der Bundesverband der Lotsen, da ist die Seeberufsgenossenschaft, alles Schreier, die ihre Umgebung verrückt machen.«

»Die Fast-Katastrophe Ihrer *Unico II* hat das alles ausgelöst«, rief Dr. Wolffers dazwischen. Er ließ den Vorwurf nicht auf sich sitzen, die Deutschen seien hysterisch geworden. »Das Wattenmeer ist unersetzlich! Da stimme ich zu! Wenn Ihre *Unico II* im Orkan gebrochen wäre, was wäre dann passiert?«

»100 000 Tonnen Rohöl wären an die deutschen Küsten geschwommen. Opfer einer Naturgewalt. Windstärke zwölf würde sogar Ihrer *Else Vorster* sehr zu schaffen machen, und es war ein neues, bestens ausgerüstetes Schiff.«

»Die *Unico II* ist über achtzehn Jahre alt.«

»Dr. Wolffers!« rief Jeanmaire scharf. »Sie sitzen im Glashaus und werfen noch mit Steinen! Soll ich daran erinnern, wie alt die Mehrzahl Ihrer Schiffe ist? Sie verstecken sich immer hinter Ihrem supermodernen Containerschiff, und das gelingt Ihnen vorzüglich. Aber wenn jemand hinter den Neubau blickt, entdeckt er auch bei Ihnen einen Schrottplatz.«

Wolffers schwieg. Er senkte den Kopf und verzichtete auf eine Antwort. Man war hier unter sich, und jeder wußte von jedem, daß keiner einen Grund hatte, sich gegen andere aufzuspielen.

»Das Alter unserer Tanker.« Jeanmaire blätterte in einigen Papieren vor sich. »Wir alle scheinen vergessen zu haben, wie die Realität ist. Ein Supertanker kostet heute rund 150 Millionen Dollar, und die Werftpreise steigen. Diese 125 Millionen Dollar bedeuten einen Kapitalaufwand von jährlich 10 bis 15 Millionen Dollar. Um einen Verdienst beim Öltransport zu erzielen, müssen wir eine Charterrate von täglich 60 000 Dollar veranschlagen. In Wirklichkeit erhalten wir aber nur 15 000 Dollar pro Tag. Um überhaupt leben zu können, *müssen* wir unsere Tanker mindestens zwanzig Jahre laufen lassen, müssen wir an der Besatzung sparen, an der Wartung, an Erneuerungen, an der Heuer, die natürlich weit unter den Gewerkschaftsforderungen liegt. Wir müssen die Sicherheitsvorschriften umgehen, indem wir Registrierungen in Drittländern wie Liberia, Panama, St. Vinzenz vornehmen. Sie kennen das ja alles! Kostenersparnis um jeden Preis ist die einzige Garantie zu überleben. Das alles sollen die neuen Gesetze uns verbieten. Schon bezeichnet man unsere Flaggen als *Flags of Convenience* und will uns damit an den Kragen. Das zu verhindern ist unsere vordringliche Aufgabe, nicht die Reparatur unserer Schiffe! Meine Herren, ich appelliere an Ihren kaufmännischen Verstand: Schöpfen Sie alle Verbindungen zu Ihren Regierungen aus, setzen Sie die besten Leute an, damit Ihr Land einen solchen Unsinn nicht unterzeichnet. Drohen Sie mit einem Zusammenbruch des Seehandels. Man weiß in den Ministerien, daß der Landweg um ein Vielfaches mehr kostet als der Seeweg. Das würde das Öl dermaßen verteuern, daß es in der Bevölkerung massive Unzufriedenheit nach sich ziehen würde. Der gefährlichste Gegner der Regierungen ist der geschröpfte Autofahrer! Das sind Argumente, die jeder Minister versteht, auch wenn er von Seefahrt keine Ahnung hat.«

»Die Regierungen sperren sich«, warf ein Reeder aus Frankreich ein. »Die Ereignisse vor Teneriffa haben die ganze Diskussion neu entfacht. Und dann, Mr. Bouto, Ihr Kapitän Heßbach! Seine Pressekonferenz war eine Ohrfeige für uns alle, die wir noch lange spüren werden. Was da zur Sprache kam, sitzt in den Gehirnen fest. Das vergißt man nicht so schnell wieder. Durch Ihren Kapitän Heßbach ist uns ein ideeller Schaden entstanden, der auf die Dauer höher ist als der Verlust eines Supertankers. Diese Initiative kann uns entscheidende Türen bei den maßgeblichen Stellen verschließen!«

»Ich habe versucht, diese Konferenz zu verhindern!« sagte Jeanmaire, ehe Bouto ein Klagelied anstimmen konnte. Man sah seinem Gesicht an, daß er unter dieser Blamage sehr litt. »Ich habe auf Heßbach einen Mann ansetzen lassen, der das Problem still und elegant lösen sollte. Leider hat er in diesem Augenblick versagt.«

»Ich habe Kapitän Heßbach angestellt«, verkündete Wolffers der verblüfften Versammlung. »Nicht nur, weil er ein guter Seemann ist, sondern weil auf der Fahrt, für die ich ihn einsetzen werde, die Möglichkeit besteht, ihn für immer loszuwerden. Glauben Sie nicht, meine Herren, daß ich nicht kooperativ denke. Heßbach hat auch mir unendlich geschadet. Ich muß, schon des Images wegen, vier meiner Schiffe ausflaggen. Wir alle sind Heßbachs Opfer. Aber das regle ich.«

»Heßbach ist spurlos verschwunden.« Jeanmaire trank einen Schluck Mineralwasser. »Er soll sich in Togo aufhalten, ist die letzte Nachricht unseres Mannes, der auf seiner Fährte ist. Togo, da kann man unterkriechen für alle Zeiten. Aber ich vertraue unserem Mann. Er hat schon ganz andere Probleme gelöst. Was aber nichts daran ändert, daß der Schaden durch Heßbach uns allen lange Zeit anhaften wird. Es muß uns dennoch gelingen, alle Beteiligten davon zu überzeugen, daß Heßbach ein Demagoge ist, der die Massen in Hysterie aufpeitschen kann. Die Saat seiner Worte darf nicht aufgehen. Seine körperliche Ausschaltung überlassen Sie bitte mir und Mr. Bouto. – Das war das Wichtigste, was hierzu zu sagen war. Ich bitte jetzt um die Diskussion meiner Vorschläge.«

Die Herren der Öl-Connection debattierten bis in den Abend hinein. Am Ende waren sich alle einig, daß der Druck auf die Staaten wesentlich verstärkt werden müsse. Und natürlich würde man weiter die uralten Tanker auf allen Meeren fahren lassen, um möglichst hohe Gewinne einzustreichen, solange dies noch möglich war. Ein Reeder aus England faßte das Gesagte in einem Satz zusammen, der von allen beklatscht wurde:

»Ölunfälle wird es immer geben, das läßt sich nicht vermeiden. Aber man sollte Ölunfälle nicht dramatisieren. Unser britischer Schiffahrtsminister, Malcolm Earl of Caithness, hat nach dem letzten Ölunfall gesagt: ›Das Öl schwimmt oben, und die Fische schwimmen unten. Da kann nicht viel passieren!‹ Dazu ist nichts mehr zu sagen!«

Das Abendessen war wiederum ein Fest der Gourmets. Nach einem Besuch an der Bar zogen sich die Herren zufrieden auf ihre Suiten zurück. Die Zusammenkunft auf Barbados war ein voller Erfolg gewesen, der sich in den nächsten Jahren auszahlen würde. Von einer Krise der Tankerschiffahrt konnte keine Rede sein.

Lomé

Im Deutschen Club von Lomé war Gérard Armand ein gern gesehener Stammgast geworden. Die Clubkarte zahlte sich aus. Er erfuhr so manche Interna aus den Geschäftsleben Togos, lernte eine Anzahl einflußreicher Leute kennen, aber so diskret er auch jeden fragte: Einen Mann mit einer gelben, rotgepunkteten Krawatte kannte niemand.

»So etwas fällt doch auf!« sagte der Stellvertreter des deutschen Konsuls und lachte dabei, als habe Armand einen Witz erzählt. »Gelb mit roten Punkten ... da guckt doch jeder hin. Ich glaube nicht, Herr Armand, daß dieser ›geschmackvolle‹ Herr Mitglied unseres Clubs ist.«

»Er muß eine einflußreiche Stellung in Lomé haben.« Armand sah dem Rauch seiner Zigarre nach. »Er hat einen prominenten Gast aus Deutschland vom *Hôtel de la Paix* abgeholt und hat ihn auf einer Fahrt landeinwärts begleitet. Sie fragen sich sicher, welches Interesse ich an dem Herrn habe.«

»Dieser Gedanke ist mir tatsächlich gekommen.«

»Ich glaube, in ihm einen alten Bekannten wiederzuerkennen. Wir haben uns – lassen Sie mich nachdenken – ja, wir haben uns bestimmt zwanzig Jahre nicht mehr gesehen. Da kann sich ein Mensch verändern.«

»Und zwar gewaltig. Aber Sie wissen doch seinen Namen?«

»Er hieß damals Julian Reeske.«

»Was soll das heißen: Damals?«

»In zwanzig Jahren kann sich auch ein Name ändern.«

»Das wäre unseriös. Im Deutschen Club verkehren nur seriöse Herren ...«

Armand begriff sofort, daß er einen groben Fehler gemacht hatte, den es sofort zu korrigieren galt. Er lachte kurz auf, wischte mit der Hand durch die Luft und erklärte: »So war es nicht gemeint. Ich habe nur ein Sprichwort zitiert, das ich in den USA gehört habe.«

»Typisch Amerika! Dort soll man die Namen wechseln können wie die Hemden. Und wer will das kontrollieren – es gibt ja keine Meldepflicht!« Der Stellvertreter des Konsuls warf Armand einen forschenden Blick zu. »Woher kennen Sie den Krawattenträger?«

»Ich traf ihn in St. Tropez. Er machte dort Urlaub. Wir kamen ins Gespräch. Ein interessanter Mann. Er ist im Exportgeschäft tätig, paßt also genau nach Togo.«

»Hier gibt es viele Exportfirmen.«

»Auch für Seetransporte?«

»Vornehmlich, schon aus Kostengründen. Lomé ist ein wichtiger Umschlagplatz. Der Hafen ist gewissermaßen das Herz von Togo. In neuerer Zeit ist man bemüht, den Tourismus anzukurbeln, baut Feriendörfer, Clubs und Strandhotels, aber so richtig klappt das noch nicht.«

Drei Wochen lang besuchte Armand fast jeden Abend den Deutschen Club. Das Essen war schmackhaft und genießbar, wie Armand es bezeichnete, das Weinsortiment sogar sehr gut, die Bar etwas bieder, und vor allem vermißte Armand Frauen im Club, die etwas Leben in diese selbstgefällige Männergesellschaft bringen würden.

Ab und zu gönnte sich Armand eine Nacht mit dem flotten Zimmermädchen im Hotel *Sarakawa*, er brauchte dazu keine langen Worte mehr, denn wenn er in ihrer Gegenwart seine Gürtelschnalle öffnete, schlüpfte sie sofort aus ihrem engen schwarzen Kleid, und da sie darunter nur ihre blanke, wundervoll kaffeebraune Haut trug, war der Weg zum Bett schnell überwunden. Oft dachte er dabei an sein Püppchen von Fuerteventura mit ihren spitzen Brüsten und harten Brustwarzen. Fuerteventura ... das war eine andere Sonne als in Togo. Es war eine Sonne, die man lieben und genießen konnte. Die Sonne von Lomé haßte Armand. Das feuchtheiße Klima setzte ihm zu.

An einem Vormittag, als er an der Uferpromenade des Lac de Bé saß, klopfte ihm jemand leicht auf die Schulter. Armand, geschult, sofort zu reagieren, schnellte herum und ging in Verteidigungshaltung. Der Mann, der ihn angetippt hatte, lachte leise.

»Sie erkennen mich nicht, Monsieur?« fragte er.

Armand richtete sich aus der gekrümmten Haltung wieder auf. »Bedauere, nein? Woher kennen Sie mich?«

»Sie haben bei mir eine wunderschöne Maschinenpistole gekauft ...«

»Ali Mahmud.«

»Richtig.« Mahmud setzte sich neben Armand auf die Bank und nahm ein goldenes Zigarettenetui aus der Tasche seiner Dschellabah. Er bot Armand eine Zigarette und sah, wie er zögerte. »Sind Sie immer so mißtrauisch, Monsieur?«

»Das Leben ist ein fortwährendes Betrügen, Ali. Auch du hast mich beschissen.«

»Ich habe gute Ware geliefert, Monsieur. Gutes kostet Geld ... diese zwei Gs sollten Sie sich merken.« Er steckte zuerst Armands, dann seine Zigarette an und machte voller Genuß den ersten Zug. Dann sah er Armand mit glitzernden Augen an und neigte den Kopf etwas zur Seite. »Haben Sie Ihren Springbock erlegt?«

»Nein! Er ist weggesprungen, und ich habe seine Spur verloren.«

»Kann ich Ihnen helfen?«

»Sie, Ali? Ich glaube kaum.«

»Man muß Spuren lesen können, und das ist eine Fähigkeit, die nicht jeder beherrscht. Ein normaler Jäger erkennt Fußspuren oder geht der Losung des Wildes nach, das ist keine Kunst. Das kann man lernen. Man muß eine Spur auch riechen können, man muß sie in der Seele spüren. Das können nur wenige, denen Allah diesen Spürsinn gegeben hat.«

»Dann wollen wir mal auf Allah vertrauen«, sagte Armand. Es klang mehr amüsiert als ernsthaft. »Zunächst: Der Springbock hat zwei Beine ...«

»Das war mir von Anfang an klar, Monsieur.«

»Ich weiß nicht, wie er aussieht. Ich kenne sein Fell nicht. Ich weiß nicht, wie groß er ist. Ich weiß nur, daß er eine gelbe Krawatte mit roten Punkten trägt.«

»Ein seltener Springbock, Monsieur.« Ali Mahmud lächelte vor sich hin und hatte dabei die Augen halb geschlossen. Es war, als suche er in seinem Inneren die Antwort auf eine Frage. »Ich sehe ihn ...« sagte er dann langsam und in einer Art von Trance. »Ein mittelgroßer Mann mit braunen Haaren. Er trägt diese gelbe Krawatte ...«

»Machen Sie keinen Quatsch, Ali!« sagte Armand atemlos. »Auf so ein Theater falle ich nicht rein!«

»Ich kenne ihn. Ich habe ihn gesehen mit seiner gelben Krawatte. Er ging an mir vorbei auf dem Boulevard de l'Oti, ganz in der Nähe des Flughafens. Er trug einen hellen Anzug und weiße Schuhe. Das Hemd war von einem schwachen Blau. Die gelbe Krawatte sah gut aus zu dem Hemd und dem Anzug. Ich habe ihm sogar nachgeschaut. Ja, ich sehe ihn jetzt wieder... Er muß so um die Fünfundvierzig sein. Und er hat einen sehr sportlichen Gang. Ich sehe ihn vor mir... Es ist kein Franzose, auch kein Amerikaner, sein Kopf, sein Haarschnitt, seine Ausstrahlung... Ich spüre sie, ich sehe sie... Er muß Deutscher sein...«

Armand zog die Schultern hoch. Er spürte, wie das Unheimliche in ihm emporkroch. Es gab keine Erklärungen für Alis Visionen, aber sie konnten die Wahrheit sein. Also doch ein Deutscher! Aber keiner kannte ihn im Deutschen Club? War es ein Außenseiter? Dann war er gefährlicher, als Armand es erwartet hatte. Dann war er ein ernstzunehmender Gegner. Ein Außenseiter besitzt den Haß des Verstoßenen. Er ist der einsame, graue Wolf, der nur vor sich selbst Achtung hat.

Ali Mahmud stieß einen eigentümlichen, nicht erklärbaren Laut aus und erwachte aus seinem Trancezustand. Er sah Armand eine Weile stumm an, mit leeren, ausdruckslosen Augen, bis sie sich wieder belebten und den gewohnten Glanz zurückgewannen.

»Konnte ich Ihnen helfen, Monsieur?« fragte Ali Mahmud noch einmal mit ganz normaler Stimme.

»Ich glaube schon.« Armand wischte sich über das schweißnasse Gesicht. Dieses verdammte Klima, und dazu noch ein Mann, der aus seinem eigenen Körper schlüpfen konnte! Das muß man erst einmal verdauen. »Sie haben diese Krawatte gesehen«, sagte er, »aber wo ist der Mann? Ich bin jetzt Mitglied im Deutschen Club, aber dort kennt ihn keiner. Und wie Sie mir den Mann beschreiben, ist ziemlich vage. So sehen Zigtausende aus.«

»Das stimmt nicht«, antwortete Ali Mahmud. »Er ist eine Persönlichkeit.«

»Und woher wissen Sie das?«

»Ich spüre es.«

»Damit kann ich nichts anfangen.«

»Wenn Sie ihm begegnen, werden Sie ihn sofort erkennen. Und Sie werden ihm begegnen...«

»Aha! Auch das spüren Sie?« Es sollte spöttisch klingen.

Aber Ali sagte mit tiefem Ernst:

»Ja! Und es wird keine lange Zeit vergehen, dann stehen Sie ihm gegenüber.«

Als habe er mit seiner Vision alle Energie aus sich herausgepreßt, verabschiedete sich Mahmud sehr schnell und ging. Sein Händedruck war schlaff, und sein Gang erinnerte an einen alten, müden Mann.

Innerlich aufgewühlt blieb Armand auf der Bank sitzen, blickte über den Lac de Bé und grübelte darüber nach, ob er Alis Visionen glauben sollte. Dann stand er auf, ging hinüber zum Boulevard Félix Houphouët-Boigny, winkte ein Taxi heran und ließ sich zurück zum *Sarakawa* bringen.

In der fünften Woche, die Armand nun in Lomé verlebte, geschah das, was Ali Mahmud in seiner Vision vorher gesehen hatte.

Armand spazierte ziemlich planlos durch die Innenstadt, als er von weitem einen mittelgroßen Mann in einem weißen Anzug sah, der zu einem blauen Hemd eine gelbe Krawatte mit roten Punkten trug. Armand war wie von Donner gerührt. Sofort dachte er an Mahmuds Weissagung und wußte, daß er den Mann gefunden hatte, nach dem er wie nach einem Diamanten im Wüstensand gesucht hatte.

Der Mann überquerte die Straße und ging auf das Außenministerium zu. Armand sah keine andere Möglichkeit, als trotz der Hitze in den Laufschritt zu fallen und dem Gesuchten nachzulaufen. In Rufweite winkte er ihm mit beiden Armen zu und rief, so laut er konnte:

»Julian! He, Julian. Julian Reeske! Bleib stehen! Ich bin's! Erkennst du mich nicht? Julian!«

Der Mann mit der auffälligen Krawatte blieb erstaunt stehen und ließ Armand näher kommen. »Meinen Sie mich?« fragte er, als Armand ihn erreicht hatte.

»Julian, alter Junge, erkennst du mich nicht mehr?« rief Armand atemlos.

»Bedauere.« Dr. Frisenius schüttelte den Kopf. »Hier muß eine Verwechslung vorliegen.«

»Du ... Sie sind nicht Julian Reeske?« fragte Armand und wischte sich den Schweiß aus den Augen.

»Nein. Sie müssen sich irren, Monsieur...«

»Armand. Gérard Armand. Wir kennen uns nicht von St. Tropez her?«

»Ich war nie in St. Tropez.«

»Dann heißen Sie auch nicht Julian Reeske?«

»Nein. Ich bin Franz Frisenius.«

Punkt eins, dachte Armand zufrieden. Nur weiter so.

»Sie wohnen nicht auf dem Boulevard du 13 Janvier?«

»Nein. Ich wohne in der Rue des Roses, Nummer 45.«

»O pardon, dann sind Sie es wirklich nicht.«

»Bestimmt nicht.« Dr. Frisenius hob bedauernd die Schultern. »Sieht mein Doppelgänger mir so ähnlich?«

»Zum Verwechseln ähnlich. Ich bitte um Verzeihung.«

»Aber so etwas kann ja jedem passieren.«

»Darf ich Sie auf diesen Schreck hin zu einem Apéritif einladen, Monsieur?«

»Wieder muß ich Ihnen einen Korb geben, Monsieur. Ich habe eine dringende, unaufschiebbare Besprechung. Im Ministerium. Aber vielleicht führt uns der Zufall einmal wieder zusammen.«

Bestimmt, dachte Armand, und nicht der Zufall. Ich werde dich in der Rue des Roses besuchen. Wir haben viel zu besprechen. »Kann es sein, daß ich Sie im Deutschen Club treffe? Ich bin dort Mitglied.«

»Möglich. Aber ich komme selten in den Club. Mein Beruf führt mich kreuz und quer durch das Land.« Frisenius blickte auf seine Armbanduhr. »Sie entschuldigen mich, aber ich muß gehen. Ich möchte den Staatssekretär nicht warten lassen. Man ist da sehr empfindlich in der Regierung. – Bis auf den Zufall, Monsieur.«

Frisenius nickte und eilte davon. Armand blickte ihm nach. Er ist es! Es war ein schwindelerregendes Gefühl. Er kennt Togo so gut wie kein anderer. Er hat Heßbach versteckt. *Au revoir, monsieur*... Wir sehen uns sehr bald wieder.

In einem Geschäft für Haushaltswaren und Werkzeuge kaufte er ein stabiles, scharfes Fleischmesser, eine Kneifzange, eine Stahlfeile und fünf Meter Nylonseil. Er war in solcher Hochstimmung, daß er sich im *Sarakawa* ein Abendessen leistete, das keinen kulinarischen Leckerbissen ausließ. Als zweites Dessert bestellte er das Zimmermädchen in seine Suite.

Es war ein Mittwoch, als Armand sein »Werkzeug« packte und sich gegen 21 Uhr zur Rue des Roses bringen ließ. Er hoffte, daß er Frisenius antreffen würde. Wenn er selten in den Deutschen Club ging, mußte er wohl zu Hause sein. Frisenius war nicht der Typ, der sich in Bars oder anderen Etablissements herumdrückte, allein in Restaurants aß und sich mit willigen Frauen abgab.

War Frisenius eigentlich verheiratet? Diese Frage stellte sich Armand, als er vor dem Haus Nummer 45 stand und an der Fassade hinaufblickte. Die Fenster der Wohnungen waren ausnahmslos erleuchtet, also saß auch Frisenius in seiner Wohnung. Mit seiner Frau? Mit seinen Kindern?

Armand spürte wieder den schmerzhaften Stich in seinem Herzen. Das wäre mir früher nicht vorgekommen, dachte er. Ich hätte mich selbstverständlich nach den Lebensumständen erkundigt, ehe ich aktiv werde. Was ist, wenn er wirklich Frau und Kinder hat? Soll ich sie alle »ausschalten«?

Hier in Lomé bezahlte ihn keiner dafür, auch die Frau von Dr. Frisenius verstummen zu lassen. Und sollte er tatsächlich Kinder haben, so hatte er das Glück, wenigstens noch diesen Abend fröhlich zu verleben.

Armand ging in das Haus, fuhr mit einem Lift in den dritten Stock und drückte mit dem Zeigefinger auf den Klingelknopf. In der Tür war ein Spion, mit dem man von innen den Draußenstehenden beobachten konnte. Armand stellte sich voll vor die Tür, damit Frisenius ihn sehen konnte.

Ein Schlüssel drehte sich im Schloß, die Tür wurde geöffnet.

»Sie?« sagte er. Es klang nicht abweisend, sondern erfreut. »Kommen Sie herein. Verzeihen Sie, ich habe Ihren Namen vergessen.«

»Gérard Armand.« Armand betrat mit einem zufriedenen Lächeln die Wohnung. »Hoffentlich störe ich nicht die Abendstunden mit Frau und Kindern ...«

»Ich lebe allein hier. Meine Frau ist in Deutschland, und Kinder habe ich keine.«

»Sie sind nur vorübergehend in Togo?« fragte Armand. Welch ein Glück ich habe, dachte er dabei. Er lebt allein. Und er ist kein gefährlicher Außenseiter, sondern nur ein armer Hund, den es aus beruflichen Gründen nach Togo verschlagen hat.

»Ich bin jetzt drei Jahre hier. Aber treten Sie doch näher, Monsieur Armand.«

»Drei Jahre?« Armand betrat das Wohnzimmer, das mit weißlackierten Holzmöbeln und bunten Polstern ausgestattet war. In einem breiten Schrank aus Mahagoniholz befand sich eine gutbestückte Bar. Der Beweis für Frisenius' Einsamkeit und Langeweile. »Eine lange Zeit...«

»Nicht, wenn man eine große Aufgabe hat.« Frisenius füllte zwei Gläser mit Rotwein und brachte sie zum Couchtisch. Armand setzte sich.

»Darf ich fragen, was Sie in Togo machen?« sagte er.

»Ich habe hier ein landwirtschaftlich-ökologisches Forschungszentrum aufgebaut und leite es jetzt. Wir wollen in Togo eine neue, bessere Bodennutzung durchsetzen. Wir erschließen neue Wasseradern, die aus der Savanne Äcker machen können. Togo könnte eines der reichsten afrikanischen Länder sein, wenn man alle Möglichkeiten ausschöpfte. Das ist ein hoffnungsvoller Weg in die Zukunft, aber es wird noch Jahre dauern, bis sich die ersten großen Erfolge zeigen werden.«

Die beiden Männer stießen miteinander an und tranken einen Schluck.

»Und Ihr Metier?« fragte Frisenius, nachdem Armand schwieg. »Sie sind Franzose?«

»Ja. Ich beschäftige mich mit der Kontaktpflege.«

»Wie soll ich das verstehen?« Frisenius konnte sich darunter nichts vorstellen. Kontaktpflege – was war das? Kann man davon leben, indem man fremde Menschen miteinander bekannt macht? Es muß sich dabei um einflußreiche Herren handeln, denen neue Verbindungen großen Nutzen bringen. Aber braucht man dazu Hilfe von außen? Hier in Togo kennt doch jeder jeden. »Ist das so eine Art Lobby?«

»Mehr Hobby, Monsieur.«

»Verzeihen Sie, ich bin vielleicht zu einseitig orientiert.« Frisenius trank wieder einen Schluck Rotwein. Es war ein leichter, trockener Landwein, bei dem es den Gourmet Armand innerlich schüttelte. »Erzählen Sie mir mehr von Ihrem sicherlich interessanten Beruf.«

»Er ist sehr interessant.« Armand griff in seine Hosentasche.

»Manchmal muß ich auch ein wenig zaubern. So komisch es klingt, aber Kontaktpflege ist nah verwandt mit Zauberei. Sehen Sie hier ...« Er zog das Nylonseil aus der Tasche und legte es neben seinem Rotweinglas auf den Tisch. »Erwarten Sie jetzt nicht, daß ich Ihnen den uralten Seiltrick vorführe. *Allez hopp* – und das Seil steht steil in der Luft.«

»Ich habe das mal in einem Zirkus gesehen. Ein Inder führte ihn vor, mit einem dicken Seil, und ließ dann ein Mädchen daran hochklettern.«

»Alles Firlefanz! Mein Trick ist viel wirkungsvoller. Aber Sie müssen mitspielen ... Sie sind jetzt mein Partner. Einverstanden?«

Frisenius nickte. Er war neugierig, was Armand mit dem Seil anstellen würde.

»Strecken Sie bitte beide Hände vor«, sagte Armand und nahm das Seil vom Tisch. Ahnungslos streckte Frisenius beide Arme aus. Er ist wirklich ein naiver, braver Mann, dachte Armand. Er ist kein Gegner für mich, er ist nur ein gehorsames Lamm. »So ist es gut ... und jetzt umwickele ich Ihre Handgelenke mit dem Strick, bis beide Hände fest miteinander verbunden sind. Wenn es weh tun sollte, sagen Sie stopp!«

Armand drehte schnell und geschickt das Seil um beide Hände und fesselte Frisenius so gründlich, daß dieser nur noch die Finger bewegen konnte.

»Tut es weh?« fragte er sogar.

»Noch nicht.« Frisenius lachte leise. »Ich weiß, was Sie mir vorführen wollen, den Entfesselungstrick. Auch den habe ich im Zirkus gesehen, allerdings mit starken Ketten und Schlössern. Ich war ehrlich verblüfft.«

»Auch ein alter Hut, Monsieur. Er hat nicht die Wirkung wie mein Zauber. Versuchen Sie mal, sich zu befreien. Mit aller Kraft.«

Frisenius zerrte an der Fessel, drehte die Unterarme, versuchte, die Hände schmaler zu machen, umsonst. Armand war sehr zufrieden.

»Es geht nicht!« sagte Frisenius und lachte wieder. »Jetzt bin ich aber gespannt, wie Sie diese Fesseln lösen werden.«

»Gar nicht, Monsieur.« Armand griff in die andere Tache und holte die Kneifzange, die Feile, das Fleischmesser und ein Feuerzeug hervor.

»Den Strick durchschneiden kann jeder. Wo ist da die Zauberei?«

»Vorbei, Monsieur.«

»Wie soll ich das verstehen?«

»Die Zauberei bestand darin, Sie ohne Gewalt zu fesseln. Das ist gelungen.«

»Und nun?« fragte Dr. Frisenius, noch immer ahnungslos und voll Vertrauen.

»Nun beginnen wir ein Frage- und Antwort-Spiel.«

»Das gehört auch dazu?«

»Es ist überhaupt die Basis des Spiels.« Armand beugte sich vor. »Sie kennen einen Lothar Heßbach ...«

Von einer Sekunde zur anderen begriff Frisenius, daß er voller Naivität in eine Falle gelaufen war. Er zerrte an den Fesseln, sprang aus seinem Sessel auf, aber ein Faustschlag Armands in seine Magengrube ließ ihn wieder zurückfallen. Übelkeit stieg in ihm auf, er mußte sich krümmen, der Schmerz pochte bis in sein Gehirn. Armand ließ ihm Zeit, sich von dem Schlag zu erholen; erst als Frisenius sich wieder aufrichtete und ihn anstarrte, sprach er weiter. »Ich warte auf Ihre Antwort, Monsieur.«

»Wer sind Sie?« stöhnte Frisenius.

»Um es vorweg zu nehmen, ich habe vergessen, Ihnen die Spielregeln zu erklären: Ich frage und Sie antworten. Sie sehen, ein ganz einfaches Spiel. Also: Wo ist Heßbach?«

»Ich weiß es nicht. Ich kann es gar nicht wissen, weil ich diesen Herrn nicht kenne.«

»Ach, immer noch naiv!« Armand lehnte sich bequem in der Couch zurück. »Ich komme doch nicht ohne Informationen zu Ihnen! Ich habe doch nicht fünf Wochen auf Sie gewartet, um mir Ihre billigen Lügen anzuhören. Sie haben Heßbach vom *Hôtel de la Paix* abgeholt, mit einem Geländewagen, und haben ihn weggebracht.«

»Das ist wieder so ein Irrtum wie mit Ihrem Freund aus St. Tropez.«

»Mein Bester, der Portier des Hotels hat Sie genau beschrieben. Sie trugen eine rotgepunktete gelbe Krawatte, und die trägt, dessen bin ich sicher, kein anderer in ganz Togo. Sie sehen, ich bin gut informiert. Also: Sie haben Heßbach weggebracht. Wohin?«

»Sie... Sie sind der Killer, der ihn verfolgt!« sagte Frisenius tonlos. »Stimmt das?«

»Killer ist mir zu brutal, Monsieur. Ich sagte Ihnen ja bereits, ich bemühe mich um Kontaktpflege. – Wo ist Heßbach?«

»Ich weiß es nicht.«

Armand lächelte verhalten und zeigte auf die Werkzeuge, die auf dem Tisch lagen.

»Monsieur Frisenius, lassen Sie uns das Spiel doch nicht komplizieren. Sie sind ein weitgereister, intelligenter Mann. Sehen Sie sich an, was ich da vor Ihnen hingelegt habe. Zur einführenden Erklärung: Ich habe die Methoden des asiatischen Verhörs genau studiert. Da ist eine Zange... mit der kann ich Ihnen die Fingernägel einzeln ausreißen. Sehen Sie die Stahlfeile? Sie ist gut einsetzbar, um Ihnen die Haut abzuschaben. Das Feuerzeug? Da gibt es verschiedene Verwendung. Zum Beispiel: Bevor ich Ihnen die Fingernägel ausreiße, schiebe ich erst Streichhölzer unter die Nägel und zünde sie an. Das hat man in Vietnam mit Bambusstöckchen gemacht. Sie glauben nicht, wie wirksam das ist. Und ja, das Fleischermesser. Seine Funktionen brauche ich wohl nicht weiter zu beschreiben. Sie reichen vom Einritzen bis zum Kehledurchschneiden. Aber muß das sein? Monsieur, erinnern Sie sich schnell. Wohin haben Sie Heßbach gebracht?«

»Sie sind der Satan in Person!« schrie Frisenius. »Ich weiß nicht, wo Heßbach jetzt ist.«

»Mein lieber Doktor, warum zieren Sie sich so? Sie sind kein Held. Sie mögen zäh sein, das sieht man Ihnen an, aber einem asiatischen Verhör sind Sie nicht gewachsen. Sollen wir mit den Streichhölzchen beginnen? Oder direkt mit der Zange?«

»Ich weiß es wirklich nicht!« stöhnte Frisenius und starrte auf die ausgebreiteten Werkzeuge. »Glauben Sie mir...«

»Ich will nicht glauben, ich will wissen! Das mit dem Glauben ist eine faule Sache. Als Kind sollte ich glauben, daß der liebe Gott auf Erden alles regelt, daß nichts ohne seinen Willen geschieht. Welch eine sträfliche Verdummung. Erst viel später habe ich gelernt, daß man alles selbst in die Hand nehmen muß, um vorwärtszukommen! Der liebe Gott hilft einem einen Dreck! Die Realität, das Greifbare ist das Wichtigste, nicht der Glauben. Zum letzten Mal: Wo ist Heßbach?!«

»Ich weiß es nicht.«

Frisenius' Schreien, als Armand ihm den ersten Fingernagel ausriß, hörte niemand im Haus. Die meisten Bewohner waren im Sportstadion, wo an diesem Tag ein Schulfest stattfand.

»Wo ist Heßbach?« fragte Armand im Plauderton. »Dr. Frisenius, Sie sehen, ich mache Ernst. Ich gebe keine leeren Sprüche von mir. Wenn ich beginne, Ihnen mit der Feile die Haut abzuschaben, werden Sie kaum noch eine Chance haben zu überleben. Ist Ihnen Ihr Leben weniger wert als Heßbach? Überlegen Sie das ganz nüchtern.«

»Ich kann Ihnen wirklich nichts sagen!« stöhnte Frisenius mit zitternder Stimme. Und dann schrie er wieder grell auf, als die Feile einen ersten Strich über seine linke Gesichtshälfte machte, die Haut abriß und das Blut hervorquoll und über seinen Hals hinunterlief auf seine zuckende Brust.

»Wo haben Sie Heßbach hingebracht?« fragte Armand ohne jede Bewegung in der Stimme. »Monsieur, als nächstes schabe ich Ihren Schwanz ab! Ihre Frau wird sich sicherlich darüber beschweren. Sie wird Sie fragen: Wer ist für dich wichtiger: Ich oder dieser Heßbach?!«

»Ich weiß nicht, wo er sich jetzt aufhält!« brüllte Frisenius.

»Das mag sein.» Armand griff wieder zur Zange. »Jetzt kommt der Mittelfinger dran, Monsieur. Überlegen Sie schnell.« Er riß die gefesselten Hände zu sich und setzte die Backen der Zange an den Nagel. »Nun? Erinnern Sie sich?«

»Wenn ich Ihnen schwöre...«

»Himmel, hören Sie mir damit auf. Was wird nicht alles beschworen?! Schwören Sie nicht, sagen Sie die Wahrheit.«

Armand begann, leicht an der Zange zu ziehen. Frisenius quollen die Augen aus den Höhlen, er keuchte und riß den Mund auf, um wieder zu schreien, bevor der Schmerz ihn fast betäubte.

»Ich nehme Ihnen ja ab, daß Sie den jetzigen Aufenthaltsort von Heßbach nicht kennen. Ich will ja nur wissen, wohin Sie ihn gebracht haben. Dann nehme ich allein die Spur auf. Mir kommt es auf die grobe Richtung an...« Er verstärkte den Zug der Zange. Frisenius' Gesicht verzerrte sich. Das Blut aus der abgeschabten Haut verkrustete sich, und als Armand noch stärker an seinem Nagel zog, knirschte er mit den Zähnen, bis er von neuem zu schreien begann.

»Nur einen Namen!« sagte Armand gelassen. »Das genügt...«

»Dapaong!« brüllte Frisenius. Die Zange ließ sofort nach. Er atmete auf und rang nach Luft. »Dapaong...« wiederholte er.

»Was ist Dapaong?«

»Dapaong ist die Hauptstadt der Provinz Dapaong. Ganz im Norden von Togo. An der Grenze von Burkina.«

»Dort haben Sie ihn abgesetzt?«

»Ja. Im Hospital.« Armand legte die Zange zurück auf den Tisch. Frisenius atmete auf. Wenn er jetzt log, glaubte es Armand. Dapaong genügte ihm. Er ahnte ja nicht, daß zwei deutsche Ärzte das Hospital leiteten und verhindern würden, daß er das Versteck bei den Yabidos aufspüren könnte. »Was er dann gemacht hat, weiß ich nicht. Ich bin wieder nach Lomé zurückgeflogen.«

»Ich werde ihn finden«, sagte Armand. »Ein Weißer in Dapaong bleibt nicht unbemerkt. Außerdem muß jemand im Hospital wissen, wo er geblieben ist. Monsieur Frisenius, ich danke Ihnen. Sie haben mir sehr geholfen. Unser Kontakt klappte vorzüglich. Nochmals, verbindlichen Dank.« Er beugte sich zu Frisenius vor, griff nach dem Fleischmesser und schnitt ihm mit einem blitzschnellen Hieb die Kehle durch. Vor dem Blutstrom, der ihm entgegensprang, wich er zurück, peinlich darauf bedacht, nicht den geringsten Blutspritzer an seinen Anzug zu bekommen. Als er um den Tisch herum das Zimmer verließ, nahm er noch Frisenius' letzten Blick mit. Ein maßloses Staunen lag in seinen Augen, und sein Mund öffnete sich halb, als wollte er noch etwas sagen. Gelassen verließ Armand das Haus, ging ein paar Straßen weiter zu einem Taxistand und ließ sich zum *Sarakawa* bringen. Sein »Werkzeug«, bis auf das Seil, mit dem er Frisenius gefesselt hatte, nahm er mit.

Für die Polizei, die am nächsten Tag die blutüberströmte Leiche entdeckte, war der Fall vollkommen klar: brutaler Ritualmord, ausgeführt von der Hand eines Schwarzen. Es war bekannt, daß Frisenius sich mit seinen Reformen im Land nicht nur Freunde gemacht hatte. Die Leiche wurde für den Transport nach Deutschland freigegeben.

Zwei Tage später flog Gérard Armand nach Dapaong. Seinen »Trompetenkoffer« behielt er während des Fluges wie ein Kind auf dem Schoß.

Jemaja – Singapur

Nyen hatte es nicht eilig, seine Beute ans Festland zu bringen. Im Radio hörte er, daß Thailand, Vietnam und Malaysia sich geeinigt hätten, mit allen militärischen Mitteln gegen die Seeräuberei in ihren Gebieten vorzugehen. Die Küstenwache stand unter ständigem Alarm, die Radarstationen verfolgten jede Schiffsbewegung und funkten jedes auftauchende Schiff an. Wer keine Antwort gab, wurde sofort von einem Schnellboot angehalten und durchsucht. Dabei gingen vier Schmugglerschiffe in die Falle, aber Piraten waren nicht darunter.

Mit hämischen Bemerkungen verfolgte Nyen Su-Feng die Meldungen im Radio und freute sich wie ein kleines Kind, wenn er hörte, daß bisher alle Patrouillenfahrten der Kriegsschiffe erfolglos gewesen waren. »Sie müssen mich für einen hirnlosen Lehmkloß halten!« rief er, wenn er immer wieder hörte, daß der deutsche Reeder 100 000 Dollar für einen Hinweis zahlen würde, der zu dem Containerschiff *Else Vorster* führte. »Solange diese Narren mit ihren Booten die Küste abfahren, wird Ihr Schiff hier im sicheren Hafen bleiben, Kapitän. Und wenn es drei Monate dauert.«

»Ich glaube nicht, daß Ihr Coup in drei Monaten vergessen ist«, erwiderte Hammerschmidt. Wie fast immer in diesen Wochen saßen er und die Offiziere in dem prunkvollen, mit Kunstschätzen überladenen Salon, tranken Bier oder Wodka mit Orangensaft, spielten Karten, Schach oder Majong, und an einigen Tagen, meistens mittwochs und sonntags, zelebrierte Nyen seinen »klassischen Tag«, spendierte einen fabelhaften Dynasty, einen trockenen chinesischen Weißwein, der wirklich nach Trauben schmeckte, und gab Kostproben aus seiner Diskothek: Beethoven, Schubert, Brahms, Mahler, Tschaikowskij, Mozart und Liszt. Bei Wagner-Opern zog er sich in einen tiefen Sessel zurück, legte die Hände in den Schoß und schloß die Augen.

»Was empfinden Sie eigentlich bei dieser Musik?« fragte ihn

Hammerschmidt einmal, und Nyen antwortete ohne zu zögern: »Himmelsnähe.«

»Und gleichzeitig können Sie kaltblütig Menschen umbringen?«

»Was hat das eine mit dem anderen zu tun? Musik hat etwas mit der Seele zu tun, Töten mit dem Verstand oder mit Macht. Kapitän, Sie sehen aus, als wenn Sie jetzt frieren...«

»Mir läuft tatsächlich ein Schauer über den Rücken...«

Sie waren an diesem Abend allein; Halbe und Botzke hatten eine Einladung von Dr. Kagoshima angenommen und aßen rohen Fisch auf japanisch, mit einigen delikaten Soßen, die Kagoshimas Frau selbst zubereitete.

Nyen schenkte nochmal ein Glas Dynasty ein. »Sie sind doch ein Mann?« fragte er danach.

Hammerschmidt blinzelte ihn an. Was soll diese dumme Frage, dachte er. »Soweit ich es beurteilen kann – ja.«

»Wie lange sind Sie von zu Hause weg?«

»Im nächsten Monat genau ein halbes Jahr.«

»Ein halbes Jahr ohne Ihre Frau Mathilde.«

»Reden Sie nicht weiter, Nyen.« Er winkte ab. »Ich weiß, worauf Sie hinauswollen. Ich halte das aus. Ich bin das gewohnt. Und außerdem ist auch das eine Willenssache. Nur wer sich selbst fest in der Hand hat, scheut keine Widrigkeiten.«

»Sie sind ein dämlicher Kerl!« Nyen schüttelte den Kopf. »Da habe ich eine ganze Herde wunderschöner Mädchen, und nicht mal zu einer Schafsschur sind Sie bereit. Aber warten Sie ab. So, wie ich Dr. Kagoshima die schönste Frau mitgebracht habe, die er je gesehen hat, so werde ich auch für Sie das Richtige finden. Ich denke da an einen Mischling: Chinese mit Polynesierin. Das ist eine Verbindung, bei der selbst ein Heiliger wie Sie umfällt! Bei unserer nächsten Fahrt werde ich mich darum kümmern.«

»Mathilde bleibt für mich meine einzige Frau!«

»Ihre Mathilde ist Witwe, genau wie Kagoshimas Frau. Für die Außenwelt sind Sie tot, und ich werde dafür sorgen, daß man das glaubt. Sie haben die *Else Vorster* verteidigt und sind dabei umgekommen. Deutschland hat einen Helden mehr! Sie betrügen also Ihre Mathilde nicht, denn Sie sind ja tot! Und Mathilde, die Witwe, wird auch bald neuen Anschluß finden.«

»Da kennen Sie aber meine Frau schlecht.«

»Ich kenne sie gar nicht... aber ich kenne die Frauen! Eine so junge Witwe bleibt ungern lange allein.«

»Sie sind ein abscheuliches Schwein!« kam es aus tiefster Überzeugung. »Ich möchte Sie ohrfeigen! Sie haben meine Frau beleidigt.«

»Bitte!« Nyen hielt lächelnd seine linke Wange hin. »Schlagen Sie zu. In zehn Minuten ist Ihr Richard Botzke tot – nun? Was ist? Holen Sie kräftig aus!« Nyen wartete, und als Hammerschmidt sich nicht rührte, sagte er: »Sie Feigling! Sie Ehrenscheißer! Ich glaube, Sie halten sogar still, wenn ich vor Ihren Augen Ihre Frau vögle... Nur, um Ihre Offiziere zu retten! Sie Germanenrotz!«

Hammerschmidt sprang auf und warf dabei sein Weinglas um. »Ich höre mir Ihre Hundsgemeinheiten nicht mehr an. Ich gehe! Sie sind ein Irrer!«

Hammerschmidt hatte vermutet, daß Nyen vor Wut aus der Haut fahren würde, aber der Vietnamese lachte nur laut. »Ein Irrer mit Phantasie!« rief er ihm nach. »Kapitän, wir werden noch manchen Spaß miteinander haben...«

Etwa fünf Wochen nach der Entführung der *Else Vorster* besuchte Hammerschmidt im Hospital Dr. Kagoshima. Dort traf er auf Halbe und Botzke, die sich hatten untersuchen lassen. Hammerschmidt sah sie besorgt an.

»Fühlt ihr euch krank?« fragte er. »Was habt ihr für Beschwerden?«

»Krank? Nicht direkt...« Botzke war verlegen. »Routineuntersuchung.«

»Und Sie, Halbe?«

»Auch, Herr Kapitän.« Auch bei ihm war die Verlegenheit deutlich. Hammerschmidt musterte seine Offiziere, die wegblickten, als er sie ansah.

»Hier stimmt doch was nicht!« sagte Hammerschmidt und drehte sich zu Dr. Kagoshima um. »Doktor, ich möchte wissen, was hier los ist.«

»Ich berufe mich auf meine ärztliche Schweigepflicht«, wich Kagoshima aus. »Wenn Jens und Richard zu keiner Auskunft bereit sind, kann ich sie auch nicht geben.«

»Botzke!« Das klang wie ein Befehl. Der Zweite Offizier straffte sich auch sofort.

»Herr Kapitän...«

»Antwort! Sind Sie krank oder nicht?«

»Nein, Herr Kapitän.«

»Was heißt hier nein?«

»Ich bin nicht krank.«

»Halbe...«

»Ich bin auch gesund. Gott sei Dank.«

»Was heißt Gott sei Dank?«

Botzke kaute an der Unterlippe, sah seinen Freund Halbe an, und als dieser zustimmend blinzelte, sagte er mutig:

»Wir haben uns auf eine... eine Infektion untersuchen lassen. Man kann ja nie wissen. Bei aller Sauberkeit und wöchentlicher Kontrolle...«

»Botzke!« Hammerschmidt holte tief Luft. »Sie waren im Bordell?«

»Jawohl, Herr Kapitän.«

»Halbe?«

»Ich auch. Wir waren zusammen dort.«

»Ihr Ferkel!«

»Es sind fabelhafte Mädchen, Herr Kapitän.« Botzke wurde nach diesem ersten Anpfiff mutiger. »Eine schöner als die andere. Und sie haben Angst. Sie wurden alle geraubt, keine ist freiwillig hier. Wenn Nyen neue Mädchen bringt, wissen Sie, daß einige aus ihrer Mitte plötzlich verschwinden, um den Neuen Platz zu machen. Sie sind so glücklich, daß wir hier sind. Sie hoffen, daß wir sie beschützen.«

»Und das werdet ihr, nicht wahr?«

»Ja, Herr Kapitän.«

»Ihr Idioten! Fallt auf diese Masche herein. Ist euer Verstand völlig nach unten gerutscht?! Wollt Ihr euch wegen der Mädchen umbringen lassen?«

»Sie sind Gefangene wie wir«, sagte Halbe sehr ernst, »wir müssen zusammenhalten. Und es muß etwas geschehen.«

»Was?« Hammerschmidt setzte sich auf die Untersuchungsliege.

»Darüber sprechen wir schon seit Wochen.« Dr. Kagoshima setzte sich neben Hammerschmidt. »Auch ich möchte meine Freiheit wieder haben, zusammen mit Sundara. Bisher war dieser Gedanke absurd, aber seitdem Sie hier sind, nimmt er Gestalt an.«

»Ihr denkt alle an Flucht?« fragte Hammerschmidt. »Wieso soll das Unmögliche möglich werden, nur weil ich hier bin?«

»Sie und Richard und Jens. Und ich! Drei Europäer und ein Japaner... es muß uns doch gelingen, Nyen zu überwältigen.«

»Ihn allein, sicherlich. Aber seine Piraten?«

»Die Stimmung unter den Leuten ist mies. Ich habe sie getestet, wenn sie zu mir in die Praxis kommen. Nyens Kalkül, alles sei in Ordnung, solange die Mädchen im Bordell wie am Fließband arbeiten, funktioniert längst nicht mehr. Fast alle sind unzufrieden. Wochenlang keine Fahrten mehr, keine Gewinnanteile, Essen aus Dosen, der Alkohol wird knapp, und dann diese Langeweile, die allen an den Nerven zerrt. Nur herumliegen und sich sonnen, nur Instandsetzungsarbeiten, nur immer die gleichen Mädchen mit ihren bunt bemalten Körpern... das geht aufs Gemüt. Aber keiner wagt es, laut zu murren – Nyen duldet keine Kritik. Er ist hier der absolute Herrscher.«

»Der Diktator – so nennt er sich selbst. Mit den entsprechenden Vorbildern.«

»Ein Verrückter!« warf Botzke ein. »Es muß doch möglich sein, einen Verrückten zu besiegen, Herr Kapitän. Sie haben doch Nyens Vertrauen erworben... Sie könnten am besten diesen Irren kaltmachen.«

»Und Sie haben hundert Gelegenheiten, ihn zu überwältigen!« sagte Dr. Kagoshima.

»Theoretisch ja. Aber ich habe entdeckt, daß er immer eine Art Leibwache um sich hat, auch wenn wir allein sind. Sie versteckt sich in den Nebenräumen und kann uns entweder über einen Monitor oder direkt durch einen Spion in der Wand beobachten. Sie würde sofort eingreifen, wenn ich Nyen anfasse.«

»Dann sollten wir die Gelegenheit beim Schopfe packen, wenn Nyen uns alle zu einem Abendessen einlädt«, schlug Dr. Kagoshima vor. »Sie, Herr Kapitän, kümmern sich um Nyen, wir um die Leibwache.«

»Mit bloßen Händen? Die Burschen sind schwer bewaffnet.« Hammerschmidt schüttelte den Kopf. Für ihn war dieser Plan zu gefährlich. So verlockend es war zu fliehen, so unmöglich schien es, Nyen Su-Feng zu überwältigen. Und was Dr. Kagoshima über die Stimmung unter den Piraten zu erkennen glaubte, konnte auch nur eine kurzzeitige Verdrossenheit bedeuten, die sofort ins Gegenteil umschlug, wenn Nyen angegriffen wurde. Diese Männer waren von einer unvergleichlichen Skrupellosigkeit und hatten gelernt, das Leben zu verachten. Diese Unsicherheit mußte man mit einkalkulieren. Es war tödlich, sie zu unterschätzen.

»Ich habe eine Maschinenpistole«, sagte Dr. Kagoshima plötzlich. Hammerschmidt fuhr zu dem Arzt herum. Das war unglaublich.

»Ist das wahr?« Die Hoffnung, die plötzlich in ihm aufloderte, nahm ihm fast den Atem. Eine MP, damit könnte es gelingen! Mein Gott, mein Gott, ich spüre es – ich kann die Freiheit greifen!

»Glauben Sie, daß ich in einer solch ernsten Angelegenheit bluffe?«

»Woher haben Sie die Waffe?«

»Einer der Burschen hat sie mir als Schweigegeld gegeben. Die Kerle sammeln auf ihren Beutezügen Waffen wie andere Briefmarken oder Bierdeckel. Ob da eine MP fehlt oder nicht, fällt gar nicht auf. Der Bursche kam zu mir mit einer beginnenden Syphilis. Wenn ich das Nyen gemeldet hätte, und ich bin dazu verpflichtet, bedeutete das den Tod des Mannes. Um sein Leben zu retten, bot er mir die MP an. Ich habe natürlich sofort zugegriffen, den Mund gehalten und den Mann heimlich behandelt, bis er wieder einwandfrei war.« Dr. Kagoshima lächelte. »Ich hatte nun eine Waffe, mit hundert Schuß Munition. Aber ich war zu feig, sie zu gebrauchen. Ein Mann allein gegen Nyen und seine potentiellen Mörder, das konnte nicht gut gehen. Aber jetzt sind wir zu viert, da sieht alles anders aus.«

Hammerschmidt nickte. Plötzlich war er überzeugt, daß der Schlag gegen Nyen gelingen würde. Aber es mußte alles bis ins kleinste Detail vorbereitet werden; es mußte eine Aktion sein, die auch auf die unmöglichsten Überraschungen reagieren könnte.

»Entwickeln wir also einen Plan«, sagte er. »Die geringste Unachtsamkeit kann unser Tod sein.«

»Sie machen mit?« rief Dr. Kagoshima. Voll Begeisterung umarmte er Hammerschmidt und drückte ihn an sich. »Wenn ich daran denke, in Kürze frei zu sein! Ich könnte jetzt schon heulen ...«

»Abwarten«, sagte Hammerschmidt vorsichtig. »Noch sind wir nicht an Land. Wenn es schiefgeht ...«

»Es kann gar nicht schiefgehen!« rief Botzke.

»Sie mit Ihrem unheilbaren Optimismus. Es gibt da so viele Unsicherheitsfaktoren...«

»Ich werde die Mädchen an der Aktion beteiligen.«

»Sind Sie wahnsinnig?« Hammerschmidt starrte Botzke an. »Sollen sie mithelfen, indem sie mit den Brüsten wackeln?«

»Genau das, Herr Kapitän.«

»Ich verstehe nicht...«

»An dem Abend, an dem uns Nyen einlädt, werden die Mädchen für die Piraten eine rauschende Party im Puff geben! Alles, was kriechen kann, wird zu ihnen kommen, und das ist die ganze Bande. Und die Mädels werden eine Show hinlegen, daß einem die Augen tränen. Dafür werde ich sorgen.«

»Sie scheinen ja blendende Beziehungen zum Bordell zu haben, Botzke!«

»Wie Sie sehen, Herr Kapitän, machen sie sich bezahlt.« Botzke grinste breit. »Die Mädels werden die Kerle so lange festhalten, bis wir Nyen ausgeschaltet haben. Auf ein Signal von mir werden sie dann die sexbesoffenen Bumser überwältigen.«

»Halbe, was halten Sie von dem Plan mit den Mädchen?«

»Er ist gut, Herr Kapitän. Die Mädels werden die Kerle so lange auf sich festhalten, bis wir im Puff erscheinen und mit Tashis MP die nackten Rammler einkassieren.«

»Halbe, Sie waren doch bisher ein vernünftiger und seriöser Mensch, was ist denn aus Ihnen in den paar Wochen geworden? Der Einfluß der Mädchen muß ja ungeheuer sein. Aber zu Botzkes Plan: Ich halte ihn für gut! Die Mädchen beschäftigen die Piraten, bis bei Nyen alles klar ist. Nicht übel... es fragt sich nur, ob auch die Leibwache an diesem Abend zum Vögeln Urlaub bekommt.«

»Aber, Herr Kapitän!« Botzke lächelte breit.

»Wie soll man es anders ausdrücken?« Er erhob sich von der Untersuchungsliege und dehnte sich, als hätten sich seine Muskeln verkrampft. Er fühlte sich wirklich befreiter und vor allem mutig genug, die Aktion durchzuziehen. »Was ist?« fragte er. »Was spielen wir heute Abend? Majong oder Skat?«

»Wir setzen ein Puzzle zusammen.« Dr. Kagoshima klatschte in die Hände, als wolle durch diesen Laut etwas in Bewegung setzen. »Thema: Der Weg in ein neues Leben. Käpt'n, Sie fangen mit dem ersten Steinchen an.«

»Steinchen Eins: Ich versuche Nyen betrunken zu machen.«

Botzke hob die Hand: »Steinchen Zwei: Ich komme etwas später zum Abendessen und organisiere die Puff-Party.«

»Steinchen Drei: Ich erkunde, ob die Leibwache auch zum Bumsen geht.« Halbe hatte die Hand gehoben. »Wenn nicht, rede ich mit ihr und schildere, was die Mädels an Verlockungen bieten. Das zieht bestimmt.«

»Steinchen Vier«, Dr. Kagoshima klopfte auf die Liege. »Ich schmuggele die MP in Nyens Palast und sichere zunächst den Kapitän ab. Später Großeinsatz im Bordell.«

Hammerschmidt klopfte auf den Tisch. »Steinchen Fünf: Ich begebe mich nach erfolgreicher Aktion sofort auf Nyens Motoryacht und mache sie startklar.«

Botzke rieb sich erfreut die Hände. Sein Gesicht glänzte vor Aufregung. »Nummer Sechs: Ich führe die Mädchen zum Boot, und Tashi hält mit der MP die Piraten in Schach.«

»Stopp!« Hammerschmidt winkte ab. »Sollen sie alle mit?«

»Als Mitverschwörer ist das Bedingung. Ich habe den Mädels die Freiheit versprochen.«

»Ach! Soweit sind Sie schon? Und was wird mit den Mädchen an Land? Wollen Sie in Singapur oder Kuala Lumpur mit ihnen ein neues Bordell gründen?«

»Die Idee ist mir noch nicht gekommen, aber sie ist gut, Herr Kapitän.« Botzke schien den Vorschlag wirklich ernsthaft in Erwägung zu ziehen. Hammerschmidt sah ihn strafend an.

»Vom Seeoffizier zum Puff-Vater? Botzke, Sie haben eine Braut zu Hause!«

»Das kann man ändern. Ich nehme an, daß Monika in dem vergangenen halben Jahr nicht wie eine Nonne gelebt hat. Ich werde für sie kein Verlust sein. Als wir uns verabschiedeten, sagte sie zu mir: ›Wer weiß, ob wir uns wiedersehen ...‹«

»Das kann man auch anders auffassen.«

»Nicht mit der Betonung, die sie in den Satz gelegt hat. Sie war immer gegen die Seefahrt; ich sollte eine Stelle an Land annehmen, darauf drängte sie immer.«

»Botzke, Sie wollen allen Ernstes ... Da lasse ich die Mädchen lieber hier auf der Insel!«

»Sie haben damals Nyen Ihr Ehrenwort gegeben, Herr Kapitän.«

Nun wurde Botzke sehr ernst. »Ich habe den Mädels *mein* Ehrenwort gegeben... und ich bin auch Offizier! Ich halte es, oder ...«

»Oder was?« rief Hammerschmidt erregt.

»Ich werde mir die Konsequenzen überlegen.«

»Mein Ehrenwort hat die *Else Vorster* und Sie, meine Herren, gerettet!«

»Und hier rette ich vierundzwanzig junge Leben! Hat das nicht den gleichen Wert?«

»Noch ist nichts geschehen, und schon gibt es Komplikationen«, warf Dr. Kagoshima ein. »Natürlich kommen die Mädchen mit, denn sie haben uns geholfen.«

»Auch Sie, Doktor?!«

»Meine Frau ist ebenso geraubt worden wie die Mädchen. Wir gehören alle zusammen! Herr Kapitän, was Richard an Land tut, kann Ihnen doch gleichgültig sein.«

»Er ist ein hervorragender Offizier...«

»Danke für die Blumen«, fiel Botzke voll Bitterkeit ein. »Davon habe ich in Ihrer Gegenwart nichts gemerkt.«

»Nun wissen Sie es!« Hammerschmidt atmete tief durch. »Also gut, die Mädchen kommen mit an Bord. Obgleich sie, sind wir erst an Land, sofort von der Marine befreit werden.«

»Vorher haben die Piraten sie umgebracht. Die Kriegsschiffe werden eine verlassene Insel vorfinden und eine in die Luft gesprengte *Else Vorster*.« Botzke hatte keine Hemmungen mehr, es deutlich auszusprechen. »Ihnen ist doch klar, Herr Kapitän, daß unser Schiff verloren ist?!«

»Ich kann es nicht mitnehmen? Wie denn?«

»Ich fahre es, Herr Kapitän«, sagte Halbe. »Ich steuere Ihnen nach. Sind wir in die Bucht hineingekommen, kommen wir auch wieder heraus. Es sei denn, Sie trauen mir das Manöver nicht zu.«

»Darüber reden wir noch, Halbe.« Hammerschmidt blickte seinen Ersten Offizier mit Stolz an. Wir fahren jetzt ein Jahr zusammen, und Halbe hat das Zeug, mein Schiff zu übernehmen. »Wenn uns das gelingt«, sagte er mit schwankender Stimme, »und Sie bringen die *Else Vorster* sicher in den Hafen von Singapur, werden Sie in die Geschichte der Seefahrt eingehen, Jens.«

»Das ist mir egal!« Halbe fingerte nach einer Zigarette. Seine Hand zitterte dabei deutlich. »Ich will nur weiterleben und frei sein.

Reiner Egoismus. Der Held sind Sie, denn Sie haben dann unser Schiff gerettet. Ich fahre ja bloß hinter Ihnen her.«

Eine Woche später, an einem Freitag, lud Nyen tatsächlich Dr. Kagoshima und die deutschen Offiziere zu einem Galadinner ein. »Es ist mein Geburtstag, Kapitän, und den will ich feiern, wie es einem Mann wie mir gebührt.«

Botzke unterrichtete die Mädchen.

»Freitag abend. Mädels, gebt euer Bestes. Haltet die Kerle fest. Wachst über euch selbst hinaus! Es geht um euer Leben! Und wenn es weh tut, denkt immer daran: Heute Abend bin ich frei! Heute Nacht schon bin ich auf See, auf der Fahrt nach Singapur, hinein in ein neues Leben. Mädels, ihr müßt an diesem Abend unschlagbar sein!«

Schon am Freitag morgen begannen die Vorbereitungen. Die Räume des Bordells wurden mit Blumengirlanden geschmückt, die Mädchen bemalten mit grellen Farben ihre Körper, ab und zu blickte einer der Piraten herein, aber sie wurden abgewiesen mit der Versprechung: »Kommt heute abend! So eine Party habt ihr noch nicht erlebt. Euch werden die Augen aus dem Kopf fallen!«

So etwas sprach sich natürlich blitzschnell herum. Natürlich erfuhr auch Nyen von diesen Versprechungen, ging hinüber in das Bordell und besichtigte die geschmückten Zimmer. Die bemalten nackten Mädchenleiber interessierten ihn nicht – ein Herrscher benutzt nie die Gefäße seiner Untergebenen. Zu Hammerschmidt, den er unter Palmen dösend am Strand traf, sagte er:

»Wissen Sie etwa, warum die Weiber heute so wild sind? Haben sie irgend etwas zu feiern?«

»Ja. Einen großen Tag.« Hammerschmidt richtete sich auf. »Sie sollen überrascht werden.«

»Ich? Vom Bordell?!«

»Man will Ihren Geburtstag feiern.«

»Woher wissen die Weiber, daß ich Geburtstag habe?«

»Ich habe es ihnen gesagt.«

»Aha! Sieh an! Sie waren also doch im Puff?«

»Nein, ich habe Botzke geschickt. Sie sagten zu mir: Freitag ist ein besonderer Tag. Das habe ich mir gemerkt. Es soll wirklich ein besonderer Tag für Sie werden.«

»Kapitän, wenn wir nicht Gegner wären, hätte ich Sie gern zum Freund.«

»Das wird kaum möglich sein, Nyen Su-Feng.«

»Ich weiß. Wir leben in zwei verschiedenen Welten. Bis heute abend.«

»Bis heute abend ...«

Nyen ging zurück in seinen Palast, hörte sich die neuesten Radionachrichten an und war erfreut, daß seit drei Wochen niemand mehr von den Piraten und der *Else Vorster* sprach. Andere Weltereignisse waren wichtiger geworden als ein vermißtes Containerschiff. Nyen wußte nur eins: Er würde bald einer der reichsten Männer in Südostasien sein. War das ein Grund, sein Piratentum aufzugeben und sich als geachteter Mann irgendwo auf dieser Welt zur Ruhe zu setzen? Man sollte es sich überlegen, und außerdem rückte das Alter unaufhaltsam immer näher, ein Alter, in dem man das Leben in einem weißen Schloß mit großem Swimmingpool mehr genießt als in einem Versteck auf einer zwar paradiesischen, aber doch weltvergessenen Insel. Nyen sah in der Kaperung der *Else Vorster* den Höhepunkt seines Lebens. Blieb nur noch die Frage, was aus Hammerschmidt und seinen Offizieren, aus Dr. Kagoshima mit seiner Frau Sundara werden sollte. Die Mädchen, so dachte er, waren kein Problem ... die würde er zu gegebenem Zeitpunkt mitsamt dem Bordell in die Luft sprengen, am besten an einem Tag wie dem kommenden Freitag, wenn seine Jungs bei ihnen lagen. Es blieben dann nur noch fünf übrig, die zu liquidieren keine Schwierigkeit bedeuten konnte. Zunächst aber galt es, die Dollar einzufahren. Das konnte noch Monate dauern. Aber dann ... Su-Feng, der Rest deines Lebens wird ein Rausch werden!

Vor dem Diner badete er, zog seine besten Kleider an, einen weißen Seidenanzug, den ein Schneider in Hongkong auf Maß gearbeitet hatte, und sein chinesischer Koch bekam den Befehl, das Beste zu braten und zu kochen, was seine Phantasie hergab. Der Einfallsreichtum eines Chinesen am Herd ist immer wieder ein Wunder.

Am Abend, gegen acht Uhr, trafen Dr. Kagoshima, Botzke und Halbe bei Nyen ein. Sundara war nicht eingeladen. »Mein Geburtstag ist Männersache!« hatte Nyen gemeint. »Deine Frau, Tashi, kann ja mit den Huren feiern.« Auch diese Beleidigung schluckte

Kagoshima, wie so viele Tritte gegen seine Ehre in der vergangenen Zeit, denn heute hatte er ein neues Leben vor Augen.

Dr. Kagoshima trug ein traditionelles japanisches Gewand, einen weiten Kimono, unter dem er die geladene Maschinenpistole gut verbergen konnte.

Bevor sie hinübergingen in den »Palast«, hatten sich Botzke und Halbe davon überzeugt, daß die gesamte Meute der Piraten bei den Mädchen eingefallen war. Auch die Leibwachen waren dabei – Nyen hatte ihnen, auch, um kein böses Blut zu erzeugen, an seinem Geburtstag großzügig freigegeben. Er sah ein, daß es ein Fehler gewesen wäre, fünf Männer von diesem Fest fernzuhalten, während ihre Kameraden alle Wonnen genossen.

Der erste Gang des Diners war schon ein vollendeter Genuß: Schnecken in einer Pfefferbuttersoße, verfeinert mit würzigen Kräutern, die der Koch selbst hinter der Küche in einem Gärtchen gezogen hatte. Alles war bestens aufeinander abgestimmt, und Nyen sagte nach der ersten Schnecke denn auch: »Ein Traum, nicht wahr? Es war eine gute Idee, den Koch aus Senchen zu entführen!«

Die vier Verschwörer warfen sich einen schnellen Blick der Verständigung zu. Hammerschmidt erhob sich und nahm sein Glas in die Hand.

»Ich trinke auf das Wohl unseres Gastgebers«, sagte er mit fester Stimme. »Wir wünschen ihm zum Geburtstag noch ein langes Leben!«

»Das ist gelogen, Kapitän!« Nyen Su-Feng lachte laut. »Keine Heuchelei, bitte. Sie wünschen mir den Teufel an den Hals!« Dann zeigte er auf das Glas in Hammerschmidts Hand. »Sie trinken Schnaps? Und auch noch Maotai? Passen Sie auf... nach zwei Gläsern lallen Sie wie ein Säugling!«

»Ich war früher ein großer Trinker«, log Hammerschmidt, »und so was verlernt man nicht. Ich halte durch!«

»Wie lange?«

»So lange wie Sie.«

»Wetten, daß Sie eher umfallen?«

»Wette angenommen.«

Nyen hob sein Glas über den Kopf. Er lachte wieder dröhnend. »Ex, Kapitän!«

»Ex, Geburtstagskind!«

Sie leerten das Glas in einem Zug, und Nyen goß wieder ein, diesmal randvoll.

»Sie wagen es wirklich?«

»Ich habe schon andere Sachen gewagt. Ex!«

Das zweite, das dritte, das vierte Glas. Der Koch servierte einen großen gebackenen Fisch mit herrlich duftenden Pilzen, umlegt von Bambussprossen in einer Ingwersoße. Nyen entfernte den Kopf des Fisches und schob ihn Hammerschmidt zu.

»In China bekommt der wichtigste Gast immer den Kopf!« sagte er, etwas lauter als zuvor. Der Maotai zeigte erste Wirkung. »Er ist eine Delikatesse. Greifen Sie zu, Kapitän.«

»Sie haben Geburtstag, nicht ich! Ich überlasse Ihnen den Fischkopf gern.« Das war ehrlich gemeint. Hammerschmidt grauste es davor. Dafür goß er das fünfte Glas Schnaps ein und hielt es Nyen entgegen. »Müssen Sie Atem holen, Nyen?«

»Ich kann zwei Flaschen trinken!« rief Nyen überheblich. »Ex, Kapitän!«

»Ex...«

Beim zehnten Glas starrten Botzke und Halbe ihren Kapitän warnend an. Noch stand er aufrecht wie zur Parade und goß das elfte Glas ein. Botzke warf einen Blick hinüber zu Halbe. Der kann was vertragen, hieß das. So kennen wir ihn gar nicht. Das ist ein völlig anderer Hammerschmidt als der, der einmal auf der Brücke der *Else Vorster* stand. Aber nun hör auf, Chef, du mußt noch die Motoryacht fahren! Und du mußt den Durchschlupf durch das Korallenriff finden – das ist Zentimeterarbeit. Kapitän, brems ab!

Nyen schwankte im Sitzen und hatte starre, gläserne Augen bekommen. Als er ein Stück Fisch zum Mund führen wollte, fiel es ihm von der Gabel auf sein Prachtgewand, den weißen Seidenanzug. Er bemerkte es gar nicht mehr, sondern lachte, als er zum elften Glas ansetzte. Ex!

Hammerschmidt nickte den anderen zu. Es ist soweit, hieß das. Nyen ist zu schwach geworden, um sich noch wehren zu können. Er kam um den Tisch herum, packte Nyen wortlos an seiner Jacke, lächelte den Verblüfften an und ließ sich mit Nyen nach hinten fallen. Gleichzeitig schleuderte er mit einem Fußtritt den Wehrlosen über seinen Kopf hinweg in den Raum. Krachend fiel Nyen zu Boden, aber ehe er sich aufrappeln konnte, war Hammerschmidt schon wieder bei ihm und trat ihm gegen die Brust. Der Tritt nahm Nyen den Atem. Nun stürzten sich Halbe und Dr. Kagoshima auf den Piraten.

Halbe hatte Nyen mit einem Strick gefesselt, und als Nyen jetzt zu brüllen begann und nach seiner Leibwache rief, verklebte ihm Dr. Kagoshima den Mund mit mehreren Pflasterstreifen. Nyen zerrte an seinen Fesseln, starrte Hammerschmidt voller Haß an, aber er war so vom Alkohol vernebelt, daß bald seine Kräfte nachließen und er sich anscheinend seinem Schicksal ergab.

»Jetzt muß es schnell gehen!« rief Hammerschmidt. »Halbe, Sie machen die *Else Vorster* klar. Doktor, Sie helfen ihm dabei. Halbe wird Ihnen im Maschinenraum die wichtigsten Griffe zeigen. Es ist ja alles automatisch ... Sie müssen nur die richtigen Schalter betätigen und die richtigen Hebel drehen. Botzke, Sie geben den Mädchen das Zeichen, wenn ich die Yacht klar gemacht habe. Was haben Sie verabredet?«

»Dreimal kurz Nebelhorn.«

»Ich winke Ihnen zu. Sie kümmern sich dann um die Maschine.« Er blickte auf seine Uhr. »In einer halben Stunde muß alles auslaufbereit sein! Schaffen Sie das, Halbe?«

»Ich will's versuchen, Herr Kapitän.«

»Versuchen? Sie müssen es schaffen, sonst war alles umsonst!«

»Im Notfall lassen wir die *Else Vorster* zurück.«

»Nie! Einen solchen Gedanken sollten Sie gar nicht aussprechen. Also los ...«

»Und Nyen?«

»Wird schlafen.« Dr. Kagoshima holte aus der Tasche seines Gewandes eine bereits aufgezogene Spritze hervor. »Ich gebe ihm eine solche Dosis Morphium, daß er vor morgen Mittag nicht aufwacht.« Er beugte sich über Nyen, jagte das Morphium in dessen Arm und holte dann die MP unter dem Kimono hervor. »Ich sichere euch ab, bis wir fahren können.«

»Nein! Sie müssen Halbe helfen! Wir müssen den Mädchen vertrauen, daß sie die Kerle ausschalten! Los jetzt! Jede Minute ist kostbar!«

Sie rannten aus dem Steinhaus und trafen draußen auf den chinesischen Koch, eine Reisetasche in der Hand.

»Darf ich demütig bitten, mitzukommen?« sagte er mit einer

tiefen Verbeugung. »Ich bin zwar nur ein Wurm, aber auch ein Wurm möchte leben ...«

»Du gehst mit zum großen Schiff. Wir können jede Hand gebrauchen. Verstehst du was von Elektrik?«

»Ein wenig, Kapitän.«

»Das reicht! Zu den Schiffen!«

Sie rannten, so schnell sie konnten. Nyens Yacht stand wie immer abfahrbereit, ein paar Schaltergriffe, und die Motoren würden anspringen. Botzke rannte hinunter in den Maschinenraum und kontrollierte als erstes die Benzintanks. Sie waren wie auch die Reservetanks randvoll. Er griff zum Telefon und meldete sich. Hammerschmidt stand auf der Brücke vor dem Kommandostand und war überrascht, wie vorzüglich das Boot ausgerüstet war. Es fehlte nichts an moderner Elektrik. Nun wurde ihm klar, daß kein Frachter eine Chance gehabt hatte, diesem Piraten zu entkommen.

»Botzke, wir starten, sobald ich von der *Else Vorster* das Zeichen bekomme, daß alles klar ist.«

»Und ziehen Sie dann das Nebelhorn, Kapitän? Dreimal kurz! Bitte, Kapitän.«

»Keine Sorge, Botzke. Wenn nur die Mädchen spurten ...«

Es dauerte doch fast zwanzig Minuten, bis Halbe von der Brücke der *Else Vorster* mit dem Signalscheinwerfer herüberblinkte: Alles klar zum Auslaufen. Hammerschmidt rief Botzke im Maschinenraum an.

»Wir können, Botzke.«

»Aye aye, Sir ...«

»Benehmen Sie sich, Botzke!«

»Jawohl, Herr Kapitän.« Er stockte. »Das Nebelhorn ...«

»Ziehe ich sofort.«

Hammerschmidt blickte wieder hinüber zu seinem stolzen Schiff. Er spürte das Glück und die grenzenlose Befriedigung, das Richtige getan zu haben. Er sah, wie das Wasser aufschäumte, Kagoshimas Frau Sundara war nun auch zur Stelle und bemühte sich, die Leinen, mit denen der Container an Land festgehalten wurde, zu lösen. Er sah, wie sie versuchte, die Schlingen über die Pflöcke zu hieven, wie sie die Beine in den Boden stemmte und mit aller Kraft an den Tauen zog, und dann hörte er die Winden knirschen, die mehr Seil gaben, um die Arbeit zu erleichtern.

Hammerschmidt griff zum Telefon und wählte die Funkverbindung zu seinem Schiff.

»Halbe!« rief er, als sich der Erste Offizier meldete. »Kappen Sie die Taue, verdammt nochmal. Die Frau schafft das nicht! Kappen! In zehn Minuten lege ich ab!«

Er suchte auf der Brücke den Hebel für das Nebelhorn. Dreimal zog er daran, und dreimal dröhnte das Horn dumpf durch die Bucht. Auf der *Else Vorster* erschien jetzt der chinesische Koch mit einer großen Axt und hieb auf die Seile ein. Tau um Tau wurde zerschlagen und klatschte ins Wasser. Sundara rannte zum Schiff und hechtete über den ausgefahrenen Steg an Bord. Sie hatte kaum das Deck erreicht, als Halbe den Steg einholte. Die Vollautomatik funktionierte fehlerfrei.

Aus dem Bordell quollen jetzt die Mädchen. Sie hatten ihre Kleider übergeworfen, einige rannten nackt zum Strand, das Kleid über dem Arm. Nichts mitnehmen, hatte Botzke zu ihnen gesagt. Ihr könnt alles in Singapur wieder kaufen. Ihr rennt um euer Leben, denkt daran! Nichts anderes ist mehr wichtig.

»Motoren an!« rief Hammerschmidt nach unten. Er schwitzte vor Aufregung, außerdem spürte er den Alkohol.

»Die Mädels ...« fragte Botzke.

»Sind unterwegs.«

Ein leichtes Zittern erschütterte die Yacht. Die Maschinen liefen.

Die Mädchen stürzten an Bord. Als letzte kam ein älteres Mädchen, das bisher die Aufsicht über das Bordell gehabt hatte. Sie stieg zu Hammerschmidt hinauf auf die Brücke.

»Wir haben die Kerle in die Zimmer eingesperrt!« schrie sie. »Aber sie werden die Türen eintreten!«

»Sind alle Mädchen an Bord?«

»Ja, alle. Vierundzwanzig.« Sie lehnte sich erschöpft gegen die Wand. Ihre Augen flatterten vor Angst. »Schaffen wir es?«

»Natürlich schaffen wir es.« Hammerschmidt drückte den Maschinentelegrafen auf langsame Fahrt. Die Yacht setzte sich in Bewegung und glitt vom Strand weg. Der Steg klatschte ins Wasser und trieb im Schaum, den die Schiffsschraube aufwirbelte, zur Seite weg. Hammerschmidt stellte das Echolot an.

An Deck erschien jetzt Botzke. Augenblicklich würde es bei langsamer Fahrt bleiben, er brauchte also nicht bei der Maschine zu bleiben. Einer inneren Eingebung folgend, rannte er hinüber zu dem Zwillingsgeschütz, riß die Abdeckhaube herunter und überzeugte sich, daß das Geschütz geladen war. Nyens Anweisung, immer kampfbereit zu sein, zahlte sich jetzt aus.

Inzwischen hatten sich die überlisteten Piraten befreit. Einige kamen noch nackt, andere nur mit ihren Hosen bekleidet an den Strand gelaufen. Ohnmächtig sahen sie, wie sich die beiden Schiffe vom Ufer entfernten. Hammerschmidt hörte ihr Schreien und dazwischen die Befehle des Ersten Steuermanns. »Holt die Maschinengewehre! Zielt unter die Wasserlinie! Zielt auf die Brücken! Was ist mit Nyen geschehen? Holt ihn her!«

Botzke schwenkte das Geschütz zum Land und drückte dann auf die Feuerknöpfe. Aus den Zwillingsläufen jagten die Geschosse... Leuchtspurmunition. Botzke sah genau, wohin die Schüsse gingen. Er zielte nicht auf die schreienden Männer, sondern legte einen Feuerriegel zwischen die Piraten und ihre Hütten. Die Kerle warfen sich zu Boden und versuchten kriechend ihre Behausungen zu erreichen.

»Idioten!« sagte Botzke grimmig. »Was wollt ihr denn noch?! Wir schwimmen, uns hält nichts mehr auf.«

Die weiße Yacht näherte sich der engsten Stelle. Viel träger als sie drehte die *Else Vorster* bei und folgte. Meter um Meter, ganz vorsichtig, wie ein sich vorwärts tastender Blinder. Im Maschinenraum saß Dr. Kagoshima und hatte seine Frau Sundara umarmt.

»Wir schaffen es...« sagte er mit erregter Stimme. »Wir schaffen es wirklich. Hab keine Angst mehr, Schmetterling. Wenn wir auf freier See sind, hält uns niemand mehr auf.«

Hinter seinem Geschütz sah Botzke, wie vier Männer zu Nyens Haus rannten. Er schoß auf sie, diesmal gezielt, und er zog die Schultern hoch, als er sie übereinanderstürzen sah. Es war das erste Mal, daß er auf Menschen schoß, und es war das erste Mal, daß er tötete. Aber es blieb ihm keine Zeit, sein Gewissen zu fragen... Nyen durfte nicht befreit werden, bevor sie das offene Meer erreicht hatten.

Hammerschmidt fuhr genau in der Mitte des Durchschlupfes. Links und rechts hatte die *Else Vorster* nur noch einen Meter. Er starrte geradeaus und hielt den Atem an, als er die engste Stelle passiert hatte. Halbe, dachte er inbrünstig. Halbe, fahr mir genau in der Spur nach, laß dich vom Echolot nicht verrückt machen. Ich habe es damals geschafft, und du schaffst es auch! Du hast jetzt dreißig Zentimeter Wasser unter dir und links und rechts nur noch fünfzig Zentimeter. Hab keine Angst, Junge! Und bitte, bitte laß es nicht knirschen … diesen entsetzlichen Laut, wenn ein Schiff aufgeschlitzt wird! Korrigiere mit den Bugstrahlrudern, das hast du doch gelernt. Taste dich vorwärts … noch siebzig Meter, und du bist im freien Wasser. Halbe, du hast das Zeug, ein hervorragender Kapitän zu werden. Halbe, halt genau die Richtung …

Botzke kam hinauf auf die Brücke. Er sah bleich aus und um Jahre gealtert. Wortlos setzte er sich neben den Steuerstand auf den zweiten Stuhl und blickte starr auf den Boden. Hammerschmidt, der die Einfahrt passiert hatte und nun auf offener See war, wandte sich ihm zu.

»Was haben Sie, Botzke? Alle Mädchen sind unter Deck. Und wir sind frei!«

»Ich habe vier Menschen erschossen.« Seine Stimme klang tonlos. »Zum ersten Mal habe ich getötet. Daran muß ich mich erst gewöhnen.«

»Botzke, es war Notwehr. Übrigens: Woher können Sie ein Geschütz bedienen?«

»Ich bin doch bei der Marine ausgebildet worden. Ich war Richtschütze auf einer Fregatte. Aber wir haben nur auf Attrappen geschossen. Jetzt waren es Menschen. Es ist ein ganz eigentümliches Gefühl, sie straucheln zu sehen und zu wissen: Das ist der Tod, und du hast ihn losgelassen. Ich werde dieses Bild nie vergessen.«

»Vielleicht. Mein Vater sagte einmal: ›Im Krieg mußt du immer fragen: Er oder ich? Der Schnellere überlebt.‹ Und wir waren jetzt im Krieg. Botzke, gehen Sie hinunter zur Maschine. Volle Fahrt …«

»Jawohl, Herr Kapitän.« Botzke erhob sich, als sei er zum Umfallen müde. »Volle Fahrt …«

Er verließ die Brücke und ließ sich an Deck die ganze Nacht über nicht mehr sehen.

Auch die *Else Vorster* hatte das Korallenriff passiert und schwamm jetzt im freien Wasser. Halbe verkündete es, indem er das ohrenbetäubende Nebelhorn zog.

»Bravo!« rief Hammerschmidt und fühlte sich endlich frei. »Ich wußte, Halbe – ich kann mich auf Sie verlassen! Und nun Dampf drauf, mein Junge. Kurs direkt auf Singapur. In zwei Tagen können wir an Land gehen...«

Drei Tage später meldeten die Nachrichten die Sensation:

Die von Piraten im Südchinesischen Meer gekaperte Else Vorster *ist, zusammen mit dem Schnellboot des berüchtigten Piraten Nyen Su-Feng, gestern im Hafen von Singapur eingetroffen.*
In einem Bravourstück gelang es Kapitän Ernst Hammerschmidt und seinen Offizieren Jens Halbe und Richard Botzke, unterstützt von dem japanischen Arzt Dr. Tashi Kagoshima und einem chinesischen Koch, sich aus der Gefangenschaft von Nyen Su-Feng zu befreien und beide Schiffe sicher nach Singapur zu bringen. Einheiten der malaysischen und indonesischen Kriegsmarine sind zu der Insel Jemaja unterwegs, wo sich das Versteck der Piraten befindet. Der »Schrekken der Meere« wird seiner gerechten Strafe zugeführt.
Einzelheiten der sensationellen Befreiung sind noch nicht bekannt. Kapitän Hammerschmidt und seine Offiziere haben jegliche Stellungnahme abgelehnt. An Bord der Piratenyacht waren auch 24 Mädchen, die Nyen bei verschiedenen Raubzügen entführt hatte und die als Prostituierte arbeiten mußten. Sie werden auf diplomatischem Weg in ihre Länder zurückgeschickt. Nach ersten Berichten verdanken sie ihr Leben dem deutschen Kapitän Ernst Hammerschmidt.

Dr. Wolffers flog sofort nach Singapur. Man hatte nie einen glücklicheren Menschen gesehen. »Es gibt doch noch Helden!« sagte er in einem Fernseh-Interview. »So abgedroschen das Wort auch ist... wie soll man es anders nennen? Die Leistung von Kapitän Hammerschmidt ist mit Worten gar nicht zu würdigen! Meine Bewunderung gilt aber auch seiner Frau, die tapfer daran geglaubt hat, daß er lebt und wiederkommt. Ich verneige mich vor ihm in Dankbarkeit und Ehrfurcht.« Es war bekannt, daß Dr. Wolffers gern große Worte gebrauchte und sie mit Pathos vortrug, aber diesmal fühlte sich keiner bemüßigt, darüber zu lächeln.

Yabido-Land

Die mit Maisstroh und Palmenblättern gedeckte Rundhütte lag am Rande des Dorfes, direkt neben einem Bananenfeld und den Wassergräben, die aus der einst trostlosen Savanne ein blühendes Paradies gemacht hatten. Der eigentliche Zauberer hieß Dr. Franz Frisenius, von seinen Freunden nur FF genannt, und Heßbach hörte in den Wochen, die er nun schon hier wohnte, immer nur von allen Eingeborenen, daß die Götter FF als Abgesandten auf die Erde geschickt haben.

Hatte Heßbach gefürchtet, sich fern der Zivilisation zu Tode zu langweilen, dann war das ein Irrtum. Koto Yabido tat alles, um seinen Gast zu beschäftigen: Zweimal in der Woche gab es ein Festmahl, tanzten die Männer ihre uralten Kriegstänze und die Frauen ihren Fruchtbarkeitstanz, und immer hatte Heßbach den Ehrenplatz neben Koto auf einem geschnitzten Stuhl. Zur persönlichen Bedienung des Gastes hatte Koto seine Lieblingstochter Saffa bestimmt. In immer neuen, bunten Wickelröcken sorgte sie für Heßbach, brachte ihm Früchte und Fruchtsäfte, das Mittag- und das Abendessen, und während er aß und trank, saß sie zu seinen Füßen und kam jedem seiner Handgriffe zuvor. Sie las die Wünsche von seinen Augen ab.

Es klang reizvoll, wenn sie ihn mit seinem Vornamen ansprach, denn sie hatte einen französischen Akzent und ein leichtes Gurren in der Stimme. Oft beobachtete Heßbach sie heimlich, wenn sie sein Mahl auf einem kleinen Holztisch ordnete, den Tonbecher mit Saft füllte, eine Wassermelone aufschnitt oder die Bananen schälte, kleine, ungemein wohlschmeckende Früchte, wie sie Heßbach noch nie gegessen hatte. Sie hatten einen wunderbar intensiven Geschmack. Ab und zu kam Saffa mit einer Eisenpfanne, entfachte vor der Hütte ein Holzfeuer und briet die Bananen in einer würzigen Soße aus Kräutern, deren Geheimnis nur die Eingeborenen kannten. Es war das Köstlichste, was Heßbach je gegessen hatte.

»Es schmeckt wunderbar, Saffa«, sagte er dann, und sie ließ sich wieder zu seinen Füßen nieder, sah ihn mit ihren großen schwarzen Augen an und liebkoste ihn mit ihren Blicken. An besonders heißen Tagen kam sie mit bloßem Oberkörper zu ihm, so, wie alle Yabidofrauen dann herumliefen.

Saffa kannte keine Scham. Sie war wunderschön mit ihren apfelgroßen, straffen Brüsten, den schmalen Schultern, über die ihre langen, gekrausten Haare fielen, und ihren Armen, die sich wie Schlangen bewegen konnten. In der Sonne schimmerte ihre Haut wie dunkle Bronze, und wenn sie sich bewegte, sah man das Spiel ihrer Muskeln unter der glatten Haut. Nur Koto war ein wenig traurig, daß sie so schlank war und nicht wie die anderen Yabidofrauen zu etwas Körperfülle neigte, denn eine rundliche Frau, so der Glaube der Yabidos, war fruchtbarer als eine dürre. Und Kinder, viele Kinder, bedeuteten Segen. Sie waren die Arbeitskräfte und die Ernährer der Familie in späteren Jahren. Hier, im einsamen Norden Togos, konnte man nur überleben, wenn sich der Stamm immer wieder erneuerte.

Saffa war eine auffallende Schönheit unter den Yabido-Frauen. Hätte Koto ihre Mutter nicht als unberührtes vierzehnjähriges Mädchen zu sich genommen, müßte er sie verdächtigen, ihm die Frucht eines anderen Mannes untergeschoben zu haben.

»Sie ist einfach etwas Besonderes«, schmeichelte Koto sich selbst. »Die Götter haben es so gewollt. Wir können ihnen nicht widersprechen.«

Manchmal, wenn Heßbach im Schatten lag und las, legte sich Saffa quer zu seinen Füßen, schob die Arme unter ihren Nacken und sah Heßbach unverwandt an. Sie sprach kein Wort, nur ab und zu dehnte sie sich wie eine Katze in der Sonne, wölbte ihre nackten Brüste empor oder scharrte mit den Zehen im weichen Boden. Unwillkürlich unterbrach Heßbach dann seine Lektüre, und sein Blick glitt über ihren glänzenden Körper, von der hohen Stirn bis zu den schmalen Füßen. Oft war ihr bunter Wickelrock so zur Seite gerutscht, daß er ihre schlanken Beine sehen konnte.

»Was liest du da?« fragte sie einmal. Ihre Stimme hatte wieder das aufreizende Gurren, aber das war nicht gewollt; die Stammessprache der Yabidos war mit Gurr- und Knacklauten durchsetzt, wie man sie auch in der Sprache der Xsosas in Südafrika findet.

»Ich lese einen Roman, Saffa«, antwortete Heßbach und legte das Buch in seinen Schoß.

»Was ist ein Roman, Lothar?«

»Wie soll ich dir das erklären. Es ist eine Geschichte, die ein Schriftsteller erfunden, eine Geschichte, die nicht wirklich geschehen ist, sondern die er sich ausgedacht hat. Wie ein langes Märchen.«

»Was ist ein Märchen, Lothar?«

»Das ist noch schwerer zu erklären. Es ist die älteste Art des Erzählens von den Schicksalen des Lebens. Vor allem Kinder lieben Märchen. Bei allen Völkern dieser Erde gibt es Märchen ... auch bei euch.«

»Ich kenne kein Märchen, Lothar. Ich kenne nur die Geschichte vom Regengott ...«

»Das ist ein Märchen, Saffa.«

»Und die Geschichte des weißen Leoparden.«

»Auch das ist ein Märchen.«

»Und die Geschichte von dem Mädchen, das an einer unerfüllten Liebe stirbt ...«

»Auch das könnte ein Märchen sein ... oder die Wahrheit.«

»Und das liest du jetzt? Wovon handelt das Märchen?«

Heßbach zögerte mit der Antwort, überdachte seine Worte und sagte dann: »Es ist die Geschichte einer schönen Frau, die jeden liebt, der ihr gefällt. Eine Frau, die nie satt wird von Liebe.«

Saffa schloß die Augen und räkelte sich wieder. »Ich kann sie mir vorstellen. In Wirklichkeit aber liebt sie nur einen Mann! Und dieser Mann sieht sie nicht ... Das macht sie ganz traurig.«

»In diesem Roman ist das anders. Dort frißt sie die Männer.«

»Ich möchte auch einen Mann fressen ...«

Heßbach blickte wieder über ihren geschmeidigen Körper. »Wie alt bist du, Saffa?«

»Das weiß ich nicht. Meine Mutter hat mir nur erzählt, daß bei meiner Geburt die Löwen brüllten und die Männer mit ihren Speeren hinausgingen in den Busch, um sie zu verjagen oder zu töten. Kann es sein, daß ich so lange Haare bekommen habe, weil die Löwen brüllten!«

»Nein. Das ist ausgeschlossen.«

»Die alten Frauen sagen es.«

»Kümmere dich nicht darum. Du hast wundervolle Haare. Wie gesponnene Seide.«

»Was ist Seide, Lothar?«

Sie ist wie ein Kind, dachte er. Würde Saffa je verstehen, daß es Raupen gibt, die glänzende Fäden spinnen, die man Seide nennt? Er ging deshalb auf ihre Frage nicht mehr ein und nahm wieder sein Buch zur Hand.

Saffa schwieg, aber sie rückte näher, hob ihren schmalen Kopf und legte ihn in Heßbachs Schoß, dort, wo das Buch gelegen hatte. Er ließ es geschehen, und ein wunderbares Gefühl verbreitete sich in seinem Körper, legte sich auf seinen Atem und wie eine drückende Hand auf sein Herz. Er spürte, wie es schneller schlug und ein betäubendes Verlangen durch seine Glieder trieb.

Heßbach, sei kein Narr, sagte er zu sich. Du hast deine Braut Luise, sie wartet auf dich, sie macht sich Sorgen um dich. Zweimal hatte er ihr bisher geschrieben und die Briefe den Ärzten mitgegeben, die ab und an die Yabidos besuchten. »Mir geht es gut!« hatte er geschrieben. »Es fehlt mir an nichts... nur du fehlst mir! Aber hier bin ich sicher, hier findet mich keiner. Luise, ich liebe Dich! Und wenn ich wieder daheim bin, werden wir sofort heiraten. Das verspreche ich Dir. Ich küsse Dich...«

Saffa bewegte ihren Kopf und sah zu ihm hinauf. »Lies mir aus dem Buch vor, Lothar«, sagte sie. Heßbach schüttelte den Kopf.

»Nein, Saffa.«

»Warum nicht.«

»Es ist schwer ins Französische zu übersetzen«, log er.

»Welche Sprache ist es?«

»Deutsch.«

»Ist Deutsch deine Sprache?«

»Ja.«

»Ich möchte auch Deutsch lernen.«

»Es ist eine schwere Sprache.«

»Nichts ist zu schwer für mich.« Ihre Augen funkelten in der Sonne. Das lange Haar lag wie ein Schleier über ihren Brüsten, nur die Spitzen traten dazwischen hervor.

Heßbach hatte plötzlich einen Kloß im Hals, den er nicht hinunterschlucken konnte. Sein Herz schlug unerträglich. Du bist verrückt, sagte er wieder zu sich. Heßbach, sei stark! Es hat doch keinen Sinn, es führt nur zu Komplikationen, der alte Koto wird dich umbringen. Heßbach, reiß dich zusammen. Gleichzeitig aber tastete sein Blick ihren halb entblößten Körper ab, blieb zwischendurch hängen und vernebelte seine Vernunft. Er beugte sich vor, legte die Hände über ihre Brüste, und als sie den Kopf anhob, küßte er sie, und ihre Lippen öffneten sich, und dann schlangen sich ihre Arme um seinen Hals und drückten ihn zu ihr hinunter.

Es war ein langer, von Seligkeit durchströmter Kuß. Aber dann riß sich Heßbach aus ihren Armen los und stieß ihren Kopf fast brutal von sich weg. Sie ließ sich neben ihn auf den Boden fallen und bedeckte ihr Gesicht mit ihren langen schwarzen Haaren.

Ohne ein Wort sprang Heßbach auf, ging durch das Dorf zu seiner Hütte und warf sich auf sein Lager, über das man eine Decke aus Affenfellen gebreitet hatte. Die Matratze war eine Leihgabe des Hospitals, aber dort wußte man bereits jetzt, daß Koto Yabido das seltene Stück nach Heßbachs Abreise behalten würde. Es unterstrich sein Ansehen als Herrscher.

Am Abend – wieder bediente Saffa stumm ihren Vater und den Gast – fragte Heßbach den Herrscher:

»Wie alt ist deine Tochter Saffa?«

»Sie ist neunzehn geworden, mein Freund.«

»Neunzehn? Und sie hat noch keinen Mann, Herrscher?«

»Nein!« antwortete Koto kurz.

»Warum? Eure Mädchen heiraten doch spätestens mit fünfzehn Jahren. Hat Saffa noch keinen Mann gefunden?«

»*Ich* habe noch keinen für sie gefunden, mein Freund.« Koto Yabido warf einen forschenden Blick auf Heßbach. »Ich gebe meine Tochter nicht her, nicht jedem, es muß ein Herrscher kommen, der mir ebenbürtig ist. Oder der Sohn eines solchen Herrschers. Aber mir ist noch keiner begegnet, dem ich Saffa geben würde.«

»Und wenn sie sich trotzdem verliebt?«

»Dann muß derjenige beweisen, daß er ein großer Krieger ist. Er muß einen Stier mit der Lanze töten, eine Hyäne müde hetzen und eine giftige Schlange mit den Händen erwürgen.«

»Danke.« Heßbach verzog das Gesicht zu einem schwachen Lächeln. »Solche Männer sind sehr selten.«

»Auch meine Tochter Saffa ist selten. Die Götter haben sie auserwählt. Als die Löwen brüllten, wurde sie geboren, und von den Löwen hat sie ihre Mähne. Sie kann auch nur einem Mann gehören, der stark ist wie ein Löwe.«

Heßbach nickte. War das eine diplomatische Warnung für ihn? Hatte Koto erkannt, wie es um Saffas Herz stand? Während des Essens kniete sie wie immer hinter Heßbachs Rücken, bereit, ihm sofort jeden Wunsch zu erfüllen. Er spürte ihren Blick in seinem Nacken, und es war wie ein heimlicher Kuß, der tief in seine Haut drang.

Es wurde spät an diesem Abend. Die Frauen führten noch einen Tanz um ein großes, loderndes Feuer herum vor, und die Männer stürzten mit wildem Geschrei mit ihren Speeren aufeinander los und mimten einen tödlichen Kampf, bei dem der Gegner mit einem Speer durchbohrt werden mußte.

Heßbach verabschiedete sich von Koto mit einer ehrfürchtigen Verbeugung und ging dann zurück zu seiner Hütte am Rande des Dorfes. Er zog sich aus, wusch sich in einer Tonschüssel und legte sich unbekleidet auf die Affenfelldecke. Es war eine schwüle Nacht, an Schlaf war nicht zu denken, und so lag er in der Dunkelheit, roch den Rauch des großen Feuers und ließ seinen Gedanken freien Lauf. Morgen oder übermorgen besuche ich das Hospital, dachte er. Die deutschen Ärzte freuten sich immer, wenn er zu Besuch kam; dann tranken sie Bier oder Wein, erzählten aus ihrem Leben, und Heßbach berichtete über die skrupellosen Machenschaften der Öl-Connection und seinen Kampf gegen die Trägheit der Masse und der Politiker.

»Es ist kaum zu glauben, was du da erzählst«, hatte Dr. Leopold Hayda nach einem solchen Gespräch gesagt. Er war der Chirurg des Hospitals von Dapaong und wollte nie mehr in einem deutschen Krankenhaus arbeiten, wo er vielleicht als Oberarzt die Launen seines Chefarztes ertragen mußte.

Übermorgen reite ich nach Dapaong, nahm sich Heßbach vor. Und ich werde ein paar Tage dort bleiben, um wieder einen klaren Kopf zu bekommen.

Ein Rascheln am Eingang der Hütte ließ ihn hochschrecken. Er wollte etwas sagen, aber da spürte er schon einen warmen, nackten, glatten Körper neben sich und eine Hand, die über seinen Unterleib streichelte. Und dann lag sie auf ihm, und ein Mund mit offenen, feuchten Lippen küßte ihn, und eine leise, gurrende Stimme flüsterte an seinem Ohr: »Lothar, jag mich weg, schlage mich, ruf meinen Vater ... Ich muß bei dir sein.«

»Saffa! Ich habe zu Hause eine Braut ...« Heßbach spürte, wie sein Widerstand unter der Wärme ihres Körpers dahinschmolz. Er wollte sie wegschieben, aber seine Arme gehorchten nicht mehr seinem Willen. Statt sie zurückzustoßen, umarmte er sie, und als er ihre Brüste spürte und ihr Leib sich mit zitternden Schlangenbewegungen auf ihm bewegte, drückte er sie fest an sich, rollte sie auf den Rücken und vergaß, daß er Lothar Heßbach hieß. Er war nur noch Gefühl und Drang nach Erfüllung.

Ihr Seufzen füllte die Stille der Nacht, und es war ein Gesang, der aus dem Himmel tönte. Die Weite des Firmaments öffnete sich, und es regnete Sterne auf ihre zuckenden, ineinander verschlungenen Körper.

Fast drei Monate war Gérard Armand nun in Togo, ohne eine konkrete Spur von Heßbach aufgenommen zu haben. Nicht, daß er darüber verzweifelt gewesen wäre. Nur ärgerte es ihn maßlos, daß alle, die wissen konnten, wo sich Heßbach versteckt hielt, eine Mauer des Schweigens aufgebaut hatten.

Als er in Dapaong ankam und aus der klapprigen Maschine stieg, war er zunächst froh, diesen Flug überstanden zu haben. Der Pilot, ein stämmiger Franzose, war sogar beleidigt, als Armand nach der Landung zu ihm sagte:

»Sie sind ein Sadist, Monsieur. Ich würde von meiner Großmutter nicht verlangen, daß sie noch am Reck turnt und mit einem doppelten Salto abgeht. Und Ihr Flugzeug ist sogar ein Urgroßmütterchen.«

»Wenn Sie wieder zurück nach Lomé wollen, und ich fliege zufällig die Maschine, werfe ich Sie raus!« antwortete der Pilot mit aller Grobheit. »Sie können zu Fuß gehen und sich mit Ihrer großen Schnauze Luft zufächeln.«

Armand verzichtete auf eine Antwort, verließ das schäbige Flughafengebäude und fand vor dem Ausgang ein Taxi. Ein schwarzer Fahrer sah ihm grinsend entgegen, stufte ihn als reichen Herrn ein und riß die Tür seines Autos auf.

»Wohin, Monsieur?« rief er mit devoter Stimme. »Ich bringe Sie überall hin.«

Armand verzog sein Gesicht. Auch das Auto war ein Klapperkasten, die Polsterung der Sitze zerschlissen, die Motorhaube war mit Schnüren gesichert. Das Armaturenbrett bestand aus einem Gewirr von freiliegenden Drähten und Kabeln, zwischen denen nur noch eine Uhr erhalten geblieben war. Es gab keinen Tachometer mehr, keine Benzinstandanzeige oder Thermometer. Die Geschwindigkeit wurde einfach geschätzt.

»Ich habe nicht vor, in Dapaong begraben zu werden«, sagte Armand zu dem Taxifahrer. »Ich geh lieber zu Fuß.«

»Wohin, Monsieur?«

»Zum Hospital.«

»Wenn Sie dort ankommen, werden Sie ein Bett nötig haben.« Der Fahrer grinste breit. »Besser ist, mit mir zu fahren.«

»Dann brauche ich einen Grabstein.«

»Sie sehen mutig aus, Monsieur! Versuchen wir es?«

»Es bleibt mir nichts anderes übrig.« Armand stieg in das Taxi, versank im Polster, weil auch die Federn des Sitzes gebrochen waren, und zog die Tür zu. Der Motor krachte beim Anfahren, ebenso wie die Kupplung. Der Wagen fuhr mit dem Gekeuche eines gequälten Büffels.

Die Fahrt dauerte keine zwei Minuten. Zwei Straßen, zwei Ekken, quer durch die Kurve, und schon waren sie da. Das Schild *Hôpital* leuchtete in der glühenden Sonne. Armand blieb sitzen und drückte seinen »Koffer« auf die Knie.

»Wenn du Gauner glaubst, ich zahle dir auch nur einen Sou, dann kannst du dich als Heiliger melden! Das hätte ich auch zu Fuß geschafft.« Er griff an die Tür, aber dort fehlte die Klinke. Der Taxifahrer drehte sich mit einem breiten Lächeln zu ihm um.

»Da kommt keiner raus, wenn ich nicht will. Kann man nur von außen öffnen. Innen kaputt.«

»Ich trete die Tür ein!« sagte Armand mit unheimlicher Ruhe.

»Nicht, Monsieur. Polizei ist ganz in der Nähe, und Polizei von Togo ist streng und hart. Vor allem gegen Weiße und vor allem hier im Norden. Regierung ist weit weg. Es ist teurer, Polizei zu bezahlen, als mich zu bezahlen.«

»Wieviel?« fragte Armand.

»Dollar oder Francs?«

»Dollar.«

»Zehn Dollar.«

Armand blieb sitzen. Jetzt ging es nicht mehr um den Preis, sondern ums Prinzip: Einen Armand betrügt man nicht.

»Ich habe Zeit«, sagte er nur.

»Ich auch.« Der Taxifahrer lehnte sich gemütlich zurück. »Jede Minute ein Dollar, Monsieur. Von mir aus kann es Abend werden. Sie kommen aus meinem Auto nicht heraus.«

»Wie heißt du?«

»Njumeme Nawalé.«

»Ich bezahle … aber wir sprechen uns wieder.«

»Ich fahre Monsieur gern wieder, wohin er auch will.«

Dazu wirst du später keine Gelegenheit mehr haben, dachte Armand verbittert. Wenn ich meinen Auftrag erfüllt habe, fährst du in die Hölle. Das verspreche ich dir, Njumeme.

Er zahlte die zehn Dollar, ließ sich von dem Schwarzen von außen die Tür öffnen und ging hinüber zum Hospital. Am Eingang stieß er auf einen Krankenpfleger, ebenfalls ein Eingeborener. Er trug weiße Leinenhosen und einen weißen Kittel.

»Wohin, Monsieur?« fragte er.

»Zum Ihrem Chefarzt.«

»Zu Dr. Hayda?«

»Ich weiß nicht, wie er heißt. Wo finde ich ihn?«

»Nirgendwo. Jetzt keine Sprechstunde.«

»Und wenn ich ein Notfall bin? Akuter Tripper?«

»Akuter Tripper hat auch Zeit bis 3 Uhr nachmittags.«

Armand wollte nicht wieder einen neuen Streit anfangen, nickte und verließ das Hospital. Er suchte sich ein Café, erkundigte sich nach einem Hotel, trank einen eiskalten Pernod und ließ sich dann von einem anderen Taxi zum Hotel fahren. Diesmal bezahlte er für zehn Minuten Fahrt nur fünf Dollar. Das Hotel unter französischer Führung war sauber, hatte selbstverständlich eine Bar und nannte sich schlicht *Hôtel Dapaong*. In seinem erstaunlich großen Zimmer duschte sich Armand, wechselte das Hemd und vergnügte sich die Wartezeit mit der lokalen Zeitung. Sie brachte in großer Aufmachung einen Bericht über den Ritualmord an dem deutschen Wissenschaftler Dr. Frisenius. Die Razzia zur Aushebung einer verdächtigen Rebellenorganisation hatte drei Tote gefordert, weil die Polizei aus Mißtrauen voreilig zu den Waffen gegriffen hatte.

Armand las den Bericht mit Vergnügen. Ein Ritualmord ... damit war jeder andere Verdacht von vornherein ausgeschlossen. Er hatte einmal mehr ein Meisterstück geliefert und war stolz auf sich.

Dr. Hayda empfing Armand mit deutlicher Zurückhaltung. »Sie haben einen Tripper?« fragte er. »Mein Pfleger hat Sie schon bei mir angemeldet. Aber da sind Sie falsch bei mir. Ich bin Chirurg. Wenn Sie allerdings wünschen, daß ich Ihnen das Hähnchen abschneide, können wir einen Termin vereinbaren.«

»Bei Gott, nein, Doktor.« Armand lachte amüsiert. »Der wird noch gebraucht und hat viel Lob einstecken müssen. Zu Recht, möchte ich sagen. Außerdem habe ich gar keinen Tripper.«

»Was wünschen Sie sonst von mir?«

»Eigentlich nichts. Ich wollte mich Ihnen nur vorstellen. Ich werde einige Zeit in Dapaong wohnen, im *Hôtel Dapaong*, und habe mir gedacht, es wäre doch eine Abwechslung auch für die deutschen Ärzte hier, wenn ein neuer Weißer in dieser Wildnis auftaucht.«

»Sie werden hier bei uns arbeiten?«

»Ich bin Einkäufer für eine französische Baumwollspinnerei. Ich suche Verbindungen zu den großen Baumwoll-Produzenten.«

»Dann wünsche ich Ihnen viel Erfolg.« Dr. Hayda blickte demonstrativ auf seine Schreibtischuhr. Ein deutlicher Hinweis: Das Gespräch ist beendet. »Ich habe noch einige Patienten zu untersuchen.«

Armand verstand, verabschiedete sich höflich und verließ das Hospital. Du hochnäsiger deutscher Affe! dachte er dabei. Aber wir sprechen uns noch. Wenn du weißt, wo Heßbach sich versteckt hält, dann erfahre ich das bald. Er war hier im Krankenhaus, das hat der bedauernswerte Frisenius gestanden. Und von hier ist er weitergereicht worden an einen geheimen Ort. Mein lieber Chefarzt, für einen Armand gibt es keine Geheimnisse.

Aber diesmal schien er sich zu irren. Die deutschen Ärzte hatten kein Interesse an einem Gérard Armand; viermal rief er in der Klinik an, und viermal waren die Doktoren verhindert.

Geduld, Géard, hämmerte er sich ein. Nur Geduld. Heßbach ist hier in der Nähe, das spüre ich. Und einmal wird er die Ärzte besuchen, und dann habe ich ihn! Mach dich nicht verdächtig durch zu viele Fragen, warte ab. Du hast auch bei Frisenius gewartet, und plötzlich läuft er dir über den Weg mit seiner rotgepunkteten gelben Krawatte. Ungeduld ist die Mutter des Mißerfolges... genieß das Leben in diesem heißen Kaff Dapaong. Auch Heßbach wird dir einmal über den Weg laufen. Deutsche besuchen sich gern untereinander, warum soll das in Dapaong anders sein? Gerade in der Fremde ist das Zusammengehörigkeitsgefühl besonders stark.

Armand besuchte alle Bars der Stadt, aber selbst die schönsten Mädchen konnten ihn nicht reizen. Er hatte Angst, sich anzustekken, und diese Angst war stärker als sein Trieb. Bei den Frauen der wenigen Weißen rechnete er sich wenig Chancen aus. So saß er gelangweilt herum, trank mehr, als er vertrug, schwankte nachts in sein Bett und wachte morgens mißmutig auf.

Ein paarmal versuchte er, im Krankenhaus das Personal auszuhorchen, zwei schwarze Krankenpfleger, drei weiße Schwestern, aber überall stieß er auf eine Wand des Schweigens. Selbst von den Eingeborenen, denen er fünfzig Dollar für einen Hinweis versprach, war nichts zu erfahren. Fünfzig Dollar war für einen armen Togolesen eine ungeheure Summe. Und als Armand seine Belohnung auf hundert Dollar erhöhte, gelang es einem Togolesen, eine winzige Spur zu entdecken. Der Mann war Angestellter einer Apotheke und konnte sich erinnern, daß zwei in Dapaong unbekannte Weiße zu ihm gekommen waren und alle Präparate, die Vitamine enthielten, aufgekauft hatten. Fürwahr ein Grund, sich die Kunden zu merken, denn wer räumt schon ein ganzes Regal einer Apotheke leer?

»Sie kamen mit einem Jeep«, sagte der Apothekenangestellte. »Mit einem Jeep des Hospitals...«

Also doch, dachte Armand grimmig. Die Ärzte wissen genau, wo sich Heßbach versteckt. Aber die spielen die Ahnungslosen und behandeln mich wie einen Landstreicher. Er dachte einen Augenblick an Dr. Frisenius, der auch zu schweigen versucht hatte, aber er sah ein, daß sich ein solches Vorgehen im Hospital von Dapaong von selbst verbot. Immer liefen irgendwelche Schwestern oder Krankenpfleger herum; außerdem war der Wohntrakt sehr gut abgeriegelt und nachts sogar bewacht.

Noch einmal versuchte Armand, an die Ärzte heranzukommen. Er lud zu einem Diner ins Hotel ein, aber die Ärzte lehnten höflich ab. Arbeitsüberlastung. Armand stieß eine Reihe unanständiger Flüche aus und suchte weiter nach irgendeiner hilfreichen Spur.

Armand studierte die Karte von Togo, insbesondere der Provinz Dapaong. Es gab viele einsame Ecken, stellte er fest. Wenn man sie alle abfahren wollte, würde man verrückt werden. Die in den Karten eingezeichneten Savannengebiete waren so groß, daß eine Suche auf gut Glück völlig sinnlos war. Wer außer den Ärzten wußte noch, wohin man Heßbach gebracht hatte?

Und wieder sollte ein Zufall Armand auf die Sprünge helfen. Bei einem seiner Spaziergänge durch die Stadt entdeckte er eine Autowerkstatt, an deren Eingang ein Schild verkündete: Leihwagen aller Art. Gut gepflegt und preiswert.

Im Hof der Werkstatt stand ein Jeep mit einem großen Roten Kreuz auf der Motorhaube. Der Wagen des Hospitals! Armands Gefühl sagte ihm sofort, daß hier eine Spur sein könnte. Das Glück hatte ihn also nicht verlassen.

Er betrat die Autowerkstatt und traf auf einen Griechen, der ihm sofort entgegeneilte. »Sie wünschen einen Wagen, Monsieur?« erkundigte er sich auf französisch. »Für einen Ausflug oder länger?«

»Ich suche einen Jeep.« Armand folgte dem Griechen in das Autolager. Hier standen in Reih und Glied sechs Fahrzeuge, darunter auch zwei säuberlich geputzte Jeeps aus französischen Armeebeständen. Armand zeigte auf einen der Wagen und sagte:

»Das ist der richtige.«

»Für länger, Monsieur?«

»Kann ich nicht genau sagen. Für eine Woche bestimmt. Ich suche einen Freund, der seit ungefähr drei Monaten in der Savanne lebt. Ich weiß nur, daß er hier in der Gegend ist, mehr nicht. Vielleicht können Sie mir helfen? Er soll mit dem Jeep des Hospitals weggefahren sein.«

»Das müßte ich wissen.« Der Grieche schüttelte den Kopf. »Das Auto des Hospitals wird nur von den Ärzten benutzt und von mir gepflegt. Wenn sie ihn brauchen, holen sie ihn bei mir ab. Ein Fremder war nie hier.«

»Zwei Fremde. Sie haben in der Apotheke eingekauft ... daher weiß ich es!«

»Zwei? Das stimmt.« Der Grieche nickte. Armand, der gerade die Tür des einen Jeeps geöffnet hatte, fuhr herum.

»Was stimmt?« rief er.

»Zwei Fremde waren bei mir, aber mit einem eigenen Geländewagen. Ich mußte einen kleinen Schaden an der Lichtmaschine reparieren. Dann fuhren sie weiter.«

»Wohin?«

»Das weiß ich nicht. Danach fragt man doch nicht.« Der Grieche erinnerte sich genau. »Es waren zwei Deutsche. Sie sprachen deutsch miteinander. Ich kann einige Worte Deutsch, war vier Jahre als Gastarbeiter bei Opel. Sie unterhielten sich sehr leise, aber ich habe einige Worte hören können. Das Wort Fortenius...«

»Frisenius...«

»Genau. Das war es!«

Ich habe sie, durchfuhr es Armand. Es war ein Stich in seiner Brust. Ich habe ihre Spur. Ich halte das Ende eines Fadens in der Hand, ich brauche ihn nur noch aufzuspulen.

»Und weiter?« fragte er atemlos.

»Nur ein paar Worte, mit denen ich nichts anfangen konnte.« Der Grieche blickte an die Decke, wie es viele tun, die sich konzentriert erinnern wollen. »Eines davon war Yabido...«

»Yabido? Das kann ein Name sein, ein Ort, ein Gegenstand...«

»Ich weiß es nicht.« Der Grieche zuckte wieder mit der Schulter. »Ich habe das Wort noch nie gehört.«

Armand belohnte diesen wichtigen Hinweis, indem er einen Jeep für zwei Wochen mietete. Der Grieche strahlte vor Freude, weil der feine Herr mit den begehrten Dollar bezahlte.

Er nahm die Papiere entgegen und fuhr mit dem Jeep zurück zur Apotheke. Der farbige Angestellte freute sich. Er erinnerte sich an Armand und hoffte auf die nächsten fünfzig Dollar.

»Monsieur!« rief er, als Armand das Geschäft betrat. »Ich hatte noch etwas vergessen. Die Männer, die die Vitamine kauften, waren Deutsche! Ich habe die Sprache bei den Ärzten gehört. Sie sind ja auch Deutscher.«

»Das weiß ich.« Armand erkannte die Enttäuschung im Gesicht des Apothekers und legte zwanzig Dollar auf die Theke. Als der Farbige zugreifen wollte, verdeckte Armand sie mit seiner Hand. »Nur noch eine Frage.«

»Wenn ich sie beantworten kann, immer, Monsieur.«

»Wer oder was ist Yabido?«

»Yabido?« Der Apotheker grinste breit. »Den kennt hier jeder. Koto Yabido ist der Häuptling des Yabidostammes.«

Na also! Armand atmete tief durch. Das Ziel ist erreicht! Lothar Heßbach, jetzt habe ich dich! Und jetzt werde ich dich nie wieder verlieren. Aus der Wildnis von Togo kannst du nicht einfach verschwinden.

»Der Stamm der Yabidos. Das ist interessant. Wissen Sie, wo er seine Dörfer hat?«

»Mitten in der Savanne. So genau weiß das keiner. Aber es muß östlich von Nafaré sein. Häuptling Koto kommt öfter nach Dapaong. Er ist dann Gast im Hospital.«

Es paßt alles zusammen, dachte Armand zufrieden. Hospital, Heßbach, Koto Yabido, Savanne... ein Versteck, wo niemand Heßbach suchen wird. Aber ich habe ihn! Ich werde beweisen, daß ich noch der alte Armand bin, der Mann, der jeden Auftrag erfüllen kann. Ich gehöre noch nicht zum alten Eisen!

Er nahm die Hand von den Scheinen weg, und der Apotheker griff hastig danach. Siebzig Dollar für ein paar Fragen, dachte er. Das ist ein gutes Geschäft.

In Hochstimmung, wie selten, verließ Armand die Apotheke. In einem Supermarkt – wo gibt es heute keinen Supermarkt, sogar im Norden Togos – kaufte er für den Trip ein. Dosen mit Fertiggerichten, zwei Kartons Mineralwasser, eine Flasche Whisky, zwei Flaschen Pernod, Zwieback, Hartwurst, zwei Töpfe und eine Pfanne, einen Propangaskocher mit zwei Flaschen Gas, ein Einmannzelt mit Schaumgummimatratze, eine dünne Decke, Sprays gegen Moskitos, einen Wasserfilter, für alle Fälle, eine kleine Flasche Öl, Salz und Pfeffer, Muskatnuß gemahlen und Chilipulver (auch in der Wildnis wollte Armand nicht ganz auf Eßkultur verzichten) sowie Hammer, Nägel und ein kleines Beil, um damit Brennholz im Busch zu schlagen. Ein Feuer war nötig, um wilde Tiere nachts von seinem Zelt fernzuhalten.

Er trug alles in seinen Jeep, und so ausgerüstet war er bereit, Heßbach bei den Yabidos zu suchen. Armand rechnete jetzt nur noch mit zwei Wochen, bis er ihn gefunden und seinen Auftrag ausgeführt haben würde.

Am frühen Morgen fuhr er ab. Der Hotelier hatte ihm eine Spezialkarte der Gebiete zwischen den Flüssen Bamoan und Sansargou besorgt und bestätigt, daß dies der Siedlungsraum der Yabidos sei. Wo genau die Dörfer lagen, konnte er allerdings auch nicht sagen. Vor allem das »Regierungsdorf« des Häuptlings Koto war ein Staatsgeheimnis von Koto.

Die Straße von Dapaong bis Nafaré war einigermaßen gut ausgebaut. Trotzdem brauchte Armand für die Strecke von ungefähr 40 Kilometern mehr als eine Stunde, legte in Nafaré eine Pause ein, trank einen Pernod mit Mineralwasser, kaute einen Zwieback und fragte ein paar Eingeborene nach den Yabidos.

Was er nicht erwartet hatte: Überall stieß er auf Mißtrauen, und statt Antwort auf seine Frage schlug ihm Schweigen entgegen. Auch aus dem Bürgermeister des Ortes, an den man ihn verwies, war nichts herauszubekommen.

»Darüber geben wir einem Weißen keine Auskunft«, sagte er nur.

»Und warum nicht?« fragte Armand neugierig. Das war genau der falsche Ton ... ein stolzer Togolese läßt sich von einem Weißen nicht in die Enge treiben. Der Bürgermeister wurde sichtbar unwillig.

»Sind Sie von der Regierung? Ihren Ausweis bitte.«

»Ich bin Privatmann! Ethnologe. Ich erforsche alte Volksstämme.«

»Haben Sie eine Erlaubnis von der Regierung?«

»Ich wußte nicht, daß Forschungen von der Regierung kontrolliert werden.«

Der Mann fand diese Antwort mit Recht empörend. Er wurde noch verschlossener und sagte kurz angebunden:

»Besser, Sie kehren um nach Dapaong, Monsieur. Hier ist nichts zu erforschen. Und außerdem ist das Gebiet der Yabidos gefährlich.«

»Gefährlich? Wieso?«

»Die Yabidos dulden keine Fremde in ihrem Land. Schon gar keine Weißen.«

Da sieht man, wie du lügen kannst, dachte Armand wütend. Heßbach ist bei ihnen – ist er kein Weißer? Und Dr. Frisenius, was ist mit ihm? Aber was soll die Fragerei? Wenn man mir nicht helfen will, helfe ich mir selbst. Ich finde dich, Lothar Heßbach! Und die Yabidos? Ich habe Whisky bei mir, das überzeugt jeden Häuptling von meiner Freundschaft. Warum soll es in Togo anders sein? Eine Flasche Alkohol verbindet immer.

Er verabschiedete sich von dem sturen Bürgermeister und sagte: »Ich werde Ihren Rat überdenken, Monsieur. Vielleicht kehre ich nach Dapaong zurück.«

»Das wäre sicher das Beste. Gute Fahrt.«

»Danke, Monsieur.«

Armand stieg wieder in seinen Jeep, aber anstatt zurückzufahren – woran er nie gedacht hatte –, fuhr er über eine schmale, gewalzte Piste in die Savanne. Nach wenigen Kilometern aber hörte auch dieser Weg auf, und Armand befand sich in offenem Buschgelände. In der Ferne sah er einige Hügel und einen runden Berg mit bewachsener Kuppe. Dort mündete der Bamoan-Fluß in den Sansargou ... Es war das Gebiet von Kotos »Regierungsdorf«.

Als Armand weiterfuhr, vernahm er plötzlich das dumpfe Dröhnen von Baumtrommeln.

Man hat mich gesehen, dachte Armand und hielt kurz an. Er blickte sich um, konnte aber nirgendwo jemanden entdecken, nur das Trommeln umgab ihn und die Einsamkeit der Savanne.

Armand holte seine Maschinenpistole aus dem Trompetenkoffer, setzte sie zusammen, steckte das volle Magazin hinein und lud durch. Die MP war nun feuerbereit ... jede Überraschung würde mit einem Feuerstoß beantwortet werden. Langsam fuhr er weiter, immer wieder nach allen Seiten sichernd wie ein Raubtier, das eine Beute anvisiert. Menschen sah er nicht, dafür eine Herde von Hyänen, die zusammengedrängt auf einem flachen Hügel stand und zu ihm hinüberblickte, als erwarte sie ihn als Opfer. Gefahr bedeuteten sie nicht – eine Hyäne greift nie an, sie ist Aasfresser, und ihr einziger Konkurrent im Kampf um verwesendes Fleisch war der Geier.

»Zieht weiter!« schrie Armand dem Hyänenrudel zu. »Wartet nicht auf mich! Ich werde Togo lebend verlassen!«

Vorsichtig tastete er sich weiter hinein in die Savanne, immer begleitet vom Dröhnen der Baumtrommeln, deren dumpfer Klang sich ab und an änderte. Offensichtlich wurde die Nachricht von Mann zu Mann weitergegeben, ohne daß Armand einen der Yabidos sehen konnte. Kotos Wachsystem funktionierte vorzüglich. Armands Kommen war bereits im Dorf bekannt, als er noch zehn Kilometer entfernt war. Dort versammelten sich die Krieger, bewaffnet mit Speeren, Pfeil und Bogen. Nur Koto und sein ältester Sohn besaßen ein Gewehr. Koto achtete peinlich darauf, daß sonst keiner eine Feuerwaffe besaß – es war der beste Schutz gegen eine interne Revolution, wie er sie bei anderen Stämmen erlebt hatte, meist Machtkämpfe zwischen den Söhnen eines Häuptlings, und es hatte immer zahlreiche Tote gegeben, bis der Sieger feststand. Bei den Yabidos konnte das nicht passieren: Der älteste Sohn würde Koto beerben.

Von dem Fremden, der sich dem Dorfe näherte, erfuhr Heßbach nichts. Er sah wohl, wie bewaffnete Männer sich sammelten, dachte aber, daß sie auf Großwildjagd gingen. Auch wenn sich ein Leopard oder gar Löwe dem Dorf näherte, dröhnten die Trommeln. Nur wußte er nicht die Rhythmen zu unterscheiden. Koto hatte angeordnet, seinem Freund nichts von dem unbekannten Weißen in der Savanne zu erzählen, um ihn nicht zu beunruhigen. Er wollte die Gefahr auf seine Weise erledigen und den Fremden aus seinem Gebiet vertreiben. Nicht töten, nein, das hatte er nicht im Sinn. Die Tötung eines Weißen zog immer harte Strafen durch die Regierungssoldaten nach sich, und bisher waren die Yabidos noch nie von Soldaten zusammengetrieben und bestraft worden. Es gab andere Mittel, einen Fremden wegzujagen. Man umstellte ihn einfach und zwang ihn zum Rückzug. Die Krieger brachten ihn dann bis zur Grenze ihres Gebietes, und Kotos ältester Sohn, der fließend Französisch sprach und der jede dieser Aktionen leitete, sagte dann zum Abschied: »Komm nie wieder. Sehen wir dich noch einmal, werden die Hyänen fett.«

Das war deutlich genug, und so herrschte immer Ruhe bei Koto und seinem Stamm, und die Regierungsstellen in Dapaong lobten ihn wegen seiner Weisheit. Koto war der beliebteste Häuptling der nördlichsten Region von Togo und erhielt für seinen Stamm alles, was er verlangte, vor allem Zigaretten, Medikamente und moderne Feldarbeitsgeräte, um sein Land zu kultivieren.

Auch Saffa sagte Heßbach nichts von dem Fremden, der immer näher kam. Der Befehl ihres Vaters, den Freund nicht zu beunruhigen, war wie ein Gesetz. Seit zwei Monaten lebte sie jetzt mit Heßbach in einer Hütte, wie eine Ehefrau, die ihn umsorgte, für das Essen arbeitete, seine Wäsche an einem kleinen Nebenarm des Bamoan wusch, und nachts an seine Seite kam, glatt, warm, zärtlich und von einer unvergleichlichen Liebe erfüllt.

Koto duldete es schweigend. Seinen Vorsatz, für seine Lieblingstochter einen überragenden Krieger als Ehemann zu finden, hatte er aufgegeben. Saffa hatte zu ihm gesagt:

»Vater, ich liebe Lothar. Ich werde nie einen anderen Mann lieben als ihn. Er ist ein Weißer ... Aber ich liebe nicht die Farbe seiner Haut – ich liebe den Menschen! Auch wir haben weiße Haut.« Und dabei kehrte sie die Handflächen nach oben, die weit heller waren als ihr Körper. Koto gab ihr keine eindeutige Antwort. Zu seinen Söhnen und Saffas Mutter sagte er allerdings:

»Wenn er bei uns bleibt, wird er ein Yabido werden. Geht er wieder weg, wird Saffa nie mehr einen Mann bekommen, denn sie ist ja keine Unberührte mehr. Doch kennt sie ihr Schicksal. Sie wird unter uns leben wie eine Witwe. Seid nicht zornig, meine Söhne, eure Schwester will es nicht anders.«

Für Heßbach war der Konflikt schwieriger. Je länger er mit Saffa zusammenlebte, desto mehr entfernte er sich von seiner Braut. Immer wieder dachte er an Luise, aber die Vorstellung, nicht mehr nach Deutschland zurückzukehren, sondern in Togo, im Yabido-Land, zu bleiben, bestimmte ihn immer mehr. Mein Deutschland, dachte Heßbach dann. Meine Heimat. Eingeengt von Gesetzen und Vorschriften, regiert von Beamten, die nur Paragraphen kennen. Hier, im Yabido-Land, gilt nur ein Gesetz: arbeiten, um zu leben und die Menschenwürde zu achten. Ein ganz einfaches Gesetz.

Er zog mit den anderen Männern und Frauen des Stammes hinaus in die Bananen- und Baumwollplantagen, arbeitete mit ihnen, aß abends mit ihnen im großen Kreis und war der glücklichste Mensch, wenn er Saffa an seiner Seite spürte, ihren glatten Körper umfing und sie an seiner Schulter einschlief, seine Hand auf ihrer Brust. Dann schrumpfte die Welt für ihn zusammen auf den kleinen Fleck, auf dem seine Rundhütte stand, und dieses kleine Stück Erde war das paradiesischste unter dem weiten Himmel.

Ungefähr fünf Kilometer von Kotos Residenz entfernt, tauchten plötzlich rund um Armand eine Schar Krieger auf, standen auf einmal im hohen Savannengras und zielten mit Speeren und Pfeilen auf ihn. Armand wußte, daß er verspielt hatte, wenn er jetzt nach seiner MP griff und einen Warnschuß in die Luft abgab. Er hielt den Jeep an. Ein stämmiger Yabido, der älteste Sohn Kotos, näherte sich mit erhobenem Speer, ein Zeichen des Friedens. Armand stieg sogar aus seinem Wagen, allerdings die MP in den Händen.

»Monsieur«, sagte der Häuptlingssohn höflich und formvollendet, »Sie dürfen nicht weiter.«

»Warum? Ich komme als Freund.«

»Wer ein Freund ist, bestimmen wir.«

»Das weiß ich.« Armand sah keinen Grund, sich noch besonders zu verstellen. »Mein Freund Lothar Heßbach ist auch euer Freund. Ich will ihn besuchen.«

»Weiß er von Ihrem Kommen?« fragte Kotos Sohn ahnungslos.

»Nein. Ich möchte ihn überraschen.«

»Wir lieben keine Überraschungen, Monsieur.«

»Dann melden Sie mich bei Monsieur Heßbach an. Ich komme aus Lomé, mit einem Gruß von Dr. Frisenius.«

»Frisenius?« Satou wurde unsicher. »Sie kennen Frisenius, Monsieur?«

»Würde ich sonst einen Gruß von ihm mitbringen? Dr. Frisenius und ich haben uns gut unterhalten und so eine Art Freundschaft geschlossen. Er läßt ausrichten, daß er Togo verlassen hat.«

»Er ist nicht mehr in Lomé?«

»Nein. Er hat eine andere Erde gewählt. Das wird Monsieur Heßbach bestimmt interessieren.«

Satou wurde noch unsicherer. Der Befehl seines Vaters lautete: weg mit dem Fremden. Andererseits war er ein Freund von Dr. Frisenius, dem besten Freund Kotos, und wenn er ihn wegjagte, könnte Koto sehr böse werden. Was also tun? Satou entschloß sich, den Fremden doch mit ins Dorf zu nehmen. Er hatte sicherlich noch mehr von Dr. Frisenius zu erzählen. Koto sollte dann entscheiden, wie es weiterging.

»Ich werde es dem Herrscher berichten«, sagte Satou, noch immer sehr vorsichtig und mißtrauisch. »Warten Sie hier, Monsieur.«

Er rief einen Krieger zu sich, gab ihm eine Botschaft an Koto mit, und der Farbige machte sich im Laufschritt auf den Weg, den großen Häuptling zu unterrichten.

Sie warteten zwei Stunden unter der glühenden Sonne, bis der Bote zurückkehrte. Satou hörte sich seinen Bericht an und wandte sich dann an Armand, der bereits sichtbar unter der Hitze litt.

»Wir dürfen zum Herrscher«, sagte Satou höflich. »Ich begleite Sie, Monsieur. Aber die Waffe legen Sie bitte weg. Ein Freund zielt nicht auf einen Freund.«

»Natürlich nicht.« Armand atmete auf. Erreicht! In wenigen

Minuten stehe ich Heßbach gegenüber. Sein Leben ist theoretisch schon ausgelöscht. Er stieg in seinen Jeep, ließ Satou auf dem Nebensitz Platz nehmen, legte die MP auf den Hintersitz und startete den Motor. Nach kurzer Zeit war er mit Satou allein in der Savanne.

Den naheliegenden Gedanken, hier in der Einsamkeit, ohne Zeugen, Satou zu liquidieren, verwarf er sofort wieder. Es brachte ihn nicht weiter. Es war einfacher, als Gast zu kommen und Heßbach bei der nächsten sich bietenden Gelegenheit zu töten. Den Fluchtweg würde er sich dann notfalls freischießen.

Nach ungefähr zwanzig Minuten erreichten sie das Dorf. Dort warteten neue Krieger auf ihn, umringten den Jeep und begleiteten ihn bis zu Kotos »Residenz«. Koto Yabido stand in der Tür, umgeben von seinen Söhnen, und trat einen Schritt vor, als Armand seinen Wagen anhielt.

»Du kommst von meinem Freund Franz?« fragte er mit seiner tiefen Stimme. »Wie soll ich das glauben?«

»Was wollen Sie als Beweis, Monsieur?« Armand kam näher, gefolgt von Kotos Sohn Satou. Die Anrede »Monsieur« gefiel Koto gar nicht, daran sah er, daß der Fremde nicht unterrichtet war.

»Wo wohnt mein Freund Franz?« fragte er.

»In Lomé. Rue des Roses ...« antwortete Armand sofort.

»Was hat ihn zu meinem Freund gemacht?«

»Er hat neue Brunnen für Sie gebohrt und die Savanne damit bewässert.«

»Es stimmt.« Koto war zufrieden. »Sei mein Gast. Wie heißt du?«

»Gérard Armand.«

»Gérard ... tritt näher. Erzähl mir von Franz. Wie geht es ihm?«

»Er hat keinerlei Sorgen mehr ...«

»Das freut mich.«

»Mich auch.« Armand betrat das Haus des Häuptlings. Dort saß Saffa auf einem selbstgewirkten Baumwollteppich und wartete mit Obstsäften und Kaffee auf den Besuch. Armand blieb ruckartig stehen. Eine vergleichbare Schönheit hatte er in ganz Togo noch nicht gesehen.

»Wer ist das?« fragte Armand und machte Saffa schöne Augen.

»Meine Tochter Saffa, die Frau meines Freundes Lothar.«

Sieh an, sieh an, dachte Armand. Heßbach lebt also nicht wie ein Eremit! So kann man es wirklich in der Einsamkeit aushalten. Genug zu essen und zu trinken, und ein Betthäschen zum Nachtisch. Mein lieber Heßbach, du wirst dich in Kürze davon für immer trennen müssen.

»Lothar?« fragte Armand und spielte den Erstaunten. »Das ist doch Heßbach, nicht wahr?«

»Er ist es.«

»Ich soll Grüße an ihn von Dr. Frisenius überbringen.«

»Das hat man mir gesagt.« Koto zeigte auf den Teppich. Armand setzte sich und ließ sich von Saffa bedienen. Wenn sie sich zu ihm vorbeugte, kribbelte es ihn in den Fingern, ihre Brüste zu ergreifen.

Er erzählte von Dr. Frisenius lauter erlogene Dinge und fragte dann beiläufig: »Wo ist eigentlich Heßbach?«

»Auf den Feldern«, sagte Koto.

»Was? Er arbeitet auf dem Feld?« Armand war ehrlich verblüfft.

»Er wird ein Yabido«, sagte Koto stolz. »Er wird Saffa zur Frau nehmen. Er ist ein guter Mensch.«

Ein jetzt schon toter Mensch ist er, dachte Armand nüchtern. Er wird kaum Gelegenheit haben, das schöne Häschen zu heiraten. So viel Zeit bleibt ihm nicht mehr. Zwei, drei Tage kann er noch in ihren Armen liegen und ihren Körper genießen, dann ist Schluß, mein lieber Heßbach. Ich muß die Erledigung meines Auftrags melden. Es geht ja auch um mein Ansehen und meine Zukunft.

Er trank den Kaffee, eine ziemlich starke, heiße Brühe, und aß etwas von dem geschmacklosen Gebäck aus wildem Weizen. Dabei erzählte er weiter aus Lomé.

Am Abend dann stand er endlich Heßbach gegenüber. Er erkannte ihn sofort, obwohl er brauner geworden war und sichtlich kräftiger. Das Leben bei den Yabidos schien ihm zu bekommen.

»Sie wollten mich sprechen?« fragte Heßbach knapp. Saffa stand hinter ihm, in einem Wickelkleid aus einem bunten Baumwollstoff. Sie hatte den Busen bedeckt und die langen Haare, bis zur Schulter fallend, in kleine Zöpfe geflochten. Sie sieht hinreißend aus, sagten Armands Blicke. So läßt sich leben, Heßbach, nur leider ist das Leben vorbei.

»Ich bin Gérard Armand«, sagte er. »Ein guter Bekannter von Dr. Frisenius. Ich komme aus Lomé und soll Ihnen herzliche Grüße bestellen. Dr. Frisenius mußte plötzlich Togo verlassen. Eine andere, unaufschiebbare Arbeit wartete auf ihn. Das sollte ich Ihnen sagen.«

»Ich danke Ihnen, Monsieur Armand. Sie bleiben länger im Land?«

»Nicht länger als notwendig. Ich nehme an, in spätestens drei Tagen fliege ich wieder zurück nach Lomé. Ich bin nur hier heraufgekommen, um Ihnen die Grüße zu überbringen.«

»Das finde ich großartig!« sagte Heßbach ohne jeden Argwohn. Wer von Frisenius kam, war ohne Fehl. »Ich hoffe, Sie fühlen sich bei uns wohl.«

Er sagte ›bei uns‹, und er meinte es auch so. Er empfand keine Sehnsucht mehr nach Deutschland.

»Sicherlich. Die paar Tage schon ...« Armand lächelte freundlich. »Sie wollen hierbleiben?«

»Ja.« Heßbach wandte sich um und legte seinen Arm um Saffas Taille. »Ich habe hier meine Frau gefunden.«

»Beneidenswert.« Armand strahlte Saffa an. »Mein Kompliment, Monsieur ... Ihre Frau ist eine der Schönsten, die ich bisher gesehen habe.«

»Das stimmt. So ein Glück hat man im Leben nur einmal ...«

Und leider kurz, dachte Armand ohne den leisesten Skrupel. Nutz die Zeit, Heßbach, liebe sie bis zum Exzeß, friß sie auf, denn das Glück ist eine verschwenderische Hure. Sie kommt mit schillerndem Glanz und verläßt dich als einen vom Überschwung Zerfressenen. Heßbach, nimm Abschied von Saffa, dem zärtlichen Kätzchen ...

In der Nacht kroch Saffa wieder in Heßbachs Arme und schmiegte sich ganz eng an ihn, schlang die Arme um seinen Hals und die Beine um seinen Körper.

»Mir gefällt der Fremde nicht«, sagte sie und küßte ihn immer wieder. »Er hat einen bösen Blick.«

Heßbach lachte leise. Auch er hatte Armands Blicke bemerkt und sie richtig gedeutet. »Er bewundert dich«, sagte er, »seine Blicke sind Spiegel deiner Schönheit.«

»Er soll mich nicht so ansehen – ich gehöre dir ...«

»Er bleibt ja nur drei Tage.«

»Dann will ich ihn drei Tage lang nicht sehen.«

»Das kannst du nicht, Saffa. Er ist ein Gast.«
»Ich habe ihn nicht gerufen.«
»Armand ist ein Freund von Dr. Frisenius.«
»Das glaube ich nicht.«
»Dein Vater hat ihn mit Fragen geprüft. Seine Antworten waren alle richtig.«
»Ich mag ihn nicht.« Sie legte das Gesicht auf seine Schulter und küßte seine Halsbeuge. »Auch sein Mund gefällt mir nicht.«
»Kein Mensch ist vollkommen.« Heßbach lachte wieder.
Sie biß ihm in die Schulter, und dann liebten sie sich, als sei es das erste Mal, daß sie ihre Leidenschaft entdeckten.

Zwei Tage war Armand im Dorf der Yabidos, als er die Gelegenheit fand, auf die er seit Monaten gewartet hatte.
Wie immer in den letzten Wochen war Heßbach zu einer Kokosplantage gegangen, um die reifen Nüsse abzuschlagen und einzusammeln. Er war allein in dem Palmenwald, es war eine Arbeit, zu der man keinen Gehilfen brauchte, die meisten Yabidos kümmerten sich um die Baumwollanlagen, die Obstgärten und die Gemüsefelder, auch die meisten Frauen arbeiteten auf den Plantagen und bewässerten sie, indem sie Wassergräben öffneten und nach einiger Zeit umleiteten, nach dem uralten System, daß durch ein Netz von Wassergräben jedes Stück Feld gut bewässert wurde.
Armand hatte vor Koto behauptet, hinüber zu dem runden Berg zu fahren und Ausschau zu halten nach wilden Tieren.
»Ich möchte heute ein besonderes Stück erlegen«, sagte er zweideutig und machte dabei einen fröhlichen Eindruck.«
»Aber keinen Leoparden, Monsieur.« Koto hob warnend die Finger. »Wir töten einen Leoparden nur, wenn er Menschen anfällt. Ein Manntöter hat keinen Respekt mehr vor einem Menschen – er ist zur Gefahr geworden.«
»Ich werde nach einem wilden Büffel Ausschau halten!« antwortete Armand.
»Und dann werden wir ihn braten und ein großes Fest veranstalten.« Koto nickte Armand erfreut zu. Ein Büffel, das war ein Fest wert. »Viel Glück, Monsieur.«
»Danke. Ich kann's gebrauchen.«
Armand fuhr am späten Morgen los, als Heßbach schon längst

bei den Kokospalmen arbeitete. Er trug zum Schutz gegen die herunterfallenden Nüsse eine Art Helm aus Holzgeflecht; die Art, wie die Eingeborenen die Nüsse ernteten, indem sie mit bloßen Füßen den Stamm hinaufkletterten, hatte er erst gar nicht versucht. Er hatte einen schweren Hammer mitgenommen und schlug damit gegen die Stämme. Die Erschütterung löste die reifen Nüsse und ließ sie herunterfallen. Hartnäckige Früchte stieß er mit einer langen Bambusstange ab. Koto ließ ihn gewähren, obwohl er innerlich lachte über die Ungeschicklichkeit des Weißen.

Armand stellte seinen Wagen hinter einem Busch ab und setzte in aller Ruhe seine Maschinenpistole zusammen. Als sie schußbereit war, schlich er sich in den Palmenwald, Büsche und dickere Stämme als Deckung nutzend. Von weitem hörte er die Hammerschläge Heßbachs und rannte geduckt dem Klang nach. Und dann sah er ihn... mit entblößtem Oberkörper hieb Heßbach gegen einen dikken Stamm. Ein schönes Ziel, sagte Armand zu sich. Wie soll ich schießen? Auf den Körper? Das ist unsicher. Am besten ist immer ein glatter, guter Kopfschuß. Ein Mensch kann zehn Kugeln in seinem Körper überleben, wenn nicht eine das Herz genau trifft. Aber einen schönen Kopfschuß steckt er nicht weg!

Er kniete sich nieder, visierte Heßbach an, hatte seinen Hinterkopf genau im Fadenkreuz, aber dann zögerte er abzudrücken. Ihm widerstrebte es, einen Menschen von hinten zu erschießen. Es war gegen seinen Stolz: Das Opfer sollte ihn ansehen und wissen, daß ihm nur noch ein paar Sekunden Leben geschenkt wurden. Wenn man jemanden mit seinem Auto in die Luft sprengt oder ihn vergiftet, ist ein solcher Moment des Triumphes natürlich nicht möglich.

Er richtete sich auf und holte tief Atem. Dann spreizte er die Beine, wie beim Scheibenschießen, und rief laut:

»Lothar Heßbach!«

Es war ein kalter, gnadenloser Ruf. Heßbach schien es instinktiv zu spüren – er fuhr herum und schleuderte den schweren Hammer von sich. Gleichzeitig machte er einen Sprung zum nächsten Baum, riß die lange Bambusstange an sich und hieb mit ihr nach Armand. In dieser Sekunde drückte Armand ab.

Die Kugel traf Heßbach in den Kopf, aber nicht, wie Armand es sich gewünscht hatte, mitten in die Stirn, sondern in die rechte Schläfe. Heßbach entglitt die Stange, er warf beide Arme hoch und stürzte dann auf die mit getrockneten Palmblättern bedeckte Erde. Dort blieb er regungslos liegen. Blut lief über sein Gesicht.

Armand war sich nicht sicher, ob er gut getroffen hatte und ob es ein tödlicher Schuß gewesen war. Um kein Risiko einzugehen, feuerte er noch vier Schüsse auf den bewegungslosen Körper ab, rannte dann zurück zu seinem Jeep, warf die MP auf den Hintersitz, startete den Motor und fuhr, so schnell es möglich war, hinaus in die Savanne.

Das hätten wir, dachte er dabei. Jetzt muß gezahlt werden, und ich werde zurückfliegen nach Fuerteventura, werde mich in die Sonne legen und meine kleine Wildkatze ins Bett nehmen. Den Auftrag der moslemischen Fanatiker werde ich ablehnen. Ich habe meine Ruhe verdient und will sie voll genießen. Was später kommt, dafür wird Dumoulin sorgen. Arbeit für mich gibt es genug auf der Welt.

Da hörte Armand plötzlich das Dröhnen der Baumtrommeln. Er hatte bei aller Begeisterung nicht daran gedacht, daß man seine Schüsse in der Stille der Natur weithin hören konnte. Die Arbeiter in einer nahen Obstplantage hatten Heßbach, angelockt von den Schüssen, früher entdeckt, als es Armand berechnet hatte.

»Scheiße!« sagte Armand laut, griff nach der MP, legte sie auf seinen Schoß und gab Vollgas. Der kleine, leichte Jeep tanzte über das unebene Gelände, nach Westen, auf die kleine Stadt Nafaré zu. Das Dröhnen der Baumtrommeln verfolgte ihn. Wie bei seiner Hinfahrt sah er keinen Eingeborenen, war die Savanne verlassen bis auf das Rudel Hyänen, die in einiger Entfernung neben ihm herliefen, als warteten sie auf seinen Tod. Aber er wußte, daß ihn viele Augen verfolgten, daß im hohen Gras die Yabidos lauerten und das Trommeln ihnen sagte: Haltet ihn auf! Laßt ihn nicht entkommen! Er darf nicht bis nach Nafaré kommen!

Armand duckte sich hinter dem Lenkrad und trat das Gaspedal voll durch. Er steuerte mit der linken Hand, die rechte umklammerte die MP, um sofort schießen zu können, wenn sich ein Yabido zeigte.

Plötzlich sirrte es in der Luft. Ein Regen von Pfeilen ging über ihn nieder. Zwei trafen ihn im Rücken und im rechten Arm. Er stieß einen Fluch aus, duckte sich noch tiefer, aber die Pfeile schienen von den Schußstellen aus langsam seinen ganzen Körper zu lähmen. Die

MP war nichts mehr als ein Stück Stahl, das von seinen Knien zu Boden fiel.

Noch gab Armand nicht auf, drückte seinen Fuß wie Blei aufs Gaspedal, und erst, als zwei Speere zielgenau seine Reifen trafen und der Jeep ins Schleudern geriet, ließ er sich aus dem Wagen fallen und griff mit der Linken nach der MP. Kommt, dachte er grimmig. Kommt! Ich mähe euch nieder wie ein Bauer sein Korn. Ein neuer Pfeil traf ihn, diesmal in die linke Schulter. Nun fiel auch seine linke Hand aus. Zum ersten Mal in seinem Leben fühlte Armand Todesangst. Er drückte sich ganz eng an seinen Jeep, versuchte die Maschinenpistole doch noch in Anschlag zu bringen, aber da waren sie schon um ihn, halbnackte, schwarze Gestalten, und zielten mit ihren Speeren auf ihn. Speerspitzen mit Widerhaken, die große Löcher in das Fleisch reißen mußten.

Wortlos griffen die Yabidos nach Armand und schleiften ihn mit sich durch die Savanne. Sie lösten sich ab, jeweils vier Männer zogen ihn über den Boden, und als Armand vor Schmerzen zu schreien begann, schlugen sie ihm auf den Kopf. Er verlor die Besinnung.

Als Armand wieder aufwachte, lag er im Dorf vor Kotos Haus. Heßbach hatte man in seine Hütte gebracht. Er war nicht tot, aber seine Verletzungen ließen kaum noch Hoffnung. Saffa saß neben ihm, mit einem grünen Brei, dessen Zusammensetzung nur die Yabidos kannten, hatte sie das Blut seiner Wunde gestillt. Jetzt hielt sie seine Hand, beobachtete seinen schwachen Atem, streichelte seinen Körper und küßte seinen verzerrten Mund.

»Du lebst«, sagte sie leise und mit einer unendlichen Zärtlichkeit. »Du lebst und du wirst weiterleben. Der Wagen aus Dapaong ist schon unterwegs. Sei stark, hörst du? Sei stark. Jage den Tod weg. Du darfst nicht sterben. Du mußt leben, für mich leben. Bleib bei mir...«

Vier Stunden später traf Dr. Hayda im Dorf ein. Die Baumtrommeln hatten die Nachricht bis nach Nafaré getragen, und von dort war telefonisch das Hospital verständigt worden. Dr. Hayda war sofort losgefahren, ein Zimmer wurde geräumt und alles für eine Operation vorbereitet. Wenn Heßbach in Dapaong eintraf, würde es allerdings schon Nacht sein... und vielleicht zu spät.

Dr. Hayda untersuchte Heßbach und sah danach Saffa sehr ernst an. »Es ist ein Wunder, daß er noch lebt«, sagte er leise. Heßbach war bei Besinnung. Er hörte alles, aber um ihn herum war völlige Dunkelheit. »Die Wunden am Körper sind das wenigste – Sorgen macht mir der Schläfenschuß.« Er beugte sich über Heßbach und berührte seine Lippen. »Hören Sie mich?« fragte er.

»Ja.« Heßbachs Stimme war einmal klar, dann versank sie wieder in der Tiefe. »Ich höre Sie, aber ich kann Sie nicht sehen! Dr. Hayda?«

»Ja, ich bin es. Bleiben Sie ganz ruhig. Wir bringen Sie nach Dapaong ins Hospital. Aber vorher werde ich versuchen, die Kugeln aus ihrem Körper herauszuholen. Sie haben ein gesundes Herz und einen stabilen Kreislauf. Ich werde Ihnen ein leichte Narkose geben.«

»Werde... werde ich überleben?«

»Ich hoffe es. Hier ist Hoffnung die stärkste Medizin.«

»Ich danke Ihnen, Doktor, für Ihre Aufrichtigkeit...« Heßbach knirschte mit den Zähnen. Saffa beugte sich über ihn. »Ich habe wahnsinnige Schmerzen«, flüsterte er.

»Sie sind gleich vorüber. Ich gebe Ihnen eine Injektion, danach schlafen Sie völlig schmerzfrei.«

Saffa erhob sich. Heßbach merkte es und tastete nach ihrer Hand. »Bleib bei mir«, sagte er kaum hörbar. »Geh nicht weg. Komm zu mir...«

»Ich bin bald wieder da, Lothar.« Sie küßte ihn wieder und streichelte sein Gesicht. »Ich habe noch etwas zu tun, aber dann sitze ich wieder bei dir...«

Sie ging hinüber zum Haus ihres Vaters. Koto saß vor der Tür und starrte auf Armand, der vor ihm auf der Erde lag. Er war aus seiner Bewußtlosigkeit erwacht, nachdem er kurz noch einmal in Ohnmacht gefallen war, als man ihm die Pfeile aus dem Körper zog. Er wollte sich bewegen, aufrichten, aber es gelang ihm nicht. Sein Körper schien gelähmt von dem Gift, mit dem die Pfeile getränkt worden waren.

Saffa warf nun einen kurzen Blick auf Armand, der mit zusammengekniffenen Augen auf dem Rücken lag. Koto hob den Kopf und sah seine Tochter an.

»Wie geht es deinem Mann?« fragte er dumpf.

»Er wird leben, aber er wird blind bleiben.«

»Blind ...«

»Der Doktor hat es angedeutet.« Sie streckte den Arm aus und zeigte auf Armand. »Schenk ihn mir, Vater.«

»Er soll nach Lomé gebracht werden. Vor ein Gericht.«

»Ich bin das Gericht. Er hat meinen Mann töten wollen.«

»Saffa ...«

»Vater, gib ihn mir! Ich habe ein Recht auf ihn! Er hat mich zur Witwe gemacht.«

»Noch lebt Lothar ...«

»Aber er wird zurückkehren in seine Heimat. Ich weiß es. Er wird in die besten Kliniken müssen, um seine Augen zu retten. Er muß Togo verlassen, um wieder gesund zu werden. Und dann bin ich eine Witwe. Vater ... sag, daß ich ein Recht habe, Armand zu bekommen.«

Koto zögerte, dann nickte er. »Nimm ihn dir«, sagte er und wandte sich ab. »Ich habe nichts mehr mit ihm zu tun.«

Armand wollte um sich schlagen, als ihn vier Männer von der Erde hoben und wegtrugen. Kotos ältester Sohn ging ihnen voraus, Saffa folgte, in der rechten Hand das lange, scharfe Messer, mit dem sie sonst das Fleisch zerteilte. Sie schleppten Armand in den Busch, bis sie an eine lichte Stelle kamen, die von einem mächtigen Affenbrotbaum beherrscht wurde. Hier legten sie Armand auf die Erde, fesselten ihn mit Palmstricken, hoben ihn dann hoch und hängten ihn an einen dicken Ast. Erst jetzt begriff Armand, was mit ihm geschehen sollte. Er schrie auf und starrte Saffa aus flackernden Augen an.

»Ich bin französischer Staatsbürger!« rief er. »Ich verlange, daß mein Botschafter unterrichtet wird. Ich habe nichts getan! Es ist alles ein Irrtum.«

Saffa trat vor ihn und sah ihn lange an. Ihr Bruder stand neben ihr. »Du wolltest meinen Mann töten«, sagte sie langsam.

»Das ist nicht wahr! Ich habe die Schüsse gehört und bin geflüchtet.«

»Du hast ihm das Augenlicht genommen«, sagte sie mit völlig ruhiger Stimme. »Und vier Kugeln haben seinen Körper getroffen. Aber er lebt ...«

»Er ... er lebt?« Armands Mund verzerrte sich. Er hatte alles erwartet, nur das nicht. Heßbach lebte! Er hatte wieder versagt.

Das erschütterte ihn mehr als seine jetzige Lage. Doch Saffa rief ihn sofort in die Gegenwart zurück. Sie hob das Messer. Armands Augen quollen aus den Höhlen.

»Für jede Wunde, für jeden Tropfen Blut sollst zu bezahlen!« sagte sie ganz ruhig. »So will es unser Gesetz.«

»Ich bin unschuldig!« schrie Armand. Jetzt kam ihm die Erkenntnis, daß vor ihm ein Mensch stand, der ebensowenig Gnade kannte, wie er sie bei seinen Opfern gekannt hatte. »Ich bin ein Freund von Frisenius und Heßbach. Glaubt es doch!«

»Ich glaube, was ich sehe. Und ich habe genug gesehen.«

Das Messer schnellte vor und ritzte die Brusthaut auf. Armand brüllte, aber unbeeindruckt begann Saffa, ihm mit kleinen Schnitten die Haut vom Körper zu ziehen. Bei lebendigem Leib enthäutete sie seinen Oberkörper, und Armands unmenschliches Brüllen schien sie nicht zu hören. Das Blut verwandelte Armand in ein zuckendes Stück rohes Fleisch, und sie schnitt weiter, bis er mit einem schrillen Schrei das Bewußtsein verlor.

Saffas Bruder schnitt Armand vom Ast los, er fiel in die Arme der vier Krieger. Satou blickte seine Schwester an. Saffa nickte stumm. Sie trugen Armands Körper ein paar Meter weiter zu einem Haufen von Roten Ameisen, Satou stocherte mit seinem Speer in ihm herum, bis die großen Ameisen in wilde Panik gerieten. Wieder nickte Saffa, und die Yabidos warfen Armand in den aufgebrachten Haufen. Sofort war der blutende Körper von Tausenden von Ameisen bedeckt, die sich in ihm festbissen. Es würde eine Weile dauern, bis sie ihn aufgefressen hatten.

Stumm wandte sich Saffa ab und ging ins Dorf zurück. Satou blieb bei seinem Vater Koto. Sie betrat wieder die Rundhütte, wo Dr. Hayda noch operierte, setzte sich neben Heßbach, nahm die Hand des Narkotisierten und legte sie auf ihre Brust. Und als ob es Heßbach spürte, wurde sein Atem ruhiger und gleichmäßiger. Dr. Hayda blickte die kniende Saffa an. Wirklich, es gibt ein Wunder der Liebe, dachte er zutiefst bewegt. Wird dieses Wunder Heßbach retten können?

Am Abend fuhren Heßbach, Dr. Hayda und Saffa zurück nach Dapaong in das Hospital. Heßbach lebte noch ... das Wunder war nicht verloschen.

Von Armand fand ein Suchtrupp, der einen Tag später das Gebiet der Yabidos durchstreifte, nicht die Andeutung einer Spur. Er blieb verschollen. Nur den Jeep fand man in der Savanne, aber weit weg von den Yabidos, in einem Gebiet, wo man Armand nicht vermutet hätte.

Der Polizeibericht war demnach sehr einfach und lapidar. Er enthielt die Mitteilung, daß der französische Staatsangehörige Gérard Armand in der Savanne vermißt wurde. Ein Raubtier hatte ihn anscheinend überfallen und weggeschleppt.

Ein Bericht, der in den Akten verschwand. Niemand interessierte sich dafür. Wer die Gefahr sucht, kann in ihr umkommen. Man sollte das vorher wissen.

Tag und Nacht saß Saffa an Heßbachs Bett, streichelte ihn, hielt seine Hand, wischte ihm den Schweiß vom Körper, fütterte und wusch ihn. Dr. Haydas Befürchtungen bestätigten sich: Heßbach blieb blind. Der Sehnerv war durch den Schläfenschuß zerstört worden.

Nach drei Wochen saß Dr. Hayda an Heßbachs Bett und hielt die Zeit für gekommen, ihm die ganze Wahrheit zu sagen.

»Morgen werden Sie nach Lomé geflogen und dann weiter nach Deutschland«, sagte er.

»Was soll ich in Deutschland?« erwiderte Heßbach. Seine Stimme hatte wieder Kraft und Willen. »Ich bleibe bei Saffa.«

»Der Schuß hat ihren Sehnerv zerstört.«

»Ich ... ich bin blind? Für immer?« Heßbach holte tief Atem.

»Ob für immer, das kann ich nicht sagen. Ich bin kein Augenchirurg. Deshalb sollten Sie auch zurück nach Europa. Die besten Kliniken hat Ihr Schwiegervater alarmiert.«

»Mein ... Schwiegervater?«

»Kapitän Bertram. Wir haben natürlich Ihre Braut unterrichtet.«

»Natürlich ...« Heßbach tastete nach Saffas Hand. Sie drückte seine Hand und küßte ihn. »Du bist meine Frau«, sagte Heßbach, aber seine Stimme hatte ihren Halt verloren. »Du allein. Ich bleibe bei dir, Saffa.«

»Dann bleibst du für immer blind. Du *mußt* zurück nach Europa. Nur dort kann man dir vielleicht helfen.«

»Vielleicht!« Heßbach richtete sich auf. »Ich will bei dir bleiben, auch wenn ich blind bin. Saffa, ich liebe nur dich ...«

»Trotzdem sollten Sie die Chancen, die man Ihnen bietet, nutzen«, warf Dr. Hayda ein. »Europas beste Augenklinik, das Augenhospital in Turin, wartet auf Sie. Sie können dann immer noch zurück nach Togo.«

Heßbach ließ sich in die Kissen zurücksinken. Luise, dachte er. Der alte Bertram, Turin, vielleicht ein neues Augenlicht... wenn er erst einmal in Europa war, dann gab es kein Zurück mehr. Das Leben würde seinen Lauf nehmen, und zurück blieb Saffa wie eine Märchengestalt.

»Ich will nicht!« sagte er laut. »Ich will blind bleiben!«

Dr. Hayda ging darauf nicht ein. »Morgen früh um neun fliegt die Maschine nach Lomé. Es sind zwei Plätze reserviert – einer für Sie, einer für Ihren Begleiter – das bin ich!«

»Ich weigere mich!« schrie Heßbach. Er wollte sich hochstemmen, aber Saffas Arme drückten ihn zurück.

»Du kannst nicht hierbleiben«, sagte sie mit sanfter Stimme. »Lothar, mein kleiner Gott, ich bitte dich...«

»Das sagst *du*, Saffa?«

»Du sollst gesund werden, das ist wichtiger als alles andere. Ich will, daß du fliegst. Hörst du, ich will es! Du darfst nicht für immer blind bleiben.«

»Saffa...« Er tastete nach ihren Händen. »Ich komme wieder, wenn ich sehen kann. Ich verspreche, ich schwöre es dir: Ich komme zurück und werde dich sehen...«

»Ich warte auf dich.« Sie beugte sich über ihn und streichelte sein eingefallenes Gesicht. Ihre Tränen konnte er ja nicht sehen, und sie wischte sie immer wieder weg, damit sie nicht auf sein Gesicht fielen und sie verrieten. »Lothar, ich werde nie aufhören, dich zu lieben.«

Am nächsten Morgen führte Dr. Hayda den noch sehr schwachen Heßbach zum Flugzeug. Noch einmal küßten sich Saffa und Heßbach so innig wie nie, und er sagte: »Auf Wiedersehen, mein Einziges. Auf Wieder*sehen*!«

Und sie antwortete: »Auf Wiedersehen, mein kleiner Gott. Werde gesund, dann bin auch ich glücklich.«

Und dann stand sie neben dem Flugzeug, als man ihn über die Treppe hinaufführte, und blieb auf dem Rollfeld, bis die Maschine an ihr vorbeidonnerte und abhob, hinein in den wolkenlosen, blauen Himmel. Saffa winkte ihm nach, bis die Maschine als Punkt im Blau verschwand. Erst dann ging sie langsam zurück und wußte, daß es ein Abschied für immer gewesen war, daß er nie wiederkäme und sie in seine Arme schließen würde. Aber sie weinte nicht, sondern sagte zu Koto:

»Vater, jetzt bin ich eine Witwe. Aber ich trage keine Trauer, denn auch wenn Lothar weit weg ist – er ist immer bei mir, tief in meinem Inneren. Er ist für mich unsterblich, solange ich lebe. Laß uns gehen, Vater, das Märchen ist zu Ende.«

Und Koto umarmte sie. »Meine Tochter, ich bin stolz auf dich.«

Ein halbes Jahr später saß Heßbach in dem kleinen Gärtchen von Bertrams Haus und hörte im Fernsehen die Nachrichten. Er trug keinen Verband mehr um die Augen. Auch in Turin hatte man ihm ehrlich gesagt: »Herr Heßbach, es ist aussichtslos. Sie werden blind bleiben. Sie müssen damit leben.«

Und er lebte damit. Luise pflegte ihn aufopfernd wie anfangs Saffa, aber von Saffa wußte sie nichts. Der alte Bertram war damit einverstanden, daß im Spätsommer geheiratet wurde. Er hatte vor dem Schicksal seines Schwiegersohnes kapituliert. Und noch etwas war geschehen: Kapitän Bertram hatte den Kampf aufgenommen, den Heßbach nun abgeben mußte. Den Kampf gegen die Öl-Connection und die Verlogenheit der Wirtschaftsmafia und der Politiker.

Sein erster öffentlicher Vortrag hatte gerade stattgefunden und war auf lauten Widerspruch gestoßen. Dem Alten war das egal, für ihn zählte nur die Aufrichtigkeit, die er verteidigte.

Heßbach hielt Luises Hand, als der Sprecher in den Nachrichten sagte:

»Schon wieder ist ein großer Öltanker verunglückt. In der gefährlichen Straße von Malakka stieß ein liberianischer Großtanker mit einem japanischen Frachtschiff zusammen. 60 000 Tonnen Öl fließen ins Meer und bedrohen die Küsten. Die Schuldfrage ist noch nicht geklärt. Eine neue Umweltkatastrophe steht bevor ...«

»Schon wieder«, sagte Heßbach und drückte Luises Hand. »Immer wieder. Tanker! Tanker! Tanker! Die Mörder der Meere. Mein Gott, wie elend sind wir Menschen doch, wenn es um Profite geht. Um Gewinne ohne Gewissen! Um Geld aus dem Verderben. Wird sich das jemals ändern? Fast bin ich froh, daß ich das alles nicht mehr sehe. Möglich, daß nur ein Blinder ein glücklicher Mensch sein kann in dieser untergehenden Welt! Stell das Fernsehen ab, Luise, ich will nichts mehr davon hören!«

Anhang

Danksagung

Dieser Roman, den zu schreiben mir sehr am Herzen lag, hätte in der vorliegenden Form nie entstehen und mit so viel Informationen, Daten und Fakten versehen werden können, wenn mir nicht von Experten – oft vertrauliche – Unterlagen über Hintergründe und über die tatsächliche Gefährdung unserer Umwelt zugänglich gemacht worden wären. Eine Vielzahl geradezu unbegreiflicher Vorfälle, Interessenverquickungen und Ignoranzen. Bequemlichkeiten, Trägheiten, bewußter Blindheit und Gewinnstreben um jeden Preis – auch dem der Umweltvernichtung! – wurden mir, dokumentarisch belegt, zur Verfügung gestellt und hinterließen auch bei mir blankes Entsetzen.

Ich danke deshalb allen Informanten, vor allem Greenpeace e. V., dem World Wide Fund For Nature (WWF), dem Marine Survey Bureau Antwerpen, dem Bund für Umwelt und Naturschutz (BUND), aber nicht minder den vielen Umweltschützern, deren einzelne Namensnennung hier unmöglich ist, von ganzem Herzen für ihre Hilfe.

Wenn die Öl-Connection dazu beiträgt, den Druck auf Politiker und Industrie zu verstärken, damit diese endlich Gesetze schaffen bzw. Maßnahmen ergreifen, um Tankerkatastrophen bisherigen Ausmaßes zu verhindern und damit unsere Weltmeere zu retten, dann ist der Einsatz aller nicht umsonst gewesen und mein Roman hat seine wichtigste Aufgabe erfüllt.

Diese Welt gehört nicht uns; wir haben die Pflicht, sie für unsere Kinder und Kindeskinder im Sinne der Schöpfung zu bewahren.

Aichereben, im August 1993

Heinz. G. Konsalik

Dokumentation

Die in dem Roman genannten Zahlen, Fakten, Vorfälle und Untersuchungen entsprechen – bis auf die Romanhandlung der Schiffe *Maringo, Unico II* und *Else Vorster* – den wahren Geschehnissen auf unseren Weltmeeren.

Eine Auswahl dieser Dokumente, die manche innerhalb des Romanes geführte Diskussion ergänzen, sei daher für den interessierten Leser auf den folgenden Seiten angefügt.

Heinz G. Konsalik

Auszüge aus einer Sonderinformation des WWF zum Umweltrisiko von Öltransporten auf See

Dienstag, 5. Januar 1993. Die MV *Braer*, ein mit 84 500 Tonnen Rohöl beladener Tanker unter liberianischer Flagge, hat einen Maschinenschaden und geht vor dem südlichen Ende der Shetland-Inseln auf Grund. Die heftigen Winterstürme lassen das Schiff nach und nach auseinanderbrechen. Innerhalb von sieben Tagen verliert der Tanker seine gesamte Ladung Rohöl sowie Hunderte von Tonnen Treibstoff. Ein riesiger Ölteppich, der sich schnell weiter ausbreitet, bedeckt die Quendale Bay vor Garth Ness.

Rohstoff Öl

Es gibt viele verschiedene Sorten Rohöl. Zunächst kann man leichtes Rohöl und schweres Rohöl unterscheiden. Ersteres verteilt sich relativ schnell, letzteres klumpt schneller zusammen und lagert sich als Ölschlamm ab oder formt Teerklumpen, wie sie bei der Havarie der *Exxon Valdez* vor Alaska auftraten. Öl setzt sich aus mehreren Komponenten zusammen, die sich in der Meeresumwelt unterschiedlich verhalten: z. B. verdunsten, Öl-Wasser-Emulsionen bilden oder sich im Wasser lösen.

Erdölkohlenwasserstoffe wirken auf viele Organismen giftig. Larven von Fischen, Krebsen, Weichtieren und Stachelhäutern reagieren besonders empfindlich darauf. Bereits Bruchteile eines Milligramms pro Liter Seewasser genügen, um Tod, Mißbildungen oder Verhaltensstörungen hervorzurufen. Manche Bestandteile des Öls können Krebs verursachen. Dazu gehören die aromatischen Kohlenwasserstoffe, die einen unverkennbaren Geruch haben. Das Öl, das der Tanker *Braer* verlor, war sowohl leichtes Rohöl als auch hochgiftig, da es sich zum großen Teil aus aromatischen Komponenten zusammensetzte. Durch den heftigen Wind und die aufgewühlte See verteilte es sich sofort, und die giftigen Substanzen sanken schnell von der Wasseroberfläche in tiefergelegene Schichten.

Vernichtung von Leben im Meer

Vermutlich waren es die giftigen Substanzen des Öls, die eine große Anzahl Fische und wirbellose Meerestiere wie Tintenfische, Seeigel, Taschenkrebse und Seesterne töteten. Das meiste Öl befindet sich noch immer im Meer, obwohl man es nicht mehr an der Oberfläche sehen kann. Teils hat es sich im Meerwasser gelöst und ist direkt in Pflanzen und Kleinlebewesen eingedrungen, teils hat es sich in Form von winzigen Partikeln oder Tröpfchen mit dem Wasser vermischt, die nun von der Meeresfauna aufgenommen werden, da viele Tiere das Wasser filtern, um zu atmen und ihre Nahrung daraus zu gewinnen.

Nach Jahren und unter großem Sauerstoffverbrauch werden Bakterien die Hauptbestandteile des Öls abgebaut haben. Doch noch lange, fürchten die WWF-Spezialisten, werden die giftigen Substanzen sich in der Nahrungskette anreichern und auf diesem Wege in den Organismus von Seevögeln, Seehunden, Fischottern, Delphinen und Schweinswalen gelangen. Seit kurzem ist bekannt, daß sich Schadstoffe im Ökosystem der klaren nördlichen Nordsee viel schneller und stärker als in ihrem schwebstoffreichen südlichen Teil anreichern.

Auswirkungen auf die Tierwelt

Am sichtbarsten war die Ölkatastraophe zunächst durch die Verölung von Vögeln und Säugetieren. Wichtig wird es jetzt sein, die Auswirkungen des Öls auf Vögel zu beobachten, die zum Brüten in das Gebiet zurückkehren. Dabei kommt es vor allem darauf an, ob ihr Nahrungsangebot – hauptsächlich Fisch – von der Ölpest in Mitleidenschaft gezogen wurde. Es ist durchaus nicht das erste Mal, daß diese Seevogelbestände ernsthaft bedroht waren. Auf jeden Fall wird eine Erholung Jahre beanspruchen.

Nur zehn bis zwanzig Prozent der vom Öl getöteten Tiere werden überhaupt gefunden. Die hohe Dunkelziffer erklärt sich auch dadurch, daß die Mehrzahl erst nach einiger Zeit und an anderem Ort an den Folgen innerer Verölung, Unterkühlung oder Abmagerung zugrunde geht.

Das giftige Rohöl ist auch eine ernsthafte Gefahr für die Bestände von Seehund, Fischotter und anderen Säugetieren, obwohl das ganze Ausmaß bisher noch nicht geklärt werden konnte. Am Tag, bevor die *Braer* havarierte, wurden noch 40 Schweinswale in der Quendale Bay gesichtet. Erstaunlicherweise wurden bisher keine toten Schweinswale und Delphine gemeldet. Die Auswirkungen des Öls auf die Ökosysteme der Felsküste am Garth Ness, auf die vorgelagerten Sandbänke vor Quendale Bay und West Voe sowie auf die geschützten Wattbereiche des Pool of Virkie sollten nicht unterschätzt werden. Diese Zonen spielen eine wichtige Rolle für die marinen Lebensgemeinschaften und die Vogelbestände.

Es gibt noch viel zu tun

Auch wenn der Ölteppich von der Meeresoberfläche und die Katastrophe von der Bildfläche verschwunden ist – der WWF sieht seine Arbeit auf den Shetlands und an anderen von der Ölpest bedrohten Küsten deswegen nicht als beendet an. Das marine Ökosystem ist generell einer unserer wichtigsten Arbeitsschwerpunkte, und gerade auf den Shetlandinseln ist das Leben der Bevölkerung so eng mit dem Meer und seinen Produkten verknüpft, daß eine Beeinträchtigung dieses empfindlichen Ökosystems durch einen solchen Unfall verheerende Auswirkungen auch für die Menschen haben kann.

Fragen, die gestellt werden müssen

Eine Frage, die wir stellen, lautet, warum ein Schiff, beladen mit einer hochgefährlichen Fracht, bei diesem Sturm überhaupt die Shetlands passierte. Der WWF fordert, daß die internationalen Schiffsrouten für Frachter mit gefährlicher Ladung auf keinen Fall in stark frequentierten, unsicheren oder ökologisch hochempfindlichen Gewässern verlaufen dürfen. Wir werden unseren weltweiten Einfluß geltend machen, um die Regierungen und die Internationale Schiffahrtsorganisation (IMO) dazu zu bewegen, schärfere Kontrollen auszuüben. Dies betrifft die Verkehrsregeln auf See, die Konstruktion der Schiffe und deren Seetauglichkeit schon vor dem Beladen, aber auch die Ausbildung der Besatzung und den Einsatz von Lotsen. Damit ließe sich die Gefahr von Havarien zumindest stark vermindern.

Tankerhavarien – die Spitze des Eisberges

Den meisten dieser Unfälle ist gemeinsam, daß sie durch veraltete, in Billigländer ausgeflaggte und unterbesetzte Schiffe oder durch eine schlecht qualifizierte und zu lange im Dauereinsatz fahrende Besatzung ausgelöst wurden. Häufig erleichterte das ökonomische Kalkül der Reeder eine fahrlässige Handlung der Crew oder führte zur Wahl einer unverantwortlichen Route.

Doch es geht nicht nur um Tanker. Auch jedes Fracht- bzw. Containerschiff enthält Hunderte bis Tausende Tonnen Treibstoff, d. h. Diesel- und Schweröl, das bei einer Havarie oder einem Maschinen-Black-Out die Meeresumwelt verpesten kann. Beispiele aus unserem Bereich sind der Unfall vor der Ostemündung (Unterelbe) am 2. 4. 1988 und der Maschinenausfall der *Hudson Bay* nahe Helgoland im Januar 1993.

Was für die Risiken von Öltransporten auf See gilt, läßt sich auch auf andere gefährliche Güter übertragen. Zwischen 1980 und 1989 wurde aus der Nordsee 19-mal der Verlust von z. T. hochgiftigen Chemikalien gemeldet.

Ölverschmutzung – legal – illegal – katastrophal

Etwa 1,4 Milliarden Tonnen Rohöl werden jährlich auf den Weltmeeren transportiert. Schätzungen besagen, daß weltweit jährlich zwischen 3,2 und 6,3 Millionen Tonnen Öl ins Meer fließen. Zwar werden weniger als 10 % bei Unglücksfällen freigesetzt. Diese führen aber für die betroffenen Seeregionen fast immer zum ökologischen Disaster. Gut ein Drittel des weltweiten Eintrags geht zu Lasten der »normalen« Tankerfahrt, d. h. Öl wird mit Ballast-, Bilgen- und Tankwaschwasser an die Umwelt abgegeben.

Nach offiziellen Angaben gelangen jährlich mindestens 260 000 Tonnen Öl in die Nordsee. Auch ohne Tankerhavarien wie die der *Braer* zu berücksichtigen, muß man der Schiffahrt in diesem Seegebiet sogar zwei Fünftel dieses Eintrags zuschreiben, gefolgt vom Eintrag über die Flüsse und von Förderplattformen. Ursache ist die legale und illegale Entsorgung von Treibstoff- und Ladungsresten auf See. Man schätzt, daß noch Ende der 80er Jahre jedes Jahr 60 000 Tonnen Brennstoff-Reste aus dem Schiffsbetrieb illegal in die Nordsee gelangten. Der Anteil äußerlich verölter Seevögel an der Gesamtzahl der Totfunde erreichte an einigen Küstenstrecken der südlichen Nordsee 40%. Hochrechnungen haben ergeben, daß in manchen Jahren über 200 000 Vögel an der chronischen Ölverschmutzung der Nordsee zugrunde gegangen sind. Zur Zeit wird untersucht, ob sich die Situation durch Überwachung von Ölsündern aus der Luft und neue Konzepte zur Schiffsentsorgung in den Häfen verbessert hat.

Welche Ölmengen ganz legal ins Meer geleitet werden dürfen, regelt Anhang I des Internationalen Übereinkommens zur Verhütung der Meeresverschmutzung durch Schiffe (MARPOL-Übereinkommen). Danach gilt: Innerhalb von Sondergebieten und der 12 sm-Zone ist das Ablassen von Öl-Wasser-Gemisch aus Maschinenräumen bis zu 15 ppm (parts per million Ölgehalt) erlaubt, von Ladungsrückständen aus Tankern aber verboten; außerhalb von Sondergebieten gilt: bis zu 100 ppm Gemisch, jenseits der 50-sm-Zone 60 l Ladungsrückstände pro Seemeile, aber nicht mehr als 1/30 000 der Ladungsmenge. Die Nordsee ist nicht Sondergebiet im Sinne des Abkommens und soll es nach dem Willen der 3. Internationalen Nordseekonferenz (1990) auch nicht werden. Die Nordseestaaten wollen aber bei der Internationalen Schiffahrtsorganisation (IMO) durchsetzen, daß der strengere Grenzwert von 15 ppm auf alle Meeresgebiete ausgedehnt und jener dann von 60 l/sm auf 30 l/sm gesenkt wird.

Was würde passieren, wenn ...

... ein Großtanker wie die *Amoco Cadiz* oder *Aegean Sea* in der Deutschen Bucht oder unmittelbar vor dem Wattenmeer mit Maschinenschaden aus dem Ruder und auf Grund laufen oder mit einem anderen Fahrzeug kollidieren würde?

Mit mehr als 150 000 Schiffsbewegungen jährlich ist die südliche Nordsee eine der meistbefahrenen Schiffahrtsstraßen der Welt. Das Risiko einer Öl- oder Chemietanker-Havarie vor der Wattenmeerküste ist hoch. Beinahe-Unfälle sind an der Tagesordnung.

Das Wattenmeer gilt weltweit als eine der gegen Ölverschmutzung empfindlichsten Küsten. Aus Erfahrungen aus der Bretagne mit der Havarie der *Amoco Cadiz* im Jahre 1978 weiß man, daß schlickreiche Flachwasserzonen wie diese und Salzwiesen mindestens ein Jahrzehnt benötigen, um sich auch nur halbwegs von einer Ölpest zu erholen.

Vom technischen zum ökologischen Black-Out

Die Folgen einer Ölpest im Wattenmeer sind mit denen auf offener See nicht vergleichbar. Das Leben von Algen, Bakterien und Wirbellosen spielt sich hier – für viele erst auf den zweiten Blick erkennbar – am und im Boden ab. Die Bodenlebensgemeinschaften sind auf rhythmische Zufuhr von Sauerstoff, Nährsalzen, Plankton und Schwebstoffen mit den Fluten angewiesen. Bedeckt der Ölfilm erst einmal das schlick- und lebensreiche Watt, so kommt jede technische Hilfe für das Ökosystem zu spät. Hier genügen oftmals schon wenige Milliliter Öl, um 3–4 kg lebender Biomasse zu erstikken und von der lebenswichtigen Wasserzufuhr aus der offenen Nordsee abzuschneiden. Soviel Leben kann sich nämlich unter einem Quadratmeter Sedimentoberfläche befinden!

Die Ölmassen, die nicht im Watt verbleiben, werden von Flut, Wind und Wellen in die vor den Deichen liegenden, hochempfindlichen Salzwiesen getrieben. Watt und Salzwiesen werden mit den Gezeiten zweimal täglich erneut belastet und somit gründlichen vom hin und her schwappenden Ölteppich getränkt.

Rohöl dringt je nach seiner Beschaffenheit und dem Sedimenttyp (Sand-, Misch-, Schlickwatt) bis zu mehreren cm tief in den Wattboden ein. Auf jeden Fall werden Kieselalgen, Blaualgen und Bakterien geschädigt, die die obersten Millimeter Sediment als dichter lebender Film besiedeln und zusammenhalten. Millionen Wattschnecken wird damit schon die Nahrungsgrundlage entzogen – mit Folgen für die nächsten Glieder der Nahrungskette (z. B. Brandgans). Die Sauerstoffproduktion durch Mikroorganismen wird im obersten aktiven Sedimenthorizont mindestens halbiert, die Aktivität der denitrifizierenden Bakterien kommt möglicherweise ganz zum Erliegen. Letztere sind besonders wichtig, weil sie das im Übermaß schädliche Nährsalz Nitrat in harmlosen Luftstickstoff und Sauerstoff zerlegen. Eine besondere Eigenschaft des Wattenmeeres besteht nämlich darin, wie eine riesige »Großkläranlage« zur natürlichen Selbstreinigung der südlichen Nordsee beizutragen. D. h., organische Abfallstoffe werden von Milliarden Organismen filtriert, umgewandelt und in ihre mineralischen Bestandteile überführt. Außerdem verfestigen Algen und andere Kleinstorganismen das Sediment mit Exkreten, Schleim und Gallerten. Das belebte Watt wirkt also wie ein Wellenbrecher und Puffer für Sturmfluten und trägt so zum Schutz von Deichen und Festland bei. Alle diese Funktionen würden nach einem großen Tankerunfall über Jahre ausfallen oder geschwächt.

Für den natürlichen Abbau von Rohöl bietet ausgerechnet der Wattboden die denkbar schlechtesten Voraussetzungen. Ölabbauende Bakterien siedeln sich nur dort an und vermehren sich dort rasch, wo ausreichend Sauerstoff zur Verfügung steht. Nur auf den vorgelagerten Sänden und in den äußersten seeseitigen Zonen des Watts gibt es genügend tief durchlüftete Sedimente. Auf dem Gros der Wattflächen und in den schlickigen Salzwiesen ist die sogenannte »Oxidationsschicht« nur wenige Millimeter dick, und der natürliche Sauerstoffmangel wird durch den Ölfilm selbst noch verstärkt.

Im Wattboden leben dicht an dicht viele Muscheln, die mit ihren Siphonen Wasser von der Wattoberfläche filtrieren und folglich Ölfilm und -tröpfchen aufnehmen, d. h. innerlich vergiftet werden bzw. ersticken. Würmer bauen Öl- und Teerpartikel durch ihre Wühl- und Grabetätigkeit in das Sediment ein, d. h., sie verschleppen die Ölverschmutzung in tiefere Schichten. Die Vergiftung der Nahrungsketten durch z. B. aromatische Ölbestandteile nimmt wegen des hohen Stoffumsatzes rasch ihren Lauf.

Kinderstube geschlossen

Der Zusammenbruch der wirbellosen Bodentierbestände, z. B. der Sandpierwürmer und Herzmuscheln in weiten Teilen des jeweils betroffenen Wattgebiets, führt dazu, daß bodenlebenden Fischen der südlichen Nordsee, vor allem Schollen und Seezungen, die Nahrungsgrundlage entzogen wird. Das Wattenmeer ist Kinderstube für diese und andere Fischarten. Jahr für Jahr driften gerade die gegen giftige Ölbestandteile empfindlichsten Entwicklungstadien der Fische, z. B. die Plattfischlarven, mit den natürlichen Strömungen in dieses Gebiet, um hier aufzuwachsen und mit zunehmender Größe von dort aktiv wieder in die Nordsee abzuwandern.

Diese »Fischkinderstube« bliebe nach einem Tankerunfall für mehrere Jahre ersatzlos »geschlossen«.

Auch für die Seehunde der Nordsee ist das Wattenmeer bekanntlich ein wichtiger Aufzuchtplatz. Ihr wärmendes Fell wird auf ihren Liege- und Wurfplätzen am Rande der Sandplatten und Rinnen beim Robben verölt. Sie bekommen bei der Nahrungsaufnahme (z. B. Garnelen, Plattfische) in den Rinnen und Prielen des Wattenmeers zusätzlich Öl in den Verdauungstrakt. Dies wird ihren Organismus weiter schwächen, der ohnehin schon durch Industriegifte (Chlorkohlenwasserstoffe u. a.) stark verseucht ist.

Der reich gedeckte Tisch bleibt leer

Die Bilanz für die Vogelwelt ist besonders verheerend: Im Wattenmeer gibt es eigentlich keine Jahreszeit, in der große Zahlen Seevögel aufgrund ihres natürlichen Wanderverhaltens von den Folgen einer Tankerhavarie verschont bleiben würden. Sie gehen in jedem Fall zugrunde, ob an Verölung des Gefieders oder an innerer Vergiftung.

Für die meisten wandernden und rastenden Vogelarten des Wattenmeeres gilt: Ein Ausweichplatz von ähnlicher Qualität wird nicht angeboten. Ihr Verhalten ist zudem genetisch in engen Grenzen »programmiert«. Ihr Bruterfolg in nördlichen Breiten ist erwiesenermaßen von der erfolgreichen Nahrungsaufnahme im Wattenmeer abhängig. Dieser Tisch bliebe jedoch nach einer großen Tankerhavarie nicht nur für eine Saison, sondern für mehrere Jahre ungedeckt! Vögel, die ihre arktischen Brutreviere trotz innerer Ölvergiftung erreichen, werden sich aufgrund ihres Verhaltensmusters Jahr für Jahr am selben Ort erneut vergiften und immer weniger Nahrung finden, bis der Nachwuchs endgültig ausbleibt. Die reiche Vogelwelt des Wattenmeeres würde verstummen. Der Beobachter würde die faszinierenden dichten Vogelschwärme über der Weite der Vorländereien, des Watts, der Strände und der Sände vergeblich suchen.

Quelle:
Umweltstiftung WWF - Deutschland, 1993

Die Verwendung von Lösungsmitteln bei Ölteppichen

Obwohl die Verwendung von Lösungsmitteln bei Tankerunfällen häufig vorkommt, gibt es einige Unsicherheiten, was deren Verwendung und Nutzbringung betrifft.

Die Hauptüberlegung hinter der Verwendung von Lösungsmitteln ist a) die Ausbreitung von Öl zu verhindern, b) die Gefahren für Seevögel und Säugetiere zu verringern, c) eine schnellere Zersetzung des Öls zu fördern und d) die chronischen Auswirkungen des Öls zu vermindern durch eine Herabsetzung der Haltbarkeit des Öls.

Lösungsmittel sind am effektivsten bei einer Ölkonsistenz von weniger als ca. 2000 centi Stokes. Bei mehr als 10 000 centi Stokes findet, laut GB-Richtlinien, so gut wie keine Auflösung statt. Die zur Lösung des Ölteppichs erforderliche Menge an chemischen Lösungsmitteln hängt vom Öl-Typ und von der Dicke des Ölteppichs ab. Durch eine Standardrichtlinie von 0.1 mm Dicke des Ölteppichs werden oft die unterschiedlichen Beschaffenheiten des Teppichs unterschätzt.

Wie Lösungsmittel funktionieren

Lösungsmittel verringern die Spannung zwischen Öl und Wasser, weniger Energie wird benötigt, um die Öloberfläche zu brechen und den Teppich in einzelne Tropfen aufzulösen. Das Lösungsmittel verhindert ebenfalls die Haftung zwischen Öl und anderen Partikeln im Wasser. Nach Verwendung des Lösungsmittels zieht sich der Ölteppich kurzfristig, für einige Minuten, zusammen. Auf lange Sicht breiten sich mit Lösungsmittel behandelte Ölteppiche schneller aus. Das kann unter Umständen für den Schutz von Seevögeln und Säugetieren sehr wichtig sein. Die Verwendung von Lösungsmittel kann bei einer sehr dünnen, kaum sichtbaren Ölverschmutzung eher eine negative Wirkung haben. Das Lösungsmittel bricht das Öl in kleine Tropfen, die Größe der einzelnen Tropfen bestimmt die Tendenz des Öls, sich wieder an die Wasseroberfläche zu begeben. Große Tropfen steigen eher auf, um sich wieder mit dem Ölteppich zu vermischen, mittlere Tropfen steigen langsamer, kleine Tropfen bleiben unter der Wasseroberfläche.

Die Verwendung von Lösungsmitteln verstärkt die Ölverschmutzung unter der Wasseroberfläche.

Lösungsmittel steigern die anteiligen Giftstoffe des chemisch bearbeiteten Öls im Gegensatz zu nicht manipuliertem Öl. Dies liegt an der leichteren Lösbarkeit der natürlichen Giftstoffe.

Die Zusammensetzung der Lösungsmittel

Die ersten Lösungsmittel wurden aus in Maschinenräumen üblichen Lösungsmitteln entwickelt, die zum Teil hochgiftig waren. Die modernen Lösungsmittel haben wesentlich an Giftigkeit verloren, durch eine verstärkte Verwendung von nicht-aromatischen Kohlenwasserstoffen oder wasserlöslichen Mitteln wie Ethylen Glycol oder ätherische Glycole in Verbindung mit weniger toxischen Bestandteilen.

Nützen Lösungsmittel?

Im allgemeinen gibt es erhebliche Unsicherheiten im Zusammenhang mit der Verwendung von Lösungsmitteln. Die zuständigen Stellen in den USA haben einige toxikologische Probleme identifiziert und gestehen ein, daß die verwendeten Daten in Fragen der ausschlaggebenden Eco-toxikologischen Information eher dürftig sind.

Menschliche Gesundheit und Öl

Rohöl enthält Tausende von untreschiedlichen chemischen Stoffen, vorwiegend Wasserkohlenstoff (50–98 % der Gesamtzusammensetzung). Leichtes Rohöl, die Fracht der *Braer*, enthält einen höheren Anteil an flüchtigen ätherischen Wasserkohlenstoffen als schweres Rohöl, die Fracht der *Exxon Valdez*.

Einige der Wasserkohlenstoffe in Rohöl sind bekanntermaßen hochgiftig. Für viele andere der vorhandenen chemischen Verbindungen gibt es keine verfügbaren toxikologischen Daten.

Das Einatmen der Dämpfe kann für zahlreiche Symptome verantwortlich sein, z. B. Übelkeit, Kopfschmerzen und Halsreizung, wie sie von einigen Bewohnern der Shetland Inseln gemeldet wurden.

Bei Säuberungsaktionen auf See sind die gesundheitlichen Risiken nicht so hoch einzuschätzen. Bei den Arbeiten bei *Exxon Valdez* wurden einige Krankheitserscheinungen gemeldet, wahrscheinlich verursacht durch die Kombination von schwerem Rohöl und Lösungsmitteln. Symptome waren u. a. Atemnot, Herzklopfen, Gelenk- und Muskelschmerzen. Ein Todesfall wurde gemeldet.

Teilnehmer an Aufräumungsaktionen sollten Schutzkleidung tragen, die sowohl gegen Rohöl als auch gegen Rohöldämpfe schützen. Es besteht das Risiko der Einatmung von Dämpfen, eine Schutzmaske sollte getragen werden. Nahrungsmittel (Fleisch, Fisch, Milch, Gemüse), das mit Wasserkohlenstoff verunreinigt ist, haben einen unangenehmen Geschmack. Um eine Weiterverteilung der Verunreinigung durch die Nahrungskette zu vermeiden, sollte das Abweiden verseuchter Wiesen verhindert werden.

Psychische Probleme werden oft lange nach einer technologischen oder natürlichen Katastrophe verzeichnet. Einwohner der von der 1989 *Exxon Valdez*-Katastrophe betroffenen Gemeinden meldeten einen Anstieg der Depressionen ein Jahr nach dem Vorfall.

Quelle:
Greenpeace e.V., Vorsetzen 53, 20459 Hamburg

Quellen der Ölverschmutzung

	t/Jahr
natürliche Sickermenge	1.000
Atmosphäre	15.000
Flüsse, Abschwemmung vom Festland	46.000
Küstenschlamm	15.000
Küstenraffinerien	4.000
Ölterminals und Anlandestellen	1.000
andere küstennahe Industrieabwässer	15.000
Offshore-, Öl- und Gasförderung	50.000
Klärschlämme	10.000
verklappte Industrieabfälle	2.000
Baggergut	10.000
Einleitungen von Schiffen	10.000
illegale Einleitungen von Schiffen	60.000
Gesamtmenge	239.000

Angebot und Nachfrage am Tankermarkt

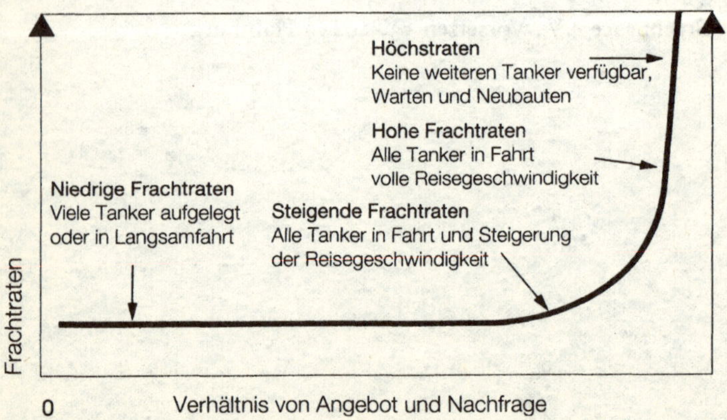

Weltseehandel im Jahr 1990

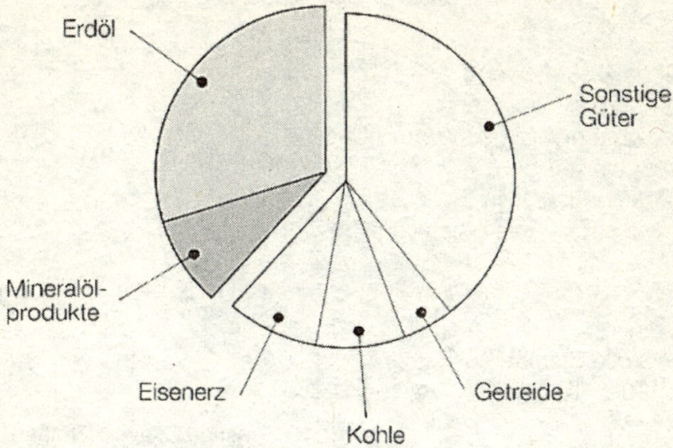

Handel insgesamt: 4 Mia. Tonnen

Die Altersstruktur der Supertanker-Flotte im Jahr 1990

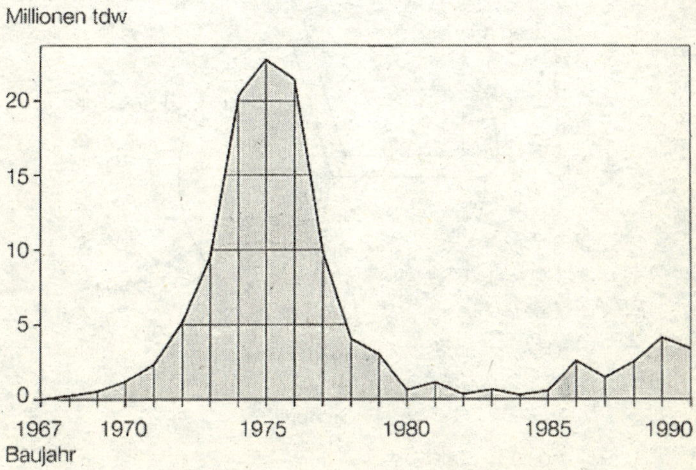

Tankereigentümer im Jahr 1990

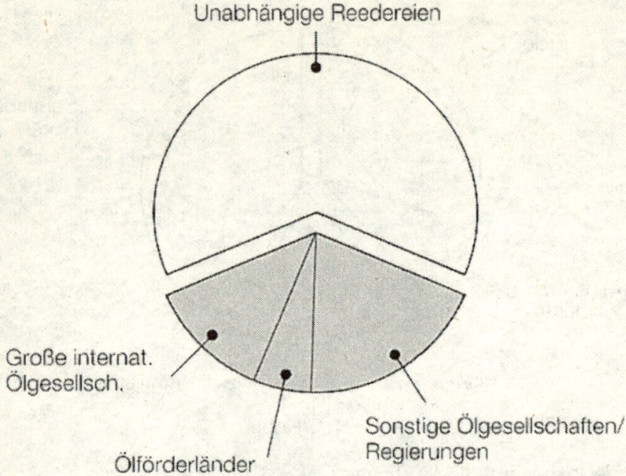

Tanker insgesamt: 258 Millionen tdw

Welt-Tankerflotte nach Registerflaggen im Jahr 1990

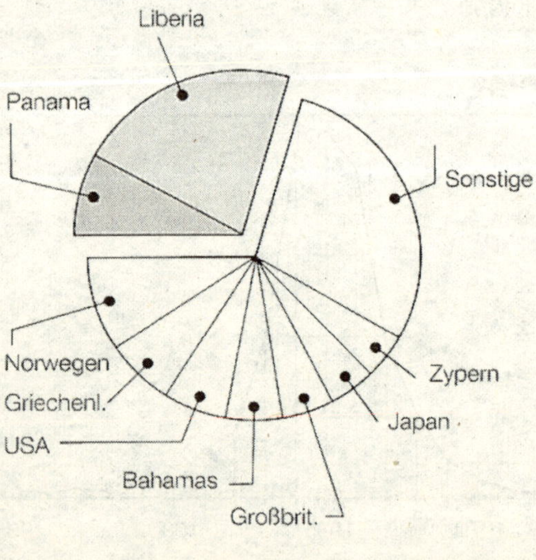

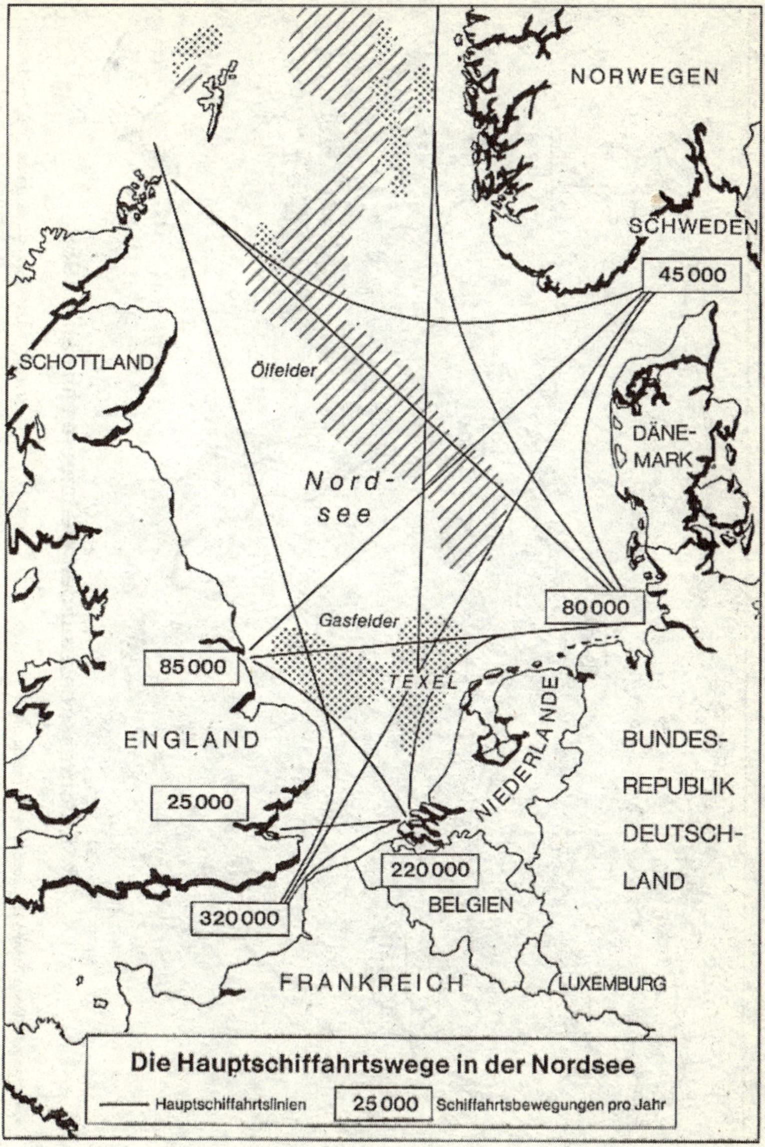
NORWEGEN
SCHWEDEN
45000
SCHOTTLAND
Ölfelder
DÄNE-
MARK
Nord-
see
80000
Gasfelder
85000
TEXEL
NIEDERLANDE
ENGLAND
BUNDES-
REPUBLIK
DEUTSCH-
LAND
25000
220000
BELGIEN
320000
FRANKREICH
LUXEMBURG
Die Hauptschiffahrtswege in der Nordsee
Hauptschiffahrtslinien
25000
Schiffahrtsbewegungen pro Jahr

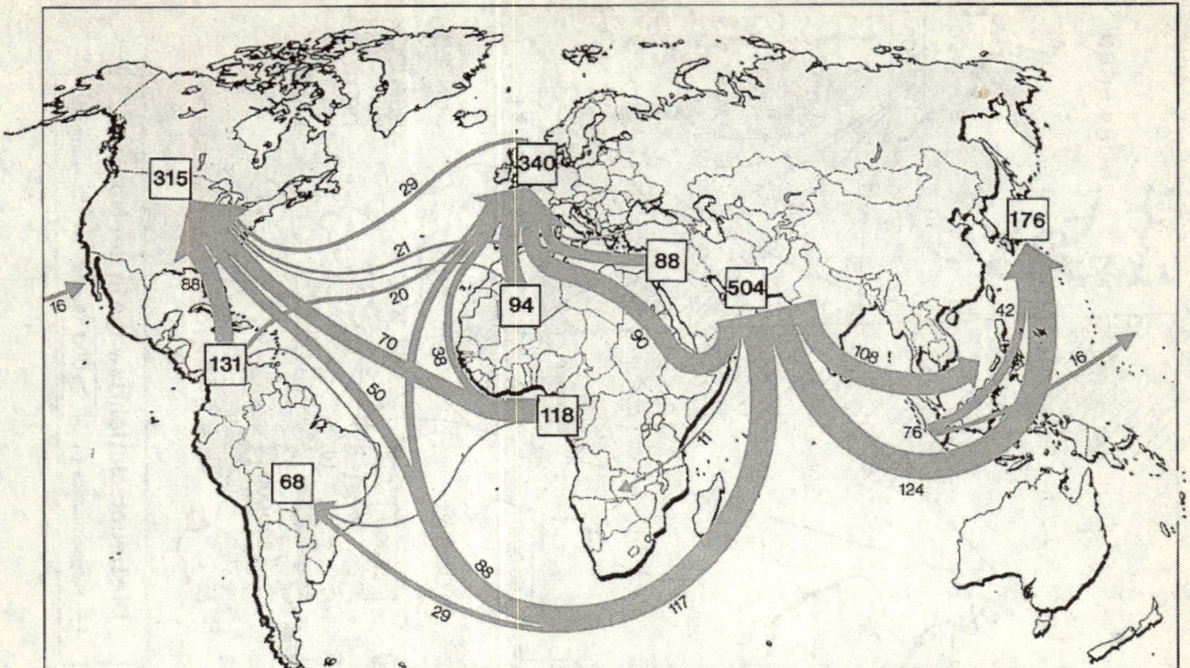

Erdöltransporte auf den Weltmeeren im Jahre 1989

Angaben in Millionen Tonnen (abgebildet nur die Hauptrouten)

Quelle: "Feamleys World Bulk Trades", 1990 – modifiziert

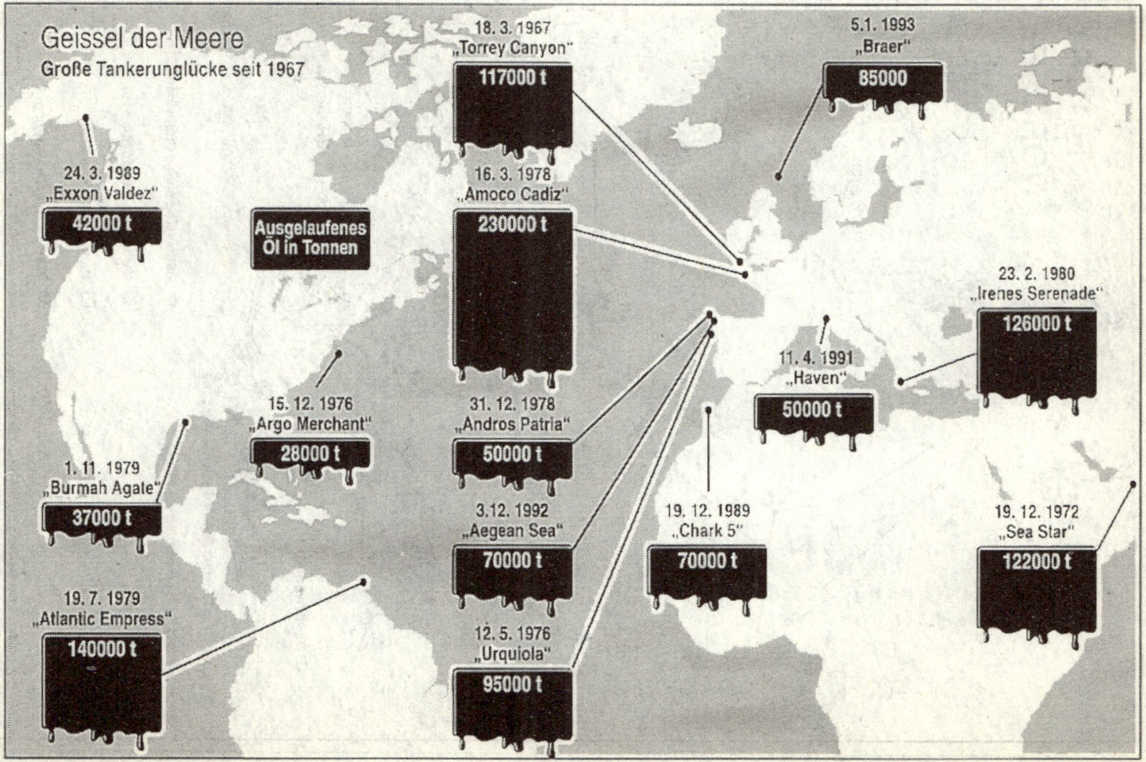

Der Spiegel 2/1993

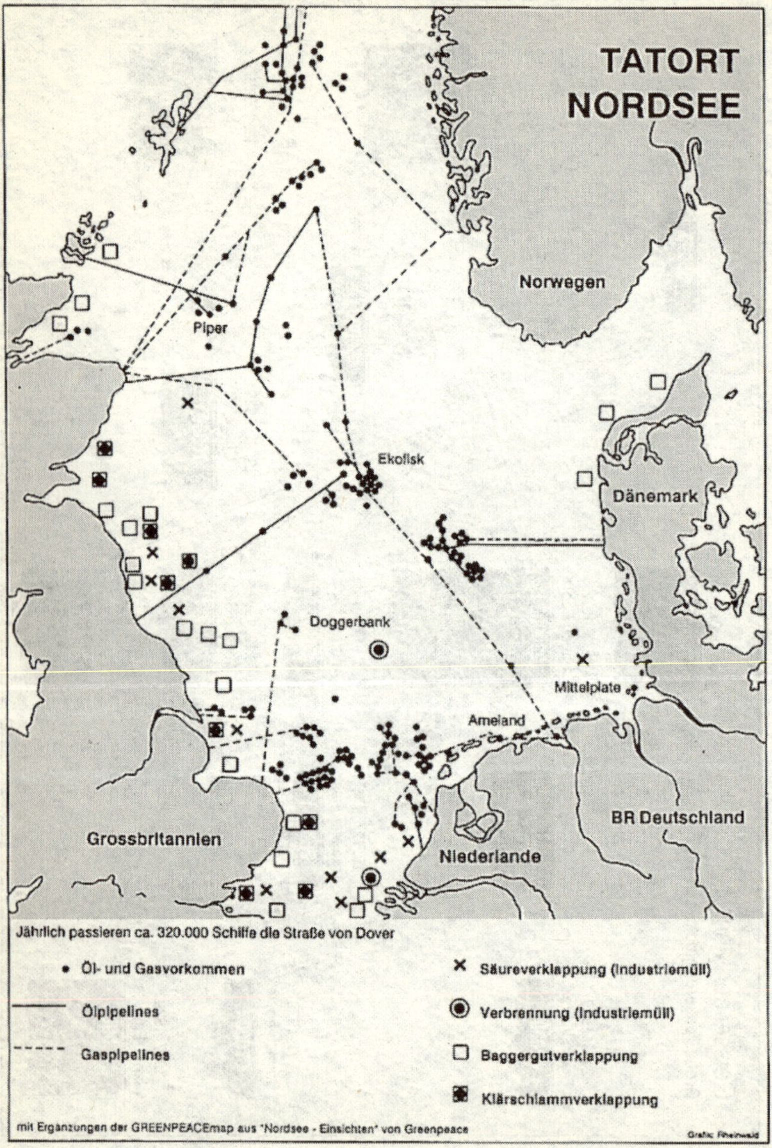
TATORT
NORDSEE
Norwegen
Piper
Ekofisk
Dänemark
Doggerbank
Mittelplate
Ameland
BR Deutschland
Grossbritannien
Niederlande
Jährlich passieren ca. 320.000 Schiffe die Straße von Dover
Öl- und Gasvorkommen
Ölpipelines
Gaspipelines
Säureverklappung (Industriemüll)
Verbrennung (Industriemüll)
Baggergutverklappung
Klärschlammverklappung
mit Ergänzungen der GREENPEACEmap aus "Nordsee - Einsichten" von Greenpeace
Grafic Rheinwald